Sag Ja zur Liebe

Nora Roberts
Trau keinem Playboy

Seite 7

Beverly Barton
Nachts gehörst du mir

Seite 209

Janis Reams Hudson
Widersteh mir, wenn du kannst

Seite 353

MIRA® TASCHENBUCH
Band 20071

1. Auflage: September 2017
Copyright © 2017 by MIRA Taschenbuch
in der HarperCollins Germany GmbH

Titel der amerikanischen Originalausgaben:

The Law Is A Lady
Copyright © 1984 by Nora Roberts
erschienen bei: Silhouette Books, Toronto

Nothing But Trouble
Copyright © 1994 by Beverly Barton
erschienen bei: Silhouette Books, Toronto

Resist Me If You Can
Copyright © 1996 by Janis Reams Hudson
erschienen bei: Silhouette Books, Toronto

Published by arrangement with
Harlequin Enterprises II B.V./S. à r. l.

Umschlaggestaltung: büropecher, Köln
Umschlagabbildung: Evdokia Georgieva / Arcangel, prettyboy80 / Thinkstock
Redaktion: Maya Gause
Satz: GGP Media GmbH, Pößneck
Printed in Germany
Dieses Buch wurde auf FSC®-zertifiziertem Papier gedruckt.
ISBN 978-3-95649-689-9

www.mira-taschenbuch.de

Werden Sie Fan von MIRA Taschenbuch auf Facebook!

Nora Roberts

Trau keinem Playboy
Roman

Aus dem Amerikanischen von
U. Kopsch-Langheim

1. Kapitel

Fünf Meilen nördlich von Friendly saß Max T. Johnson auf einem abgewetzten Sessel in Annies Café. Er hatte ein Malzbier vor sich stehen und hörte mit halbem Ohr auf die abgehackten Töne, die aus Annies Transistorradio quäkten. „Frauen leben, um zu leiden", klagte der hoffnungsvolle Schlagernachwuchs. Max, der von Frauen nicht allzu viel verstand, hatte nichts dagegen einzuwenden.

Er war auf dem Heimweg nach Friendly, nachdem er auf einer Ranch eine Beschwerde überprüft hatte. Schafdiebstahl, dachte er, während er sein Malzbier trank. Hätte aufregend sein können, wenn was dran gewesen wäre. Rancher Potts hingegen war zu alt. Er konnte sich nicht mehr darauf besinnen, wie viele Schafe er ursprünglich besessen hatte. Der Sheriff hat gewusst, dass es blinder Alarm ist, dachte er verdrießlich. In dem schlauchartigen kleinen Lokal mit dem Dunst gebratener Frikadellen und Zwiebeln in der Luft brütete er finster über die Ungerechtigkeiten der Welt.

In Friendly, New Mexico, gab es nichts Aufregenderes, als samstagnachts den alten Silas nach Hause zu bringen, wenn er in betrunkenem Zustand randalierte. Max T. Johnson war zu spät auf die Welt gekommen. Hätte er vor hundert Jahren gelebt, hätte er die Chance gehabt, wilde Desperados einzufangen, in einem großen Polizeiaufgebot mitzureiten oder Revolverhelden den Garaus zu machen – alles Dinge, zu denen ein damaliger Hilfssheriff verpflichtet war. Ich aber sitze in diesem trübseligen Nest, dachte er, bin vierundzwanzig Jahre alt, und meine größte Festnahme waren die Kramer-Zwillinge, nachdem sie die örtliche Badeanstalt kurz und klein gehauen hatten.

Max kratzte sich an der Oberlippe, wo er ohne viel Erfolg versuchte, sich einen respektablen Schnurrbart wachsen zu lassen. Der beste Teil des Lebens liegt hinter mir, dachte er resigniert. Ich werde niemals mehr als ein kleiner Hilfssheriff sein, der in einer gottverlassenen Gegend nach eingebildeten Schafen jagt.

Wenn doch nur ein einziges Mal jemand die Bank ausrauben würde! Von dieser Minute träumte er, sah sich selbst inmitten einer rasenden Verfolgungsjagd und wilden Schießerei. Tja, das war was, Jungs. Und anschließend sein Foto in der Zeitung abgelichtet, möglichst mit einer auffälligen Fleischwunde an der Schulter. Eine tolle Vorstellung. Er müsste den Arm einige Tage in der Schlinge tragen, und die Leute würden ihn ehrfürchtig anstaunen. Stattdessen saß er in diesem elenden Schuppen, und weit und breit passierte nichts. Wenn der Sheriff ihm wenigstens gestatten würde, einen Revolver zu tragen ...

„Also, Max T., was ist? Willst du hier den ganzen Tag herumträumen oder dein Bier bezahlen?"

Max riss sich in die Wirklichkeit zurück und kam hastig auf die Beine. Vor ihm stand Annie, die Hände auf die ausladenden Hüften gestemmt, den üppigen Busen herausfordernd vorgeschoben. Sie hatte kleine schwarze Augen, blühende Haut und eine erstaunliche Fülle erdbeerroter Haare. Max hingegen war kein großer Frauenheld.

„Muss zurück", murmelte er und angelte nach seiner Brieftasche. „Sheriff braucht meinen Report."

Annie stieß einen kurzen Schnaufer aus und hielt die Hand mit der feuchten Handfläche auf. Nachdem sie den zerknüllten Geldschein an sich gerissen hatte, steuerte Max hinaus, ohne nach dem Wechselgeld gefragt zu haben.

Die Sonne war ein gleißendes Strahlenmeer. Max verengte die Augen gegen das grelle Licht. Die Hitze hatte den Straßenbelag wellenförmig aufgeweicht und ließ ihn fast flüssig schimmern. Es war glühend heiß und staubig. Zu beiden Seiten des Straßenbandes erstreckte sich die öde Landschaft, in der es nichts als Felsen und Sand und ein paar unnachgiebige Grasflecken gab. Keine Wolke, die das harte Blau des Himmels unterbrach oder das strömend weiße Licht der Sonne filterte.

Max zog die Hutkrempe über die Augenbrauen, als er auf seinen Dienstwagen zuging. Ich wünschte, ich hätte den Nerv gehabt, Annie um das Wechselgeld zu bitten, dachte er missmutig. Sein Hemd war feucht und klebrig, bevor er den Griff der Wagentür zu fassen bekam.

In diesem Augenblick sah er, wie sich die Sonne auf der Windschutzscheibe und dem Chrom eines nahenden Autos spiegelte. Es war noch etwa eine Meile entfernt. Während er seine Taschen nach den Autoschlüsseln abklopfte, beobachtete er mit abwesender Miene das näher kommende Fahrzeug. Gleich darauf riss er vor Bewunderung die Augen auf.

Menschenskind, war das ein Auto! Eins von diesen irrsinnig teuren ausländischen Luxusausführungen. Alles rot und glitzernd. Ohne Aufenthalt zischte die Nobellimousine wie der Blitz an ihm vorbei. Max starrte ihr verzückt hinterher. Donnerwetter! dachte er. So was sieht man sonst höchstens im Fernsehen. Eine Wucht von Auto. Muss spielend seine zweihundertfünfzig schaffen. Hat wahrscheinlich eins von diesen Luxus-Armaturenbrettern drin.

Blitzartig wurde Max wachsam. Die Geschwindigkeit! Der Kerl fuhr ganz sicher hundertfünfzig – mindestens ...

Ins Polizeiauto springen und den Motor starten war eins. Dann stellte Max die Sirene an und preschte mit dampfenden Reifen und spuckendem Kies über die Piste. Er war im siebenten Himmel.

Phil war Meilen und Meilen ohne Pause durchgefahren. Im Verlauf der ersten Etappe seines Abstechers hatte er über Autotelefon eine komplizierte Unterhaltung mit seinem Produzenten in Los Angeles geführt. Er war abgespannt und verstimmt. Die staubgraue Landschaft und die endlos sich dehnende Straße verstimmten ihn noch mehr.

Bis jetzt war der Trip eine Vergeudung gewesen. Er hatte fünf verschiedene Städte im Südwesten New Mexicos überprüft. Keine hatte seinen Vorstellungen entsprochen. Sollte sich das Blatt nicht wenden, würden sie letztlich doch Dekorationen aufbauen müssen. Es war nicht sein Stil. Wenn Phillip Kincaid bei einem Film Regie führte, legte er größten Wert auf Lebensechtheit.

Im Augenblick war er auf der Suche nach einer öden, staubigen Kleinstadt, die so aussah, als läge sie in einem gottverlassenen Niemandsland. Er wollte abblätternde Farbe, vernachlässigte Häuser, schmutzige Wege sehen. Er suchte einen Ort, dem jeder zu entfliehen suchte und nie zurückzukehren wünschte.

Drei lange heiße Tage hatte Phil Kincaid beim Ausschauhalten verbracht, aber nichts hatte ihn zufriedengestellt. Gewiss, er hatte ein paar graue Provinzstädte ausfindig gemacht, ein wenig welk, ein wenig ungeeignet zum Daueraufenthalt, aber sie besaßen nicht diese gewisse Atmosphäre, die er brauchte. Als Filmregisseur – überdies sehr erfolgreicher Regisseur amerikanischer Filme – vertraute Phillip Kincaid seinem sechsten Sinn, bevor er sich mit Details befasste. Er brauchte eine Stadt, die ihm einen Schlag in die Magengrube versetzte. Und die Zeit wurde knapp.

Er vernahm das Heulen der Polizeisirene mit gemäßigtem Interesse. Beim Blick in den Rückspiegel sah Phil ein schmutziges, verbeultes Fahrzeug, das einmal weiß gewesen war. Es hielt begeistert auf ihn Kurs. Phil fluchte, erwog kurz, aufs Gaspedal zu treten, um der staubigen Plage zu entgehen. Dann trat er resignierend auf die Bremse. Der Hitzestoß, der ihm beim Herabkurbeln des Seitenfensters entgegenschlug, war kaum geeignet, seine Stimmung zu verbessern. Lausige Gegend, dachte er und stellte den Motor ab. Ekelhaftes Staubloch. Was er brauchte, war ein Bad im eigenen, lagunenartigen Swimmingpool und einen eiskalten Drink.

Unterdes kletterte Max freudig erregt aus seinem Auto. Den Strafzettelblock in der Hand. Herrschaft, ist das eine Maschine! dachte er wieder. Wohl das luxuriöseste Stück, das er außerhalb der Mattscheibe zu sehen bekam.

Der Fahrer enttäuschte ihn auf den ersten Blick. Er sah nicht wie ein Ausländer aus, nicht einmal stinkreich. Sein Auge übersah die goldene Schweizer Uhr am linken Handgelenk, blieb auf dem T-Shirt und den Jeans haften. Muss einer von diesen Exzentrikern sein, stellte er fest. Vielleicht hat er den Wagen auch gestohlen. Bei diesem Gedanken stieg sein Blutdruck. Er sah sich das Gesicht des Mannes näher an.

Es war hager und leicht aristokratisch. Ein gut geformter Kopf, eine gerade Nase. Der Mann lächelte nicht, wirkte eher leicht gelangweilt. Er war glatt rasiert, hatte markante Wangenfalten. Die Haare schienen von anspruchslosem Braun. Sie waren ein wenig lang und lockten sich über den Ohren. In dem sonnengebräunten Gesicht fielen die Augen besonders auf. Sie waren von fesselnd klarem Wasserblau. Nein, der Mann am Steuer hatte nicht das Aussehen eines gehetzten Autodiebs.

„Ja?"

Die frostige Einzelsilbe brachte Max auf seinen beruflichen Daseinszweck zurück. „In Eile?", fragte er und nahm das an, was der Sheriff die strenge Polizistenhaltung genannt haben würde.

„Ja."

Bei dieser Antwort trat Max von einem Fuß auf den anderen. „Zulassung und Führerschein", sagte er munter und lehnte sich dichter ans Fenster, als Phil in das Handschuhfach griff. „Duftes Armaturenbrett! Alles dran und noch ein paar Extras. Ja und ein Telefon, 'n richtiges Telefon im Auto. Diese französischen Modelle sind schon spitze."

Phil warf ihm einen nachsichtigen Blick zu. „Deutsche", korrigierte er und händigte Max seinen Kraftfahrzeugschein aus.

„Deutsche?", runzelte Max zweifelnd die Stirn. „Sind Sie sicher?"

„Ja." Phil entnahm seiner Brieftasche den Führerschein und reichte auch diesen durch das offene Seitenfenster. Die Hitze strömte erbarmungslos herein.

Max nahm die Papiere entgegen. „Dies ist Ihr Wagen?", fragte er argwöhnisch.

„Wie Sie dem Namen auf dem Kraftfahrzeugschein entnehmen können", erwiderte Phil kühl, was ein sicheres Zeichen dafür war, dass er am Rande eines Wutausbruchs stand.

Max las die Zulassung mit seiner gewohnt schwerfälligen Geschwindigkeit. „Bei Annies Café sind Sie vorbeigejagt wie eine Fledermaus ohne ..." Er stockte, erinnerte sich daran, dass der Sheriff vom Fluchen im Dienst nichts hielt. „Ich hab' Sie wegen Geschwindigkeitsüberschreitung angehalten. Hab' Sie mit der Stoppuhr gemessen. Ich wette, dieser Schlitten rast so sanft, dass man nichts davon merkt."

„Ich habe in der Tat nichts bemerkt", bestätigte Phil gereizt.

Max riss den Zettel vom Block ab. „So, Sie brauchen das hier nur zu unterschreiben. In der Stadt können Sie dann anhalten und Ihre Geldstrafe zahlen."

Langsam stieg Phil aus dem Auto. Die Sonne zauberte tiefrote Streifen in sein Haar. Max wurde an die Mahagonianrichte seiner Mutter erinnert. Einen Augenblick standen sie sich gegenüber. Beide Männer waren hochgewachsen. Aber während sich der eine schlaksig hielt, zeigte der andere eine kerzengerade Haltung, wirkte muskulös.

„Nein!", sagte Phil entschieden.

„Nein?" Max blinzelte gegen die Sonne. „Nein, was?"

„Nein, ich unterschreibe nichts."

„Sie wollen den Zettel nicht unterschreiben?" Max blickte

etwas fassungslos drein. „Aber das müssen Sie. Das ist Vorschrift."

„Das interessiert mich nicht." Phil fühlte, wie ihm Schweiß über den Rücken rann. Es machte ihn wütend. „Ich unterschreibe den Wisch nicht. Und ich zahle einem unbedeutenden Dorfpolizisten, der sein Bankkonto mit dieser Geschwindigkeitsfalle aufbessern will, keinen Penny."

„Geschwindigkeitsfalle?" Max war mehr erstaunt als beleidigt. „Mister, Sie sind mehr als hundertfünfzig gefahren, und die Straße ist klar mit hundertzehn gekennzeichnet."

„Wer sagt, dass ich schneller war?"

„Ich habe Sie gemessen."

„Ihr Wort gegen meins", entgegnete Phil kühl. „Haben Sie einen Zeugen?"

Max machte ein verdutztes Gesicht. „Nun, das nicht, aber …" Er stieß seinen Hut zurück. „Hören Sie, ich brauch' keinen Zeugen. Ich bin der Hilfssheriff. Unterzeichnen Sie jetzt den Strafzettel!"

Es war purer Eigensinn. Phil hatte nicht den leisesten Schimmer, wie schnell er gefahren war, und es interessierte ihn auch nicht sonderlich. Die Straße war lang und verlassen gewesen, er war mit seinen Gedanken in Los Angeles. Doch obgleich er dies wusste, konnte er sich nicht entschließen, den Kugelschreiber zu ergreifen, den der Hilfssheriff ihm entgegenhielt. „Ich sagte Nein."

„Aber ich habe den Zettel schon ausgefüllt." Max streckte entschlossen das Kinn vor. Schließlich vertrat er hier das Gesetz. „Dann werde ich Sie festnehmen müssen", drohte er. „Dem Sheriff gefällt so etwas nicht."

Hinter seinem Ärger spürte Phil eine Spur von Sympathie aufsteigen.

„Sie werden mir in die Stadt hinein folgen", sagte Max und steckte Phils Führerschein ein.

„Und wenn ich mich weigere, das zu tun? Wenn ich einfach hier stehen bleibe?"

Max war kein kompletter Einfaltspinsel. „Dann", antwortete er, ohne mit der Wimper zu zucken, „werde ich Sie festnehmen, und Ihr Luxusauto lasse ich hier draußen stehen. Wenn der Abschlepptransporter kommt, geht dann alles in einem Aufwasch. Und danach ..."

Phil zeigte sich durch ein leichtes Kopfnicken zur Einsicht bereit und stieg wieder in sein Auto. Max stakste zu seinem Dienstfahrzeug zurück und dachte, wie fein er dastehen würde, wenn er die rote Luxuslimousine in das Städtchen lotste.

Im Schritttempo fuhren sie in Friendly ein. Hin und wieder nickte Max ein paar Leuten zu, die stehen geblieben waren, um die kleine Prozession zu verfolgen. Kurz darauf streckte er seine Hand aus dem Fenster, um das Signal zum Anhalten zu geben, dann bremste er vor dem Dienstgebäude des Sheriffs.

„Okay, hinein da." Plötzlich ganz Amtsperson, wies Max auf die Tür zur ebenen Erde. „Der Sheriff wird mit Ihnen sprechen wollen." Der eiskalte Blick aus den Augen des Fremden hielt Max jedoch davon ab, ihn anzufassen. So öffnete er nur die Tür und wartete, bis sein Gefangener ihm vorausgegangen war.

Max und Phil betraten einen kleinen Raum mit zwei vergitterten Zellen, einem Aktenregal, ein paar spindeldürren Stühlen und einem abgenutzten Schreibtisch. Ein Ventilator an der Decke wirbelte mit leisem Wimmerton die dunstige Luft auf. Eine dicke Masse schlammfarbenen Fells auf dem Fußboden stellte sich als Hund heraus. Auf dem Schreibtisch standen neben Büchern und Akten zwei halb volle Kaffeetassen. Eine dunkelhaarige Frau füllte emsig ein gelbes Gesetzesformular aus.

Phil vergaß die lästige Unterbrechung seiner Fahrt lange genug, um die junge Frau in Gedanken in drei verschiedenen Filmen zu besetzen. Ihr Gesicht war klassisch oval mit leicht erhöhten Wangenknochen unter honiggetönter Haut. Ihre Nase war schmal und fein, der Mund hatte genau die richtige Größe, und die vollen Lippen erregten augenblicklich seine Sinnlichkeit. Ihr Haar war schwarz und fiel in lockeren Wellen auf die Schultern. Sie hatte die Augenbrauen fragend hochgezogen. Ihre dicht bewimperten Augen waren dunkelgrün und blickten leicht spöttisch.

„Max?"

Die Einzelsilbe klang dunkel und kehlig, träge und sexy wie schwarze Seide. Phil kannte Schauspielerinnen, die für eine derartige Stimme einen Mord begangen hätten. Wenn sie vor der Kamera nicht verkrampft, dachte er, und wenn der Rest dem Gesicht entspricht ... Er ließ seine Augen abwärts schweifen. Auf ihrer linken Brust war ein kleines Metallabzeichen befestigt. Fasziniert starrte Phil es an.

„Geschwindigkeitsüberschreitung, Sheriff."

„Oh?" Sie wartete, bis Phils Augen zu ihrem Gesicht zurückkehrten. Sie hatte sowohl seinen abschätzenden Blick beim Hereinkommen als auch jetzt seinen Argwohn registriert. „Hattest du keinen Kugelschreiber mit, Max?"

„Kugelschreiber?" Verblüfft durchsuchte Max seine Taschen.

„Ich wollte den Strafzettel nicht unterschreiben", erklärte Phil und trat auf den Schreibtisch zu, um einen näheren Blick auf ihr Gesicht zu werfen. „Sheriff", setzte er hinzu. Sie könnte aus jedem vorstellbaren Winkel aufgenommen werden, dachte er, und würde gleichmäßig wundervoll aussehen. Er hätte sie gerne wieder sprechen gehört, um den Stimmfall in sich aufzunehmen.

Unbeeindruckt begegnete sie seinem taxierenden Blick. „Verstehe. Wie hoch war seine Geschwindigkeit, Max?"

„Hundertfünfzig. Vicky, du müsstest sein Auto sehen!", rief Max, der vor lauter Begeisterung sich selbst und die Situation vergaß.

„Ich denke, das werde ich noch", murmelte sie und streckte

die Hand aus, um Phils Personalpapiere entgegenzunehmen. Dabei sah sie den Verkehrssünder unverwandt an.

Phil fiel auf, dass ihre Hände schmal und wohlgeformt waren. Die Fingernägel waren metallicrosa lackiert. Was, zum Teufel, macht diese Frau hier? fragte er sich und konnte sie sich viel eher in Beverly Hills bei Hollywood vorstellen.

„Nun, die Papiere scheinen in Ordnung zu sein, Mister ... Kincaid." Sie sah ihn wieder an. Ein wenig Wimperntusche, dachte er, ein Hauch Lidstrich, aber sonst ihre eigenen Farben. Keinen Puder, keinen Lippenstift. Flüchtig wünschte er sich eine Kamera und ein paar Handscheinwerfer her. „Die Geldstrafe beträgt vierzig Dollar", sagte sie in nüchternem Amtston. „Zahlbar in bar."

„Ich bezahle nicht."

Sie kniff die Lippen kurz zusammen und erregte in Phil den Wunsch, ihren Geschmack zu testen. „Oder ersatzweise vierzig Tage Haft", fuhr sie ohne Wimpernzucken fort. „Ich meine, es wäre weniger lästig für Sie, wenn Sie die Strafe bezahlten. Unsere Unterbringungsmöglichkeiten dürften Ihnen sicher nicht zusagen."

Die kühle Belustigung in ihrer Stimme irritierte ihn. „Ich zahle keine Geldstrafe." Er stützte sich mit den Händen auf den Schreibtisch und beugte sich zu ihr vor. Dabei fing er den schwachen Hauch eines feinen, raffinierten Parfüms auf. „Erwarten Sie wirklich, dass ich Sie für den Sheriff halte? Was für eine Nummer zieht ihr beiden Typen hier ab?"

Max wollte darauf etwas entgegnen, aber als er Vickys Blick sah, ließ er es lieber bleiben. Langsam stand sie hinter dem Schreibtisch auf. Sie war überraschend groß und schlank. Die Figur eines Fotomodells, dachte Phil. Groß und gertenschlank – die Sorte, die dich neugierig macht, was unter den Kleidern verborgen ist. Diese hier würde sogar in Sackleinen wie in dem teuersten Dior-Modell aussehen.

„Ich diskutiere nicht mit Gesetzesübertretern, Mr. Kincaid. Sie werden jetzt Ihre Taschen leeren."

„Das werde ich nicht", weigerte er sich wütend.

„Widerstand bei Inhaftnahme." Vicky blieb gelassen. „Wir werden auf sechzig Tage erhöhen müssen." Phil sagte irgendetwas Rasches und Grobes. Statt beleidigt zu sein, nickte sie freundlich. „Sperr ihn ein, Max."

„Warten Sie eine verdammte Minute …"

„Sie sollten sie nicht reizen", raunte Max ihm zu, während er ihn rückwärts zur Zelle drängte. „Sie kann fuchtig wie eine Katze werden."

„Wenn Sie Ihren Wagen kostenpflichtig von uns abschleppen lassen wollen", fuhr sie fort, „werden Sie Max die Autoschlüssel aushändigen." Sie musterte ihn kurz. „Lies ihm seine Rechte vor, Max!", ordnete sie an.

„Ich kenne meine Rechte, verdammt noch mal." Verächtlich schüttelte Phil Max' Hand ab. „Ich möchte telefonieren."

„Selbstverständlich. Sobald Sie Max Ihre Schlüssel übergeben haben."

„Hören Sie …" Phil blickte wieder auf das Abzeichen an ihrer Bluse. „Sheriff", setzte er widerstrebend hinzu, „Sie erwarten doch nicht, dass ich auf diesen uralten Trick hereinfalle. Der dort" – er wies mit dem Daumen auf Max – „wartet auf einen Ortsfremden, der zufällig vorbeikommt, und zieht ihm rasch verdiente vierzig Dollar aus der Nase. Es gibt ein Gesetz gegen Geschwindigkeitsfallen."

Vicky hörte mit offensichtlichem Interesse zu. „Wollen Sie den Strafzettel unterschreiben, Mr. Kincaid?"

Phil kniff die Augenlider zusammen. „Nein."

„Dann werden Sie für eine Weile unser Gast sein."

„Sie können mich gar nicht verurteilen", schnaubte Phil. „Nur ein Richter …"

„Friedensrichter", unterbrach ihn Vicky und deutete mit

einem lackierten Fingernagel auf ein mit Foto versehenes Beglaubigungsdokument, das eingerahmt an der Wand hing. Phil las den Namen, der darauf stand: Victoria L. Ashton.

Er sah sie ernüchtert an. „Sie?"

„Ja. Gut getroffen, nicht wahr?" Sie drehte den Kopf zur Seite, um ihm ihr Profil zu zeigen. Dann sagte sie in unterkühltem Amtston: „Sechzig Tage Haft, Mr. Kincaid, oder zweihundertfünfzig Dollar."

„Zwei-fünfzig?", stotterte Phil verblüfft.

„Kaution wird auf fünfhundert festgesetzt. Sorgen Sie dafür, dass die Summe hinterlegt wird."

„Mein Telefongespräch", presste er zwischen zusammengebissenen Zähnen hervor.

„Ihre Schlüssel", sagte sie leutselig.

Mit einem unterdrückten Fluch zog Phil die Schlüssel aus der Tasche und warf sie ihr zu. Vicky fing sie geschickt auf. „Sie sind berechtigt, ein kostenloses Ortsgespräch zu führen."

„Es ist ein Ferngespräch. Ich werde meine Kreditkarte benutzen."

Nachdem Vicky auf das Telefon auf ihrem Schreibtisch hingewiesen hatte, übergab sie die Schlüssel an Max. „Zweifuffzig", flüsterte dieser ihr zu. „Bist du nicht ein bisschen hart mit ihm?"

Vicky stieß einen undamenhaften Schnaufer aus. „Mr. Hollywood Kincaid benötigt einen festen Tritt in sein Ego", sagte sie. „Es wird ihm unheimlich guttun, ein Weilchen in unserer Zelle zu schmoren. Bring den Wagen zu Bestlers Garage, Max."

„Ich soll den Wagen fahren?" Max sah auf die Autoschlüssel in seiner Hand.

„Schließ ihn dort ein und bring die Schlüssel wieder", forderte Vicky. „Und spiel nicht an den Armaturen herum."

„Aber Vicky."

„Aber Max", kopierte sie ihn und sah ihm mit einem schwesterlich liebevollen Blick nach, wie er aus der Tür eilte.

Ungeduldig wartete Phil inzwischen auf das Rufzeichen. Endlich nahm jemand ab. „Auftragsdienst für Sherman, Miller & Stein."

Phil fluchte. „Wo, zur Hölle, ist Lou?"

„Mr. Sherman ist bis Montag nicht in seinem Büro zu erreichen", teilte ihm die Telefonistin spröde mit. „Würden Sie bitte Ihren Namen hinterlassen?"

„Hören Sie, hier ist Phillip Kincaid. Sie werden Lou jetzt anrufen und ihm sagen, ich sei in …" Er wandte den Kopf Vicky zu und blickte sie fragend an.

„Willkommen in Friendly, New Mexico", gab sie ihm verbindlich zur Antwort.

Phil dachte an ein kräftiges Schimpfwort, das er aber nicht aussprach. „Friendly, New Mexico. Im Gefängnis, verdammt. Wegen irgendeiner fälschlichen Beschuldigung. Sagen Sie ihm, er soll sich mit seiner Aktentasche ins Flugzeug setzen, aber dalli."

„Ja. Mr. Kincaid. Ich will versuchen, ihn zu erreichen."

„Sie werden ihn erreichen", sagte Phil schroff und hängte auf. Als er erneut telefonieren wollte, kam Vicky herübergeschlendert und unterbrach mit ruhiger Geste die Verbindung.

„Nur ein Gespräch", erinnerte sie ihn.

„Ich habe den Auftragsdienst erwischt", sagte er erbost.

„Künstlerpech." Sie lächelte, was ihn gleichzeitig fesselte und wütend machte. „Ihr Zimmer steht bereit, Mr. Kincaid."

Phil legte den Hörer auf die Gabel. „Sie werden mich nicht in diese Zelle stecken."

„Nein?", fragte sie mit unschuldigem Augenaufschlag.

„Nein."

Sie wirkte sekundenlang verwirrt. Ihr Seufzer war ein ausgesprochen weiblicher Laut, als sie um den Schreibtisch herumging. „Sie machen es mir nicht leicht, Mr. Kincaid. Sie müssen nämlich wissen, dass ich nicht die Körperkraft besitze, Sie in die Zelle zu bugsieren. Sie sind größer als ich."

Ihr plötzlicher Tonfallwechsel veranlasste ihn, etwas vernünftiger zu reagieren. „Miss Ashton ...", fing er an.

„Sheriff Ashton", verbesserte sie ihn und zog einen 45er Revolver aus der Schreibtischschublade. Perplex schaute Phil auf die furchterregende Waffe in ihrer schmalgliedrigen Hand. „Und jetzt, sofern Sie keine weitere Erhöhung des Strafmaßes wegen Widerstands bei Inhaftnahme im Protokoll haben wollen, werden Sie schön ruhig zu jener ersten Zelle dort hinübergehen. Bettwäsche und Handtuch sind gerade gewechselt worden."

Phil schwankte zwischen Erstaunen und Belustigung. „Sie nehmen doch wohl nicht an, ich glaube, dass Sie das Ding benutzen werden?"

„Ich sagte Ihnen schon, ich diskutiere nicht mit Gesetzesübertretern." Obgleich sie den Lauf senkte, spannte sie ganz bedachtsam den Hahn.

Er musterte sie eine volle Minute lang. Ihre Augen waren zu fest und ganz entschieden zu ruhig auf ihn gerichtet. Phil hatte keinen Zweifel mehr, dass sie ein Loch in ihn schießen würde – in irgendeinen Teil seines Körpers, den sie für unwichtig hielt. Und er hegte einen gesunden Respekt vor seinem Körper. Dieses Risiko würde er nicht eingehen.

„Hierfür werden Sie mir büßen", sagte er gefährlich leise und ging auf die Zellentür zu.

Ihr Lachen klang herzerfrischend und einladend genug, um ihn vor den Gitterstäben haltmachen zu lassen und sich umzudrehen. Ich würde sie in die Arme reißen, hätte sie keine Pistole in der Hand, dachte er. Wütend auf sich selbst, ging er steifen Schrittes in die Zelle.

Vicky nahm das Schlüsselbund von einem Haken und sperrte die Tür mit Riegel und Schnappschloss ab. Phil marschierte grimmig mit kleinen Schritten durch das enge Gelass. Plötzlich musste er gegen einen Lachanfall kämpfen. Die Situation hatte entschieden etwas Groteskes an sich.

„Würden Sie gerne eine Mundharmonika und eine Blechtasse haben?", hörte er sie fragen.

Er lächelte breit. Zum Glück stand sie mit dem Rücken zu ihm. Er ließ sich auf die Pritsche fallen. „Ich nehme die Blechtasse, sofern sich Kaffee darin befindet."

„Kommt zusammen mit der Bedienung, Kincaid. Sie haben freie Kost und Logis in Friendly."

Phil ließ sie nicht aus den Augen, während sie zum Schreibtisch zurückging und den Revolver verstaute. Irgendetwas an ihrer trägen Gangart reizte seinen Blutdruck auf angenehme Weise. „Zucker und Sahne?", fragte sie höflich.

„Schwarz."

Vicky schenkte den Kaffee in die Tasse. Sie war sich bewusst, dass er sie beobachtete. Teils amüsierte, teils interessierte er sie. Sie wusste genau, wer er war. Aber über ihrer grundlegenden Verachtung für das, was sie für einen verwöhnten Großstadt-Playboy hielt, lagerte eine Spur von Respekt. Er hatte nicht versucht, sie mit seinem Namen oder seiner Berühmtheit zu beeindrucken. Er hatte sich auf sein Temperament verlassen. Und sie wusste, es war sein cholerisches Temperament, das ihn vor allem anderen in der Zelle landen ließ.

Zu reich, zu erfolgreich, zu attraktiv, fasste sie zusammen. Vielleicht auch zu talentiert, sinnierte sie und schenkte sich selber eine Tasse ein. Seine Filme waren unleugbar brillant. Sie fragte sich, wie sein wahres Ich war. Die Filme schienen seine Persönlichkeit widerzuspiegeln, aber aus den Klatschspalten tauchte ein anderes Image auf. Sie musste schmunzeln, als sie sich der Möglichkeit bewusst wurde, persönlich die Wahrheit herauszufinden, solange er ihr „Gast" war.

„Schwarz", verkündete sie, und brachte ihm die Tasse mit dem Kaffee. „Wie bestellt zubereitet."

Er beobachtete die Art, wie sie sich bewegte: geschmeidig wie ein Rennpferd, nur leicht in der Hüfte wiegend. Es sind diese langen Beine, stellte er fest, das und ein angeborenes Selbstvertrauen. Unter anderen Umständen würde er sie ganz wie eine Frau behandelt haben. Im Augenblick empfand er sie als absolute Belästigung. Stumm löste er sich von der Pritsche und nahm die Tasse entgegen, die sie ihm durch die Gitterstäbe reichte. Dabei streiften sich flüchtig ihre Finger.

„Sie sind eine schöne Frau, Victoria", murmelte er. „Und mir sehr lästig."

„Ja", stimmte sie zu.

Das forderte ihn zum Lachen heraus. „Was, zum Teufel, treibt Sie, hier den Sheriff zu mimen?"

„Was, zum Teufel, treibt Sie, hier den Verbrecher zu mimen?"

Max polterte zur Tür herein. Er grinste übers ganze Gesicht.

„Donnerwetter, Mr. Kincaid, das ist ein Auto!" Er ließ die Wagenschlüssel in Vickys Hände fallen und lehnte sich gegen die Gitterstäbe. „Ich schwöre, ich könnt' jeden Tag drinsitzen. Bestler fielen fast die Augen aus dem Kopf, als ich damit angefahren kam."

Phil fluchte vor sich hin und trat an das winzige vergitterte Fenster im Hintergrund der Zelle. Beim Anblick der kleinen Stadt verfinsterte sich sein Blick.

Es war ein sandiger, hoffnungslos aussehender Ort mit einer melancholischen Atmosphäre unter einer Schicht von Staub und Lethargie. Menschen blieben in einer Stadt wie dieser nur dann, wenn sie sonst keine Bleibe oder Aufgabe mehr hatten. Sie kehrten nur hierher zurück, wenn sie die letzte Hoffnung auf ein besseres Schicksal aufgegeben hatten. Und hier befand er sich, in eine dumpfe kleine Gefängniszelle eingesperrt ...

Plötzlich schärften sich seine Gedanken.

Hier war sie, die Stadt, nach der er suchte. Dies war New Chance, wie der Titel seines nächsten Films lauten sollte.

2. Kapitel

Für die nächsten zwanzig Minuten widmete Vicky ihrem Gefangenen wenig Aufmerksamkeit. Er schien zufrieden damit, aus dem Fenster zu starren, derweil der Kaffee in seiner Tasse erkaltete. Nachdem sie Max zum Streifengang geschickt hatte, setzte sich Vicky wieder an die Arbeit.

Sie war mit einem scharfen, praktischen und eigenwilligen Verstand ausgerüstet. Diese Gaben hatten ihr zu einer umfassenden Bildung verholfen. Sie hatte sich auf dem akademischen Sektor ausgezeichnet, aber sie war ihren Lehrmeistern niemals eine bequeme Schülerin gewesen. „Warum?", war ihre Lieblingsfrage gewesen.

Ihr Temperament, das die Skala von sanft zu explosiv durchlief, hatte sie zusätzlich zu einer schwierigen Studentin gemacht. Später nannten manche sie ein lästiges Ärgernis – gewöhnlich dann, wenn sie auf der Gegenseite standen. Mit siebenundzwanzig Jahren war Victoria L. Ashton eine scharfsinnige, brillante Rechtsanwältin.

Sie unterhielt eine bescheidene, kleine Praxis in Albuquerque. Die Büroräume befanden sich in einem Altbau mit schlechten Rohrleitungen. Sie teilte sie mit einem Buchprüfer, einem Immobilienmakler und einem Privatdetektiv.

Annähernd fünf Jahre hatte sie im dritten Stock in zwei wenig komfortablen Zimmern gewohnt, unter denen sich ihr Büro befand. Es war ein bequemes Arrangement, das Vicky nicht zu ändern gedachte. Selbst dann nicht, als sie in der Lage war, es sich finanziell leisten zu können.

Sie war in Friendly groß geworden, war mit seinem eintönigen

Frieden zufrieden gewesen. Auch heute spürte sie kein Verlangen, einer protzigen Firma an einer der Küsten oder in einer Großstadt im Binnenland beizutreten. Ihr Unabhängigkeitsbedürfnis hatte sie veranlasst, das Risiko einer eigenen Praxis einzugehen. Fette Honorare oder das Knüpfen von Beziehungen waren kein Ansporn für Vicky. Sie hatte frühzeitig gelernt, das Geld einzuteilen, wenn es ihr gefiel – eine Fähigkeit, die sie von ihrer Mutter übernommen hatte. Menschen, die Art und Weise, wie man das Gesetz zu ihrem Vorteil oder Nachteil nutzen konnte, das interessierte sie.

Jetzt saß sie hinter ihrem Schreibtisch und fuhr fort, einen Partnerschaftsvertrag für ein Paar Grünschnäbel von Textschreibern aufzusetzen. Es war nicht immer einfach, sich über die Entfernung hinweg mit Fällen zu befassen, aber sie hatte ihr Wort gegeben.

Abwesend nippte sie an ihrem Kaffee. Im Herbst würde sie wieder in Albuquerque sein, ihre Gerichtsfälle wieder übernehmen und das Sheriff-Abzeichen gegen die Aktenmappe eintauschen. Inzwischen waren die Wochenenden von Bedeutung. Samstag war Zahltag. In den Samstagnächten lebte Friendly etwas auf. Die Leute neigten dazu, sich ein Extrabier zu genehmigen. Und in Bestlers Garage fand eine Pokerrunde statt. Vicky wusste, wann es von Vorteil war, in die andere Richtung zu gucken. Ihr Vater würde dazu gesagt haben, die Menschen brauchen ihre kleinen Vergnügungen.

Vicky lehnte sich zurück, um nachzulesen, was sie geschrieben hatte. Dabei schlug sie die Beine übereinander und drehte spielerisch eine ihrer schwarzen Locken um den rechten Zeigefinger. Jäh aus seiner Fantasiewelt in die Wirklichkeit zurückgekehrt, stürzte Phil ans Gitter.

„Ich muss telefonieren!" Sein Ton war dringend und erregt. Alles, was er von seinem Zellenfenster aus beobachtete, hatte ihn zu der Überzeugung gebracht, dass ihn ein freundliches Schicksal nach Friendly führte.

Vicky las erst einen Absatz zu Ende, sah dann teilnahmslos hoch. „Sie haben Ihr Telefongespräch gehabt, Mr. Kincaid. Warum entspannen Sie sich nicht? Nehmen Sie sich ein Beispiel an Dynamit." Sie deutete auf den riesigen Hund. „Ruhen Sie sich ein wenig aus."

Phil umklammerte mit beiden Händen die Gitterstäbe und rüttelte heftig daran. „Ich muss telefonieren. Es ist wichtig."

„Das ist es immer", erwiderte Vicky gelangweilt und blickte wieder auf ihre Papiere.

Bereit, aus Zweckmäßigkeitsgründen auf Prinzipien zu verzichten, sagte er so ruhig wie möglich: „Passen Sie auf, ich unterschreibe den Strafzettel. Aber lassen Sie mich jetzt heraus."

„Es steht Ihnen frei, den Strafzettel zu unterschreiben", entgegnete sie gelassen, „doch das würde Sie nicht aus der Zelle herausbringen. Da ist noch Ihre Strafe wegen Widerstands bei Inhaftnahme."

„Wegen all dieser falschen, erschwindelten …"

„Ich könnte noch hinzufügen, wegen Erregung öffentlichen Ärgernisses", zog sie in Erwägung und blickte versonnen über den Berg ihrer Papiere.

Phil kochte jetzt vor Wut. Man sah es an der starren Haltung seines muskulösen Körpers, dem grimmigen Zug um den Mund, den stolzen Augen.

Vicky spürte ein kleines Zwicken in den untersten Regionen ihres Magens, oh ja, sie konnte klar erkennen, warum sein Name mit Dutzenden attraktiver Frauen in Verbindung gebracht wurde. Er war zweifellos der schönste Vertreter des männlichen Geschlechts, den sie je zu Gesicht bekommen hatte. Es war dieser Hauch aristokratischer Zurückhaltung, gekoppelt mit einem außergewöhnlich wohlproportionierten Körperbau und einem explosiven Temperament.

Einen langen, stummen Augenblick kreuzten sich ihre Blicke. Der seine stürmisch – der ihre ruhig.

„In Ordnung", murmelte er. „Wie viel?"

Vicky hob eine Braue. „Eine Bestechung, Kincaid?"

Diesmal kannte er seine Beute zu gut. „Nein. Wie hoch ist meine Geldstrafe ... Sheriff?"

„Zweihundertfünfzig Dollar." Mit einem raschen Schwung ihres Kopfes warf sie das Haar über die Schultern. „Oder Sie hinterlegen die Kaution von fünfhundert."

Mit einem finsteren Blick zog Phil seine Brieftasche. Sobald ich hier raus bin, dachte er rachelüstern, lasse ich diese sehr hübsche, aber anmaßende junge Dame dafür zahlen.

Ein Blick in die Brieftasche verriet ihm, dass er um hundert Dollar zu knapp war. Er stieß einen Fluch aus, sah wieder zu Vicky. Sie zeigte noch immer ihre geduldig freundliche Miene. Er hätte sie mit Wonne erwürgen mögen. Stattdessen probierte er es mit einer anderen Taktik. Charme hatte ihm bei Frauen stets Erfolg gebracht.

„Ich hab vorhin ein bisschen die Nerven verloren, Sheriff", fing er an und setzte das verbindliche Werbelächeln auf, für das er berühmt war. „Ich bitte um Entschuldigung. Ich bin seit Tagen mit meinem Auto unterwegs, und Ihr Gehilfe hat mir den Rest gegeben." Vicky sah ihn weiter freundlich an. „Falls ich irgendetwas Unbotmäßiges zu Ihnen gesagt haben sollte, so geschah es einzig und allein, weil Sie nicht der landläufigen Vorstellung eines Kleinstadt-Friedensrichters entsprechen." Er lächelte keck wie ein Schulbub, den man beim Naschen ertappt hat.

Vicky war versucht, die Beine auf den Schreibtisch zu legen, aber natürlich tat sie es nicht. „Ein bisschen knapp bei Kasse, Kincaid?", fragte sie ungerührt.

Phil biss sich auf die Zunge, um eine wütende Antwort zu verschlucken. „Ich trage unterwegs nicht gerne größere Summen Bargeld bei mir."

„Sehr vernünftig", lobte sie. „Aber Kreditkarten nehmen wir hier nicht an."

„Verdammt, ich muss hier raus!"

Vicky musterte ihn leidenschaftslos. „Platzangst kaufe ich Ihnen nicht ab", befand sie. „Nicht, nachdem ich gelesen habe, wie Sie durch ein zwei Fuß enges Rohr gekrochen sind, um die Kameraeinstellung zu ‚Nacht der Verzweiflung' zu kontrollieren."

„Es ist nicht ..." Phil stockte. Unwillkürlich kniff er die Augen etwas zusammen. „Sie wissen, wer ich bin?"

„Oh, ich gehe ein paarmal im Jahr ins Kino", verkündete sie fröhlich.

Sein Blick wurde hart. „Falls das hier so eine Art von Erpressung werden soll ..."

Ihr kehliges Lachen schnitt ihm das Wort ab. „Ihr Eigendünkel ist olympiareif." Seine Miene bekam etwas derart Ungläubiges, dass sie lachend aufstand. „Kincaid, es interessiert mich nicht, wer Sie sind und was Sie für Ihren Lebensunterhalt tun. Sie sind ein jähzorniger Mann, der sich weigert, die Gesetze zu achten, und damit Anstoß erregte." Sie kam zur Zelle herübergeschlendert, und wiederum nahm er jenen Hauch feinen Parfüms wahr, der besser zu französischer Seide als zu verblasstem Baumwolldrillich gepasst hätte. „Ich bin dazu verpflichtet, Sie zu resozialisieren."

Bei so viel hinreißender Schönheit vergaß er schlagartig seinen Ärger. „Ihr Gesicht – diese Ebenmäßigkeit", murmelte er. „Ich könnte einen ganzen Film rund um dieses Gesicht drehen."

Vicky war sich völlig im Klaren, dass sie äußerlich anziehend war. Sie wäre eine komplette Närrin gewesen, dies abzuleugnen. Unzählige Männer hatten ihr Komplimente über ihr Aussehen gemacht. Dies hier war kaum ein Kompliment. Aber irgendetwas in Phils Tonfall, in seinen Augen, jagte ihr ein Kribbeln über den Rücken. Sie erhob keinerlei Protest, als er eine Hand durch die Gitterstäbe streckte, um ihr Haar zu berühren. Er ließ es durch seine Finger gleiten, während sein Blick unverwandt auf ihr ruhte.

Vicky spürte sich von einer Hitzewelle erfasst, gegen die sie sich immun geglaubt hatte. Es durchfuhr sie so blitzartig, als wäre sie aus einem kühlen, verdunkelten Zimmer in die grelle Sonne hinausgetreten. Es war jene Art von Hitze, die die Knie einknicken lässt und einen wie vor einer Naturerscheinung in Sprachlosigkeit versetzt. Sie stand wie gelähmt.

Ein gefährlicher Mann, folgerte sie überrascht. Ein sehr gefährlicher Mann. Sie bemerkte ein verlangendes Flackern in seinen Augen und gleich darauf eine Spur von Belustigung. Seine Mundwinkel bogen sich leicht nach unten, während er sie immer noch musterte.

„Baby", sagte er mit einem diabolischen Lächeln, „ich könnte einen Star aus dir machen."

Die bewusst abgedroschene Phrase zerriss die Spannung und brachte sie zum Lachen. „Oh, Mr. Kincaid", sagte sie mit der rauchigen Stimme eines verruchten Vamps, „könnte ich wirklich eine Probeaufnahme bekommen?" Ein verblüffter Phil wurde Zeuge, wie sie sich in theatralischer Pose gegen die Gitterstäbe lehnte.

„Ich werde auf dich warten, Johnny", rezitierte sie aus dem Stegreif mit zitternden Lippen und tränenfeuchten Augen. „Einerlei, wie lange es auch dauern mag, Johnny." Sie griff durch das Gitter, krallte sich mit einer Hand an Phil fest. „Ich werde dir jeden Tag schreiben", versprach sie gebrochen. „Und jede Nacht von dir träumen. Oh, Johnny ...", ihre Wimpern senkten sich flatternd, „küss mich noch einmal zum Abschied!"

Fasziniert wollte Phil ihr gehorchen, aber kurz bevor seine Lippen die ihren berührten, trat sie lachend zurück. „Nun, wie war ich, Mr. Hollywood? Bekomme ich die Rolle?"

Phil betrachtete sie zwischen Erheiterung und Verdruss. Ein Jammer, dachte er, dass ich nicht wenigstens eine Kostprobe dieser herrlichen Lippen zu schmecken bekommen habe. „Ein bisschen übertrieben", sagte er schroffer, als er wollte, „aber für eine Anfängerin nicht schlecht."

Vicky zwinkerte ihm freundschaftlich zu. „Jetzt sind Sie böse."

„Böse?", wiederholte er verärgert. „Haben Sie jemals in einem dieser elenden Käfige gesessen?"

„Allerdings, das habe ich." Sie warf ihm ein leichtes Lächeln zu. „Und unter weniger glücklichen Umständen als Sie. Entspannen Sie sich, Kincaid. Ihr Freund wird kommen und die Kaution für Sie hinterlegen."

„Der Bürgermeister", sagte Phil in plötzlicher Eingebung. „Ich will den Bürgermeister sprechen. Ich habe ihm ein geschäftliches Angebot zu unterbreiten", fügte er hinzu.

„Oh." Vicky überlegte kurz. „Tja, ich bezweifle, ob ich es Ihnen für einen Samstag genehmigen kann. Der Bürgermeister geht samstags immer fischen. Möchten Sie es nicht mir erzählen?"

„Nein."

„In Ordnung. Übrigens, Ihr letzter Film hätte den Oscar erhalten sollen. Es war der schönste Kinostreifen, den ich je gesehen habe."

Der plötzliche Wechsel in ihrem Verhalten verwirrte Phil. Argwöhnisch forschte er in ihrem Gesicht, fand aber nichts als schlichte Ehrlichkeit darin. „Danke."

„Eigentlich sehen Sie nicht aus wie ein Mann, der einen Film mit Intelligenz, Redlichkeit und Gefühl zustande bringt."

Mit einem kurzen Auflachen fuhr er sich mit der Hand durch das Haar. „Erwartet man von mir, dass ich jetzt gleichfalls Danke sage?"

„Nicht nötig. Es ist nur, dass Sie haargenau wie der klassische Frauenheld aussehen, der sich mit all diesen hochgestochenen Berühmtheiten amüsiert. Wann finden Sie dabei eigentlich Zeit zum Arbeiten?"

Er schüttelte über so viel unverfrorene Ehrlichkeit den Kopf. „Ich ... führe Regie", presste er grimmig hervor.

„Das erfordert eine Menge Vitalität."

„Für die Arbeit oder die eingebildeten Berühmtheiten?"

„Ich nehme an, sie kennen die beste Antwort darauf." Bevor er eine vernünftige Antwort formulieren konnte, fuhr sie fort: „Erzählen Sie Max möglichst nicht, dass Sie Filmemacher sind. Er würde anfangen, wie John Wayne zu gehen und uns beide zum Wahnsinn treiben."

Er erwiderte ihr Lächeln, sagte aber nichts. Schweigend sahen sie sich an, jeder auf der Hut. Die gegenseitige, überaus große Anziehungskraft gefiel keinem von beiden.

„Sheriff", sagte Phil betont freundlich, „ich bitte um ein Telefongespräch. Denken Sie an das Gebot von der Barmherzigkeit."

Plötzlich flog die Tür der Polizeistation auf.

„Sheriff!"

„Nur hereinspaziert, Mr. Hollister", sagte Vicky im Ton einer gütigen Krankenschwester zu einem stämmigen, zorngeröteten Mann, der einen mageren, erschrockenen Halbwüchsigen am Kragen mit sich zog. „Was gibt es für Probleme?" Ohne Hast kehrte sie zum Schreibtisch zurück, stieg mechanisch über den schlafenden Hund hinweg.

„Diese Punker", begann der Mann und schnaufte von der Anstrengung des Laufens. „Ich habe Sie schon mehrmals vor ihnen gewarnt!"

„Die Kramer-Zwillinge?" Vicky nahm auf der Ecke des Schreibtisches Platz und sah auf die fleischige Hand, die den dünnen Arm des Jungen wie ein Schraubstock umklammert hielt. Dann wandte sie sich an den Jungen: „Du bist Telly, nicht wahr?"

Der Junge schluckte schwer. „Ja, Madam – Sheriff. Telly Swanson."

„Geh und hole Mr. Hollister ein Glas Wasser, Telly. Gleich da hinten geht's längs."

„Er wird zur Hintertür 'raus sein, bevor Sie spucken können", japste Hollister, holte ein kariertes Taschentuch aus der Tasche und wischte sich den Schweiß von der Stirn.

„Nein, das wird er nicht", entgegnete Vicky ruhig. Sie gab dem Jungen ein Zeichen mit dem Kopf und zog für Hollister einen Stuhl heran. „Nun setzen Sie sich erst einmal hin, sonst werden Sie noch krank."

„Krank?" Hollister fiel in den Stuhl, und der Junge stolperte davon. „Ich bin schon krank. Diese – diese grässlichen Punker."

„Ja, ich weiß. Die Kramer-Zwillinge."

Sie wartete geduldig, während Hollister eine längere, manchmal zusammenhanglose Abhandlung über die heutige Jugend vom Stapel ließ. Phil hatte die Gelegenheit, das zu tun, was er am besten beherrschte: Er beobachtete den Vorgang fasziniert.

Der Junge kam mit dem Glas Wasser zurück. Auf seinen Wangen prangten hellrote Flecke. Phil nahm an, dass es ihm schwergefallen sein musste, nicht durch die Hintertür zu entwischen. Er schätzte das Kerlchen auf etwa dreizehn Jahre, bis auf die Knochen abgemagert. Er hatte ein glattes, sympathisches Jungengesicht, einen dunklen Haarschopf und große braune Augen, denen offensichtlich in der Umgebung nichts zu entgehen schien. Entschieden war er zu dünn. Seine Jeans und das schmutzige Hemd hatten Löcher. Mit zitternder Hand reichte er Vicky das Glas. Als sie es entgegennahm, bemerkte Phil, wie sie ihm einen raschen, beruhigenden Klaps versetzte. Phil begann, sie gern zu haben.

„Hier." Vicky händigte Hollister das Glas Wasser aus. „Trinken Sie. Und danach erzählen Sie mir, was passierte."

Hollister stürzte den Inhalt des Glases in zwei langen Zügen hinunter. „Diese Punker lungern ewig hinter meinem Laden herum. Ich habe sie Dutzende Male weggejagt. Sie kommen vom Hof herein und stehlen, was ihnen in die Hände fällt. Ich hab's Ihnen schon früher berichtet."

„Gewiss, Mr. Hollister. Und was ist diesmal passiert?"

„Sie warfen einen Stein ins Fenster!" Er wurde alarmierend rot. „Und der da war bei ihnen. Rannte nicht schnell genug weg."

„Verstehe." Sie warf einen Blick auf Telly, dessen Augen auf seine Segeltuchschuhe gerichtet waren. „Welcher von ihnen hat den Stein geworfen?"

„Hab' ich nicht geseh'n, welcher es war, aber ich schnappte diesen hier." Hollister stand auf, stopfte das feuchte Taschentuch in seine Tasche und sagte: „Ich verlange Bestrafung."

Phil sah den Jungen erbleichen. Obgleich Vicky weiterhin Hollister anschaute, richtete sie das Wort an Telly: „Geh und setz dich ins Hinterzimmer, Telly." Sie wartete, bis der Junge außer Hörweite war. „Sie handelten richtig, ihn herzubringen, Mr. Hollister", sagte sie anerkennend. „Sie haben ihm einen gehörigen Schrecken eingejagt."

„Er gehört eingesperrt", schnaubte der Mann.

„Oh, das würde Ihr Fenster nicht heil machen", versetzte sie gelassen. „Und es würde den Jungen in den Augen der Zwillinge nur als Helden dastehen lassen."

„Zu meiner Zeit …"

„Ich nehme an, Sie und mein Vater haben niemals Fenster eingeschlagen", sagte sie bedächtig und sah ihm fest in die Augen. Hollister brauste auf. Mit wütendem Gesicht und gestikulierenden Händen krakeelte er:

„Ich lasse mir das nicht gefallen. Ich werde diesen Burschen …"

„Nein, überlassen Sie mir die Sache, Mr. Hollister. Dieses Kind ist ungefähr drei Jahre jünger als die Kramer-Zwillinge." Sie dämpfte die Stimme, sodass Phil sich anstrengen musste, sie zu verstehen. „Der Junge hätte ohne Weiteres weglaufen können."

Hollister trat von einem Fuß auf den anderen. „Er hat's nicht versucht", knurrte er. „Stand nur da und guckte. Aber mein Fenster …"

„Was kostet es, die Scheibe zu ersetzen?"

Er zog die Brauen zusammen und pustete eine Minute. „Fünfundzwanzig Dollar sollten reichen."

Vicky ging um den Schreibtisch herum und zog eine Schublade auf. Nachdem sie die Banknoten abgezählt hatte, reichte sie sie ihm herüber. „Sie haben mein Wort, ich werde mich mit ihm befassen – und mit den Kramer-Zwillingen."

„Genau wie Ihr alter Herr", murmelte Hollister und klopfte ihr linkisch auf die Schulter. „Ich will aber nicht, dass die Kramers länger um meinen Laden herumhängen."

„Ich kümmere mich darum."

Endlich schien Hollister einigermaßen zufriedengestellt und ging.

Grübelnd blickte Vicky vor sich hin. Ich bin nicht wie mein alter Herr, dachte sie. Vater war immer so sicher. Ich dagegen bin voller Selbstzweifel. Phil vernahm ihren leisen, besorgten Seufzer und wunderte sich ein wenig.

„Telly!", hörte er sie rufen. Gleich darauf erschien der Junge im Eingang. Mit ängstlichen Blicken suchte er den Raum nach Hollister ab, sah dann scheu Vicky an. Sie winkte ihn zu sich heran. Forschend musterte sie sein blasses, erschrockenes Gesicht. Ihr Herz schmolz, doch ihre Stimme klang fest.

„Ich will dich nicht fragen, wer den Stein geworfen hat."

Telly öffnete den Mund, schloss ihn aber resolut und schüttelte den Kopf.

„Warum bist du nicht weggelaufen?"

„Ich hab' nicht – ich konnte nicht ..." Er biss sich auf die Lippe. „Ich glaub', ich war zu erschrocken."

„Wie alt bist du, Telly?" Sie hätte ihm gern das wirre Haar aus der Stirn gestrichen. Stattdessen hielt sie ihre Hände fest im Schoß gefaltet.

„Vierzehn, Sheriff. Ehrlich." Sein Blick flog zu ihr hoch und wieder fort, wie ein kleiner, verängstigter Vogel. „Gerade letzten Monat geworden."

„Die Kramer-Zwillinge sind sechzehn", stellte sie ruhig fest. „Hast du keine gleichaltrigen Freunde, Telly?"

Er zuckte mit den Schultern, was alles Mögliche heißen konnte.

„Ich werde dich nach Haus bringen und mit deinem Vater reden müssen."

Bisher war er nur erschrocken gewesen, doch jetzt stand in seinen Augen nackte Angst. „Bitte", flüsterte er, als ob er unfähig sei, mehr als dies eine Wort hervorzubringen. Und selbst das Flüstern klang hoffnungslos.

„Telly, hast du Angst vor deinem Vater?"

Der Junge schluckte, sagte aber nichts. „Schlägt er dich?" Er befeuchtete die Lippen, sein Atem zitterte. „Telly", Vickys Stimme wurde sehr sanft, „du kannst es mir ruhig erzählen. Ich bin da, um dir zu helfen."

„Er …", würgte Telly. Dann schüttelte er geschwind den Kopf. „Nein, Madam."

Erschüttert sah Vicky das Flehen in seinen Augen. „Nun, da dies vermutlich der erste Verstoß ist, können wir die Sache unter uns abmachen."

„M…Madam?"

„Telly Swanson, du wurdest wegen groben Unfugs festgenommen. Hast du die Anklage verstanden?"

„Ja, Sheriff."

„Du schuldest dem Gericht fünfundzwanzig Dollar als Schadensersatz, die du nach der Schule und an Wochenenden in Raten von zwei Dollar pro Stunde abarbeiten wirst. Du wirst zu einer Strafe von sechs Monaten auf Bewährung verurteilt, in welchen du dich von den Kramer-Zwillingen fernzuhalten hast. Einmal wöchentlich hast du mir Bericht zu erstatten, und ich werde als dein Bewährungshelfer tätig sein."

Telly starrte sie an, während er versuchte, das Gesagte zu verarbeiten. „Sie werden nicht … Sie werden meinem Vater nichts sagen?"

Langsam stand Vicky auf. Er war kleiner als sie, sodass er zu ihr hochschauen musste. „Nein." Sie legte die Hände auf seine Schultern. „Enttäusch mich nicht."

Seine Augen standen voller Tränen, die er hastig wegwischte. Vicky hätte ihn gern ans Herz gedrückt, wusste es aber besser. „Sei morgen früh hier. Ich habe Arbeit für dich."

„Ja, ja, Madam – Sheriff." Vorsichtig wich er zurück, darauf gefasst, dass sie ihre Meinung im letzten Moment doch noch änderte. „Ich werde hier sein, Sheriff." Er tastete nach der Türklinke, ließ Vicky dabei nicht aus den Augen. „Vielen Dank." Wie der Blitz war er draußen.

„Sheriff", sagte Phil verhalten, „Sie sind wirklich eine Lady."

Vicky fuhr herum. Phil sah sie mit einem eigenartigen Ausdruck an. Zum ersten Mal spürte sie die volle Wirkung seines durchdringenden Blicks. Verwirrt ging sie zu ihrem Schreibtisch zurück. „Hat es Ihnen Spaß gemacht, die Mühlen des Gesetzes mahlen zu sehen, Kincaid?", fragte sie.

„Das hat es in der Tat." Sein Ton war ausreichend ernst, um sie zu veranlassen, wieder zu ihm hinzusehen. „Sie haben sich bei dem Jungen richtig verhalten."

Vicky starrte ihn einen Augenblick an, dann stieß sie einen langen Seufzer aus. „Hab' ich das? Es wird sich erweisen. Warten wir's ab. Haben Sie je ein misshandeltes Kind gesehen, Kincaid? Ich würde Ihre Fünfzehnhundert-Dollar-Uhr darauf verwetten, dass soeben eins hinausgegangen ist. Und es gibt verdammt nichts, was ich daran ändern kann."

„Es gibt Gesetze", sagte er und ärgerte sich über die Gitterstäbe. Er hatte das jähe Verlangen, sie zu berühren.

„Und Gesetze", murmelte sie und beugte sich über ihre Papiere. Als die Tür auflog, schaute sie hoch. „Ah, du bist es, Max. Gut. Übernimm das hier. Ich muss fort. Zum Kramerschen Haus."

„Die Zwillinge?"

„Wer sonst?" Vicky zerrte einen schwarzen flachrandigen Hut vom Haken. „Ich esse unterwegs etwas und bringe auch etwas für unseren Gast hier mit. Was halten Sie von Gebratenem, Kincaid?"

„Steak, medium", gab er zurück. „Dazu Salat nach Art des Hauses mit Essig und Öl sowie einen guten Bordeaux."

„Lass dich nicht von ihm einschüchtern, Max", warnte Vicky und ging zur Tür. „Er ist ein Windbeutel mit Schlagsahne."

„Sheriff, das Telefongespräch!", rief Phil ihr zu, als sie schon halb zur Tür hinaus war.

Mit einem ergebenen Seufzer drehte Vicky sich um. „Max, lass den armen Mann das Telefon benutzen. Aber nur ein Gespräch", setzte sie energisch hinzu und schloss die Tür.

Neunzig Minuten später kam Vicky mit einem Henkelkorb aus Weidengeflecht über dem Arm hereingeschlendert. Phil saß auf seiner Pritsche und rauchte. Max saß am Schreibtisch, hatte die Füße auf die Platte gelegt, den Hut über das Gesicht gezogen und schnarchte sanft.

„Ist die Party vorbei?", fragte Vicky.

Phil warf ihr einen gequälten Blick zu. Leise lachend ging sie zu Max und gab ihm einen Schlag auf die Schulter. Blitzartig fuhr er hoch, dabei kratzten seine Stiefelabsätze über das Holz.

„Ah, du bist's, Vicky", stotterte er und bückte sich, um seinen heruntergefallenen Hut vom Boden aufzuheben.

„Irgendwelchen Ärger mit dem hoffnungslosen Fall gehabt?"

Max sah sie verständnislos an, dann grinste er einfältig. „Geh, Vicky."

„Du kannst jetzt Mittagspause machen. Vor Dienstschluss wirf noch einen Blick in Hernandez' Bar und in die Badeanstalt."

Max drückte seinen Hut wieder auf den Kopf. „Willst du, dass ich auch Bestlers Garage kontrolliere?"

„Nein", antwortete sie und dachte an die Samstag-Pokerrunde. Max würde es für seine Gesetzespflicht halten, sie auffliegen zu lassen. „Das hab' ich auf dem Herweg schon besorgt."

„Gut, okay …" Er schlurfte zur Tür, blieb auf halbem Wege stehen und warf einen Seitenblick zu Phil. „Einer von uns sollte die Nacht über hierbleiben."

„Ich bleibe hier." Sie nahm das Schlüsselbund vom zweiten Haken und ging zur Zelle hinüber. „Ich habe ein paar Sachen zum Wechseln im Hinterzimmer."

„Mhm … ja, aber Vicky …" Er wollte zum Ausdruck bringen, dass sie letztlich eine Frau sei und der Gefangene ein paar vielsagende Blicke auf sie geworfen habe.

„Ja?" Vicky blieb vor Phils Zelle stehen.

„Nichts", murmelte Max. Ihm war rechtzeitig eingefallen, dass Vicky sehr gut für sich selbst einstehen konnte und es immer getan hatte. Leicht errötend bewegte er sich zum Ausgang.

„War das nicht reizend?" Sie lachte leise. „Er ist um meine Tugend besorgt."

„Weiß er nichts von dem gefährlichen Revolver in Ihrer Schublade?", fragte Phil spitz.

„Natürlich weiß er davon." Vicky schloss die Zellentür auf. „Ich habe ihm eingetrichtert, dass ich ihm sämtliche Finger brechen werde, falls er damit spielt. Hungrig?"

Phil warf einen missmutigen Blick auf den Henkelkorb. „Schon möglich."

„Oh, kommen Sie, Kincaid. Spielen Sie nicht die Mimose. Hat's mit Ihrem Telefongespräch nicht geklappt?" Sie sprach, als müsste sie einen kleinen Jungen beschwichtigen, und veranlasste Phil zu einem widerstrebenden Lächeln.

„Doch, es hat geklappt." Da die Unterhaltung mit seinem Produzenten positiv verlaufen war, war er gewillt, gute Miene zum bösen Spiel zu machen. Außerdem starb er fast vor Hunger. „Was ist da drin?"

„Reichhaltige Nahrung. Köstliche Steaks, Salat, Röstkartoffeln ..."

„Sie nehmen mich auf den Arm!" Er kam hoch und beugte sich tief über den Korb.

„Ich scherze nie mit einem Mann, wenn es ums Essen geht, Kincaid. Ich bin eine Menschenfreundin."

„Ich sage Ihnen präzise, was Sie sind, sobald ich gegessen habe." Phil holte einen Teller heraus und zog die Folie ab. Ein riesiges Steak kam zum Vorschein, das verführerisch duftete. Er setzte sich auf einen wackligen Holzstuhl, verzehrte heißhungrig seine kostenlose Mahlzeit.

„Sie äußerten keinen speziellen Wunsch wegen des Desserts, also habe ich Apfeltorte genommen." Vicky holte eine dicke Schnitte aus dem Korb heraus.

„Fast könnte ich meine Meinung über Sie ändern", verkündete Phil.

„Übereilen Sie nichts", riet sie.

„Sagen Sie mir eins, Sheriff." Er schluckte seinen Bissen hinunter und zeigte mit der Gabel auf den noch immer schlafenden Hund. „Bewegt das Ding sich nie?"

„Nicht, wenn es sich auch nur irgendwie vermeiden lässt."

„Lebt es überhaupt?"

„Das letzte Mal sah's noch so aus. Tut mir leid wegen des Bordeaux. Es ist gegen die Vorschriften. Ich habe Ihnen einen Dr. Pepper mitgebracht."

„Einen was?"

Vicky holte eine Flasche Mineralwasser aus dem Korb heraus. „Nehmen Sie's oder lassen Sie's."

Nach kurzem Überlegen griff Phil zu. „Was ist mit dem Bürgermeister? Haben Sie ihn gesprochen?"

„Ich hinterließ ihm eine Nachricht. Wahrscheinlich kommt er morgen, um sich mit Ihnen zu unterhalten."

Phil drehte den Schraubverschluss der Flasche ab und sah

Vicky stirnrunzelnd an. „Sie beabsichtigen hoffentlich nicht, mich in diesem Käfig übernachten zu lassen?"

Vicky hob den Kopf und begegnete ruhig seinem Blick. „Sie haben eine merkwürdige Einstellung zum Gesetz, Kincaid. Denken Sie, ich sollte Ihnen ein Hotelzimmer bestellen?"

Er spülte das Steak mit dem Mineralwasser herunter und verzog das Gesicht. „Sie sind überaus hartnäckig, Sheriff."

„Mhm … ja." Mit spöttischer Miene nahm sie auf dem Pritschenrand Platz. „Schmeckt's?"

„Es ist gut. Möchten Sie auch etwas?"

„Danke, ich habe schon gegessen." Sie belauerten sich gegenseitig mit dem gleichen spekulierenden Gesichtsausdruck. „Was macht Phillip Kincaid, der Wunderknabe aus Hollywood, in Friendly, New Mexico?"

„Ich war auf der Durchreise", antwortete er spröde. Er hatte nicht die Absicht, mit ihr über seine Pläne zu reden. Eine innere Stimme sagte ihm, dass er auf ein gerüttelt Maß Ablehnung stoßen würde.

„Mit einer Geschwindigkeit von hundertfünfzig Stundenkilometern", rief sie ihm ins Gedächtnis.

„Mag sein."

Mit einem kurzen Auflachen lehnte sie sich gegen die Ziegelwand zurück. Er beobachtete die Art, wie ihr das Haar lässig über die Schultern fiel. Ein Mann würde verrückt danach sein, mit dieser Lady einen Flirt zu beginnen, schoss es ihm durch den Kopf. Und Phillip Kincaid war ein vollkommen normaler Mann.

„Und was macht Victoria L. Ashton, die das Sheriff-Abzeichen trägt, in Friendly, New Mexico?"

„Sie erfüllt eine Verpflichtung", antwortete sie leise und zögernd.

„Die Rolle passt nicht zu Ihnen." Er musterte sie aufmerksam. „Ich bin Fachmann und kann beurteilen, wer geeignet ist und wer nicht. Ihre Hände sind zu zart."

„Ein Sheriff arbeitet nicht mit den Händen", belehrte Vicky ihn.

„Ein Sheriff benutzt auch kein Hundertfünfzig-Dollar-Parfüm, das dazu bestimmt ist, die Männer zu betören."

„War es für diesen Zweck bestimmt?", fragte sie belustigt.

„Ein Sheriff", fuhr er fort, „sieht gemeinhin auch nicht so aus, als wäre er geradewegs dem Titelblatt einer Frauenzeitschrift entstiegen, behandelt seinen Gehilfen nicht wie einen jüngeren Bruder und zahlt die Geldstrafe für einen hergelaufenen Jungen nicht aus dem eigenen Portemonnaie."

„Alle Achtung!", sagte Vicky spöttisch. „Sie sind ein ungewöhnlich aufmerksamer Beobachter ..." Phil zuckte die Achseln und setzte seine Mahlzeit fort. „Und für welche Rolle würden Sie mich einsetzen, Herr Regisseur?"

„Beim ersten Sehen fielen mir verschiedene ein. Inzwischen bin ich mir nicht mehr so sicher. Sie sind keine zarte Wüstenblume. Sie könnten es sein, wenn Sie wollten, aber Sie wollen es nicht. Sie sind auch keine hochgestochene Intellektuelle. Obwohl man dies in Erwägung ziehen könnte." Den Pappteller mit dem Tortenstück in der Hand stand er auf und nahm neben ihr auf der Pritsche Platz. „Wissen Sie, es gibt eine Menge Leute auf dieser wundersamen Welt, die mich liebend gerne als Zuhörer erleben würden, um mir ihre Lebensgeschichte zu erzählen. Das können Sie mir wirklich glauben."

„Mindestens drei von vieren", schätzte sie ironisch.

„Sie gehen streng mit meinem Ego um, Sheriff." Er kostete das Tortenstück, fand es gut und offerierte ihr den nächsten Bissen. Vicky ließ es zu, von ihm gefüttert zu werden. Die Torte war locker, würzig und noch warm.

„Was möchten Sie wissen?", fragte sie und schluckte den Bissen hinunter.

„Warum stecken Sie Männer ins Gefängnis, anstatt ihnen die Herzen zu brechen?"

Lachend lehnte Vicky den Kopf gegen die Wand, zögerte aber etliche Sekunden mit der Antwort. Es war so lange her, seit sie Gelegenheit gehabt hatte, mit jemandem zu sprechen – ein echtes Gespräch mit einem erwachsenen Menschen zu führen. Er war ein interessanter, aufgeschlossener Mann und, wie es schien, im Augenblick harmlos.

„Ich bin hier aufgewachsen", erklärte sie schlicht.

„Aber Sie sind nicht hiergeblieben." Als sie ihm einen spöttischen Blick zuwarf, gab er ihr einen weiteren Tortenbissen. Ihm fiel ein, dass es sehr lange her war, seit er mit einer Frau zusammen gewesen war, die nichts von ihm wollte oder gar erwartete. „Sie besitzen zu viel Schliff, Victoria." Er stellte fest, wie gut ihm ihr Name auf der Zunge zerging. „Und den haben Sie nicht in Friendly erworben."

„Harvard", gab sie unumwunden zu. „Rechtswissenschaften."

„Aha!" Phil nickte respektvoll. „Ja, das passt zu Ihnen. Ich sehe Sie mit lederner Aktenmappe und im schwarzen Maßkostüm vor mir. Warum praktizieren Sie nicht mehr?"

„Das tue ich. Ich habe eine Praxis in Albuquerque." Sie zog die Stirn kraus. „Schwarzes Maßkostüm?"

„Oder grau. Sehr dezent. Wie können Sie eine Anwaltspraxis in Albuquerque haben und sich gleichzeitig in Friendly aufhalten?" Er streifte ihr beiläufig das Haar von der Schulter. Eine Geste, die keinem von beiden auffiel.

„Ich nehme vorübergehend keine neuen Fälle an, und so ist meine Arbeitslast verhältnismäßig gering." Sie tat es mit einem Achselzucken ab. „Was ich kann, arbeite ich schriftlich aus und mache einen raschen Abstecher, wenn es notwendig ist."

„Sind sie eine gute Anwältin?"

In Vickys Augen tanzten Spottlichter. „Ich bin eine gefürchtete Anwältin, Kincaid, aber Sie kann ich aus – ethischen Gründen nicht vertreten."

Er schob ihr einen weiteren Bissen in den Mund. „Und was hat Sie bewogen, nach Friendly zurückzukehren?"

„Sie stecken Ihre Nase wohl gern in alles hinein, ja?"

„So ist es."

Sie lachte. „Mein Vater war hier jahrzehntelang Sheriff." Trauer flackerte kurz in ihren Augen auf, wurde bezwungen. „Ich nehme an, es war seine in sich ruhende Persönlichkeit, die die Stadt zusammenhielt. Als er starb, wusste niemand, was nun werden soll. Es mag seltsam klingen, aber in einer Stadt dieser Größenordnung vermag eine einzige Person sehr viel auszurichten, und er war ... ein ganz besonderer Mann."

Die Wunde ist noch nicht verheilt, dachte er und ließ keinen Blick von ihr. Wie lange mochte es her sein, seit ihr Vater verstorben war? Er unterließ es taktvoll, danach zu fragen.

„Jedenfalls bat mich der Bürgermeister, in die Bresche zu springen und die Lücke zu füllen, bis ein neuer Sheriff gewählt worden ist. Da ich hier ohnehin einiges zu regeln hatte, stimmte ich zu. Niemand wollte den Posten haben außer Max, und der ist ..." Sie lächelte nachsichtig. „Nun ja, der ist noch nicht ganz reif dafür. Ich kenne die Gesetze, ich kenne die Stadt. In einigen Monaten wird eine Wahl stattfinden. Mein Name wird nicht auf dem Wahlzettel stehen. Habe ich damit Ihre Neugier befriedigt?"

Selbst in dem grellen Oberlicht schimmerte ihre Haut makellos, ihre Augen waren fast grün. Phil ertappte sich dabei, wie er ihr abermals das Haar aus der Stirn strich. „Nein", murmelte er.

Obgleich seine Augen die ihren nicht losließen, hatte Vicky das Gefühl, als umfassten sie ihren ganzen Körper – langsam und bedächtig. Völlig überraschend wurde ihr Mund auf einmal trocken. Sie stand auf.

„Das wär's dann", sagte sie leichthin und begann das gebrauchte Geschirr einzupacken. „Bei der nächsten Mahlzeit erwarte ich dann Ihre Lebensgeschichte." Sie spürte seine Hand auf ihrem Arm und hielt in der Bewegung inne. Langsam sah sie zu ihm auf. „Kincaid", flüsterte sie. „Sie sitzen schon genügend in der Patsche."

„Ich bin bereits im Gefängnis."

„Die Dauer Ihres Aufenthalts kann leicht verlängert werden."

Er konnte nicht widerstehen und zog sie in die Arme. „Wie viel kann ich aufgebrummt bekommen, wenn ich einen Sheriff küsse?"

„Was Sie bekommen, ist eine gebrochene Rippe, wenn Sie mich nicht augenblicklich loslassen." Fehlkalkulation, konstatierte sie bei sich. Dieser Mann ist niemals harmlos. Sie musste zugeben, dass es sich wundervoll anfühlte, von ihm umfasst zu werden. Sein Mund war sehr nah und sehr verführerisch. Es war aber schlicht unmöglich, ihre Positionen zu vergessen.

„Vicky", raunte er. „Mir gefällt, wie der Name klingt." Seine Finger tasteten ihren Rücken hinauf, vergruben sich in ihrem Haar. Eng hielt er sie an sich gepresst, spürte ihr schwaches Zittern. „Ich glaube, ich fange an, Sie zu begehren."

Ein Ringkampf würde nichts nützen, geschweige denn Drohungen, dachte sie. Da ihr eigenes Blut zu sieden begann, musste sie schnell handeln. Sie beugte den Kopf leicht zurück. „Wurden Sie je zuvor von einer Frau bezwungen, Kincaid?", fragte sie von oben herab.

Sie sah seine Augen zornig aufblitzen, die Finger in ihrem Haar lockerten sich. Vicky zwang sich, ruhig zu bleiben. Erregung durchschauerte sie, doch sie ignorierte es resolut. Seine Schenkel waren hart gegen die ihren gepresst, die Arme, die ihre Taille umfassten, muskulös gespannt. Sie zweifelte nicht daran, dass er nach ihr verlangte, doch das Glühen in seinen Augen warnte sie, keine neuerliche Fehlkalkulation zu begehen. Eine geschlagene Minute lang blieben sie eng umschlungen stehen.

Phils Finger entspannten sich, und er gab Vicky frei. Er trat zurück und sah sie an. „Ein andermal", sagte er beherrscht. „An einem anderen Ort."

Scheinbar gelassen begann Vicky erneut, das Geschirr zusammenzustellen. Das Herz klopfte ihr bis zum Halse. „Machen Sie sich nichts vor, Sie werden die gleiche Antwort erhalten."

„Den Teufel werde ich!"

Scheinbar gelangweilt drehte sie sich um, sah, wie er dastand und sie beobachtete. Mit den Händen in den Hosentaschen wippte er sachte auf den Absätzen. Dass er nur vorgab, so lässig zu sein, konnte Vicky deutlich an seinen Augen sehen. „Halten Sie sich an Ihre schwachköpfigen Blondinen", riet sie ihm kühl. „Sie lassen sich so gut fotografieren, wenn sie sich in Ihre Arme schmiegen."

Sie ist wütend, stellte Phil plötzlich fest, und weit mehr von meiner Gegenwart angetan, als sie vorgibt. Er erkannte seinen Vorteil und näherte sich ihr erneut. „Legen Sie das Abzeichen jemals ab, Sheriff?"

Vicky hielt ihre Augen gleichmütig auf ihn gerichtet. „Gelegentlich."

Phils Blick ruhte auf dem kleinen Stern. „Wann?"

Sie fühlte, dass sie auf dem Wege war, sich unterkriegen zu lassen, und entgegnete wachsam: „Das ist unerheblich."

„Das wäre es nicht." Er berührte mit einer Fingerspitze ihre schön geschwungenen Lippen. „Ich werde eine Menge Zeit damit verbringen, ihren verführerischen Mund zu erforschen."

Verwirrt trat Vicky einen Schritt zurück. „Ich fürchte, Sie werden weder Gelegenheit noch Zeit dazu finden."

„Ich finde die Gelegenheit und auch die Zeit, Sie ausgiebig in die Arme zu nehmen …", entgegnete er mit überlegenem Lächeln, „… Sheriff."

Wie er es bereits voraussah, wurde sie sehr zornig. „Sie eingebildeter Narr", sagte sie. „Halten Sie sich wirklich für unwiderstehlich?"

„Ganz recht." Er behielt dieses überlegene Lächeln bei. „Sind Sie nicht auch meiner Meinung?"

„Ich halte Sie für einen verwöhnten, selbstsüchtigen Narren."

Phil kämpfte um Selbstbeherrschung, denn verlor er sie, gab er seinen Vorteil preis. Er trat näher an Vicky heran. „Ist das jetzt eine dienstliche oder persönliche Meinung?"

Vicky warf den Kopf zurück. „Meine persönliche Meinung ist, dass Sie ..."

Er schnitt ihr mit einem brennenden Kuss das Wort ab.

Vicky war so überrascht, dass sie keinerlei Gegenwehr leistete. Sie hatte auch bereits den klaren Kopf verloren, vielleicht wollte sie auch gar nicht mehr entkommen. Sein Mund verführte sie erfahren, teilte ihre Lippen, sodass er das süße Innere gründlich erforschen konnte.

Vicky erwiderte den Kuss aus reinem Vergnügen. Sein Mund war hart, dann weich und sanft, dann wieder fordernd. Sie glaubte, in einen Abgrund zu sinken. Eine merkwürdige Schwäche überkam sie. Bevor sie sich vom ersten Ansturm erholt hatte, küsste Phil sie erneut. Sie klammerte sich wie eine Ertrinkende an ihm fest, war ganz der Sinneslust ausgeliefert.

Phil ließ seine Zunge leicht über die ihre gleiten, zog sie dann zurück, lockte Vicky so, ihm zu folgen. Sie tat es rückhaltlos und lernte die Geheimnisse und dunklen Tiefen seines Mundes kennen. Einen Moment lang erlaubte er Vicky die Führung. Dann umschlossen seine Hände ihren Kopf, und er presste seine Lippen mit aller Kraft auf die ihren. Er wollte Vicky schwach und nachgiebig und vollkommen besiegt erleben.

Als er von ihr abließ, stand Vicky vollkommen still, versuchte sich zu erinnern, was geschehen war. Ihre Verwirrung bereitete ihm unendliches Vergnügen.

„Ich erkläre mich schuldig, Euer Ehren", sagte er überheblich und ließ sich auf die Pritsche fallen. „Aber es hat sich gelohnt."

Heiße Wut ersetzte jedes andere Gefühl bei Vicky. Sie packte Phil vorne am Hemd. Phil leistete keinen Widerstand, sondern lächelte nur breit.

„Brutalitäten der Polizei", erinnerte er sie. Sie verwünschte ihn mit einem wahren Wortschwall und so mühelos, dass es ihm nicht gelang, seine Bewunderung zu verbergen. „Haben Sie das in Harvard gelernt?", fragte er in die Atempause hinein.

Vicky ließ ihn abrupt los, wirbelte herum und riss den Korb an sich. Mit einem wütenden Knall schloss sie die Zellentür und stürzte aus dem Wachrevier.

Noch immer lächelnd, streckte Phil sich auf der Pritsche aus und zündete sich eine Zigarette an. Runde eins hat sie gewonnen, sagte er sich. Doch die zweite Runde ging voll an mich. Träge blies er den Rauch in die Luft und begann, über eine Fortsetzung der gegenseitigen Machterprobung nachzugrübeln.

3. Kapitel

Als der Wecker schrillte, stieß Vicky ihn ungeduldig von dem kleinen Tisch. Er polterte auf den Fußboden und schrillte dort weiter. Sie vergrub ihren Kopf unter dem Kopfkissen. Morgens war sie nie in bester Verfassung. Das durchdringende Läuten ließ den Boden vibrieren, bis sie übellaunig hinunterlangte und die Geräuschkulisse abstellte. Nach einem guten Nachtschlaf war sie frisch und munter, nach einem schlechten unzugänglich.

Den größten Teil der Nacht hatte sie damit verbracht, sich ruhelos von einer Seite zur anderen zu drehen. Die Szene mit Phil hatte sie rasend gemacht. Nicht nur, weil er gewonnen hatte, sondern weil sie den Moment selbstvergessener Hingabe voll genossen hatte. Sie rollte sich auf den Rücken und nahm das Kopfkissen vom Gesicht. Das Schlimmste von allem war, dass er so einfach davongekommen war.

Sie konnte wahrhaftig nicht das Gesetz bemühen, um ihn für etwas zu bestrafen, das so persönlicher Natur gewesen war. Es war ihr eigener Fehler gewesen, die Aufsichtspflicht zu lockern und die Konsequenzen herauszufordern. Ja, es hatte ihr Freude gemacht, mit ihm zu reden, die Streitaxt gegen jemanden zu schwingen, der ebenso wortgewandt war wie sie. Sie hatte den geistigen Zweikampf mit einem Mann oft vermisst.

Aber das ist keine Entschuldigung, schalt sie sich selbst. Er hat mich meine Pflicht vergessen lassen, und ich habe es genossen. Angewidert warf Vicky das Kopfkissen beiseite und zuckte unter dem grellen Sonnenlicht zusammen.

Schon als Teenager hatte sie gelernt, wie man einem Gegner, der im Vorteil war, geschickt und ohne die eigene Position zu gefährden, auswich. Was hatte sie bewogen, diesmal auszurutschen? Sie hatte keine Lust, länger bei dem Gedanken zu verweilen, erhob sich missmutig von ihrem schlichten Behelfsbett und begann sich anzukleiden.

Jeder Muskel seines Körpers schmerzte von dem harten Lager. Phil streckte seine langen Beine aus und gab ein lautes Stöhnen von sich. Er war bereit zu schwören, dass Vicky die Klumpen in seiner Matratze zu seinem besonderen Wohlbefinden hineinpraktiziert hatte. Vorsichtig öffnete er die Augen und starrte auf den Mann in der Nachbarzelle. Der Mann schlief, wie er von der Sekunde an geschlafen hatte, als Vicky ihn um Mitternacht auf die Pritsche plumpsen ließ. Er schnarchte wie ein Bär. Als zwei kräftige Männer ihn hineinschleppten, war Phil noch amüsiert gewesen. Der Mann war selig betrunken, hatte Vicky seine „gute alte Vicky" genannt und sie unbekümmert verflucht, als sie ihn in die Zelle sperrte. Nachdem Phil sich dreißig Minuten lang das röhrende Schnarchen angehört hatte, verging ihm der Sinn für Humor.

Vicky hatte kein Wort zu ihm gesprochen und ihn keines Blickes gewürdigt, als sie sich mit dem Betrunkenen abgab. Es gefiel ihm, dabei festzustellen, dass sie noch immer wütend auf ihn war. Mehrmals in der Nacht war sie in dem Dienstraum aus- und eingegangen. Dann hatte sie mit dem gleichen kalten Schweigen die Eingangstür abgeschlossen. Er hatte es sehr genossen, bis er einen fatalen Fehler beging. Als Vicky im Hinterzimmer ihr Bett für die Nacht bereitete, um sich dann hineinzulegen, hatte er sich damit gefoltert, sie im Schattenspiel an der Wand beim Auskleiden zu beobachten. Das in Kombination mit einer unmöglichen Matratze und einem schnarchenden Trunkenbold hatte ihm eine unruhige Nacht beschert. Es ließ ihn nicht in allerbester Stimmung erwachen.

Stöhnend setzte er sich auf und blinzelte zu dem schlafenden

Mann in der Nachbarzelle. Der Mensch hatte ein rundes, gerötetes, jungenhaft glattes Gesicht, umringt von einem blond gelockten Haarkranz. Von dem Anblick unangenehm berührt, fuhr Phil sich über sein eigenes Kinn und fühlte die rauen Stoppeln. Als anspruchsvoller Mann empfand er den Mangel eines elektrischen Rasierers, einer heißen Dusche und frischer Wäsche als ausgesprochen widerwärtig. Er war daher entschlossen, sich zu diesen drei Dingen augenblicklich Zugang zu verschaffen, und stand auf.

„Vicky!" Seine Stimme klang barsch. Es war die Stimme eines Mannes, der es gewohnt war, dass man auf ihn hörte. Er bekam keine Antwort. „Verflucht noch mal, Vicky, kommen Sie da raus!"

Er rüttelte an den Stäben, wünschte kampfesfreudig, er hätte die Blechtasse behalten. Damit hätte er genügend Lärm machen können, um sogar den benebelten Mann in der Nachbarzelle aufzuwecken. „Vicky, kommen Sie raus aus dem Bett, aber etwas fix!"

Keine Antwort. Er fluchte, schwor bei allen Heiligen, niemals wieder jemandem zu gestatten, ihn in irgendetwas einzusperren. „Wenn ich hier herauskomme …", rief er drohend.

Gerade da betrat Vicky den Hauptraum. Sie trug einen Wasserkessel in der Linken. „Mund halten, Kincaid!", befahl sie.

„Jetzt hören Sie mir mal zu", versetzte er aufgebracht. „Ich verlange eine Dusche, einen Rasierer und meine Sachen. Und falls …"

„Und falls Sie nicht still sind, bis ich meinen Kaffee gemacht habe, bekommen Sie Ihre Dusche dort, wo Sie jetzt stehen." Sie hob unmissverständlich den Wasserkessel. „Sie können sich waschen, sobald Max erschienen ist." Sie holte die Kaffeekanne vom Bord und begann damit zu klappern.

„Sie sind beängstigend arrogant, wenn Sie einen Mann hinter Gittern sitzen haben", stellte er finster fest.

„Ich bin so oder so arrogant. Tun Sie sich selbst einen Gefallen, Kincaid, und beginnen Sie keinen Streit mit mir, bis ich meine zwei Tassen Kaffee getrunken habe. Ich bin morgens keine angenehme Plauderin."

„Ich warne Sie!" Seine Stimme klang tief und so gefährlich wie seine Gemütsverfassung. „Es wird Ihnen leidtun, mich hier eingesperrt zu haben."

Sie drehte sich zu ihm um und sah ihn das erste Mal an diesem Morgen an. Sein Aufzug war in einem chaotischen Zustand, die klaren Linien seines aristokratischen Gesichts waren durch die Bartstoppeln verwischt. An seiner Haltung erkannte sie, wie zornig er war. Dennoch sah er unwahrscheinlich attraktiv aus.

„Ich glaube, ich würde es bedauern, wenn ich Sie rausließe", murmelte sie, bevor sie sich wieder ihrem Kaffee zuwandte. „Möchten Sie etwas hiervon, oder würden Sie damit nur nach mir werfen?"

Die Idee war verlockend, aber der Kaffeeduft ebenfalls. „Schwarz", erinnerte er sie knapp.

Vicky trank zunächst eine halbe Tasse, bevor sie zu Phil hinüberging. „Was möchten Sie zum Frühstück?", fragte sie und reichte ihm die Tasse durch das Gitter.

Er sah sie finster an. „Eine Dusche und einen Vorschlaghammer für Ihren Freund da drüben."

Vicky warf einen Blick zur Nachbarzelle. „Silas wird in einer Stunde frisch wie ein Gänseblümchen aufwachen." Sie trank einen Schluck Kaffee. „Hat er Sie heute Nacht gestört?"

„Er und die Luxusmatratze, die Sie mir zur Verfügung stellten."

Sie zuckte die Schultern. „Verbrechen lohnt sich nicht."

„Wenn ich hier rauskomme, erwürge ich Sie", versprach er über den Tassenrand. „Langsam und mit großem Vergnügen."

„Das ist nicht die rechte Art, zu einer Dusche zu gelangen." Sie wandte den Kopf, als die Tür aufging und Telly hereinkam.

Er blieb zögernd an der Tür stehen und steckte seine Hände in die Taschen. „Guten Morgen." Sie lächelte und winkte ihn näher. „Du kommst sehr früh."

„Sie hatten mir keine Zeit angegeben." Vorsichtig tat er ein paar Schritte, schaute von Phil zu Silas und dann wieder zu Vicky. „Sie haben Gefangene bekommen."

„Ja, das habe ich." Sie deutete auf Phil. „Der hier ist jemand, vor dem man sich in Acht nehmen muss."

„Wofür sitzt er drin?"

„Unerträgliche Arroganz."

„Er hat keinen umgebracht, oder?"

„Noch nicht", murmelte Phil. Dann sah er den neugierigen Schimmer in den Augen des Jungen und setzte erklärend hinzu: „Ich wurde fälschlicherweise beschuldigt."

„Das sagen sie alle, nicht wahr, Sheriff?"

„So ist es." Sie hob eine Hand und fuhr dem Jungen durch das Haar. Erschrocken zuckte er zusammen und starrte sie an. Sie beachtete seine Reaktion nicht, sondern ließ ihre Hand auf seiner Schulter ruhen. „Also, ich werde dir jetzt was zu arbeiten geben. Im Hinterzimmer steht ein Besen. Du kannst anfangen auszufegen. Hast du schon gefrühstückt?"

„Nein, aber ..."

„Ich bringe dir etwas mit, wenn ich diesen Herrn hier versorge. Sicher kannst du einige Minuten für mich aufpassen, ja?"

Tellys Mund blieb vor Staunen offen. „Ja klar, Madam!"

„Okay, dann bist du jetzt im Dienst." Sie schlenderte zur Tür und nahm auf dem Weg dorthin ihren Hut vom Haken. „Wenn Silas aufwacht, kannst du ihn rauslassen. Der andere bleibt, wo er ist. Kapiert?"

„Alles klar, Sheriff." Telly warf einen kühlen Blick zu Phil. „Er wird doch kein Ding mit mir drehn?"

Vicky lachte nur und ging hinaus.

Ins Warten ergeben, lehnte Phil sich gegen das Gitter und trank schweigend seinen Kaffee. Der Junge schaffte emsig mit dem Besen. Hin und wieder warf er einen flüchtigen Blick auf den Gefangenen. Ein gut aussehender Junge, stellte Phil fest. Dann dachte er an die Reaktion, die Vickys freundliche Geste hervorgerufen hatte, und fragte sich, wie er wohl bei einem Mann reagieren würde.

„Lebst du in der Stadt?", fragte er auf gut Glück.

Telly zögerte, sah ihn wachsam an. „Außerhalb."

„Auf einer Ranch?"

Telly begann wieder zu fegen, aber etwas langsamer. „Mhm … ja."

„Habt ihr Pferde?"

Der Junge zuckte die Schultern. „Ein paar." Er arbeitete sich vorsichtig an die Zelle heran. „Sie sind nicht von hier?", fragte er neugierig.

„Nein, ich bin aus Kalifornien."

„Ehrlich?" Beeindruckt sah Telly zu ihm auf. „Sie sehn nicht aus wie 'n schlechter Kerl", fand er.

„Danke", Phil lächelte in seine Tasse.

„Wie kommt es dann, dass Sie im Gefängnis sind?"

Phil dachte über die Antwort nach und entschloss sich zur ungeschminkten Wahrheit. „Ich verlor die Selbstbeherrschung."

Telly stieß ein kurzes Lachen aus und fegte weiter. „Dafür kann man nicht ins Gefängnis kommen. Die verliert mein Alter alle Tage."

„Manchmal passiert's einem doch." Phil sah prüfend auf das Profil des Jungen. „Besonders, wenn man jemanden verletzt."

Der Junge schob den Besen über den Boden, ohne groß auf den Staub zu achten. „Haben Sie jemanden verletzt?"

„Nur mich selbst", gestand Phil reumütig. „Ich brachte den Sheriff gegen mich auf."

„Zac Kramer sagt, er hält nichts von einer Frau als Sheriff."

Phil hielt diese Einstellung für ausgesprochen unreif, wenn er daran dachte, wie leicht ein weiblicher Sheriff ihn einsperren konnte. „Zac Kramer scheint nicht besonders klug zu sein."

Telly grinste ihm rasch verständnissinnig zu. „Hab' gehört, dass sie gestern bei ihnen gewesen ist. Die Zwillinge müssen dem alten Mr. Hollister sämtliche Fenster putzen. Drinnen und draußen. Und alles ganz umsonst."

Vicky kam mit zwei zugedeckten Tabletts herein. „Frühstück!", verkündete sie. „Hat er dir irgendwelchen Ärger gemacht?", erkundigte sie sich bei Telly, als sie ein Tablett auf den Schreibtisch stellte.

„Nein, Madam!" Der Essensgeruch ließ ihm das Wasser im Mund zusammenlaufen, aber er widmete sich weiter seiner Aufgabe.

„Los, setz dich hin und iss."

Telly warf ihr einen zweifelnden Blick zu. „Ich?"

„Ja, du." Sie nahm das Schlüsselbund vom zweiten Haken und ging mit dem anderen Tablett zur ersten Zelle hinüber. „Wenn du und Mr. Kincaid fertig seid, kannst du das Geschirr zum Hotel zurückbringen." Ohne auf Antwort zu warten, schloss sie Phils Gittertür auf. Aber Phil beobachtete Tellys Gesichtsausdruck, wie er auf sein Frühstück starrte.

„Sheriff", raunte Phil. „Sie sind eine bewundernswerte Frau." Er nahm ihre Hand, führte sie an die Lippen und küsste leicht jeden einzelnen ihrer Finger.

Vicky war nicht imstande, ihm zu widerstehen, und erlaubte ihm, ihre Hand noch einen Moment lang festzuhalten. „Phil", seufzte sie, „seien Sie nicht entwaffnend. Sie komplizieren die Dinge unnötig."

Er hob überrascht die Brauen. „Ich glaube", antwortete er leise, „dafür ist es bereits zu spät."

Vicky schüttelte den Kopf. „Essen Sie Ihr Frühstück", befahl sie munter. „Max wird bald mit Ihren Sachen kommen."

Als sie sich zum Gehen wandte, hielt er sie einen Augenblick zurück. „Vicky", sagte er ruhig, „Sie und ich sind noch nicht fertig miteinander."

Behutsam löste sie sich von ihm. „Sie und ich haben niemals angefangen", stellte sie richtig. Dann verschloss sie die Tür mit einem resoluten Rasseln und kehrte zu ihrer Kaffeekanne zurück. Flüchtig blickte sie zu Telly hinüber. Der Junge aß sich mühelos durch Schinken und Eier.

„Essen sie gar nichts?", fragte Phil, als er sich zum Frühstück niederließ.

„Ich habe nie verstanden, wie jemand zu dieser Stunde etwas essen kann", erwiderte sie und trank lediglich einen Schluck Kaffee. „Telly, das Auto des Sheriffs könnte eine Wäsche vertragen. Kannst du das übernehmen?"

„Klar, Sheriff." Telly war schon halb hoch, doch Vicky drückte ihn mit fester Hand auf seinen Stuhl zurück.

„Erst wird gegessen", ordnete sie mit leisem Lachen an. „Und wenn du mit Ausfegen und Autowaschen fertig bist, ist für heute Schluss." Sie saß auf der Schreibtischkante und freute sich über seinen Appetit. „Wissen deine Eltern, wo du bist?", fragte sie beiläufig.

„Ich hab' meine Hausarbeiten gemacht, bevor ich wegging", muffelte er mit vollem Mund und wich ihrem Blick aus.

„Hmm." Mehr sagte sie nicht und nippte weiter an ihrem Kaffee. Als die Tür aufging, glaubte sie Max zu sehen, musste aber eine Überraschung erleben.

„Lou!" Phil war aufgesprungen und umklammerte die Gitterstäbe. „Das wurde auch langsam Zeit."

„Hallo, Phil, du siehst ja quicklebendig aus."

Lou Sherman, dachte Vicky fast ehrfürchtig. Einer der Staranwälte des Landes. Sie hatte seine Fälle genau verfolgt, seinen Stil studiert und sich seiner Präzedenzurteile bedient. Er wirkte in natura genauso imponierend wie auf Zeitungs- oder Illustriertenfotos, die sie von ihm zu Gesicht bekommen hatte. Er war hochgewachsen, fast zwei Meter groß, seine Gestalt wirkte massig, sein volles Haar war schlohweiß. Sein mächtiges Organ ertönte seit mehr als vierzig Jahren in den Gerichtssälen der Vereinigten Staaten. Er war beharrlich, flammend engagiert und gefürchtet. Vicky konnte nur bewundernd auf die Erscheinung starren, die in einem prachtvollen perlgrauen Anzug mit kostbarer Seidenkrawatte geschritten kam. In diesem schlichten Kleinstadtrevier wirkte er fehl am Platz.

Phils Willkommensgruß war wenig schmeichelhaft, aber Lou Sherman lachte nur dröhnend. „Du solltest einigen Respekt zeigen, wenn du willst, dass ich dich hier raushole, mein Sohn", entgegnete er. Er bemerkte Phils halb verzehrtes Frühstück. „Iss zu Ende", riet er ihm, „während ich mich mit dem Sheriff unterhalte."

Suchend schaute er sich um, blickte würdevoll von Vicky zu Telly. „Ist einer von Ihnen der Sheriff?"

Vicky hatte ihre Sprache noch nicht wiedergefunden. Telly deutete mit dem Kopf auf sie. „Sie ist es", meldete er mit noch immer vollem Mund.

Lou Sherman sah das. „Ah? Sie ist es also", stellte er wohlgefällig fest. „Die bestaussehende juristische Person, die ich je erblickt habe ... Nichts für ungut, Sheriff", fügte er mit einem breiten Lächeln hinzu.

Vicky besann sich auf ihre Pflicht und rutschte vom Schreibtisch. „Victoria Ashton, Mr. Sherman. Es ist mir ein Vergnügen, Sie persönlich kennenzulernen."

„Mein Vergnügen", korrigierte er mit gewinnendem Charme. „Und jetzt sagen Sie mir, was das Küken hier verbrochen hat."

„Lou ...", begann Phil.

Der Anwalt winkte nur abwesend und sagte: „Iss deine Spiegeleier auf. Ich habe einen hervorragenden Golftermin platzen lassen, um hierherzufliegen. Nun, Sheriff? Ich höre."

„Mr. Kincaid wurde auf Landstraße siebzehn wegen gravierender Geschwindigkeitsüberschreitung angehalten", gab Vicky nach kurzem Überlegen Auskunft. „Als er sich weigerte, den Strafzettel zu unterschreiben, brachte mein Gehilfe ihn direkt aufs Revier." Nach einem kellertiefen Seufzer des Staranwalts fuhr sie fort: „Mr. Sherman, ich fürchte, Mr. Kincaid war nicht sehr einsichtig."

„Ist er nie", gab Lou Sherman bedauernd zu.

„Verdammt noch mal, Lou, wirst du mich hier jetzt herausholen oder nicht?", rief Phil ungeduldig dazwischen.

„Alles zu seiner Zeit", versprach sein Anwalt, ohne zu ihm hinüberzuschauen. „Gibt es noch weitere Anklagepunkte, Sheriff?"

„Widerstand bei Inhaftnahme", antwortete Vicky prompt mit einem verstohlenen Lächeln. „Die Geldstrafe beträgt zweihundertfünfzig Dollar, Kaution wurde auf fünfhundert festgesetzt. Als Mr. Kincaid beschloss, sich einsichtig zu zeigen, war er etwas knapp an Bargeld."

Lou Sherman rieb sich das Kinn. Der große Rubin an seinem kleinen Finger glänzte matt. „Wäre nicht das erste Mal", sagte er nachdenklich.

Empört, gleichzeitig unbeachtet und diffamiert zu werden, schrie Phil: „Sie hat eine Waffe auf mich gerichtet."

Diese Information wurde mit einem weiteren Ausbruch dröhnenden Gelächters von seinem Anwalt aufgenommen. „Ha, ich wünschte, ich wäre dabei gewesen, um dein Gesicht zu sehen!"

„Es wäre den Preis eines Flugtickets wert gewesen", meinte Vicky.

Phil war im Begriff, einen Schwall von Flüchen loszulassen, erinnerte sich aber rechtzeitig an den Jungen, der dem Dialog begierig folgte. So begnügte er sich mit einem Zähneknirschen. Nur mit äußerster Selbstüberwindung brachte er es fertig, in ruhigem Ton zu sagen: „Lou, holst du mich jetzt heraus, oder willst du hier den ganzen Tag Konversation machen? Ich habe seit gestern nicht geduscht."

„Er ist sehr verwöhnt", versuchte sein Anwalt Vicky zu erklären. „Hat er von seinem Vater übernommen. Wenn ich mich recht entsinne, musste ich ihn einmal aus einem dichten Gedränge befreien. Das war in einer kleinen Stadt in New Jersey … Ah, schon gut, das ist eine andere Geschichte. Ich würde mich gerne mit meinem Mandanten besprechen, Sheriff Ashton."

„Selbstverständlich." Vicky holte das Schlüsselbund.

„Ashton", murmelte Lou und schloss für einen Moment die Augen. „Victoria Ashton! Da war doch was mit diesem Namen." Er strich über sein Kinn, während er überlegte. „Sind Sie hier schon lange als Sheriff tätig?"

Vicky schüttelte den Kopf und schloss Phils Zellentür auf. „Nein, eigentlich sitze ich nur aushilfsweise auf diesem Posten."

„Sie ist Rechtsanwältin", erklärte Phil.

„Das war's!" Lou Sherman warf ihr einen anerkennenden Blick zu. „Ich wusste, dass mir der Name bekannt ist. Der Dunbarton-Fall. Sie haben eine bemerkenswerte Leistung erbracht."

„Ich danke Ihnen."

„Sie hatten Schwierigkeiten mit Richter Withers", erinnerte er sich. „Missachtung des Gerichts. Wie hatten Sie ihn gleich bezeichnet?"

„Einen hochmütigen Schwindler", antwortete Vicky mit einem Augenzwinkern.

Lou Sherman lächelte entzückt. „Wunderbare Wortwahl."

„Es kostete mich eine Nacht im Gefängnis."

„Dennoch gewannen Sie den Fall."

„Ja, glücklicherweise trug der Richter mir nichts nach."

„Geschick und harte Arbeit brachte Ihnen den verdienten Erfolg. Darf ich fragen, wo Sie studiert haben?"

„Harvard."

„Hört mal, ihr zwei", fiel Phil gereizt in das Gespräch ein. „Darüber könnt ihr später ausgiebig diskutieren."

„Manieren, Phil. Du hattest immer ein Problem mit den Manieren", erinnerte der Staranwalt seinen Mandanten. „Würden Sie mich entschuldigen, Sheriff? So, Phil, nun gib mir einen von diesen Maiskeksen da, und dann berichte mir von deinen Schwierigkeiten."

Vicky überließ Phil und Lou Sherman ihrer Privatunterhaltung. Im nächsten Augenblick kam Max mit Phils Koffer hereingeschlurft. Dynamit, der Koloss von einem Hund, trottete hinter ihm her, fand seinen gewohnten Platz auf dem Fußboden und legte sich prompt zum Schlafen nieder.

„Stell das neben den Schreibtisch", ordnete Vicky ihrem Gehilfen an. „Wenn Mr. Kincaid mit allem versorgt ist, fahre ich zur Ranch hinaus. Dort wirst du mich für die nächsten zwei Stunden nicht erreichen können."

„Okay." Max warf einen Blick auf den immer noch schnarchenden Silas. „Soll ich ihn an die Luft befördern?"

„Sobald er aufwacht. Und Telly wird mein Auto waschen."

Telly kaute noch an dem letzten Bissen, aber er sprang sofort auf die Füße. „Ich mach's sofort." Er flitzte zur Vordertür hinaus.

Stirnrunzelnd sah Vicky ihm nach. „Sag mal, Max, was weißt du über Tellys Vater?"

Max zuckte die Schultern und kratzte an seinem spärlichen Bart. „Der alte Swanson ist ein kleiner Rancher und züchtet ein paar Meilen nördlich von der Stadt ein bisschen Vieh. War in einige Streitigkeiten verwickelt, aber nichts von Bedeutung."

„Und seine Mutter?"

„Ne ruhige Frau. Kommt hin und wieder zum Putzen ins Hotel. Erinnerst du dich noch an seinen älteren Bruder? Der riss vor einigen Jahren von zu Hause aus. Seitdem hat man nichts mehr von ihm gehört."

Vicky nahm den Bericht mit einem nachdenklichen Nicken auf. „Halt ein Auge auf den Jungen, wenn ich nicht da bin, Max."

„Geht in Ordnung. Hat er Schwierigkeiten?"

„Dessen bin ich mir nicht sicher." Sie krauste die Stirn, dann entspannte sich ihre Miene wieder. „Halt nur ein Auge auf ihn." Sie lächelte ihm aufmunternd zu. „Warum sorgst du nicht dafür, dass sich der Junge ein paar Cents verdient? Ich glaube, er muss nicht dazu überredet werden, dein Auto ebenfalls zu waschen."

Von dieser Aussicht angetan, begab sich Max beschwingt hinaus.

„Sheriff …" Lou Sherman hatte offensichtlich das Gespräch mit Phil beendet. „Mein Mandant erzählt mir, Sie sind auch als Friedensrichter tätig?"

„Das ist richtig, Mr. Sherman."

„In diesem Falle möchte ich auf zeitweilige Geistesgestörtheit meines Mandanten plädieren."

„Du bist ein Fuchs, Lou Sherman", murmelte Phil von der Zellentür her. „Kann ich jetzt duschen?", fragte er und wies auf seinen Koffer.

„An der Rückseite des Hinterraums", antwortete Vicky. „Sie könnten auch eine Rasur gebrauchen", fügte sie hinzu.

Er hob den Koffer vom Boden und sah sie einen langen Augenblick an. „Wenn dies alles hier vorbei ist, Sheriff, haben wir noch eine persönliche Angelegenheit miteinander zu regeln."

„Geben Sie acht, dass Sie sich nicht täuschen, Kincaid."

Lou wartete, bis Phil im Hinterzimmer verschwunden war.

„Er ist ein zugänglicher Mensch", sagte er mit einem väterlichem Seufzer.

Vicky lachte auf. „Oh, nein, das ist er nicht", widersprach sie sehr entschieden.

„Nun, es war den Versuch wert!" Lou Sherman zuckte über ihren Einwurf nur mit den Schultern und wuchtete seinen gewaltigen Körper auf einen Stuhl. „Was die Anklage wegen Widerstands bei Inhaftnahme betrifft, so würde ich mich ungern auf das Erinnerungsvermögen meines Mandanten berufen. Eine Nacht in der Gefängniszelle war ein Schock für unseren Phil, Victoria."

„Einverstanden. Ich glaube, den Anklagepunkt könnte man fallen lassen, wenn Mr. Kincaid die Geldstrafe wegen Geschwindigkeitsüberschreitung bezahlt."

„Ich habe ihm geraten, dies zu tun", sagte Lou Sherman und zog eine dicke Zigarre heraus. „Es hat ihm nicht geschmeckt, aber ich kann ..." Er betrachtete liebevoll die Zigarre, „... sehr überzeugend sein", schloss er und blickte sie bewundernd an. „Genau wie Sie. Was war es für eine Art von Waffe?"

Vicky faltete steif die Hände. „Eine 45er."

Lou Sherman lachte herzlich, als er seine Zigarre in Brand setzte. „So, und jetzt erzählen Sie mir etwas über den Dunbarton-Fall, Victoria."

Das Pferd wirbelte eine braune Staubwolke auf. Es folgte Vickys Kommando und fiel in einen leichten Galopp. Die Luft, so trocken wie das Land ringsum, umfächelte warm ihren Körper. Der Hut, den Vicky aufgesetzt hatte, um sich gegen die sengende Sonne zu schützen, baumelte vergessen in ihrem Nacken. Ihre Bewegungen waren so harmonisch auf das Pferd abgestimmt, dass sie kaum eine Eigenbewegung des Tieres unter sich gewahr wurde. Vicky wollte nachdenken, doch zunächst wollte sie den Kopf freibekommen. Seit ihrer Kindheit war Reiten das beste Mittel gewesen, dies zu erreichen.

Sportliche Betätigungen besaßen keinerlei Anziehungskraft für sie. Sie erkannte keinen Sinn darin, auf einem Spielfeld oder Golfgelände einen Ball zu treffen oder ihm nachzujagen. Es kostete zu viele Energien. Hin und wieder machte sie ein paar Schwimmzüge, fand es aber angenehmer, sich auf einem Floß dahintreiben zu lassen. In einem Gymnastikraum zu schwitzen, hatte etwas Lächerliches. Aber mit dem Reiten war es eine andere Sache. Vicky empfand es weder als Leibesübung noch als Anstrengung. Sie ritt vor allem deswegen, weil es ihr Gelegenheit gab, für kurze Zeit ihren Gedanken zu entfliehen.

Auch jetzt war sie dreißig Minuten lang ziellos dahingeritten. Allmählich ließ sie das Pferd in eine langsamere Gangart fallen, ihre Hände lagen locker und entspannt auf den Zügeln. Sie wusste, das Pferd würde von selber umkehren und zur Ranch zurücktraben.

Phillip Kincaid. Ein Name, der ein Ärgernis bedeutete. Ein Ärgernis, das erledigt sein sollte. Inzwischen musste er schon auf dem Weg nach Los Angeles sein. Vicky hoffte es inständig. Es war ein Verhängnis, dass er ihr trotz ihrer Auseinandersetzungen, trotz seiner Arroganz gefallen hatte. Er war interessant, unterhaltend und witzig. Es war schwer, jemanden nicht zu mögen, der über sich selber lachen konnte. Es wäre auch kein Problem gewesen, wenn es damit sein Bewenden gehabt hätte.

Plötzlich spürte Vicky, wie ausdauernd die Sonne auf ihren Kopf brannte, und rückte den Hut abwesend an seinen alten Platz.

Leider hatte es mit dem Abschluss des Falles nicht sein Bewenden gehabt, sondern die Anziehungskraft dauerte unvermindert an, stellte sie verärgert fest. Bestimmt weil er ein Mann war, der auf Frauen wirkte. Sie hatte diesen Punkt zu wenig beachtet, als sie Phil in die Zelle sperrte. Er hatte sie unvermutet außer Gefecht gesetzt. Das war peinlich, aber noch nicht alles. Viel schlimmer war, dass ihre Gefühle ihr einen Streich spielten. Wann hatte sie das letzte Mal völlig selbstvergessen in den Armen eines Mannes gelegen? Wann hatte sie das letzte Mal den größten Teil der Nacht damit verbracht, über einen Mann nachzudenken? War es ihr überhaupt jemals passiert? Vicky stieß einen tiefen Seufzer aus und blickte müde auf die dürre steingraue Landschaft.

Es gab genügend Probleme, mit denen sie sich während ihres Aufenthalts in Friendly zu befassen hatte. Sie konnte sich nicht bei einem zufälligen Zusammentreffen mit einem unbeherrschten Hollywood-Typ aufhalten. Sie hatte ihr Wort gegeben, während der Übergangszeit bis zur Wahl eines neuen Sheriffs für die Bedürfnisse der Stadt nach Ruhe und Ordnung aufzukommen. Ferner gab es den Jungen Telly, um den sie sich zu kümmern hatte. Und da war ihre Mutter. Vicky schloss für einen Augenblick die Augen. Sie war noch zu keinem guten Einvernehmen mit ihrer Mutter gekommen.

Zu viele böse Dinge waren beim Tode ihres Vaters gesagt worden. Und zu viele Dinge waren ungesagt geblieben. Für eine Frau, die nur selten verwirrt war, traf Vicky sich in einem Gefühlsaufruhr an, wann immer sie ihrer Mutter begegnete. Als ihr Vater noch lebte, war er der Prellbock zwischen ihnen gewesen. Jetzt, da er nicht mehr war, sahen sie sich direkt miteinander konfrontiert. Mit herbem Lächeln stellte Vicky fest, dass ihre Mutter stets genauso verwirrt war wie sie. Diese Spannung ließ nicht nach, und die Entfremdung wuchs. Kopfschüttelnd beschloss sie, die Dinge zu belassen, wie sie waren. In einigen Monaten war sie wieder in Albuquerque, und sie hatte ihr Leben zu leben und ihre Mutter das ihre.

Phil stoppte seinen Wagen neben der Umzäunung und schaute sich um. In kurzer Entfernung zu seiner Rechten stand ein kleines weiß getünchtes Haus. Es war ein sehr schlichtes zweistöckiges Gebäude mit einem breiten Holzportal. An einer Seite war eine Wäscheleine gespannt, auf der ein paar Sachen in der Sonne trockneten. Zu beiden Seiten der Eingangsstufen gaben Blumen in Tontöpfen ein paar bunte Farbtupfer ab. Das Gras war kurz und dürr. Im Hintergrund erblickte er einige Nebengebäude und etwas, das der Ansatz eines Gemüsegartens zu sein schien. Vickys Sheriff-Auto stand vor dem Eingang geparkt. Obwohl frisch gewaschen, war es schon wieder mit dem ersten dünnen Staubfilm bedeckt.

Irgendetwas an der Örtlichkeit sagte Phil zu. Das Haus lag still und abgesondert. Ohne das Auto vor dem Eingang hätte es in irgendeine Zeit des vergangenen Jahrhunderts gepasst. Es war erhebliche Mühe aufgewendet worden, um das Anwesen ordentlich instand zu halten, doch es würde niemals den Anstrich der Wohlhabenheit haben. Mit der richtigen Beleuchtung, überlegte er, könnte man es sehr effektvoll gestalten.

Er stieg aus dem Wagen und begab sich nach rechts, um das Haus aus einem anderen Blickwinkel zu studieren. Als er gedämpftes Hufgetrappel vernahm, drehte er sich um und sah Vicky nahen.

Auf der Stelle vergaß er das Haus und verwünschte die Tatsache, dass er keine Kamera dabeihatte. Vicky war schlechthin vollkommen. Unter gnadenloser Sonne kam sie auf einem goldbraunen Wallach angaloppiert. Nichts hätte einen besseren Kontrast für eine Frau wie sie abgeben können. Mit dem Hut, der ihr abermals im Nacken hing, ihren frei im Winde flatternden Haaren, saß sie aufrecht im Sattel, ihre Bewegungen waren harmonisch auf die des Pferdes abgestimmt. Phil verengte die Augen und sah sie in Zeitlupe vor sich. Ja, so würde er sie filmen – das vom Winde verwehte Haar den Bruchteil einer Sekunde in der Schwebe gehalten, bevor es wieder auf die Schultern fiel. Der Staub würde hinter ihr wie in der Luft hängen. Die langen Beine des Pferdes würden sich strecken und beugen, sodass der Zuschauer die Muskeln arbeiten sehen konnte. Ein Bild, das Kraft und Schönheit ausstrahlte sowie Beherrschung der Reiterin über ihr Pferd.

Und dann erkannte Vicky den Mann. Den Rhythmus hatte sie beibehalten, doch in der Haltung ihrer Schultern war eine plötzliche Spannung zu erkennen. Phil lächelte verstohlen. Nein, dachte er, wir beide sind noch nicht fertig miteinander. Noch lange nicht. Gegen das Gatter gelehnt, erwartete er sie.

Vicky brachte den Wallach mit einem kurzen Zügelruck zum Stehen. Vom Sattel herunter sah sie Phil lange wortlos an. Er nahm lässig seine Sonnenbrille aus der Tasche und setzte sie auf. Diese Geste ärgerte sie.

„Kincaid", sagte sie kühl als eine Art Begrüßung.

„Sheriff", erwiderte er.

„Gibt's ein Problem?"

„Ich glaube nicht."

Vicky versuchte den Ärger, den sie bei seinem Anblick empfand, zu verbergen. „Ich dachte, Sie wären bereits auf dem Wege nach Los Angeles."

„Dachten Sie das?"

Mit einem ungeduldigen Laut stieg sie vom Pferd. Der Sattel knarrte, als sie ein schlankes Bein über ihn hinwegschwang und elastisch zu Boden sprang. Die Zügel in der Hand, sah sie Phil aufmerksam an. „Ich nehme an, Sie haben Ihre Geldstrafe bezahlt. Dass die übrigen Anklagepunkte fallengelassen wurden, wissen Sie?"

„Ja."

Sie legte den Kopf ein wenig schief. „Zufrieden?"

„Zufrieden", erwiderte er freundlich und amüsierte sich über die Gereiztheit, die in ihren Augen zu lesen war. Ja, ich bekomme dich, Victoria, dachte er entschlossen, und ich habe noch nicht einmal angefangen.

Sie kehrte ihm bewusst den Rücken zu und begann das Pferd abzuhalftern. „Ist Mr. Sherman abgereist?"

„Nein, er hat mit dem Bürgermeister ein Gespräch über Fliegen und andere Köder beim Angeln. Lou fand in ihm einen Seelenfreund."

„Aha." Vicky hob den Sattel vom Pferderücken und hängte

ihn über den Zaun. „Demnach haben Sie heute Vormittag mit dem Bürgermeister über Ihre geschäftliche Angelegenheit gesprochen."

„Wir trafen ein freundschaftliches Übereinkommen." Interessiert sah er dabei zu, wie sie dem Pferd das Zaumzeug aus dem Maul nahm. „Er wird Ihnen die Einzelheiten dazu bekannt geben."

Wortlos gab Vicky dem Pferd einen Klaps auf die Flanke und schickte es in den Pferch. Das Gattertor gab ein lautes Kreischen von sich, als sie es hinter ihm schloss. Dann drehte sie sich um und blickte Phil offen ins Gesicht. „Warum sollte er das tun?"

„Sie werden die Drehtermine vorweg wissen wollen, wenn wir mit dem Filmen beginnen."

Sie runzelte die Stirn. „Wie bitte?"

„Ich kam nach New Mexico, um nach einem Drehort für meinen neuen Film Ausschau zu halten. Ich suchte eine verschlafene kleine Stadt irgendwo auf diesem gottverlassenen Landstrich."

Vicky sah ihn volle zehn Sekunden an. „Und Sie haben sie gefunden", sagte sie matt.

„Dank Ihrer gütigen Mithilfe." Er lächelte, denn war es nicht Ironie des Schicksals gewesen? „Nächsten Monat fangen wir mit dem Filmen an."

Vicky steckte die Hände in die Gesäßtaschen und machte ein paar Schritte von ihm weg, um sich auf Distanz zu bringen. „Wäre es nicht einfacher gewesen, in einem Studio oder auf einem Filmgelände zu drehen?"

„Nein."

Bei dieser einsilbigen Antwort kehrte sie sich wieder zu ihm um. „Es gefällt mir nicht."

„Das dachte ich mir. Aber Sie werden den größten Teil des Sommers damit leben müssen."

„Sie bringen Ihre Kameras und Ihre Leute und Ihr ganzes

Tohuwabohu in unsere Stadt. Friendly ist an seinen Frieden gewöhnt. Nun bringen Sie einen Lebensstil hinein, von dem diese Menschen nicht einmal eine Vorstellung haben."

„Wir werden sehr gesetzte Orgien veranstalten, Sheriff", versprach er augenzwinkernd und lachte über den Zorn, der in ihren Augen aufblitzte. „Vicky, Sie sind kein Dummkopf. Wir kommen nicht zu einer Party her. Wir kommen, um zu arbeiten. Lassen Sie einen Schauspieler bei dieser Sonnenglut zehn Einstellungen lang schwitzen, und er wird Ihren Nachtfrieden garantiert nicht stören. Er wird schnarchend in seinem Bett liegen." Er nahm eine ihrer Locken und wickelte sie sich um den Finger. „Oder glauben Sie alles, was in den Klatschspalten steht?"

Sie schob seine Hand irritiert weg. „Ich weiß mehr über Hollywood als Sie über Friendly. Ich war eine Zeit lang in Los Angeles und habe dort einen Drehbuchautor in einer Beleidigungsklage vertreten. Ich erreichte Freispruch", setzte sie mit Nachdruck hinzu. „Und vor einigen Jahren war ich mit einem Schauspieler befreundet und habe in eurer Flimmerstadt ein paar Partys mit ihm besucht. Die Klatschmagazine mögen übertreiben, Phil, aber die Wertvorstellungen und der Lebensstil werden sehr genau darin beschrieben."

Er sah sie nur kritisch an. „Voreingenommen, Vicky?"

„Mag sein", gab sie zu. „Doch dies ist meine Stadt. Ich bin für ihre Menschen und für deren Frieden verantwortlich. Ich warne Sie im Voraus. Tanzt einer Ihrer Leute aus der Reihe, marschiert er ins Gefängnis."

Seine Augen verengten sich. „Wir besitzen unseren eigenen Sicherheitsdienst."

„Ihr Sicherheitsdienst untersteht meiner Gesetzesgewalt in dieser Stadt. Vergessen Sie das nicht."

„Sie sind also nicht zu einer gedeihlichen Zusammenarbeit bereit?"

„Nicht mehr, als ich unbedingt muss."

Einen Moment lang maßen sie einander schweigend. Hinter ihnen trabte der Wallach rastlos in seinem Gehege. Eine Brise kam auf, brachte Staub und Hitze in Bewegung.

„In Ordnung", sagte Phil endlich, „verbleiben wir so: Sie gehen mir aus dem Wege, und ich werde Sie in Ihren Kompetenzen nicht behindern."

„Ausgezeichnet." Vicky zeigte sich einverstanden und wollte gehen.

Phil ergriff ihren Arm. „Das gilt für das Berufliche", schränkte er ein.

So wie sie es bereits in der Zelle getan hatte, musterte Vicky lange die Hand auf ihrem Arm, bevor sie Phil wieder voll ins Gesicht schaute. Diesmal lächelte Phil siegesgewiss.

„Sie tragen nicht Ihr Abzeichen, Vicky." Er nahm die Sonnenbrille ab und hakte sie über den Zaun. „Und wir sind noch nicht fertig miteinander."

„Kincaid …"

„Phil", korrigierte er und zog sie behutsam in die Arme. „Ich habe an dich gedacht, als ich letzte Nacht in dieser verdammten Zelle lag. Und ich habe mir selbst etwas geschworen."

Vicky machte sich steif. Ihre Handflächen pressten sich gegen seine Brust, doch sie sträubte sich nicht. Körperlich ist er stärker, überlegte sie. Ich muss auf meinen Verstand bauen.

„Ihre Gedanken und Schwüre sind nicht mein Problem", entgegnete sie kalt. „Und ob ich mein Abzeichen trage oder nicht, ich bin immer noch der Sheriff. Und Sie belästigen mich. Ich kann ausfallend werden, wenn ich mich belästigt fühle."

„Darauf könnte ich wetten", murmelte er. Aber selbst wenn er gewollt hätte, wäre es ihm unmöglich gewesen, nicht auf ihren Mund zu starren. „Ich bekomme dich, Victoria", flüsterte er verhalten. „Früher oder später." Langsam brachte er sie dazu, ihn anzusehen. „Und ich halte, was ich sage."

„Ich glaube, hierbei hätte ich auch noch ein Wort mitzureden."

Sein Lächeln war selbstsicher. „Sag Nein", flüsterte er rau, bevor sein Mund ihre Lippen berührte.

Vicky wollte zurückschnellen, doch er war flinker. Mit beiden Händen umfasste er ihren Kopf und hielt sie so fest. Sein Mund war weich und bezwingend. Noch war sie verkrampft, aber sie fühlte ihr Herz wild klopfen. Geduldig rieb er seine Lippen an den ihren, knabberte, zupfte daran. Vicky stieß einen zitternden Seufzer aus, als sich seine Finger in den Ausschnitt ihres T-Shirts tasteten.

Phil duftete nach Seife – ein reiner Geruch. Unbewusst atmete Vicky ihn ein, als Phil sie an sich zog. Wie von selbst schlossen sich ihre Arme um seinen Nacken, ihr Körper streckte sich ihm entgegen, nicht mehr steif, sondern voll Verlangen. Das unvernünftige Lustgefühl war wieder da, und sie ergab sich ihm.

Vicky hörte sein leises Stöhnen, bevor seine Lippen ihren Mund freigaben, doch bevor sie protestieren konnte, presste er sie auf ihren Hals. Er murmelte etwas, das sie nicht verstand, denn Leidenschaft erfasste sie beide so plötzlich und unerwartet, dass sie sich diesem Empfinden ausgeliefert fühlten. Wild presste er seinen Mund auf ihre Lippen. Sie biss in seine Unterlippe. Mit einem Aufstöhnen zog Phil Vicky noch näher zu sich heran. Es war für beide eine Folter ohnegleichen, sich nicht ganz dem anderen hingeben zu können. Fieberhaft ließ Phil seine Hände über Vickys Körper gleiten, bis sie zu ihren Brüsten fanden, um sie zu liebkosen.

Vicky spürte alles mit unwahrscheinlicher Klarheit: das weiche dünne Material ihres T-Shirts, das gegen die hart gewordenen Spitzen ihrer Brüste rieb, als seine Daumen rhythmisch darüber strichen, der Druck seiner Lippen auf ihren Mund, wie sie von da eine heiße Spur auf ihrem Hals und Brustansatz hinterließen, das wilde Klopfen ihres Herzens.

Phil hatte dieses Ausmaß von Begehren nicht erwartet. Anziehung und Herausforderung ja, aber nicht diese unsagbare Qual. Es war nicht das, was er beabsichtigt hatte. Es war nicht das, was er wollte. Allein, er konnte diesen Ausbruch von Leidenschaft unmöglich aufhalten. Vicky beherrschte seinen Verstand, bedrängte seine Sinne. Ihr Haar war zu weich, ihr Duft zu verlockend. Und sie schmeckte zu süß. Gierig erforschte seine Zunge das warme Innere ihres Mundes. Er überließ sich dem Rausch, der über sie beide gekommen war.

Phil wusste, dass er sich zurückhalten musste, doch ihr Körper war so schlank und nachgiebig, ihr Mund so unglaublich weich und süß. Noch einmal wollte er sie streicheln, noch einmal ihre Lippen küssen, bevor er sich zurückzog.

Sie waren beide aufgewühlt, und beide waren auch entschlossen, es nicht zuzugeben. Vicky fühlte ihren Puls in jedem Nerv ihres Körpers klopfen. Weil ihre Knie zitterten, stand sie sehr aufrecht da. Phil wartete kurz, um sicher zu sein, dass er seiner Stimme mächtig war. Er holte seine Sonnenbrille vom Zaun und setzte sie auf. Auf diese Weise konnte er wieder ein wenig Abstand gewinnen. Er brauchte Zeit, um sich wieder ganz unter Kontrolle zu haben.

„Du hast nicht Nein gesagt", bemerkte er.

Vicky starrte ihn an, gab sich selbst den Rat, das Denken auf später zu verschieben. „Ich habe nicht Ja gesagt", konterte sie.

Er lächelte. „Oh doch, du hast", berichtigte er. „Ich komme wieder." Mit diesen Worten schlenderte er zu seinem Wagen.

Im Davonfahren warf er einen Blick in den Rückspiegel und sah sie in der gleichen Haltung stehen, in der er sie verlassen hatte. Als er sich eine Zigarette anzündete, bemerkte er das Zittern seiner Hand. Runde drei, dachte er mit einem tiefen Atemzug, war ein glattes Unentschieden.

4. Kapitel

Vicky blieb stehen, wo sie stand, bis sich sogar der Staub, den die Reifen von Phils Wagen hochgewirbelt hatten, verzogen hatte. Sie war bisher der Meinung gewesen, die Bedeutung von Leidenschaft, Verlangen und Erregung zu kennen. Plötzlich hatten diese Wörter eine neue Dimension für sie bekommen. Zum ersten Mal in ihrem Leben hatte sich ihrer etwas bemächtigt, das sie nicht steuern konnte. Der Hunger war so plötzlich, so unerwartet über sie gekommen. Es durchlief sie noch jetzt wie ein zitternder Schmerz, als sie auf die lange, flache Straße starrte, die jetzt verlassen vor ihr lag.

Wie war es möglich, so rasch, so gierig etwas zu begehren? Und wie kam es, dass eine Frau, die stets ein lockeres Verhältnis zu Männern hatte, von einem Kuss so komplett überwältigt werden konnte? Mit einem Schulterzucken nahm sie den Sattel und trug ihn zum Stall zurück.

Ihr Problem hieß Phil Kincaid. Und er war ein Problem, weil sie sich so zu ihm hingezogen fühlte, weil er auf sie wirkte, weil er wiederkommen würde. Sie konnte es nicht leugnen: Die Anziehungskraft war beispiellos. Es erstaunte sie allerdings nicht, denn immerhin war Phil attraktiv, intelligent, humorvoll. Selbst seine Fehler besaßen einen gewissen Charme.

Wären sie sich unter anderen Umständen begegnet und hätten sie zum Kennenlernen mehr Zeit gehabt, so hätten sie sicher aneinander, wenn auch auf eine andere Weise, Gefallen gefunden. Ein Teil des Funkens, überlegte Vicky, der zwischen uns zündete, ist sicherlich auf die Art zurückzuführen, wie wir uns kennenlernten, und wohl auch auf die Tatsache, dass keiner von uns gewillt war, sich von dem anderen übertreffen zu lassen. Nachdem sie zu diesem Ergebnis gelangt war, fühlte sie sich etwas besser.

Phils Wirkung auf sie entsprang also in erster Linie den äußeren Umständen, daran zweifelte Vicky nicht, Logik war bequem, und so ließ Vicky sich gerne davon überzeugen. Ein Mann, der kein Nein als Antwort gelten ließ, übte Faszination aus. Es konnte einer Frau lästig sein, ja sie sogar wütend machen, sie empfand es aber dennoch als erregend.

Trotz Sheriff-Abzeichen und Harvard-Diplom war Vicky in erster Linie eine Frau. Und es ist nicht beleidigend, wenn ein Mann so zu küssen versteht, wie Phil Kincaid mich geküsst hat, fügte Vicky in Gedanken hinzu. Sie konnte nicht widerstehen und ließ ihre Zungenspitze über die Lippen gleiten. Oh ja, dachte sie mit einem flüchtigen Lächeln, der Mann kann gefährlich gut küssen.

Das Beunruhigendste an dem Ganzen war, dass Phil Kincaid wiederkam. Sie hatte sich mit ihm auseinanderzusetzen – mit ihm und seinem Hollywoodgefolge. Sie wusste noch nicht, was sie als störender empfand. Hätte sie doch nur seine Pläne früher gekannt! Sie hätte mit dem Bürgermeister sprechen können, bevor Phil es getan hatte. Jetzt war es zu spät dazu. Bud Toomey, der Bürgermeister, würde sich an dem Prestige für seine Stadt emporranken, wenn hier ein abendfüllender Spielfilm gedreht wurde. Und als Besitzer des einzigen Hotels am Platze hörte er sicher schon die Geldstücke in seiner Registrierkasse klingeln.

Wer könnte ihn dafür schelten? Ihre Einwände waren sicher mehr persönlicher als beruflicher Natur.

Was würde Vater getan haben? fragte sie sich, als sie das Haus betrat. Wie stets, wenn sie die Schwelle überschritt, überfielen sie die Erinnerungen an ihn, an seine laute, dröhnende Stimme, an sein Gelächter, an seine schlichte Einstellung zum Leben. Für Vicky war er ein vertrauter Teil in jedem Ding dieses Hauses, bis hinab zum Kniekissen, auf dem er nach einem langen, heißen Tag seine Füße ausruhen ließ.

Das Haus war das Werk ihrer Mutter. Die blitzsauberen weißen Wände im Wohnzimmer, das Sofa, das immer wieder neu bezogen wurde, zurzeit mit einem frischen Blumendruckmuster. Die Teppichbrücken waren schnurgerade ausgerichtet, die Bilder sorgfältig abgestaubt. Selbst sie waren mehr nach praktischen als ideellen Werten ausgesucht. Die Kakteensammlung ihrer Mutter stand auf der Fensterbank aufgereiht. Der appetitanregende Duft eines Eintopfessens nach dem Originalrezept ihrer Mutter verbreitete sich im ganzen Haus. Fußböden und Möbel waren peinlichst sauber, Zeitschriften ordentlich weggeräumt. Eine einzelne Geranie stand in einer schlanken Vase auf einem gehäkelten Deckchen. Alles das Werk ihrer Mutter. Und dennoch war es ihr Vater, an den Vicky dachte, als sie das Heim ihrer Kindheit betrat, war es immer gewesen.

Aber ihr Vater würde nie mehr die Treppe herabgestiegen kommen. Er würde sie nicht in seine bärenstarken Arme schließen und ihr geräuschvolle Küsse auf Stirn und Wangen drücken. Er war zu jung gewesen, um schon zu sterben. Schlaganfälle waren etwas für alte Männer, hinfällige Männer, aber nicht für Männer, die vor Lebenskraft strotzten. Es liegt keine Gerechtigkeit darin, dachte sie und fühlte wieder den gleichen ohnmächtigen Zorn, der sie jedes Mal überfiel, wenn sie das Haus betrat. Er hätte mehr Zeit haben sollen, mehr Zeit haben müssen für … Ihre Gedanken brachen ab, als sie leise Geräusche aus der Küche hörte.

Vicky verdrängte den Schmerz. Es war schwer genug, ihre Mutter wiederzusehen, ohne an die letzte Nacht in der Klinik erinnert zu werden. Sie gönnte sich einen Augenblick der Sammlung, bevor sie in die Küche ging.

Vom Eingang her sah Vicky, wie Helen Ashton die Regale im Küchenschrank neu mit Schrankpapier auslegte. Das permanente Sauberkeitsbedürfnis ihrer Mutter war ein wunder Punkt zwischen ihnen, seit sie ein kleines Mädchen war. Die Frau, die sie vor sich sah, war zierlich und blond, eine jugendlich aussehende Fünfzigerin, die ein gepflegtes rosa Hauskleid trug. Vicky wusste, das Kleid war gebügelt und leicht gestärkt. Ihre Mutter würde schwach nach Seife und nach nichts anderem riechen.

Selbst körperlich war die Mutter ihr fremd. Ihr Aussehen, ihr Temperament, alles hatte Vicky von ihrem Vater. Von der Frau, die geduldig die Regale mit fein gestreiftem Papier auslegte, konnte sie rein gar nichts in sich selbst entdecken. Sie waren niemals anders als wie zwei Fremde behutsam miteinander umgegangen.

Vicky nahm sich lieber ein Hotelzimmer, anstatt hier zu wohnen. Sie hielt auch ihre Besuche so kurz wie möglich. Die Begegnungen der beiden Frauen verliefen unverändert negativ.

„Mutter."

Helen Ashton schaute überrascht zur Tür. Sie gab keinen Laut der Freude von sich, sondern blickte Vicky nur fragend an. „Du? Ich meinte, ich hätte vorhin ein Auto wegfahren hören."

„Das war jemand anders."

Ihre Mutter unterließ es, danach zu fragen, wer es gewesen sei. „Ich sah dich vorhin ausreiten." Sie breitete gewissenhaft das Schrankpapier aus. „Im Kühlschrank steht Limonade. Es ist ein heißer Tag." Wortlos nahm Vicky zwei Gläser aus dem Schrank und tat Eiswürfel hinein. „Wie geht es dir, Vicky?"

„Sehr gut." Vicky hasste diese Steifheit, konnte aber nichts daran ändern. Zuviel stand zwischen ihnen. Auch jetzt, als sie ihrer Mutter die frische Limonade aus dem dottergelben Krug einschenkte, musste sie an die Nacht, in der ihr Vater gestorben war, denken, an die hässlichen Worte, die sie gesagt hatte, die hässlichen Gefühle, die sie noch immer bewegten. Sie hatten sich nie verstanden, waren einander niemals nah gewesen, aber in jener Nacht hatte sich eine Kluft zwischen ihnen aufgetan, über die es keine Brücke gab. Sie schien sich mit der Zeit noch zu verbreitern.

In dem Bestreben, das Schweigen zu brechen, fragte Vicky: „Weißt du irgendetwas über die Swansons?"

„Die Swansons?", wiederholte Helen Ashton sanft. Sie würde nie direkt geantwortet haben. „Sie leben seit mehr als zwanzig Jahren außerhalb der Stadt. Sie halten sich sehr für sich, obwohl Mrs. Swanson hin und wieder in die Kirche geht. Ich glaube, sie hatten eine schwere Zeit, um die Ranch bezahlen zu können. Der älteste Sohn war ein gut aussehender Junge um die sechzehn, als er von zu Hause weglief." Sie stellte das glänzende Geschirr ordentlich gestapelt ins Regal zurück. „Das muss vor vier Jahren gewesen sein. Der jüngere, so hört man, ist sehr brav und schrecklich schüchtern."

„Telly", murmelte Vicky.

„Ja, so heißt er." Helen Ashton sah, dass irgendetwas Vicky bekümmerte, verstand sich aber nicht aufs Ausfragen, schon gar nicht bei der eigenen Tochter. „Man soll Mr. Hollister ein Fenster eingeschlagen haben."

Vicky sah kurz hoch. „Die Kramer-Zwillinge."

„Ja, natürlich." Um die Lippen ihrer Mutter zuckte die Andeutung eines Lächelns.

„Weißt du, warum der ältere Swanson-Junge von zu Hause weglief?"

Helen Ashton nahm das Glas, das ihre Tochter eingeschenkt hatte, und trank einen Schluck. „Es wird gemunkelt, Mr. Swanson soll gewalttätig sein. Aber auf Klatsch kann man sich nie verlassen", fügte sie rasch hinzu und setzte ihr Glas ab.

„Manchmal beruht er auf Tatsachen", sagte Vicky herb.

Sie verfielen in längeres Schweigen. Etwas, das sich während ihrer Besuche immer wieder ereignete. Der Kühlschrank gab ein Klickgeräusch von sich und begann zu summen. Helen Ashton wischte sorgfältig den feuchten Ring weg, den ihr Glas auf der Tischplatte hinterlassen hatte.

„Es scheint, als ob Friendly im Begriff ist, in einem Film verewigt zu werden", begann Vicky erneut und fuhr auf den fragenden Blick ihrer Mutter fort: „Ich hatte Phillip Kincaid über Nacht in einer Zelle. Nun zeigt sich, dass er Friendly für Außenaufnahmen in seinem nächsten Film auserkoren hat."

„Kincaid", wiederholte Helen Ashton langsam und forschte offensichtlich in ihrem Gedächtnis. „Oh, ich weiß. Das ist Marshall Kincaids Sohn."

Vicky lächelte unwillkürlich. Sie musste daran denken, dass Phil Kincaid diese Art des Erkennens kaum geschätzt haben würde. Wahrscheinlich war dies ein Etikett, gegen das er in seiner beruflichen Karriere immer wieder anzukämpfen hatte: der Sohn eines berühmten Vaters und einer nicht minder berühmten Mutter zu sein.

„Er ist ein sehr erfolgreicher Filmregisseur", hörte sie sich, ihn fast verteidigend, sagen, „mit einer eindrucksvollen Liste von Publikumshits. Er wurde schon dreimal für den Oscar nominiert."

Helen Ashtons Gedanken verweilten noch bei Vickys vorheriger Bemerkung. „Sagtest du, du hättest ihn über Nacht im Gefängnis gehabt?"

„Ja, das stimmt. Wegen eines Verkehrsdeliktes. Die Sache war ein wenig kompliziert …" Vicky konnte nichts dafür, dass mitten im Satz die Erinnerung in ihr aufkam an den Moment in der Zelle, als er seine Lippen auf ihren Mund presste. „Er kommt wieder", murmelte sie.

„Um hier einen Film zu drehen?" Der abwesende Ausdruck ihrer Tochter verwirrte Helen ein wenig.

„Wie? Ja", antwortete Vicky überstürzt. „Ja, er dreht hier einen Film. Die näheren Details weiß ich noch nicht. Es sieht so aus, als hätte er sie heute Morgen mit dem Bürgermeister geklärt."

Aber nicht mit dir, dachte ihre Mutter, sagte es aber nicht. „Wie interessant."

„Das wird sich zeigen." Plötzlich ruhelos, stand Vicky auf und ging zum Ausguss hinüber. Der Blick aus dem Fenster zeigte eine weite Fläche ausgedörrten Bodens, die Weite hatte etwas Faszinierendes. Ihr Vater hatte dieses Land geliebt, so wie es war – starr und öde.

Helen Ashton wurde an ihren verstorbenen Mann erinnert. Er hatte in der gleichen Haltung dort gestanden, mit haargenau dem gleichen Gesichtsausdruck. Sie spürte eine unerträgliche Trauer in sich aufsteigen, bezwang sie aber tapfer. „In Friendly wird es dann wohl eine Zeit lang wie in einem Bienenkorb summen", bemerkte sie mit heller Stimme.

„Dass es summen wird, ist richtig", stimmte Vicky ihr zu. Aber niemand denkt an die Komplikationen, die daraus entstehen können, fügte sie in Gedanken hinzu.

„Erwartest du Ärger?" Ihre Mutter war hellhörig geworden.

„Ich werde ihn bewältigen."

„Du bist deiner selbst stets so sicher, Vicky."

Vickys Schultern versteiften sich automatisch. „Bin ich das, Mutter?"

Sie wandte sich um und sah die Augen ihrer Mutter still und offen auf sich ruhen. Genauso still und offen hatten sie sie angesehen, als sie Vicky mitteilte, dass sie das Beatmungsgerät ihres Vaters abschalten ließ. Vicky hatte keine Trauer, kein Bedauern, keine Unentschlossenheit in ihnen gelesen. Da waren nur das leere Gesicht und die bedeutungsschwere Botschaft gewesen. Und gerade das, mehr als alles andere, hatte Vicky ihr nie vergeben ...

Als Mutter und Tochter sich jetzt in der sonnendurchfluteten Küche ansahen, erinnerten sich beide deutlich an die grelle Beleuchtung des Wartezimmers, in dem es nach abgestandenem

Zigarettendunst und Schweiß gerochen hatte. Sie erinnerten sich an das monotone Summen der Klimaanlage und an das Klappern der Fußtritte auf den Fliesen des Korridors.

„Nein!" Vicky hatte das Wort zunächst geflüstert, dann hinausgeschrien. „Nein, das kannst du nicht tun! Du darfst ihn nicht sterben lassen!"

„Er ist schon von uns gegangen, Vicky", hatte Helen tonlos gesagt. „Du musst es hinnehmen."

„Nein!" Nachdem sie wochenlang mit ansehen musste, wie ihr Vater reglos dalag, an die Maschine angeschlossen, die Sauerstoff in seinen Körper pumpte, war Vicky schon halb verrückt vor Kummer und Entsetzen. Sie hatte gesehen, wie ihre Mutter ruhig an seinem Bett saß, während sie selbst pausenlos auf- und abwanderte – hatte sie an ihrem Tee nippen sehen, während ihr eigener Magen allein bei dem Gedanken an Essen oder Trinken revoltierte. „Organisch tot". Die Phrase der Mediziner hatte sie wahnsinnig gemacht. Sie war es, die am Bett ihres Vaters hemmungslose Tränen vergoss, während ihre Mutter trockenen Auges neben ihr stand.

„Dir macht es nichts aus", hatte Vicky ihr ins Gesicht geschrien. „Für dich ist es bequemer so. Du kehrst zu deiner geheiligten Tagesroutine zurück. Dort bist du ungestört."

Helen hatte in das wutverzerrte Gesicht ihrer Tochter gesehen und genickt. „Es ist besser so."

„Ich lasse es nicht zu, dass du es tust", hatte Vicky verzweifelt ausgerufen. „Es gibt Mittel und Wege, dich daran zu hindern. Ich werde einen Gerichtsbeschluss erwirken, und …"

„Es ist bereits geschehen", hatte Helen ruhig erwidert.

Vicky wurde bei diesen Worten totenbleich. Es war, als hätten alle Kräfte ihren Körper verlassen. Ihr Vater war gestorben. Auf einen Schalterdruck hin gestorben. Und ihre Mutter hatte diesen Schalter abstellen lassen. „Du hast ihn umgebracht."

Helen Ashton hatte bei den Worten weder gezuckt, noch war

sie zusammengebrochen. „Das sagst du wider besseres Wissen, Vicky", hatte sie nur geflüstert.

„Hättest du ihn geliebt – hättest du ihn wirklich geliebt –, so hättest du es nicht tun können."

„Und deine Art von Liebe hätte ihn an die Maschine gefesselt."

„Aber er wäre lebendig!", hatte Vicky entgegnet und sich von ihrem unerträglichen Schmerz überwältigen lassen. „Verflucht sollst du sein! Er hat noch gelebt!"

„Er war gegangen", hatte Helen erwidert. Kein einziges Mal hatte sie dabei ihre Stimme erhoben. „Er war seit Tagen heimgegangen. Seit Wochen schon. Es ist an der Zeit, dass du dich damit abfindest."

„Und für dich ist das so einfach, nicht wahr?" Vicky hatte die Tränen zurückgehalten, um ihrer Mutter auf gleicher Ebene zu begegnen. „Nichts und niemand hat es jemals fertiggebracht, dich etwas empfinden zu lassen. Nicht einmal er."

„Es gibt verschiedene Arten von Liebe, Vicky", hatte Helen hölzern erwidert. „Du hast immer nur deine eigene Methode anerkannt."

„Liebe?" Vicky hatte ihre Hände fest verkrampft, um sie daran zu hindern, ihre Mutter zu schlagen. „Ich habe dich niemals irgendjemandem Liebe zeigen sehen. Jetzt ist Vater tot, aber du weinst nicht. Du trauerst nicht. Du wirst nach Hause gehen und die Wäsche aufhängen, weil nichts auf der Welt dich von deiner kostbaren Tagesroutine abbringen kann."

Helens Schultern waren gestrafft, als sie ihre Tochter ansah. „Ich will mich nicht dafür entschuldigen, dass ich bin, wie ich bin. Ich erwarte auch nicht, dass du dich vor mir verteidigst. Doch ich sage dir, du hast deinen Vater zu sehr geliebt, Victoria."

Unbewusst zitternd, hatte Vicky die Arme um sich selbst geschlungen. „Oh, du bist so kalt", hatte sie geflüstert. „So unsagbar kalt. Du hast keine Gefühle." Sie hatte so dringend Trost gebraucht, nur ein kleines Wort, eine Umarmung. Aber Helen war außerstande, ihr diesen Trost zu geben. Und Vicky war unfähig, sie darum zu bitten. „Du hast das vollbracht", hatte sie mit heiserer, angestrengter Stimme gesagt. „Du hast ihn mir weggenommen. Das vergesse ich dir nie."

„Nein." Helen hatte leicht mit den Schultern gezuckt. „Das erwarte ich auch nicht von dir. Du bist deiner selbst stets so sicher, Vicky."

Und nun standen sich die beiden Frauen in der Küche gegenüber. Sie sahen sich an, wie sie sich über das frische Grab hinweg angeschaut hatten: trockenen Auges, ausdruckslos. Ein Mann, der Gatte und Vater gewesen war, stand noch immer zwischen ihnen. Worte drohten wieder auszubrechen – böse, bittere Worte. Beide schluckten sie hinunter.

„Ich muss in die Stadt zurück und mit dem Bürgermeister wegen der Filmarbeiten sprechen", sagte Vicky schließlich. Dann verließ sie die Küche und ging aus dem Haus. Und nachdem sie einen Augenblick lang in der Stille dagestanden hatte, beschäftigte sich Helen wieder mit ihren Regalen.

Der Swimmingpool war halbmondförmig, und das Wasser war tief – tief und blau. Palmen wiegten sich sanft in der Nachtluft. Der Blumenduft war intensiv, fast tropisch. Es war ein angenehm kühler Platz, von Bäumen und blühenden Büschen umschlossen. Die Stereoanlagen waren so geschickt getarnt, dass die Klänge von Debussy aus dem All herunterzuströmen schienen. Ein geeister Drink, mit Jamaica-Rum angereichert, stand auf dem glasgedeckten Innenhoftisch neben einem Telefon.

Noch nass vom Schwimmen lag Phil auf einer bequemen Liege ausgestreckt und versuchte, seine Gedanken neu zu ordnen. Er hatte den ganzen Tag damit verbracht, im Studio zwei

Schlüsselszenen seines neuen Films zu drehen. Es hatte ein wenig Ärger mit Sam Dressler, dem männlichen Hauptstar, gegeben.

Nicht verwunderlich, dass einem Schauspieler wie Dressler der Ruf vorausging, weder originell noch kooperativ, sondern einfach nur gut zu sein. Phil hatte auch nicht die Absicht, eine lebenslange Freundschaft mit ihm aufzubauen. Wenn aber die Zusammenstöße so frühzeitig bei einer Produktion begannen, so war das kein gutes Omen für kommende Dinge. Er würde eine ganz besondere Strategie in der Behandlung Dresslers entwickeln müssen.

Phils Gedanken drifteten zu Vicky zurück, wie es in den letzten Tagen unentwegt geschehen war. Sie würde ganz schön halsstarrig sein, was die Invasion in ihrer Stadt betraf. Mit dem kleinen Blechabzeichen, das an ihrer Bluse steckte, würde sie sich das Recht verschaffen, ihm dauernd auf die Finger zu sehen. Ein Gedanke, der ihm nicht unangenehm war. Mit ein wenig Vorausschau ließ sich eine Anzahl Gelegenheiten finden, ihr über den Weg zu laufen. Oh ja, er hatte die Absicht, eine Menge Zeit damit zu verbringen, Sheriff Ashton unter die Haut zu gehen.

Glatte, weiche Haut, die schwach nach irgendetwas duftete, das ein Mann in einem Harem finden konnte. Schwer, dunkel und aufreizend. Er konnte sich ein Bild von ihr in schwarzer Seide vorstellen, irgendetwas Raffiniertem und Verwegenem, mit nichts darunter außer ihrem langen, schlanken Körper.

Das plötzlich aufzuckende Verlangen peinigte ihn dermaßen, dass er, ohne es zu merken, die Hälfte seines Drinks auf einmal austrank. Ja, er beabsichtigte, ihr unter die Haut zu gehen, doch er hatte nicht die Absicht, deshalb seine Freiheit aufzugeben. Er kannte Frauen, wusste ihnen zu gefallen, flirtete mit ihnen. Er wusste aber auch, wie man Komplikationen mit einer Frau aus dem Wege ging – indem man sich der Vielzahl zuwandte. Das allein gab Sicherheit. Diesem Grundsatz folgend, hatte es ihm Spaß gemacht, sich mit vielen Frauen einzulassen.

Er liebte sie nicht allein als Sex-Gespielinnen, sondern auch als Gesprächspartnerinnen. Viele Frauen, denen man eine romantische Beziehung mit ihm andichtete, waren einfach nur Freundinnen. Die Zahl der Eroberungen, die man ihm nachsagte, amüsierte ihn königlich. Er hätte kaum nach seinem selbst auferlegten Terminkalender leben können, wenn er die ganze Zeit in irgendwelchen Schlafzimmern verbracht hätte.

Dennoch hatte er in seinem Liebesleben vielleicht mehr Amüsement als andere gehabt. Er hatte stets darauf geachtet, die Dinge locker zu gestalten, und ließ seine Partnerinnen nie im Unklaren, dass er an keine feste Bindung dachte. Genau dasselbe beabsichtigte er bei Vicky zu tun.

Es mochte richtig sein, dass sie seine Gedanken etwas mehr beherrschte als andere Frauen. Es mochte richtig sein, dass er sich stärker zu ihr hingezogen fühlte als zu irgendeiner anderen. Aber ...

Phil zog seine Stirn kraus bei diesem „Aber". Doch dann bestätigte er sich einmal mehr, dass es nur von der Einzigartigkeit ihrer Begegnung herrührte. Die Erinnerung an die Nacht in der dumpfen kleinen Zelle entlockte ihm eine Grimasse. Die Tatsache, dass er nicht in der Lage gewesen war, sich aus der Zelle freizukaufen, machte ihn jetzt noch wütend. Ja, und noch etwas: Er war zwar durchaus in der Lage, für sich selbst zu sorgen, doch er war an Bedienung gewöhnt. Noch mehr war er daran gewöhnt, dass man seinem Wort gehorchte. Vicky hatte nicht getan, was er ihr befahl. Sie hatte es erst dann getan, als es ihr selber passte.

Oft war es ihm lästig, wenn Leute um ihn herumscharwenzelten und ihm schmeichelten, er hatte sich aber daran gewöhnt. Anstatt ihm schönzutun, hatte Vicky ihn leicht geringschätzig behandelt, hatte ihm zwar ein Kompliment über seine Arbeit gemacht, ihn dann aber ausgelacht – und ihn auch zum Lachen gebracht, wie er sich erinnern konnte.

Er wünschte, mehr über sie zu erfahren. Seit Tagen spielte er mit dem Gedanken, Auskünfte über Victoria L. Ashton, Rechtsanwältin, einholen zu lassen. Was ihn daran hinderte, war weniger die Achtung vor ihrem Privatleben als vielmehr der Wunsch, diese Entdeckungen persönlich zu machen. Wer war die Frau mit dem Gesicht einer Madonna, einer Stimme wie Whisky und Honig, die mit einem 45er Revolver umging? Phil war entschlossen, es herauszufinden, und wenn es den ganzen trockenen, staubigen Sommer in Anspruch nehmen sollte. Er würde die Zeit dazu finden, auch wenn die Arbeit knochenhart war.

Den Kopf gegen das Kissen auf seiner Liege gestützt, schaute Phil zum Himmel empor. Er hatte die Einladung zu einer Party unter dem Vorwand abgelehnt, dass er morgen in aller Frühe eine Szene zu drehen habe. Anstatt an den Film dachte er an Vicky und vergaß darüber die Zeit. Er wusste, dass er sie aus seinem Kopf verbannen müsste, um dem Film seine Aufmerksamkeit schenken zu können, ohne irgendeine Ablenkung. Er wusste jedoch auch, dass er es nicht fertigbringen würde. Seit seiner Rückkehr aus Friendly hatte er nicht die leiseste Neigung gehabt, den Telefonhörer abzuheben und eine der Frauen, die er kannte, anzurufen. Er konnte seine Freundinnen mit dem Hinweis auf seinen Terminkalender vertrösten. Die Wahrheit war, dass es im Augenblick nur eine Gefährtin gab, nach der es ihn verlangte, nur eine Frau, eine einzige Geliebte ...

Leicht verwirrt verließ Phil seinen Platz am Swimmingpool. Er war einfach müde, das war alles. Und da war noch das neue Manuskript zu lesen, bevor er zu Bett ging. Er betrat das Haus durch die gläserne Terrassentür. Stille umfing ihn. Selbst die Musik war verstummt, ohne dass er es bemerkt hatte. Mit dem Glas in der Hand stieg er in das niedriger gelegene Wohnzimmer.

Der Raum roch schwach nach der Politur, die die Putzfrau am Morgen verwendet hatte. Der braune Parkettfußboden glänzte.

Auf die tiefen Sofapolster waren achtlos ein Dutzend Kissen geworfen, die sowohl üppig wie einladend wirkten.

Die das Zimmer beherrschenden Farbtöne Blau, Grün und Elfenbein hatte er selber ausgesucht. Ebenso die impressionistischen Gemälde an den Wänden, die einzigen Kunstwerke im Raum. Es gab Spiegel und großflächige Fenster, die ihm Weite verliehen.

Er hielt nichts von der Überladenheit der Häuser, in denen er aufgewachsen war, doch das Milieu von Geld und Erfolg behauptete sich auch hier. Phil nahm es leicht und wie selbstverständlich hin, genauso leicht und selbstverständlich wie sein Leben, sich selbst und seine Zukunftschancen.

Er durchschritt das Zimmer und ging auf die geschwungene Treppe zu, die in das zweite Stockwerk führte. Die Stufen waren unverkleidet. Seine nackten Füße tappten leise über das Holz. Er dachte, dass er mit den Bildmustern des Tages zufrieden sein konnte. Jetzt, da es mit dem Filmen voranging, war sein Produzent zugänglicher geworden. Es gab weniger Gemauschel über Garantieversicherer und Kostenüberziehungen. Und man war entzückt von der Idee, den Hauptteil des Films bei Außenaufnahmen zu drehen. Es war finanziell von Vorteil. Nichts kann rascher ein Lächeln auf das Gesicht eines Produzenten zaubern, dachte Phil ironisch und begab sich unter die Dusche.

Das Bad war gigantisch. Mehr noch als das Grundstück hatte dieses Bad in Phil den Entschluss ausgelöst, das Haus hoch oben in den Hügeln zu kaufen. Der Duschraum erstreckte sich über eine ganze Wand. Von beiden Seiten schossen Wasserstrahlen in regulierbarer Stärke. Er drehte sie an, streifte seine Badehose ab, während es im Badezimmer zu dampfen begann. Als er in das Becken stieg, erinnerte er sich an das beengte kleine Gelass, in dem er sich an jenem stickigen Morgen in Friendly abgeduscht hatte.

Die Seife war noch nass gewesen, weil Vicky sie kurz zuvor benutzt hatte. Es war ein sonderbar intimes Gefühl gewesen, sich mit dem kleinen Viereck über die eigene Haut zu reiben und sich dabei vorzustellen, dass es über die ihre geglitten war. Aus Versehen hatte er das Wasser ablaufen lassen, während er noch seifenschaumbedeckt dastand. Er hatte sie wortgewaltig verflucht und zugleich zügellos begehrt. Zwischen den heißen, sich überkreuzenden Wasserstrahlen stehend, wusste Phil, dass er es noch immer tat. Aus einem Impuls heraus hob er den Arm und langte nach dem Telefon, das an der Wand neben der Dusche hing.

„Ich möchte ein Gespräch nach Friendly, New Mexico, Sheriff-Revier", sagt er zu der Telefonvermittlung. Ungeachtet der späten Stunde beschloss er, es auf gut Glück zu versuchen. Er wartete eine Zeit lang, derweil der Dampf aus der Dusche hochstieg. Im Apparat klickte es, dann summte das Rufzeichen.

„Sheriff-Revier."

Der Klang ihrer Stimme stimmte ihn froh. „Hallo, Sheriff."

Am anderen Ende krauste Vicky die Stirn und setzte ihre Kaffeetasse ab. Sie war gerade dabei, eine offizielle Bekanntmachung aufzusetzen. „Ja?", fragte sie gedehnt.

„Hier spricht Phil Kincaid."

Einige Sekunden herrschte Totenstille, Vicky spürte einen Schauer, den sie für lächerlich und kindisch hielt, und setzte sich gerade an ihrem Schreibtisch auf. „Was gibt's?", erkundigte sie sich leichthin. „Haben Sie Ihre Zahnbürste vergessen?"

„Nein." Verlegenheit hatte ihn überkommen, und er rang um eine vernünftige Erklärung für seinen Anruf. Schließlich war er kein liebestoller Teenager, der ein Mädchen nur anrief, um ihre Stimme zu hören. „Die Drehtermine stehen jetzt fest", teilte er ihr mit. „Nächste Wochen treffen wir in Friendly ein. Ich wollte mich nur vergewissern, dass es keine Probleme gibt."

Vicky warf einen Blick zur Zelle hinüber, wo er vor Kurzem

eingesperrt gestanden hatte. „Ihr Aufnahmeleiter hat sich mit mir und dem Bürgermeister in Verbindung gesetzt", gab sie zurück. „Sie haben alle erforderlichen Genehmigungen. Das Hotel ist für Sie reserviert. Ich musste darum kämpfen, mein eigenes Zimmer zu behalten. Einige Einwohner haben Vorkehrungen getroffen, in ihren Häusern Zimmer zu vermieten, die Ihnen zusagen."

Sie brauchte nicht hinzuzufügen, dass der Gedanke ihr nicht behagte. Ihr Tonfall verriet ihm alles. Er lächelte amüsiert.

„Noch immer besorgt, dass wir Ihre Stadt verderben, Sheriff?"

„Sie und Ihre Leute werden sich an die Vorschriften halten, Kincaid", erwiderte sie, „oder Sie bekommen Ihr altes Zimmer zurück."

„Es ist angenehm zu wissen, dass Sie es haben und auf mich warten. Ist es nicht so, Sheriff?"

„Auf Sie warten?" Sie stieß ein kurzes Lachen aus. „Genau wie die Ägypter auf die nächste Plage warteten."

„Ach, Victoria, Sie haben eine einmalige Art, die Dinge zu betrachten."

Vicky zog die Brauen zusammen, horchte auf das seltsame Zischen in der Leitung. „Was ist das für ein Geräusch?"

„Geräusch?"

„Es hört sich fast so ähnlich an wie laufendes Wasser."

„Es ist laufendes Wasser. Ich stehe unter der Dusche."

Volle zehn Sekunden lang sagte Vicky nichts, dann brach sie in schallendes Lachen aus. „Phil, warum rufen Sie mich von der Dusche aus an?"

Irgendetwas an ihrem Lachen und die Art, wie sie seinen Namen aussprach, ließ ihn gegen einen erneuten Strom des Begehrens ankämpfen. „Weil es mich an Sie erinnert."

Vicky stützte die Füße gegen den Schreibtisch, vergaß ihren Erlass. Irgendetwas in ihr wurde weich. „Oh!" Mehr konnte sie nicht herausbringen.

„Mir fiel ein, wie das heiße Wasser plötzlich aufhörte, aus der Dusche zu strömen in Ihrem Gästezimmer, ich hatte mich gerade eingeseift." Er strich sich das nasse Haar aus den Augen. „Ich war in dem Moment aber nicht in der Stimmung, eine formelle Klage einzureichen."

„Ich werde der Stadtverwaltung Mitteilung machen", ging sie auf seinen Scherz ein. Dann wurde sie wieder sachlich. „Ich würde in dem Hotel keine Luxusvorrichtungen erwarten, Kincaid. Es existiert weder ein Zimmerservice, noch gibt es Telefone in den Badezimmern."

„Wir werden es überleben."

„Das wird sich noch erweisen", versetzte sie trocken. „Ihre Truppe wird in einem großen Kulturschock untergehen, wenn sie feststellt, dass es keine elektrischen Mundduschen gibt."

„Sie halten uns wohl wirklich für eine verzärtelte Bande, wie?" Phil ließ den Hörer in die andere Hand gleiten. Er rutschte ihm fast aus den Fingern. „Möge es Ihnen vergönnt sein, ein paar wissenswerte Dinge über Leute aus unserer Branche zu erfahren, Victoria. Es sollte mich freuen, Sie darin zu unterweisen."

„Es gibt nichts, was ich von Ihnen lernen möchte", erklärte sie fest.

„‚Wünschen' und ‚Brauchen' sind zwei gänzlich verschiedene Begriffe", war seine Entgegnung, und er konnte fast sehen, wie ihre Augen wütend aufblitzten. Es bereitete ihm ein eigenartiges Vergnügen.

„Solange Sie sich an die Spielregeln halten, wird es keinen Ärger geben."

„Die Zeit wird kommen, Vicky", flüsterte er gefährlich leise in den Hörer, „in der du dich nach meinen Spielregeln richten wirst. Ich habe noch ein Versprechen einzulösen."

Vicky stand mit einem Ruck auf, sodass es ein polterndes Geräusch gab. „Vergessen Sie nicht, sich hinter den Ohren zu waschen", empfahl sie und knallte den Hörer auf.

5. Kapitel

Vicky war auf ihrem Revier, als die Filmleute eintrafen. Das Anrollen der Autos draußen konnte nichts anderes bedeuten. Sie zwang sich, das Dienstformular auszufüllen, bevor sie den Schreibtisch verließ. Selbstverständlich war sie überhaupt nicht in Eile, Phil wiederzusehen. Es war jedoch ihre Pflicht, sich zu vergewissern, dass beim Eintreffen der Leute aus Hollywood die Ordnung in der Stadt aufrechterhalten wurde.

Dennoch zögerte sie kurz und strich abwesend über ihr Sheriff-Abzeichen. Sie war sich nicht ganz schlüssig, wie sie Phil entgegentreten sollte. Mit den Gesetzen kannte sie sich bestens aus, aber was nützen Gesetze, wenn sie Phil ohne Abzeichen begegnete? Im nächsten Augenblick stürmte Telly mit runden Augen und hochrotem Gesicht zur Tür herein.

„Vicky, sie sind da! Ein ganzer Haufen von ihnen steht vor dem Hotel. Lastwagen und Autos und alles ist da!"

Obgleich ihr mehr nach Fluchen zumute war, nickte sie dem Jungen freundlich zu. War er sehr aufgeregt, vergaß er sich und nannte sie Vicky. Aber er war ein goldiger Bengel, hatte den Kopf voller Träume und Fantastereien. Sie legte den Arm um seine Schulter. Er zuckte jetzt nicht mehr zurück.

„Gehen wir nachschauen", sagte sie schlicht.

„Vicky – oh, Sheriff, glauben Sie, der Mann wird mich beim Filmen zuschauen lassen? Sie wissen schon, der Mann, der hier in der Gefängniszelle gesessen hat."

„Ja, ich weiß", nickte Vicky und trat mit dem Jungen auf die Straße. „Ich denke, schon", beantwortete sie abwesend seine Frage.

Die Szene, die sie draußen vorfand, war ein so ungewohntes Bild für Friendly, dass sie fast aufgelacht hätte. Vor dem Hotel parkten verschiedene Fahrzeuge. Ein Menschenauflauf hatte sich gebildet. Der Bürgermeister stand auf dem Gehsteig und sprach zu jedem gleichzeitig. Mehrere Leute aus Kalifornien sahen sich neugierig und erstaunt in der Gegend um. Auf die gleiche Weise wurden sie von der einheimischen Bevölkerung angestarrt.

Verschiedene Welten, dachte Vicky und ließ ihren Blick über die Menge gleiten. Gleich darauf hatte sie Phil entdeckt.

Er war salopp angezogen, genau wie bei seinem ersten Besuch in der Stadt – nicht anders als die Mitglieder seines Teams. Dennoch bestand ein Unterschied. Er strahlte Autorität aus. Er hörte scheinbar dem Bürgermeister zu, erteilte aber nebenbei auch seine Befehle. Und man gehorchte ihm, wie Vicky nachdenklich feststellte. Zwischen ihm und seiner Mannschaft schien ein gewisses Freundschaftsverhältnis zu bestehen, doch man ließ es nicht an Respekt fehlen. Es gab Lachen und ein paar Rufe, als die Filmausrüstung ausgeladen wurde, doch die Prozedur vollzog sich streng methodisch. Phil Kincaid überwachte jedes Detail.

„Mann, oh Mann", sagte Telly atemlos. „Sehen Sie bloß das ganze Zeug. Ich wette, in den Kisten dort drüben sind die Kameras. Glauben Sie, dass ich mal durch eine durchschauen darf?"

„Mhm", machte Vicky und hörte Phils Lachen über die Straße dringen. Gleich darauf hatte er sie gesehen.

Er vergaß weiterzulächeln. Sie maßen einander mit Blicken über die Menge hinweg, die zwischen ihnen rastlos hin- und herlief und sich das eine oder andere zurief. Ohne dass ein Wort gesagt worden war, bekam ihr gegenseitiges Abschätzen etwas Herausforderndes. Vicky stand sehr gerade aufgerichtet, den Arm hatte sie noch immer um die Schulter des Jungen gelegt.

Phil empfand diese Geste als aufreizend, was ihm keineswegs

gefiel. Mit Erstaunen entdeckte er, dass es ihn schmerzte. Sie nur anzuschauen, bereitete ihm körperliche Pein. Sie wirkte so kühl, so fern, obwohl ihre Augen direkt auf ihn gerichtet waren. Er konnte das kleine Sheriff-Abzeichen an ihrer Bluse aufblitzen sehen. An diesem staubtrockenen, hitzeglühenden Tag wirkte sie wie kühler Wein, stark und unwiderstehlich – und womöglich gefährlich. Einer seiner Leute musste ihn zweimal ansprechen, bevor er ihn hörte.

„Was ist?" Dabei ließ er Vicky nicht aus den Augen.

„Hoffman ist am Telefon, er hat einige dringende Sachen zu klären."

„Sag ihm, ich rufe zurück." Er nickte dem Mann kurz zu und fing an die Straße zu überqueren.

Als Vickys Arm sich plötzlich versteifte, blickte Telly fragend zu ihr hoch. Er sah, dass ihre Aufmerksamkeit auf den Mann gerichtet war, der jetzt auf sie zukam. Tellys Gesicht verfinsterte sich, aber als Vickys Arm sich entspannte, tat er es auch.

Kurz vor der Bordschwelle blieb Phil stehen, sodass ihre Augen auf gleicher Höhe waren. „Sheriff."

„Kincaid", sagte sie frostig.

Er nickte dem Jungen freundlich zu.

„Hallo, Telly. Wie geht's?"

„Gut." Der Junge starrte ihn unter zerzaustem Haarschopf an. Die Tatsache, dass Phil zu Telly gesprochen und sich an seinen Namen erinnert hatte, berührte Vicky. Sie unterdrückte dieses Gefühl und rief sich in Erinnerung, dass sie sich, was Phil anging, keine positiven Regungen leisten konnte.

„Kann ich …", druckste Telly und scharrte nervös mit den Füßen. „Glauben Sie, ich könnte einen Blick auf die Filmapparate werfen?"

Phil lächelte. „Na klar. Geh nur rüber und frage nach Bicks. Sag ihm, ich hätte gestattet, dass er dir eine Kamera zeigt."

„Ja?" Ganz blass vor Aufregung starrte Telly zuerst auf Phil, dann sah er Vicky fragend an. Als sie ihm freundlich zunickte, leuchteten die Augen des Jungen auf.

Phil schaute dem davonstürzenden Halbwüchsigen nach. Dann blickte er Vicky an. „Mir scheint, Sie haben eine weitere Eroberung gemacht. Ich bewundere seinen Geschmack." Als sie ihn verständnislos ansah, schüttelte er den Kopf. „Du liebe Zeit, Vicky, der Junge ist in Sie verliebt."

„Seien Sie nicht albern", wies sie ihn zurecht. „Er ist noch ein Kind."

„Nicht mehr ganz. Und sicher alt genug, um von einer schönen Frau verzaubert zu sein." Er bemerkte die Verwirrung in ihren Augen und fügte hinzu: „Ich war auch mal vierzehn Jahre alt."

„Aber niemals so unschuldig wie er", versetzte sie bissig.

„Stimmt." Er betrat den Gehsteig, und sie musste sich recken, um mit seinen Augen auf gleicher Höhe zu bleiben. „Es ist schön, Sie wiederzusehen, Sheriff."

„Finden Sie?", gab sie lässig zurück und sah ihn kritisch an.

„Ja. Ich begann mich bereits zu fragen, ob ich mir nur eingebildet habe, wie schön Sie sind."

„Sie haben eine ganze Truppe mitgebracht", stellte sie fest, seine Worte ignorierte sie. „Ich nehme an, es kommen noch mehr."

„Einige. Ich benötige für meine Außenaufnahmen die Gesamtansicht der Stadt. In einigen Tagen treffen die Schauspieler ein."

„Okay." Vicky lehnte sich müßig gegen einen Pfahl. „Die Fahrzeuge sind in Bestlers Garage abzustellen. Falls Sie planen, Privatgrundstücke oder Lagerhäuser zum Filmen zu benutzen, müssen Sie Privatvereinbarungen treffen. Die Bar von Hernandez ist wochentags bis elf und an Samstagen bis ein Uhr nachts geöffnet. Alkoholverzehr auf den Straßen wird mit fünfzig Dollar Geldstrafe belegt. Sie haften für jeden Schaden an privatem Eigentum. Sollten Sie für den Film irgendwelche äußeren Veränderungen vornehmen, so ist im Anschluss daran der alte Zustand wiederherzustellen. Ruhestörungen nach Mitternacht im Hotel oder auf den Straßen werden zur Anzeige gebracht und bestraft. Da dies Ihr Projekt ist, Kincaid, mache ich Sie persönlich dafür verantwortlich, Ihre Leute im Zaum zu halten."

Mit scheinbar gewissenhaftestem Interesse hatte er dem Herunterrasseln ihrer Verordnungen gelauscht. „Essen Sie mit mir zu Abend?"

Fast hätte sie gelächelt. „Vergessen Sie's." Als sie weggehen wollte, griff er sie am Arm.

„Das würde keinem von uns beiden gefallen, oder?"

Vicky schüttelte seine Hand ab. Es fühlte sich zu gut an, wieder von ihm angefasst zu werden. Der Blick aus ihren Augen war gewollt träge. „Phil, jeder von uns hat seine Pflicht zu tun. Machen wir's uns nicht unnötig schwer."

„Das ist auch meine Meinung." Was würde geschehen, wenn er sie hier und auf der Stelle küsste? Er wünschte es sich mehr als alles andere. Er kam aber zu dem Schluss, dass es unklug wäre. So ließ er es bleiben. „Wie wär's, wenn wir es ein Arbeitsessen nennen würden?"

Vicky lachte. „Und warum nennen wir es nicht beim richtigen Namen?"

„Weil Sie dann nicht kämen. Und ich habe mit Ihnen zu reden."

Die Deutlichkeit seiner Antwort brachte sie leicht außer Fassung. „Und worüber haben Sie mit mir zu reden?"

„Verschiedenes." Es zuckte ihm in den Fingern, ihr Gesicht zu berühren, ihre weiche, seidige Haut zu fühlen. „Unter anderem über meinen Film und Ihre Stadt. Würde es die Dinge denn nicht vereinfachen, wenn wir einander besser verstünden und zu einer gewissen grundsätzlichen Übereinstimmung kämen?"

„Mag sein."

„Essen Sie auf meinem Zimmer mit mir zu Abend!" Als er

ihren argwöhnischen Blick sah, erinnerte er sie lässig: „Es ist für die Dauer unseres Aufenthalts auch mein Büro. Ich würde in Bezug auf meinen Film gerne eine klare Linie schaffen. Falls wir zu streiten haben, Sheriff, lassen Sie es uns privat untereinander abmachen."

Der „Sheriff" in ihr fühlte sich angesprochen. Sowohl in seinem Titel wie in seiner Position. „In Ordnung", stimmte sie zu. „Sieben Uhr."

„Ausgezeichnet. Ach, und noch etwas Sheriff: Lassen Sie Ihren Revolver im Schreibtisch, ja? Er würde mir den Appetit verderben."

„Ich werde auch ohne schweres Kaliber mit Ihnen fertig, Kincaid."

Prüfend überblickte Vicky ihren Kleiderbestand. Sollte sie in Dienstuniform mit Sheriff-Abzeichen zum Abendessen bei Phil erscheinen? Aber nein, das wäre kleinlich gewesen, und das war nicht ihr Stil. Kritisch fuhr sie mit einem Finger über ein smaragdgrünes Seidenkleid. Es war sehr einfach und fast streng geschnitten. Bis zum Hals geschlossen, ließ es sich bis zur Taille knöpfen. Es wirkte gleichermaßen seriös und attraktiv.

Sie besprühte sich automatisch mit Parfüm. Zu spät fiel ihr ein, dass Phil eine kritische Bemerkung darüber gemacht hatte, und sie stellte das kostbare Fläschchen stirnrunzelnd an seinen Platz zurück. Schließlich konnte sie den exotischen Duft nicht einfangen und wieder zurücktun. Sie sah der Begegnung mit Phil Kincaid gelassen entgegen. Mit dem Wunsch, aus der neuerlichen Begegnung als Siegerin hervorzugehen, verließ sie ihr Zimmer.

Phils Zimmer lag gleich nebenan. Obwohl Vicky bekannt war, dass er ganz persönlich für dieses Detail gesorgt hatte, lag es nicht in ihrer Absicht, darüber eine Bemerkung zu machen. Sie klopfte energisch an die Tür und wartete.

Als er öffnete, blieb ihm die glatte Höflichkeitsphrase, die ihm auf der Zunge gelegen hatte, im Ansatz stecken. Er erinnerte sich, wie er sie sich in irgendetwas Seidenartigem, Raffiniertem vorgestellt hatte, und er konnte nur wortlos dastehen und sie anstarren. „Exquisit" war das Wort, das ihm durch den Kopf geisterte, aber selbst diese drei Silben brachte er nicht über die Lippen. In diesem Augenblick wurde ihm bewusst, dass er sie haben musste, oder dieses Verlangen würde ihn sein ganzes weiteres Leben verfolgen.

„Victoria", presste er nach einer langen Pause hervor.

Obgleich ihr Puls beim Blick in seine Augen und bei dem heiseren Ton, mit dem er ihren Namen aussprach, zu rasen begann, blieb ihr Gesicht unbewegt. „Phillip", sagte sie übertrieben förmlich, „darf ich eintreten, oder soll ich hier draußen essen?"

Phil riss sich zusammen. Stottern und Starren brachten ihn nicht weit. Er nahm sie bei der Hand und zog sie herein. Dann schloss er die Tür, ungewiss, ob er sie eingesperrt oder die Welt ausgesperrt hatte.

Vicky sah sich kurz in dem kleinen, wahllos möblierten Zimmer um. Es war Phil bereits gelungen, ihm seinen Stempel aufzudrücken. Der Schreibsekretär war mit Papieren übersät. Sie bemerkte einen eng beschriebenen Notizblock, ein paar stummelhafte Bleistifte und ein Sprechfunkgerät. Die Rollos waren heruntergezogen, der Raum war von Kerzen erhellt.

Vicky warf einen Blick auf den aufklappbaren Kartentisch, der mit dem besten Hotelleinen gedeckt war. Darauf standen zwei zugedeckte Schüsseln und eine geöffnete Flasche Wein. Mit damenhafter Grazie trat Vicky an den Tisch, nahm die Flasche in die Hand und studierte das Etikett.

„Château Haut-Brion Blanc", las sie halblaut mit perfekter französischer Aussprache. „Den haben Sie aber nicht in Mendelsons Spirituosenladen erstanden."

„Ich nehme mir immer ein paar ... Annehmlichkeiten mit, wenn ich zu Außenaufnahmen fahre."

Sie stellte die Flasche zurück. „Und die Kerzen?"

„Aus dem örtlichen Drugstore", erklärte er geduldig.

„Wein und Kerzen für ein Arbeitsessen? Eigenartig."

„Typischer Regieeinfall", bekannte er und trat an den Tisch, um die Gläser einzuschenken. „Wir Filmregisseure müssen unentwegt Szenen gestalten. Eine Art Berufstick." Er reichte ihr ein Glas und stieß mit dem seinen leicht gegen den Rand. „Auf eine angenehme Beziehung, Sheriff."

„Zusammenarbeit", korrigierte sie, bevor sie trank. „Sehr gut", lobte sie den Wein. Ihre Augen glitten über Phils Erscheinung. Er trug lässig ein Paar tadellos maßgeschneiderte Hosen zu einem cremefarbenen Hemd mit offenem Kragen, das seinen muskulösen Oberkörper betonte. „Sie sehen heute mehr Ihrem Berufsbild entsprechend aus als beim ersten Mal", stellte sie fest.

„Ganz im Gegenteil zu Ihnen", gab er zurück.

„Finden Sie?" Sie wandte sich ab und durchmaß das kleine Zimmer. Der winzige Vorleger war zu einem dünnen Flicken durchgetreten, das Kopfteil des Bettes zerschrammt, der Nachttisch wacklig. „Wie sind Sie mit der Unterbringung zufrieden, Kincaid?"

„Es wird ausreichen."

„Warten Sie, bis es in unserer Stadt erst richtig heiß ist."

„Ist es das nicht schon?"

„Man soll den Tag nicht vor dem Abend loben."

Er musste sich zwingen, seine Augen von den Bewegungen ihres Körpers unter der Seide abzuwenden. „Möchten Sie das ganze Hollywoodgesindel fortgeschmolzen sehen, Vicky?"

„Ganz und gar nicht." Ihr Lächeln verwirrte ihn. „Nein, ich wünsche Ihnen Glück. Schließlich und endlich bewundere ich unverändert Ihr Endprodukt."

„Sie schmeicheln mir."

„Nicht Ihnen. Ich schätze Können immer ganz allgemein ein." Ihr Blick fiel auf die zugedeckten Schüsseln. „Womit beabsichtigen Sie mich zu füttern?"

Er schwieg einen Augenblick, suchte über den Rand seines Weinglases ihre Augen. „Das Menü ist leider etwas begrenzt."

„Etwa Fleischklöße?", fragte sie argwöhnisch. Es war die Spezialität des Hauses, wie sie wusste.

„Gott bewahre. Hähnchen und Beilagen."

„In diesem Falle bleibe ich." Sie nahmen Platz, und sie saßen sich jetzt gegenüber. „Wollen wir das Geschäftliche während des Essens ausklammern, Kincaid, oder wird es Ihren Appetit nicht beeinträchtigen?"

Er lachte. Dann überraschte er sie, indem er ihre Hand zwischen seine Hände nahm. „Sie sind unübertrefflich, Vicky. Warum haben Sie Angst, mich beim Vornamen zu nennen?"

Sie dachte einen Augenblick nach, überließ ihm aber ihre Hand. Weil die Anrede mit dem Vornamen zu persönlich ist, dachte sie. „Angst?", wiederholte sie gedehnt.

„Oder nennen wir es Widerstreben", schlug er vor und erlaubte seinem Zeigefinger, über ihren Handrücken zu streichen.

„Das ist unwesentlich." Sie entzog ihm nun doch die Hand. „Wie ich höre, werden Sie hier etwa sechs Wochen lang drehen." Sie hob den Deckel von der Schüssel. „Steht das schon fest?"

„Laut Garantieversicherern", bestätigte Phil und trank einen weiteren Schluck Wein.

„Garantieversicherer?"

„Tyco GmbH. Abschluss-Pflicht-Gesellschaft."

„Ah, ja." Vicky begann ihr Hähnchen zu zerlegen. „Ich habe davon gehört. Es ist die neue Welle in Hollywood. Die Gesellschaft garantiert, dass der Film innerhalb einer bestimmten Zeit und im Rahmen des Finanzplans fertiggestellt wird. Andernfalls zahlen sie die zusätzlich anfallenden Kosten. Die können Sie unter Umständen feuern, nicht wahr?"

„Mich, den Produzenten, die Stars, jeden."

„Das ist praktisch."

„Das ist halsabschneiderisch." Er stach mit der Gabel in sein Hähnchen.

„Von Ihrem Standpunkt aus, ja. Geschäftlich gesehen ergibt es durchaus einen Sinn. Schöpferisch tätigen Menschen müssen oft gewisse ... Grenzen aufgezeigt werden. Solche wie die, die ich Ihnen heute morgen kurz skizziert habe."

„Grenzen müssen oft beweglich gehalten werden. So wie beispielsweise ein paar Nachtaufnahmen, die ich zu drehen habe. Hierzu benötige ich Ihre Mithilfe. Die Einwohner dürfen gerne jeder Phase der Dreharbeiten beiwohnen, solange sie nicht stören, unterbrechen oder im Wege stehen. Einige Ausrüstungsgegenstände, die wir mitgebracht haben, sind außerordentlich kostspielig und hochempfindlich. Wir haben unsere Sicherheitskräfte, aber als Sheriff sind Sie die höchste Instanz, um Verbote auszusprechen."

„Ihre Ausrüstung unterliegt Ihrem eigenen Verantwortungsbereich", erinnerte sie ihn. „Ich werde aber eine Verordnung erlassen. Klären Sie das mit meiner Dienststelle, bevor Sie mit Ihren Nachtaufnahmen beginnen."

Er sah sie durchdringend an. „Und wozu das?"

„Sollten Sie planen, um Mitternacht im Stadtgebiet zu arbeiten, brauche ich eine Generalvollmacht. Nur in diesem Fall kann ich Störungen weitgehend ausschalten."

„Für bestimmte Zeiten benötige ich Straßenabsperrungen und Zutrittsverbote für die Hausbewohner."

„Schicken Sie mir eine Eingabe. Unter Angabe der Daten und Uhrzeiten. Friendly kann nicht völlig zum Erliegen kommen, um Ihnen gefällig zu sein."

„Das ist es auch so schon fast. Ohne mein Zutun."

„Wir besitzen keine Auto-Schnellstraße, falls Sie das meinen." Um ihre Mundwinkel zuckte es verdächtig. „Sie konnten sich ja ausgiebig davon überzeugen."

Er warf ihr einen friedfertigen Blick zu und ging nicht weiter darauf ein. „Ich würde auch gerne einige Einwohner als Komparsen und für Probeeinstellungen engagieren."

„Allmächtiger, Sie fordern den Ärger ja geradezu heraus." Dann zuckte sie die Achseln. „Aber bitte, meinetwegen. Gehen Sie auf Darstellerfang. Sie sollten aber jeden, der sich meldet, auch nehmen. Sonst gibt's Streit unter den Leuten."

Da er dies schon weitgehend von sich aus besorgt hatte, erblickte Phil hierin keine Schwierigkeiten. „Interessiert?", fragte er beiläufig.

„Wie bitte?"

„Ob Sie an einer Rolle interessiert wären."

Vicky lachte und hielt ihm ihr Glas zum Nachschenken hin. „Nein, danke."

„Ich meine es ernst, Vicky. Ich würde Sie gerne in einem Film herausbringen."

„Ich habe weder die Zeit dazu noch das Bedürfnis."

„Sie haben das Aussehen und, wie ich meine, auch das Talent."

Sie fühlte sich mehr amüsiert als geschmeichelt. „Phil, ich bin Juristin. Und das ist genau das, was ich sein möchte."

„Warum?"

Er sah sofort, dass die Frage sie etwas aus dem Gleichgewicht warf. Mit dem Glas an den Lippen, starrte sie ihn einen Moment lang unbewegt an. „Weil die Rechtssprechung mich fasziniert", antwortete sie nach einer Pause. „Weil mir der Gedanke gefällt, dass ich gelegentlich etwas mit der waltenden Gerechtigkeit zu tun habe. Ich habe sehr hart gearbeitet, um nach Harvard zu kommen, und noch härter, nachdem ich es geschafft hatte. Es bedeutet mir etwas, es ist mir sogar sehr wichtig."

„Dennoch haben Sie es für sechs Monate aufgegeben."

„Nicht völlig." Sie blickte nachdenklich auf die brennende Kerze. „Außerdem war es notwendig. Es werden noch genügend Fälle auf mich warten, wenn ich zurück bin."

„Ich würde Sie gerne in einem Gerichtssaal erleben", sagte er verhalten und beobachtete, wie die ruhige Flamme sich in ihren Augen widerspiegelte. „Ich wette, Sie sind fabelhaft."

„Hervorragend." Sie nahm ein weiteres Stück Geflügel. „Der Beisitzer D. A. hasst mich abgrundtief. Und wie steht's bei Ihnen? Warum führen Sie Regie, statt selbst eine Rolle zu spielen?"

Phil lehnte sich zurück. Er fühlte sich seltsam gelöst und gleichzeitig angeregt. Ewig hätte er Vicky anschauen mögen. Ihre Ausstrahlung, vermischt mit dem Duft heißen Wachses der brennenden Kerzen, war erotisch, ihre Stimme besänftigend. „Ich schätze, mir gefiel der Gedanke, anderen Anordnungen zu erteilen, anstatt selbst welche entgegenzunehmen. Als Regisseur kann man eine Szene ändern, einen Ton wechseln, der ganzen Story eine Richtung geben. Als Schauspieler kann man nur mit seiner Rolle arbeiten, einerlei wie vielschichtig sie auch sein mag."

„Sie haben niemals bei einem Ihrer Eltern Regie geführt." Vicky ließ die Worte in der Schwebe, sodass er sie als Feststellung oder Frage auffassen konnte. Wenn er lächelte, vertieften sich die Fältchen in seinen Wangen, und sie fragte sich, wie es sich anfühlen mochte, sanft über sie zu streicheln.

„Nein." Er schenkte etwas Wein in sein Glas nach. „Es würde ganz schön Aufsehen erregt haben, wir drei zusammen in einem Film. Auch wenn die beiden schon seit mehr als fünfundzwanzig Jahren geschieden sind, hätten die Klatschblätter kopfgestanden."

„Sie könnten zwei getrennte Filme mit Ihnen machen."

„Das ist wahr." Er dachte kurz darüber nach. „Wenn man das richtige Drehbuch hätte ..." Dann schüttelte er energisch den Kopf. „Ich habe es sogar erwogen, bin mir aber nicht sicher, ob es klug wäre. Sowohl beruflich wie privat. Die beiden sind ein ebenbürtiges Paar. Temperamentvoll, explosiv und höchstwahrscheinlich zwei der besten dramatischen Darsteller in den vergangenen dreißig Jahren. Beide holen den letzten Blutstropfen aus einer Rolle heraus."

„Ich habe sie stets bewundert", sagte Vicky. „Besonders in den Filmen, in denen sie gemeinsam auftraten. Sie haben ein wahres Feuerwerk auf der Leinwand versprüht."

„Auch außerhalb davon", bemerkte Phil leicht sarkastisch. „Ich frage mich heute noch, wie sie es fertigbrachten, zehn Jahre zusammenzubleiben. In ihren anderen Ehen hat keiner von beiden dieses Stehvermögen aufgebracht. Das Problem war, dass sie niemals aufhörten, einander Konkurrenz zu machen. Das Feuerwerk, das sie auf der Leinwand entfachten, ließ auch im trauten Heim die Funken stieben. Es ist anstrengend, mit jemandem zu leben, wenn man dauernd Angst haben muss, der Partner könnte besser sein als man selbst."

„Sie haben aber beide sehr gern, nicht wahr? Man merkt es Ihnen an, und das finde ich nett."

„Ich habe sie gern", gab er zu, „wenn auch mit gewissem Abstand. Sie sind beide außergewöhnliche Persönlichkeiten, gemeinsam wie getrennt."

„Warum haben Sie sich in Albuquerque niedergelassen?", fragte er dann sprunghaft, wohl um das Thema zu wechseln. „Lou Sherman war von Ihnen beeindruckt, und er ist nicht leicht zu beeindrucken. Warum sitzen Sie nicht in einem Glas- oder Stahlbüro in New York?"

„Ich hasse den Großstadtverkehr." Vicky lehnte sich zurück, drehte müßig ihr Weinglas und ruhte sich von der Mahlzeit aus. „Und ich mag nicht herumhetzen."

„Wie steht es mit Los Angeles?"

„Ich spiele kein Tennis."

Er lachte, schätzte sie von Minute zu Minute mehr. „Ich mag die Art, wie Sie die Dinge herunterspielen, Vicky. Was tun Sie, wenn Sie einmal nicht mit Paragrafen beschäftigt sind?"

„Meistens das, wozu ich Lust habe. Sport und Hobbys sind

mir zu anstrengend." Sie schüttelte ihr Haar zurück. „Ich schlafe gern."

„Sie vergessen, dass ich Sie beim Reiten gesehen habe."

„Das ist etwas anderes." Der Wein hatte sie in gelöste Stimmung versetzt. Sie hatte nicht bemerkt, dass die Kerzen heruntergebrannt waren und dass es schon sehr spät war. „Es entspannt mich. Macht meinen Kopf klar."

„Warum wohnen Sie in einem Hotelzimmer, während Sie vor der Stadt ein Haus besitzen?" Ihre Finger umspannten den Stiel ihres Glases ein wenig fester. Er war ein aufmerksamer Beobachter.

„Es ist bequemer so."

Lass die Sache eine Weile auf sich beruhen, warnte er sich selbst. Es ist ein sehr empfindlicher Punkt.

„Und was tun Sie, wenn Sie gerade keine Regieanweisung beim Filmen geben?", fragte sie und zwang ihre Hand, sich wieder zu entkrampfen.

Phil akzeptierte wortlos den Themawechsel. „Ich lese Manuskripte, schaue mir Filme an."

„Gehen auf Partys", fügte Vicky weise hinzu.

„Das auch. Es ist alles ein Teil des Geschäfts."

„Ist es nicht manchmal schwer, in einer Stadt zu leben, in der so vieles falscher Schein ist? Wenn man einmal die Kehrseite Ihres Berufs betrachtet, so haben Sie sich mit Wahnsinn, Verstellung, ja sogar Verzweiflung zu befassen. Wie trennen Sie Wirklichkeit und Fantasie?"

„Und wie sieht es in Ihrem Beruf damit aus?", stellte er die Gegenfrage.

Vicky dachte einen Augenblick darüber nach, dann nickte sie ihm fast respektvoll zu. „Eins zu null für Sie", sagte sie nur.

Vicky verließ ihren Platz und trat ans Fenster. Sie schob das Rollo beiseite und sah mit Erstaunen, dass die Sonne schon untergegangen war. Ein paar rote Streifen schwebten noch über dem Horizont, doch im Osten war der Himmel bereits dunkel.

Phil blieb still am Tisch sitzen, beobachtete sie fasziniert und sehnte sich danach, sie zu umarmen.

„Da dreht Max seine Runden", bemerkte sie mit nachsichtig-liebevollem Tonfall. „Er hat sein Dienstgesicht aufgesetzt. Ich vermute, er hofft, vom Film entdeckt zu werden. Wenn er schon kein markiger Gesetzeshüter des neunzehnten Jahrhunderts sein kann, so würde er zumindest gerne einen spielen." Ein Auto kam in die Stadt gefahren und stoppte mit quietschenden Reifen vor der Badeanstalt. „Meine Güte, es sind die Zwillinge." Sie seufzte, sah, wie Max kehrtmachte und in Richtung Badeanstalt marschierte. „In Friendly gibt's keinen Frieden mehr, seitdem das Pärchen den Führerschein erworben hat. Ich glaube, ich gehe besser hinunter und sorge dafür, dass die zwei nicht über die Stränge schlagen."

„Kann Max nicht mit ein paar Kindern fertigwerden?"

„Oh, Sie kennen die Kramers nicht. Jetzt ist Max bei ihnen angelangt. Aha, er sagt ihnen die Verkehrsregel Nummer 22 auf."

„Haben sie alle Hollister-Fenster geputzt?" Phil war aufgestanden und neben sie ans Fenster getreten.

Sie sah ihn überrascht an. „Woher wissen Sie davon?"

„Telly hat's mir erzählt." Er spähte durchs Fenster, um einen Blick auf die unrühmlichen Zwillinge zu ergattern. Aus der Ferne wirkten sie entschieden harmlos. Ihre Ähnlichkeit war verblüffend. „Welcher von beiden ist Zac?"

„Hm, der rechte, glaub' ich, bin mir aber nicht sicher. Warum wollen Sie das wissen?"

„Er hält nichts von weiblichen Sheriffs, hab' ich gehört."

„Ach, tatsächlich?"

„So ist es. Offenbar kein besonders urteilsfähiger Junge."

„Urteilsfähig genug, um Mr. Hollisters Fenster zu putzen."

„Ihr Kopf ließe sich wunderbar modellieren", leitete er zu einem anderen Thema über. „Was würden Sie sagen, wenn ich behaupte, dass Ihr Gesicht in ein Raphael'sches Gemälde passt?"

„Ich würde sagen, Sie übertreiben, mein Herr."

„Und dieses Haar", sagte er mit einer winzigen Veränderung in der Stimme. „Haar, das einen an die Nacht erinnert – eine heiße Sommernacht, die wach hält, die nachdenken lässt, die gefährliche Wünsche weckt." Er griff vorsichtig in die Haarfülle und ließ sie durch die Finger gleiten. Das Rollo schnappte in seine vorherige Lage zurück, schnitt sie von der Außenwelt ab.

„Phil", setzte Vicky an. Das Verlangen, das sie plötzlich überfiel, traf sie unvorbereitet.

„Und diese Haut", raunte er. „Haut, die mich an seidene Tücher denken lässt, die nach irgendetwas Verbotenem duften." Er berührte ihre Wange mit dem Mund und erlaubte seiner Zungenspitze, zart über sie hinwegzustreifen. „Vicky." Sie fühlte fast ihren Namen an ihrer Haut entlangwispern und erschauerte. „Weißt du, wie oft ich in den vergangenen Wochen an dich gedacht habe?"

„Nein." Sie wollte sich nicht sträuben. Sie wollte die wilde Woge der Leidenschaft, die der Druck seiner Lippen auslöste, spüren.

„Zu oft", raunte er heiser. „Verdammt viel zu oft." Und er presste seinen Mund auf ihre leicht geöffneten, feucht schimmernden Lippen.

Die Leidenschaft flammte jäh und zügellos auf. Beide wurden von ihr überwältigt. Beide sehnten sich danach, die unbeschreibliche Erregung, die sie Wochen vorher flüchtig erfahren hatten, noch weiter auszukosten.

Vicky wusste plötzlich, dass die Erinnerung ihr einen Streich gespielt hatte, als sie glaubte, so rückhaltlos empfunden zu haben. Jetzt erkannte sie, dass sie es in Wirklichkeit noch viel stärker war.

Diese Art von Glut hatte sie sich nicht einbilden können. Alle ihre Sinne waren auf dieses eine ausgerichtet: Phil zu spüren.

Willig öffnete sie ihm die Lippen, damit seine Zunge tief in ihren

Mund eindringen konnte. Bis in die letzte Faser ihres Körpers war sie von diesem Mann erfüllt. Sie stöhnte auf, als seine Zunge das feuchte, warme Innere ihres Mundes zu erforschen begann. Willenlos überließ sie sich diesem erotischen Spiel. Aber Phil wollte mehr ...

Ihr Haar fiel ihr in den Nacken, machte ihren Hals verwundbar. Seine Lippen liebkosten die zarte Haut. Er fühlte das Pulsieren ihres Blutes, ihr Duft betörte seine Sinne, trieb ihn zur Ekstase. Ungeduldig nestelte er an den seidenbezogenen Knöpfen, um mehr zu finden. Er stöhnte auf, als seine Hand unter das dünne Gewebe ihres Kleides glitt, sich zu der sanften Wölbung ihrer Brust tastete, dort, wo ihr Herz pochte. Vicky wehrte sich nicht. Seine Hände waren überall, entdeckten, verweilten, ergriffen Besitz. Sie hörte ihn etwas murmeln, aber vor Erregung konnte sie kaum etwas verstehen.

Das Zimmer schien enger und heißer zu werden. Vicky verspürte den Wunsch, ihre Sachen abzuwerfen, um frei von allem Zwang zu sein.

Er zog sie so dicht zu sich heran, dass ihre Körper fast miteinander verschmolzen. Als ihre Lippen sich trafen, war es, als hätte der Sturm soeben erst begonnen. Sie küssten sich wieder und wieder, bis sie völlig außer Atem waren.

Zwar war Phil von vornherein fest entschlossen gewesen, den Abend mit Vicky in seinem Bett zu beenden, aber er hatte nicht dieses verzweifelte Verlangen erwartet. Er hatte nicht damit gerechnet, so schnell die Kontrolle über sich zu verlieren. Die weichen Rundungen einer Frau sollten unbeschwertes Vergnügen bereiten, nicht diese zitternde Qual. Ein Kuss war ein Vorspiel, aber nicht diese alles verzehrende Gewalt. Er wusste nur, dass alles in ihm, sehr viel mehr als nur sein Körper, nach ihr verlangte. Was ihm geschah, lag jenseits aller Macht, es aufzuhalten. Und sie war die einzige Antwort, die er darauf wusste. Er wollte, er musste sie haben – sofort.

„Herrgott, Vicky." Seine Lippen berührten ihre Wangen, ihre Augen, ihre Stirn, kehrten wieder zu ihren Lippen zurück. „Komm ins Bett. Um aller Heiligen willen, komm ins Bett. Ich will dich."

Vicky war, als stünde sie am Rande eines Abgrunds. Nie war der Sprung in die Tiefe verlockender – oder gefährlicher. Es war so leicht, so unendlich leicht, sich einfach vorzubeugen, die Arme auszubreiten und sich fallen zu lassen. Aber der Fall ins Ungewisse ... Sie focht um ihren gesunden Menschenverstand, der ihr helfen sollte, die wallenden Nebel zu vergessen und der Gefangenschaft in den Armen eines liebeserfahrenen Mannes zu entfliehen. Es war noch viel zu früh, diesen letzten Schritt zu wagen.

„Phil." Bebend löste sie sich von ihm und lehnte sich gegen die Fensterbank. „Ich ... nein", stieß sie mit angehaltenem Atem hervor und presste die Hände gegen ihre Schläfen. Er zog sie erneut in die Arme.

„Ja", murmelte er schwer atmend und suchte erneut ihren Mund, den sie ihm widerstandslos überließ. „Du kannst es nicht leugnen, dass du ebenso nach mir verlangst wie ich nach dir."

„Nein." Sie ließ ihren Kopf einen Augenblick an seiner Schulter ruhen, bevor sie sich ihm entwand. „Das kann ich nicht leugnen", gab sie mit einer Stimme zu, deren dunkler Ton ihre Sehnsüchte verriet. „Ich gebe nur nicht immer meinen Wünschen nach. Das ist der grundlegende Unterschied zwischen uns."

Er konnte seinen Blick nicht von den halb entblößten Brüsten wenden. „Dafür scheinen wir etwas anderes, sehr Wichtiges gemeinsam zu haben. Etwas, das zwischen einem Mann und einer Frau nicht alle Tage vorkommt", sagte er heiser.

„Und es hätte zwischen uns nicht vorkommen dürfen", erwiderte sie leise und begann, ihre Kleidung in Ordnung zu bringen. „Es lag auch ganz gewiss nicht in meiner Absicht."

„In meiner schon", bekannte er offen. „Allerdings nicht ganz auf diese Weise."

Sie sah zu ihm auf. Sie hatte ihn verstanden. Das Ganze war sehr viel intensiver gewesen, als sie vorausgesehen hatten. „Es wird ein langer Sommer werden, Phil", flüsterte sie.

„Früher oder später kommen wir zusammen, Vicky. Wir wissen es beide." Dann ging er zum Tisch, um sich ein neues Glas Wein einzuschenken. Er brauchte etwas, um sein Gleichgewicht zurückzugewinnen. Er leerte das Glas wie ein Verdurstender, dann sah er sie wieder an. „Ich habe nicht die Absicht, aufzugeben", fügte er ernst hinzu.

Sie nickte, nahm es hin. Aber es gefiel ihr nicht, wie ihre Hände dabei zitterten. „Ich bin noch nicht bereit."

„Ich kann geduldig sein, wenn es erforderlich ist." Er wünschte nichts sehnlicher, als sie aufs Bett zu ziehen und das zu tun, wonach es sie beide verlangte. Stattdessen nahm er sich eine Zigarette und gab sich den Befehl, sich wie ein zivilisierter Mensch zu benehmen.

Vicky richtete sich sehr gerade auf. „Konzentrieren wir uns beide auf unsere Aufgaben, ja?", sagte sie kühl. Sie wollte sich zurückziehen, doch sie wollte keinen Rückzug, der sie als Besiegte auf der Strecke ließ. Deshalb ging sie auf Distanz und kehrte ganz bewusst zum formellen Sie zurück. „Ich denke, wir sehen uns gelegentlich", setzte sie leichthin hinzu, so als wäre nicht das Geringste geschehen, und ging auf die Tür zu.

„Worauf du dich verlassen kannst", murmelte er hinter ihrem Rücken.

Sie fasste nach der Klinke und drehte sich lächelnd zu ihm um. „Und sorgen Sie dafür, dass es keinen Ärger gibt, Kincaid!" Sie war draußen, bevor er eine Antwort geben konnte.

6. Kapitel

Phil saß neben dem Kameramann auf dem Tulpenkran. „Hiev hoch!" Auf diesen Befehl hin ließ der Maschinist den Kran siebzehn Fuß hoch über die Stadt Friendly fahren. Gerade brach die Morgendämmerung an. Phil hatte Vorkehrungen getroffen, dass alle Passanten von den Straßen fernzubleiben hatten, obgleich sich schon eine große Menge Zuschauer hinter dem Kran und den Beleuchtungskörpern aufhielt. Falls es unerwartet jemandem einfallen sollte, zu so ungewohnter Stunde nach Friendly zu fahren, wären ihm alle Zufahrtsstraßen blockiert. Phil wollte den Eindruck von Öde und Verlassenheit in der müden Dämmerung eines herannahenden Tages erzeugen.

Einen Blick in die Tiefe werfend, sah er, wie Bicks, der Chefkameramann, die Schärfen der Beleuchtung überprüfte. Rohlinge, die großen Bogenscheinwerfer, waren eingeschaltet, um das Tageslicht ausgewogen zu gestalten. Er wusste auf den Punkt genau, wo der Regisseur die Schatten eingelassen haben wollte. Für diese Filmszene agierte Phil persönlich als Kameraassistent, damit er die richtigen Einstellungen ausprobieren konnte.

Gleich darauf wandte Phil seine Aufmerksamkeit wieder der Straßenansicht zu. Er wusste genau, was er wollte, und er wollte es bei Sonnenaufgang einfangen, mit so viel natürlichem Licht wie nur irgend möglich. Er sah durch die Linsen und stellte eigenhändig die Bildweiten ein. Der Kran war auf Schienen montiert und erlaubte große Beweglichkeit des Aufnahmegeräts.

Phil wünschte zunächst eine Weitaufnahme bis zum Horizont mit der aufgehenden Sonne, dann einen Rückschwenk, um die

Hauptstraße von Friendly in ihrer ganzen Länge aufzunehmen. Es war kein auf schön zurechtgemachtes Panorama, sondern die raue Wirklichkeit. Er wollte den Staub vor der Schaufensterfront einfangen.

Zufrieden mit dem, was er durch die Kameralinse gesehen hatte, markierte Phil die Einstellung mit einem Bandstreifen, dann nickte er seinem Regieassistenten zu.

„Ruhe auf der Szene."

„New Chance, Szene drei, erste Einstellung."

„Kamera ab!", befahl Phil, dann wartete er.

Mit zusammengekniffenen Augen konnte er sich ein Bild von dem machen, was sein Kameramann durch die Linsen sah. Das Licht war gut. Perfekt. Mit drei Einstellungen oder weniger mussten sie es schaffen, sonst hatten sie es mit Gelbschicht und Filtern aufzupeppen. Das war aber nicht das, was er im Sinn hatte.

Jetzt rollte der Kran langsam rückwärts zur Startmarke. Das Herzstück der Stadt musste in einem langen Schwenk aufgenommen werden. Ja, das war gut. Jetzt sah man die abgebröckelte Farbe, das durchgesackte Holz der Gehsteige, die eingerissenen Jalousien. Später mussten sie diese Einstellung in die Szene des Hauptdarstellers hineinschneiden. Er kehrt nach zwanzig Jahren heim, rief Phil sich das Drehbuch in Erinnerung. Er hat keine Bleibe, kennt keinen Ort, zu dem er sonst noch gehen könnte. Und er findet alles genauso vor, wie er es damals verlassen hat.

„Schnitt. Die gleiche Einstellung noch einmal. Dieselbe Geschwindigkeit."

Im Hintergrund der Menge stand Vicky und folgte interessiert dem Geschehen. Es machte ihr nichts aus, bei Morgengrauen auf den Beinen zu sein. Sowohl ihr Pflichtgefühl als auch ihre Neugier hatten sie hergezogen. Phil filmte heute das erste Mal in der Stadt. In der letzten Woche hatten sie Landschaftsaufnahmen gedreht.

Vicky war in Friendly geblieben. Gelegentlich hatte sie Max losgeschickt, um draußen nach dem Rechten zu sehen. Er war jedes Mal begeistert zurückgekommen und hatte von seinen Eindrücken geschwärmt.

Heute war der Drang, Phil wiederzusehen, so groß gewesen, dass Vicky nicht länger widerstehen konnte. Es waren jetzt mehrere Tage – und mehrere lange Nächte – seit ihrem gemeinsamen Abend vergangen. Sie hatte es eingerichtet, ihm nicht zu begegnen, hatte bis in die Nacht hinein Überstunden gemacht. Aber Vicky war keine Frau, die einem Problem lange aus dem Wege ging. Und Phil Kincaid stellte nach wie vor ein Problem für sie dar.

Scheinbar zufrieden, gab Phil dem Maschinisten Anweisung, den Kran hinunterzulassen. Wie die Bienen summten die Schaulustigen um Vicky herum. Einige Kinder protestierten lauthals, weil sie zur Schule sollten. Dann entdeckte sie Telly in der Menge und winkte ihn zu sich heran.

„Ist er nicht riesig?", fragte er hingerissen und zeigte auf den Kran. „Ich wollte gerne mit hinauffahren, aber Mr. Kincaid sagte etwas wegen Sicherheit oder so. Dafür hat mich Steve durch seine Kamera sehen lassen. Ich durfte sogar ein paar Bilder schießen. Es ist eine 35-Millimeter mit allen möglichen Linsen."

„Wer ist Steve?"

„Der Bursche, der da oben neben Mr. Kincaid saß. Er ist einer von den Kameraleuten." Inzwischen sah man Phil, wieder glücklich auf dem Erdboden, mit mehreren Mitarbeitern diskutieren. „Ist er eigentlich ein großes Tier?"

„Wer? Steve?"

„Nein, ich meine Mr. Kincaid." Telly starrte bewundernd zu dem Regisseur hinüber. „Er ist unheimlich klug", berichtete er Vicky. „Sie sollten mal hören, was er für Wörter kennt. Und alle springen, wenn er was sagt."

„Tun sie das?", murmelte Vicky mit gerunzelter Stirn.

„Da können Sie jede Wette drauf eingehen. Und ich hab' gehört, wie Mr. Bicks zu Steve gesagt hat, dass er lieber mit Mr. Kincaid als mit sonst wem arbeitet. Er sei zwar der harte Sohn einer …" Telly stockte und wurde rot. „Ich meine, er hat gesagt, er sei hart, aber der Beste von allen."

Als Vicky zu Phil hinübersah, erklärte dieser gerade etwas, wobei er zur Bekräftigung seiner Worte ausdrucksvoll seine Hände benutzte. Er trug Jeans und ein blassblaues T-Shirt zu ausgetretenen Segelschuhen. An seinem Gurt hing eine Art Etui, das die Sonnenbrille und das Sprechfunkgerät enthielt. Er wirkte außerordentlich konzentriert. Nichts war von dem sorglosen Humor zu bemerken, den sie an ihm kannte. Er wusste genau, was er wollte, und setzte es auch durch.

Ein Perfektionist, fasste Vicky ihre Eindrücke zusammen und war nicht überrascht. Seine Filme spiegelten die maßgeschneiderte Sorgfalt wider, die sie hier aus erster Hand erleben konnte. Jetzt näherte sich ihm ein massiger Mann mit einer Kricketspielerkappe. Mit einem riesigen Kaugummipfropf im Mund begann er, auf ihn einzureden.

„Das ist Mr. Bicks", hauchte Telly ehrfürchtig, „der Chefkameramann. Er hat zwei Oscars bekommen, und ein großer Teil der Kameraausrüstung gehört ihm. Und er hat …"

„Ich glaube, es wird jetzt Zeit, dass du in die Schule gehst", unterbrach Vicky Tellys Redefluss.

„Aber ich wollte doch so gern noch …"

„Bald fangen die Sommerferien an", unterbrach sie seinen Protest. „Die Filmleute sind dann immer noch hier."

Telly brummelte etwas Unverständliches, doch dann fing sie den Blick auf, mit dem er zu ihr hochsah. Oh, oh, dachte sie. Ich glaube, Phil hat recht. Ich muss achtgeben, nicht zu freundlich zu ihm zu sein. Eine Teenagerschwärmerei darf man nicht leicht nehmen.

„Ich komme nach der Schule bei Ihnen vorbei", sagte der Junge und strahlte sie an. Bevor sie etwas erwidern konnte, war er davongeflitzt und ließ sie leicht besorgt zurück.

„Hallo, Sheriff."

Vicky fuhr herum und sah sich Phil gegenüber. „Hallo, Kincaid", grüßte sie mit leicht zitternder Stimme. „Wie geht's voran?"

„Gut. Heute Nachmittag treffen die Darsteller ein. Hat der Aufnahmeleiter mit Ihnen abgeklärt, wo sie ihre Anhänger abstellen können?"

„Ja. Ein tüchtiger Mann. Haben Sie sonst alles, was Sie brauchen?"

„Was den Film angeht, ja." Wie unbeabsichtigt ließ er einen Finger über das Sheriffzeichen gleiten. „Sie sind in den letzten Tagen sehr beschäftigt gewesen", bemerkte er gedämpft.

„Sie ebenfalls."

„Nicht ausschließlich beschäftigt. Ich hinterließ Ihnen Nachrichten."

„Ich weiß."

„Wann sehen wir uns?"

„Ich sehe Sie gerade in diesem Augenblick." Er trat einen Schritt näher und legte seine Hand um ihren Nacken. „Phil ..."

„Bald", sagte er ruhig.

Obgleich sie jeden einzelnen seiner Finger in ihrem Nacken spürte, sah sie ihn kühl an. „Kincaid, gestalten Sie Ihre Szenen auf der anderen Seite der Kamera. Einen Friedensrichter auf der Straße zu belästigen, wird Sie abermals in die Zelle bringen."

„Oh, ich werde dich belästigen", drohte er mit gesenkter Stimme. „Mit oder ohne das verdammte Sheriffzeichen, Victoria. Denk darüber nach."

Sie trat weder zurück, noch schüttelte sie seine Hand ab, obgleich sie wusste, dass mehrere neugierige Augenpaare auf ihr ruhten. „Ich werde der Sache drei Minuten widmen", versprach sie trocken.

Nur der verstärkte Druck seiner Finger verriet seine Veränderung. Sie dachte, er würde sie loslassen. Sein Mund war so rasch auf dem ihren, dass Vicky vor Schreck erstarrte. Bevor sie ihn wegstoßen konnte, hatte er sie freigegeben. Ihre Augen funkelten fast giftgrün vor Zorn, stellte er versteckt lächelnd fest.

„Auf bald, Sheriff", sagte er heiter und schlenderte zu seinem Team zurück.

Den größten Teil des Vormittags verbrachte Vicky auf dem Revier. Sie schäumte vor Wut. Ich hätte Phil abführen und einsperren sollen, dachte sie und starrte finster auf ihre Gesetzesformulare. Er soll sich nur in Acht nehmen, schwor sie sich. Noch eine einzige falsche Bewegung, und er bekommt die ganze Macht des Gesetzes zu spüren.

Gegen Mittag kam Max hereingestürmt. „Vicky, die Schauspieler sind da. Sie kamen in ihren Limousinen vom Flugplatz. Ein halbes Dutzend davon steht vor der Stadt. Richtige Wohnwaggons sind das, sag' ich dir. Sie benutzen sie zum Umkleiden und zum Ausruhen in den Drehpausen. Sie haben Telefone und Fernseher und alles drin."

„Aha", sagte Vicky desinteressiert.

„Und Sam Dressler ist dabei", fuhr Max aufgeregt fort und marschierte mit knallenden Stiefeln auf und ab. „Stell dir vor, Sam Dressler, leibhaftig hier bei uns in Friendly. Er hat mir die Hand geschüttelt." Er betrachtete die Handfläche seiner Rechten, als hätte er sie noch nie gesehen. „Er dachte, ich sei der Sheriff. Hab' ihm natürlich gesagt, dass ich nur der Gehilfe bin."

„Natürlich." Vicky nickte leicht erheitert.

„Er sieht genau wie im Film aus. Ganz braungebrannt und groß und stark. Mit einem Diamanten am kleinen Finger, der dich blendet. Hat für jeden, der wollte, Autogramme geschrieben."

„Hast du auch eins bekommen?"

„Na, klar." Er zog seinen Strafzettelblock heraus. „Es war das Einzige, das ich zur Hand hatte."

„Äußerst erfinderisch." Sie blickte auf die kühne Unterschrift, die Max ihr unter die Nase hielt. Am unteren Ende des Blattes stand ein weiterer schwungvoll eleganter Namenszug.

„Marlie Summers", entzifferte Vicky und erinnerte sich an einen Vorjahresfilm, in dem Marlie Summers eine Sexbombe mit Schmollmund verkörperte.

„Sie ist so ungefähr das Hübscheste, was ich in meinem Leben gesehen habe", flüsterte Max fast andächtig.

Vicky hatte plötzlich das gleiche unbehagliche Gefühl, das sie vorher bei Telly erlebte. „Tatsächlich?", fragte sie behutsam.

„Sie ist nur ein kleines Ding", beschrieb Max seine Bekanntschaft und starrte auf das Autogramm. „Ganz rosig und ganz blond. Wie eine Puppe im Schaufenster. Sie hat große blaue Augen und die längsten Wimpern, die ich ..." Er brach errötend ab und schob den Block in seine Tasche zurück.

Zunehmend beunruhigt, ermahnte Vicky sich, nicht albern zu sein. Keine Hollywoodprinzessin würde einen zweiten Blick auf Max T. Johnson werfen. „Bin neugierig, was für eine Rolle sie spielt", sagte sie im beiläufigen Ton.

„Sie will mir heute Abend alles erzählen", trompetete Max und richtete seine Hutkrempe.

„Was?" Es klang fast wie ein spitzer Schrei.

Max gab seinem Hut den letzten Schliff und strich sich über den mühsam sprießenden Schnurrbart. „Wir haben eine Verabredung", verkündete er stolz und verließ forschen Schrittes das Revier.

„Eine Verabredung?", fragte sie in den leeren Raum hinein. Da schrillte neben ihr das Telefon. Sie riss den Hörer ans Ohr. „Hier Sheriff-Revier. Was gibt's?"

Es war Bud Toomey, der Bürgermeister. Er bat sie sichtlich gut gelaunt in sein Büro, um sie bei einem kleinen Umtrunk mit der Schauspielerriege aus Hollywood bekannt zu machen.

„Ich bin entzückt", sagte Vicky mit gefährlicher Freundlichkeit und hängte ein.

Das passte ja ausgezeichnet. Sie war gerade in der richtigen Stimmung für ein Zusammentreffen mit den Schauspielern. Zuerst Phil, der sie auf offener Straße küsste, und jetzt die blonde Sirene Marlie Summers. Aber keine Hollywood-Mieze würde Max das Herz brechen, solange sie – Vicky – in der Nähe war. Das wollte sie so rasch wie möglich klarstellen.

Das kleine Büro des Hotelbesitzers und Bürgermeisters Bud Toomey war brechend voll. Die Klimaanlage am Fenster lief auf Hochtouren, trotzdem war es heiß im Raum. Alle Augenpaare drehten sich Vicky zu.

Marlie Summers saß auf der Armlehne von Phils Stuhl. Sie trug enge rosa Hosen und eine schulterfreie Bluse. Ihre beneidenswerten Kurven waren zur Vollkommenheit entwickelt. Vom Friseur sorgsam zerzaustes Haar umgab das pikante Gesicht, das mit Nerzwimpern und bonbonrosa Lippenstift raffiniert zurechtgemacht war. Sie sah jünger aus, als Vicky angenommen hatte. Fast wie eine Oberschülerin, die darauf wartet, zu einer Portion Eiscreme ausgeführt zu werden. Vicky musterte die babyblauen Augen mit einem Ausdruck, der Phil leise schmunzeln ließ. Irrtümlicherweise hielt er sie für eifersüchtig.

„Sheriff." Geschäftig kam der Bürgermeister auf sie zu, gekonnt den Hausherrn mimend. „Dies ist ein großer Tag für Friendly", begann er mit seinem besten Politikerorgan. „Ich habe die Ehre, Sie mit unseren Künstlern bekannt zu machen. Mr. Dressler haben Sie gewiss schon erkannt."

Der Star umschloss Vickys Hand mit beiden Händen. „Welch eine unerwartete reizende Überraschung", sagte er galant.

„Mr. Dressler, ich bewundere Ihre Kunst." Das Lächeln fiel ihr leicht, weil ihre Worte aufrichtig gemeint waren.

„Bitte, nennen Sie mich Sam." Seine Whiskystimme war mit den Jahren tiefer geworden, hatte aber nichts von ihrer Resonanz verloren. „Unser lieber Bud tut alles zu unserer Bequemlichkeit", fuhr er fort und klopfte dem Bürgermeister leutselig auf die Schulter. „Nehmen Sie einen Drink mit uns?"

„Das Ingwerbier ist gut, Bud", rief eine Stimme aus dem Hintergrund.

„Der Sheriff ist im Dienst", ließ sich Phil vernehmen. „Ihr werdet feststellen, dass sie ihre Pflichten sehr ernst nimmt." Er berührte Marlie Summers seidenweiche nackte Schulter. „Darf ich bekannt machen? Marlie Summers, Victoria Ashton."

„Hallo, Sheriff." Marlie setzte ihr verwirrendes Lächeln auf. Neben ihrem linken Mundwinkel war die zarte Andeutung eines Grübchens zu sehen. „Phil erzählte, Sie seien ungewöhnlich. Es sieht so aus, als ob er recht hätte."

„Tatsächlich?" Vicky nahm das kalte Getränk vom Bürgermeister entgegen und fixierte Marlie über den Rand ihres Glases. Marlie, an lange Blicke und weibliche Kühle gewöhnt, begegnete dieser Musterung ohne Verlegenheit.

„Tatsächlich", bestätigte Marlie. „Ich traf vor Kurzem Ihren kleinen Gehilfen."

„Davon hörte ich."

Aha, aus dieser Ecke pfeift der Wind, dachte Marlie und nippte an ihrer eisgekühlten Sangria. Der Bürgermeister witterte Spannung in der Luft. Entschlossen, die Dinge friedlich zu gestalten, fuhr er hastig mit der Vorstellungsarie fort.

Das Darstellerensemble war sinnvoll zusammengestellt und umfasste alle Altersstufen. Ein junges Mädchen erkannte Vicky von einigen Werbespots wieder. Ein greisenhaft aussehender Mann erinnerte sie vage an alte Schwarzweißstreifen aus den dreißiger Jahren. Damals war er ein glänzender Schauspieler für

Liebhaberrollen gewesen, hervorragend geeignet für Filmposter und zerbrochene Herzen. Sie brachte es fertig, liebenswürdig zu sein, lange genug zu bleiben, um den Bürgermeister zufriedenzustellen, dann schlüpfte sie hinaus.

Kaum im Freien, spürte Vicky einen Arm auf ihrer Schulter.
„Mögen Sie keine Partys, Sheriff?"
„Nicht, wenn ich im Dienst bin."
Obwohl Phil den ganzen Tag in der Sonne gearbeitet hatte, sah er nicht müde aus, sondern topfit. Sein Hemd war schweißdurchtränkt, sein Haar krauste sich feucht an den Schläfen, aber auf seinem Gesicht lag nicht die leiseste Spur von Erschöpfung.
Es ist der Stress, der ihn munter hält, dachte sie und fühlte sich erneut zu ihm hingezogen. Nicht weniger als am Abend auf seinem Zimmer.
„Sie haben einen langen Tag hinter sich."
„Sie auch. Warum machen wir nicht eine kleine Spazierfahrt?"
„Tut mir leid. Ich habe noch verschiedene Dinge zu erledigen." Dann kam sie auf das zu sprechen, was ihr am meisten auf der Seele lag. „Marlie hat großen Eindruck auf Max gemacht."
„Das tut Marlie für gewöhnlich."
„Aber nicht auf Max." Sie sagte es so ernst, dass er aufseufzte.
„Er ist ein großer Junge, Vicky."
„Sehr richtig, ein Junge. Und er hat in seinem ganzen Leben noch niemals eine Frau wie Marlie gesehen. Ich lasse es nicht zu, dass man ihm wehtut."
Phil holte tief Luft. „Ihre Pflichten als Sheriff schließen also auch den Rat für unglücklich Verliebte mit ein? Lassen Sie ihn selbst über sich bestimmen. Sie behandeln ihn wie ein törichtes Hündchen, das abgerichtet werden muss."
„Das tue ich keineswegs. Er ist ein naiver Junge, der …"
„Er ist ein Mann", berichtigte Phil. „Ein Mann, Vicky. Schneiden Sie endlich die Schürzenbänder ab."

„Ich weiß nicht, wovon Sie reden", sagte sie, böse auf ihn schauend.

„Das wissen Sie verdammt gut. Sie können ihn nicht unter Ihren Fittichen verstecken, wie Sie es bei Telly tun."

„Ich kenne Max seit Kindesbeinen an", sagte sie grollend. „Also halten Sie Ihre Zuckerpuppe in Schach, Kincaid."

„Sie sind Ihrer selbst stets so sicher, Vicky."

Sie wurde plötzlich totenblass. Einen Moment starrte Phil sie in sprachloser Verwunderung an. Er hätte nie erwartet, einen derartigen Schmerz in ihren Augen zu erblicken. Instinktiv streckte er die Arme nach ihr aus. „Vicky, was ist denn?"

„Nein." Sie hob die Hand, um ihn abzuwehren. „Lassen Sie mich allein." Rasch ging sie über die Straße und stieg in ihr Auto.

Mit einem unterdrückten Fluch begab sich Phil in das Hotel zurück. Vicky war bereits in nördlicher Richtung abgefahren.

Während sie in gemäßigtem Tempo Meile um Meile zurücklegte, fühlte sie sich innerlich zerrissen. Warum musste ihr dies ausgerechnet jetzt passieren? Sie war immer in der Lage gewesen, mit allem fertigzuwerden und die Dinge fest im Griff zu haben. Auf einmal gab es das nicht mehr. Zu viele Leute verlangten etwas von ihr, erwarteten etwas von ihr. Plötzlich engte sie das alles ein. Sie hätte jemanden gebraucht, um sich einmal richtig auszusprechen. Aber der Einzige, der dafür infrage kam, existierte nicht mehr. Sie vermisste ihn so sehr.

Sie fühlte sich ihrer selbst absolut nicht sicher. Warum sagten es also alle? Manchmal war es nicht einfach, Verantwortung zu tragen, sich verantwortlich zu fühlen. Telly, Max, der Bürgermeister, die Kramers, Mr. Hollister, ihre Mutter, alle wollten sie etwas von ihr. Doch im Augenblick sehnte sie sich nur nach Ruhe. Ruhe und genügend Zeit, um herauszufinden, was sich in ihrem Leben ereignet hatte.

Ihre Gefühle für Phil waren tief in ihrer Seele verschlossen. Sie brachte ihren Wagen zum Stehen und stellte fest, dass diese Gefühle der Grund für ihre innere Unruhe waren. Als Frau, die sich für beherrscht und ausgeglichen hielt, befand sie sich plötzlich in einem unentwegten Spannungszustand.

Vicky sah sich um und stellte fest, dass sie, ohne es wahrzunehmen, am Friedhof gelandet war. Sie stieß einen tiefen Seufzer aus. Es war Zeit, dass sie herkam. Zeit, mit Dingen ins Reine zu kommen, die sie in den entferntesten Winkel ihres Denkens verbannt hatte. Sie stieg aus und ging durch das trockene Gras zum Grab ihres Vaters.

William H. Ashton.

Sie hatte den Grabstein noch nicht gesehen – war seit dem Tag des Begräbnisses nicht hier gewesen. Sie stöhnte leise auf. „Oh, Vater."

Es ist nicht gerecht, dachte sie und schüttelte in ohnmächtigem Zorn den Kopf. Wie konnte er dort unten liegen, wo er doch die Sonne immer so sehr liebte.

„Ich brauche dich so sehr", flüsterte sie. „Ich weiß nicht, wie ich alleine mit alldem fertig werden soll." Sie presste die Hand gegen die Stirn und kämpfte gegen die aufsteigenden Tränen.

Phil hatte sein Auto hinter ihrem Dienstwagen geparkt. Jetzt stieg er geräuschlos aus. Vicky wirkte zwischen den Grabsteinen sehr einsam und verloren. Er unterdrückte den Impuls, zu ihr zu gehen. Dies hier war ihre Privatsphäre. Wahrscheinlich besuchte sie das Grab ihres Vaters. Er stellte sich neben das schmiedeeiserne Friedhofstor und wartete.

Ich vermisse dich so sehr, hielt Vicky stumme Zwiesprache mit ihrem Vater. All die langen Gespräche und friedlichen Abende auf der Veranda. Du hast diese grässlichen Zigarren draußen geraucht, damit sie die Gardinen nicht vergilbten und Mutter verärgerten. Ich war immer so stolz auf dich. Dieses Sheriffzeichen passt nicht zu mir. Die Juristerei ist es, worauf ich mich verstehe. Ich möchte aber keinen Fehler machen, solange ich es trage, weil es dir gehörte.

Plötzlich spürte sie, wie verzweifelt allein und hilflos sie war. Dennoch fiel es ihr schwer, sich ihrem Kummer hinzugeben. Tränen hätten sie vielleicht erleichtert. Aber waren Tränen nicht der erste Schritt, um sich von dem Toten zu entfernen?

Mit verzerrtem Gesicht starrte sie auf den in Granit gemeißelten Namen. „Ich will nicht, dass du tot bist", flüsterte sie. „Und ich bin so unglücklich, weil ich es nicht ändern kann."

Als sie sich vom Grab abwandte, war ihre Miene hart vor Zorn und Trauer. Langsam ging sie über den kleinen Friedhof, da sah sie Phil vor dem Eingang stehen. Jetzt kam er auf sie zu.

Einen Augenblick standen sie sich stumm gegenüber. Sie wollte etwas sagen, konnte aber nur hilflos mit dem Kopf schütteln. Da zog er sie in seine Arme. Die Trauer, die sie mit voller Wucht getroffen hatte, war größer als alles Vorausgegangene. Sie zitterte wie Espenlaub. „Oh, Phil, ich ertrag' es nicht." Und das Gesicht an seiner Schulter vergraben, weinte Vicky das erste Mal seit dem Tod ihres Vaters.

Phil hielt sie fest, überwältigt von einer Zärtlichkeit, die er nie zuvor gespürt hatte. Ihr Schluchzen war rau und leidenschaftlich. Er streichelte ihr Haar, spendete so wortlos Trost. Als ihr Schluchzen verebbte, führte er sie zu einer Steinbank, wo er schützend einen Arm um sie legte.

„Kannst du darüber reden?", fragte er sanft.

„Ich habe meinen Vater geliebt", sagte sie stockend mit dünner Stimme. „Meine Mutter behauptet, zu sehr." Sie schluckte. Ihre Kehle war wie ausgedörrt. „Er war in jeder Beziehung ein guter Mensch. Er lehrte mich, was Recht und Unrecht ist, aber auch alle Zwischenstufen davon. Immer wusste er, was richtig war. Es war ihm angeboren. Die Menschen konnten sich darauf verlassen, dass er stets das Rechte tat. Auch ich habe ihm blind vertraut. Und ich wusste, er würde immer für mich da sein, wenn ich ihn brauche."

Phil küsste sie in einer schlichten Geste des Verstehens auf die Schläfe. „Woran ist er gestorben?"

Sie erzählte es ihm, berichtete von dem wochenlangen Kampf gegen ein unerbittliches Schicksal, das ihr viel zu früh den liebsten Menschen nahm. Sie erzählte auch mit gebrochener Stimme von der schrecklichen Auseinandersetzung mit ihrer Mutter. Die letzte Nacht im Hospital werde ich nie vergessen. Es war alles so hässlich, so entwürdigend. Mein Vater wäre zutiefst betroffen gewesen, hätte er es je erfahren, aber ich konnte nichts daran ändern. Ich kann es heute noch nicht."

„Die Zeit", sagte Phil halblaut. „Ich weiß, es klingt banal, aber die Zeit heilt alle Wunden." Er küsste sie aufs Haar.

Sie blieb ganz still, nahm seinen Trost entgegen, zog Kraft aus seiner Gegenwart. Endlich murmelte sie: „Ich muss aufs Revier zurück. Auch wenn mir davor graut."

Er war so überrascht, dass er sie ungläubig ansah. „Dir?"

„Ja, da staunst du, nicht wahr? Jeder denkt, weil ich Will Ashtons Tochter bin, würde ich mit allem spielend fertig. Aber es gibt so viele Auslegungen von Recht und Unrecht."

„Du leistest in deinem Aufgabengebiet hervorragende Arbeit."

„Ich bin eine gute Anwältin …"

„Und ein guter Sheriff. Und das sagt dir einer, der auf der verkehrten Seite der Gitterstäbe gesessen hat." Er strich ihr zart das Haar von den noch tränenfeuchten Wangen. „Erwarte aber bitte nicht, dass ich dies öffentlich zu Protokoll gebe."

Vicky lächelte. „Weißt du, dass du ein sehr netter Mann sein kannst, Phil Kincaid?"

„Überrascht dich das?"

„Vielleicht." Dann machte sie sich von ihm frei. „Ich muss fort."

Sie wollte aufstehen, doch er hielt sie zurück, indem er ihre Hände nahm. „Vicky, weißt du, dass du dir sehr wenig Freiraum gönnst?"

„Ich weiß. Aber diese sechs Monate gehören ihm. Es ist wichtig für mich."

Sein Wunsch, in ihrer Nähe zu bleiben, war übergroß. „Lass mich dich zurückfahren", bat er. „Wir könnten jemanden herschicken, der dein Auto holt."

„Nein, lass, es geht mir jetzt gut. Besser als vorher." Sie streifte seine Lippen mit einem flüchtigen Kuss. „Ich bin dir dankbar. Es war niemand da, zu dem ich hätte sprechen können."

Seine Augen bekamen auf einmal etwas Zwingendes. „Würdest du zu mir kommen, wenn du jemanden brauchst?"

Sie antwortete nicht sofort. In der Frage lag mehr, als die schlichten Worte ausdrückten. „Ich ... weiß es nicht", antwortete sie endlich.

Phil ließ sie gehen und sah ihr nach, als sie sich entfernte.

7. Kapitel

Die Kamera kam in Großaufnahme auf Sam Dressler und Marlie Summers zu. Phil wünschte, den Kontrast zwischen Jugend und Alter, zwischen Hoffnung und Resignation herauszuarbeiten.

Man drehte in der Bar von Hernandez. Phil hatte in dem Lokal fast keine Veränderungen vorgenommen. Der Bartresen war narbig, der Spiegel im Hintergrund gesprungen, es roch nach Schweiß und schalem Alkohol. Er versuchte, den Geruch und die ganze Atmosphäre auf den Film zu übertragen.

Die Fenster waren mit Packpapier abgedichtet, um die Sonnenstrahlen auszusperren. Es fing die verbrauchte Luft im Raum. Die Jupiterlampen waren nahezu unerträglich heiß. Es bedurfte keiner Nachhilfe des Maskenbildners, um die Schweißströme auf Sam Dresslers Gesicht zu erzeugen. Man probte die sechste Einstellung, und die Stimmung war entsprechend gereizt. Dressler keuchte seinen Text, stockte und fluchte.

„Kamera aus!" Gegen einen Wutanfall kämpfend, wischte sich Phil mit dem Unterarm über die Stirn.

Bei einigen Schauspielern wirkten ein paar geharnischte Worte Wunder. Bei Dressler, das wusste Phil, würden sie nur weitere Verzögerungen bewirken. Deshalb rief er: „Kurze Pause!", und sagte zu dem weltberühmten Star: „Setz dich ein bisschen, Sam. Wir kühlen uns ab."

Dann befahl er dem Mann, den er hier in der Stadt angeheuert hatte, um während der Außenaufnahmen für Dresslers Bedürfnisse zu sorgen, ein paar Flaschen Bier heranzuschaffen. Er wartete, bis Dressler an einem Tisch außerhalb der Szene saß, einen tragbaren Ventilator und ein Bier vor sich stehen hatte, bevor er sich selbst ein kühles Maß genehmigte.

Marlie Summers stand gegen den Bartresen gelehnt. Eine dünne Schweißlinie lief ihr vorn an der Bluse herunter. Phil schob ihr sein Glas hinüber. „Hier, trink. Du warst gut."

„Es ist eine höllische Rolle", bemerkte sie, bevor sie dankbar einen tiefen Schluck nahm. „Auf so etwas wie sie habe ich lange gewartet." Dann schlug sie ihm eine kleine Szenenänderung vor. Phil hörte aufmerksam zu, fand die Idee brillant und war auf der Stelle einverstanden.

Marlies Augen blitzten freudig auf. „Aber bringe es Sam schonend bei", warnte sie augenzwinkernd. „Er hasst spontane Änderungen wie der Teufel das Weihwasser."

„Mr. Kincaid!" Jemand tippte Phil von hinten auf die Schulter. „Vor der Tür steht der junge Bengel mit dem Sheriff. Sie wollen wissen, ob sie zugucken dürfen."

„Sie können sich im Hintergrund zwei Stühle nehmen", bestimmte Phil. Seine Augen begegneten Vickys, als diese mit Telly erschien. Zwei Tage waren seit ihrer Begegnung am Friedhof vergangen. Seither hatten sie keine Gelegenheit zu einem Privatgespräch gefunden.

„Da kommt das Gesetz des Landes", bemerkte Marlie, die mit in seine Richtung blickte. „Ansonsten ist sie aber eine ganz normale Frau, wie?"

„Vollkommen normal", bestätigte der Regisseur.

„Max ist der Ansicht, sie sei das Größte nach der Erfindung der Brotschnitten."

Phil holte eine Schachtel Zigaretten aus der Tasche. „Du siehst diesen Hilfssheriff ein wenig reichlich oft. Scheint nicht deinem gewohnten Stil zu entsprechen."

„Er ist ein netter Junge", sagte Marlie schlicht. Dann kicherte sie wie ein Teenager. „Sein ‚Boss' würde mich am liebsten per Bahn aus der Stadt befördern."

„Sie ist sehr fürsorglich."

„Zuerst glaubte ich, sie hätte was mit ihm. Das war natürlich, bevor ich merkte, wie du sie ansiehst." Als Phil ein abweisendes Gesicht aufsetzte, lachte sie laut auf. „Mein Gott, Phil, manchmal siehst du ganz genau wie dein Vater aus." Dann wandte sie sich ab und rief vernehmlich nach der Maskenbildnerin.

„Das dort sind 4Ks", erklärte Telly Vicky, auf die Scheinwerfer zeigend. „Das Zeug vor den Fenstern mussten sie anbringen, damit die Sonne die Requisiten nicht ruiniert. Bei Innenaufnahmen benutzen sie 175 Watt starke Glühbirnen."

„Du weißt technisch ja schwer Bescheid, Telly."

Der Junge rutschte ein wenig verlegen auf dem Stuhl, aber seine Augen strahlten Vicky an. „Mr. Kincaid hat die Bilder entwickeln lassen, die ich aufgenommen habe. Er sagt, sie sind gut. Und er sagt, es gibt Schulen, in denen ich alles über das Filmen lernen kann."

„Du verbringst eine Menge Zeit mit ihm, ja?"

„Wenn er gerade nichts zu tun hat … Aber es macht ihm nichts aus, hat er gesagt."

„Nein, davon bin ich überzeugt." Sie drückte ihm rasch die Hand. Der Junge erwiderte stürmisch den Händedruck.

„Ich würde viel lieber mit Ihnen zusammen sein", flüsterte er heiß.

Vicky spürte seine feuchten Handflächen und wusste nicht recht, wie sie sich verhalten sollte. „Telly, hör mal …"

„Ruhe auf der Szene!", brüllte zornig der Aufnahmeleiter.

Mit einem Seufzer richtete Vicky ihre Aufmerksamkeit auf das Spielgeschehen. Marlie Summers hatte ein billiges Mädchen darzustellen, aber irgendwie brachte sie es fertig, ihre Rolle mitreißend zu gestalten.

Sie ist wirklich gut, musste Vicky insgeheim zugeben. Marlie Summers war also nicht das verspielte Glitzerstadt-Püppchen, für das sie sie anfangs gehalten hatte. Vicky erkannte Stärke, wo sie vorhanden war. Marlie Summers brachte so viel Können in die Rolle ein, dass sie einfach bewundernswert war. Und der Schweiß, den sie bei ihrem Spiel vergoss, war echt.

Vicky begann, ihre Einstellung zu den Hollywoodleuten radikal zu ändern. Was sie hier hautnah erlebte, war mehr als ein Schöpfungsprozess, mehr als ein bisschen Talent. Zur Herstellung eines Films gehörten harte Arbeit, technische Perfektion und nervenaufreibende Wiederholungen. Niemand klagte, niemand fragte, wenn etwas geändert oder ausprobiert werden sollte. Es herrschte ein unausgesprochenes Gesetz. Es hieß: der Film. Vielleicht, weil sie wissen, dass er sie alle überdauern wird, folgerte Vicky. Es ist ihr schmaler Beitrag zur Unsterblichkeit.

„Schnitt. Kamera aus. Das war perfekt", hörte sie Phil Kincaids volltönendes Organ. „Einstellung für Szene 35 in – sagen wir – zwei Stunden. Danke, Leute." Im Augenblick, da die Lampen erloschen, sank die Temperatur im Raum.

„Ich schau' mal nach, was Mr. Bicks macht." Telly lief davon. Vicky blieb noch einen kleinen Augenblick sitzen.

„Hallo, Sheriff. Nett, Sie zu sehen. Interessiert Sie unsere Arbeit?"

Vicky blickte auf. Neben ihrem Stuhl stand Marlie Summers. „Guten Tag, Miss Summers. Sie waren sehr beeindruckend."

„Danke." Ohne eine Einladung abzuwarten, zog sich Marlie einen Stuhl heran. Dann trank sie einen tiefen Schluck aus dem Glas Eiswasser, das sie in der Hand hielt. „Wissen Sie, dass Sie ein unwahrscheinliches Gesicht mitbekommen haben?", fragte sie. „Hätte ich genauso eins, müsste ich nicht so sehr um gehaltvolle Rollen kämpfen. Ich sehe eher wie eine kandierte Aprikose aus."

Vicky lachte amüsiert. „Miss Summers, als Sheriff sollte ich Sie darauf hinweisen, dass Stehlen ein kriminelles Delikt ist. Sie haben Sam Dressler in der abgedrehten Szene sehr elegant die Schau gestohlen."

Marlie legte den Kopf ein wenig schief und betrachtete Vicky aus einem anderen Blickwinkel. „Sie sind sehr scharfsichtig."

„Gelegentlich."

„Jetzt verstehe ich auch, warum Max der Meinung ist, Sie wüssten die Antwort für die Geheimnisse des Universums."

„Max ist ein sehr naiver, sehr verletzlicher junger Mann."

„Ja. So etwas ist heutzutage selten. Vielleicht mag ich ihn deshalb." Marlie trank einen weiteren Schluck Eiswasser. „Hören Sie, ich möchte Ihnen etwas sagen, von einer attraktiven Frau zur anderen. Haben Sie es nie als angenehm empfunden, mit einem Mann zusammen zu sein, der gern mit Ihnen spricht und Ihnen zuhört?"

„Doch", antwortete Vicky. „Aber vielleicht kann ich mir aus diesem Grunde so schlecht vorstellen, was Sie an Max' Aussagen interessieren könnte."

Marlie lächelte, ein sehr wissendes, sehr frauliches Lächeln. „Sie sind zu sehr an ihn gewöhnt. Ich habe mir seit meinem achtzehnten Lebensjahr den Weg nach ganz oben erkämpft. Mir sind dabei viele Männer begegnet. Max ist anders."

„Wenn er sich in Sie verliebt, wird er später leiden. Davor habe ich Angst. Ich kenne ihn schon seit meiner Kindheit."

„Er wird sich nicht in mich verlieben", lautete Marlies Antwort. „Jedenfalls nicht richtig. Jeder von uns schenkt dem anderen für ein paar Wochen etwas aus seiner Welt. Wenn's vorüber ist, bleiben uns ein paar nette Erinnerungen." Sie warf einen Blick über die Schulter und machte Phil ausfindig. „Wir alle brauchen hin und wieder einen Menschen. Ist es nicht so, Sheriff?"

Vicky war ihrer Blickrichtung gefolgt. „Ja", sagte sie leise.

„So, und jetzt werde ich duschen." Marlie stand auf. Im Weggehen flüsterte sie Vicky zu: „Er ist ein guter Mensch." Vicky wusste nicht genau, wen sie jetzt gemeint hatte.

„Ja, ich glaube, Sie haben recht." Tief in Gedanken, blieb sie noch ein wenig sitzen. Dann stand sie auf und sah sich nach Telly um.

„Hallo, Vicky, wie geht's?" Phil gab ihr die Hand.

„Danke, gut." Vickys Augen bewiesen, dass sie ihr letztes Beisammensein nicht vergessen hatte. „Sie sind ausdauernder, als ich angenommen hatte, Kincaid. Wie können Sie es nur aushalten, den ganzen Tag in diesem Backofen zu arbeiten?"

Er lächelte. „Das ist mit Sicherheit ein Kompliment."

„Lassen Sie es sich nicht zu Kopf steigen. Sie schwitzen schon jetzt wie ein Kanalarbeiter."

„Tatsächlich? Ist mir völlig entgangen."

Sie entdeckte ein Handtuch, das über einer Stuhllehne baumelte, und tupfte ihm den Schweiß vom Gesicht. „Ich dachte immer, Regisseure würden die Arbeit mehr umverteilen, als Sie selbst erledigen."

„Es ist mein Film", war seine schlichte Entgegnung. Dann ergriff er ihre freie Hand und sagte gedämpft: „Ich möchte Sie sehen, Vicky. Allein."

Sie ließ das Handtuch auf einen Tisch fallen. „Denken Sie an Ihren Film", erinnerte sie ihn. „Und ich habe auch Verschiedenes zu tun."

„Heute Abend", beharrte er. Die Grenzen seiner Geduld waren erreicht. „Nehmen Sie sich den Abend frei, Vicky. Bitte!"

Sie sah ihn an. Die Auswahl ihrer Ausreden war erschöpft. „Falls ich es einrichten kann", stimmte sie zu. „Eine Meile südlich von der Stadt liegt das Wasserloch. Wir benutzten es in unserer Kindheit als Badeplatz. Sie können es nicht verfehlen. Es ist die einzige Wasserstelle weit und breit."

„Bei Sonnenuntergang?" Er wollte ihre Hand an die Lippen ziehen, doch sie entzog sie ihm rasch.

„Ich kann es nicht fest versprechen." Bevor er etwas entgegnen konnte, ließ sie ihn stehen und rief nach Telly.

Der Junge kam angelaufen, und während sie gemeinsam die Bar verließen, redete er wie ein Wasserfall auf sie ein. „Vicky, es ist einfach riesig, nicht? Das unheimlich Riesigste, das es jemals in Friendly gegeben hat. Am liebsten würde ich mit ihnen zusammen nach Hollywood ziehen." Er hob den Wuschelkopf. „Wie wär's, hätten Sie nicht auch Lust dazu, Vicky?"

„Hollywood?", versetzte sie leichthin. „Ich glaube, das wäre nicht mein Stil. Im Übrigen gehe ich nächstens nach Albuquerque zurück."

„Ich möchte mit Ihnen gehen", platzte der Junge heraus.

Sie standen schon vor der Tür des Reviers. Gerührt legte Vicky ihm die Hand an die Wange. „Telly", sagte sie weich.

„Ich liebe Sie, Vicky", brach es aus ihm heraus. „Ich könnte …"

„Komm herein, Telly." Seit Tagen feilte sie daran, was sie ihm sagen sollte, falls er ihr eine Liebeserklärung machte. Doch als sie auf der Schreibtischkante Platz nahm, war ihr Kopf völlig leer. „Telly", begann sie und brach ab. „Oh, Gott, ich wünschte, ich wäre etwas klüger", seufzte sie verzweifelt.

„Sie sind der klügste Mensch, den ich kenne", sagte der Junge temperamentvoll. „Und dabei so schön. Ich liebe Sie mehr als alles auf der Welt, Vicky."

Ihr Herz flog ihm entgegen. Sie nahm seine Hände. „Ich liebe dich auch, Telly. Aber es ist eine andere Art von Liebe, verstehst du?"

„Ich weiß nur, was ich für Sie empfinde." Seine Augen glühten. Phil hat recht, dachte Vicky. Er ist kein Kind mehr.

„Telly, es wird nicht leicht für dich sein, dies zu begreifen, aber manchmal sind Menschen nicht füreinander bestimmt."

„Nur weil ich jünger bin als Sie?", warf er hitzig ein.

„Das zählt auch dazu." Sie versuchte, ruhig und ausgeglichen zu bleiben. „Ich weiß, es ist schwer für dich zu akzeptieren, dass du noch ein Kind bist, während du schon als Mann empfindest. Du hast aber noch eine Menge Erfahrungen zu sammeln, eine Menge zu lernen ..."

„Und wenn ich eines Tages alles kenne?"

„Und wenn du eines Tages alles kennst und alles weißt, wirst du anders für mich empfinden als heute."

„Das ist nicht wahr!", behauptete er eigensinnig und überraschte beide, als er sie bei den Armen packte. „Nichts wird sich bei mir ändern, weil ich es nicht will. Und ich werde warten, wenn es sein muss. Ich liebe Sie, Vicky."

„Ich weiß, dass du das tust. Ich weiß es sehr genau. Alter bedeutet nichts, wenn das Herz spricht, Telly. Du bist etwas ganz Besonderes für mich ... ein sehr wesentlicher Teil meines Lebens."

„Aber Sie lieben mich nicht." Die Worte kamen zitternd vor Wut und Enttäuschung.

„Nicht auf die Weise, wie du es meinst." Sie hielt ihn fest, als er wegspringen wollte.

„Sie finden das wohl alles sehr lustig und aufregend, wie?"

„Nein", sagte sie heftig und stand auf. „Nein, ich finde es wunderschön. Und ich wünschte, die Dinge wären anders, weil ich weiß, was für eine Art von Mann du einmal sein wirst. Es tut mir – ebenfalls sehr weh."

Er atmete keuchend, kämpfte gegen Tränen und das Gefühl, verraten worden zu sein. „Sie verstehen überhaupt nichts", rief er anklagend. „Sie bemühen sich nicht einmal."

„Doch, das tue ich, Telly. Bitte ..."

„Nein!" Mit einem verzweifelten Blick brachte er sie zum Schweigen. Und mit einer Würde, die an Vickys Herzen zerrte, verließ er das Sheriff-Revier.

Sie stützte sich gegen den Schreibtisch und hatte das schmerzliche Bewusstsein, versagt zu haben.

Die Sonne neigte sich gegen den Horizont, als Vicky sich in dem kurzen, stachligen Gras am Wasserloch niederließ. Sie zog die Knie an, und beobachtete, wie der flammende Sonnenball langsam unterging. Ein ungeheures Farbenmeer als Kontrast zum dunkelnden Blau des Himmels. Nichts Sanftes oder Fließendes, sondern das vitale, fordernde Vorspiel auf die nahende Nacht.

Vicky betrachtete das Farbenspiel mit gemischten Gefühlen. Der Tag gehörte im Ganzen gesehen zu der Sorte, wie sie sie am liebsten verpackt und der Vergessenheit anheimgestellt hätte. Der Auftritt mit Telly hatte sie gefühlsmäßig stark erschüttert und nervös gemacht. Als Folge davon hatte sie einige Routineangelegenheiten mit geringerer Aufmerksamkeit als gewöhnlich behandelt. Sie brachte es sogar fertig, unfreundlich zu Max zu sein. Am liebsten hätte sie ihr Sheriff-Abzeichen in das Wasserloch zu ihren Füßen geschleudert.

Das ganze Elend rührte daher, weil sie sich in den letzten Wochen zu wenig Freizeit gegönnt hatte. Es war dringend notwendig, sich wieder einmal dem süßen Nichtstun hinzugeben. Um den Anfang zu machen, streckte sie sich lang im Grase aus, schloss die Augen und schlief in Sekundenschnelle ein.

Sie erwachte durch die federleichte Berührung einer Hand auf ihrer Wange. Sie stieß einen schläfrigen Seufzer aus und überlegte, ob sie die Augen öffnen sollte oder nicht. Dann spürte sie etwas anderes – diesmal ein leichtes Streifen über ihre Lippen. Sie gab einen leisen Laut des Wohlgefallens von sich und ließ die Wimpern hochflattern.

Das Licht war matt in der tiefen Dämmerung. Am Himmel keine Wolke, keine Sterne, nur die samtweiche blaue Unendlichkeit. Mit einem tiefen Seufzer reckte sie die Arme. Ihre Rechte wurde erfasst und geküsst. Vicky drehte den Kopf und sah Phil an ihrer Seite sitzen.

„Oh, hallo."

„Dich beim Aufwachen zu beobachten, kann einen Mann

ganz wild machen", murmelte er. „Du bist im Schlaf erotischer als die meisten Frauen im wachen Zustand."

„Schlafen war schon immer eine meiner besten Eigenschaften." Sie lachte leise. „Sitzt du hier schon lange?"

„Nicht besonders lange. Wir hatten unseren Drehtermin etwas überzogen. Wie war dein heutiger Tag?"

„Verkorkst." Vicky setzte sich auf. „Ich hatte heute Nachmittag ein offenes Gespräch mit Telly. Ich glaube, ich habe alles falsch gemacht." Sie lehnte ihre Stirn gegen die angezogenen Knie. „Ich habe dem Jungen nicht wehtun wollen."

„Vicky" – Phil strich ihr leicht über das Haar – „es gab keine Möglichkeit, ihm das zu ersparen. Aber tröste dich: Junge Menschen sind flexibel, und er wird sich wieder fangen."

„Ich weiß." Sie hob den Kopf und sah ihn an. „Aber er ist so verletzlich. Liebe ist etwas so Verletzliches, nicht wahr? So leicht zu zerstören. Ich glaube, es ist das Beste, wenn er mich für eine Weile hasst."

„Das wird er nicht. Du siehst mehr darin, als vorhanden ist. Nach einer Weile wird er den nötigen Abstand gewinnen. Ich könnte mir aber vorstellen, dass du in seiner Erinnerung immer als seine erste Liebe fortbestehen wirst."

„Das würde ich als ein besonderes Geschenk ansehen. Ich glaube aber nicht, dass ich es ihm verständlich machen konnte. Nun, wie dem auch sei", fuhr sie in verändertem Tonfall fort, „im Anschluss daran habe ich einen Rancher vor den Kopf gestoßen, geriet mit einem der Stadtväter in Streit und habe Max ungerechterweise angeschnauzt. Als ich hier saß, bekam ich einen solchen Katzenjammer, dass ich mich lieber schlafen legte."

„Weise Entscheidung. Ich hätte meinen Aufpasser fast erwürgt."

„Aufpasser? Oh, du meinst den Garantieversicherer." Vicky lachte und strich sich das Haar aus der Stirn. „Dann haben wir ja beide einen entzückenden Tag hinter uns."

„Darauf wollen wir trinken!" Phil hob die Flasche Champagner, die neben ihm stand, hoch.

„Nanu, was sehe ich da?" Sie warf einen Blick auf das Etikett und schmunzelte. „Spitzenqualität, wie ich bemerke."

„Selbstverständlich." Er ließ den Pfropfen knallen und füllte den schäumenden Champagner in die mitgebrachten Gläser. „Trinken wir auf das Ende des Tages."

„Auf das Ende des Tages!", wiederholte sie und stieß mit ihm an. Der kühle Champagner prickelte erregend auf der Zunge. Sie schloss die Augen und murmelte. „Gut. Sehr gut."

Sie tranken schweigend, während die Dunkelheit sich vertiefte. Über ihnen flackerten zögernd ein paar Sterne. Langsam ging der Mond auf. Die Nacht war heiß und trocken wie der Nachmittag und vollkommen still. Nicht die Spur eines Windhauchs kräuselte die Wasseroberfläche.

Phil stützte sich auf den Ellbogen und studierte Vickys Profil. „Woran denkst du?"

„Dass ich froh bin, mir für die Nacht freigenommen zu haben." Sie wandte den Kopf und sah ihn an. Das blasse Mondlicht fiel über seine Gesichtszüge, hob sie plastisch hervor.

„Vicky", entfuhr es ihm. „Ich hätte große Lust, dein Gesicht auf einen Film zu bannen."

Sie lachte mit einer Unbeschwertheit, die sie seit Tagen nicht mehr gespürt hatte. „Dann dreh doch einen Film fürs Heimkino mit mir."

„Würdest du mich denn lassen?", fragte er ganz spontan.

„Du bist ja besessen", antwortete sie und füllte die Gläser nach.

„Mehr als mir lieb ist, leider", versetzte er kaum hörbar. „Ich war mir nicht sicher, ob du kommen würdest."

„Mir erging es nicht anders." Sie widmete sich ganz dem Inhalt ihres Glases. „Noch ein Glas davon, und ich könnte zugeben, dass ich es genieße, mit dir zusammen zu sein."

„Wir haben noch eine halbe Flasche da."

„Immer einen Schritt vor dem nächsten. Ich denke, wir haben schon einige Schritte gemeinsam getan."

„Einige." Er ließ seine Finger über ihren Handrücken gleiten. „Beunruhigt es dich?"

„Ich fürchte, mehr, als mir guttut."

Er legte wie zufällig den Arm um ihre Schulter. „Die Nacht ist meine liebste Tageszeit. Sie gibt mir Muße zum Nachdenken." Er spürte, wie sie sich völlig entspannte, und er spürte ein Prickeln, als sie ihren Kopf gegen seine Schulter lehnte. „Am Tage, inmitten der Hektik des Drehens, denke ich nur an meine Füße, wenn ich zum Nachdenken komme."

„Du, das ist ulkig. Auch mir kommen die besten Ideen im Bett, wenn ich tags darauf Gerichtsverhandlung habe." Sie gab ihm einen flüchtigen Kuss. „Weißt du, dass es guttut, mit dir zusammen zu sein?"

Er erwiderte den Kuss mit derselben Flüchtigkeit. „Es tat also gar nicht nötig, den Champagner mitzubringen?"

„Nun ... er schadet nicht." Sie lachte leise und bettete den Kopf wieder an seine Schulter. Er fühlte sich dort so wohl, als sei es sein angestammter Platz. „Ich habe diese Stelle immer geliebt", erklärte sie versonnen. „Wasser ist in dieser Gegend kostbar, und dies hier glich immer einer kleinen Fata Morgana. Dieser See – wie die Einheimischen es nennen – ist nicht besonders groß, aber an manchen Stellen hübsch tief. Als Kinder kamen wir an heißen Tagen her, zogen uns nackt aus und sprangen hinein. Als Teenager wurden wir deswegen von unseren Eltern gerügt. Wir haben es aber trotzdem getan."

„Oh, diese verdorbene Jugend."

„Anständiger, sauberer Spaß, Kincaid."

„Ah, ja? Und warum zeigst du es mir dann nicht?" Es klang herausfordernd, und plötzliche Erregung ließ ihr Herz rascher schlagen.

„Ganz wie du willst." Sie zog die Schuhe aus. „Wer zuerst im Wasser ist, hat gewonnen. Na los, beeil dich, ich bin schon halb drin."

Als Phil sein Hemd auszog, fiel ihm ein, dass er Vicky noch nie bei hastigen Bewegungen erlebt hatte. Jetzt war er noch dabei, die Schuhe auszuziehen, als sie schon nackt dastand und gleich darauf zum Wasser lief. Der Mond warf Lichttupfer über ihre Haut, schimmerte auf ihrem Haar, das ihr lang über die Schultern fiel. Er starrte sie fasziniert an. Sie war noch weitaus vollkommener, als er sich ausgemalt hatte. Sie benetzte sich bis zur Taille, dann tauchte ihr schlanker Körper wie ein Fisch unter Wasser. Er riss sich aus seiner angenehmen Betrachtung und folgte ihr.

Das Wasser war herrlich kalt. Es traf seine erhitzte Haut wie ein Schock, dann umschmeichelte es ihn. Phil gab sich ganz diesem Genuss hin und ließ sich bis zu den Schultern hinabgleiten. Das Wasserloch inmitten steinigen Niemandslands bot ihm die gleiche angenehme Erfrischung wie sein komfortabler Swimmingpool in Beverly Hills. Mehr sogar, dachte er mit einem Blick auf Vicky. Sie war wieder aufgetaucht. Die nassen Haare lagen ihr wie eine Kappe eng am Kopf. Das Mondlicht fing sich in den Wassertropfen auf ihrem erhobenen Gesicht. Wie eine Nymphe, dachte er. Jetzt öffnete sie die Augen. Sie glitzerten grün, wie bei einer Katze.

„Du bist langsam, Kincaid."

Er kämpfte gegen eine fast schmerzhafte Woge des Begehrens. Aber der Augenblick der Erfüllung war noch nicht gekommen. Beide wussten: Dies war ihre Nacht, und sie hielt noch viele Stunden für sie bereit. „Ich habe dich noch nie so schnell bewegen sehen", stellte er fest.

„Ich habe es für heute aufgespart." Sie fühlte Grund, stieß leicht mit den Zehen dagegen, um sich über Wasser zu halten. „Aufgesparte Energien gehören zu meiner Strategie."

„Demnach hältst du nichts von einem Wettkampf."

„Willst du mich dazu herausfordern?"

„Schätze, es würde nicht schwer sein, dich zu schlagen", forderte er sie hinterlistig heraus. „Du bist zu schwach."

„Bin ich nicht!" Vicky spritzte ihm Wasser ins Gesicht.

„Ein paar Monate in einer guten Gymnastikschule würden dich in Form bringen." Er wischte sich ruhig das Wasser aus den Augen.

„Ich bin bestens in Form. Was bezweckst du? Soll das so eine Art Laien-Psychologie sein, Kincaid?"

„Hat's gewirkt?"

Als Antwort schleuderte sie ihm mit beiden Armen einen ganzen Wasservorhang ins Gesicht, bevor sie zum anderen Ufer des Sees spurtete. Phil schmunzelte und sah, dass sie sich wie der Blitz bewegen konnte, wenn sie wollte. Dann startete er ebenfalls.

Sie schlug ihn um zwei volle Längen und erwartete ihn lachend. „Bewahr die Mitgliedschaft in der Gymnastikschule besser für dich selber auf, Kincaid."

„Du hast gemogelt", prustete er.

„Ich habe gewonnen. Das alleine gilt."

„Schäm dich. Ein Friedensrichter, der mogelt."

„Ich habe mein Sheriff-Zeichen nicht angelegt."

„Ich hab's gemerkt."

Sie glitt mit weichen Schwimmbewegungen zur Wassermitte. „Für einen Hollywood-Filmregisseur hast du eine ganz passable Figur, würde ich sagen."

„Findest du?" Er schwamm jetzt neben ihr und passte sich ihrem Tempo an.

„Du hast keinen Bauch – noch nicht", schränkte sie ein. Zart, aber nachdrücklich, tauchte Phil ihren Kopf unter Wasser. „So, so, du willst schmutzige Spiele mit mir treiben", prustete sie beim Hochkommen.

In einer blitzartigen Bewegung nahm sie seine Beine scherenartig zwischen ihre Schenkel und stieß kräftig mit den Fäusten gegen seine Brust. Phil verlor die Balance, kippte nach hinten und ging unter. Schnaubend kam er wieder hoch und schüttelte den Kopf, um Augen und Ohren vom Wasser zu befreien. Vicky war schon einige Meter weiter und lachte vor Vergnügen.

„Grundübung Nr. 101 zur Selbstverteidigung", klärte sie ihn auf. „Obgleich du für Übungen im Wasser eine Sondergenehmigung brauchst."

Diesmal legte Phil etwas mehr Stoßkraft in seine Schwimmzüge. Als er bei ihr war, umschlang er sie, sodass ihre Arme zwischen ihren Körpern gefangen waren. Als sie sich zu befreien versuchte, brachte er sie nur noch näher zu sich heran. Ihr Lächeln wich einem Blick des Verstehens. Sie fühlte, wie ihr Herz dumpf zu schlagen begann.

Er suchte ihren Mund mit unendlicher Zartheit und in dem Bestreben, die Berührung voll auszukosten. Ihre Lippen waren nass und kühl. Ohne Zögern fand ihre Zunge die seine. Der Kuss wurde langsam, köstlich langsam, inniger, während er sie stützte und ihre Füße über dem sandigen Boden in der Schwebe hielt.

Das Gefühl der Schwerelosigkeit umflutete sie. Vicky gab sich der Strömung hin, klammerte sich an Phil, als ob er ihr Anker sei. Das innere Feuer ließ ihre Lippen erglühen, trieb sie, nach neuen Schätzen zu suchen.

Ohne Eile strichen sie sich gegenseitig liebkosend über die Wangen, verteilten sie feuchte Küsse auf feuchter Haut. Mit sanftem Geraune plätscherte das Wasser ringsherum, wenn sie ihre Stellung auf der Suche nach den Geheimnissen ihrer Körper veränderten.

Vicky schlang die Arme um Phils Nacken, drängte ihren nackten Körper gegen den seinen. Sie hörte, wie er bei dieser engen Berührung tief einatmete, spürte, wie ihn ein Schauer durchrann. Dann presste sich sein Mund auf den ihren. Die Zeit des langsamen Liebesvorspiels war vorbei. Zu lange zurückgestaute Leidenschaft brach sich Bahn, und ihre Lippen schienen sich nicht voneinander lösen zu können. Einen Arm um Vickys Taille geschlungen, begann Phil zu erforschen, wovon er seit Langem geträumt hatte. Seine Finger glitten über ihre nasse Haut.

Vicky schloss die Augen. Eine Flamme loderte in ihr empor, gegen die sie machtlos war. Von Leidenschaft überwältigt, küsste sie Phil, bis beide in einem Moment vorübergehender Besinnungslosigkeit untergingen. Triefend tauchten sie wieder auf, während ihre Lippen noch immer aneinanderhingen. Gleich darauf rangen sie keuchend nach Luft. Ihre Hände berührten ihn, zogen ihn näher an sich heran, entfernten sich wieder, um ihn erneut zu suchen. Mit plötzlicher Heftigkeit bog er sie schließlich zurück, bis ihre Haare hinter ihrem Nacken auf der Wasseroberfläche schwebten. Sein Mund bedeckte ihr Gesicht mit einer Flut von Küssen, seine Hand umspannte begehrend ihre Brust.

Sie stöhnte leise auf und weckte eine neue Woge der Leidenschaft in Phil. Er hob ihren schwerelosen Körper an, sodass er ihre heiße, nasse Brustspitze sacht zwischen die Lippen bekam. Das Spiel seiner Zunge war süß und peinigend zugleich, bis sie ihre Hände mit einer Geste der Unterwerfung, die er nicht erwartet hatte, in das Wasser fallen ließ. Trunken vor Wonne, fuhr sein Mund über ihre Haut bis zu der Stelle, wo das Wasser sie von ihm trennte. Dann ließ er seine Lippen wieder aufwärts zu ihren Brüsten wandern, bis Vicky zitternd vor Lust nach seinen Schultern griff.

Ihr Kopf sank zurück, als er sich über sie neigte, sodass ihr Hals verletzlich im Mondlicht schimmerte. Er küsste diese Stelle, bis sie vor Entzücken aufschrie.

Kaltes, kaltes Wasser, aber Vicky war so heiß, dass seine Kräfte bei der Berührung mit ihr zu schwinden drohten. Im Taumel ihrer Gefühle vermochte Vicky nichts mehr zu denken. Für sie war das Wasser so siedend heiß wie der eigene Körper. Ihre kurzen, heftigen Atemzüge schienen in der stillen Nacht widerzuhallen. Sie wollte ihn anflehen, sie zu nehmen, doch sein Name kam nur wie ein raues Stöhnen über ihre Lippen. Sie konnte es nicht mehr ertragen, die Begierde überstieg jedes Maß. Mit einer Deutlichkeit, wie sie nur eine übergroße Leidenschaft zustande bringt, umschlossen ihre Schenkel seine Hüften, und sie presste sich eng an ihn.

Einen Augenblick lang schwebten sie wie betäubt im Wasser. Dann ergriff er ihre Hüften und ließ sich von ihr auf eine wilde, schier unwirkliche Reise mitnehmen. Gleich dem Geräusch des Windes rauschte es in Vickys Kopf. Zitternd glitt sie in das Wasser hinab.

Sich vage bewusst werdend, wo sie sich befanden, fing Phil sie auf und zog sie wieder zu sich heran. „Wir sollten hier herauskommen", presste er atemlos hervor. „Sonst ertrinken wir noch."

Vicky ließ ihren Kopf gegen seine Schulter fallen. „Das ist mir egal."

Mit einem tiefen Lachen hob Phil sie auf die Arme und trug sie aus dem Wasser heraus.

8. Kapitel

Phil legte Vicky ins Gras, dann sank er ihr zur Seite auf den Rücken. Eine Zeit lang war ihrer beider stoßweiser Atem das einzige Geräusch der Nacht. Inzwischen strahlten die Sterne am Firmament, und der Mond hatte sich fast gerundet.

Nachdem Phil sich etwas beruhigt hatte, sagte er mit nicht ganz fest klingender Stimme: „Du sagtest so etwas wie, das Wasser sei nicht dein Element."

„Ich glaube, ich habe mich geirrt." Vicky lachte kurz auf.

„Du bist wunderschön, wenn du nass bist", raunte er.

„Du auch", flüsterte sie und zeichnete mit den Fingern seine Wangenrundung nach. „Ich mag dein Gesicht. Diese aristokratischen Züge, die du von deinem Vater geerbt hast. Kein Wunder, dass er in jungen Jahren so wirkungsvoll Draufgänger verkörpern konnte. Du siehst manchmal genauso blasiert vornehm aus wie er."

„Blasiert vornehm?", tat er entrüstet.

„Ja, und deine Augen haben genau denselben zweideutigen Ausdruck, wenn du ‚Ich bitte um Verzeihung' sagst und in Wirklichkeit ‚Scher dich zum Teufel' meinst. Ich habe dich genau beobachtet. Besonders wenn du zu dem kleinen Mann mit den dicken Brillengläsern sprichst."

„Ah, du meinst Tremaine. Der Co-Produzent und meine schlimmste Plage im Nacken."

Vicky küsste ihn aufs Kinn. „Du hast es nicht gern, wenn sich andere in deinen Film einmischen, nicht wahr?"

„Ich bin sehr selbstsüchtig mit dem, was mir gehört." Erneut nahm er ihren Mund in Besitz – mit größerer Inbrunst, als er beabsichtigte. Als der Kuss fordernder wurde, stöhnte er auf vor Lust und presste Vicky mit verzehrender Leidenschaft an sich. Schließlich lösten sich ihre Lippen voneinander, und sie sahen sich an. Beide wussten, dass sie sich auf gefährlichem Boden bewegten. Beide betraten ihn vorsichtigen Schrittes. Vicky senkte den Kopf und versuchte, logisch zu denken.

„Ich nehme an, wir wussten, dass dies früher oder später geschehen würde", sagte sie leise.

„Ich nehme an, wir wussten es vom ersten Augenblick."

Sie dachte eine Weile nach. „Wichtig ist, dass wir es nicht kompliziert werden lassen."

„Richtig." Stirnrunzelnd blickte er zu den Sternen empor.

„In einigen Wochen verlassen wir beide die Stadt. Du gehst nach Hollywood zurück, und ich gehe nach Albuquerque in meine Praxis." Sie merkten nicht, dass sie ihre Umarmung gelockert hatten. „Ich muss wieder die Last meiner Gerichtsfälle auf mich allein laden."

„Und ich muss mit meinen Atelier-Szenen zu Ende kommen."

„Es ist eine gute Sache, dass wir uns von Anbeginn richtig verstanden haben." Sie schloss die Augen und nahm seine Ausstrahlung in sich auf, als fürchte sie, sie zu vergessen. „Wir können so wie jetzt beisammen sein, und wir sind uns darin einig, dass später keiner von uns beiden leiden wird, wenn es zu Ende ist?"

„Mhm ... ja."

Sie lagen längere Zeit schweigend nebeneinander, erfasst von einem ungewissen Gefühl der Niedergeschlagenheit und der Angst vor dem Verlust. Wir sind Erwachsene, dachte Vicky, und versuchte, gegen diese Stimmung anzukämpfen. Wir fühlen uns körperlich angezogen, das ist alles. Mehr kann es nicht sein. Aber sie war nicht sicher, ob ihr dies genügte. „So, und jetzt erzähl mir, wie es heute mit deiner Filmerei voranging", wechselte sie mutwillig das Thema.

„Als du in der Bar erschienst, waren wir gerade an einem toten Punkt angelangt. Es war zum Haareraufen mit diesem Dressler."

„Aber nachher klappte die Szene tadellos. Besonders Marlie Summers hat mich stark beeindruckt."

„Ja, sie ist sehr gut", bestätigte Phil.

„Ich wünschte nur, sie würde sich etwas mehr von Max distanzieren."

„Noch immer um seine Tugend besorgt, Vicky?"

Sie warf ihm einen missbilligenden Blick zu. „Er wird unter dieser Affäre zu leiden haben. Schließlich geht sie wieder weg, und was dann?"

„Das ist etwas, womit er alleine fertigwerden muss", erklärte Phil nüchtern. „Immerhin weiß er jetzt bereits, dass dieser Moment kommen wird."

Erneut begegneten sich ihre Blicke in fast erschrockenem Wiedererkennen. Aber nein, mit uns beiden ist es etwas völlig anderes, dachte Vicky abwehrend. Wir haben uns von vornherein gewisse Grenzen gesetzt. Wenn wir auseinandergehen, wird es ohne Bedauern oder Schmerz geschehen.

Entschlossen, die Stimmung aufzuheitern, wechselte sie abermals das Thema. „Die Stadt wartet schon fieberhaft auf die Szenen, die du mit den Statisten drehen wirst. Selbst die Kramer-Zwillinge verhalten sich bereits eine ganze Woche wie Musterschüler."

„Einer von ihnen hat mich gefragt, ob ich nicht eine Probeaufnahme von ihm machen wolle."

„Welcher der beiden?"

„Wie zum Kuckuck soll ich das wissen? Ich glaube, es war der, der mit Marlie ein Rendezvous vereinbaren wollte."

„Dann muss es Zac gewesen sein", sagte Vicky und hätte vor Lachen fast den Schluck Champagner, den sie gerade genommen hatte, wieder ausgeprustet. „Er ist unmöglich. Wirst du die Probeaufnahme von ihm machen?"

„Er kann einen Tritt in den Allerwertesten bekommen, wenn er noch einmal an unserem Kran herummanipuliert."

„Oh-oh, davon habe ich ja gar nichts gewusst."

„Mir erschien es unnötig, deswegen das Gesetz zu bemühen. Deshalb bat ich einen unserer Wachmänner, ihn ein wenig Gottesfurcht zu lehren. Mir scheint, der Kunstgriff hat gewirkt."

„Hör mal, Phil, wenn eines meiner Schäfchen in die Schranken verwiesen werden muss, so erwarte ich, informiert zu werden."

Er nahm ihr mit einem Seufzer das Glas aus der Hand, stellte es beiseite und neigte sich über sie. „Heute Nacht haben Sie dienstfrei, Sheriff. Wir werden jetzt nicht darüber reden."

Ihre Arme schlangen sich bereits um seinen Hals. „Und worüber reden wir dann?"

„Über gar nichts", raunte er und presste seinen Mund auf ihre Lippen.

Ihre Antwort war ein unterdrückter Laut des Einverständnisses. Er schmeckte den Champagner auf ihrer Zunge und ließ sich Zeit, ihn zu genießen. Die Hitze der Nacht hatte ihre Haut bereits getrocknet, aber er fuhr mit den Händen durch die kühle Feuchtigkeit ihres Haars. Er konnte spüren, wie sich ihre Brustspitzen beim Druck gegen seinen Oberkörper verhärteten. Diesmal, dachte er, wird es keine schmerzhafte Begierde geben. Er würde sie langsam und mit Bedacht genießen – die langen, schlanken Glieder ihres Körpers, die seidenweiche Haut, die ungestümen Varianten ihrer Lust.

Von ihren champagnergewürzten Lippen wanderte sein Mund gemächlich zur Beuge ihres Halses. Aber seine Hände streiften schon begehrlich weiter. Vicky bewegte sich mit ungezügelter Heftigkeit unter ihm, als sein Daumen ihre Brustspitze fand und ihr Verlangen steigerte. Mit Erstaunen stellte er fest, dass er Vicky auf der Stelle nehmen könnte, doch er hielt sein Begehren zurück. Zu vieles gab es an ihr zu entdecken, zu vieles zu erfahren.

Phils langsame, zärtliche Küsse ließen Vicky vor Entzücken aufstöhnen. Sein Mund verweilte auf ihren schwellenden Brüsten, sandte Schauer über Schauer der Wollust durch ihren Körper. Seine Zunge strich wie Schmetterlingsflügel über ihre aufgerichteten Brustspitzen, glitten dann wieder zu ihren warmen, weichen Lippen zurück. So umkreiste er sie mit Mund und Händen, reizte sie zu sinnlosem Gestammel und krampfhaften Zuckungen unter sich. Mit äußerster Behutsamkeit nahm er eine Brustspitze zwischen die Zähne, verließ sie feucht und begehrlich aufgerichtet, streifte mit den Lippen zur anderen Brust, kostete, verweilte, zupfte spielerisch daran.

Seine Hände bewegten sich tiefer, sodass Vicky vor Sehnsucht nach Erfüllung wie von Sinnen war. Begierig, auch seinen Körper zu erforschen, ließ Vicky ihre Fingerspitzen von seinen harten Schultermuskeln abwärts über seinen Rücken wandern. Wie durch einen Schleier spürte sie, wie Phil bei ihren Liebkosungen erschauerte. Mit köstlicher Langsamkeit rieben ihre Finger seinen Brustkorb. Sie hörte ihn aufstöhnen, fühlte dann, wie er sanft in ihr zartes Fleisch biss. Hungrig kehrte sein Mund zu ihrem Mund zurück.

Als Vicky ihn an sich presste, zog er bei dem Kontakt scharf den Atem ein. Auch er hatte das Gefühl, vor Lust zu zergehen. Trotzdem verweigerte er sich ihr noch.

„Nicht jetzt", flüsterte er ihr und sich selber zu. „Nicht jetzt."

Und wieder glitt er weiter nach unten, bis sein Kopf zwischen ihren Brüsten ruhte. Er atmete den süßen Duft ein, der ihrer Haut entströmte. Vicky spürte nicht mehr den rauen Grasteppich unter sich, sondern nur Phils suchenden Mund und liebkosende Hände. Sein Mund glitt noch tiefer, und sie stöhnte, bäumte sich auf – drängend, begehrend. Seine Zunge war rasch und begierig, trieb Wogen wilden Entzückens durch ihren glühenden Körper. Er peitschte sie auf, gönnte ihr keine Zeit zur Erholung. Selbst als sein Mund neue Wonnen im Kuss auf ihre

Schenkel fand, suchten seine Finger unermüdlich weiter nach verborgenen Reizstellen.

Vickys Finger krallten sich in das trockene Gras. Sie hätte nie geglaubt, jemals so hilflos, so völlig ihrer Lust ausgeliefert sein zu können. Ihre Hüften reagierten auf das schwindelerregende Tempo, das er angeschlagen hatte. Phil wühlte ihre Leidenschaften auf, gönnte ihr keine Pause, erlaubte ihr keine völlige Entspannung.

„Phil", flüsterte sie zwischen rauen, flachen Atemzügen. „Ich brauche ..."

Er trieb sie an den Rand des Wahnsinns. Sein Körper zuckte vor qualvoller Begierde nach ihr. Wie züngelnde Flammen war sein Mund überall. „Was?", wollte er wissen. „Was brauchst du?"

„Dich", raunte sie. „Dich."

Mit einem triumphierenden Aufstöhnen drang er in sie ein, hob sie empor in jene Sphären, die beide so ängstlich zu meiden bemüht waren.

Vicky hatte Phil vor der Hitze gewarnt, und er hatte sich darauf eingestellt. Gleichwohl verfluchte er die unbarmherzige Sonne, als er sich zur nächsten Außenaufnahme begab. Die Kulissenarbeiter hatten hohe Schmetterlingsgerüste aufgebaut – lange schwarze Tücher, die in den Drehpausen für Schatten sorgten. Der Kameramann stand unter einem riesigen, orangeweiß gestreiften Sonnenschirm und schwitzte. Nur die Schauspieler durften sich hin und wieder eine Verschnaufpause im Schatten gönnen, während Phil fast durchgehend in sengender Sonne arbeitete, Einstellungen probierte, Licht- und Schatteneffekte herstellte.

Rückstrahler wurden benutzt, um das grelle Sonnenlicht zu dämpfen, Lichtbögen glichen die Hintergrundhelligkeit aus. Ein Beleuchter, bis zur Taille entblößt, strich eine blaue Gallertschicht auf das Endstück einer Bogenlampe. Die gleißende Härte des Tages war genau das, was Phil sich für diese Außenaufnahme wünschte, aber es machte das Arbeiten in keiner Weise angenehm.

Nachdem er widerwillig ein paar Salztabletten geschluckt hatte, gab er das Kommando für die nächste Szene. Seltsamerweise schien Sam Dressler mit der Hitze besser fertigzuwerden als die jüngeren Mitglieder des Filmteams.

Alle Achtung, dachte Phil, der dem Szenenverlauf kritisch folgte, und vergaß für einen Augenblick Hitze und körperliches Unbehagen in uneingeschränkter Bewunderung für einen Vollprofi, der die richtigen Ausdrucksmittel für seine Rolle gefunden hatte.

„Schnitt. Kamera aus. Das war's", rief er mit selten zur Schau gestellter Zufriedenheit und ging mit erhobenen Händen auf den männlichen Star zu. „Das war verdammt gute Arbeit, Sam."

Sam wischte sich mit einem breiten Lächeln den Schweiß von der Stirn. „Irgendjemand musste diesen Grünschnäbeln doch zeigen, wie's gemacht wird." Er strich sich mit der Hand über die Magengrube. „Jetzt wird's aber Zeit, dass ich mein Bier bekomme, damit ich für die nächste Einstellung fit bin." Und da kam auch schon der Mann, der für seine leiblichen Bedürfnisse zuständig war, angesaust und brachte den großen Mimen zu einem schattigen Plätzchen außerhalb der Szene.

„He, Phil." Bicks, der Chefkameramann, wälzte seine gewaltigen Fleischmassen schweißtriefend auf ihn zu. „Hör mal, du musst was wegen dieser Frau unternehmen."

Phil steckte sich eine Zigarette an. „Welcher Frau?"

„Ich meine den Sheriff." Bicks stopfte einen neuen Kaugummi in den Mund und begann zu malmen. „Sieht ja großartig aus, die Kleine. Und hat 'ne Art zu gehen, dass einem Mann schon ..." Er stockte, als er Phils Blick auffing. „War ja nur 'ne Feststellung", brummte er.

„Und was soll ich in Bezug auf den Gang von Sheriff Ashton unternehmen, Bicks?"

„In dieser Beziehung nichts, bitte schön", ging Bicks auf Phils ironischen Tonfall ein. „Schließlich braucht ein Mann in diesem Nest eine Augenweide. Aber sie hat mir einen Strafzettel verpasst, Phil. Ich soll zweihundertfünfzig Dollar berappen. Und weißt du, weswegen? Wegen Umweltverschmutzung."

„Wegen Umweltverschmutzung?", wiederholte Phil ungläubig.

„Ja, zweihundertfünfzig Dollar für ein kleines Stück Kaugummipapier, das ich auf die Straße geworfen hatte. Sie ließ nicht mit sich reden. Ich musste es aufheben und mich entschuldigen. Mensch, Phil, zweihundertfünfzig Dollar für ein Stückchen Kaugummipapier. Das geht doch wirklich zu weit!", empörte sich der beleibte Chefkameramann.

„Schon gut, schon gut, ich rede mit ihr", beruhigte ihn Phil.

Vicky saß in ihrem Revier. Etwas mühsam entzifferte sie einen Bericht von Max, der Grenzstreitigkeiten zwischen zwei Ranchern schilderte. Man erwartete das Einschreiten des Sheriffs. Als Nächstes las sie den Brief eines Mandanten, der ihre dringende Anwesenheit in Albuquerque erforderlich machte. In diesem Moment betrat Phil das Sheriff-Revier.

„Du siehst erhitzt aus", stellte sie mitfühlend fest.

„Ich bin erhitzt. Warum stellst du den Ventilator nicht an?"

„Damit er die Luft im Raum noch mehr verpestet?"

Phil stieg über den schlafenden Hund und nahm sich einen Stuhl neben dem Schreibtisch. „Wir nehmen heute Szenen auf, bei denen die Einheimischen als Komparsen mitwirken. Hast du Lust, dir das anzuschauen?"

„Aber sicher."

„Oder selber dabei mitzuwirken?" Vicky schüttelte den Kopf. Er beugte sich vor, gab ihr einen Kuss und fragte zärtlich: „Heute zum Abendessen auf meinem Zimmer?"

Sie sah ihn leicht kokett an. „Hast du noch welche von diesen Kerzen?"

„Alles, was du willst."

„Überredet." Sie nickte und erwiderte seinen Kuss.

„Wenn ich eines Tages meine Videokamera zur Ranch mitbrächte, würdest du mir dann erlauben, dich beim Reiten zu filmen?" Als sie protestieren wollte, sagte er noch rasch: „Nur fürs Heimkino."

„Meinetwegen", stimmte sie ergeben zu. „Wenn es dir so viel bedeutet."

„Ja, das tut es." Er nahm sich eine Zigarette, warf einen Blick auf die Uhr und fuhr fort: „Bicks hat mir übrigens erzählt, du hättest ihm eine Geldstrafe wegen Umweltverschmutzung verpasst."

„Stimmt genau." Das Telefon unterbrach ihren Dialog. Phil lauschte mit Interesse dem juristischen Jargon, der ihr routiniert von der Zunge floss. Offenbar ein Anruf von einem Fachkollegen. Überrascht stellte er fest, dass dies ein Teil ihres Lebens war, den er nicht kannte. Was mochte sie tun, wenn sie einen anstrengenden Gerichtstag hinter sich hatte?

Es wird Männer geben, dachte er. Eine Vorstellung, die ihm gründlich missfiel. Eine Frau wie Vicky würde ihre Abende und Nächte nur allein verbringen, wenn es ihr eigener Wille war. Nervös streifte er die Asche von seiner Zigarette ab. Ich darf nicht anfangen, über diese Dinge nachzudenken, rief er sich zur Ordnung. Wir sind beide völlig frei in unseren Handlungen und Entscheidungen. So lautete die Grundregel Nummer eins, mit der ich immer gut gefahren bin. Das wird auch hier nicht anders sein.

„Hallo, Phil, träumst du?"

Phil kehrte in die Gegenwart zurück und sah, dass Vicky den Hörer aufgelegt hatte. Dann erinnerte er sich an den Zweck seines Besuchs. „Bicks hat mir erzählt, du hättest ihm eine Geldstrafe von zweihundertfünfzig Dollar für ein weggeworfenes Kaugummipapier verpasst."

„Wir setzen die Höhe der Geldstrafe nicht am Wert des Abfalls gemessen fest", erwiderte Vicky nüchtern. „Eine weggeworfene Kaviardose hätte ihn das Gleiche gekostet."

Von ihrem überheblichen Tonfall angestachelt, erhob sich Phil. „Nun hör mir mal ruhig zu, Sheriff ..."

„Nein, hör du mir zu", unterbrach sie ihn. „Du kannst deinen Leuten sagen, wenn sie nicht sorgfältig hinter sich aufräumen, werden sie alle mit Geldstrafen belegt. Halte Friendly sauber, Kincaid."

„Du wirst mir meine Leute nicht schikanieren."

„Und du wirst meine Stadt nicht verunreinigen."

Er fluchte und wollte zu ihr hinter den Schreibtisch treten, als die Tür aufging. Erfreut, Telly zu sehen, stand Vicky auf. Da sah sie seine geschwollene, blutunterlaufene linke Gesichtshälfte. „Um Gottes willen, Telly, wie ist das passiert?"

Der Junge zuckte die Schultern. „Ach, das ist nichts." Er mied es, sie dabei anzusehen.

Vicky untersuchte sorgfältig seine Hände, stellte fest, dass er keine Rauferei gehabt hatte, und fragte ahnungsvoll: „Dein Vater?"

Telly schüttelte heftig den Kopf. „Ich bin zum Ausfegen gekommen. Ich hab' noch fünf Dollar abzuarbeiten."

Vicky packte ihn fest an den Schultern. „Telly, sieh mich an. Hat dein Vater dein Gesicht so zugerichtet? Antworte mir jetzt."

„Er war nur jähzornig, weil ..." Er stockte, sah den Zorn, der ihr Gesicht entflammte, und duckte sich instinktiv. Vicky schob ihn beiseite und ging zur Tür.

„Wohin willst du?" Wie der Blitz stand Phil neben ihr.

„Ich suche Mister Swanson auf."

„Nein!" Beide drehten sich um und sahen Telly kerzengerade in der Mitte des Raumes stehen. „Nein, das dürfen Sie nicht. Er wird nicht mit Ihnen reden. Er ist schrecklich wütend auf Sie."

„Ich gehe jetzt und spreche mit deinem Vater, Telly. Ich werde ihm erklären, warum es nicht richtig von ihm ist, dich zu schlagen."

„Nur, wenn er die Beherrschung verliert. Er ist sonst kein schlechter Mensch. Ich will nicht, dass Sie ihn ins Gefängnis stecken."

Obgleich sie zutiefst erzürnt war, ging Vicky zu dem Jungen und drückte ihm beruhigend die Hand. „Mach dir keine Sorgen. Ich will nur mit ihm reden. Und jetzt hol deinen Besen, ja?"

„Du wirst dort nicht hingehen", sagte Phil, nachdem der Junge im Hinterraum verschwunden war.

„Misch dich nicht in das Gesetz ein, Kincaid."

„Zum Henker damit! Denkst du, ich lasse dich zu diesem tollwütigen Kerl gehen?"

„Ich habe geschworen, die Menschen, die meiner Gerichtsbarkeit unterliegen, zu schützen. Telly ist einer dieser Menschen."

„Ein Mann, der sein eigenes Kind schlägt, wird nicht zögern, einen Haken zu landen, nur weil du dieses kleine Stück Blech an der Bluse trägst. Schicke Max, wenn's unbedingt sein muss."

„Hältst du denn nichts von einem weiblichen Sheriff, Kincaid?"

„Verflucht noch mal, Vicky, dies hier ist kein Spaß."

„Nein, das ist es nicht", sagte sie ernst. „Aber es ist meine Pflicht. Bitte, lass mich jetzt gehen, Phil."

Äußerst widerstrebend gehorchte er ihrem Wunsch und sah sie zu ihrem Dienstwagen gehen. „Vicky", rief er ihr nach, „wenn der Kerl dir auch nur ein Haar krümmt, bring' ich ihn um."

Sie stieg in den Wagen und fuhr, eine riesige Staubwolke aufwirbelnd, davon, ohne sich noch einmal nach ihm umzuschauen.

Tellys Vater arbeitete an der Umzäunung eines leeren Pferchs. Sein Hemdrücken war schweißnass. Der Hut hing ihm tief in die Stirn als Schutz gegen die stechende Sonne. Er war ein kurzbeiniger, stämmiger Mann mit den breiten Schultern des Arbeiters.

„Mr. Swanson?", rief Vicky ihn an.

Sein Kopf flog ruckartig hoch. Seine Hand hielt den Hammer, mit der er die lose Latte am Zaun befestigen wollte. Vicky sah in das raue, faltendurchzogene Gesicht eines Mannes, der ständig gegen die Widrigkeiten der Elemente zu kämpfen hatte. Flüchtig glitt sein Blick über ihr Sheriff-Abzeichen.

„Sheriff", grüßte er kurz und gab dem Nagel den letzten Schlag. Er hielt nichts von Frauen, die Männer bei der Arbeit störten.

„Ich möchte gerne mit Ihnen sprechen, Mr. Swanson. Es handelt sich um Ihren Sohn Telly."

„Ist der Bengel in Schwierigkeiten?", fragte er, ohne sie zu beachten.

„Offenbar", erwiderte sie sanft und befahl sich zu übersehen, dass er ihr unhöflich den Rücken zukehrte und den nächsten Nagel einschlug.

„Das regle ich allein. Was hat er ausgefressen?"

„Er hat überhaupt nichts angestellt, Mr. Swanson."

„Also, entweder ist er in Schwierigkeiten oder nicht. Ich habe keine Zeit zum Schwatzen, Sheriff."

„Er ist in Schwierigkeiten, Mr. Swanson. Und sie werden entweder hier oder auf dem Revier darüber mit mir reden." Der Ton veranlasste den Mann, endlich in seiner Arbeit innezuhalten und erneut einen abschätzenden Blick auf Vicky zu werfen. „Ich will mit Ihnen über die Gesichtsverletzungen Ihres Sohnes reden."

„Mein Junge geht Sie überhaupt nichts an."

„Oh, doch. Telly ist noch minderjährig, und er geht mich wohl etwas an."

„Ich bin sein Vater."

„Und als solcher sind Sie nicht berechtigt, Ihr Kind körperlich oder seelisch zu misshandeln. Es gibt sehr präzise Gesetze, ein Kind vor solcher Art Behandlung zu schützen. Sollten Sie Ihnen nicht bekannt sein, würde ich mich an Ihrer Stelle von einem Anwalt darüber aufklären lassen."

„Ich brauche keinen verdammten Anwalt", schnaubte Swanson und zielte mit dem erhobenen Hammer in Vickys Richtung.

„Sie werden ihn nötig haben, falls Sie das Ding dort weiter auf mich gerichtet halten. Tätlicher Angriff auf einen Friedensrichter ist ein sehr ernstes Delikt."

Swanson ließ den Hammer fallen und brummelte: „Ich greife keine Frauen an."

„Nur Kinder?"

Er schoss einen wütenden Blick auf sie ab. „Ich habe das Recht, was mir gehört, zu strafen. Und ich habe hier eine Ranch zu bearbeiten." Mit einer Bewegung seines muskulösen Arms umschloss er das armselige Stückchen Land. „Jedes Mal, wenn ich mich umsehe, ist der Bengel irgendwo verschwunden."

„Ihre Gründe gehen mich nichts an. Nur die Ergebnisse."

Mit zornesrotem Gesicht machte er einen Schritt auf sie zu. Vicky wich keinen Zentimeter zurück. „Sie gehen jetzt zu Ihrem Auto und verschwinden. Ich brauche niemand, der hier 'rauskommt und mir erzählen will, wie ich meinen Jungen zu erziehen habe."

Vicky richtete weiter fest den Blick auf ihn, obgleich sie sah, wie sich seine Hände zu Fäusten ballten. „Ich kann die nötigen Schritte einleiten, um durch Gerichtsurteil einen Vormund zu bestellen."

„Sie können mir meinen Jungen doch nicht wegnehmen", brauste er auf. „Ich besitze auch Rechte."

„Die hat Telly auch. Im Übrigen würde er nicht wollen, dass ich ihn von Ihnen trenne. Er hält Sie nämlich für einen guten Menschen und bat mich, Sie nicht ins Gefängnis einzusperren. Sie haben ihn geschlagen, aber es hat seine Liebe zu Ihnen nicht beeinträchtigt, Mr. Swanson."

Ihre ruhig gesprochenen Worte verfehlten nicht ihre Wirkung auf den Mann. „Ich wollte ihn nicht so hart treffen", sagte er mit einer so brüchigen Stimme, dass Vicky aufhorchte. „Schauen Sie sich dieses Land an", fuhr er fort. „Da braucht man jede Minute, um es zu bestellen und instand zu halten, und es wirft doch nichts ab. Und dann höre ich dauernd von Telly, wie er von der Schule abgehen möchte, wie er dies und jenes haben möchte, genau wie ..."

„... sein älterer Bruder?", warf Vicky dazwischen.

„Darüber will ich aber nicht reden", sagte er abweisend.

„Mr. Swanson, ich weiß, was es heißt, ein Stück Land wie dieses zu bestellen. Aber Ihre Enttäuschungen und Ihr Zorn sind keine Entschuldigung für die Misshandlung Ihres Jungen."

„Ich sagte schon, ich wollte ihn nicht so hart treffen. Aber wenn der Bengel mich dazu treibt ..." Er brach ab, wütend auf sich selbst, dass er mit einer Außenstehenden seine Probleme diskutierte. „Ich werde ihn nicht mehr schlagen", schnaufte er undeutlich.

„Aber das haben Sie früher auch schon versichert. Und sicher auch gemeint. Und doch nicht gehalten." Sie atmete tief, als er sie nur anstarrte. „Mr. Swanson, Sie sind nicht der einzige Elternteil, der Schwierigkeiten mit der Selbstbeherrschung hat. Es gibt Gruppen und Organisationen, deren Aufgabe es ist, Ihnen und Ihrer Familie zu helfen."

„Ich will nichts mit Psychiatern und Besserwissern zu tun haben. Die können mir den Buckel 'runterrutschen."

„Es sind ganz gewöhnliche Menschen, die über ihre Probleme reden und sich gegenseitig helfen."

„Ich rede nicht mit Fremden über meine Angelegenheiten. Und mit meinem eigenen Fleisch und Blut werde ich selber fertig."

„Nein, Mr. Swanson, das werden Sie eben nicht. Deshalb bleibt Ihnen keine große Wahl. Sie können Telly aus dem Haus treiben, so wie Sie's mit Ihrem ältesten Sohn getan haben." Vicky rührte sich nicht, als Swanson wie ein Bulle auf sie zukam. „Oder", fuhr sie ruhig fort, „Sie können Hilfe von Dritten anfordern. Jene Art von Hilfe, die die Liebe Ihres Sohnes zu Ihnen rechtfertigt. Die Entscheidung liegt bei Ihnen, was für Sie an erster Stelle steht: Ihr Stolz oder Ihr Junge."

Swanson starrte trüb über den leeren Pferch. „Es würde seine Mutter töten, wenn auch er wegginge", murmelte er.

„Ich habe eine Telefonnummer, die Sie anrufen können, Mr. Swanson. Es ist jemand, der mit Ihnen sprechen wird, Ihnen zuhören wird. Ich gebe sie Telly nachher mit."

Sein einziges Zugeständnis war ein Schulterzucken. Sie wartete noch einen Augenblick, betete, dass ihre Entscheidung die richtige gewesen sein möge, und sagte dann: „Ich bin nicht für feste Bedingungen, aber ich erwarte, Telly täglich zu sehen. Kommt er nicht aufs Revier, so komme ich hierher, Mr. Swanson, und sollte ich irgendwelche Anzeichen von Misshandlungen an ihm bemerken, erwirke ich einen Vollstreckungsbefehl gegen Sie und bestelle einen Vormund für Telly."

Er musterte sie abschätzend, dann nickte er schwerfällig. „Sie haben 'ne Menge von Ihrem Vater an sich, Sheriff."

Vickys Hand glitt automatisch zu dem Abzeichen. Dann lächelte sie das erste Mal. „Danke." Damit drehte sie sich um und ging davon. Erst als sie außer Sichtweite war, erlaubte sie sich den Luxus, ihre schweißnassen Handflächen an den Hosenbeinen abzuwischen.

9. Kapitel

Am Stadteingang wurde Vickys Dienstwagen durch eine Straßenbarrikade blockiert. Sie stellte den Motor ab und stieg aus. Einer von Phils Wachmännern kam auf sie zu. „Tut mir leid, Sheriff, aber Sie können die Hauptstraße nicht benutzen. Dort wird gerade gefilmt."

„Schon gut. Ich warte", erwiderte sie und lehnte sich gegen die Blechhaube. Nach dem Verlassen der Swanson-Ranch war ihr Zorn vom Vormittag verraucht. Jetzt war sie dankbar, die verbliebene Zeit zum Ausspannen und Nachdenken zu nutzen.

Von ihrem Standort aus konnte sie das Filmteam und die Einheimischen beobachten, die ihren Einstand als Komparsen gaben. Phil dirigierte das Geschehen, aber selbst aus der Entfernung konnte Vicky spüren, dass er in keiner guten Gemütsverfassung war.

Ihre gemeinsame Zeit war viel zu kurz, um sie mit Spannungen und Auseinandersetzungen zu füllen. Solange Phil aber nicht die Anforderungen und Verantwortlichkeiten ihrer Arbeit voll anerkannte, blieben Spannungen nicht aus. Es wäre schon wichtig, die verbleibenden Wochen ohne Störungen und Missstimmungen zu verbringen, dachte sie.

Vielleicht zu wichtig? Seit ihrer Liebesnacht fiel es ihr schwer, die Logik einzuschalten, wenn sie an Phil dachte. Die Zukunft war in nebelhafte Ferne gerückt. Es schien nur noch die überwältigende Gegenwart zu existieren.

Aber ich kann mir als Friedensrichter keine sentimentalen Gefühle leisten, versuchte sie sich immer wieder zu sagen. Es ist nicht das, was wir miteinander ausgemacht haben. Es gibt nur diesen Sommer, nur diesen einen Sommer, bevor wir wieder getrennte Wege gehen. Das muss ich mir immer vor Augen halten. Im Übrigen ist es das, was wir beide wollen.

Nachdem Phil die Szene abgedreht hatte, war sein Bedarf an Komparsen für heute gedeckt. Dennoch brachte er die Geduld und Selbstbeherrschung auf, jedem einzelnen noch ein persönliches Wort zu sagen, bevor er sie entließ. Vor Einbruch der Dämmerung war noch eine Schlüsselszene zu drehen, und so gab er seine Instruktionen bekannt. Das Piepsignal an seiner Hüfte irritierte ihn. Ungeduldig zog er sein Sprechfunkgerät heraus. „Hier Kincaid."

„Hier Benson", meldete sich einer seiner Wachmänner. „Ich stehe hier oben neben dem Sheriff-Auto. Kann ich es durchlassen, Mr. Kincaid?"

Phil blickte mechanisch zum Hauptstraßenende. Er erkannte Vicky, die noch immer lässig an ihrer Blechhaube lehnte. Bei ihrem Anblick empfand er eine Mischung aus Erleichterung und Ärger. Jetzt, da er sie in Sicherheit wusste, verspürte er den perversen Wunsch, sie zu erwürgen. Er wartete, bis sie ihr Auto vor dem Revier geparkt hatte, und setzte sich dann in Bewegung.

Vicky war schon fast an der Tür, als Telly ihr entgegengestürmt kam. „Sheriff!" Er sah sie aus großen, ängstlichen Augen an.

Sie strich ihm leicht mit dem Zeigefinger über die geschwollene Backe. „Es ist alles in Ordnung, Telly. Dein Vater hat sein Unrecht eingesehen. Er wird dich nie wieder schlagen."

„Ich hatte solche Angst, als Sie weggingen, aber Mr. Kincaid hat gesagt, Sie wüssten, was Sie tun, und es würde alles in Ordnung kommen."

„So, hat er das gesagt?" Vicky blickte nach rechts, wo Phil gerade neben ihr auftauchte. Sie sahen sich einen nicht ganz behaglichen Moment lang an. „Nun, er hat recht gehabt." Sie wandte sich wieder an Telly. „Komm für eine Minute herein. Ich möchte dir eine Telefonnummer mitgeben. Eine Tasse Kaffee gefällig, Kincaid?"

„Gerne."

Zu dritt betraten sie Vickys Revier. Sie ging direkt zum Schreibtisch, schrieb Namen und Telefonnummer auf ein Notizblatt und riss es ab. „Dies ist die Telefonnummer für eure ganze Familie", sagte sie, als sie Telly das Papier aushändigte. „Geh jetzt nach Haus und sprich mit deinem Vater, Telly. Er muss begreifen, dass du ihn lieb hast."

Der Junge faltete das Blatt und steckte es in die Gesäßtasche. Dann scharrte er verlegen mit den Füßen und stotterte: „Tut mir leid, was ich neulich zu Ihnen gesagt habe, Sheriff. Sie wissen schon, was ich meine."

„Sei unbesorgt, Telly." Sie legte eine Hand auf seine Schulter. „Ist jetzt wieder alles okay?", fragte sie leise.

„Mhm ... ja, okay." Er errötete noch mehr, doch dann raffte er seinen ganzen Mut zusammen, gab Vicky einen flüchtigen Kuss auf die Wange und stürzte zur Tür.

Sie legte einen Finger auf die Stelle, wo seine Lippen sie berührt hatten. „Ich schwöre, wäre er fünfzehn Jahre älter ...", sagte sie versonnen, aber Phil achtete nicht darauf und fragte erregt:

„Bist du völlig in Ordnung?"

„Sehe ich etwa nicht ordentlich aus?"

„Verflixt noch mal, Vicky!"

„Phil." Sie nahm sein Gesicht zwischen ihre Hände und gab ihm einen kurzen, festen Kuss. „Du hattest keinen Grund, dich aufzuregen. Hast du nicht selbst zu Telly gesagt, ich wüsste, was ich täte?"

„Der Junge war in tausend Ängsten. Ich wollte ihn beruhigen. Was ist da draußen vorgefallen?"

„Ich habe mit Swanson gesprochen", erklärte Vicky schlicht. „Er ist ein sehr unglücklicher Mann. Ich hätte ihn gerne gehasst, konnte es aber nicht. Ich hoffe, er macht von der Telefonnummer Gebrauch."

„Was hättest du getan, wenn er gewalttätig geworden wäre?"

„Ich wäre damit fertiggeworden. Es gehört zu meinen Aufgaben."

„Du kannst nicht …"

„Phil …", schnitt sie ihm rasch und energisch das Wort ab. „Ich sage dir nicht, wie du eine Szene zu gestalten hast. Sag du mir nicht, wie ich mit meiner Stadt umzugehen habe."

„Das ist nicht dasselbe, und das weißt du. Niemand gibt mir einen Kinnhaken, wenn ich eine Wiederholung anordne."

„Und wie steht's denn um den frustrierten Schauspieler?"

„Vicky, du kannst hierüber keine Witze reißen."

„Lieber einen Witz als eine Streiterei. Ich möchte weder mit dir kämpfen, Phil, noch wegen so einer Sache einen langen Disput heraufbeschwören. Es ist nicht gut für uns."

Er verbiss sich eine heftige Entgegnung, ging zum Fenster und schaute finster hinaus. Nichts erschien mehr so einfach wie beim ersten Mal, als er diesen Raum betreten hatte. „Es ist schwer", presste er zwischen den Zähnen hervor, „aber ich werde mich bemühen."

Vicky starrte auf seinen Rücken, und eine Flut von Gefühlen durchströmte sie. Ihr Herz hörte nicht mehr auf die strengen Vernunftregeln, denen sie sich unterworfen hatte. Sie war sich nicht mehr sicher, was sie eigentlich wollte. „Ich weiß", sagte sie nach einer langen Pause. „Ich bemühe mich ebenfalls."

Er kehrte zu ihr zurück. Sie sahen sich an, wie sie sich einst angesehen hatten, als die Gitterstäbe zwischen ihnen waren – ein wenig misstrauisch. Man hörte nichts als das Surren des Ventilators und das Stimmengemurmel außerhalb des Wachraums.

„Ich muss zurück", sagte er und ließ vorsichtshalber die Hände in den Hosentaschen. Die Versuchung, sie zu berühren, war zu groß. „Zum Abendessen bei mir?"

„Geht in Ordnung." Ihr Lächeln misslang ein wenig, weil ihre Lippen ihr nicht ganz gehorchten. „Es wird etwas später werden – so um acht herum, denke ich."

„Okay."

Sie wartete, bis sich die Tür hinter ihm geschlossen hatte, dann setzte sie sich wieder an den Schreibtisch. Ihre Knie waren seltsam weich. Sie stützte den Kopf auf die Hände und stieß einen tiefen Seufzer aus.

Der Boden, auf dem sie sich bewegte, war sehr viel schwankender geworden, als sie vorausgeahnt hatte. Aber sie durfte sich nicht verlieben. Nicht so ohne Weiteres. Wegen des gefühlsmäßigen Aufruhrs der vergangenen Tage hatten sich die Dinge ein wenig zugespitzt, doch sie war noch nicht bereit für die Bindungen und Verpflichtungen einer echten Liebesbeziehung. Mehr war vorerst nicht dazu zu sagen.

Vielleicht komme ich mit mir selbst in Einklang, wenn ich mir eine gute Tasse Kaffee gönne, dachte sie und holte die Kaffeekanne vom Regal.

Phil verbrachte längere Zeit als nötig unter der Dusche. Es war ein sehr langer, sehr harter Zwölfstundentag gewesen. Er war in seinem Beruf an unmögliche Zeiten und unmögliche Anforderungen gewöhnt. Für gewöhnlich brachten sie ihn erst richtig in Schwung. Heute nicht.

Das heiße Wasser und der Dampf vermochten nicht die Spannung in seinem Körper zu lösen. Sie war in jenem Augenblick entstanden, als Vicky zur Swanson-Ranch aufbrach, und hatte sich unerklärlicherweise während ihrer kurzen Unterhaltung auf dem Revier verstärkt. Da er ein Mann war, der mit Stresssituationen jederzeit gut fertigwerden konnte, fühlte er sich unbehaglich, weil es ihm diesmal durchaus nicht gelingen wollte.

Er schloss die Augen und ließ das Wasser über den Kopf rieseln. Sie hat völlig recht, wenn sie sagt, dass ich ihr nicht in ihre

Arbeit hineinreden soll, dachte er. Ich habe nicht das leiseste Recht, mich in irgendetwas in ihrem Leben einzumischen. In unserer Beziehung gibt es keine Bindung. Ich will sie ebenso wenig, wie Vicky sie will.

Dieses Problem war in keiner seiner früheren Beziehungen aufgetaucht. Problem? Er wischte sich die nassen Haare aus den Augen. Das Ganze war wohl mehr eine Größenfrage. Es war höchste Zeit, seine Beziehung zu Vicky wieder auf das rechte Maß zu rücken.

Irgendwie hatte er ein paar sehr vitale Grundsätze außer Acht gelassen. Nimm's einfach, nimm's leicht!, rief er sich ins Gedächtnis. Ein Mann mit seinem Hintergrund und seiner Erfahrung war viel zu gewitzt, um sich unnötigen Komplikationen auszusetzen. Was sich zwischen ihm und Vicky abspielte, war ein elementares Erlebnis ohne jede Bindung, weil sie es so und nicht anders wollten. Das war ja einer der Gründe, die ihn so sehr an ihr gefesselt hatten.

Er stellte die Dusche ab und griff nach einem Handtuch. Nachdem er sich trocken gerieben hatte, schlang er das Handtuch lose um die Hüften und stieg aus dem Duschbecken.

Nein, nein, Vicky war nicht die Frau, die eine Bindung erwartete, die nach einem dauerhaften Band wie Liebe oder Ehe Ausschau hielt. Das waren zwei Dinge, für die sie beide entschieden zu klug waren. In dem dampfbeschlagenen Spiegel fing Phil einen zweifelnden Schimmer in den eigenen Augen auf.

Abwesend betrachtete er sein Spiegelbild, das einen Mann mit nachdenklichen Stirnfalten zeigte, als es klopfte. „Wer ist da?"

„Zimmerservice."

Die gerunzelte Stirn lichtete sich augenblicklich, als er Vickys Stimme erkannte, und er ging öffnen. Sie warf einen erstaunten Blick auf das Handtuch um seine Hüften. „Für ein abendliches Rendezvous scheinst du etwas zu spät dran zu sein, Kincaid."

Er trat beiseite, um sie mit einem großen Tablett ins Zimmer zu lassen. „Ich habe etwas zu lange unter der Dusche gestanden. Ist das dort unser Abendessen?"

„Ja. Die Küche rief mich an und sagte, du hättest es für acht Uhr bestellt, gingest aber nicht ans Telefon. Da ich vor Hunger umkomme, beschloss ich, es selbst heraufzuholen." Sie stellte das Tablett ab, schlang die Arme um seine Taille und ließ ihre Hände an seinem warmen, noch feuchten Rücken hinaufgleiten. „Du bist verspannt", murmelte sie, seine verhärteten Muskeln abtastend.

„Kann man wohl sagen", stimmte er zu und küsste sie.

Er duftete sauber – nach Seife und Shampoo. Ihr Hunger nach etwas Essbarem verging so rasch, wie der Hunger nach ihm in ihr aufkam. Sie schmiegte sich an ihn, verlangte nach mehr. Er legte seine Arme auf ihre Hüften. Und wieder war er völlig ausgeliefert und fand nicht die Kraft, ihr zu widerstehen.

„Du bist tatsächlich verspannt", sagte Vicky gegen seinen Mund. „Leg dich hin."

Phil lachte auf und knabberte an ihrer Unterlippe. „Das geht schnell bei dir."

„Ich werde dir den Rücken massieren. Und du wirst mir dabei erzählen, womit dich die garstigen Schauspieler heute wieder verärgert haben, während du genial zu sein versuchtest."

Er erkannte, dass ein wenig Verwöhntwerden unbedingt Vorteile haben konnte, und legte sich bäuchlings aufs Bett.

„Hast du viel zustande gebracht?"

„Nicht so viel, wie ich hätte sollen." Er gab ein wohliges Brummeln von sich, als sie seine Schultermuskeln zu massieren begann. „Ah, das ist wundervoll."

„Die Burschen im Massagesalon verlangen immer nach Vicky."

Er hob den Kopf. „Was sagst du?"

„Ich wollte nur testen, ob du auch zuhörst. Halt dich still, Kincaid." Sie begann, seine Arme zu massieren. „Gab es technische Probleme oder Schwierigkeiten mit den Darstellern?"

„Beides", antwortete er und empfand es als besonderen Luxus, sich geschlossenen Auges durchkneten zu lassen. „Einige Beleuchtungskörper gaben ihren Geist auf. Mit etwas Glück treffen die neuen morgen hier ein. Die meisten Widrigkeiten gab es bei der Massenszene. Deine Leute lieben es, in die Kamera hineinzugrinsen. Ich erwartete jede Sekunde, dass sie zu winken anfangen würden."

„Showbusiness", bemerkte Vicky lakonisch und verlagerte ihr Gewicht auf die Knie. Um etwas mehr Bewegungsfreiheit zu haben, knöpfte sie ihr Kleid auf. Als er kurz die Augen aufmachte, erhielt er das Sondervergnügen, einen Blick auf ihren Busenansatz zu werfen. „Ich würde mich nicht wundern, wenn sie im Stadtrat beschließen würden, ein Kino in Friendly zu bauen. Und sei es nur, um deinen Film vorzuführen. Das sind die Segnungen des Gewerbes."

„Max latschte über die Straße, als hätte er drei Wochen auf einem Pferd gesessen." Phil schloss wieder die Augen, weil ihre Finger wahre Wunder an seinen Rückenmuskeln vollbrachten.

„Max trifft sich noch mit Marlie Summers."

„Vicky, bitte!"

„Natürlich nur, um Konversation mit ihr zu treiben", sagte sie leichthin, kniff aber etwas härter als nötig in seine Schulterblätter.

„Autsch!"

„Stell dich nicht an, Kincaid." Lachend gab sie ihm einen schmatzenden Kuss auf den Rücken. „Du bist mit deinem Terminplan nicht in Verzug?"

„Nein. Alle Überraschungsmomente bei Außenaufnahmen einkalkuliert, dürften wir es in etwa vier Wochen geschafft haben."

Eine Zeit lang waren beide still, unvermittelt niedergeschlagen. Dann sagte Vicky erzwungen munter: „Demnach brauchst du dir wegen des Garantieversicherers keine Sorgen zu machen."

„Er wird mir auf den Fersen bleiben, bis der Film im Kasten ist", knurrte Phil. „Jetzt etwas weiter rechts … Ah, ja, das tut gut", lobte er ihre massierenden Finger.

„Ein Jammer, dass du nicht eins von diesen duftenden Ölen oder Emulsionen bei dir hast", bedauerte sie und setzte sich mit einer eleganten Bewegung rittlings auf ihn, um mehr Druck ausüben zu können. „Du bist eine Enttäuschung für mich, Kincaid. Ich habe stets geglaubt, ihr Hollywood-Typen würdet ganze Vorräte davon mit euch herumschleppen."

„Mmh." Er würde entsprechend geantwortet haben, doch seine Gedanken begannen zu zerfließen. Ihre Finger, die seinen Rücken bearbeiteten, waren kühl und fest. Ihre Beine streiften seine Schenkel und erregten ihn. Der Duft ihres Parfüms kitzelte seine Nase. Obgleich das Laken unter ihm warm – zu warm – war, war er einfach nicht fähig, sich zu bewegen.

Die Sonne begann langsam zu sinken, und das Tageslicht verblasste, glitt in eine sanfte Dämmerung über. Das Zimmer schien wie mit goldenen Nebeln gefüllt, die seiner Stimmung entsprachen. Er konnte ein vorüberfahrendes Auto unten auf der Straße hören, dann nur noch das Geräusch von Vickys leichtem, gleichmäßigem Atem über ihm. Seine Muskeln waren jetzt entspannt und locker, doch er dachte nicht daran, ihr zu sagen, dass es nun genug war. Er hatte völlig das Abendessen vergessen, das auf dem Tisch erkaltete.

Vicky fuhr fort, Phils Rücken zu massieren. Sie nahm an, er sei eingeschlafen. Er hatte einen prachtvollen Körper, fest, gebräunt, durchtrainiert. Als sie sich noch weiter zu ihm hinunterbeugte, rutschte der Rock ihres Kleides hoch über die Schenkel. Mit einem kleinen unwilligen Laut löste sie den Reißverschluss und zog es über den Kopf. Jetzt konnte sie sich völlig frei und ungehindert bewegen.

Seine Taille war schmal, nirgendwo ein Gramm Fett zu viel,

wie ihre kundigen Finger feststellten. Ihr erster Liebesrausch war so leidenschaftlich gewesen, dass sie ein willenloses Opfer seiner Begierde wurde. Jetzt hatte sie Zeit und Muße, die Formen und Linien seines Körpers näher kennenzulernen. An den Muskeln seiner Schenkel konnte sie erkennen, dass er viele Stunden im Stehen, beim Tennis und Schwimmen verbrachte. Das feine Haar, das seine Haut bedeckte, weckte ein sehr weibliches Gefühl in ihr. Sie massierte seine Waden. Dann konnte sie nicht widerstehen, einen leichten Kuss auf seine Kniekehlen zu hauchen. Phils Blut begann zu sieden – in einem Körper, der von Wollust zu betäubt war, um sich zu bewegen.

Er arbeitete sehr viel härter, als sie ihm anfangs zugetraut hatte, stellte sie bei ihrer Entdeckungsreise fest. Viele Stunden verbrachte er stehend in der Sonne, ging wieder und wieder dieselbe Szene durch, bis sie jene Perfektion erreicht hatte, die er anstrebte.

Phillip Kincaid, dachte Vicky mit einem warmen Gefühl, ist ein sehr beeindruckender Mann – mit sehr viel mehr Wesenstiefe, als die Klatschpresse dem glitzernden Playboy zugestand. Während der Tage hier in Friendly hatte er ihren Respekt gewonnen. Und darüber hinaus etwas weitaus Komplizierteres, wie sie mit zunehmendem Unbehagen feststellen konnte. Aber daran wollte sie jetzt nicht denken. Vielleicht später, wenn er aus ihrem Leben wieder verschwunden war. Doch jetzt war er bei ihr, und das genügte.

Mit einem tiefen Atemzug neigte sie sich tief über seinen Rücken und legte ihre Wange auf seine Schulter. Die Sehnsucht, ihm ganz zu gehören, war erwacht. Ihre Pulse jagten. Eine schwere Süße überkam sie.

„Phil." Ihr Mund war nahe seinem Ohr. Ihre Zungenspitze liebkoste die Ohrmuschel, um ihn zu wecken. Sie hörte ihn leise stöhnen, und ihr Herz begann, einen Trommelwirbel zu schlagen. Mit den Zähnen zupfte und nagte sie an seinem Ohrläppchen.

Dann bewegte sie sich tiefer, um die empfindlichen Reizpunkte unterhalb davon auszuprobieren.

„Ich will dich", raunte sie, und ihre Lippen begannen mit der gleichen Behändigkeit und Sorgfalt wie zuvor ihre Finger über seine Haut zu gleiten.

Phil schien vorhin so nachgiebig, dass ihr fast der Atem stockte, als ein starker Arm sie packte und zu sich herunterzog. Bevor sie sich von der Überraschung erholt hatte, hatte er seinen Mund auf ihren gelegt. Seine Lippen waren weich und warm, doch sein Kuss war brennend heiß. Seine Zunge suchte die geheimnisvolle Tiefe ihres Mundes, als sein Gewicht sie auf die Matratze drückte. Er küsste sie wie ein Verhungernder, bevor er ihr lange und tief in die Augen schaute.

„Jetzt bin ich an der Reihe", flüsterte er.

Geschickt löste er den Verschluss ihres Büstenhalters. Seine Lippen folgten seinen Händen, hinterließen eine heiße Spur auf ihrer Haut, verweilten dann zwischen ihren weichen Brüsten, kosteten das süßduftende Aroma der honigfarbenen Haut aus.

Vicky hörte ihr Blut in den Ohren rauschen, als Phils Hände zu ihren Schenkeln hinunterglitten und sein Mund sich auf die nackte Haut senkte. Vicky stöhnte auf vor Lust. Sie erlebte eine so geballte, zur Ekstase hochgepeitschte Woge der Leidenschaft, dass sie krampfhaft unter Phil zuckte, um die letzte Erfüllung zu finden.

„Du duftest wie niemand sonst auf der Welt", flüsterte er mit atemloser Stimme.

Ihre Brüste taten weh vor Sehnsucht nach einer Berührung von ihm. Unerträglich langsam befeuchtete er die Brustspitzen mit seiner Zunge, hörte er, wie sie den Atem anhielt, als seine Lippen von einer zur anderen wanderten – streichelnd, umkreisend, saugend, bis Vickys Bewegungen fast verzweifelt wurden. Leidenschaft steigerte sich zum Gipfel der Verzückung, bis er sie ganz entkleidet hatte und sie heiß und nackt ihm preisgegeben unter ihm lag.

Vicky war wie im Fieber. Die letzte Sonnenglut tauchte das Zimmer in dunkelrote Schleier. Er verlieh ihrer Haut ein exotisches Aussehen, das ihn noch mehr aufreizte. Seine Hände, seine Lippen, sein ganzer Körper waren unaufhaltsam in Bewegung, bis ihre Arme seinen Nacken umschlangen und sie seinen Kopf zu sich herunterzog. Ihr Mund lockte mit unendlicher Süße.

Vicky durchlief ein zuckender Schauer. Sie verlangte nach ihm mit einer nicht mehr aufzuhaltenden Heftigkeit.

„Später", raunte er, war aber außerstande, länger zu widerstehen, als sie ihn enger an sich zog.

„Jetzt", hauchte sie und hob ihm die Hüften entgegen, um ihn aufzunehmen ...

Erschöpft lagen sie in der Stille, während das schwache Licht des aufgehenden Monds in das Zimmer schien. Phil wusste, er sollte sich bewegen – sein volles Gewicht drückte Vicky tief in die Matratze. Doch sie fühlten sich in dieser Lage wohl – ganz eng beieinander, sein Kopf behaglich an ihrer Brust geborgen. Ihre Finger streichelten sein Haar mit schläfriger Zärtlichkeit. Die Zeit schien stillzustehen. Er konnte ihren gleichmäßigen und ruhigen Herzschlag spüren. Müßig ließ er seine Zunge über ihre noch immer hochgereckte Brustspitze gleiten und fühlte, wie sie sich noch mehr verhärtete.

„Phil", stöhnte sie in schwachem Protest.

Er lachte leise, ungemein entzückt, dass er sie so mühelos erregen konnte. „Müde?", fragte er, noch einen Moment länger verharrend.

„Ja." Sie stieß einen tiefen Seufzer aus, als er mit ihrer anderen Brust zu spielen begann. „Phil, ich kann nicht."

Er beachtete ihren Einwand nicht, sondern presste seinen Mund für lange, langsame Küsse an ihre Lippen, während seine Hände fortfuhren zu streicheln. Er hatte sie eigentlich nur küssen wollen, doch ihre Lippen waren so unendlich weich und hingebungsvoll, ihr süßer Atem erweckte mit schwindelerregender Geschwindigkeit neue Leidenschaft in ihm. Vicky sagte sich selbst, es sei unmöglich, dass schlummerndes Verlangen sich so plötzlich in einen Strom neuen Begehrens verwandeln konnte.

Phil entdeckte neues Entzücken in den Linien ihres Körpers, in dem betörenden, geliebten Duft ihrer Haut. Ein sanft glühender Funke entzündete sich wieder zur Flamme.

Er nahm sie geschwind, versetzte sie beide in dem mondscheindurchfluteten Zimmer in taumelndes, siedendes, eng umschlungenes Entzücken …

„Wie fühlst du dich?", fragte Phil einige Zeit später. Vicky lag eng an seiner Seite geschmiegt.

„Unbeschreiblich."

Er lachte leise, küsste sie auf die Schläfe. „Mir ergeht es ebenso. Ich vermute, unser Abendessen ist inzwischen kalt geworden."

„Mhm. Was war's?"

„Keine Ahnung."

Vicky gähnte und schmiegte sich in seinen Arm. „Dann lass es ruhig noch kälter werden." Sie hätte jetzt mühelos eine Woche schlafen können, ohne an Essen zu denken. „Musst du morgen sehr früh aufstehen?"

„Um sechs."

„Hu, wie schrecklich. Du ruinierst völlig deinen Nimbus. Hollywood-Casanovas stehen in Wirklichkeit nicht um sechs Uhr morgens auf."

Er lachte erheitert. „Tun sie doch, wenn sie bei einem Film Regie zu führen haben."

„Ich schätze, nachdem du Friendly verlassen hast, wird noch eine Menge Arbeit auf dich warten, bis der Film endgültig fertig ist."

Beim Erwähnen des bevorstehenden Abschieds wurden sie beide traurig. „Es sind noch etliche Studioaufnahmen zu machen, dann kommt der Schneidetisch, das Mischpult... Ich wünschte, mir bliebe für Friendly noch mehr Zeit."

Sie wusste, was er meinte, und zwang ihre Stimme zu einem sachlichen Tonfall. „Es war uns beiden bekannt. Im Übrigen", fügte sie hinzu, „bleibe ich nur wenige Wochen länger hier als du. Und in Albuquerque wartet eine Menge Arbeit auf mich."

„Es ist ein Glück, dass wir uns mit den Gegebenheiten abfinden." Phil starrte zur Decke hoch, während seine Finger fortfuhren, in ihrem Haar zu spielen. „Hätten wir uns ineinander verliebt, wäre es eine unmögliche Situation."

„Ja", murmelte Vicky, schlug die Augen auf und starrte in die Dunkelheit. „Und keiner von uns beiden hat Zeit für unmögliche Situationen."

10. Kapitel

Vicky stoppte den Wagen vor ihrem Elternhaus. Die Geranien ihrer Mutter gediehen prachtvoll. Weiße und rosa Blüten standen symmetrisch ausgerichtet zwischen den normalen roten. Das Ergebnis war ein maßgerechter, penibel gehegter Farbteppich. Auf der Leine rechts vom Haus hingen wie gewöhnlich ein paar Wäschestücke.

Normalerweise beschränkte Vicky ihre Fahrten zur Ranch auf die Samstagnachmittage. Phil zu Gefallen war sie diesmal einen Tag früher gekommen. Er hatte ihr endlich die Erlaubnis für einen seiner „Heimkinofilme" abgerungen. Sobald er seine Vormittagsszenen abgedreht hatte, wollte er mit seiner Videokamera herauskommen.

Von der eingezäunten Pferdekoppel her hörte sie aufgeregt den Wallach wiehern. Als er Vicky bemerkte, bäumte er sich hoch auf. Er wusste, jetzt erwarteten ihn ein Apfel oder eine Karotte und ein flotter Galopp. Lachend rief Vicky: „Gedulde dich noch eine Weile, Justice. Heute sollst du gefilmt werden."

Beim Betreten des Hauses nahm sie den schwachen Geruch nach Bienenwachs und Zitrone wahr und wusste, dass ihre Mutter kürzlich die Fußböden gebohnert hatte. Es erinnerte sie an den Staubsauger, den ihr Vater eines Tages mit nach Hause brachte. Ihre Mutter war so entzückt gewesen, als hätte er ihr Diamanten zu Füßen gelegt.

Sie ging in das vor Sauberkeit blitzende Wohnzimmer. Fleckenlos glänzten die Fensterscheiben in der Sonne. Warum tut sie das nur? dachte Vicky wie so oft verständnislos. Warum jagt sie jeden Tag, den Gott werden lässt, nach Staub? Ist das wirklich alles, was sie vom Leben erwartet?

Kopfschüttelnd ging sie in die Küche, wo sie ihre Mutter am Herd hantierend vermutete. Der Raum war leer. Weiß und golden blinkten die Geräte im Sonnenlicht. Der Geruch frischgebackenen Brots schwebte verlockend in der Luft.

Für wen backt sie es? fragte sich Vicky, spürte aufsteigenden Ärger und wusste nicht, warum. Niemand war mehr da, der es zu schätzen wusste – niemand, der leuchtenden Auges ein Stück davon abbrach und verlegen lächelte, wenn er deshalb gescholten wurde. Verdammt, hatte die Mutter noch nicht begriffen, dass jetzt alles anders war? Vicky drehte sich auf dem Absatz um und verließ die Küche.

Das Haus war seltsam ruhig, aber ihre Mutter musste da sein. Der klapprige kleine Einkaufswagen stand an seinem gewohnten Platz links vom Haus. Vielleicht war die Mutter zu einem der Nebengebäude gegangen. Aber wieso hatte sie ihr Auto dann nicht vorfahren hören? Etwas beunruhigt warf Vicky einen Blick zur Treppe. Schon wollte sie rufen, unterließ es jedoch. Irgendetwas trieb sie, leise die Stufen hinaufzusteigen.

Am Treppenabsatz blieb sie stehen, horchte auf ein schwaches Geräusch, das vom Ende des Korridors kam. Dort lag das Elternschlafzimmer. Leise ging sie darauf zu. Die Tür war nur angelehnt. Vicky stieß sie auf und trat ein.

Helen Ashton saß in einem blütenfrischen gelben Hauskleid auf dem Bett. Ihr blondes Haar war mit einem Tuch im Nacken zusammengehalten. In den Händen hielt sie eines der Arbeitshemden ihres Mannes. Vicky wusste, es war das Lieblingshemd ihres Vaters gewesen, eines, das sich nur noch zum Staublappen eignete, wie seine Frau früher klagend behauptet hatte. Jetzt hielt sie es an ihre Brust gepresst, wiegte leicht den Oberkörper und weinte so verzweifelt in das Hemd hinein, dass Vicky sie nur entgeistert anstarren konnte.

Sie hatte ihre Mutter niemals vorher weinen sehen. Ihr Vater war es, dessen Augen feucht wurden, als sie ihr Schulabgangszeugnis und später das Universitätsdiplom bekam. Er war es, der gemeinsam mit ihr weinte, als ihr Hund, den sie als Welpen aufgezogen hatte, starb. Ihre Mutter hatte Freude und Trauer mit gleicher Zurückhaltung ausgedrückt. Aber an der Frau, die Vicky jetzt vor sich sah, war keinerlei Zurückhaltung zu entdecken. Blind und taub vor Schmerz und Gram schluchzte sie ungehemmt in das Arbeitshemd ihres verstorbenen Mannes.

Aller Zorn, aller Groll, alle Fremdheit schwanden in einem einzigen erleuchtenden Moment dahin. Vicky fühlte, wie sich ihr Herz mit Zuneigung füllte, wie ihr die Kehle vom eigenen Kummer brannte.

„Mutter!"

Helen Ashton blickte erschrocken hoch. Ihre Augen waren glasig und verwirrt. Sie schüttelte den Kopf, als wollte sie Vickys Anblick leugnen, kämpfte verzweifelt um ihre Beherrschung.

„Nein, nicht." Vicky flog auf sie zu, umarmte sie mit ihren festen, jungen Armen. „Schließ mich nicht davon aus."

Helen Ashtons Körper versteifte sich in dem Versuch, Haltung zu gewinnen, doch Vicky drückte sie nur noch fester an sich. Da fiel sie in sich zusammen, ließ jäh den Kopf gegen die Schulter ihrer Tochter sinken und weinte hemmungslos. „Oh, Vicky, Vicky, warum konnte nicht ich es gewesen sein?", schluchzte sie.

„Sag so etwas nicht." Auch über Vickys Gesicht rannen jetzt heiße Tränen. „Du darfst so etwas nicht denken. Vater würde es nicht wollen."

„In all diesen schrecklichen Wochen in der Klinik betete ich immer wieder um ein Wunder", sagte Helen Ashton stockend und klammerte sich an ihre Tochter, als brauche sie einen festen

Halt in ihrer Not. „Die Ärzte sagten: hoffnungslos, doch ich wollte es nicht wahrhaben. In der letzten Nacht ging ich zu ihm auf sein Zimmer, flehte ihn an, ihnen zu zeigen, dass sie sich irrten, bat ihn, zu mir zurückzukommen, doch er hatte mich bereits verlassen." Sie stöhnte auf und wäre zu Boden geglitten, hätte Vicky sie nicht festgehalten. „Es war so unmenschlich, ihn dort mit diesem Apparat liegen zu lassen. Ich konnte es nicht übers Herz bringen. Nicht bei meinem geliebten Will."

„Oh, Mutter. Es tut mir so leid. Ich wusste ja nicht – ich ahnte nicht … Es tut mir so entsetzlich leid."

Helen Ashton stieß einen langen, zitternden Seufzer aus. Ihr Schluchzen verebbte. „Ich wusste nicht, wie ich's dir beibringen soll. Ich kann meine Gefühle nicht gut zeigen, kann nicht so gut mit Worten umgehen. Ich wusste, wie lieb du deinen Vater hast, Vicky. Ich sah deinen Zorn und fühlte mich ohnmächtig dagegen, weil ich selbst so fassungslos und vollkommen verzweifelt war."

„Das ist jetzt nicht mehr wichtig, Mutter. Keiner von uns beiden hat in jener Nacht versucht, den anderen zu verstehen. Wir haben es beide falsch gemacht, aber ich glaube, wir haben jetzt beide genug dafür gelitten."

„Ich habe deinen Vater so sehr geliebt, Vicky." Helen schluckte an dem Tränenkloß in ihrem Hals und schaute auf das zerknitterte Hemd, das sie noch immer in der Hand hielt. „Es erscheint so unwahrscheinlich, dass er nie mehr zur Tür hereinkommen soll." Zögernd berührte sie Vickys Wange. „Du bist ihm in vielem so ähnlich. Es gab Augenblicke, in denen es mir schwerfiel, dich nur anzuschauen. Du warst immer mehr seine als meine Tochter. Meine Schuld. Ich hatte immer etwas Scheu vor dir."

„Scheu?", wiederholte Vicky mit ungläubigem Lächeln.

„Ja, du warst stets so klug, so flink, so fordernd. Ich habe mich immer gewundert, dass ich es war, die dich geboren hatte." Sie nahm die Hände ihrer Tochter, sah sie einen Augenblick stumm an. „Vicky, ich habe mich niemals sonderlich bemüht, dir nahezukommen. Es ... es liegt nicht in meiner Art."

„Ich weiß."

„Aber das heißt nicht, dass ich dich nicht lieb habe."

„Auch das weiß ich, Mutter. Aber es war immer Vater, der bei uns im Vordergrund stand."

„Ja, du hast recht. Ich dachte, ich würde den Kummer allmählich verwinden, aber als ich heute dieses Hemd fand ... Schau, da sind noch die kleinen Löcher, wo sein Sheriff-Zeichen drangepinnt war ..."

„Mutter, ich glaube, es wird Zeit, dass du wieder unter Leute kommst. Du darfst dich hier nicht einkapseln. Warum kommst du nicht mit mir, wenn ich nach Albuquerque zurückgehe? Du könntest bei mir wohnen. Du warst noch niemals dort."

„Oh, Vicky, ich weiß nicht recht ..."

„Denk darüber nach." Vicky wollte ihre Mutter nicht bedrängen. „Vielleicht macht es dir Spaß, dabei zu sein, wenn deine Tochter im Gerichtssaal einen Zeugen ins Kreuzverhör nimmt."

Da lächelte Helen und wischte die verbliebenen Tränen rasch weg. „Das könnte schon sein. Wärst du gekränkt, wenn ich dir sage, dass ich mir manchmal Sorgen mache, weil du ganz alleine lebst? Dass du niemanden hast, der abends auf dich wartet?"

„Nein." Der Hinweis auf ihre eigene Einsamkeit berührte Vicky tiefer, als sie zugeben wollte. „Jeder Mensch hat vom Leben seine eigenen Vorstellungen", wich sie aus.

„Jeder Mensch braucht einen Menschen, Vicky", sagte ihre Mutter sanft. „Auch du, mein Kind."

„Ja, ich weiß." Vickys Augen verloren sich im Ungewissen. „Aber manchmal ist derjenige ..." Sie brach ab, verwirrt von den Gedanken, die um Phil kreisten. „Aber das hat noch Zeit", fuhr sie lebhaft fort. „Zunächst habe ich noch eine Menge Dinge zu erledigen, bevor ich mich ... an jemanden binde."

Am Tonfall ihrer Tochter hatte Helen erkannt, dass „derjenige" einen Namen hatte. Feinfühlig verzichtete sie darauf, nähere Fragen zu stellen, und sagte nur schlicht: „Warte nicht zu lange, Vicky. Das Leben hat die Gewohnheit, rasch zu vergehen." Damit ließ sie das heikle Thema fallen und fragte sie: „Wieso bist du heute schon gekommen? Ich hatte dich erst morgen erwartet. Willst du ausreiten?"

„Ja. Außerdem habe ich dem Regisseur, der zurzeit einen Film bei uns dreht, versprochen, dass er mich beim Reiten filmen darf. Er ist von der fixen Idee besessen, dass er mich unbedingt aufs Zelluloid bannen muss."

„Er muss sehr überzeugend sein, wenn er dich dafür gewinnen konnte", bemerkte ihre Mutter.

„Oh, ja, das ist er!" Vicky lachte, stand auf und trat ans Fenster. Im Staub der Landstraße tauchte ein Fahrzeug auf, das sich der Ranch näherte. „Da kommt er schon, falls du ihn kennenlernen möchtest."

„Oh, ich ..." Helen Ashton deutete auf ihre verschwollenen Augen. „Ich glaube, ich bin im Moment nicht präsentabel, Vicky."

„Schon gut, Mutter." Vicky ging zur Tür. Am Eingang drehte sie sich um und fragte leicht besorgt: „Geht es dir jetzt besser?"

„Ja, ja, es geht mir gut, Vicky ..." Helen kam auf die Tochter zu und gab ihr einen scheuen Kuss auf die Wange.

Vicky berührte diese ungewohnte Geste ungemein. „Ich bin froh, dass wir miteinander gesprochen haben. Wirklich sehr froh."

Phil hatte seinen Wagen vor dem Zaun des Geheges geparkt. Der Wallach kam neugierig angetrabt, und Phil tätschelte ihm den kräftigen goldbraunen Hals. Das Pferd begann, neugierig an seinen Taschen zu schnuppern. „He, du, was soll das?", rief Phil und trat lachend einen halben Schritt zurück.

„Dies ist es, wonach er sucht." Vicky erschien mit einer Karotte in der Hand.

„Man sollte deinen Freund wegen Taschendiebstahls einsperren", scherzte Phil und umarmte sie, doch sein Lächeln wich, als er sie näher ansah. „Du hast geweint", stellte er beunruhigt fest. „Was ist denn geschehen?"

„Meine Mutter."

„Ja, was ist mit ihr? Ist sie erkrankt?"

„Nein." Sein besorgter Tonfall berührte sie. „Wir haben miteinander gesprochen. Ich meinte, richtig gesprochen. Wahrscheinlich das erste Mal im Verlauf von siebenundzwanzig Jahren." Sie schilderte ihm kurz die gerade erlebte Szene.

„Ich bin froh für dich", sagte Phil mit Wärme und küsste sie zärtlich auf den Mund. „Wenn du heute nicht in der Stimmung bist, dass wir die Aufnahmen machen, dann verschieben wir es …"

„Nein, das wird jetzt erledigt, Kincaid", sagte sie betont burschikos. „Du wolltest mich verewigen, also zeig jetzt, was du kannst. Aber eins sage ich dir gleich. Bei mir gibt es keine endlosen Wiederholungen. Du wirst es gleich beim ersten Mal richtig machen."

„Ich mache es immer beim ersten Mal richtig."

Er freute sich über ihr erheitertes Auflachen und ging zum Auto, um seine Gerätschaften auszupacken. Vicky verschwand im Stall, um Sattel und Zaumzeug zu holen.

Unter gegenseitigem Geplänkel und dem Austausch kleiner Bosheiten ging Vickys Einstieg in die Filmarbeit vonstatten. Phil war von seiner ganz privaten Hauptdarstellerin begeistert. Mit dem Kameraobjektiv folgte er der stolzen Reiterin, deren innere Ausstrahlung und sicheres Selbstvertrauen sich hier in der freien Natur voll offenbarte. Ihr Körper schien sich kaum im Sattel zu bewegen. Fast sah es aus, als ob das Pferd sie leite, doch die Art, wie sie saß und wie sie ihren Kopf hielt, bewies ihre völlige

Kontrolle über das Tier. Zuletzt veranlasste er sie zu ein paar gewagten Sprüngen über den Zaun, die Reiterin und Pferd mit einer Eleganz und Leichtigkeit nahmen, als hätten sie ihr Lebtag nichts anderes getan.

„Großartig", lobte Phil und ließ die Kamera das erste Mal sinken. „Aber sag mir eins: Wie ist es möglich, den Wallach im Gehege zu halten, wenn er so leicht ein Hindernis überspringen kann?"

„Er weiß, wo er zu Hause ist", antwortete Vicky leichthin und hatte damit unbewusst etwas gesagt, das sich auch auf Menschen übertragen ließ. „Pack dein Spielzeug ein, Kincaid. Die Vorstellung ist aus." Sie glitt aus dem Sattel und begann, das Pferdegeschirr zu lösen.

Nachdem er seine Ausrüstung im Wagen verstaut hatte, kam Phil zurück und nahm sie in die Arme. Wortlos fanden sich ihre Lippen. „Wenn es eine Möglichkeit gäbe, ein paar Tage mit dir wegzufahren. Nur mit dir allein …", raunte er und vergrub sein Gesicht in ihrem Haar.

Vicky schloss die Augen, fühlte die Erregung und die Qual. „Verpflichtungen, Phil", sagte sie ruhig. „Wir haben beide unseren Job zu tun."

Zur Hölle damit, hätte er gerne gesagt, wusste aber, dass es gegen die Abmachung war, die sie zu Beginn getroffen hatten. „Wenn ich dich in Albuquerque anriefe, würdest du dich dann mit mir treffen?"

Sie zögerte. Es war etwas, das sie zugleich wünschte und fürchtete. „Ja." Plötzlich traf sie die Erkenntnis, dass sie litt. Sekundenlang stand sie ganz still, nahm das ungewohnte Gefühl in sich auf. „Küss mich noch einmal, Phil."

Rasch fand sie seinen Mund und dämpfte den Schmerz mit der Glut und Wonne des Kusses. Vor uns liegen noch einige kostbare Wochen, sagte sie sich selbst. Noch bleibt uns Zeit, bevor es … Mit einem Aufstöhnen presste sie sich gegen ihn, bereit, ihren Verstand auszuschalten. Dann machte sie sich von ihm frei.

„Ich muss das Sattelzeug wegbringen", flüsterte sie. Es wäre verlockend gewesen, zu bleiben, wo sie war, eng an ihn geschmiegt, dem Rauschen des Blutes nachzugeben. Gewaltsam riss sie sich aus ihrer weichen Stimmung und fragte mit gewollter Forschheit: „Sag, warum zeigst du dich nicht als der große Macho und trägst den Sattel?"

„Regisseure schleppen keine Requisiten", entgegnete er, während er versuchte, sie wieder an sich zu ziehen.

„Komm, Kincaid. Du hast starke Muskeln."

„Woher weißt du das?", fragte er mit einem breiten Lächeln und folgte ihr zum Stall. Bicks hat recht, dachte er dabei. Sie hat wirklich eine Art, sich zu bewegen, die Männer verrückt machen kann.

Die Stalltür quietschte, als Vicky sie aufmachte. „Dort längs." Sie gingen über den breiten Betonboden.

Vicky hängte das Zaumzeug an einen Haken, Phil legte den Sattel auf einen Pflock. Das Gebäude war groß, hatte hohe Wände und war erfrischend kühl.

„Keine Tiere?", fragte er mit einem Blick auf die leeren Boxen.

„Meine Mutter hält nur ein paar Rinder. Sie sind auf der Weide. Früher hatten wir noch mehr Pferde, doch sie reitet nicht viel. Justice hat den Platz fast für sich allein."

„Ich war noch nie in einem Stall. Ich hätte ihn mir nicht so sauber vorgestellt."

„Meine Mutter führt einen Feldzug gegen jede Art von Schmutz. Ich glaube, sie hätte an den Bodenluken Gardinen aufgehängt, hätte mein Vater es zugelassen." Merkwürdigerweise amüsierte es sie plötzlich mehr, als dass es sie verstimmte. Es war ein angenehmes Gefühl.

Phil entdeckte eine Leiter und probierte deren Stabilität aus. „Was befindet sich dort oben?"

„Heu. Schon jemals Heu in deinem Leben gesehen?"

„Du, sei nicht überheblich." Er begann, die Sprossen hinaufzuklettern. Sie fand seine Wissbegier rührend und folgte ihm. „Der Ausblick ist fantastisch." Er stand an der offenen Seite, von der aus man meilenweit ins Land hinausblicken konnte. Die Stadt Friendly wirkte von hier aus puppenhaft zierlich und blitzsauber.

„Früher pflegte ich oft hier 'raufzukommen", erzählte Vicky.

„Und was hast du hier oben gemacht?"

„Über das Leben nachgedacht. Oder geschlafen."

Phil lachte. „Du bist die einzige Person, die ich kenne, die Schlafen zur Kunst hochstilisiert hat."

„Ich habe dieser Kunst einen großen Teil meines Lebens gewidmet." Sie nahm seine Hand, um ihn mit sich fortzuziehen. Stattdessen zog er sie in eine schummerige Ecke.

„Es gibt da etwas, das ich immer schon in einem Heuschober tun wollte."

Mit einem Lachen entzog Vicky sich ihm. „Phil, meine Mutter ist im Hause."

„Sie ist nicht hier."

Er gab ihr einen sanften Schubs, sodass sie rückwärts auf einen Heuhaufen fiel. Als sie sich hochstrampeln wollte, drückte er sie mit seinem eigenen Körpergewicht zurück.

„Falls ich diese Szene zu drehen hätte, würde ich hiermit anfangen." Er presste seine Lippen auf ihren Mund in einem heißen, drängenden Kuss, der ihren Protest in ein Stöhnen verwandelte. „Die Beleuchtung müsste eingestellt werden, dass es so aussieht, als ob ein Sonnenstrahl schräg über die Fläche fiele." Er fuhr mit einem Finger von ihrem rechten Ohr über ihren Hals bis zum Ansatz zwischen ihren Brüsten. „Alles müsste so golden schimmern wie deine Haut."

Vickys Herz begann, wild zu klopfen. Dennoch stemmte sie sich abwehrend gegen seine Schultern. „Phil, das ist nicht der rechte Zeitpunkt."

Er hauchte zwei Küsse auf ihre Mundwinkel und fand es unerhört erregend, sie gegen ihren Willen zu verführen. Leicht schlüpfte seine Hand unter ihre Bluse, bis seine Finger ihre Brust gefunden hatten. Die Spitze fühlte sich schon hart und fest an. Bei seiner Berührung wurden ihre Augen matt und dunkel. Die Hände an seinen Schultern gaben ihren Widerstand auf und klammerten sich an ihn.

„Du bist so ungemein sensibel", flüsterte er, als er die Veränderung auf ihrem Gesicht bemerkte. „Es macht mich verrückt, zu wissen, dass ich dich nur anzurühren brauche, um dich ganz nachgiebig und vollkommen wild zu machen."

Seine Finger streichelten und liebkosten, während sein Mund sich auf ihre Lippen senkte, um daran zu knabbern.

Stark, selbstsicher, entschlossen: Das waren die Worte, die er benutzen würde, wenn er sie beschreiben sollte. Aber waren sie so wie jetzt zusammen, hatte er die Macht, ihren Willen zu brechen. Allein wenn sie ihm ihr Gesicht entgegenhob und sich leidenschaftlich an ihn drängte, fühlte er genau dieselbe süße Schwäche, die ihn schwindeln machte und sein Blut in Wallung brachte.

Sie hätte von ihm fordern können, was sie wollte, er würde es ihr nicht verweigert haben. Selbst seine Gedanken waren nicht mehr seine eigenen, wenn sie so mit ihm verbunden war. Die Finger, die die Knöpfe ihrer Bluse öffneten, zitterten. Ich sollte mich inzwischen doch an sie gewöhnt haben, dachte er verwundert, als er die zarte Haut an ihrem Hals mit Küssen bedeckte. Es sollte nicht jedes Mal, wenn ich sie liebe, so qualvoll intensiv sein. Stets glaubte er, das schmerzhafte Begehren in ruhigere Bahnen lenken zu können. Stattdessen wurde es stärker – verdoppelte, verdreifachte sich, bis er sich ganz und gar an sie verlor ...

Für Phil existierte nur Vicky. Der frische, ländliche Heugeruch mischte sich mit ihrem reinen, verführerischen Duft und ließ ihn vor Wonne fast vergehen. Sie sagte ein leises Kosewort zu Phil, als sie ihm das Hemd über den Kopf zog. Der Klang ihrer kehlig dunklen Stimme ließ jeden Nerv in ihm vibrieren. Die Sonne fiel schräg durch das Bodenfenster und traf seinen bloßen Rücken, aber er spürte nur das Streicheln ihrer kühlen Hände.

Sein Mund löste sich nicht von dem ihren, während er die Jeans von ihren Hüften streifte, glitt dann über ihren Hals, ihre Schultern, ihre Brüste, kostete heißhungrig jeden einzelnen Teil ihres Körpers. Sie lag nackt bis auf das Höschen, das knapp zu den Hüften reichte, in dem weichen Heu. Seine Finger glitten unter das Gummiband. Er versetzte sie beide in zunehmende Erregung, als er es Zentimeter um Zentimeter herunterzog, derweil seine Lippen seinen Händen folgten.

Der Wunsch, einander zu gehören, wuchs ins Unermessliche. Seine Lippen tasteten sich wieder aufwärts über ihren schlanken Körper, seine Finger nestelten zitternd und erfolglos an dem Verschluss seiner Jeans, bis Vicky endlich ungeduldig Hilfestellung leistete und den Verschluss öffnete.

Sie entkleidete ihn ungestüm, während ihr Mund fieberhaft seine Haut liebkoste. Ihr plötzlicher Wechsel vom Unterworfensein zur Herrschaft verwirrte ihn. Dann saß sie rittlings auf ihm, ihre Lippen schienen Zauberkräfte zu besitzen. Keines Gedankens mehr fähig, packte er ihre Hüften, hob sie hoch. Vicky stieß ein leises Stöhnen aus, als sie miteinander verschmolzen.

Verzückt bog sie den Kopf in den Nacken. Eine neue Erfahrung ergriff von ihr Besitz. Ihre Haut schimmerte feucht, als sie den Höhepunkt erreichte. Trunken von dem Gefühl der Erfüllung, wollte sie neben ihn gleiten, doch er rollte sich rasch über sie, zwang sie unter sich und trieb sie einem zweiten Gipfel, noch höher als der erste, entgegen.

Als sie erschöpft, noch bebend von dem Erlebten, dalagen,

empfand sie ein so vollendetes Maß an höchster Befriedigung, dass es ihr Tränen in die Augen trieb, die sie sich geschwind wegwischte. Zärtlich küsste sie Phil auf die Schulter.

„Ich glaube, man kann auf dem Heuboden noch etwas anderes tun als schlafen", wisperte sie ihm ins Ohr.

Phil lachte leise, zog sie eng an sich, um sich noch ein paar weitere Augenblicke mit ihr zu stehlen.

11. Kapitel

Eine der Schlussszenen des Films war eine spannungsgeladene Nachtaufnahme vor Hernandez' Bar. Von Anbeginn schien alles schiefzugehen.

Zweimal versagte das Tonaufnahmegerät und verursachte beträchtliche Verzögerungen. Eine Nebendarstellerin versprach sich wiederholt im Text und schmiss die Szene. Es half nichts, dass sie sich selbst verwünschte. Eine defekte Glühbirne explodierte in einem Regen von Glasscherben, die sorgfältig beseitigt werden mussten. Und zum ersten Mal seit Drehbeginn hatte Phil es mit einer nervösen, aufsässigen Marlie Summers zu tun. Seine Geduld hing an einem Faden.

In längstens zwei Tagen blieb ihm keine Wahl, als nach Hollywood zurückzukehren. Statt entzückt zu sein, dass der Hauptteil des Films geschafft war, war er überaus gereizt und hielt fortgesetzt nach jemandem Ausschau, an dem er seine schlechte Laune auslassen konnte.

„Jetzt reiß dich gefälligst zusammen!", brüllte er Marlie an, die wieder einen Einsatz verpasst hatte. „Ich habe dir x-mal gesagt ..."

„Verflixt noch mal, jetzt sage ich dir was", schrie die Schauspielerin hysterisch und machte ihrem angestauten Zorn in einem temperamentgeladenen Ausbruch Luft. „Ich habe mir deine ewigen Wiederholungen klaglos gefallen lassen, habe in dieser gottverlassenen Stadt geschwitzt und wie ein Ackergaul geschuftet, aber ich brauche mir deine lausig schlechte Stimmung nicht gefallen zu lassen, nur weil du persönliche Probleme hast."

Phil maß sie aus zusammengekniffenen Augen. „Du wirst exakt das tun, was ich dir sage", verlangte er.

„Ich brauche mir gar nichts befehlen zu lassen, schon gar nicht von dir, Kincaid." Sie tippte mit einem ihrer zierlichen Finger gegen seine Brust. „In diesem Film bin ich genauso wichtig wie du. Vergiss das nicht und spiel dich nicht mit deiner Autorität auf."

Als sie sich abwenden wollte, ergriff Phil sie am Arm und hielt sie zurück. Seine Augen waren gletscherkalt, sein Griff stahlhart. Auf das zierliche Persönchen hinunterblickend, fühlte er, wie sich sein Zorn in Schuldbewusstsein verwandelte. „Verzeih mir, Marlie", sagte er geknickt. „Ich glaube tatsächlich, ich habe mich wie ein Rhinozeros benommen. Tut mir leid."

„Schon gut", sagte die Schauspielerin rasch versöhnt, „ich war auch nicht gerade sanft zu dir, aber schließlich können wir alle mal die Nerven verlieren."

„Okay, machen wir weiter." Phil kehrte zu seinem Regiestuhl zurück, und der Aufnahmeleiter rief: „Alles auf die Plätze!"

Vicky saß an ihrem Schreibtisch und las sorgfältig ein langes Schreiben durch. Die Sache kommt zum Prozess, dachte sie während des Lesens und spürte einen winzigen Stich der Erregung. Zu lange schon war sie ihrer eigentlichen Arbeit ferngeblieben. In einem Monat würde sie wieder in Albuquerque sein. Und es tat gut zu wissen, dass sie gleich bei ihrer Ankunft einen komplizierten und zeitraubenden Fall vorfinden würde.

Max kehrte von seinem Streifengang zurück. Er setzte sich an seinen Tisch und warf von Zeit zu Zeit einen raschen Blick auf Vicky. Er hatte mit Marlie verabredet, sich nach Drehschluss hier mit ihm zu treffen. Es war ihr letzter gemeinsamer Abend. Was er nicht erwartet hatte, war, dass Vicky hier den ganzen Abend an ihrem Schreibtisch kleben würde.

Kein Meister in Spitzfindigkeiten, wusste Max nicht recht, wie er seinen Boss loswerden könnte, um freie Bahn für sein Rendezvous zu schaffen. Er spähte aus dem Fenster und sah, dass die Flutlichter draußen schon ausgeschaltet waren. Er räusperte sich und sagte versuchsweise: „War ein langer Tag. Schätze, du wirst müde sein."

Als die Antwort darauf nur ein gemurmeltes „Hmm" war, wurde er deutlicher. „Warum machst du nicht Feierabend und gehst heim?"

„Versuchst du mich loszuwerden, Max T.?", fragte Vicky und machte weiter ihre Notizen.

„Nun, hm, nein, aber ..." Er betrachtete eingehend die staubbedeckten Spitzen seiner Stiefel. Frauen waren niemals leicht zu behandeln.

„Falls du eine Verabredung hast, so geh ruhig, Max."

„Aber ..." Er brach ab, stopfte seine Hände in die Taschen.

Endlich sah Vicky von ihrer Schreibarbeit hoch. Sein Schnurrbart war respektabel gewachsen. Nicht gerade ein Preisgewinner, aber er verlieh seinem jugendlichen Gesicht eine gewisse Reife. Er blickte auch nicht mehr verlegen zu Boden, wie er es früher getan hätte. Seine Augen sahen sie fest an, und sie konnte sowohl Enttäuschung als auch Verwirrung darin lesen.

„Marlie?", fragte sie freundlich. Er nickte und streckte ein wenig die Schultern. „Wie wirst du dich fühlen, wenn sie fort ist?"

Achselzuckend warf Max erneut einen Blick durchs Fenster. „Schätze, ich werde sie vermissen. Sie ist eine tolle Frau."

Sein Ton veranlasste Vicky, einen verwirrten Blick auf sein Profil zu werfen. Da war kein Kummer, sondern nur gelassene Hinnahme zu erkennen. Sonderbar, dachte sie. Unsere Reaktionen scheinen sich ins Gegenteil verkehrt zu haben. Während mich der Gedanke ans Abschiednehmen aufwühlt, ist er gefasst. „Wenn du ein spätes Abendessen geplant hast, so ..."

„Haben wir", unterbrach er sie. „Hier auf dem Revier."

„Ach, jetzt verstehe ich." Vicky lächelte. „Sieht ganz so aus, als ob ich im Wege sei." Als Max stotternd protestieren wollte, hob sie die Hand. „Schon gut. Ich weiß, wann ich unerwünscht bin. Ich gehe auf mein Hotelzimmer und werde dort weiterarbeiten."

Max schwankte zwischen treuer Ergebenheit und Selbstsucht. „Du könntest ja mit uns zusammen essen", schlug er galant vor.

Vicky sammelte ihre Papiere zusammen, stand auf, ging rasch auf ihn zu und küsste ihn auf beide Wangen. „Max T., du bist ein wahrer Schatz", sagte sie herzlich. In diesem Augenblick ging die Tür auf, und Phil stand mit Marlie Summers im Eingang.

„Siehst du, Phil", rief Marlie in animierter Stimmung, „genau wie ich's dir gesagt habe. Schöne Frauen können nicht die Finger von ihm lassen. Aber heute Abend habe ich den Vortritt, Sheriff." Sie hakte Max kameradschaftlich unter und strahlte ihn mit ihren babyblauen Augen an. In diesem Augenblick ging das Telefon.

Vicky nahm den Hörer ab. „Ja, Mr. Potts. Ja, ich verstehe. Was für Geräusche? Aha. Sind Ihre Türen und Fenster fest versperrt? Nein, Mr. Potts, ich möchte nicht, dass Sie mit Ihrem Gewehr hinausgehen. Bleiben Sie im Haus. Ich bin in zehn Minuten dort."

„Hat er mal wieder Schafdiebe im Verdacht?", fragte Max.

„Räuber", verbesserte Vicky und holte den Revolver aus der Schreibtischlade.

„Was hast du damit vor?", fragte Phil alarmiert.

„Absolut nichts, wie ich hoffe." Kühl begann sie, die Waffe zu laden.

„Und warum nimmst du dann –? Moment mal!", unterbrach er sich. „Soll das heißen, das verdammte Ding war gar nicht geladen?"

„Natürlich nicht." Vicky ließ die letzte Patrone in den Lauf gleiten. „Niemand mit Verstand bewahrt einen geladenen Revolver in einer unverschlossenen Schublade auf."

„Du hast mich mit einem leeren Revolver in die Zelle gezwungen?"

Vicky steckte lässig die Pistole in den Halfter und sah ihn

milde lächelnd an. „Du warst so freundlich, mir den Gefallen zu tun, Kincaid."

„Das ist doch ..." Er rang förmlich nach Luft. „Und was hättest du gemacht, wenn ich deinem Befehl nicht brav gefolgt wäre?"

„Die Chancen standen zu meinen Gunsten. Max, bleib auf dem Posten, bis ich zurück bin."

„Du verschwendest nur deine Zeit an diesen alten Spinner."

„Das gehört nun mal zum Job."

„Wenn du nur deine Zeit verschwendest, warum nimmst du dann den Revolver mit?" Phil hatte sie an der Tür eingeholt.

„Es sieht so beeindruckend aus."

„Vicky, du wirst nicht mit dem Revolver an der Hüfte zu irgendeiner Schafsranch fahren."

„Und was sollte mich daran hindern?"

„Vicky, ich meine es ernst." Er war ihr aus dem Wachlokal gefolgt und vertrat ihr den Weg, als sie in ihr Dienstauto steigen wollte.

„Hör, Phil, ich sagte, ich sei in zehn Minuten dort. Ich muss wie eine Verrückte rasen, wenn ich es schaffen will."

Er rührte sich nicht vom Fleck. „Und wenn sich da draußen wirklich Gesindel herumtreibt?"

„Das ist ja der Grund, weshalb ich gehe."

„Dann gehe ich mit dir."

„Phil, ich habe jetzt keine Zeit zum Diskutieren."

„Ich sagte: Ich gehe mit!"

Sie sah ihn prüfend an, merkte, dass ihre Argumente nicht verfingen, und sagte nach kurzem Überlegen: „Okay, dann ernenne ich dich hiermit vorübergehend zum Hilfssheriff. Steig ein und tu, was ich dir sage."

Bei ihrem Ton runzelte Phil die Stirn. Nur der Gedanke, dass sie, lediglich mit einem Revolver als Begleiter, zu irgendeiner gottverlassenen Ranch fahren wollte, ließ ihn seinen Stolz hinunterschlucken. Er ging um den Wagen herum und nahm auf dem Beifahrersitz Platz. „Bekomme ich kein Dienstabzeichen?", fragte er, als sie den Motor startete.

„Nutze deine Einbildungskraft", riet sie ihm trocken.

Bis zur Stadtgrenze fuhr Vicky mit gemäßigter Geschwindigkeit. Kaum aber hatten sie die letzten Häuser hinter sich gelassen, blickte Phil mit wachsender Bestürzung auf den Tachometer. Trotz der hohen Geschwindigkeit lagen Vickys Hände ruhig und erfahren auf dem Steuerrad.

Sie scheint sich nicht bewusst zu sein, in welche Gefahr sie sich begibt, dachte er. Aber vermutlich würde sie dasselbe tun, wenn sie es wüsste, fuhr er in Gedanken fort. Es versetzte ihm einen leisen Angstschauer. Der glatte schwarze Halfter an ihrer Hüfte barg eine hässliche, aber höchst reale Waffe. Sie hatte keine Erfahrung im Waffentragen oder der Verfolgungsjagd von Räubern. Er verfluchte den späten Anruf, der nur zu klar erkennen ließ, wie gefährlich ihre Position in Friendly war. Es war einfacher gewesen, in ihr eine Art Aushängeschild für die Obrigkeit zu sehen. Der telefonische Hilferuf und die Pistole hatten das Bild schlagartig verändert.

„Was wirst du tun, wenn du das Ding benutzen musst?"

„Das überlege ich mir, wenn der Zeitpunkt gekommen ist." Im nächsten Augenblick bog sie mit quietschenden Reifen in einen holprigen Feldweg ein. Phil flog fast mit dem Kopf durch die Scheibe und fluchte. „Du hättest dich anschnallen sollen", war ihr Kommentar. Seine Antwort war kurz und grob.

In dem kleinen Farmhaus brannten alle Lichter. Vicky bremste scharf. Phil rieb sich die Schulter, die mit der Tür kollidierte, und fluchte abermals. Ohne auf ihn zu achten, sprang Vicky aus dem Auto und rannte die Eingangsstufen hinauf. Sie klopfte kräftig an die Tür und rief ihren Namen, um sich zu erkennen zu geben.

Als Phil neben ihr auftauchte, hatte sich die Tür einen Spaltbreit geöffnet. „Wer ist der Mann?", fragte eine misstrauische Stimme.

„Neuer Hilfssheriff", antwortete Vicky. „Wir durchsuchen jetzt Ihr Gelände, Mr. Potts."

Die Tür ging ein Stück weiter auf und enthüllte ein altes, runzliges Gesicht und eine schwarz schimmernde Doppelflinte. „Ich habe sie in den Büschen gehört."

„Wir kümmern uns darum, Mr. Potts." Vicky legte die Hand an den Gewehrkolben. „Dies überlassen Sie jetzt besser mir, Mr. Potts."

Unwillig hielt Potts die Flinte fest. „Die brauche ich zu meinem Schutz."

„Gewiss, Mr. Potts, aber sie sind ja nicht in Ihrem Haus", erinnerte sie ihn freundlich. „Draußen könnte ich sie vielleicht benutzen."

Der Alte zögerte, doch dann rückte er das Gewehr heraus. „Beide Läufe sind geladen", raunzte er und schlug die Tür zu. Man hörte den Dreifachriegel ins Schloss fallen.

„Kein lustiger alter Durchschnittsmensch", bemerkte Phil.

„Er hat zu lange allein gelebt", sagte sie schlicht. „Komm, werfen wir einen Blick in die Runde."

Ob sie es nun für falschen Alarm hielt oder nicht, jedenfalls ging Vicky sehr sorgfältig vor. Phil sah, wie sie mit dem Gewehr in der einen und der Taschenlampe in der anderen Hand jede Tür und jedes Fenster des baufälligen Hauses überprüfte. Während er sie beobachtete, stolperte er über eine Anzahl leerer Farbtöpfe und veranstaltete einen Heidenlärm.

„Du bewegst dich wie auf Samtpfoten, Kincaid", stellte sie spöttisch fest.

„Zum Henker, der Alte hat hier überall Abfall herumliegen", verteidigte er sich. „Ein Räuber hätte hier keine Chance."

Vicky unterdrückte ein Kichern und ging weiter. Sie umkreisten das Haus, bahnten sich einen Weg über alte Autoteile, weggeworfenen Plunder und verrostetes Handwerkszeug. Beruhigt, dass seit mindestens fünfundzwanzig Jahren niemand versucht hatte, in das Haus einzubrechen, erweiterte Vicky den Kreis ihrer Nachforschungen.

„Du verschwendest deine Zeit an diesen alten Spinner", knurrte Phil, sich der Worte von Max bedienend.

„Dann lass sie uns richtig verschwenden." Vicky ließ den Lichtkegel ihrer Taschenlampe über den unebenen Grasboden gleiten, als sie ihren Gang fortsetzten.

Phil hielt sich an ihrer Seite. Es gebe bessere Möglichkeiten, eine warme Sommernacht zu verbringen, schoss es ihm durch den Kopf. Es war Vollmond. Strahlend hell, fern und verheißungsvoll hing er am Himmel. Er hätte sie gerne geliebt, hier in der stillen heißen Luft, wo nichts und niemand im meilenweiten Umkreis sie störte.

Das Verlangen war so jäh und stark, überflutete ihn wie eine besitzergreifende Woge, dass es ihn verwirrte. „Vicky", flüsterte er und legte eine Hand auf ihre Schulter.

„Pssst!" Das war ein Befehl.

Phil fühlte, wie sich ihr Körper spannte. Ihre Augen waren auf einen trockenen, abgestorbenen Busch direkt vor ihnen gerichtet. Gerade als er etwas Ungeduldiges sagen wollte, sah Phil die Bewegung. Reaktionsschnell trat er vor Vicky. Die beschützende Geste geschah instinktiv und so natürlich, dass keiner von beiden es bemerkte. Er dachte nicht, dies ist meine Frau und ich muss sie vor drohender Gefahr bewahren, sondern es war ganz einfach eine Reflexbewegung. Mit seinem Körper als Schutzschild vor dem ihren, beobachteten sie mäuschenstill den Busch.

Da war ein leichtes Geräusch zu vernehmen, kaum ein Hauch in der Luft, doch Vicky spürte ein Prickeln im Nacken. Da! Die trockenen Blätter des Buschs raschelten jetzt leicht, weil sich dort etwas bewegte. Vicky nahm das Gewehr in beide Hände. Das eingefettete Metall glänzte im Mondlicht. Ihre Hand lag ruhig am Abzug. Phil stand auf dem Sprung, bereit, loszustürmen, als Vicky das Gewehr gegen den Mond richtete und zwei Geschosse abfeuerte. Wie ein Peitschenknall zerriss das Geräusch die Stille.

Mit einem erschrockenen Blöken brachte sich das Schaf, das geruhsam hinter dem Busch gegrast hatte, in Sicherheit. Wortlos starrten Phil und Vicky auf das schmutzig-weiße Wollknäuel, das wild in die Nacht hineinraste.

„Wieder ein verzweifelter Verbrecher auf der Flucht vor dem Gesetz", sagte Vicky trocken.

Phil brach in erleichtertes Gelächter aus. „Ich würde sagen: das Gesetz auf falscher Fährte."

„Sag es lieber nicht." Vicky ließ das Gewehr sinken, weil ihre Hände plötzlich zitterten.

Phil fragte besorgt: „Bist du okay?"

„Klar."

„Aber du zitterst."

„Das macht deine Nähe", versuchte sie zu scherzen, doch er nahm ihre Handgelenke und spürte, wie ihr Puls raste.

„Beruhige dich, Kleines", sagte er liebevoll. „Du bist zu Tode erschrocken." Er gab ihr einen sanften Kuss. „Ich im Übrigen auch. Nach diesem Erlebnis werde ich mich nicht mehr um das Sheriff-Abzeichen bewerben." Und ich werde mich nicht eher sicher fühlen, als bis du deines abgelegt hast, fügte er in Gedanken hinzu. „Gib jetzt dem verrückten Alten sein Gewehr zurück, und dann wollen wir uns sputen, von hier fortzukommen", sagte er laut.

Es bedurfte einer Viertelstunde und Vickys diplomatischer Überredungskunst, um Potts zu überzeugen, dass alles unter Kontrolle sei. Nachdem sie Max über Funk verständigt hatte, dass die Aktion beendet war, fuhr sie in gemäßigtem Tempo zur Stadt zurück.

„Ich denke, man könnte dies als echten Höhepunkt meines Aufenthalts in Friendly bezeichnen", bemerkte Phil. „Gefahr und Höchstspannung während meiner letzten Nacht in dieser Stadt."

Vickys Finger krampften sich um das Steuer, doch es gelang ihr, die mäßige Fahrgeschwindigkeit zu halten. „Du reist morgen ab." Es klang wie eine sachliche Feststellung.

Phil horchte, ob sich aus ihren Worten ein Bedauern heraushören ließ, konnte aber nichts erkennen. Um den gleichen Tonfall bemüht, erwiderte er: „Wir sind heute Abend mit den Dreharbeiten fertig geworden, einen Tag vor dem festgelegten Terminplan. Morgen früh starte ich mit dem Team. Ich möchte dabei sein, wenn sich der Produzent die Bildmuster ansieht."

„Natürlich." Der Schmerz bohrte sich in ihr fest und verursachte ihr fast Übelkeit. „Dir bleibt jetzt noch eine Menge zu tun, bis der Film endgültig fertig ist."

„Ja, die nächsten Wochen sind voll ausgelastet", pflichtete er ihr bei und versuchte, die Gefühle der Panik und Verzweiflung zu verdrängen. „Aber dein Terminkalender wird wahrscheinlich auch randvoll sein, wenn du nach Albuquerque zurückkehrst."

„Es sieht ganz danach aus."

Eine halbe Meile fuhren sie in völligem Stillschweigen dahin. Vicky drosselte das Tempo und lenkte das Fahrzeug schließlich in einen schmalen, staubigen Seitenweg und hielt an. Phil warf einen raschen Blick in die Runde, konnte nichts Außergewöhnliches entdecken und fragte: „Was tun wir hier?"

„Parken." Sie rückte vom Steuer ab und schlang die Arme um seinen Hals.

„Gibt es keine Gesetzesbestimmung, die das Nutzen eines

Dienstwagens für unerlaubte Zwecke untersagt?" Sein Mund suchte bereits den ihren.

„Ich zahle die Geldstrafe morgen früh." Sie erstickte sein unterdrücktes Lachen mit einem langen, verzweifelten Kuss.

Wie in schweigender Übereinstimmung gingen sie behutsam vor. Alle Wonnen, alle Wünsche waren auf langsames Vorantasten gerichtet. Lippen, Zähne und Zungen brachten erschauernde Steigerungen, drängten sie zur Eile. Doch sie wollten das leidenschaftliche Begehren nur mit ihren Küssen befriedigen. Seidenweich glatt und nachgebend berührten Vickys Lippen die seinen und erhöhten sein Verlangen. Wilde, sinnlose Wünsche durchzuckten ihn, doch ihr Mund hielt ihn gefangen. Er fühlte, wie seine Nerven zu vibrieren begannen. Diesen Duft wie gewürzter Honig, diese Haut wie erhitzte Seide – ewig würde er sich daran erinnern.

Vicky ließ ihre Lippen über sein Gesicht streifen. Sie kannte jede Linie, jeden Winkel, jede Erhebung viel besser als ihre eigenen Gesichtszüge. Sie brauchte nur die Augen zu schließen und konnte ihn deutlich vor sich sehen. Und sie wusste, dass sie bei geschlossenen Augen auch in einem Jahr, in zehn Jahren das gleiche, lebendige Bild vor sich haben würde.

Sein vertrauter männlicher Geruch verwirrte ihre Sinne. Ohne nachzudenken, streiften ihre Finger an seinem Hemd entlang, öffneten behände die Knöpfe. Beide Handflächen legte sie auf seine Brust und spürte sein heftiges Erschauern.

Ihre Fingerspitzen jagten Eis- und Feuerstöße durch seinen Körper. Sie nahm so vollständig von ihm Besitz, dass ihm zu schwindeln begann. Sein Atem ging stoßweise. Er wollte ihr näher sein, verlagerte seine Stellung, verfluchte die beengten Verhältnisse des Wagens.

Dann zog er sie auf seinen Schoß, vergrub sein Gesicht an ihrem Hals. Er liebkoste sie, bis sie aufstöhnte und seine Hand zu ihrer Brust führte. Mit peinigender Langsamkeit nestelte er an den Knöpfen, schob den Stoff beiseite, bis er sie behutsam entkleidet hatte. Dann ließ er seine Finger um ihre Brustspitzen kreisen und trieb sie zur Raserei.

Das lustvolle Streicheln der empfindsamen Spitzen ließ sie in schmerzhafter Wonne aufschreien. Fester klammerte sie sich an Phil, suchte ihr Mund wieder und wieder den seinen. Sie verzehrte sich danach, mehr von ihm zu spüren. Ihre Stellung machte es unmöglich, aber ihr Körper war sein. Er fühlte, wie sie erbebte, als er den Gürtel ihrer Jeans löste. Seine Hand glitt hinab in die tiefen Geheimnisse. Seine Küsse erdrückten sie fast, als er ihr Stöhnen in sich hineintrank.

Vicky war halb wahnsinnig wegen der Bewegungsenge, wild vor fieberhaftem Verlangen. Seine Finger brachten sie um den Verstand. Er hielt sie gegen sich gepresst, gefangen wie in einer Falle. Er wusste, sobald sie ihn berührte, würde er die letzte Beherrschung verlieren. Diese Nacht, dachte er, diese letzte Nacht soll währen, als ob es kein Morgen für uns gäbe.

Sie bäumte sich auf, und er folgte ihrer Bewegung. Keine Frau war so hingebungsvoll, keine Frau so empfänglich wie sie. Sein Herz hämmerte in qualvollen Stößen.

Ihr Sträuben ließ nach, machte der Willfährigkeit Platz. Vicky fühlte sich eingebettet in Wolken – ein unvergleichliches Gefühl. Sie war sein. Sie war sein gewesen, vielleicht von Anbeginn, vielleicht erst jetzt, aber es würde niemals eine Rückkehr geben. Da war nichts außer dem Verlangen, zu besitzen, in Besitz genommen zu werden, von einem einzigen Mann. In diesem Augenblick gab sie sich selbst auf.

Phil konnte nicht mehr klar denken, konnte nicht mehr unterscheiden. Er wusste nur, dass sie jetzt zusammenkommen mussten, jetzt, in diesem unwiederbringlichen Augenblick. Es hatte nichts mit dem Mond zu tun, dessen magischer Schimmer in den Wagen fiel, auch nichts mit der Stille, die sie umgab. Er dachte nichts mehr, er leugnete nichts mehr. Es gab kein Zurück. In fieberhafter Eile zog er Vicky, dann sich selbst aus. Es musste geschehen, bevor diese kaum fassbare Kostbarkeit verloren ging. Dann war ihr Körper unter ihm, mit dem seinen verschmolzen, sehnsuchtsvoll, fordernd.

Leidenschaftlich nahm er sie auf dem Autositz ... und fühlte wie ein Mann, dem etwas unendlich Schönes, noch nie Erlebtes geschenkt worden war.

12. Kapitel

Erquickender Schlaf – Mondschein auf geschlossenen Lidern – Nachtluft über nackter Haut. Die tiefe, tiefe Stille der Einsamkeit, betont durch den flüsternden Atem des Vertrautseins.

Vicky schwebte in dem köstlichen Zustand zwischen Wachen und Träumen – auf dem schmalen Vordersitz eng an Phil geschmiegt. Ihre Beine waren ineinander verschlungen, ihre Arme hielten einander fest, sowohl des Halts wie des Bedürfnisses wegen. Mit seinem Mund nahe ihrem Ohr, strich sein warmer Atem über ihre Haut.

Da gab es zwei einigermaßen bequeme Betten im Hotel. Eins davon hätten sie wählen können für ihre letzte gemeinsame Nacht. Jedoch sie waren geblieben, wo sie waren, auf einem harten Autositz, in einem dunklen Seitenweg, während die Nacht allmählich älter wurde. Hier waren sie vollkommen allein. Und der Morgen schien noch fern zu sein.

Ein Habicht schrie, als er im senkrechten Flug zur Erde stieß. Irgendwo im Buschwerk kreischte ein kleines Tier. Vickys Lider flatterten, sie öffnete die Augen und sah Phils Blick auf sich ruhen. Im Mondlicht war die Iris seiner Augen sehr hell. Wortlos, vielleicht weil es keiner Worte bedurfte, hob sie ihm den Mund entgegen. Sie liebten sich, diesmal mit mehr Zärtlichkeit und Innigkeit als zuvor.

Dann ruhten sie wieder, nicht bereit zuzugeben, dass ihnen die Nacht unaufhaltsam entglitt. Als Vicky erneut die Lider aufschlug, war da eine schwache Milderung der Dunkelheit – kein Licht, aber die Umrisse, die den neuen Tag ankündigten. Der Morgen nahte.

Nur noch ein paar Stunden, dachte sie und starrte durch die Scheibe zum dunklen Firmament empor. Wenn die Sonne aufging, war alles vorbei. Noch ruhte Phils Körper warm an dem ihren. Er schlief nur leicht, das wusste sie. Sie brauchte nur seinen Namen zu flüstern, und er würde erwachen. Sie verhielt sich ganz still.

Für wenige kostbare Minuten wollte sie nur das schlichte Einssein mit ihm spüren. Es gab kein Mittel, die Sonne am Aufgehen im Osten zu hindern – kein Mittel, das Fortgehen ihres Geliebten nach Westen zu verhindern. Sie musste bereit sein, dem letzten Augenblick mit Fassung entgegenzusehen. Sie schloss die Augen und befahl sich, stark zu sein.

Phil durchschritt im Traum sein Haus auf dem Hügel. Unruhig ging er von Raum zu Raum, suchte nach etwas Unbestimmtem, konnte es nicht finden und kehrte enttäuscht wieder um. Alles war ihm vertraut: die Farben, die Möbel, ja, selbst kleine persönliche Gegenstände. Und dennoch fehlte etwas. War es gestohlen worden oder verloren gegangen? Das Haus hallte hohl von seinen Schritten wider, als er die Suche nach etwas sehr Wesentlichem, aber Unbekanntem fortsetzte. Die Gefühle des Mannes im Traum teilten sich dem träumenden Manne mit. Er fühlte die Hilflosigkeit, den Zorn und die Panik.

Vicky hörte ihn im Schlaf ihren Namen murmeln und schob sich etwas näher an ihn heran. Phil wachte auf, sah sich verwirrt um. Der Traum entschlüpfte in eine ferne Ecke seines Denkens, wo er ihn nicht mehr erreichen konnte.

„Es ist fast Morgen", sagte sie ruhig.

Leicht benommen versuchte er, sich zu erinnern, was er geträumt haben könnte, das dieses leere Gefühl in ihm hinterließ. Das erste blasse Rosa erblühte am Horizont. Einen Augenblick beobachtete er schweigend, wie der Tag emporkroch und ihnen die Nacht raubte.

„Lieb mich noch einmal", flüsterte Vicky. „Ein einziges Mal, bevor der Morgen kommt."

Er konnte den stillen Wunsch in ihren Augen lesen, sah die dunklen Ringe, die von mangelndem Schlaf sprachen, den sanften Glanz, der deutlich ihre Liebesnacht verriet. Er trank das Bild in sich hinein, wollte es festhalten, auf dass es ihm nie verloren ginge, auch wenn die Zeit und andere Ereignisse die Erinnerungen trübten. In einem bittersüßen Lebewohl senkte er seinen Mund ihren Lippen entgegen.

Der blasse Himmel wurde allmählich blau. Vulkanartig verwandelten Farben den Horizont. Das goldene Grau verwandelte sich in purpurrote Glut, als der neue Morgen anbrach. Es war ein unvergessliches Farbenspiel. Zärtlich liebten sie sich ein letztes Mal, verloren sich aneinander, täuschten sich bei Tagesanbruch vor, es sei noch Nacht. Die Sonne hatte ihren Siegeszug angetreten, als sie sich Abschied nehmend in wildem Rausch verzehrten, bis das Licht erbarmungslos über sie hinwegströmte. Dann kleideten sie sich fast wortlos an und fuhren in die Stadt zurück.

Als Vicky vor dem Hotel anhielt, fühlte sie sich wieder ganz im Besitz ihrer Selbstbeherrschung. Jetzt keine Sentimentalitäten, ermahnte sie sich, als sie den Zündschlüssel abzog. Wir sind an der Kreuzung angelangt, an der sich unsere Wege trennen. Wir wussten es von Anbeginn, dass dieser Augenblick kommen wird. Sie wandte den Kopf zur Seite und lächelte Phil an.

„Es steht zu befürchten, dass wir uns heute ein wenig steif fühlen werden."

Er neigte sich vor und küsste sie aufs Kinn. „Es war es wert."

„Vergiss es nicht, wenn du auf dem Heimweg nach Los Angeles nach einem heißen Bad stöhnst." Vicky stieg aus dem Auto. Als sie den Gehsteig betrat, haschte Phil nach ihrer Hand. Der hautnahe Kontakt schien ihre Selbstbeherrschung ins Wanken zu bringen.

„Ich werde an dich denken", sagte er leise, als sie die kleine Hotelvorhalle betraten.

„Du wirst beschäftigt sein." Sie ließ ihre Hand über das Treppengeländer gleiten, während sie gemeinsam die Stufen zum ersten Stock hinaufstiegen.

„Nicht genug beschäftigt." Phil blieb am Treppenabsatz stehen und sah sie an. „Nicht genug beschäftigt", wiederholte er.

Ihre Gerichtssaalerfahrung kam ihr zu Hilfe. Innerlich zitternd und äußerlich gefasst, entgegnete sie: „Das freut mich. Ich werde auch an dich denken." Zu oft, zu sehr, zu schmerzlich, schrie es in ihr.

„Falls ich dich anrufen will..."

„Ich stehe im Telefonbuch", unterbrach sie ihn. Nimm's auf die leichte Schulter, befahl sie sich. So, wie es vereinbart worden war, bevor... „Gib gut auf dich acht, Kincaid", sagte sie und steckte den Zimmerschlüssel in das Türschloss.

„Vicky." Er trat einen Schritt näher, doch sie versperrte ihm den Weg.

„Ich sage dir jetzt Lebewohl." Sie legte lächelnd eine Hand an seine Wange. „Es ist einfacher so, und ich denke, ich fange mir noch ein paar Stunden Schlaf ein, bevor ich zum Dienst gehe."

Phil sah sie lange und durchdringend an. Ihre Augen waren ruhig, ihr Lächeln unbeschwert. Offenbar blieb nichts mehr zu sagen übrig. „Wenn du es so möchtest."

Vicky nickte, innerlich kaum überzeugt. „Mach's gut, Phil", brachte sie noch heraus, bevor sie in ihrem Zimmer verschwand.

Drinnen drehte sie ungemein sorgfältig den Schlüssel um. Dann ging sie zu ihrem Bett hinüber. Sie legte sich hin, rollte sich zusammen, und dann weinte sie – weinte, weinte.

Es war zwölf Uhr mittags, als Vicky aufwachte. Der Kopf war ihr schwer wie Blei. Sie schleppte sich zum Badezimmer, warf einen prüfenden Blick in den Spiegel. Schrecklich! stellte sie fest. Die Kopfschmerzen hatten alle Farbe aus ihren Wangen verbannt, die

Augen waren gerötet und geschwollen vom Weinen. Sie ließ das Wasser laufen, bis es eiskalt floss, und besprengte ihr Gesicht damit. Dann stieg sie unter die Dusche.

Sie beschloss, kein Aspirin zu nehmen. Pillen würden den Schmerz betäuben, und der Schmerz machte ihr das Denken schwer. Denken war das Letzte, wonach sie sich im Augenblick sehnte. Phil war fort, war in sein eigenes Leben zurückgekehrt. Sie hatte das Ihrige aufzunehmen. Dass sie sich wider alle Vernunft in ihn verliebt hatte, war ihr Pech. In einigen Tagen würde es ihr gelingen, damit fertigzuwerden.

Ist das Leben nicht voller Ironie? dachte sie, als sie zum Ankleiden ins Schlafzimmer zurückging. Victoria L. Ashton, Rechtsanwältin, dazu berufen, anderer Leute Leben in Ordnung zu bringen, hatte in ihrem eigenen Leben den schönsten Schlamassel angerichtet. Dennoch blieb ihr keine andere Wahl. Vertrag ist Vertrag. Ob schriftlich oder mündlich.

Phil, hielt sie stumme Zwiesprache, ich habe mich entschlossen, unseren Vertrag neu aufzusetzen. Die Umstände haben sich geändert, denn ich liebe dich. Ich schlage vor, wir ergänzen gewisse Punkte wie gegenseitiges Verständnis und Zuneigung mit der freiwilligen Erweiterung unserer Vereinbarung, indem wir Heirat und Kinder mit einbeziehen, sollte dies für beide Seiten annehmbar sein.

Sie lachte kurz auf und holte eine frische Bluse aus dem Schrank. Natürlich war dies reine Gedankenspielerei. Sie konnte sich nicht an ihn klammern und unter Tränen anflehen, sie nicht zu verlassen. Was Männer überhaupt nicht liebten und womit sie nicht konfrontiert werden wollten, war eine hysterische Frau, die sich wie eine Klette an sie hängte.

Besser ein klarer, zivilisierter Bruch. Außerdem war es allerhöchste Zeit, Friendly zu verlassen. Max konnte sie ohne große Schwierigkeiten in den nächsten Wochen vertreten. Mit ihrer Mutter hatte sie sich ausgesöhnt. Telly hatte sie hinsichtlich seiner familiären Situation geholfen. In Albuquerque wurde sie dringender gebraucht als hier. Und warum sollte sie hier die restlichen drei Wochen absitzen, um sich in Selbstmitleid und Verzweiflung zu zermürben?

Zumindest diese Sache sollte man sofort in Angriff nehmen. Selbstverständlich musste sie mit dem Bürgermeister reden und ihren offiziellen Rücktritt beantragen.

Ihren Vorsatz in die Tat umwandelnd, suchte sie unverzüglich den Bürgermeister auf. Sie brauchte geschlagene dreißig Minuten, um ihn zu überzeugen, dass es ihr ernst sei, und weitere fünfzehn Minuten, um ihm zu versichern, dass Max ihr Amt vertretungsweise übernehmen konnte. Schließlich schieden sie im besten Einvernehmen, nachdem der Bürgermeister ihr ausdrücklich seinen Dank für ihre pflichtbewusste und hervorragende Amtsführung ausgesprochen hatte.

Draußen fiel Vicky als Erstes die Abwesenheit des Filmteams auf. Keine Lastwagen, keine Aufnahmegeräte, keine Scheinwerfer, keine Menschenaufläufe. Friendly war in seinen gähnenden Frieden zurückgefallen, als ob es niemals eine Unterbrechung davon gegeben hätte. Nur noch einen Meter entfernt, sah sie Max aus dem Reviergebäude geschlurft kommen.

„Hallo", sagte er unbeholfen, blickte zuerst auf sie und dann auf die Tür, die sich gerade hinter ihm geschlossen hatte.

„Selber hallo", erwiderte sie kumpelhaft. „Du hast soeben eine Beförderung erhalten, Max T."

„Vicky, da ist – he, was sagst du da?"

„Um es klar zu formulieren: Ich trete zurück. Bis zu den nächsten Wahlen bist du als Sheriff eingesetzt."

„Du trittst zurück?" Sein Gesicht war ein einziges Fragezeichen. „Aber du ..." Er stockte, schüttelte den Kopf, sah wieder auf die Tür. „Wie kommt das?"

„Ich muss dringend in meine Anwaltspraxis zurück. Es wird ja nicht lange in Anspruch nehmen, dich in alles einzuweihen.

Über das meiste weißt du schon Bescheid. Am besten, wir fangen gleich damit an. Komm mit herein."

„Du, Vicky", er fasste sie in ungewohnter Geste am Arm, „bist du wegen irgendetwas aufgeregt? Du siehst so blass aus."

Max ist tatsächlich reifer geworden, dachte sie. So etwas wäre ihm früher nie aufgefallen. Ich muss mich zusammennehmen, damit nicht jeder meinen Gemütszustand erkennt. „Ich habe nur ein bisschen Kopfweh", erklärte sie ihre Blässe. Rasch von sich ablenkend, fragte sie: „Ist dir der Abschied von Marlie schwergefallen?"

„Ein bisschen", antwortete er. „Wir hatten viel Spaß zusammen."

Sein Ton war so ruhig, dass Vicky ihn etwas genauer ansah. „Ich hatte Angst, du würdest dich in sie verlieben."

„In sie verlieben?" Max lachte laut auf. „So ein Quatsch. Nein, dafür bin ich noch nicht reif. Ehrlich!"

„Manchmal macht es keinen Unterschied, ob man schon reif dafür ist oder nicht", murmelte Vicky mehr für sich. „Na, schön", sagte sie mit erzwungener Munterkeit, „da du keine Tränen in dein Bier vergießt, können wir die Sachen ja gleich zusammen durchgehen. Ich würde gerne vor dem Wochenende in Albuquerque sein."

„Na klar. Das heißt, zuerst muss ich noch mit jemandem sprechen. Drüben im Hotel. Bin bald zurück." Mit erstaunlicher Schnelligkeit bewegte er sich davon.

Vicky sah ihm leicht verärgert nach. „Manches ändert sich nie", murrte sie und fasste nach der Türklinke. Entschlossen, ihre Bücher und Papiere einzupacken, betrat sie das Revier.

Phil Kincaid saß an Vickys Schreibtisch und prüfte angelegentlich den 45er Revolver. Wie angewurzelt blieb sie stehen und starrte ihn ungläubig an.

„Grüß dich, Sheriff", sagte er sanft und wirbelte lässig den Revolver durch die Luft.

„Phil!" Sie hatte die Sprache wiedergefunden. „Was tust du hier?"

Er stand nicht auf, sondern legte gelassen die Füße auf den Schreibtisch. „Ich hatte etwas vergessen. Wusstest du, dass du dieses Ding letzte Nacht nicht entladen hattest?"

Sie sah die Waffe überhaupt nicht an. „Ich dachte, du wärst vor Stunden abgefahren."

„War ich auch." Er maß sie mit einem prüfenden Blick. Kaltes Wasser und Make-up hatten zwar geholfen, aber er kannte ihr Gesicht zu genau. „Aber ich kam zurück."

„Aha." Sie hatte sich also auf einen zweiten Abschied einzustellen. Den Schmerz in ihrem Inneren nicht beachtend, zwang Vicky sich zu einem Lächeln. „Was hattest du vergessen?"

„Dass ich dir noch etwas schulde", antwortete er verhalten. Die Geste mit dem Revolver war fast unmerklich, aber deutlich.

Nur teilweise belustigt, hob Vicky eine Braue. „Sagen wir: Es ist beglichen." Damit trat sie an das Regal und begann, ihre Bücher herauszuholen.

„Nein", widersprach er sanft. „Dieser Ansicht bin ich nicht. Dreh dich um, Sheriff."

Ärger war das am wenigsten schmerzliche Gefühl, also ließ Vicky ihm freien Lauf. „Phil ..."

„In die Zelle", unterbrach er und fuchtelte mit dem Revolver unter ihrer Nase herum. „Ich kann die erste empfehlen."

„Du hast den Verstand verloren." Mit einem Knall ließ sie die Bücher zu Boden fallen. „Falls das Ding noch geladen ist, könntest du jemanden damit ernsthaft verletzen."

„Ich habe dir ein paar Dinge zu sagen", fuhr er im gleichen gelassenen Tonfall fort. „Dort hinein!" Er wies mit dem Revolver auf die Zelle.

Sie stützte die Arme in die Seiten. „Okay, Kincaid, noch bin ich hier der Sheriff. Die Strafe für bewaffneten Angriff auf den Friedensrichter lautet ..."

„Ruhig und dort hinein!"

Als sie stocksteif stehen blieb, packte Phil sie am Arm und zerrte sie in die Zelle. Mit ihr zusammen drin, schmetterte er die Tür mit nervenzerfetzendem Gerassel zu.

„Du Idiot!" Ohnmächtig versetzte Vicky der verschlossenen Tür einen Tritt. „Wie sollen wir hier jetzt herauskommen?"

Phil ließ sich gemütlich auf der Pritsche nieder und stützte sich auf einen Ellenbogen. Die Waffe hielt er gegen den Boden gerichtet. Sie war genauso ungeladen wie anfangs, als Vicky ihn damit geblufft hatte. „Ich wüsste keinen besseren Platz, wohin ich gehen könnte."

Wütend fuhr Vicky herum. „Was hat das alles zu bedeuten, Kincaid?", fauchte sie. „Anstatt mir eine vernünftige Erklärung abzugeben, fuchtelst du wie ein billiger Westernheld mit der Pistole vor mir herum und ..."

„Und ich glaubte, ich hätte es überzeugend gemacht", beklagte er sich.

„Musst du dich wie ein Narr aufführen?"

„Vermutlich."

„Wenn dieses Affentheater vorüber ist, findest du dich für Monate eingesperrt. Für Jahre, wenn ich es bewerkstelligen kann", zürnte sie und kehrte zu den Gitterstäben zurück, um vergebens daran zu rütteln.

„Das hilft nichts", machte er sie liebenswürdig aufmerksam. „Vor einigen Monaten habe ich wie verrückt daran gezerrt."

Ohne ihn zu beachten, trat Vicky ans Fenster. Keine Menschenseele war auf der Straße. Sie erwog, ob sie ihren Stolz bezwingen und um Hilfe schreien sollte. Aber wie würde das aussehen?

„Also gut, Kincaid", sagte sie verbissen, „gehen wir es an. Warum bist du hier, und warum, zum Teufel, hast du uns in diese Zelle eingesperrt?"

„Weil ich mich in einer unmöglichen Situation befand", antwortete er in verändertem Tonfall und setzte sich aufrecht hin.

Bei diesen Worten drohte Vickys Herz stillzustehen, um gleich darauf wie rasend zu klopfen. Vorsicht! warnte sie sich. Aus der Äußerung ist noch nichts zu entnehmen.

„Oh!", brachte sie schließlich hervor und pries sich selbst für die brillante Antwort.

„Oh?" Phil erhob sich mit rascher Bewegung von der Pritsche. „Ist das alles, was du dazu zu sagen hast? Und dafür bin ich zwanzig Meilen aus der Stadt gefahren?", fuhr er plötzlich zornig fort. „Ich hatte mir gesagt, das war's. Du wolltest – ich wollte – eine schlichte vorübergehende Beziehung. Ohne Komplikationen. Wir haben es beide genossen. Es war zu Ende."

Vicky schluckte. „Ja, ganz genau, so hatten wir's vereinbart …"

„Zum Henker mit dem, was wir vereinbart hatten." Phil packte sie an den Schultern und schüttelte sie. „Es wurde kompliziert. Es wurde sehr, sehr kompliziert." Abrupt ließ er sie los, begann durch die Zelle zu wandern.

„Zwanzig Meilen 'raus aus der Stadt", wiederholte er, „und ich konnte es nicht schaffen. Selbst letzte Nacht sagte ich mir noch, es ist alles bestens. Sie geht ihren Weg, ich gehe meinen. Wir haben ein paar herrliche Erinnerungen. Aber verdammt noch mal, Vicky, ich will mehr als nur ein paar Erinnerungen. Ich brauche mehr. Du wolltest nicht, dass dies geschieht." Erregt fuhr er sich mit den Händen durch das Haar. „Ich wollte es auch nicht, oder ich glaubte jedenfalls, dass ich es nicht wollte. Dessen bin ich mir nicht mehr sicher. Es mag in der ersten Minute passiert sein, als ich hier hereinspaziert kam. Ich weiß nicht, wann es geschah und warum es geschah. Ich weiß nur, dass ich dich liebe. Und Gott weiß, dass ich dich nicht verlassen kann. Ich habe es versucht – aber ich kann es nicht."

Mit einem bebenden Seufzer kehrte Vicky zu den Gitterstäben zurück und lehnte ihren Kopf dagegen. Sie fühlte sich elend. Eine Minute, dachte sie krampfhaft. Ich brauche nur eine Minute, um es in mich aufzunehmen.

„Ich weiß, du hast dir ein Leben in Albuquerque aufgebaut", sagte Phil und versuchte, der aufkommenden Panik Herr zu werden. „Ich weiß, du hast eine Karriere, die dir wichtig ist. Es ist nichts, worum ich dich bitte, worunter du zu wählen hättest. Es gibt andere Mittel und Wege, die Dinge hinzubiegen, wenn zwei Menschen es ernsthaft genug wollen. Ich breche die althergebrachten Regeln und passe mich den Umständen an."

„Was meinst du damit?", presste Vicky hervor.

„Ich kann in Albuquerque leben. Das braucht mich nicht davon abzuhalten, weiter Filme zu machen."

„Aber die Studios sind in ..."

„Ich werde mir ein Flugzeug kaufen und täglich pendeln", sagte er rasch. „Das hat es vorher schon gegeben."

„Ein Flugzeug." Mit einem kurzen Auflachen fuhr sie sich mit der gespreizten Hand durch die Haare. „Ein Flugzeug!"

„Ja, verdammt noch mal, ein Flugzeug." Ihre Reaktion war nicht so, wie er es erwartet hatte. Die Panik wuchs. „Du wolltest nicht, dass ich gehe", setzte er erregt hinzu. „Du hast geweint. Ich sehe es dir an."

Ein wenig gefasster sah Vicky wieder zu ihm hin. „Ja, ich habe geweint. Nein, ich wollte nicht, dass du gehst. Dennoch glaubte ich, es sei das Beste für uns."

„Warum?"

„Es wäre nicht einfach gewesen, zwischen zwei Karrieren und einem Verhältnis zu jonglieren."

„Heirat", korrigierte er mit fester Stimme. „Heirat, Vicky. Mit allem, was dazugehört. Auch Kinder. Ja, ich möchte, dass du meine Kinder hast." Er sah die Veränderung in ihren Augen. Schock? Angst? Außerstande, dies festzustellen, sprach er weiter: „Ich sagte, ich liebe dich." Wieder ergriff er ihre Schultern. Diesmal nicht, um sie zu schütteln, sondern sie zu zwingen, ihn offen anzusehen. „Was empfindest du für mich? Ich muss es wissen."

Sie sah ihm in die Augen. Liebte er sie? Ja, sie konnte es sehen. Es war die Wahrheit. Mehr noch: Er hatte ihr wehgetan, weil er unsicher war. Zweifel schmolzen dahin.

„Als ich dich hier sah, blieb mir fast das Herz stehen. Im ersten Augenblick dachte ich, Max hätte dich hier wieder 'reingeschleppt."

Sie fühlte, wie seine Finger sich spannten und entspannten. „Bist du ganz sicher?", fragte er und widerstand dem Wunsch, sie an sich zu ziehen.

„Dass ich dich liebe?" Zum ersten Mal zitterte der Hauch eines Lächelns um ihren Mund. „Sicher genug, dass ich fast gestorben wäre bei dem Gedanken, dass du mich verlässt. Sicher genug, dass ich dich gehen ließ, weil ich genauso dumm bin wie du."

„Dumm?"

„Ich sagte mir, er braucht sein eigenes Leben, Wir kamen überein, die Dinge nicht zu komplizieren. Er würde es abstoßend finden, wenn ich ihn bitten würde, zu bleiben." Ihr Lächeln vertiefte sich.

Phil zog sie zu sich heran.

„Ach, Vicky, die letzte Nacht war so wundervoll – und so schrecklich."

„Ich weiß. Dieses Gefühl: Es ist das letzte Mal." Sie küssten sich mit großer Innigkeit. „Ich werde eine Weile darüber nachdenken müssen", flüsterte sie und küsste ihn wieder.

„Worüber?"

„Über ... oh, meine Praxis an die Küste zu verlegen."

Er nahm ihr Gesicht zwischen seine Hände. „Das brauchst du nicht zu tun. Ich sagte dir, ich kann ..."

„Ein Flugzeug kaufen", schloss sie lachend. „Und ich bin überzeugt, dass du das kannst. Aber ich habe letzthin schon öfter über eine Ortsveränderung nachgedacht. Warum nicht Kalifornien?"

„Wir werden das gemeinsam überlegen."

„Einverstanden."

„Vicky." Seine Augen blickten wieder ernst. „Wirst du mich heiraten?"

Sie dachte einen Augenblick nach, ließ ihre Finger in seinen Haaren spielen. „Es könnte ratsam sein", entschied sie, „da wir Kinder haben wollen."

„Wann?"

„Es dauert für gewöhnlich neun Monate."

„Heirat, du Unverbesserliche."

„Nun, ich denke, nachdem du deine Strafe abgesessen hast ... in ungefähr drei Monaten."

„Strafe?"

„Illegale Benutzung einer Handfeuerwaffe, Belästigung eines Friedensrichters, unerlaubte Benutzung einer Strafvollzugseinrichtung ..." Sie warf ihm einen übermütigen Blick zu. „Bei guter Führung und vorzeitiger Entlassung bist du im Nu wieder draußen. Vergiss nicht, ich bin hier noch immer Sheriff, Kincaid."

„Zum Teufel damit." Er nahm das Abzeichen und schleuderte es durch die Gitterstäbe. „Im Übrigen hattest du es niemals richtig befestigt."

– ENDE –

Beverly Barton

Nachts gehörst du mir
Roman

Aus dem Amerikanischen von
Christian Trautmann

mtb

1. Kapitel

Holly Bishop stieß die Tür ihres Abschleppwagens auf, befahl ihrer Dogge, sitzen zu bleiben, und nahm das Gewehr vom Beifahrersitz. Dann sprang sie hinaus und rief dem betrunkenen Mann, der seinen Jungen am Nacken gepackt hatte, warnend zu: „Cliff Nolan, lassen Sie Richie sofort los!"

Cliff drehte sich langsam zu ihr um und sah sie höhnisch grinsend an. „Scher dich von meinem Grundstück, du verdammte neugierige Weltverbesserin. Dies hier ist mein Land und meine Familie. Hier mache ich, was ich will!"

Richies kleiner Mischlingshund kam herbeigelaufen und knurrte Cliff an. Sofort trat er so fest nach dem Tier, dass es vor Schmerz laut aufjaulte.

„Nein, Daddy, nicht! Bitte tu Whitey nicht weh!", schrie Richie.

Cliff packte den Jungen noch fester, schüttelte ihn ein paarmal und stieß ihn dann zu Boden. Mit seinen dünnen Armen umschlang Richie den Hund und sah verängstigt zu seinem torkelnden Vater hoch.

„Lassen Sie Richie und Whitey in Ruhe!", rief Holly noch einmal. „Oder ich werde auf Sie schießen! Haben Sie mich verstanden?"

Cliff Nolan starrte Holly an, die blutunterlaufenen Augen halb geschlossen, die Lippen zu einem Grinsen verzogen. „Du bluffst doch nur. Kommst ständig her und setzt meiner Loretta Flausen in den Kopf. Sie braucht niemanden von deiner Sorte, der sie über ihre Rechte als Ehefrau aufklärt. Was weißt du denn schon davon, he?"

„Auf jeden Fall weiß ich, dass kein Mann das Recht hat, Frau und Kinder zu misshandeln", entgegnete sie und machte ein paar vorsichtige Schritte auf den Wohnwagen zu, der auf dem unkrautüberwucherten Grundstück stand.

Loretta Nolan erschien in der Tür des Wohnwagens. Ihr verhärmtes Gesicht ließ sie viel älter aussehen, als sie in Wirklichkeit war. „Cliff, bitte ..."

„Halt den Mund!" Er starrte seine Frau zornig an.

„Es ist besser, wenn du gehst, Holly", sagte Loretta.

Richie nutzte den Moment, kroch schnell von seinem Vater weg und zog den Hund mit sich. Als Cliff es bemerkte, holte er mit dem Bein aus.

„Nein, Daddy, nicht!", schrie Richie, doch schon traf Cliff den Hund, der erneut jämmerlich aufschrie. Nun trat Cliff nach Richie, verfehlte ihn aber, da der Junge geschickt auswich. Den zitternden Hund in den Armen, rutschte er weiter weg von seinem randalierenden Vater.

„Dies ist meine letzte Aufforderung, Cliff! Lassen Sie Richie in Ruhe, und zwar sofort!" Holly zielte mit dem Gewehr auf ihn.

Cliff Nolan holte wieder mit dem Bein aus, um dem Jungen in den Magen zu treten, und Richie schien plötzlich erstarrt vor Angst. Holly schrie Richie schnell eine Warnung zu, worauf Cliff sich abrupt zu ihr umdrehte. Schnell stand Richie auf, nahm den Hund auf den Arm und lief zum Wohnwagen hinüber. Cliff fuhr schwankend herum und brüllte Richie hinterher: „Bleib stehen!"

„Lassen Sie ihn in Ruhe", warnte Holly ihn.

„Geh doch zum Teufel!", erwiderte Cliff.

Holly Bishop spannte den Abzugshahn ihres Gewehres, und im nächsten Moment zerrissen Schrotkugeln Cliffs Jeans an den Beinen und am Hinterteil. Mit einem Aufschrei fiel er zu Boden.

Loretta, die Richie tröstend im Arm hielt, starrte ungläubig zu ihrem Mann hinüber.

„Ruf den Sheriff", forderte Holly sie auf. „Und einen Krankenwagen. Cliff braucht einen Arzt, der ihm den Schrot aus dem Hintern holt."

Loretta nickte schweigend, ließ Richie los und verschwand im Wohnwagen. Richie hielt den kleinen Hund an sich gepresst. Tränen liefen ihm über das schmutzverschmierte Gesicht.

Holly hatte nicht vor, sich selbst um den Angeschossenen zu kümmern, der stöhnend und fluchend am Boden lag, das magere Hinterteil in die Höhe gereckt. Sie empfand kein Mitleid für ihn. Der Krankenwagen würde früh genug hier sein, und es war unwahrscheinlich, dass Cliff durch Vogelschrot, der ihn außerdem aus einiger Entfernung getroffen hatte, verbluten würde.

Allerdings würde der Sheriff vermutlich nicht viel später als der Krankenwagen eintreffen. Obwohl Sheriff Lowell Redman Cliff ebenso wenig leiden konnte wie Holly, würde ihm keine andere Wahl bleiben, als sie zu verhaften. Immerhin hatte sie auf einen Mann geschossen.

Jetzt musste sie wohl oder übel Peyton anrufen. Wieder einmal. Er würde natürlich vor Wut schäumen wie beim letzten Mal, als sie ihn um Hilfe gebeten hatte. Nur allzu deutlich hatte er ihr zu verstehen gegeben, dass er es leid wäre, ihr immer wieder aus der Klemme zu helfen. Doch was hätte sie hier tun sollen? Einfach zusehen, wie Cliff Richie und Whitey misshandelte? Seit über einem Jahr bekniete sie Loretta, mit den Kindern wegzugehen, war aber bei ihr stets auf taube Ohren gestoßen.

Holly wusste, dass sie diesmal etwas wirklich Dummes angestellt hatte, und so schwer es ihr auch fiel, sie würde Peyton bitten müssen, sie aus dem Gefängnis zu holen. Und falls es zu einer Gerichtsverhandlung käme, brauchte sie ihn als Verteidiger.

Nur machte ihr die Vorstellung, Peyton gegenüberzutreten, mehr Angst als die Aussicht auf eine Nacht im Gefängnis. Ganz gleich, wie gut sie es auch meinte, immer endete es damit, dass sie ihm Schwierigkeiten bereitete. Dabei war es ganz und gar nicht ihre Absicht. Besonders nicht jetzt, wo er vorhatte, als Gouverneur zu kandidieren. Peyton Rand war ein guter Mann, und er verdiente nur das Beste – und das war mit Sicherheit nicht Holly Bishop.

So ungern sie es auch zugab, aber Peyton hatte mit seiner Meinung, dass sie nichts als Ärger bedeutete, wahrscheinlich recht.

Schon an Peytons Gesichtsausdruck konnte Holly erkennen, wie wütend er auf sie war. Seine gebräunte Haut hatte sich rötlich verfärbt, die blauen Augen blickten kühl, und seine Bewegungen wirkten angespannt. Das sonst gut sitzende aschblonde Haar war leicht zerzaust, so als wäre der Wind hineingefahren und hätte es gewagt, es durcheinanderzubringen. Holly sah ratlos Hilfssheriff Wanda Simple an, eine große schlanke Frau mit Brille, dann jedoch straffte sie die Schultern, bereit, Peytons Zorn über sich ergehen zu lassen. Obwohl Peyton Rand von Natur aus ein ruhiger, kontrollierter und gelassener Mann war, wusste Holly, dass sie ohne Weiteres in der Lage war, die Fassung dieses Südstaaten-Gentlemans zu erschüttern.

Er knallte seine Aktentasche auf den Tisch, stützte sich mit beiden Händen auf die Tischplatte auf und starrte Holly finster an. „Du hast schon öfter dumme Sachen angestellt, Holly Bishop, aber diesmal bist du entschieden zu weit gegangen."

Er war nicht nur wütend, er kochte vor Wut, wenn er sie bei ihrem vollen Namen ansprach. „Ich habe ihn gewarnt. Ehrlich!", verteidigte Holly sich und machte einen Schritt auf Peyton zu. Ihre Hände waren mit Handschellen hinter dem Rücken gefesselt. „Er hat Richie geschlagen und nach ihm getreten. Ich konnte doch nicht einfach nur dastehen und zusehen, wie er das Kind verletzt, oder?"

Peyton richtete sich zu seiner vollen Größe von einem Meter achtundachtzig auf und hob die Arme in einer beschwörenden Geste. „Na schön, du musstest also etwas unternehmen, um ihn aufzuhalten. Aber musstest du gleich mit einem Schrotgewehr auf ihn schießen?"

„Was sollte ich denn sonst machen?" Schritt für Schritt kam sie auf ihn zu. Dann stand sie vor ihm, sah treuherzig zu ihm auf und hoffte nur, ihr Gesicht möge genug Reue ausdrücken.

„Du hattest doch Salomon bei dir, oder?" Peyton packte sie an den Schultern und schüttelte sie sanft. Sofort durchlief ihn ein Schauer und erinnerte ihn daran, dass er Holly besser nicht anfassen sollte. Abgesehen von der Tatsache, dass er sich dummerweise zu ihr hingezogen fühlte, bedeutete sie nichts als Ärger. „Warum hast du es Salomon nicht überlassen, mit Cliff Nolan fertigzuwerden?"

„Ist das dein Ernst? Wenn ich Salomon auf ihn gehetzt hätte, wäre ich jetzt wegen Mordes hier eingesperrt, statt wegen Körperverletzung."

„Sie werden sie doch rausholen können, nicht wahr, Mr. Rand?", mischte sich jetzt Wanda Simple ein. „Die ganze Stadt weiß, dass Cliff Nolan ein übles Stinktier ist und ständig Loretta und die Kinder schlägt. Holly hat nur getan, was sie für richtig hielt."

„Nun, ich hoffe, der Richter sieht es ebenso." Peyton ließ Holly los. Warum, um alles in der Welt, war er nur mit der Verantwortung für Holly Bishop geschlagen? Falls es zwei Menschen auf dieser Erde gab, die absolut nicht zusammenpassten, dann waren es Holly und er. „Ich bin direkt von Jackson hierhergekommen, deshalb hatte ich noch keine Gelegenheit, mit Richter Clayburn Proctor über eine Kaution zu verhandeln. Aber ich habe schon mit Sheriff Lowell gesprochen, und ihm hast du es zu verdanken, dass die Anklage nicht auf vorsätzliche Körperverletzung lautet."

„Ich habe mich bereits bei ihm bedankt." Holly wurde klar, dass nichts, was sie sagte oder tat, Peytons Wut mildern würde, und sie konnte es ihm nicht einmal verübeln. Seit ihre Brüder Crooked Oak verlassen hatten, verhielt Peyton sich, als müsste er jetzt auf deren Schwester aufpassen, die es mit ihren sechsundzwanzig Jahren hätte besser wissen müssen, als auf einen Mann zu schießen.

„Ich werde mich bemühen, dass Richter Proctor eine Kaution festsetzt, damit ich dich heute noch hier rausholen kann." Peyton sah Wanda an. „Bringen Sie sie zurück in ihre Zelle, bis ich mich mit Proctor geeinigt habe." Und zu Holly gewandt meinte er: „Aber es würde dir nur recht geschehen, wenn ich dich die ganze Nacht hier drinließe."

Sie reckte das Kinn vor und blickte ihn hochmütig an. „Tu, was du für richtig hältst, Peyton Rand. Ich habe mit Vogelschrot auf Cliff Nolan geschossen, um ihn daran zu hindern, weiter sein Kind und den Hund zu misshandeln. Es tut mir leid, und vielleicht war es falsch. Doch wenn du nur das Gesetz im Kopf hast und nicht verstehst, was im Herzen eines Menschen vorgeht, dann bezweifle ich …"

„Genug! Wirst du wohl den Mund halten?"

Erschrocken verstummte Holly und musterte Peytons ernstes Gesicht. Doch gleich fuhr sie fort: „Du kannst ja Richter Proctor sagen, dass ich anders gehandelt und nicht auf Cliff Nolan geschossen hätte, wenn ich die Möglichkeit gehabt hätte. Aber ich sah in dieser Situation keinen anderen Ausweg."

„Ich werde versuchen, es ihm zu erklären, und vielleicht ist er damit einverstanden, eine Kaution auszusetzen", erwiderte Peyton.

„Hast du irgendeine Vermutung, wie hoch die Kaution sein wird?" Holly besaß nicht viel Bargeld, doch ihre Werkstatt und der Abschleppdienst gingen gut, daher sah sie keine Schwierigkeit, selbst für die Kaution aufzukommen.

„Ich werde mich um die Kautionssumme kümmern", erklärte Peyton. „Ich kann doch wohl sicher sein, dass du die Staaten nicht verlässt?" Die Andeutung eines Lächelns erschien um seine Mundwinkel.

Wie sehr Holly seinen Mund liebte! Sie hatte endlose Stunden damit verbracht, sich auszumalen, wie es wäre, diesen Mund zu küssen. Sie bemühte sich erst gar nicht, ihre Erleichterung darüber, dass er nicht mehr so sehr wütend auf sie war, zu verbergen. Lächelnd erwiderte sie: „Ich werde nicht einmal den Bundesstaat verlassen."

„Gut." Peyton nahm seine Aktentasche und ging zur Tür, während er im Stillen über seine Nachgiebigkeit fluchte. Ganz gleich, wie oft Holly ihm Probleme aufhalste, nie konnte er lange wütend auf sie sein. Trotz ihrer Unabhängigkeit und ihres Selbstbewusstseins war sie eine weichherzige verletzliche Frau – zumindest irgendwo unter dem ölverschmierten Äußeren, der jungenhaften Frisur und ihrer ärgerlichen Art, sich für alles verantwortlich zu fühlen.

„Ach, Peyton, würdest du bitte beim Tierheim vorbeifahren und Salomon abholen?", rief Holly ihm noch schnell hinterher. „Susan wollte sich dort so lange um ihn kümmern, bis die Dinge hier geklärt sind."

„Wir werden ihn erst abholen, wenn du entlassen bist." Peyton blieb in der Tür noch einmal stehen, drehte sich um und betrachtete Holly von Kopf bis Fuß. „Wie, zum Teufel, kann eine kleine Frau wie du so viele miese Kerle in dieser Gemeinde gegen sich aufbringen und mir nichts als Scherereien machen?"

Ehe Holly darauf etwas erwidern konnte, hatte er die Tür schon hinter sich geschlossen. Vermutlich sollte sie dankbar sein, dass er überhaupt gekommen war. Schließlich schuldete er ihr nichts. Nur weil sein Vater, der alte Senator Rand, mit ihrem Großvater gemeinsam zum Fischen gegangen war und ihre Brüder und Peyton befreundet gewesen waren, hieß das noch lange nicht, dass Peyton für Holly verantwortlich sein musste. Doch seit ihre Brüder Jake, Hank und Caleb einer nach dem anderen Crooked Oak verlassen hatten, war Peyton Hollys Schutzengel geworden, stets nur einen Anruf weit entfernt. Natürlich schäumte er jedes Mal vor Wut und drohte ihr an, dass er ihr zum allerletzten Male geholfen hätte.

„Komm, Holly, ich bringe dich wieder in die Zelle, bis Mr. Rand zurück ist." Wanda Simple, die zusammen mit Hollys Bruder Jake die Highschool absolviert hatte, war eine alte Bekannte von ihr.

„Was meinst du, ist Clayburn Proctor wohl einverstanden mit einer Kaution, damit ich heute noch hier rauskann?", fragte Holly.

„Ach, du weißt, wie viel Richter Proctor von dir hält. Seit du seinem Enkel bei diesem Unfall das Leben gerettet hast, bist du für ihn die Größte." Wanda legte ihr die Hand auf den Rücken und führte sie durch den Gang zu den Gefängniszellen. „Außerdem, wer kann schon Peyton Rands Charme widerstehen?"

Holly hielt still, während Wanda ihr die Handschellen abnahm. „Ja, du hast recht. Peyton ist ebenso redegewandt wie sein Daddy es war. Er ist der geborene Politiker."

„Warum hast du bloß noch nichts unternommen? Jeder hier weiß doch, dass du verrückt nach ihm bist. Und jeder weiß, dass er ständig so tut, als wäre er dein Ritter in schimmernder Rüstung."

„Er hält mich bloß für eine Plage. Außerdem bin ich wohl kaum eine Frau nach seinem Geschmack, und noch weniger bin ich das, was er braucht." Holly trat in die Mitte der Zelle, breitete die Arme aus und drehte sich langsam im Kreis. „Sieh mich nur an. Ich bin ein Mädchen vom Lande. Was ich brauche, ist ein Mann mit Schwielen an den Händen und Staub an den Stiefeln, und keinen reichen Anwalt, der dazu noch Gouverneur werden will."

„Du siehst aber gut aus." Wanda betrachtete Holly von oben bis unten. „Hm, du könntest dich vielleicht ein bisschen besser zurechtmachen, aber bei deinem Gesicht und deiner Figur dürfte das nicht allzu schwer sein. Und diese Unterschiede zwischen dir und Peyton Rand müssen nicht unbedingt bedeuten, dass ihr nicht zueinanderpasst. Gegensätze ziehen sich bekanntlich an."

„Wanda, ein Mann, der auf dem besten Weg ist, Gouverneur zu werden, wird wohl kaum eine Liebesaffäre mit einer Frau anfangen, die einen Abschleppdienst führt, nur das Vorstudium absolviert hat und im Übrigen ständig in Schwierigkeiten steckt, weil sie es nicht lassen kann, sich in die Angelegenheiten anderer einzumischen."

„Aber wenn du nicht bald etwas unternimmst, wirst du ihn wahrscheinlich für immer verlieren", prophezeite Wanda düster. „Er trifft sich jetzt schon seit drei Monaten mit dieser Donna Fields. Du weißt, ihr Großvater war Gouverneur, und ihr Onkel ist Bundesrichter."

„Donna Fields passt nun einmal besser zu ihm als ich. Sie würde die perfekte Ehefrau für ihn abgeben." Es fiel Holly schwer, das einzugestehen, aber es entsprach nun einmal der Wahrheit. Donna Fields war die Traumfrau für einen Politiker, Holly Bishop dagegen eher der Albtraum.

Peyton saß bequem in den Lederpolstern seines luxuriösen dunkelblauen Jaguars, während er in das Mobiltelefon sprach. Lässig schnippte er die Asche seiner Zigarre in den Aschenbecher.

„Sie hat sich noch nie zuvor in derartige Schwierigkeiten gebracht, Clayburn. Sie war davon überzeugt, das Richtige zu tun."

„Ich weiß", erwiderte Richter Clayburn Proctor. „Holly hat ein gutes Herz. Sie handelt lediglich immer wieder unüberlegt. Ich habe keinerlei Bedenken, für sie eine Kaution festzusetzen. Es wäre sinnlos, sie über Nacht im Gefängnis zu lassen. Aber um eine Anklage kommen wir nicht herum. Da Sheriff Lowell sie jedoch nur wegen tätlichen Angriffs belangen will, kann ich den Fall übernehmen, vorausgesetzt, sie bekennt sich schuldig. Es besteht kein Grund, die Sache vor ein Geschworenengericht zu bringen." Clayburn lachte. „Trotzdem wette ich, dass die

Geschworenen sie freisprechen würden, wenn es so weit käme. Ich weiß, sie hat das Gesetz gebrochen, aber bei Gott, es war seit Langem fällig, dass irgendjemand etwas gegen Cliff Nolan unternimmt. Wenn nur seine Frau endlich Anzeige gegen ihn erstatten würde."

„Danke für dein Verständnis, Clayburn." Peyton hatte keine Zweifel gehabt, dass der Richter alles tun würde, um Holly zu helfen. Tatsache war, dass es kaum jemanden im ganzen Bezirk gab, besonders in Crooked Oak, der sich nicht für Holly Bishop ins Zeug gelegt hätte. Beinahe jeder mochte sie. Er kannte niemanden, der so sehr um jede lebende Kreatur besorgt war, und wahrscheinlich war dies auch der Grund, warum er es bisher nicht geschafft hatte, die Verbindung zu ihr abzubrechen.

„Wer wird für Holly die Kaution stellen?", wollte Clayburn wissen.

„Ich." Peyton lachte. „Sie hat mir versprochen, dass sie das Land nicht verlässt."

„Nun, da du die Kaution stellst, würde ich sagen, eintausendsechshundertachtundsiebzig Dollar sind eine faire Summe. Meinst du nicht auch?"

Peyton zog an seiner Zigarre und blies einen Rauchring aus. Dieser gewiefte Bursche! Der Richter hatte eine merkwürdige Art von Humor. Wer hatte je von einer so seltsamen Kaution gehört? „Das ist eine ziemlich krumme Summe", sagte er dann auch.

„Irgendwie fiel mir genau dieser Betrag ein. Anscheinend bringe ich eintausendsechshundertachtundsiebzig Dollar mit dir in Verbindung."

„Könnte es nicht sein, dass es sich hierbei um exakt die Summe handelt, die du bei unseren netten kleinen Pokerrunden an mich verloren hast?"

„Wäre möglich."

„Clayburn, du wirst das Geld nicht behalten können, denn Holly wird die Kaution nicht verfallen lassen."

„Nicht absichtlich", erwiderte der Richter gut gelaunt. „Aber wie ich sie kenne, fährt sie ohne nachzudenken mit ihrem Abschleppwagen über die Staatsgrenze, und schon verfällt die Kaution."

Clayburn Proctor war ein listiger alter Fuchs, dem derartige Spielchen Freude bereiteten. „Das würdest du Holly nicht antun", meinte Peyton.

„Vermutlich nicht", gab Clayburn zu. „Wir erliegen wohl beide dem Charme dieses Mädchens, nicht wahr?"

„Du vielleicht, aber ich verdammt noch mal nicht!" Peyton war noch nie einer Frau erlegen, und schon gar nicht Holly Bishop. Sie war einen Meter sechzig purer Ärger. Sie war eine Plage, seit er sie kannte. Schon als Kind war sie ihm und ihren Brüdern zum Fischen und Jagen nachgelaufen. Und als sie sechzehn wurde und für ihn zu schwärmen begann, hatte sie ihn fast zum Wahnsinn getrieben, bis er ihr schließlich deutlich machte, dass nie etwas zwischen ihnen sein würde.

„Protestiere nicht so heftig", meinte Clayburn. „Sonst könnte man glatt denken, du hättest etwas zu verbergen."

„Nochmals danke, dass du eine Kaution festgesetzt hast, egal, wie seltsam der Betrag ist", lenkte Peyton schnell vom Thema ab. Er war nicht an Holly Bishop interessiert, vor allem nicht so, wie Clayburn es andeutete. Sie waren ja kaum miteinander befreundet. Er versuchte lediglich, ihren Brüdern zuliebe auf sie aufzupassen. Irgendjemand musste das ja tun. Mehr steckte absolut nicht dahinter.

Peyton stand in der Tür zum Büro des Tierheims, während er zusah, wie Holly mit der Leiterin Susan Williams an den Käfigen vorbeiging. Vor dem Käfig, in dem sich Salomon befand, blieben sie stehen. Aufgeregt und voller Freude sprang das riesige Tier an der Gittertür hoch.

Kaum hatte Susan den Käfig geöffnet, warf Salomon sich mit

einem Satz auf Holly. Liebevoll umarmte sie ihn. „Hast du schon gedacht, du müsstest für immer hierbleiben?" Ihre Stimme klang so sanft wie die einer Mutter, die zu ihrem Kind spricht. „Peyton und ich sind gekommen, um dich nach Hause zu holen. Aber du musst dich wirklich benehmen, denn wir fahren mit seinem Jaguar."

Oh Schreck, daran hatte er gar nicht gedacht, als er sich so großzügig anbot, Holly und Salomon nach Hause zu fahren. Der Hund war so groß wie ein Pony. Peyton hätte sich die Haare raufen können. Warum hatte er sie nicht ein Taxi rufen lassen? Warum musste er sich wieder einmal selbst darum kümmern, dass sie wohlbehalten zu Hause ankam?

„Wo ist eigentlich dein Abschleppwagen?", erkundigte sich Susan, als sie an Peyton vorbei wieder ins Büro gingen.

„Mike hat ihn bei den Nolans abgeholt und zurück zur Werkstatt gefahren. Wir wussten ja noch nicht, ob ich die Nacht im Gefängnis bleiben müsste." Lächelnd warf sie Peyton einen Blick zu. Dann wandte sie sich wieder an Susan. „Ich bin dir wirklich dankbar, dass du dich um meinen Hund gekümmert hast."

„Das war doch das Mindeste, was wir für unsere beste freiwillige Helferin tun konnten", erwiderte Susan. „Mr. Rand, wir sind froh, dass es Ihnen gelungen ist, Holly so schnell aus dem Gefängnis freizubekommen. Ich kann gar nicht glauben, dass sie vor Gericht gestellt wird, nur weil sie einen Jungen und dessen kleinen Hund beschützt hat."

„Immerhin hat sie auf einen Mann geschossen." Peyton wusste, es war zwecklos, eine von Hollys Bewunderinnen auf ihr Vergehen hinzuweisen. „Ich bin aber überzeugt, dass Richter Proctor ein mildes Urteil fällen wird, sobald ich ihm die Beweislage klargemacht habe."

„Das sollte er auch", meinte Susan. „Ich wünschte nur, er könnte Loretta dazu bringen, Cliff Nolan mitsamt den Kindern zu verlassen. Denn falls sie es nicht tut, wird er sie eines Tages noch alle umbringen."

„Wir sollten jetzt gehen", drängte Peyton. „Ich habe mir zwar den ganzen Nachmittag freigenommen, aber ich habe heute Abend in Marshallton eine Verabredung zum Dinner."

„Sicher." Holly umarmte Susan kurz. „Vielen Dank noch mal. Komm, Salomon."

Gerade als sie alle das Büro verlassen wollten, klingelte das Telefon. Susan nahm den Hörer ab und gab den beiden mit Zeichen zu verstehen, dass sie ruhig schon vorgehen sollten. Doch noch bevor Holly und Peyton bei seinem Wagen angelangt waren, erschien Susan in der Tür und rief Holly zu: „Kannst du bitte noch einmal herkommen? Ich muss kurz mit dir sprechen. Es ist wichtig."

Holly blickte Peyton fragend an. „Macht es dir was aus? Ich verspreche dir, mich zu beeilen."

„Zwei Minuten", erklärte er und sah auf seine Rolex.

„Bleib schön hier, Salomon", befahl Holly und lief zurück zum Tierheim.

Peyton lehnte sich gegen sein Auto und versuchte sich ein wenig zu entspannen. Nach einer Weile langte er in seine Jackentasche, holte eine Sonnenbrille hervor und setzte sie auf. Dann verschränkte er die Arme vor der Brust.

Er hatte für diese Verzögerung keine Zeit, egal, was der Grund dafür war. Seine Sekretärin hatte schon für den Nachmittag alle Termine absagen müssen, weil er nicht wusste, wie lange die erneute „Rettungsaktion" für Holly dauern würde. Doch heute Abend war er mit Donna Fields zu einem Dinner beim Bürgermeister von Marshallton eingeladen. Bei dieser Gelegenheit wollte Peyton seinem alten Freund verraten, dass er beabsichtigte, bei der nächsten Wahl für das Amt des Gouverneurs zu kandidieren.

Peyton beobachtete Holly. Die Spätnachmittagssonne schien auf ihr schwarzes Haar, sodass es blauschwarz schimmerte. Sie trug die gelockten Haare beinahe jungenhaft kurz, doch an ihrem femininen Gesicht, den langen dichten Wimpern und den vollen pinkfarbenen Lippen war überhaupt nichts Jungenhaftes. Verdammt, warum hatte sie nicht mager und flachbrüstig bleiben können, so wie sie es mit sechzehn gewesen war, als sie ihm ihre unsterbliche Liebe gestand? Irgendwann zwischen ihrem sechzehnten und achtzehnten Lebensjahr war Holly Bishop aufgeblüht, und ihr Körper hatte sich an all den richtigen Stellen gerundet.

Peyton fiel auf, wie knapp die Jeans an ihren Hüften und Beinen saß. Sie trug ein ölverschmiertes kurzärmeliges Hemd, das nur hinten im Hosenbund steckte, und darunter ein ausgewaschenes gelbes T-Shirt, unter dem sich ihre vollen Brüste abzeichneten. Bei einer weniger ausgestatteten Frau hätte die Kleidung sicher männlich und schlampig gewirkt. An Holly jedoch wirkten diese Sachen ausgesprochen sexy. Und das war genau ihr Problem. Seit acht Jahren gafften die Männer sie an, obwohl sie sich wie ein Wildfang benahm. Sie hatte sich die Jungs aussuchen können und war mit jedem Tom, Hank, Dick und Harry der Gegend ausgegangen. Und mehr als einmal hatte sie sich gegen einen übereifrigen Verehrer zur Wehr setzen müssen. Holly schien Ärger geradezu anzuziehen.

Aber es waren nicht nur die Männer, die eine Abfuhr nicht akzeptieren wollten, es war Hollys ständige Einmischung in das Leben anderer. Peyton musste zugeben, dass sie eine gute Bürgerin war. In ihrer Freizeit arbeitete sie bei der freiwilligen Feuerwehr und im Tierheim. Aber leider siegte ihre engagierte Art zu oft über ihre Vernunft. Was das Beispiel Cliff Nolan bewies. Es gab allerdings noch genug andere Beispiele. Ihre Liebe zu den Tieren hatte ihr Ärger mit Lobo Smothers eingebracht, einem Farmer, der unter dem Verdacht stand, illegal zu jagen und Fallen aufzustellen. Holly hatte bereits alles Mögliche unternommen, um die Behörden zu unterstützen und Lobo Smothers ins Gefängnis zu bringen. Unnötig zu sagen, dass Holly und Lobo nicht gerade die besten

Freunde waren. Dann waren da noch ihre endlosen Bemühungen, missbrauchte Frauen dazu zu bringen, ihre Ehemänner zu verlassen und ein neues Leben zu beginnen. Cliff Nolan war nicht der einzige Mann in Crooked Oak, der mit Holly noch ein Hühnchen zu rupfen hatte.

Was, um alles in der Welt, sollte er machen, falls er sich tatsächlich dazu entschloss, für das Amt des Gouverneurs zu kandidieren? Diese Frau würde sich niemals ändern, und sein Name in Verbindung mit einer ihrer wilden Heldentaten konnte seinem Image schaden.

Sein Image? Sein Vater hatte sich stets um das Image der Familie Rand gesorgt, und das war etwas, wofür er ihn verachtete. Würde er immer mehr seinem Vater, Senator Marshall Rand, ähnlich werden, falls er sich dazu entschloss, in die Politik zu gehen? Sein Vater war als einsamer unglücklicher Mann gestorben. Peyton wollte nicht so enden.

„Wir können fahren!", rief Holly und kam auf ihn zu.

Er starrte ihr gedankenverloren entgegen, und erst als sie vor ihm stand, wurde ihm bewusst, dass sie etwas gesagt hatte. „Hast du mit Susan alles besprochen?", erkundigte er sich.

„Oh ... ja ... es ging nur um das Tierheim." Sie öffnete die Beifahrertür, befahl Salomon einzusteigen und glitt ebenfalls auf den Sitz.

Die Art, wie sie ihm geantwortet hatte, gefiel Peyton nicht. Irgendetwas verheimlichte sie. Holly war so verdammt ehrlich, dass man es ihr immer ansehen konnte, wenn sie zu lügen versuchte. Pinkfarbene Punkte erschienen dann auf ihren Wangen. Peyton stieg in den Jaguar und startete den Motor. „Was habt ihr über das Tierheim besprochen?"

„Wie?"

„Was ist los, Holly?" Er setzte rückwärts vom Parkplatz. „Wenn es sich um etwas dreht, was mir wieder Ärger einbringen wird, dann möchte ich es lieber gleich erfahren."

„Wie kommst du darauf, dass es dich etwas anginge?" Holly reckte das Kinn und verschränkte die Arme vor der Brust.

„Wenn es nichts ist, weswegen du Ärger bekommen könntest, warum erzählst du es mir dann nicht?" Peyton lenkte den Wagen auf den Highway und streifte Holly mit einem kurzen Blick. Im gleichen Moment wünschte er, er hätte es nicht getan. Ihre verschränkten Arme hoben ihre vollen Brüste an und erinnerten ihn daran, wie weiblich sie war.

„Ein anonymer Anrufer hat Susan mitgeteilt, er besäße Informationen darüber, dass Lobo Smothers draußen in Kingsley Hill Fallen aufgestellt hat."

Peyton stöhnte. „Halt dich da raus. Gib die Information an Lowell weiter und überlass ihm die Sache."

„Das würde nichts nützen. Lobo Smothers scheint der Polizei immer einen Schritt voraus zu sein."

„Lowell Redman ist erst vor Kurzem zum Sheriff gewählt worden. Gib ihm eine Chance."

„Das letzte Mal, als ich Informationen an das Büro des Sheriffs weitergegeben habe, fand man weder Fallen noch Lobo. Ich habe dir schon damals von meinem Verdacht erzählt, dass irgendein Spitzel für ihn arbeitet. Ich konnte zwar bis jetzt nicht herausfinden, wer das ist, aber das werde ich noch."

„Halt dich von Lobo Smothers fern", warnte Peyton. „Der Mann ist gefährlich."

„Ein Grund mehr, weswegen er hinter Gitter gehört! Außerdem geht das Gerücht um, dass Lobo irgendwo in den Wäldern Marihuana anbaut. Wenn seine Tierquälerei nicht reicht, die Behörden auf Trab zu bringen, dann vielleicht sein Drogenhandel."

„Was immer Lobo Smothers auch tut, überlass es der Polizei! Verdammt, du hast schon genug Ärger! In ein oder zwei Wochen wirst du dich vor Gericht verantworten müssen, weil du auf einen Mann mit Vogelschrot geschossen hast. Dir ist wohl klar, dass du dafür im Gefängnis landen würdest, wenn Lowell Redman nicht mein Freund wäre und Clayburn Proctor dich nicht für eine Heilige hielte, seit du seinem Enkelsohn das Leben gerettet hast."

„Ich wollte nur den Jungen und seinen Hund vor diesem gewalttätigen Ungeheuer Nolan beschützen." Salomon knurrte, als wollte er seinem Frauchen zustimmen.

„Holly, seit Jahren boxe ich dich nun schon aus Schwierigkeiten heraus, und allmählich habe ich es satt. Ich habe versucht, dir Vernunft einzureden, aber du weigerst dich, mir zuzuhören."

„Du brauchst deine kostbare Zeit nicht mehr für mich zu verschwenden", erwiderte sie, ohne Peyton dabei anzusehen. „Du kannst mich und Salomon an der Werkstatt aussteigen lassen."

„Schön. Ich komme wahrscheinlich ohnehin schon zu spät."

„Das ist sicher schrecklich, oder? Du willst Donna Fields bestimmt nicht warten lassen."

„Nein, das will ich nicht. Frauen wie Donna sind ein gewisses Benehmen von Männern gewohnt. Pünktlichkeit zum Beispiel."

„Frauen wie Donna?", wiederholte Holly, und diesmal sah sie ihn an. „Eine Frau, deren Großvater Gouverneur war und deren Onkel ein Bundesrichter ist? Eine Professorin mit blauem Blut in den Adern? Junge, Junge, so eine Lady kann viel für einen Mann mit politischen Ambitionen tun. Überleg nur einmal, was für eine Ehefrau sie für jemanden abgibt, der die Hauptstadt dieses Bundesstaates im Visier hat."

Peyton warf Holly einen verstohlenen Seitenblick zu. Er wusste, dass sie ihn in einen Streit verwickeln wollte. Sie deutete an, dass sein einziges Interesse an Donna ihre Nützlichkeit für seine Karriere war. Womöglich hatte sie recht, und er wurde wie sein Vater und heiratete eine Frau nur deshalb, weil sie und ihre

Familie ihm politisch helfen konnten. Doch schnell verdrängte er diesen Gedanken.

„Donna ist eine besondere Frau. Ich muss sie dir unbedingt einmal vorstellen." Peyton bog vom Highway ab und fuhr auf den Parkplatz vor Hollys Werkstatt und Abschleppdienst. Beides leitete sie gemeinsam mit Mike Hanley und dessen Schwester, Sheila Vance.

„Erspare es mir", entgegnete Holly und öffnete die Wagentür, kaum dass Peyton angehalten hatte. „Ich bezweifle, dass Donna Fields und ich etwas gemeinsam haben."

Peyton schmunzelte bei der Vorstellung, Donna und Holly miteinander bekannt zu machen. Das Komische war, dass er das Gefühl hatte, die beiden Frauen würden sich gut miteinander verstehen. „Du solltest nicht vorschnell über sie urteilen. Sie ist kein Snob."

Holly stieg aus dem Jaguar und rief Salomon, ihr zu folgen. „Viel Spaß mit Donna heute Abend, und mach dir meinetwegen keine Sorgen. Es gibt keinen Grund, weswegen du dich vor der Verhandlung noch einmal mit mir abgeben müsstest."

„Ich hoffe, du hast recht", erwiderte Peyton. „Ich rufe dich an, sobald Proctor mir den Termin für die Verhandlung mitgeteilt hat."

„Gut." Holly ließ die Tür offen und ging davon. Dann blieb sie stehen und drehte sie sich noch einmal um. „Ich, äh ... nun, danke, Peyton."

„Holly?"

„Ja?" Sie kam zum Wagen zurück.

„Überlass Lowell Redman die Geschichte mit Lobo Smothers."

„Ja, in Ordnung."

„Ich meine es ernst. Halt dich von allem Ärger fern."

„Ich werde es versuchen." Sie warf die Beifahrertür zu.

Peyton wartete, bis Salomon und Holly in der Werkstatt verschwunden waren, ehe er in Richtung Jackson davonfuhr. Irgendetwas gab ihm das Gefühl, dass er Holly noch vor der Gerichtsverhandlung wiedersehen würde. Wenn sie wirklich zwei Wochen lang nicht in Schwierigkeiten geriete, wäre das ein kleines Wunder.

2. Kapitel

Peyton half Donna auf ihren Platz zu seiner Rechten, während sich sein Bruder Spence mit Pattie zu seiner Linken setzte. Seit sein Bruder die verwitwete Pattie Cornell geheiratet hatte und dadurch gleichzeitig Stiefvater von zwei Teenagern geworden war, nahm Peyton seine Rolle als Onkel sehr ernst. J. J., Spence' Stiefsohn, spielte im Baseballteam der Marshallton Highschool, und Peyton versuchte so oft wie möglich, bei den Spielen dabei zu sein. Dieses Mal hatte er Donna eingeladen, ihn ins Stadion zu begleiten.

In den vergangenen zehn Jahren, in denen Peyton sich eine erfolgreiche Anwaltskanzlei aufgebaut hatte, kannte er so gut wie keine Freizeit oder Privatleben. Hin und wieder war er zwar mit Frauen ausgegangen, hatte sich aber nie auf eine ernstere Beziehung eingelassen. Auch war ihm noch keine Frau begegnet, die sich mit der wenigen Zeit, die er für eine Beziehung aufbringen konnte, zufriedengegeben hätte.

Vor einigen Monaten hatte er Donna bei einer Wohltätigkeitsveranstaltung kennengelernt. Sie waren sich auf Anhieb sympathisch gewesen, und als er sie bat, mit ihm auszugehen, hatte sie zugestimmt. Es schien ihr nichts auszumachen, dass er sich völlig seiner Karriere widmete. Sie unterrichtete Geschichte am örtlichen College und ging ganz in ihrem Beruf auf. Obwohl die meisten Leute in Tennessee sie bereits als Paar sahen, betrachteten sie beide sich als gute Freunde. Keiner von ihnen hatte es eilig, sich auf etwas Ernsteres einzulassen.

Spence stieß ihn in die Rippen. „Wollt ihr beide auch etwas vom Imbissstand?"

Pattie beugte sich zu Peyton herüber und berührte seinen Arm. „Geht ihr Männer mal allein das Essen holen, dann können Donna und ich uns besser miteinander bekannt machen."

Obwohl Peyton wusste, dass Pattie Donna nur aushorchen wollte, blieb ihm nichts anderes übrig, als aufzustehen und sich seinem Bruder anzuschließen. Die Schlangen vor dem Imbiss waren lang. Zweifellos hatten die meisten Baseballfans beschlossen, heute im Stadion zu Abend zu essen. Der Duft von Hamburgern und Pommes frites mischte sich mit dem von Hotdogs, Zuckerwatte und gerösteten Erdnüssen.

Peyton sah über die Vielzahl von Baseballfeldern, die es in diesem Teil der Anlage gab, und ließ dann den Blick über die riesige Parkplatzfläche, die Tennisplätze und das Freibad schweifen.

„Spielst du immer noch mit dem Gedanken, als Gouverneur zu kandidieren?", erkundigte sich Spence.

„Hältst du es für einen Fehler?" Peyton rückte ein paar Schritte vor, da die Schlange vor ihnen kleiner geworden war.

„Ich glaube nur, dass du riskierst, in die Fußstapfen unseres Alten Herrn zu treten", meinte Spence und sah auf die Bestellliste, die Pattie ihm mitgegeben hatte.

„Ich würde nicht zu der Sorte Politiker gehören, wie er es gewesen ist." Peyton schaute sich um, ob irgendjemand ihrer Unterhaltung zuhörte. Dann senkte er die Stimme und fügte hinzu: „Ich möchte etwas verändern für die Menschen in diesem Staat. Es gibt so vieles zu tun, und ich denke, dass ich einiges bewirken kann."

„Du bist ein kluger Mann und außerdem ein sehr ehrlicher …" Spence grinste und fügte hinzu: „… für einen Anwalt."

„Vorsicht, kleiner Bruder, die Bemerkung nehme ich dir übel."

„Die Politik kann einen Mann verändern. Plötzlich fängt er an, sich mehr um sein Image zu sorgen als um die Menschen, die ihn gewählt haben. Marshall Rand hat immer nur das getan, was für ihn nützlich war. Du bist ein besserer Mensch, als Vater es war, aber du bist ihm auch sehr ähnlich. Du siehst aus wie er, du redest wie er ... du hast wirklich seine Begabung für Worte geerbt. Zum Teufel, du hast sogar diese schlechte Angewohnheit, Zigarren zu rauchen."

„Ich habe es bereits eingeschränkt, also hack nicht darauf herum. Holly macht mir wegen der Zigarren das Leben schon schwer genug."

„Na, das wäre eine Frau für einen Politiker", meinte Spence und lachte. „Wann wird sie sich dafür, dass sie auf Cliff Nolan geschossen hat, vor Gericht verantworten müssen?"

„Es ist erst drei Tage her, und schon scheint es jeder zu wissen." Peyton war jedoch nicht überrascht. Neuigkeiten sprachen sich in Kleinstädten, wo jeder jeden kannte, schnell herum. „Clayburn Proctor wird ihren Fall für nächste Woche auf seine Liste setzen. Er legt sich mächtig ins Zeug, um im Rahmen der legalen Möglichkeiten fair zu Holly zu sein."

„Sie hat uns erzählt, was passiert ist. Pattie und ich sind ihr gestern am Baseballplatz begegnet." Spence blickte sich in der Menge um. „Sie wird heute wahrscheinlich auch hier sein. Sie kommt mit Sheila Vance zu allen Spielen, wenn ihre Jungs dabei sind."

Peyton stöhnte auf. „Auch das noch! Vor dieser Frau habe ich nie Ruhe."

„Ich habe nicht das kleinste bisschen Mitleid mit dir. Niemand zwingt dich, ihr ständig zu helfen, wenn sie in Schwierigkeiten steckt."

„Du weißt, dass ich ihren Brüdern versprochen hatte, ein Auge auf sie zu haben. Hätte ich da nur geahnt, dass sie einem das Leben so schwer machen kann. Ich dachte, es würde besser werden, wenn sie älter ist, aber es wird nur noch schlimmer."

„Vermutlich gibt es eine Menge Männer, die gern an deiner Stelle wären", bemerkte Spence.

„Was soll das heißen?"

„Ich spreche von der Tatsache, dass sich unter diesem ölverschmierten Jeanszeug eine kluge, sensible und hübsche Frau verbirgt. Du scheinst zu den wenigen Männern zu gehören, die noch nicht mitbekommen haben, was für eine sexy Frau Holly in Wirklichkeit ist. Ich frage mich bloß, weshalb."

Peyton ging nicht auf diese Äußerung seines Bruders ein, denn dazu hätte er sich tiefere Gedanken über sein Verhältnis zu Holly machen müssen, und das wollte er nicht. Seine Gefühle waren viel zu gemischt, wenn es um diese Frau ging. Ein Teil von ihm wünschte, sie möge einfach aus seinem Leben verschwinden. Doch ein anderer Teil von ihm konnte sich ein Leben ohne sie nicht vorstellen – ohne an sie zu denken, sich Sorgen um sie zu machen, sich um sie zu kümmern ... sie zu begehren.

Der Kunde vor ihnen zahlte, sodass sie jetzt an der Reihe waren. Spence gab seine Bestellung auf und winkte dann jemandem zu. Peyton folgte dem Blick seines Bruders, und sein Herzschlag beschleunigte sich. Holly Bishop kam mit einem vollen Tablett freundlich lächelnd auf sie zu. Salomon, die Dogge, lief neben ihr her, ebenso Mike Hanley, ihr muskelbepackter Geschäftspartner.

„Hallo", begrüßte Holly Peyton. „Bist du hier, um J. Js Spiel zu sehen?"

„Ja. Donna und ich sind mit Spence und Pattie gekommen." Peyton wusste nicht genau, weshalb er Holly mitteilen wollte, dass Donna mit ihm hier war. Vielleicht weil Mike so dicht bei ihr stand, als würde er einen Anspruch auf Holly erheben.

„Dannys Spiel wird bald vorbei sein. Vielleicht komme ich nachher zu euch und sehe mir den Rest des Spiels der Collegemannschaft an." Als Peyton darauf nichts erwiderte, wandte sie sich an Spence. „Eric Miller ist hier, und er ist betrunken. Ich habe schon daran gedacht, Sheriff Lowell anzurufen, damit er einen Deputy-Sheriff schickt, aber er würde mir nur sagen, dass er Miller nicht verhaften kann, ehe er nicht etwas anstellt."

„Ich wünschte, dieser Kerl würde zu Hause bleiben, wenn er trinkt. Es ist einfach peinlich für Tony", sagte Spence, holte seine Brieftasche hervor und zählte einige Scheine auf den Tresen, um zu bezahlen. „Falls er dir irgendwelchen Ärger macht, lass es mich wissen."

„Ich kann mich um Miller kümmern, wenn er Holly belästigt", mischte sich Mike ein und legte den Arm um sie.

„Wer ist dieser Eric Miller? Wovon sprecht ihr überhaupt?", meldete sich Peyton zu Wort und nahm sein Tablett mit dem Essen entgegen, ohne jedoch Holly aus den Augen zu lassen.

„Millers Sohn Tony spielt im selben Team wie J.J.", erklärte sie. „Meistens taucht er voll wie eine Strandhaubitze bei den Spielen auf. Er beleidigt den Schiedsrichter, beschimpft die Spieler und bereitet seinem Sohn Probleme. Beim ersten Spiel in dieser Saison hat Miller einen solchen Aufstand gemacht, dass er die Nacht im Gefängnis verbringen musste."

„Ja, und seit er herausfand, dass Holly es war, die die Polizei alarmierte, lässt er sie nicht mehr in Ruhe", berichtete Mike.

„Was soll das heißen, er lässt sie nicht in Ruhe?", wollte Peyton wissen.

„Nun, es scheint, als sei Miller scharf auf unsere Holly", verriet Spence. „Er akzeptiert einfach kein Nein."

„Warum hast du mir nichts von diesem Miller erzählt?", fragte Peyton Holly verärgert.

„Es gab keinen Grund, dich damit auch noch zu behelligen", erwiderte sie. „Salomon ist Abschreckung genug."

„Kannst du diesem Kerl nicht aus dem Weg gehen?", setzte Peyton nach. „Du könntest diesen Baseballspielen fernbleiben. Du gehörst schließlich nicht zu den Eltern."

„Du ebenfalls nicht! Außerdem werde ich mich von Typen wie Eric Miller nicht davon abhalten lassen, das zu tun, was ich tun will!"

„Bei diesem Spiel, als du Lowell gerufen hast, hättest du dich heraushalten und die Angelegenheit den Vätern der Jungen überlassen sollen."

„Die waren zu sehr damit beschäftigt, Miller vom Spielfeld zu bekommen", verteidigte sich Holly. „Sie hatten alle Hände voll zu tun, weil der Kerl über einen Meter achtzig groß ist und bestimmt über zwei Zentner wiegt."

Peyton holte tief Luft und seufzte hörbar auf. „Das Essen wird kalt, wenn wir nicht langsam zu Pattie und Donna zurückgehen", sagte er zu Spence und fragte sich, weshalb er sich überhaupt die Mühe machte, Holly zur Vernunft zu bringen. Stets hatte sie eine Erklärung für alles was sie tat, gleichgültig, welche Folgen es nach sich zog.

„Ja, du hast recht", erwiderte Spence und wandte sich wieder Holly zu. „Ich werde die Augen nach Miller offen halten. Komm rüber zu uns, wenn das Spiel der Jugend-Liga vorbei ist. Ich stelle dir Peytons Freundin vor."

„Ich werde kommen", versprach Holly, reckte das Kinn und lächelte Peyton freundlich an, um ihm zu verstehen zu geben, dass es ihr völlig gleich war, in wessen Begleitung er sich hier befand.

Auf dem Weg zurück zu ihren Plätzen fluchte Peyton halblaut vor sich hin.

„Was ist los, großer Bruder?", erkundigte sich Spence. „Meinst du nicht, es wird langsam Zeit, die beiden Frauen in deinem Leben miteinander bekannt zu machen?"

„Die beiden Frauen in meinem … Holly Bishop gehört nicht zu den Frauen in meinem Leben. Sie ist eine Plage. Ein Ärgernis. Jedenfalls gehört sie bestimmt nicht zu den Frauen in meinem Leben."

„Na sicher, wenn du meinst." Spence grinste von einem Ohr zum anderen.

Fünfunddreißig Minuten später wartete Holly mit Sheila Vance darauf, dass Dannys Trainer die letzten Anweisungen und den Termin für das nächste Training der Jugend-Liga bekannt gab. Die kühle Frühlingsbrise erinnerte die beiden Frauen daran, dass der Sommer noch zwei Monate entfernt war. Holly schloss den Reißverschluss ihrer Jacke.

„Wirst du noch zum Spiel der Collegemannschaft gehen, um Donna Field kennenzulernen?", fragte Sheila. „Ich glaube, Mike hatte gehofft, du würdest mit uns nach Hause kommen."

„Seit Mikes Scheidung hat er die verrückte Vorstellung, wir beide könnten ein tolles Paar abgeben. Ich habe versucht, ihm klarzumachen, dass wir nie mehr als Freunde und Geschäftspartner sein können." Holly fuhr sich durch das kurze windzerzauste Haar und strich sich ein paar lockige Strähnen aus der Stirn.

„Gib ihm Zeit, und er wird es schon begreifen." Sheila knöpfte ihre beige Strickjacke zu. „Selbst wenn Mike nicht der Richtige für dich ist, wünschte ich doch, jemand käme und würde dich davon überzeugen, dass es außer Peyton Rand noch andere Männer auf der Welt gibt."

„Ich weiß, dass er nicht der einzige Mann auf der Welt ist. Es ist nur so, dass … Nun, er war der Erste, in den ich mich verliebt habe, und seitdem hat es niemanden mehr gegeben."

Sheila schüttelte den Kopf. „Ich verstehe dich nicht. Wenn du Peyton willst, warum bemühst du dich dann nicht um ihn? Setz deinen weiblichen Charme ein."

„Ich habe nicht gesagt, dass ich ihn will." Holly scharrte mit der Schuhspitze auf dem Boden. „Außerdem bezweifle ich, dass ich weiblichen Charme besitze. Ich bin mit drei Brüdern bei meinem Großvater aufgewachsen, daher habe ich nichts über das Weiblichsein gelernt."

„Du brauchst doch nicht zu lernen, wie eine Frau zu sein hat! Du bist es einfach. Und glaub mir, du bist sehr weiblich. Alles, was du zu tun brauchst, ist Peyton Rand zu zeigen, dass du mehr Weiblichkeit besitzt, als Donna Fields je haben wird."

„Und wie soll ich das deiner Meinung nach anstellen?", wollte Holly wissen.

„Zuerst gib zu, dass du Peyton Rand willst", forderte Sheila sie auf.

„Ich will ihn nicht!" Als Sheila sie skeptisch musterte, schüttelte Holly den Kopf und erklärte: „Ich kann ihn nicht wollen. Er ist nicht der Richtige für mich, und ich wäre die Falsche für ihn. Du weißt doch, dass er als Gouverneur kandidieren will. Er braucht eine Frau wie Donna Fields, jemanden, der weltgewandt und gebildet ist. Jemanden mit der richtigen Herkunft."

„Stell dein Licht nicht unter den Scheffel", mahnte Sheila.

„Das tue ich nicht", verteidigte Holly sich. „Ich weiß, dass ich klug bin und hart arbeite und viele Freunde habe, aber ich kenne ebenso gut meine Unzulänglichkeiten. Peyton und ich passen einfach nicht zusammen."

Mike, der am Zaun auf Danny gewartet hatte, kam mit dem Jungen zu Sheila und Holly. „Bereit zum Aufbruch, Ladies?", erkundigte er sich.

„Holly bleibt noch hier, um sich den Rest des College-Spiels anzusehen", teilte Sheila ihm mit und legte den Arm um ihren Sohn. „Ich muss auf jeden Fall nach Hause, damit Danny in die Wanne und anschließend ins Bett kommt."

„Willst du wirklich noch bleiben?", fragte Mike Holly.

„Ja", bestätigte sie. „Ich habe so viel von Donna Fields gehört, dass ich sie endlich einmal kennenlernen möchte."

Mike zuckte die Schultern, wandte sich um und ging mit Danny und Sheila, die Holly noch nachwinkten, davon.

Sie wartete ein paar Minuten, um all ihren Mut zusammenzunehmen, dann ging sie zu dem Spielfeld hinüber, wo das Spiel der Collegemannschaften ausgetragen wurde. Sofort entdeckte sie unter den Zuschauern Peyton neben einer attraktiven Rothaarigen in einem rostroten Ledermantel.

Holly blieb in einiger Entfernung stehen und beobachtete abwechselnd das Spiel und die beiden. Peyton saß in einer entspannten, halb liegenden Position auf seinem Sitz. Holly verfluchte ihre dumme Schwäche, als ihr Herz schneller zu klopfen begann. Allein der bloße Anblick von Peyton erregte sie. Warum musste ausgerechnet der unpassendste Mann von allen Männern, die sie kannte, dieses Herzklopfen bei ihr auslösen?

Doch weil sie als Paar nicht infrage kamen, hieß es noch lange nicht, dass Donna Fields die richtige Frau für ihn war. Es schadete sicher nichts, wenn sie zu ihnen hinging und Donna einmal näher in Augenschein nahm. Sie konnte sich kaum als gute Freundin betrachten, wenn sie es zuließ, dass irgendeine Frau daherkam und ihr den Mann wegschnappte, von dem sie stets gehofft hatte, er würde einmal ihr gehören.

Holly holte tief Luft und ging zu dem freien Platz in der Reihe direkt unterhalb von Peyton und Donna. Sie begrüßte Spence und Pattie mit einem Kopfnicken und setzte sich, während Salomon sich in den Gang legte.

Dann drehte sie sich nach Peyton um. Als er nicht reagierte, sah sie hinüber zur Anzeigetafel. „Marshallton liegt schon zwei Punkte zurück. J.J. muss unbedingt noch einen Home Run schaffen, so wie im Spiel am letzten Samstag", sagte sie laut.

„Ich weiß nicht, ob er sich noch mit uns abgibt, wenn er einen weiteren Home Run schafft", erklärte Pattie. „Es war ihm tagelang zu Kopf gestiegen."

„Der Junge hat allen Grund, stolz zu sein. Er ist schließlich ein verdammt guter Spieler. Einer der besten von Marshallton", entgegnete Spence.

„So spricht der stolze Stiefvater", mischte Peyton sich in das Gespräch ein, wobei er sich vorzustellen versuchte, wie es wäre, Kinder zu haben, selbst Stiefkinder, zu denen man eine enge

Beziehung hatte. In den vergangenen Jahren hatte er schon öfter über die Ehe und Kinder nachgedacht. Schließlich wurde er nicht jünger, und einem Politiker konnte es nicht schaden, eine Familie zu haben.

Holly drehte sich wieder um und betrachtete Donna Fields. „Hallo, ich bin Holly Bishop, eine alte Freundin von Peyton und Spence."

Donnas große braune Augen weiteten sich. „Ah, Sie sind also Peytons kleine Holly."

Holly war nicht sicher, was die andere Frau damit meinte. Offenbar wusste Miss Fields mehr über sie als sie von ihr. „Wie meinen Sie ..."

„Ich musste deinetwegen schon mehr als einmal eine Verabredung mit Donna absagen", klärte Peyton sie auf und legte einen Arm um Donnas Schultern. „Sie war allerdings immer sehr verständnisvoll."

„Wie ... wunderbar von ihr." Holly starrte die rothaarige Schönheit an, die ihr ein strahlendes Lächeln schenkte. In ihrem Ausdruck lag nicht die geringste Feindseligkeit.

„Sie sind genauso, wie Peyton Sie mir beschrieben hat", verkündete Donna. „Aber er hat mir verheimlicht, wie hübsch Sie sind."

Warum macht diese Frau mir Komplimente?, fragte Holly sich. Sie war entschlossen gewesen, Donna Fields nicht zu mögen, und nun war sie so freundlich und nett zu ihr. Holly wollte sie gern hassen, aber ihr wurde klar, dass das unmöglich sein würde. „Danke", erwiderte sie. „Ich fürchte, Peyton hat mir über Sie gar nichts erzählt, aber ich habe bereits meine eigenen Schlüsse gezogen. Sie sind ganz und gar nicht so, wie ich erwartet habe."

„Was haben Sie denn erwartet?", erkundigte sich Donna.

„Holly ...", warnte Peyton und kniff die Augen zusammen.

„Oh, beruhige dich. Ich werde nichts von mir geben, was dich in Verlegenheit bringen könnte. Ich mag sie nämlich." Holly streckte Donna die Hand entgegen. „Es freut mich, Sie kennenzulernen, Miss Fields."

Donna nahm die freundliche Begrüßung an und schüttelte Holly die Hand. „Ganz meinerseits. Und bitte, nennen Sie mich Donna. Ich habe das Gefühl, dass wir beide Freundinnen werden könnten."

„Ja, das habe ich auch." In einem kurzen Moment von weiblicher Eingebung wusste Holly, dass Donna Peyton nicht liebte. Die Art, wie sie seinen Arm berührte und mit Peyton sprach, hatte nichts mit Liebe zu tun.

Peyton gefiel diese neue Wendung der Dinge nicht. Sein Instinkt hatte ihm verraten, dass die beiden Frauen sich verstehen würden, aber er hatte nicht damit gerechnet, dass es so schnell ginge. Beide Frauen hatten Vorzüge, die sie beliebt machten, und er musste zugeben, dass Donnas Freundlichkeit, ihre Sorge für andere und ihr warmes freundliches Wesen ihn an Holly erinnerten. Doch hier endeten die Gemeinsamkeiten auch schon. Donna wäre für jeden Mann eine Bereicherung; Holly hingegen konnte einen Mann zum Wahnsinn treiben.

Während das Spiel weiterlief, unterhielten Donna und Holly sich über verschiedene Themen, doch irgendwie kam das Gespräch immer wieder auf Peyton. Er schien sich dessen bewusst zu sein. Von Zeit zu Zeit mischte Pattie sich in die Unterhaltung, aber der Hauptteil ihrer Aufmerksamkeit war auf ihren Sohn gerichtet, den Werfer der Mannschaft.

Am Ende des sechsten Durchgangs stand es fünf zu fünf, und Tony Miller war am Abschlag. Nachdem der Schiedsrichter den dritten Fehlschlag anzeigte, kletterte Eric Miller über die Absperrung und schrie ihm eine rüde Beleidigung zu.

„Ich wünschte, dieser Kerl würde zu Hause bleiben", bemerkte Pattie.

Peyton sah sich diesen Miller genauer an. Er hatte etwa die gleiche Größe wie er, doch übertraf dieser ihn an Gewicht um etliche Pfund, die hauptsächlich auf seinen enormen Bierbauch verteilt waren. Der bloße Gedanke daran, dass dieser rüpelhafte Betrunkene Holly belästigte, machte Peyton rasend vor Wut. Falls dieser Kerl sie jemals anrühren sollte ...

Holly erhob sich und streckte den steifen Rücken. „Ich muss zur Toilette. Kommt jemand mit?" Sie sah erst Pattie, dann Donna an.

„Ja", meinte Pattie und erhob sich schnell. Donna jedoch schüttelte den Kopf. Als die beiden Frauen gingen, folgte Salomon ihnen.

„Ich möchte wissen, warum sie mich ‚Peytons kleine Holly' genannt hat", sagte Holly, als sie außer Hörweite waren.

„Was?", fragte Pattie.

Holly winkte und sprach kurz mit einigen Leuten, die ihnen auf dem Weg zu den Toiletten begegneten. „Ich frage mich, weshalb Donna Fields mich als ‚Peytons kleine Holly' bezeichnet hat", wiederholte sie.

„Ich nehme an, sie hat es einfach so dahergesagt. Peyton schien nicht sehr begeistert, als du plötzlich aufkreuztest."

„Ich habe fast das Gefühl, dass Peyton mich nicht mehr sehen will", erwiderte Holly und hielt Pattie die Tür zur Damentoilette auf. „Bleib schön hier", befahl sie Salomon.

„Glaube ich nicht, denn er spricht die ganze Zeit nur von dir", berichtete Pattie, während sie in der Schlange vor den Kabinen warteten.

„Ja, aber nur, weil er wahrscheinlich allen erzählt, was für eine Plage ich bin, und dass er mich ständig aus Schwierigkeiten herausholen muss."

„Ich glaube, Spence und ich wissen immer alles über dich. Du bist Peytons bevorzugtes Thema, und das Seltsame ist, dass er es selbst nicht einmal merkt."

„Hast du es nicht allmählich satt, ihn dauernd von mir reden zu hören?", forschte Holly.

„Die Frage müsste lauten, ob Donna Fields es nach drei Monaten nicht langsam satthat, dauernd von dir zu hören", gab Pattie zurück.

„Was meinst du, warum er ihr von mir erzählt?", wollte Holly wissen.

Pattie lächelte. „Würde Donna glauben, dass sie und Peyton eine gemeinsame Zukunft haben, hätte sie allen Grund, eifersüchtig auf dich zu sein. Aber das ist sie nicht. Ist dir das nicht aufgefallen?"

Bevor Holly etwas darauf erwidern konnte, wurden zwei Kabinen frei. Als die beiden Frauen zurückkamen und sich die Hände wuschen, war der Toilettenraum bis auf Holly und Pattie leer. „Sie liebt Peyton nicht, oder?", fragte Holly und trocknete sich die Hände ab.

„Donna hat mir erzählt, dass sie ihn für einen wundervollen Mann hält und gern mit ihm zusammen ist", erzählte Pattie und rieb die Hände unter dem Trockner. „Aber ich glaube nicht, dass sie ihn liebt. Sie ist Witwe, und ich nehme an, sie empfindet noch immer für ihren toten Ehemann."

„Glaubst du, dass Peyton sie liebt?"

„Nein."

„Aber warum ... ich meine ... nun ..."

„Warum die beiden miteinander ausgehen?" Pattie seufzte. „Peyton ist jetzt sechsunddreißig und will für das Amt des Gouverneurs kandidieren, daher ist es nur natürlich, dass er über eine Ehefrau nachdenkt. Ihm ist nur noch nicht klar geworden, dass er und Donna zwar gute Freunde sind, aber ein schlechtes Paar abgeben würden."

„Dann sind Peyton und Donna also nicht ... ich meine ..."

„Donna Fields ist keine Konkurrenz für dich", beruhigte Pattie sie.

„Wie bitte? Falls du denkst, ich sei an Peyton interessiert, dann ..."

„Du brauchst mir nichts vorzumachen", beruhigte Pattie sie und öffnete die Tür.

Draußen gab Holly Salomon ein Zeichen, ihr zu folgen. „Ich wollte Peyton, seit ich sechzehn wurde und begriff, dass ich mich in ihn verliebt hatte. Aber ich wäre die schlechteste Frau der Welt für ihn. Er hat mir selbst gesagt, dass ich nichts als Ärger für ihn bedeute."

„Da bin ich mir nicht so sicher", entgegnete Pattie. „Okay, wenn ich daran denke, was Peyton mir alles über dich erzählt hat, muss ich zugeben, dass du wohl eine Belastung für einen Politiker bist. Aber andererseits bist du in einigen sehr populären Angelegenheiten die Hauptfigur, und die Leute scheinen dich zu mögen."

„Ich kann's nicht glauben", sagte Holly und blieb plötzlich stehen. „Ich hatte mich so sehr davor gefürchtet, Donna zu begegnen, weil ich wusste, dass sie all das ist, was ich nicht bin. Ich hatte erwartet, sie zu hassen, weil ich sie für die ideale Frau für Peyton und außerdem hochnäsig hielt. Aber ich mag sie, und nun erzählst du mir, sie sei keine Konkurrenz für mich, und dass sie und Peyton kein Liebespaar sind, und …"

„Du meinst, ich versuche dich davon zu überzeugen, dass du die richtige Frau für Peyton bist?"

„Schscht, Pattie, sag das nicht so laut!"

„Warum nicht?"

„Weil es nicht stimmt", beharrte Holly. „Jetzt, wo ich Donna kennengelernt habe, weiß ich, dass sie im Gegensatz zu mir perfekt ist für einen Mann wie Peyton."

„Da gibt es nur ein Problem. Peyton und Donna lieben sich nicht. Sie mag für einen Mann wie Peyton perfekt sein, aber nicht für ihn."

„Peyton und ich sind wie Feuer und Wasser", erwiderte Holly. „Oh nein!", entfuhr es ihr, denn sie hatte plötzlich Eric Miller erblickt, der für einen übergewichtigen Mann ziemlich schnell mit schwankenden Schritten auf sie zukam.

„Was ist los?", wollte Pattie wissen, gerade als Miller Holly anstieß und sie kurz zum Taumeln brachte.

„He, sexy Lady! Hast du Lust auf einen Drink mit in meinen Wagen zu kommen?" Wieder schwankte er, und sein Atem stank nach Alkohol.

„Ich glaube, Sie haben einen zu viel getrunken", wehrte Holly ab.

Miller legte ihr einen Arm um die Hüften und zog sie an sich. „Ich weiß nicht, warum du mich immer abweist. Du hast doch schließlich keinen Mann."

Sie versuchte sich loszumachen. „Lassen Sie mich gehen, Sie verdammter Idiot! Salomon beißt Ihnen die Kehle durch, wenn ich es ihm befehle!"

Wie auf Kommando begann Salomon zu knurren und fletschte die Zähne. Sein Nackenfell sträubte sich.

„Ich hab' doch keine Angst vor 'nem Hund. Ich könnte ihm das Genick brechen", tönte Miller.

„Ich werde Peyton und Spence holen", kündigte Pattie an und lief eilig davon.

„Nein, nicht!", rief Holly ihr nach, aber Pattie hörte nicht mehr. „Eric Miller, Sie sind eine Gefahr für die Gesellschaft!"

„Du wirst diesen Hund nicht auf mich hetzen, und wir beide wissen es." Miller drückte Holly so heftig, dass sie aufschrie. „Wenn du meine Süße sein willst, sollte dir die grobe Tour ein bisschen mehr Spaß machen."

Holly bekam kaum Luft und zählte bis zehn. Wenn sie ihn nur dazu bringen könnte, seinen Griff zu lockern, wäre sie in der Lage, ihm das Knie in den Unterleib zu rammen. Er hatte recht, sie wollte Salomon nicht auf ihn hetzen. Doch wenn es ihr nicht gelang, sich zu befreien, blieb ihr keine andere Wahl.

„Hören Sie zu, Sie Neandertaler, wenn Sie mich nicht loslassen, werde ich sehr wohl den Hund auf Sie hetzen!"

Millers Gesicht näherte sich ihrem, bis seine Nase ihre berührte. „Gib mir einen kleinen Vorgeschmack auf das, was ich will", forderte er sie auf.

Das genügte. Gerade als sie den Mund öffnete, um Salomon den Befehl zu geben, lockerte sich sein Griff. Hinter ihm entdeckte sie Peyton, dessen große Hand auf Millers Schulter lag.

„Lassen Sie die Lady los!" Peytons Stimme klang eiskalt.

Miller drehte sich schwerfällig zu ihm um und starrte ihn wütend an. „Wer zum Teufel … Ach ja, Sie sind der schnieke Anwalt, an dem Holly so hängt, was?"

„Ich bin der, der Ihnen sagt, dass Sie, wenn Sie Holly noch einmal anrühren, nicht lange genug leben werden, um es zu bereuen!"

Miller lachte höhnisch. „Wollen Sie mir drohen?" Er streckte seine Brust heraus, sodass sein mächtiger Bauch nur noch wenige Zentimeter von Peyton entfernt war.

„Ich stelle nur eine Tatsache fest. Lassen Sie Holly in Ruhe, oder ich knöpfe Sie mir persönlich vor, falls ich Sie nicht hinter Gitter bringen kann", warnte Peyton ihn.

„Ach ja?"

Holly stand da und starrte Peyton an, als hätte sie ihn noch nie zuvor gesehen. Was tat er? Wusste er, was er da sagte? Es wäre nicht gerade gut für ihn, wenn die Zeitungen schrieben: „Gouverneurskandidat bedrohte Mann wegen einer Frau!"

„Du brauchst mich nicht zu beschützen", verkündete Holly und stemmte die Fäuste in die Hüften.

„Halt dich da raus", befahl Peyton ihr.

„Ich soll mich raushalten?" Holly bemerkte jetzt Spence. Ihm auf dem Fuße folgten Pattie und Donna Fields.

„Brauchst du Hilfe, Peyton?", erkundigte sich Spence.

„Ich denke, ich werde allein damit fertig", erwiderte Peyton.

„Was meinen Sie, Miller?"

„Ich bin nicht so dämlich, mich mit zwei Kerlen gleichzeitig anzulegen." Er drehte sich um und sah unter schweren Lidern

Holly an. „Nächstes Mal suche ich mir einen ruhigeren Ort, um mit dir einen kleinen Plausch zu halten", drohte er ihr.

Peyton wollte auf Miller losgehen, doch Holly stellte sich zwischen die beiden Männer. „Verschwinden Sie endlich, Miller!"

„Ist das nicht süß? Hast du Angst, ich könnte deinem hübschen Jungen die Nase blutig schlagen?", höhnte er.

„Nein, ich habe Angst, Peyton könnte Ihnen den Schädel einschlagen und wegen Mordes ins Gefängnis kommen." Dann wandte sie sich an Peyton: „Lass ihn gehen."

Mit einem Grinsen in seinem fleischigen Gesicht ging Miller schwankend in Richtung Parkplatz davon.

Peyton ergriff Holly beim Arm und zog sie von den neugierigen Zuschauern fort. „Was soll das?", wollte sie wissen und machte sich von ihm los, als sie hinter dem Imbissstand angelangt waren.

Peyton schob sie gegen die Wand, stützte sich mit den Händen zu beiden Seiten ihres Kopfes ab und sah ihr in die Augen. „Was, zum Teufel, soll ich bloß mit dir machen?", meinte er mit bebender Stimme. Seine Hände zitterten.

„Das war nicht meine Schuld", verteidigte sie sich. „Außerdem habe ich dich nicht um Hilfe gebeten. Es war Patties Idee, dich zu holen. Salomon und ich hatten alles unter Kontrolle." Sie deutete auf den Hund, der ihnen gefolgt war und jetzt in einem Abfalleimer schnüffelte. „Aber keine Angst, sobald die Gerichtsverhandlung vorbei ist, werde ich dich nie mehr wieder belästigen."

„Wirklich? Wirst du in der Lage sein, dich aus Schwierigkeiten herauszuhalten, wenn gleich drei Männer im Bezirk dir an den Kragen wollen? Cliff Nolan würde nicht zögern, dich zu verprügeln, dieser verrückte Miller scheint zu einer Vergewaltigung fähig, und Lobo Smothers würde zweifellos dich und jeden anderen umbringen, der ihm in die Quere kommt."

„Ich habe ein Gewehr und einen Hund. Ich kann auf mich selbst aufpassen", konterte Holly.

„Bist du so dumm, oder tust du nur so?", brauste Peyton auf. „Nolan, Miller und Smothers sind gefährlich. Du brauchst jemanden, der dich beschützt. Deine Brüder wussten das, sonst hätten sie mich nicht gebeten, auf dich aufzupassen."

„Ich brauche keinen Aufpasser!"

Peyton packte sie bei den Schultern und schüttelte sie sanft. Schweißperlen standen ihm auf der Stirn und der Oberlippe. Er hätte Holly am liebsten übers Knie gelegt und so lange zappeln lassen, bis sie ihm versprach, vorsichtig zu sein. Nein, besser in den Arm genommen und geküsst. Der bloße Gedanke daran, Holly könnte etwas zustoßen, jagte ihm Angst ein.

„Versprich mir, dass du dich nicht mehr in die Nähe von Cliff Nolans Haus begibst, und dass du nicht auf eigene Faust versuchst, Lobo Smothers zu überführen", verlangte er. „Und falls Eric Miller dir noch einmal zu nahe kommt, rufst du sofort Lowell an."

Es kostete Hollys ganze Willenskraft, sich nicht an seine Brust zu werfen. Sie spürte seinen Zorn, doch sie spürte auch etwas anderes. Er hatte wirklich Angst um sie.

„Ich werde mich von jetzt an bis zur Gerichtsverhandlung so gut wie möglich benehmen. Das verspreche ich." Der Gedanke, sie könnte für negative Schlagzeilen um Peytons Person verantwortlich sein, war ihr unerträglich. Schließlich würde es schon genug Wirbel geben, weil er sie vor Gericht verteidigte. Sie wollte ihm bei seiner Kandidatur um das Amt des Gouverneurs keine weiteren Steine in den Weg legen.

Obwohl Peyton wusste, dass es für ihn besser wäre, wenn er Holly auf der Stelle losließe, konnte er es nicht. Noch nicht. Es war ein Fehler gewesen, Holly überhaupt zu berühren. Allein das Gefühl ihrer angespannten schmalen Schultern unter seinen Händen erregte ihn. Sein Verstand hatte ihm immer wieder gesagt, wie wenig er und Holly zusammenpassten. Unglücklicherweise hatte sein Körper da eigene Ansichten. Doch er durfte nicht zulassen, dass die Begierde über seinen Verstand siegte. Holly war zehn Jahre jünger als er, und er war mit ihren Brüdern befreundet. Sie durfte nicht einmal merken, wie er für sie empfand, denn sonst würde sie falsche Schlüsse ziehen. Nein, er wollte keinen Vorteil aus der Situation ziehen, wenn es ihm nur um Sex ging.

„Versuch dich aus allem Ärger herauszuhalten, um unser beider willen", ermahnte er sie noch einmal, ließ sie los und trat einen Schritt zurück. Verlangen regte sich in ihm bei ihrem Anblick. Diese großen braunen Augen, diese vollen Schmolllippen, dieses störrisch vorgeschobene Kinn. Warum konnte er nicht dasselbe empfinden, wenn er Donna ansah?

„Es war nie meine Absicht, dir Probleme zu machen", sagte Holly.

„Ich weiß."

„Ich glaube, du solltest jetzt besser zurückgehen, damit Spence und Pattie den Rest des Spiels sehen können", erinnerte sie ihn.

„Du hast vermutlich recht", sagte er. Doch er zögerte noch.

„Ach, Peyton?"

„Ja?"

„Ich mag Donna. Sie ist eine nette Lady. Und sie ist genau richtig für dich."

„Ja, du hast recht. Sie ist genau richtig für mich", stimmte er ihr zu. Sie ist wirklich eine Frau, wie man sie sich nur wünschen kann, dachte er, nur dass sie nicht diesen inneren Aufruhr in mir auslöst. Abrupt drehte er sich um.

Holly sah ihm nach, wie er zu Donna und den anderen hinüberging. Dort gehörte er hin – zu einer Frau, auf die er stolz sein konnte, einer Frau, die seiner Intelligenz und seinem gesellschaftlichen Status entsprach, einer Frau, die seiner politischen Karriere nützlich war und ihr nicht schadete.

3. Kapitel

Peyton saß ausgestreckt in dem blauen Ledersessel in seinem Apartment in Jackson, ein Glas Scotch in der einen Hand, eine halb aufgerauchte Zigarre in der anderen. Vor fünfundvierzig Minuten hatte er Donna nach Hause gebracht, nachdem er sich mit dem Vorschlag, die Nacht gemeinsam zu verbringen, zum Narren gemacht hatte. Sie hatte ihm sanft, aber bestimmt zu verstehen gegeben, dass sie keinen Sex wolle. Vermutlich sollte er ihr dankbar dafür sein, dass sie in dieser Angelegenheit mehr Verstand als er bewiesen hatte, doch in seinem Zustand der Erregung war das schwer. Es lag schon eine Weile zurück, seit er zuletzt mit einer Frau zusammen gewesen war. In der Vergangenheit hatten die Beziehungen zu Frauen ihm unkomplizierten Sex beschert. Doch mit Donna war es etwas anderes. Sie hatte ihm auf unmissverständliche Weise erklärt, dass sie nicht beabsichtige, als Ersatz für eine andere Frau herzuhalten. Als Peyton ihr gesagt hatte, es gebe keine andere Frau, hatte sie ihm ins Gesicht gelacht. Donna war viel zu klug, als dass man ihr etwas vormachen konnte.

Das Problem war, dass er Holly begehrte, aber nicht wagte, sie zu lieben. Obwohl sie für die meisten Männer eine ideale Ehefrau wäre, konnte Peyton sie sich nicht als First Lady des Staates Tennessee vorstellen. Überhaupt war sie nicht der Typ Frau, den man sich an der Seite eines Politikers vorstellen konnte. Nein, Holly Bishop mochte zwar die süßeste, hübscheste und begehrenswerteste Frau sein, die er kannte, doch sie passte nicht zu dem Lebensstil, den er für sich selbst gewählt hatte.

Und er selbst passte ebenso wenig zu ihrem Lebensstil. Er

würde niemals der Typ Mann sein können, den sie brauchte. Peyton war schon viel zu festgelegt in seinem Weg, viel zu sehr in der Familientradition verhaftet, um daraus auszubrechen. Er war nicht der Rebell, der sein jüngerer Bruder stets gewesen war. Nein, Peyton Marshall Rand befolgte die Regeln. Er war ein Verstandesmensch, ein Experte, wenn es darum ging, Dinge nüchtern zu betrachten. Er wusste, wie hoch der Preis war, wenn man gewinnen wollte, und er war bereit, ihn zu zahlen. Deshalb verlor er auch nie.

Holly Bishop hingegen ließ sich nur von ihren Gefühlen und der Stimme ihres Herzens leiten. Immer trat sie als Kämpferin für die Außenseiter auf, immer versuchte sie, alles Unrecht dieser Welt zu bekämpfen. Nie dachte sie vorher über die Konsequenzen nach, sondern stürzte sich sofort in irgendwelche Situationen.

Hätte sie ihm nicht ihre Schwärmerei für ihn gestanden, vielleicht wäre er dann mit ihr ins Bett gegangen. Doch er durfte nicht riskieren, dass sie sich wirklich in ihn verliebte und er ihr Herz brach. Holly verdiente etwas Besseres als eine flüchtige Affäre – eine Affäre, die lediglich dazu dienen würde, sie endlich aus seinen Gedanken zu vertreiben.

Verdammt, er musste aufhören, über diese Frau nachzudenken! Es musste doch einen Weg geben, sie aus seinem Kopf zu bekommen. Wenn nur Donna ... Nein, das würde nicht funktionieren. Und es wäre weder Donna noch ihm selbst gegenüber fair.

Warum musste von allen Frauen dieser Welt ausgerechnet Holly derart intensive Gefühle in ihm auslösen? Um Himmels willen, sie wären ein katastrophales Paar. Sie würden sich das Leben gegenseitig schwer machen. Das Schicksal schien sich über sie beide lustig zu machen. Peyton Rand und Holly Bishop passten einfach nicht zueinander. Das Problem war nur, dass ihre Körper das nicht zu wissen schienen.

Holly warf sich unruhig in ihrem Bett hin und her. Sie hatte rasende Kopfschmerzen, die nicht einmal mehrere Aspirin lindern konnten. Was war der Grund dafür? Stress? Anspannung? Sorge wegen der bevorstehenden Gerichtsverhandlung? Peyton Rand?

Durch das geöffnete Fenster wehte eine kühle Brise herein und bewegte sanft die Vorhänge. Salomon, der auf einem Teppich neben der Tür lag, hob kurz den Kopf und sah zu Holly herüber, ehe er sich wieder in seine entspannte Position begab. Sheba, die Mischlingskatze, die Holly aus dem Tierheim geholt hatte, schlief zusammengerollt in einem alten Koffer neben dem Bett.

Holly stand auf und schlüpfte in ihren gelben Bademantel. Sie musste etwas zur Beruhigung trinken. Heißen Tee, nein, besser noch heiße Schokolade. Als sie über den Flur ging, erinnerte der kalte Holzfußboden sie daran, dass sie vergessen hatte, die Hausschuhe anzuziehen.

Sie schaltete das Licht in ihrer zwar sauberen, aber hoffnungslos unordentlichen Küche ein. Dann trat sie ans Fenster und sah hinaus in den vom Mondlicht beschienenen Garten.

Morgen war die Verhandlung. Holly hatte das Versprechen an Peyton gehalten und jeglichen Streit vermieden. Doch sie hatte Peyton vermisst und fragte sich, ob er wohl jeden Abend mit Donna Fields ausgegangen war.

Obwohl Pattie ihr versichert hatte, dass Donna keine Konkurrenz für sie war, glaubte sie es nicht. Selbst wenn Peyton und Donna einander nicht liebten, hieß das noch lange nicht, dass sie nicht doch heiraten würden. Die Leute heirateten aus allen möglichen Gründen, nicht nur aus Liebe.

Ihr Herz schmerzte bei der Vorstellung, Peyton könne eine andere Frau lieben. Oh, sie wusste, dass er viele Frauen gehabt hatte, doch war nie Liebe im Spiel gewesen. Tief in ihrem Innern hoffte sie vermutlich, er würde sie eines Tages ansehen und erkennen, dass er sie so liebte wie sie ihn.

Na, bestimmt, dachte Holly, und Schweine können fliegen. Außerdem war sie ohne Peyton viel besser dran. Der Mann war ein Fanatiker, wenn es darum ging, andere zu kontrollieren. Pausenlos kommandierte er herum und wusste stets alles besser. Er glaubte, dass sie ihr Leben vergeudete, wenn sie mit Mike die Werkstatt führte, anstatt zurück aufs College zu gehen.

„Er versteht einfach nicht, dass das College mich zu Tode langweilt, dass ich Autos und Lastwagen mag, und dass es mir gefällt, mein eigener Boss zu sein", sagte Holly laut in die Stille hinein.

Plötzlich klingelte das Telefon, und sie sah zur Uhr. Es war bereits Viertel nach elf. Wer konnte so spät noch anrufen? Mike hatte diese Woche Bereitschaft beim Abschleppdienst.

Sie lief ins Wohnzimmer, wo das Telefon stand, und nahm den Hörer ab. „Hallo?"

„Holly, hier spricht Loretta Nolan." Die Stimme der Frau zitterte. „Bitte ... bitte helfen Sie mir!"

„Was ist passiert, Loretta? Hat Cliff Sie wieder geschlagen?"

„Ich ... ich bin so weit, ihn zu verlassen. Bitte ... oh, lieber Gott, bitte ..."

Holly packte den Hörer fester. „Ist er da? Weiß er, dass Sie mich anrufen? Sind Sie und die Kinder in Sicherheit?"

„Er war hier ... aber jetzt ist er wieder ... fort. Den Kindern geht es gut. Sie haben nur Angst", berichtete Loretta mit tränenerstickter Stimme. „Er hat mir ein blaues Auge geschlagen, und ich habe eine aufgeplatzte Lippe, aber es geht schon."

„Hören Sie, Sie packen jetzt das Nötigste zusammen, und ich komme zu Ihnen, so schnell ich kann", erklärte Holly.

„Ich ... ich werde nie mehr zu ihm zurückgehen. Er ... er hat gedroht ... ich hab solche Angst um die Kinder." Lorettas Stimme ging in ein Schluchzen über.

„Bleiben Sie ruhig. Ich bin schon unterwegs." Holly legte auf und lief ins Schlafzimmer. Danke, lieber Gott, dass Loretta endlich zur Vernunft gekommen ist, bevor er sie oder die Kinder noch umgebracht hätte, betete sie.

Sie streifte Bademantel und Nachthemd ab und zog eine Jeans sowie ein übergroßes langärmeliges Holzfällerhemd an. Während sie in die Turnschuhe schlüpfte, fiel ihr plötzlich wieder ihr Versprechen ein, dass sie sich aus allem, was Ärger bedeuten könnte, heraushalten wollte.

Doch dies war nicht ihr Ärger; es war Lorettas Problem. Würde Peyton das verstehen? Würde er wütend sein, dass sie so kurz vor ihrer Verhandlung wegen des Schusses auf Cliff Nolan deren Frau und Kindern half, vor ihm zu fliehen? Es konnte nicht in Peytons Sinne sein, dass Loretta weiter bei ihrem gewalttätigen Mann blieb.

Als sie sich fertig angezogen hatte, kehrte sie zum Telefon im Wohnzimmer zurück und wählte Peytons Nummer.

„Hallo?", meldete er sich.

„Hier spricht Holly. Es tut mir leid, dich so spät noch zu stören, aber … nun, ich habe ein kleines Problem."

„Es sind keine zwölf Stunden mehr bis zu deiner Verhandlung", stöhnte er. „Kannst du dieses Problem nicht ohne mich lösen?"

„Natürlich kann ich das!"

„Warum rufst du mich dann an?", beschwerte er sich.

„Weil ich versprochen habe, mich aus Schwierigkeiten herauszuhalten. Ich hielt es für richtig, dich zu warnen, weil das, was ich jetzt tun werde, mir noch mehr Ärger mit Cliff Nolan einbringen könnte." Holly war in diesem Moment kurz davor aufzulegen, doch das würde Peyton nur wütend machen, und sie brauchte ihn morgen vor Gericht auf ihrer Seite.

„Was hast du denn vor?"

„Ich werde zu Loretta Nolan fahren und sie und die Kinder abholen. Sie ist endlich zur Vernunft gekommen. Sie will Cliff verlassen, aber sie braucht dabei meine Hilfe", erklärte Holly.

„Gütiger Himmel!", stieß Peyton aus.

„Egal, was du sagst, du wirst mich nicht aufhalten. Also gib dir keine Mühe."

„Ist Cliff Nolan denn zu Hause?", erkundigte sich Peyton.

„Nein, Loretta sagte, er sei fort", berichtete Holly.

„Dann fahr los und hol sie und die Kinder. Nimm sie mit zu dir, ich werde dann so schnell wie möglich bei dir sein", versprach er.

„Willst du damit sagen, du hast nichts dagegen?", fragte sie ungläubig.

„Schließ alle Türen ab, halt den Hund bei dir und lade dein Gewehr. Verstanden, Holly? Du wirst Nolan verdammt wütend machen."

„Du brauchst wirklich nicht den ganzen Weg von Jackson hierher zu fahren", bemerkte sie.

„Holly, ich werde jetzt ein paar Anrufe machen. Loretta muss in Sicherheit gebracht werden. Irgendwo, wo Cliff sie nicht finden kann."

Holly nickte, dann fiel ihr ein, dass er es ja nicht sehen konnte. „In Ordnung", sagte sie schnell. „Es gibt für so etwas ein Haus in Marshallton."

„Du fährst jetzt los und holst Loretta und die Kinder, und ich bereite alles telefonisch vor, wenn ich auf dem Weg zu dir bin", sagte Peyton.

Holly wünschte, er wäre schon bei ihr. Sie würde ihm vor Dankbarkeit um den Hals fallen und ihn innig küssen. „Danke. Du bist fabelhaft, weißt du das?"

„Du auch, Holly, du auch."

Peyton stand in der Tür zu dem kleinen Zimmer, in dem Loretta ihre beiden Kinder zu Bett gebracht hatte. Richie sah von seinem Bett aus Holly an, und sein Kinn zitterte vor Anstrengung, nicht zu weinen.

„Hier seid ihr alle in Sicherheit", sagte Holly tröstend. „Ich werde jeden Tag anrufen. Allerdings werde ich für eine Weile nicht herkommen, für den Fall, dass Cliff mir versucht zu folgen."

„Danke." Loretta kniete noch immer neben dem Bett und strich über die Bettdecke. „Ich hätte schon eher auf Sie hören sollen. Dann hätte ..."

„Die Vergangenheit spielt jetzt keine Rolle mehr", beruhigte Holly sie, holte tief Luft und bemühte sich, nicht auf die Blutergüsse und das getrocknete Blut an Lorettas Lippe zu starren. Wut stieg in ihr auf über das, was Menschen einander antaten.

„Ich werde niemals vergessen, was Sie und Mr. Rand für mich und meine Kinder getan haben." Loretta stand auf, zuckte jedoch zusammen, als sie das Gewicht auf das linke Bein verlagerte.

„Sie schulden uns nichts, Mrs. Nolan", versicherte Peyton ihr, ging zu Holly und legte ihr einen Arm um die Taille. „Aber Sie schulden sich selbst und Ihren Kindern ein besseres Leben. Die Leute hier können Ihnen helfen, und Holly und ich werden es auch, so weit wir dazu in der Lage sind."

„Ich werde mich bald wieder melden", meinte Holly und konnte der Versuchung nicht widerstehen, sich gegen Peytons Körper zu lehnen. Was sollte sie nur ohne ihn tun?

Richie kletterte flink aus dem Bett, lief auf Holly zu und umschlang ihre Beine. „Ich hab' dich lieb, Holly, weil du dafür gesorgt hast, dass mein Daddy mir und Whitey nicht mehr wehtun kann." Tränen liefen ihm übers Gesicht. „Du ... musst für mich auf Whitey aufpassen. Er ist ein guter Hund."

Peyton ließ Holly los, und sie wischte dem Jungen die Tränen ab. „Ich werde jemanden finden, der sich um Whitey kümmert. Mach dir keine Sorgen." Sie nahm sich vor, für Richies Hund ein liebevolles Zuhause zu finden.

Loretta zog ihren Sohn von Holly fort und nahm ihn tröstend

in die Arme. Mutter und Sohn sahen Holly erschöpft, aber voller Dankbarkeit an. „Wenn Sie möchten, dass ich morgen für Sie aussage, dann werde ich zum Gericht kommen", bot Loretta an.

„Nein, das ist nicht nötig." Holly hatte nicht einmal darüber nachgedacht, dass Loretta gegen ihren Mann aussagen könnte. „Du hast doch nicht vor, sie als Zeugin zu benennen, oder?", wandte sie sich an Peyton.

„Ich denke, wir bekommen die Sache ohne Sie in den Griff, Mrs. Nolan. Es wird für Sie besser sein, wenn Ihr Mann nicht erfährt, wo Sie und die Kinder sich aufhalten." Peyton war sich sehr sicher, dass Hollys Wort gegen das von Cliff Nolan zur Verteidigung vor Richter Proctor genügte. „Gehen wir, damit Mrs. Nolan und die Kinder endlich zur Ruhe kommen", meinte er zu Holly und drückte sie kurz an sich.

Holly warf der Frau und den Kindern noch einen letzten Blick zu und bemühte sich um ein Abschiedslächeln. Dann folgte sie Peyton hinaus in den Flur. Als sie schon fast am Eingang angelangt waren, blieb sie plötzlich stehen und lehnte, von heftigem Schluchzen geschüttelt, den Kopf an die Wand.

Peyton konnte ihren Schmerz verstehen, doch er ertrug es nicht, zu sehen, wie sie litt. Wenn nur jeder sich so um seine Mitmenschen kümmern würde, gäbe es auf dieser Welt keine Ungerechtigkeit mehr, ging ihm durch den Sinn.

Er berührte sie sanft und drehte sie langsam zu sich um, bis ihr Kopf an seiner Brust lag. Er hob ihr Kinn an, damit sie ihn ansah. Am liebsten hätte er ihr die Tränen, die ihr über die Wange liefen, fortgeküsst. „Nicht weinen, Liebes. Alles wird gut werden."

Sie seufzte tief, umarmte ihn und genoss das Gefühl seiner harten Muskeln an ihrer Wange, lauschte seinem gleichmäßigen Herzschlag. „Warum, Peyton? Sag mir nur, warum? Wie kann jemand einem anderen solchen Schmerz zufügen? Vor allem, wenn er vorher erklärte, diesen Menschen zu lieben? Ich verstehe es nicht."

Peyton streichelte ihr den Rücken und hielt sie tröstend im Arm. „Ich weiß es nicht. Die Psychologen sagen, dass Missbrauch ein Teufelskreis ist und die Ursachen dafür in der Erziehung liegen. Cliff Nolan ist als Kind wahrscheinlich ebenfalls geschlagen worden."

„Aber wie, um alles in der Welt, kann er dann ..." Ein Zittern erfasste Holly. „Ich habe auf ihn geschossen, Peyton. Ich habe ihm auch Schmerzen zugefügt."

„Komm, gehen wir", forderte er sie auf. „Ich bringe dich nach Hause."

Halb führte er sie, halb zog er sie in die kalte Nachtluft hinaus und dann schnell in die Wärme seines Wagens. Holly lehnte sich auf dem Beifahrersitz zurück und schloss die Augen. Als Peyton hinter dem Lenkrad Platz genommen hatte, streckte er die Hand nach ihr aus, und seine Finger berührten ihre Wange. Sie sah ihn an, und er starrte in diese verlockenden Augen, die ihn geradezu herausforderten, von der verbotenen Frucht zu kosten. Er beugte sich weiter zu ihr vor, und Holly schloss erneut die Augen.

Peyton wich abrupt zurück und ließ den Motor an. Er hatte sie tatsächlich küssen wollen. Was, zum Teufel, ging in ihm vor? Er hatte nie aus Hollys Gefühlen einen Vorteil gezogen, und er würde jetzt nicht damit anfangen. Besonders nicht dann, wenn sie so verletzlich war.

Als der Motor des Wagens ansprang, öffnete sie die Augen. Was war passiert? Sie war so sicher gewesen, dass Peyton sie küssen würde. Im Halbdunkel starrte sie ihn an. Gelegentlich fiel ein Lichtschein von den Straßenlaternen auf sein Gesicht, während sie Richtung Marshallton fuhren. Peytons Blick war unverwandt auf die Straße gerichtet, und sein markantes Profil wirkte hart, sein Körper angespannt.

Holly verspürte den verzweifelten Wunsch, die Hand auszustrecken und ihn zu berühren, um seine Angespanntheit zu lösen. Doch sie fürchtete, sich einen eiskalten Blick und seine Zurückweisung einzuhandeln. So beobachtete sie ihn schweigend weiter, während er den Wagen über den Highway lenkte.

Peytons Gesicht wirkte äußerst männlich mit der schmalen Nase, den scharf geschnittenen Wangenknochen und dem Grübchen im Kinn. Er war groß und breitschultrig, und sein drahtiger muskulöser Körper erinnerte an die Cowboys des Wilden Westens. Doch Peyton war alles andere als ein Cowboy. Inmitten politischer und gesellschaftlicher Macht aufgewachsen, kannte er die Regeln, nach denen diejenigen, die die Welt kontrollierten, lebten. Die Männer fürchteten Peyton Rand, und die Frauen bewunderten ihn.

Auch Holly Bishop bewunderte ihn. Er war, solange sie denken konnte, ihre geheime Liebe gewesen. Und in all den Jahren hatte sich für sie nichts daran geändert. Doch er konnte niemals ihr gehören. Sie würde nie in seiner Welt und nach seinen Regeln leben können, würde sich nie in eine folgsame, ihren Mann anhimmelnde und politisch korrekte Ehefrau verwandeln.

Selbst wenn Peyton lernen würde, sie zu lieben, selbst wenn er sie als seine Lebensgefährtin wollte, so würde sie ihn dennoch nicht heiraten können. Holly war nun einmal so, wie sie war, und sie konnte sich nicht ändern. Sie wollte es auch nicht. Eine Frau mit ihrer Herkunft und ihren eigenen Wertvorstellungen und moralischen Maßstäben würde niemals in diese oberflächlichen, selbstgefälligen, kriecherischen Kreise passen, von denen Peyton Rand hofiert wurde.

Ihr Hals schnürte sich zusammen, und sie wandte sich schnell ab. Sie wollte nicht, dass Peyton sie noch einmal weinen sah. Für heute hatte sie sich schon genug von ihm trösten lassen. Vermutlich hielt er sie für die dümmste weinerlichste Frau, die ihm je begegnet war.

Holly schluckte hart und sah ihn wieder verstohlen von der Seite an. Er hielt den Blick nach wie vor auf die Straße gerichtet. Sein brauner Leinenanzug war leicht zerknittert, die Jacke offen. Das mauvefarbene Seidenhemd war zwar bis oben zugeknöpft, doch trug er keine Krawatte. Seine Erscheinung verriet eine lässige Eleganz, die nur sehr wenige Männer ausstrahlten. Wie konnte dieser Mann mitten in der Nacht nur so unglaublich gut aussehen?

Sie drehte sich halb um und starrte aus dem Seitenfenster in die schwarze Nacht hinaus. Sie wünschte sich Trost in dieser Welt, die sie nicht verstand, und dann auch noch von einem Mann, den sie nicht lieben durfte.

Salomon und Whitey begrüßten sie in der Auffahrt, als Peyton den Jaguar vor Hollys Haus stoppte. Sheba lag auf der Verandaschaukel und leckte sich ausgiebig die Pfoten.

Weder Peyton noch Holly machten Anstalten, aus dem Wagen zu steigen. Langsam wandte Peyton sich ihr zu und sah sie an. Sie hob den Kopf und erwiderte seinen Blick. „Danke für deine Hilfe", sagte sie. „Und für dein Verständnis."

„Du solltest dich besser noch etwas hinlegen. Die Verhandlung beginnt morgen früh um elf." Er wusste, er sollte jetzt aussteigen und Holly wie ein Gentleman die Tür öffnen. Dann sollte er sich von ihr verabschieden und so schnell wie möglich von hier verschwinden. Doch er konnte es nicht. Das Verlangen, bei ihr zu sein, sie anzusehen, ihren Duft einzuatmen, zwang ihn, den Abschied hinauszuzögern.

„Ich nehme an, es ist schon ziemlich spät", meinte sie. In ihrer Eile hatte sie vergessen, ihre Uhr umzulegen.

Peyton schaltete die Innenbeleuchtung des Wagens ein und sah auf die Uhr im Armaturenbrett. „Es ist bereits nach drei."

„Dann wird es höchste Zeit, dass ich hineingehe."

„Ja. Morgen früh fühlen wir uns bestimmt wie gerädert."

„Ich glaube nicht, dass ich schlafen kann", erklärte Holly und sah ihn offen an, obwohl sie wusste, dass er ihr Verlangen an ihren Augen ablesen konnte.

Er fuhr sich durchs Haar. „Ich kann vermutlich auch nicht schlafen."

„Du ... du könntest auf einen Kaffee hereinkommen." Du Närrin, schalt sie sich im selben Moment. Tu dir das doch nicht an. Du bettelst ja förmlich darum, dass er bei dir bleibt.

„Kaffee ist eine gute Idee", sagte er und dachte: Was bist du für ein Trottel! Er wusste nur zu gut, dass er sich mit Holly zusammen nicht in verfängliche Situationen begeben sollte, und nun war er mitten in der Nacht im Begriff, ihr ins Haus zu folgen. Kaffee war nicht das Einzige, was sie ihm anbot, und es war nicht das Einzige, was er von ihr wollte.

Drinnen im Haus schaltete Holly das Licht ein, und als Peyton ihr durch das Wohnzimmer zur Küche folgte, erkannte er an ihrem Gang die nervöse Anspannung. Dann sah er sich noch kurz im Wohnzimmer um, wobei er feststellte, dass es zwar gemütlich, aber unaufgeräumt war. Automatisch verspürte er das Bedürfnis, Ordnung zu schaffen.

„Setz dich", forderte sie ihn in der Küche auf. „Der Kaffee dauert nicht lange. Oder möchtest du Instantkaffee?" Sie hätte sich am liebsten selbst geohrfeigt für diese Einladung, die sie sicher noch bereuen würde.

„Lieber richtigen Kaffee", antwortete er. Er streckte die Hand nach ihr aus, besann sich jedoch eines Besseren. „Wir können ja über die Gerichtsverhandlung sprechen und noch einmal ein paar kritische Punkte durchgehen, während wir auf den Kaffee warten."

Peyton zog sich einen Stuhl heran und setzte sich. Die Wände und die Kücheneinrichtung waren weiß, und die Fenster gaben den Blick auf den Garten und ein paar Bäume frei. Wie schon das Wohnzimmer war auch die Küche recht unordentlich. Es war offensichtlich, dass Holly das Haus wirklich bewohnte.

Peyton hatte nie etwas auf diese Art bewohnt. In seinem Elternhaus hatte seine Großmutter den Haushalt mit der Strenge einer

Internatsdirektorin geführt. Er und Spence sowie ihre ältere Schwester Valerie hatten feste Schlafens- und Weckzeiten gehabt, sogar an den Wochenenden. Sie durften immer nur mit einem Spielzeug spielen, das stets wieder ordentlich weggeräumt werden musste. Laute Musik war verboten. Krach, ja selbst Herumtoben war nicht erlaubt. Das Essen wurde im Esszimmer von Bediensteten serviert.

Peytons Apartment war von einer Innenarchitektin ausgestattet, mit der er vor Jahren gegangen war. Sie hatte ihm erklärt, es spiegele seine Persönlichkeit wider. Falls das stimmte, musste er ein kalter farbloser Typ sein, der in Schwarz-Weiß-Kategorien dachte. Alle Möbel waren schlank und ultramodern. Und alles stand genau ausgerichtet an seinem Platz. Es gab keine Unordnung, kein schmutziges Geschirr im Spülbecken, keine nassen Handtücher auf dem Boden, keine Krümel auf dem Tisch. Ihm gefiel sein geordnetes Leben. Sein Verstand funktionierte am besten, wenn er alles in seiner Welt unter Kontrolle hatte.

Wie aufs Stichwort, als wollte sie ihn an den einen Aspekt erinnern, den er niemals unter Kontrolle haben würde, nahm Holly einen Stuhl und setzte sich ihm gegenüber. „Ich habe Pfirsichkuchen. Möchtest du ein Stück zum Kaffee?", bot sie ihm an. Sie hatte keine Lust, über die morgige Verhandlung zu sprechen. Sie hatte nicht einmal Lust, sich über die Zukunft von Loretta Nolan und ihrer Kinder zu unterhalten. Alles, was Holly wollte, war, von Peyton in den Arm genommen werden. Sie wollte von ihm geliebt werden. Doch das ging nicht.

„Pfirsichkuchen?", wiederholte er. „Wenn ich mich recht erinnere, waren deine Kochkünste nicht viel besser als die deiner Brüder."

Sie entspannte sich etwas. „Sheila hat mir vor einigen Jahren Kochunterricht gegeben."

„Ist er genießbar?", wollte Peyton wissen.

„Mein Pfirsichkuchen? Selbstverständlich, aber ich bin nicht sicher, ob ich dir jetzt noch ein Stück anbieten will", erklärte sie.

Er lachte, und seine Anspannung ließ ebenfalls nach. Ohne nachzudenken, ergriff er ihre Hand. Holly zuckte zusammen und versteifte sich. Liebevoll strich er mit dem Daumen über ihren Handrücken.

„Mach dir wegen der Verhandlung morgen keine Sorgen, auch nicht wegen Loretta Nolan", beruhigte er sie. „Es wird sich alles zum Guten wenden."

„Meinst du?"

Diese Frage ließ ihn stutzen. Er wusste sehr genau, dass Holly nicht nur auf die Verhandlung oder Loretta anspielte, sondern auf das Verhältnis zwischen ihnen beiden. „Nach dem Gerichtsverfahren sollten wir einmal über alles sprechen", schlug Peyton vor.

„Warum nicht jetzt?"

Peyton war noch nicht so weit, die Verbindung zu Holly abzubrechen. Nicht heute Nacht. Doch um ihrer beider willen musste er ihre Freundschaft aufgeben. Keiner von ihnen würde wie bisher weitermachen können.

„Es ist früh genug, wenn wir nach der Verhandlung miteinander sprechen. Ich lade dich zum Dinner ein, und wenn ich dich anschließend nach Hause fahre, werden wir unser kleines Gespräch haben", versicherte er ihr.

Holly konnte ihm nicht in die Augen sehen. Sie fürchtete zu sehr, er könne den Schmerz und ihre Liebe für ihn darin entdecken. Sie wusste es, morgen würde er die Verbindung zwischen ihnen lösen und sich von der Last ihrer Freundschaft befreien. Sie blickte zur Kaffeemaschine. „Der Kaffee ist fertig."

Abrupt sprang sie auf und goss ihnen beiden einen Becher voll ein. Als sie sich wieder setzte, hob sie den Becher, als wollte sie mit Peyton anstoßen. „Auf morgen. Auf das Ende von etwas, das niemals hätte beginnen dürfen." Sie war den Tränen nahe und musste schlucken. Ihre Hände zitterten.

„Holly ..." Peyton sah sie an und wünschte im gleichen Moment, er hätte es nicht getan. „Du weißt, dass nie wirklich etwas zwischen uns gewesen ist. Nur so etwas wie Freundschaft und brüderliche Fürsorge von meiner Seite. Und eine Teenagerschwärmerei von deiner Seite."

Holly setzte den Becher heftig ab, wobei sie etwas Kaffee verschüttete. Dunkle Flecken bildeten sich auf dem weißen Tischtuch. Sie stand auf und trat ans Fenster, von dem aus sie irgendeinen fernen Punkt zu beobachten schien. „Es war keine gute Idee von mir, dich auf einen Kaffee hereinzubitten. Du warst nur einverstanden, weil du meine Gefühle nicht verletzen wolltest, nicht wahr?"

„Nein, das ist nicht wahr", widersprach er.

„Oh doch, das ist es." Sie würde nicht weinen, nicht jetzt. Nicht, ehe Peyton gegangen war. „Du passt nun schon seit Jahren auf mich auf. Nicht weil du es willst, sondern weil du glaubst, jemand müsste es tun. Du tust es aus Freundschaft zu meinen Brüdern. Und aus Sorge, weil ich offenbar dauernd in Schwierigkeiten stecke."

„Holly ..."

Ihre Schultern zitterten vor Anstrengung, nicht zu weinen. „Ich hätte auch allein zurechtkommen können. Ich brauche deine Hilfe nicht. Daher werde ich dich nach dem Verfahren morgen nie mehr um Hilfe bitten."

„Bitte, dies ist nicht der Moment ..."

„Na schön, wir spielen nach deinen Regeln", lenkte sie ein. „Das tun wir ja sowieso immer. Wir werden also warten."

Peyton stand auf, ging zu Holly und drehte sie zu sich herum. Sie hielt den Blick gesenkt. „Sieh mich an", forderte er sie auf.

„Fahr nach Hause, und lass mich in Ruhe." Sie versuchte, sich loszumachen, doch er gab nicht nach.

„Du solltest das weder dir noch mir antun."

Jetzt sah sie zu ihm auf und war sich nicht sicher, wie sie seine Miene deuten sollte. „Was tue ich dir an?"

„Du machst mich verrückt."

„Ich …"

Jede Warnung seines Verstandes ignorierend, unterbrach Peyton sie, indem er sie küsste. Völlig verblüfft erwiderte Holly den Kuss zunächst nicht. Dann jedoch, als seine Zunge in ihren Mund eindrang, presste sie sich an ihn und gab dem heißen Gefühl in ihrem Innern nach.

Für einen kurzen Moment dachte sie daran, dass er sie genauso küsste, wie sie es sich immer erträumt hatte, und dann hörte sie ganz auf zu denken und gab sich nur noch ihren Empfindungen hin.

Ebenso plötzlich wie er den Kuss begonnen hatte, zog er sich zurück und starrte sie an, als könnte er selbst nicht glauben, was gerade geschehen war.

„Das hätte nicht passieren dürfen", sagte er. Als sie darauf nichts erwiderte, holte er tief Luft und schüttelte den Kopf, als wollte er seine Gedanken klären. „Sei morgen um halb elf am Gericht. Ich werde auf dich warten, damit wir alles noch einmal durchsprechen können."

Holly sah ihm schweigend hinterher, als er ging. Morgen nach der Verhandlung würde er aus ihrem Leben verschwinden. Und es gab nichts, was sie dagegen hätte tun können. Nichts, solange sie nicht bereit war, ihr ganzes Leben zu verändern und sich in jemanden zu verwandeln, der nicht ihrer Persönlichkeit entsprach.

Doch das konnte sie nicht. Nicht einmal für Peyton.

4. Kapitel

Holly gab einen Seufzer der Erleichterung von sich. Tosender Applaus brach los, laute Rufe und Freudenschreie hallten durch den Gerichtssaal, als ihre Freunde und Bekannte aufsprangen. Richter Clayburn Proctor schlug mit dem Hammer auf den Tisch und rief die Menge zur Ordnung.

Ohne darüber nachzudenken, fiel Holly Peyton in die Arme und drückte ihn an sich, um ihm immer wieder zu danken, während rings um sie herum die Blitzlichter aufflammten und die Reporter ihnen immer näher rückten.

Holly würde für den Schuss auf Cliff Nolan nicht ins Gefängnis müssen. Richter Proctor hatte sie lediglich eines Vergehens für schuldig befunden, ihr eine Geldstrafe aufgebrummt und sie verwarnt, eine solch gedankenlose Tat nicht zu wiederholen. Ihr war klar, dass sie den Freispruch nicht nur dem Wohlwollen von Richter Proctor zu verdanken hatte, sondern auch den überzeugenden Argumenten, die Peyton zur Erklärung ihres Verhaltens vorgebracht hatte.

„Es ist alles vorbei", sagte er und schob Holly sanft von sich.

Sie sah zu ihm auf und glaubte zu wissen, dass er nicht nur die Verhandlung meinte. Ihre Beziehung war zu Ende. Nach dem heutigen Tag würde sie Peyton nicht mehr wiedersehen. Es war auch besser so. Sie wusste es ebenso gut wie er.

Sieh dir nur all die Reporter an, dachte sie. Und es waren nicht nur Journalisten der Lokalzeitungen da. Sogar Berichterstatter der Zeitungen aus Memphis und Nashville waren gekommen, um darüber zu berichten, dass Peyton Rand eine Abschleppwagenfahrerin verteidigte, die auf einen Mann geschossen hatte.

Dies war keiner von den Fällen, mit denen Peyton seinen Ruf erworben hatte.

„Ich werde mich um die Geldstrafe kümmern", sagte er, umfasste Hollys Ellbogen und nahm seine Aktentasche. „Komm, gehen wir."

„Ich kann mich selbst um meine Geldstrafe kümmern, danke", erwiderte sie. Als sie sich von ihm loszumachen versuchte, wurde sein Griff fester.

„So viel Bargeld besitzt du nicht, das weiß ich. Betrachte es einfach als Darlehen. Du kannst es in monatlichen Raten an meine Kanzlei zurückzahlen", schlug er vor, während er sich mit ihr den Weg durch die Menge bahnte. „Lass uns jetzt nicht streiten, sondern aus diesem Zirkus verschwinden. Ich habe dir schließlich ein Dinner nach der Verhandlung versprochen."

„Das ist nicht nötig", wehrte sie ab. „Sheila hat mich heute Morgen nach Marshallton gefahren, und sie kann mich auch wieder mit nach Hause nehmen. Oder Mike. Sie sind beide hier."

„Es scheint, als sei ganz Crooked Oak hier", bemerkte Peyton. Falls er je Zweifel hatte an Hollys Beliebtheit in dieser Kleinstadt, so waren diese nach der heutigen Unterstützung durch das Publikum verschwunden.

Als sie sich durch die Menge drängten, blickte Holly über die Schulter zurück zu dem Platz, an dem ein frisch rasierter und ungewöhnlich nüchterner Cliff Nolan saß, begleitet von der Bezirksanwältin Marsha Hunt. Nolan starrte Holly finster an, seine blutunterlaufenen Augen schienen sie regelrecht zu durchbohren. Eine ungute Vorahnung beschlich Holly.

Reporter umschwärmten sie und Peyton, als sie sich zwischen den unzähligen Gratulanten hindurchzwängten. „Mr. Rand, erzählen Sie uns doch, warum ein Anwalt von Ihrem Format einen solchen Fall übernimmt", wollte ein Reporter wissen.

„Ist es wahr, dass Miss Bishop eine Freundin von Ihnen ist, und dass Sie beide schon seit Ihrer Teenagerzeit ein Verhältnis miteinander haben?", erkundigte sich eine weibliche Reporterin und stieß Peyton das Mikrofon förmlich ins Gesicht.

Peyton bedachte die attraktive junge Frau mit einem vernichtenden Blick, worauf ihr Lächeln verschwand, sie sich jedoch nicht davon abhalten ließ, ihm weiterhin das Mikrofon unter die Nase zu halten.

Ohne auf eine der vielen Fragen zu antworten, schob er sich mit Holly an seiner Seite weiter. Er beugte sich ein Stück zu ihr hinunter, um ihr zu sagen, dass sie die Journalisten ignorieren solle. Das war vielleicht einfach für ihn, aber sie war es nicht gewohnt, im Mittelpunkt des Medieninteresses zu stehen.

„Miss Bishop, ist es wahr, dass Mr. Rand Ihnen nicht zum ersten Mal geholfen hat, und dass Sie beide ein intimes Verhältnis haben?", fragte ein vorwitziger Reporter.

Holly öffnete den Mund, um die Fragen des Mannes zu verneinen, doch schloss sie ihn wieder, als Peyton ihren Ellbogen drückte. Wie kann er nur diese Gerüchte ertragen?, fragte sie sich. Sie hätte nicht geglaubt, dass ihre Verteidigung einen solchen Aufruhr um Peyton auslösen würde. Sie hatte damit gerechnet, dass die Lokalzeitung von Marshallton einen Reporter schicken würde, doch die Horde von Berichterstattern, die sie belagerte, hatte sie nicht erwartet.

Lowell Redman, der in seiner Sheriffuniform sehr würdevoll aussah, wartete vor der Tür des Gerichtssaals auf sie. Er winkte Peyton zu und deutete in eine bestimmte Richtung. Holly hörte, dass er etwas sagte, doch verstand sie die Worte nicht. Der Tumult um sie herum war noch immer ohrenbetäubend, da die Menschenmenge mit ihnen auf den Korridor hinausströmte.

Holly vertraute einfach Peyton und folgte ihm den Flur entlang und durch eine Tür mit der Aufschrift „Privat", dann einen weiteren Flur entlang und zu einer Treppe. Hinter ihnen schloss sich die Tür, und niemand kam ihnen nach.

„Wohin gehen wir?", wollte Holly schließlich wissen, da

Peyton langsam genug ging, um sie wieder zu Atem kommen zu lassen.

„Lowell wird die Tür bewachen, damit wir durch den Hinterausgang verschwinden können. Auf diesem Weg werden normalerweise Häftlinge ins Gerichtsgebäude geführt", erklärte Peyton.

„Also verlassen wir jetzt das Gebäude?"

„Mein Wagen steht am Hinterausgang. Wenn wir uns beeilen, schaffen wir es vielleicht zu verschwinden, bevor die Reporter uns wieder auf den Fersen sind."

„So etwas habe ich noch nie erlebt", stöhnte Holly. „All diese Journalisten. Und erst ihre Fragen! Es klingt ja, als seien wir … als wären wir beide …"

„Ein Liebespaar?", half Peyton ihr. „Ja, ich weiß."

„Es ist nicht gut für deinen Ruf, mit jemandem wie mir in Verbindung gebracht zu werden, oder?"

Peyton stieß die Tür auf, und die Spätnachmittagssonne begrüßte sie. Eine warme Brise spielte in Hollys kurzem Haar. „Die Luft ist rein", sagte er. „Da drüben steht mein Jaguar."

„Ich muss aber noch Sheila informieren, dass ich nicht mit ihr nach Hause fahre", fiel ihr ein.

„Lowell wird sich darum kümmern", beruhigte Peyton sie.

In dem Augenblick, wo sie das Gebäude verließen und auf den Wagen zuliefen, trat Cliff Nolan hinter einem Busch hervor. „Wo ist Loretta? Was haben Sie mit meiner Frau und meinen Kindern gemacht?", schrie er. „Ich weiß, dass Sie sie überredet haben, mich zu verlassen!"

Holly, die schon fast beim Wagen war, erstarrte. Wie war Cliff so schnell aus dem Gebäude gekommen? Woher wusste er, welchen Ausgang sie und Peyton nehmen würden? Doch dann fiel ihr ein, dass Cliff schon einmal im Gefängnis gewesen war und das Gerichtsgebäude vermutlich des Öfteren von innen gesehen hatte.

„Ihre Frau und Ihre Kinder sind in Sicherheit, Nolan", entgegnete Peyton. „Sie sind an einem Ort, wo Sie ihnen nichts mehr antun können." Er sah von Nolan zu Holly, die weder zu sprechen, noch sich zu rühren imstande schien.

„Das ist alles Ihre Schuld, Holly Bishop!" Cliff machte einige Schritte auf sie zu, blieb jedoch sofort stehen, als Peyton ihm einen drohenden Blick zuwarf. „Sie haben Sie heute rausgeboxt, was? Sie toller Anwalt. Aber Sie können sie nicht dauernd im Auge behalten", keifte er.

So plötzlich, wie es Holly die Sprache verschlagen hatte, kam sie zurück. „Versuchen Sie nicht, mir mit Ihren Drohungen Angst einzujagen, Nolan", erwiderte sie und ging um den Jaguar herum. „Ich habe keine Angst vor Ihnen. Mich können Sie nicht so einschüchtern wie Loretta. Ich habe einen Hund, und ich habe ein Gewehr. Glauben Sie ja nicht, Sie könnten mir etwas tun!"

„Früher oder später werde ich es Ihnen heimzahlen", drohte Cliff Nolan. „Und zwar nicht nur, dass Sie auf mich geschossen haben, sondern dass Sie mir meine Familie weggenommen und sie gegen mich aufgehetzt haben."

„Wenn Sie Holly auch nur ein Haar krümmen ..."

„Wie ich schon sagte, Mister Reich-und-Berühmt, Sie werden ja keine vierundzwanzig Stunden am Tag bei ihr sein. Sie wird für das bezahlen, was sie mir angetan hat!"

Noch ehe Peyton darauf etwas erwidern konnte, stürmte eine Horde Reporter um die Ecke des Gebäudes. „Los, ins Auto!", befahl Peyton.

Holly gehorchte sofort, da die momentane Gefahr nicht Cliff Nolan war, sondern die Pressemeute mit ihren Fragen und Verdächtigungen.

Peyton startete den Jaguar und lenkte ihn mit der Gelassenheit eines Mannes, der schon häufiger von Journalisten verfolgt worden war, vom Parkplatz herunter und auf die Hauptstraße.

„Werden sie uns verfolgen?", fragte Holly ängstlich.

„Wenn sie wüssten, wohin wir fahren, würden sie es tun. Ein paar von ihnen werden wahrscheinlich bei deinem Haus auftauchen, und andere werden für einige Stunden mein Apartment observieren."

„Machst du Witze?"

„Ich wünschte, es wäre so." Peyton sah in den Rückspiegel und atmete erleichtert auf, als er feststellte, dass ihnen keine Wagen folgten.

„Der ganze Aufruhr entstand bestimmt nur deshalb, weil du zur Rand-Familie gehörst und dich um das Amt des Gouverneurs bewirbst", mutmaßte Holly.

„Die Leute wollen aus dem Leben ihrer Politiker alles ganz genau wissen", klärte Peyton sie auf.

„Ich habe dich diesmal ganz schön reingerissen, was?"

Peyton lenkte den Wagen über den Highway Richtung Mississippi. Er hatte zum Dinner einen Tisch in einem Restaurant reserviert, das gut eine Stunde von Crooked Oak entfernt lag. Er hatte den Trubel nach der Verhandlung vorausgesehen und wollte Privatsphäre und Ruhe, wenn er an diesem Abend mit Holly über seine Entscheidung sprach ... wenn er ihr eröffnen würde, dass er sie nicht mehr wiedersehen wollte und konnte. „Ich werde morgen alles klären", versicherte er ihr.

„Wie denn?"

„Ich werde eine Presseerklärung abgeben."

Holly starrte ihn an. Er wirkte so kühl und beherrscht in seinem dunkelblauen Anzug, der grau-blau-weiß-gestreiften Krawatte und der goldenen Rolex am Handgelenk. „Was für eine Presseerklärung?", forschte sie.

„Eine, in der es heißt, dass ich seit Jahren ein Freund eurer Familie bin."

„Mit anderen Worten, du willst ihnen die Wahrheit sagen und erwartest, dass sie dir glauben", meinte Holly und schüttelte den

Kopf. „Diese Leute wollen Blut sehen. Sie werden die Wahrheit nicht akzeptieren."

„Es wird ihnen keine andere Wahl bleiben, als mir zu glauben, da wir uns nach diesem Abend nicht mehr wiedersehen werden", teilte er ihr mit.

Also doch, dachte sie. Das war die Wahrheit, vor der sie sich so gefürchtet hatte. Nun, was hatte sie erwartet? Sie hatte gewusst, dass es keine Chance für sie beide geben würde. Ihre Beziehung hätte schon vor langer Zeit enden sollen. Vielleicht hätte sie dann inzwischen jemand anderes gefunden, statt diesem hoffnungslosen Traum nachzuhängen.

„Wohin bringst du mich?", fragte Holly und beobachtete durchs Fenster, wie die Abendsonne glutrot am Horizont versank.

„Zu ‚Tommy Tubbs Restaurant' unten in Mississippi", verriet Peyton. „Dort kennt uns niemand, und Tommy erwartet uns. Er wird uns ein Dinner an einem netten ruhigen Tisch servieren, wo wir ungestört sind."

„Um unser kleines Gespräch zu führen?", erkundigte sich Holly.

Peyton warf ihr einen verstohlenen Blick zu, und sein Herz zog sich schmerzlich zusammen. Er konnte sich nicht erinnern, sie jemals in einem Kleid gesehen zu haben. Es war ein schlichtes Kleid und bestimmt nicht sehr teuer gewesen. Dennoch gefiel es ihm mit der engen Taille, den kurzen gebauschten Ärmeln und dem u-förmigen Ausschnitt.

„Warum entspannst du dich nicht?", erwiderte Peyton. „Die Verhandlung ist vorbei. Loretta und ihre Kinder sind in Sicherheit. Alles wird gut werden."

„Ich verstehe die Andeutung", versicherte Holly. „Du wechselst das Thema, weil du mir vor dem Dinner keinen Korb geben willst."

Trotz seines Unbehagens lachte er. Holly Bishop war die geradlinigste und ehrlichste Frau, die er kannte. „Ich gebe dir keinen Korb."

Als Holly zur Antwort nur schnaubte, grinste Peyton. „Na schön", meinte sie schließlich. „Nenn es, wie du willst. Du wirst heute Abend die Verbindung zwischen uns auflösen, und wir wissen es beide."

„Sei nicht so melodramatisch. Wir beide sind nie ein Liebespaar gewesen. Wir hatten nicht einmal Rendezvous. Wie könnte ich dir also einen Korb geben oder unsere Verbindung beenden, oder wie immer du das nennen willst?"

„Versuch nicht, mit Haarspaltereien vom eigentlichen Thema abzulenken!", warnte sie ihn. „Du weißt verdammt gut, was ich meine!" Sie verschränkte die Arme vor der Brust.

„Damen fluchen nicht", wies Peyton sie zurecht.

„Ich bin keine Dame!"

„Okay, okay. Selbst wenn du jetzt streiten möchtest, ich will es auf jeden Fall nicht", stellte er klar. „Ich bin heute fast ohne Schlaf in die Verhandlung gegangen. Ich habe für eine schuldige Mandantin einen beinahe kompletten Freispruch erreicht, und anschließend war ich einer Meute von Reportern ausgeliefert. Nun würde ich mich gern ein paar Stunden entspannen, ehe ich weiteren Problemen gegenübertrete."

„Und genau das bin ich für dich, stimmt's? Ich bin ein Problem. Das ist alles, was ich für dich bin, und alles, was ich je war."

Peyton antwortete nicht darauf. Na gut, dachte sie, was macht das schon für einen Unterschied? Ob sie sich nun sofort oder erst in ein paar Stunden dem Unausweichlichen stellte, das Ergebnis würde das gleiche bleiben. Peyton würde sie aus seinem Leben verbannen.

Holly setzte sich auf ihre Verandaschaukel, klopfte das Kissen zurecht und gab der Schaukel ein wenig Schwung, indem sie sich mit einem Fuß abstieß. „Setz dich zu mir", forderte sie Peyton auf. „Ich beiße nicht."

Er stand an der Brüstung, die Hände in den Taschen, und starrte in die Dunkelheit. „Es ist nicht leicht für mich, Holly", sagte er.

„Nein, das habe ich auch nicht angenommen", erwiderte sie. „Wenn es leicht wäre, wärst du schon längst auf den Punkt gekommen, anstatt es so weit wie möglich hinauszuzögern."

„Wir kennen einander schon sehr lange", begann er und fragte sich, warum es ihm so schwerfiel, die richtigen Worte zu finden. Er war schließlich Anwalt und Anwärter auf ein politisches Amt. Diplomatie und Takt waren ein Teil seines täglichen Lebens.

„Seit meinem dreizehnten Lebensjahr", bestätigte Holly. „Das war das erste Mal, dass ich Grandpa Claude und euch alle auf die Jagd begleiten durfte."

„Hank war ein Teufelskerl mit dem Gewehr, nicht?", erinnerte sich Peyton. „Der sicherste Schütze weit und breit."

„Hank war der beste Schütze, Caleb der beste Sportler und Jake der Klügste von uns allen. Aber was hat das alles damit zu tun, was du mir heute Abend sagen wolltest?"

„Nichts", gestand er. „Außer, dass ich Caleb versprochen habe, auf dich aufzupassen. Deine Brüder verlassen sich darauf."

„Caleb ist schon vor acht Jahren fortgegangen. Ich denke, du hast deine Pflicht getan. Schließlich war das nicht als Lebensaufgabe für dich gedacht."

„Du weißt, dass es so nicht weitergehen kann." Peyton langte in seine Jackentasche und holte eine Zigarre und ein Feuerzeug hervor. „Wir befinden uns in einer ausweglosen Situation."

Holly gab der Schaukel stärkeren Schwung. Dann schloss sie die Augen, atmete den süßen Duft der Nachtluft ein und lauschte auf die nächtlichen Geräusche. „Ganz egal, was du und meine Brüder denken, ich brauche keinen Aufpasser", stellte sie klar. „Ich bin eine erwachsene Frau, und meistens kann ich auf mich selbst achtgeben. Diese Gerichtsverhandlung war eine Ausnahme, aber du hättest nicht als mein Anwalt auftreten müssen. Ich hätte auch jemand anders nehmen können."

Peyton knipste die Spitze seiner Zigarre ab und zündete sie an. Er nahm einen tiefen Zug und zwang sich zur Ruhe. Langsam, während er den Rauch ausblies, drehte er sich zu Holly um. „Es ist meine Schuld, dass ich die Dinge so lange habe laufen lassen. Ich hätte damit aufhören müssen, dir ständig zu Hilfe zu eilen, sobald du in der Tinte steckst."

Holly schüttelte den Kopf. „Es ist mindestens ebenso sehr meine Schuld. Ich hätte dich nicht zu rufen brauchen. Die meisten meiner Probleme hätte ich selber lösen können. Es war nur ... nun, ich hatte mich daran gewöhnt, dass du immer da bist. Und um ehrlich zu sein, ich wollte dich auch sehen."

Peyton senkte den Blick und schnippte die Asche seiner Zigarre in den Garten.

Abrupt stoppte Holly die Schaukel und sah Peyton an. „Also, ich werde es dir leicht machen. Du hast die letzten acht Jahre ein Auge auf mich gehabt, meinen Brüdern zum Gefallen, und ich habe dir nichts als Schereien bereitet. Jetzt hast du endlich beschlossen, in die Fußstapfen deines Vaters zu treten und für ein politisches Amt zu kandidieren. Als Politiker mit jemandem wie mir befreundet zu sein, kann ziemlich peinlich sein. Daher heißt es Abschied nehmen von Holly und bereit sein für die Villa des Gouverneurs in Nashville."

Er fühlte sich wie ein echter Idiot, besonders da sie ihn daran erinnerte, dass er die Laufbahn seines Vaters einschlug. „Es sind nicht allein diese Dinge", korrigierte er sie. „Es gibt noch andere Gründe, weswegen es für uns beide wichtig ist ..."

„Wie zum Beispiel die Tatsache, dass ich seit meinem sechzehnten Lebensjahr in dich verliebt bin?", forschte sie. „Dass dir meine Gefühle für dich peinlich sind?"

Peyton nahm einen weiteren tiefen Zug von der Zigarre und

setzte sich dann neben Holly auf die Schaukel. „Das ist es nicht, was mir Sorgen bereitet."

Sie sah ihn erstaunt an und war sich nicht sicher, ob sie glauben konnte, was sie in seinen Augen las – Leidenschaft und Schmerz, genau das also, was sie in diesem Moment auch empfand.

„Willst du damit sagen, dass …"

„Ich fühle mich zu dir hingezogen, Holly, und das schon seit Jahren." Er nahm einen weiteren tiefen Zug, warf die Zigarre auf den Boden und trat sie aus.

Holly schluckte hart und legte die Hände in den Schoß, ehe sie fortfuhr: „Willst du mir damit sagen, dass während all der Jahre, in denen ich unsterblich in dich verliebt war, du dasselbe empfunden hast?"

„Nein", erwiderte Peyton, beugte sich vor und stützte die Ellbogen auf die Oberschenkel. „Liebe hat mit dem, was ich für dich empfinde, nichts zu tun."

„Ich verstehe."

Peyton warf einen verstohlenen Blick auf ihr blasses Gesicht im Schein der Verandalampe. „Versteh mich nicht falsch. Du bedeutest mir etwas. Du hast mir immer etwas bedeutet, aber …"

„Aber du liebst mich nicht", vervollständigte sie den Satz. „Ich bin nicht die Sorte Frau, die ein Peyton Rand lieben könnte, wie? Du fühlst dich höchstens zu mir hingezogen. Sexuell hingezogen. Es würde dir nichts ausmachen, mit mir zu schlafen, nur könntest du dich nie dazu durchringen, mich zu heiraten."

„Bitte hör auf mit dem Blödsinn!", befahl er und hätte sie am liebsten geschüttelt. Bei ihren Worten, die den Kern genau trafen, kam er sich wie ein herzloses Monster vor. Himmel, vielleicht war er das sogar. Vielleicht war er seinem Alten Herrn weit ähnlicher, als er dachte.

Holly starrte ihn an, und die Liebe in ihrem Herzen verwandelte sich plötzlich in Bitterkeit. Als Peyton die Hand nach ihr ausstreckte, stieß sie sie fort. „Wage es ja nicht, mich anzurühren!"

„Bitte, sei doch vernünftig!", bat er.

„Warum hattest du keinen Sex mit mir, wenn du es doch wolltest? Ich hätte alles getan, was du verlangst. Ich bin eine echte Närrin gewesen, nicht wahr?" Sie sprang von der Schaukel und drehte ihm den Rücken zu.

Peyton erhob sich, stellte sich hinter sie und ergriff ihre Hand. „Du bist keine Närrin, und du bist auch kein Kind mehr. Du bist alt genug, um zu wissen, was sich nun schon eine Weile zwischen uns abspielt. Versuch nicht, mir weiszumachen, du hättest nicht ebenso wie ich diese Spannung zwischen uns bemerkt."

„Ich hielt es für Einbildung oder Wunschdenken." Sie konnte es nicht ertragen, dass er so nah hinter ihr stand. Denn trotz allem hatte sie das überwältigende Verlangen, sich an ihn zu lehnen und sich ihm ganz hinzugeben. Gleichgültig, wie wütend und verletzt sie war, sie liebte Peyton noch immer. Und die Erkenntnis, dass er sie begehrte, machte es nur noch schwieriger, ihren Traum aufzugeben. Es war der Traum, Peyton Rands Frau zu sein.

Er schlang von hinten die Arme um sie, und das war beinahe mehr, als sie ertragen konnte. Seit Jahren hatte sie auf diesen Augenblick gewartet, hatte den Tag herbeigesehnt, an dem Peyton sie begehren würde.

Es ist nicht richtig, sagte er sich. Er durfte sie nicht berühren. Sie zu berühren war gefährlich. Doch er konnte sich nicht beherrschen. Es war so gut, sie in den Armen zu halten. Hatte er jemals eine Frau so sehr begehrt wie Holly? Nein, nie! Niemals hatte er ein solches Verlangen nach einer Frau verspürt!

„Das Letzte, was ich will, ist, dich zu verletzen", flüsterte er und liebkoste ihr Ohrläppchen mit der Nase. „Ich kann deine Art von Leben nicht führen, und du kannst nicht so leben wie ich. Du bist nicht der Typ Frau, der sich auf eine Affäre einlässt."

„Woher weißt du, was für ein Typ Frau ich bin?", entgegnete sie und schmiegte sich enger an ihn.

„Du verdienst mehr, als ich dir jemals geben könnte." Er

wusste, dass es kein Zurück mehr gab, wenn er diese Situation nicht bald beendete. Das Verlangen nach ihr war beinahe schmerzlich.

Sie drehte sich in seiner Umarmung zu ihm um, legte ihm die Arme um den Nacken und sah zu ihm auf. „Du hast mir nichts angeboten. Noch nicht."

Peyton nahm den letzten Rest von Willenskraft zusammen und schob Holly sanft von sich. Er brachte so viel Abstand zwischen sie, dass ihre Körper sich nicht mehr berührten. Holly ließ die Arme sinken.

„Und ich werde dir auch nichts anbieten", erklärte er. „Heute Abend werde ich gehen und nicht mehr zurückblicken. Ruf mich nicht mehr an, versuch nicht, mich zu sehen oder sonst wie mit mir Verbindung aufzunehmen."

„Nun, endlich hast du es gesagt." Entschlossen unterdrückte sie die aufsteigenden Tränen.

„Hier geht es nicht nur um mich", beschwor Peyton sie. „Ich bin so wenig gut für dich wie du für mich. Sehen wir den Tatsachen ins Auge – wir können einander nur Probleme bereiten."

„Was würdest du sagen, wenn ich einer Affäre zustimmte?", fragte sie und sah ihn dabei ruhig und gelassen an. Innerlich jedoch war sie so aufgewühlt, dass sie dachte, ihre Knie würden jeden Moment nachgeben.

„Ich kann nicht ... ich werde dir so etwas nicht anbieten." Doch wie konnte ein Mann einer solchen Versuchung widerstehen? Wie konnte er sich weigern, das zu akzeptieren, was er sich am sehnlichsten wünschte? Erschrocken fragte Peyton sich, ob es ihm wirklich ernst war. War ihm Holly tatsächlich lieber als eine politische Karriere oder das Amt des Gouverneurs von Tennessee?

„Verdammt, Holly!" Er zog sie wieder an sich, sodass sie seine Erregung deutlich spüren konnte.

„Peyton?" Sie war voller Verlangen und Furcht zugleich.

„Sprich nicht, Liebes. Sag jetzt nichts."

Sein Mund bedeckte ihren, und er küsste sie voller Begierde, wild und leidenschaftlich. Zu lange war sein Verlangen unbefriedigt gewesen. Als sie die Lippen bereitwillig für ihn öffnete, erforschte seine Zunge hingebungsvoll ihren Mund, während er ihren Rücken und ihre Hüften streichelte. Nichts war ihm je süßer erschienen als Hollys Mund, nichts hatte sich jemals besser angefühlt als ihr Körper an seinem.

Er umfasste ihre Taille und küsste ihren Hals und die samtweiche Haut in ihrem Ausschnitt. „Halt mich auf, Liebes. Lass nicht zu, dass dies geschieht."

Wie sollte sie ihn aufhalten, wo es doch genau das war, wonach sie sich so lange gesehnt hatte? Sie wollte Peyton Rand. Nie hatte sie einen anderen gewollt, hatte sich nie einem anderen hingegeben, sondern sich für den Tag aufbewahrt, an dem Peyton ihr erster Liebhaber sein würde.

„Ich will dich aber nicht aufhalten", hauchte sie und drängte ihn weiterzumachen.

„Ich verspreche dir nichts, was über diese Nacht hinausgeht", flüsterte er und hob sie auf die Arme, um sie ins Haus zu tragen.

Ihr Verstand nahm seine Worte auf, doch ihr Herz weigerte sich, sie zu hören.

Peyton hatte schon den Griff der Haustür in der Hand, da vernahm er das Geräusch eines näher kommenden Wagens. Er drehte sich um und sah die Einfahrt zu Hollys Haus hinunter. Helle Scheinwerfer trafen ihn, als das brummende Geräusch eines alten Lieferwagens sich näherte.

„Wer ist das?", wollte Holly wissen, deren Arme noch um Peytons Hals lagen.

„Ich kann nichts erkennen. Könnte es Mike sein?"

„Sein Lieferwagen klingt anders", erklärte sie. „Außerdem hat er heute Bereitschaft beim Abschleppdienst." Salomon und Whitey kamen mit lautem Gebell ums Haus gerannt.

Peyton stellte Holly wieder auf die Füße. Beide gingen sie einige Schritte auf die Verandabrüstung zu. Der ramponierte Lieferwagen drosselte die Geschwindigkeit, doch von dem Fahrer war nur so viel zu sehen, dass es sich um einen Mann zu handeln schien, der seine Schirmmütze tief ins Gesicht gezogen hatte.

„Ich kenne den Wagen nicht", sagte Holly. „Vielleicht hat sich jemand verfahren und will nach dem Weg fragen."

Sie löste sich von Peyton, ging die Verandatreppe hinunter und lief auf den Wagen zu, um dem Fahrer ihre Hilfe anzubieten. Doch der Wagen hielt nicht an, sondern rollte weiter, und Peyton sah in dem Moment den Revolver in der Hand des Mannes, als der Lauf im Licht der Verandalampe aufblitzte.

„Zurück, Holly!", schrie er, als er erkannte, dass die Waffe auf sie gerichtet war. Ohne zu überlegen, sprang er von der Veranda, war mit ein paar Schritten bei Holly und riss sie mit sich zu Boden. Der Schuss hallte in seinen Ohren, während sein Körper schützend auf ihrem lag. Laut bellend liefen Whitey und Salomon dem Lieferwagen hinterher, der im Rückwärtsgang aus der Einfahrt raste.

Peyton lag schwer auf ihr, und Holly stieß ihn sanft an. Wenn er sich nicht bald erhob, würde sie keine Luft mehr bekommen.

„Peyton, ich bin in Ordnung." Als er nichts erwiderte, stieß sie ihn wieder an. Er rollte von ihr herunter ins Gras. Holly richtete sich auf alle viere auf. „Zum Teufel, Peyton, jemand hat gerade versucht, mich zu erschießen!"

Er gab nur ein Stöhnen von sich, und sie beugte sich über ihn. Erst jetzt sah sie sein schmerzverzerrtes Gesicht. Voller Panik berührte sie seine Wange, seinen Hals, seine Schultern. Ihre zitternden Finger spürten etwas Warmes, Feuchtes. Sie prallte entsetzt zurück und hob die dunkelrot verfärbte Hand.

„Gütiger Himmel!", schrie sie. „Er hat dich angeschossen!"

„Es ist ... nicht ... so schlimm", flüsterte er so leise, dass Holly ihn kaum verstehen konnte. „Ruf einen ..."

„Ich rufe den Krankenwagen!" Sie beugte sich tiefer über ihn, um ihn besser zu hören. „Bist du noch irgendwo verletzt, außer an der Schulter?"

„Die linke Seite", stöhnte er.

„Ich bin sofort wieder da", beruhigte sie ihn und musste sich zwingen, sich von ihm zu lösen. „Wer konnte so etwas nur tun?" In dem Moment, wo sie die Frage ausgesprochen hatte, kamen ihr auch schon zwei Verdächtige in den Sinn. Zwei Menschen, die rücksichtslos genug und voller Hass waren, um ihr den Tod zu wünschen. Cliff Nolan und Lobo Smothers.

Wenn sie den Mann am Steuer doch nur hätte erkennen können! Aber es war alles so schnell gegangen, und das Innere des Wagens war dunkel gewesen.

Sie rannte ins Haus, erledigte den Anruf so schnell und ruhig, wie es ihr möglich war, und kehrte eilig mit einem Kissen und einer Decke zu Peyton zurück. Sie schob ihm das Kissen unter den Kopf und legte die Decke über ihn.

„Der Krankenwagen ist unterwegs", teilte sie ihm mit und setzte sich neben ihn ins Gras. Dann nahm sie seine Hand und flüsterte ihm beruhigende Worte zu. Whitey lag neben der Verandatreppe, und Salomon stupste seine Nase gegen Hollys Arm.

„Schon gut, Sal", sagte sie zu ihm, während ihr die Tränen über die Wangen liefen. „Peyton wird wieder gesund, ganz bestimmt."

„Weine nicht, Liebes", keuchte Peyton und drückte ihre Hand. „Hauptsache ... dir ist nichts passiert."

Das Herz drehte sich ihr im Leibe um. Falls Peyton irgendetwas geschehen würde, war sie nicht sicher, ob sie weiterleben konnte.

5. Kapitel

Holly lief voller Unruhe den Gang auf und ab. Da sie alle paar Minuten auf die Uhr gesehen hatte, wusste sie, dass Peyton nur eine Stunde im Operationssaal gewesen war, doch ihr schien es eine Ewigkeit gewesen zu sein. Jetzt, wo er sich von der Operation erholte, wurde ihr das Warten fast unerträglich. Obwohl man ihr in der Notaufnahme versichert hatte, dass die Schussverletzungen nicht lebensbedrohlich seien, gelang es ihr nicht, den Gedanken, Peyton könne möglicherweise sterben, aus dem Kopf zu vertreiben. Und es wäre ihre Schuld. Wer auch immer auf Peyton geschossen hatte, er wollte sie treffen.

Pattie legte Holly einen Arm um die Schultern. „Komm, setz dich für ein paar Minuten", forderte Pattie sie auf. „Es macht mich schon fertig, dir nur zuzusehen."

„Die Krankenschwester wird uns schon sagen, wenn wir zu ihm hineinkönnen", meinte Spence. „Meinem großen Bruder würde es nicht gefallen, dass du dich vor Sorge um ihn auffrisst. Es geht ihm schon besser. Dr. Hall sagte, die Kugeln hätten keine lebenswichtigen Organe verletzt. Er wird keinen bleibenden Schaden davontragen."

Pattie führte Holly zu dem grünen Sofa und zwang sie sanft, sich zu setzen. „In ein paar Tagen wird er entlassen", versicherte sie. „Und bis dahin können wir ihn mit Blumen und Luftballons und mehr weiblicher Aufmerksamkeit überschütten, als ihm lieb ist."

„Hast du Donna Fields angerufen?", wollte Holly wissen, obwohl sie nicht den Wunsch verspürte, die andere Frau in Peytons Nähe zu sehen.

„Ich werde sie gleich morgen früh anrufen", versprach Pattie und blickte auf ihre Armbanduhr. „Ich glaube, es ist bereits morgen. Ich werde sie gegen sieben anrufen, ehe sie zur Arbeit fährt."

„Vielleicht hätte ich sie sofort benachrichtigen sollen", überlegte Holly laut. „Ich meine, ich an ihrer Stelle hätte es gewollt, dass man mich anruft." Sie bedeckte das Gesicht mit den Händen, rieb sich die Augen und massierte sich die Schläfen. Dann fuhr sie sich durch das zerzauste Haar.

„Dort kommt Lowell", machte Spence die beiden Frauen aufmerksam und ging dem Sheriff entgegen, der in der Tür des Wartezimmers stand.

Holly sprang auf, hielt jedoch abrupt inne. Lowell war zum Krankenhaus gekommen, nachdem er den Deputies am Ort des Verbrechens Instruktionen gegeben hatte. ‚Ort des Verbrechens', dachte Holly. Der bloße Gedanke jagte ihr einen Schauer über den Rücken.

Sie erinnerte sich, dass sie wegen Peytons Verletzung viel zu aufgewühlt gewesen war, um Lowells Fragen vernünftig zu beantworten. Spence hatte ihr schließlich erklärt, Lowell würde noch einmal zu ihrem Haus in Crooked Oak fahren, um sicherzugehen, dass wirklich kein Beweisstück übersehen wurde.

„Bist du jetzt in der Lage, die Fragen des Sheriffs zu beantworten?", erkundigte Pattie sich behutsam.

Lowell und Spence unterhielten sich leise, während sie langsam auf Holly zukamen. „Tut mir leid", begrüßte der Sheriff sie, „aber ich muss Sie wegen der Schießerei befragen."

Holly schluckte und nickte. „Was wollen Sie wissen?"

„Können Sie mir genau schildern, was geschehen ist? Was Sie gesehen und gehört haben? Irgendetwas, was uns hilft, denjenigen zu finden, der auf Peyton geschossen hat?"

„Setz dich wieder, Holly", forderte Pattie sie auf und griff nach ihrer Hand. „Du zitterst ja am ganzen Leib."

Holly machte sich von Pattie los und trat ans Fenster, von dem aus man den Parkplatz überblicken konnte. Sie presste die Lippen zusammen und unterdrückte die aufsteigenden Tränen. „Wir waren auf der Veranda", erzählte sie mit leiser Stimme. „Dann hörten wir einen Lieferwagen kommen. Er war ziemlich laut. Ich dachte, jemand hätte sich vielleicht verfahren und wollte sich nach dem Weg erkundigen."

„Der Schütze fuhr einen Lieferwagen?", hakte Lowell nach. „Was für eine Marke? Welches Baujahr? Welche Art von Lieferwagen?"

„Ich würde sagen, es war ein 72er Ford. Wahrscheinlich ein blauer, aber die Lackierung war schon verblasst. Er war rostig, und einige Roststellen waren mit weißer Farbe übersprüht."

„Das ist eine sehr gute Fahrzeugbeschreibung", lobte Lowell, kam zu ihr und legte ihr die Hand auf die Schulter. „Sie haben nicht zufällig das Nummernschild erkannt, oder?"

„Ich habe keines an dem Wagen entdecken können."

„Konnten Sie einen Blick auf den oder die Insassen des Fahrzeugs werfen?", forschte Lowell weiter.

„Es saß nur eine Person in dem Wagen. Ein Mann. Ein ziemlich großer Mann, glaube ich. Er trug eine Schirmmütze, die er tief ins Gesicht gezogen hatte. Es ging alles so schnell, und das einzige Licht kam von der Veranda. Das Innere des Wagens war dunkel, sodass ich den Fahrer nicht richtig sehen konnte." Ihre Hände zitterten so stark, dass sie sie zusammenpressen musste.

„Schon gut", beruhigte Pattie sie, trat zu ihr und griff nach ihren Händen. „Das Schlimmste ist ja vorbei. Peyton wird wieder gesund werden."

„Ist Ihnen an dem Mann irgendetwas aufgefallen?", fragte Lowell.

„Nein, nichts", erklärte Holly. „Ich habe nicht einmal den Revolver gesehen, bevor es zu spät war. Peyton erkannte die Situation und stieß mich aus dem Schussfeld."

„Wollen Sie damit sagen, dass der Mann versuchte, Sie zu erschießen?"

„Ja, ich glaube schon", meinte sie. „Verstehen Sie nicht? Peyton hat mir das Leben gerettet. Er hat die Kugeln abbekommen, die für mich bestimmt waren."

Eine Krankenschwester erschien in der Tür. „Ist jemand von der Familie Rand hier? Mr. Rand ist jetzt wach", verkündete sie.

„Wie geht es ihm? Hat er Schmerzen? Kann ich ihn jetzt sehen?", bestürmte Holly die Schwester.

„Sind Sie ein Mitglied der Familie?", wollte die Schwester wissen.

„Wir gehören alle zur Familie", erklärte Spence und deutete mit dem Kopf auf Pattie und Holly.

„Ich fürchte, ich kann Sie nicht alle auf einmal zu ihm lassen", bedauerte die Schwester. „Vielleicht erst zwei Personen." Sie drehte sich um und gab den Anwesenden ein Zeichen, ihr zu folgen. „Ich bringe Sie zu Mr. Rand."

„Du gehst zuerst rein, Holly", sagte Spence.

„Aber ich ... ich ..."

„Etwas sagt mir, dass du die Person bist, die Peyton sehen will", versicherte er ihr.

„Falls sie Holly ist, dann ist sie ganz sicher die Person, die er sehen will", mischte sich die Schwester ein, während sie den Korridor entlangliefen. „Er fragt nach ihr, seit er wieder zu Bewusstsein gekommen ist. Er scheint sehr besorgt, ob es ihr gut geht."

Nun konnte Holly die Tränen nicht länger zurückhalten. Sie liefen ihr die Wangen herunter, und sie wischte sie mit dem Handrücken fort. Peyton machte sich ihretwegen Sorgen. Dieser verrückte wundervolle Mann hatte für sie sein Leben riskiert, und sein erster Gedanke nach der Operation galt ihrem Befinden. Nie hatte sie Peyton so sehr geliebt wie in diesem Moment. Wenn sie es ihm doch nur beweisen könnte!

Er lag auf frischen weißen Laken, und mehrere Flaschen und Schläuche waren an seinen Körper angeschlossen. Sein Gesicht war etwas blass, doch er sah Holly mit großen Augen entgegen.

Sie setzte sich zu ihm auf die Bettkante und beugte sich über ihn. Behutsam berührte sie seine Wange mit den Fingerspitzen, schließlich küsste sie ihn auf die kühle Stirn. „Oh, Peyton ... ich ..."

„He, Liebes, du wirst mir doch jetzt nicht schlappmachen, oder?" Er hob die Hand und strich ihr übers Haar. Dann zog er ihren Kopf zu sich herunter und küsste sie kurz und fest.

„Nein, mir geht es gut", versicherte sie ihm und sah zu Spence hoch, der leise ans Bett getreten war. „Nicht wahr, Spence? Ich habe Lowell Redman so viele Informationen gegeben wie ich konnte, und er wird den Mann finden, der auf dich geschossen hat."

„Ich würde sagen, er soll mit Cliff Nolan anfangen und sich dann Lobo Smothers vorknöpfen. Der Kerl sah ein bisschen zu groß aus für Nolan, aber ich bin mir nicht sicher. Es war zu dunkel." Peyton gab seinem Bruder ein Zeichen. „Bis ich hier rauskann, möchte ich, dass du dich mit Pattie um Holly kümmerst."

„Kein Problem", versprach Spence.

„Doch, es gibt ein Problem", widersprach Holly. „Das Letzte, was ich will, ist, dass die Rand-Familie noch mehr in diese Geschichte verwickelt wird. Mein Gott, Peyton, du liegst hier mit zwei Schusswunden, weil ich mir einen Feind gemacht habe, der mich gern tot sehen würde!"

„Das ist ein Grund mehr, weshalb du Schutz brauchst", argumentierte Peyton.

Holly drückte ihn wieder sanft auf das Kissen zurück. „Du sollst dich nicht bewegen. Es ist nicht gut für dich."

„Ich möchte, dass du bei Pattie und Spence bleibst", erklärte er.

„Und ich will nicht, dass du da hineingezogen wirst", erwiderte

Holly. „Ich ertrage den Gedanken nicht, du könntest noch einmal verletzt werden. Das alles habe ich ausgelöst, weil ich mich in die Angelegenheiten anderer gemischt habe."

„Holly ..."

„Du wirst für mich nichts mehr opfern", unterbrach sie ihn. „Hast du mich verstanden?"

„Ich werde nicht zulassen, dass jemand dir etwas antut", stellte Peyton klar. „Was immer nötig sein wird, dich zu beschützen, ich werde es tun." Er drückte ihre Hand. „Letzte Nacht ist etwas mit uns geschehen. Wir können nicht so tun, als wäre nichts passiert."

Holly sah wieder zu Spence auf und fragte sich, was er wohl über diese Bemerkung dachte. „Nichts ist passiert", entgegnete sie, „außer, dass es dich gleich zweimal erwischt hat."

Peyton grinste, Holly errötete, und Spence lachte.

„Wie spät ist es?", erkundigte Peyton sich.

Spence sah auf seine Uhr. „Gleich halb sechs."

„Ich habe Hunger", erklärte Peyton. „Ich frage mich, wann hier das Frühstück serviert wird."

„Wahrscheinlich nicht vor sieben oder acht", vermutete Spence. „Aber wenn du wirklich hungrig bist, hole ich ein paar Brötchen für dich. Am besten für uns alle. Hast du auch Hunger, Holly?"

„Wie?" Sie hatte nichts wahrgenommen, nur so viel, dass Peyton ihre Hand hielt, als wollte er sie nie mehr freigeben.

„Ich möchte zwei Brötchen mit Roastbeef und Kaffee", bat er. „Was möchtest du, Liebes? Zimtbrötchen? Ich weiß, dass du Zimt magst."

„Das wäre schön", entgegnete Holly und stand vom Bett auf. „Ich werde mit Pattie das Frühstück besorgen."

„Nein, du bleibst hier bei mir", befahl er, nahm ihre Hand und zog sie wieder zu sich auf das Bett. Dann wandte er sich an seinen Bruder. „Wahrscheinlich müsst ihr das Essen an der Schwester vorbeischmuggeln, sonst wird sie euch sagen, dass ich noch nichts Richtiges essen darf."

„Überlass das nur mir, großer Bruder", beruhigte Spence ihn und verließ das Krankenzimmer.

„Ich könnte noch einen Kuss gebrauchen", flüsterte Peyton Holly zu. „Das ist gute Medizin für mich."

„Was ist mit dir im Operationssaal geschehen?", erkundigte sie sich. „So habe ich dich ja noch nie erlebt."

„Doch, gestern Abend."

„Aber es hat sich doch nichts geändert für uns, oder? Wir passen noch immer nicht zusammen", meinte sie, und ihr Herz raste vor Aufregung.

„Doch, es hat sich etwas geändert", korrigierte Peyton sie. „Ich hätte sterben können. Die Schüsse hätten mich umbringen können." Er zog Holly näher zu sich herunter, bis ihre Lippen sich fast berührten. „Letzte Nacht, als du in Gefahr warst, war mein einziger Gedanke, dich zu retten. Nichts außer dir zählte. Begreifst du, was ich sage? Offenbar kann ich nichts gegen meine Gefühle für dich tun."

„Was … was empfindest du für mich?" Sie hätte ihn gern geküsst.

„Wenn ich das nur genau wüsste! Du bedeutest mir jedenfalls mehr, als mir lieb ist", gestand er. „Vielleicht sind wir es uns schuldig herauszufinden, ob wir eine Beziehung haben könnten, die uns nicht zerstört."

„Aber du hast selbst gesagt, wir bereiten einander nur Probleme", hielt sie ihm entgegen. Sein Mund war ihrem so nahe. Wenn er sie nicht bald küsste, würde sie noch den Verstand verlieren.

„Das stimmt, doch davon abgesehen, wollen wir einander. Ich dachte, ich könnte dich einfach aus meinem Leben streichen, aber nach letzter Nacht weiß ich, dass das unmöglich ist. Nicht, solange du mich ebenso willst wie ich dich." Endlich küsste er sie, und es war genau so, wie Holly es sich vorgestellt hatte – innig und voller Leidenschaft.

Dreißig Minuten später, als Spence mit Pattie zurückkam, saß Holly auf einem Stuhl neben dem Bett und hielt Peytons Hand, während er friedlich schlief.

„Das Frühstück ist da", verkündete Spence leise. Beide betraten sie auf Zehenspitzen das Zimmer.

„Und die Morgenzeitung", fügte Pattie hinzu und legte die „Marshallton News" auf den Nachttisch.

Peyton öffnete die Augen, und die Nachwirkungen der Narkose waren ihm noch anzusehen. „Wie lange habe ich geschlafen?", wollte er wissen.

„Ungefähr zwanzig Minuten", informierte Holly ihn.

Er drückte ihre Hand. „Wie wäre es jetzt mit einem Becher Kaffee und einem Blick in die Zeitung?"

Pattie betätigte den Knopf, der das Kopfende des Bettes anhob, während Spence ihm den Kaffee aus dem Imbiss reichte. Holly gab ihm die Zeitung. Dann breitete Spence das Essen auf einem Tablett an der Bettseite aus. „Iss, solange es noch warm ist", ermahnte er seinen Bruder.

„Verdammt!", fluchte Peyton und zerknüllte die Zeitung.

„Was ist los?" Holly langte nach der Zeitung, doch Peyton wollte sie nicht hergeben.

„Sind deine Aktien gesunken?", erkundigte sich Spence.

„Ruf sofort Harrison Black von der Marshallton News an und sag ihm, dass er eine Klage bekommt", ordnete Peyton an und warf das Blatt zu Boden.

„Was um alles in der Welt haben sie gedruckt, dass du so aufgebracht bist?", fragte Spence.

Holly bückte sich, hob die Zeitung auf und glättete sie. Sie überflog die Schlagzeilen und entdeckte dann ein Foto, wie sie hysterisch weinte und sich an Peyton klammerte, während die Sanitäter ihn in die Notaufnahme schoben. Daneben war ein weiteres Foto, das Peyton zeigte, wie er mit Holly den Gerichtssaal verließ, den Arm um ihre Taille gelegt. Die Überschrift lautete: „Peyton Rand, der unter mysteriösen Umständen angeschossen wurde, wird von seiner Klientin, der hübschen Werkstattbesitzerin Holly Bishop, getröstet. Wie stehen die beiden wirklich zueinander? Ist Miss Bishop die zukünftige First Lady von Tennessee?"

Holly presste sich die Zeitung an die Brust. Kein Wunder, dass Peyton wütend war. Was, wenn die anderen Zeitungen die Geschichte ebenfalls brachten? Diese Art von Publicity schadete Peytons politischer Karriere.

„Reg dich nicht auf", beruhigte Peyton sie.

„Nun lasst mich doch auch mal sehen", verlangte Spence und nahm Holly die Zeitung aus der Hand. „Na und?", lautete sein Kommentar. „Wir sollten erst einmal den ganzen Artikel lesen, bevor wir zu einem endgültigen Schluss kommen und dem Herausgeber mit einer Klage drohen."

„Du hast recht", lenkte Peyton ein. „Ich mag nur einfach nicht, dass die Presse irgendwelche Dinge über Holly andeutet. Sieh dir nur das Foto aus dem Gericht an!"

Spence faltete die Zeitung auseinander und betrachtete das Bild. „Du siehst aus, als wolltest du sie beschützen, großer Bruder."

„Das stimmt doch alles nicht", meldete sich Holly zu Wort. „Ich kann es nicht zulassen, dass unsere Beziehung deine Chancen auf das Amt des Gouverneurs beeinträchtigt."

„Beruhige dich", mahnte Peyton und machte ihr ein Zeichen, zu ihm zu kommen. „Ich habe mich noch gar nicht entschieden, ob ich in die Politik gehe."

Holly blieb, wo sie war. „Wen versuchst du zum Narren zu halten? Jeder von uns weiß, dass du seit Jahren auf eine politische Karriere hinarbeitest. Verdammt, der ganze Staat Tennessee erwartet von dir, dass du deine Kandidatur bekannt gibst."

„Möglicherweise habe ich meine Meinung geändert, doch selbst wenn nicht, heißt das noch lange nicht, dass wir uns …"

„Es gibt kein ‚uns'!", rief Holly und rannte aus dem Zimmer.

„Zum Teufel!", knurrte Peyton. „Spence, hol sie zurück. Sie kann mich jetzt nicht verlassen!"

„Jetzt?", wiederholte Spence verwundert.

„Ja, jetzt, nachdem ich angeschossen wurde und begriffen habe, dass ich fast für Holly Bishop gestorben wäre. Jetzt, wo mir klar wird, dass ich dem Alten Herrn viel ähnlicher bin, als ich es je sein wollte. Trotzdem werde ich nicht zulassen, dass meine politischen Ambitionen meinem Glück im Weg stehen!"

Mit einem Grinsen verließ Spence das Zimmer. Draußen auf dem Flur stand Holly mit dem Rücken an die Wand gelehnt. Sie sah Spence mit tränenverschleierten Augen an, und er legte ihr eine Hand auf die Schulter. „Peyton möchte, dass du zurückkommst", berichtete Spence. „Er muss mit dir sprechen."

„Ich kann nicht", erwiderte Holly.

„Das solltest du aber", versuchte er sie zu überzeugen. „Was Peyton mir erzählt hat, klang vernünftiger als alles, was ich je von ihm gehört habe. Er braucht dich."

„Wie kannst du das sagen?", fuhr sie ihn an. „Ich bin die letzte Frau auf dieser Welt, die er braucht! Die Leute sprechen bereits davon, wir hätten eine Affäre. Was glaubst du, wie das aussieht?"

„Ihr seid beide unverheiratet", wandte Spence ein. „Ich sehe nichts Schlimmes daran, wenn die Leute über euer Liebesleben spekulieren."

„Bitte, geh und sag Peyton, dass ich ihm einen großen Gefallen tue und für immer aus seinem Leben verschwinde." Sie machte sich von Spence los. „Sag ihm, dass er die ganze Zeit recht hatte. Wir bereiten einander nur Probleme, und deshalb sollten wir uns so weit wie möglich voneinander fernhalten."

„Das meinst du doch nicht ernst", beschwor Spence sie. „Das ist eine Überreaktion auf die Fotos in der Zeitung. Verschenk nicht die Chance auf ein gemeinsames Glück zwischen dir und Peyton aus einer falschen noblen Geste heraus."

„Nein!" Holly hielt sich die Ohren zu. „Ich werde dir nicht zuhören!"

Noch ehe Spence weitersprechen konnte, rannte sie den Flur hinunter. Sie wollte nur noch fort, bevor sie womöglich schwach wurde und das tat, was ihr Herz sich wünschte.

Peyton saß aufrecht im Bett und wartete darauf, dass Holly zurückkam. Stattdessen betrat Spence allein das Zimmer.

„Wo ist sie?", fuhr er ihn an.

„Fort", erwiderte sein Bruder.

„Warum hast du sie gehen lassen? Ich habe dir gesagt, du solltest sie zurückholen."

„Was hätte ich machen sollen? Sie k.o. schlagen und hier hereinschleppen?", verteidigte Spence sich.

Peyton ballte die Fäuste, wobei eine Infusionsnadel aus seinem Handrücken herausrutschte.

„Ich hole die Krankenschwester. Versuch du ihn zu beruhigen, Spence", sagte Pattie und lief aus dem Zimmer.

„Ich will mich nicht beruhigen!", tobte Peyton. „Ich will Holly Bishop, und ich will sie jetzt! Sie darf nicht allein dort draußen herumlaufen! Immerhin hat letzte Nacht jemand versucht, sie umzubringen!"

„Ich werde mit Lowell sprechen", versicherte Spence und setzte sich auf den Stuhl neben dem Bett. „Vielleicht kann er Holly Schutz zusichern. Das Beste, was du für sie und dich selbst tun kannst, ist, dich zu erholen und wieder gesund zu werden. Noch ein paar Tage hier drin, und du kannst zu ihr und ihr sagen, was du für sie empfindest."

„Schon gut, schon gut." Peyton ließ sich wieder auf das erhöhte Kopfende zurücksinken. „Ich will auf jeden Fall dein Versprechen, dass du sie dazu überredest, bei dir und Pattie zu bleiben, bis ich aus dem Krankenhaus entlassen werde."

„Ich werde es versuchen, aber ich glaube nicht, dass sie ihre Meinung ändern wird", sagte Spence. „Sie bat mich, dir zu sagen, dass sie dir einen großen Gefallen tut, indem sie ein für alle Mal aus deinem Leben verschwindet."

„Verdammt!"

„Ich dachte, du hättest es so gewollt", wunderte sich Spence. „Seit ich nach Marshallton gekommen bin, höre ich nur von dir, wie sehr du wünschtest, nicht mehr den Babysitter für Holly zu spielen, wie sehr …"

„Halt den Mund, ja? Ein Mann kann schließlich auch seine Meinung ändern, oder?"

Holly wischte sich die Hände an einem orangefarbenen Öltuch ab, stopfte es in die Gesäßtasche und beugte sich wieder über den geöffneten Motorraum des 69er Pontiac Firebird, den sie und Mike für einen Kunden restaurierten.

Seit sie vor vier Tagen Hals über Kopf aus dem Krankenhaus gelaufen war, hatte sie sich in Arbeit gestürzt. Spence und Pattie hatten sie zu überreden versucht, bei ihnen zu wohnen, bis die Polizei den Mann, der Peyton angeschossen hatte, gefasst hätte. Doch sie hatte sich geweigert, das Angebot anzunehmen.

Dabei war es nicht so, dass Holly keine Angst hatte. Ihr war sehr wohl bewusst, dass irgendwo dort draußen jemand herumlief, der sie bis auf den Tod hasste. Die ganze Zeit hatte sie nun Salomon bei sich, und das Gewehr war inzwischen mit größerem Kaliber geladen. In den letzten Tagen hatte sie bei Sheila geschlafen, wo auch Mike auf dem Sofa übernachtete. Außer Salomon hatte sie noch Whitey und ihre Katze mitgenommen. Whitey und Sheilas Sohn, Danny, hatten sofort Freundschaft geschlossen, sodass Holly den Hund schließlich ganz Dannys Obhut überließ.

Im Autoradio spielte ein alter Song, und eine warme Brise trug den Geruch von Öl und Benzin durch die Luft. „Sieht aus wie der Wagen vom Sheriff", verkündete plötzlich Mike.

Holly blickte hoch und erkannte auch den alten Chevrolet, der gerade auf der Auffahrt hielt. Lowell Redman stieg aus, nahm den Hut ab und warf ihn auf den Sitz, ehe er die Tür zuschlug. „Guten Tag, Holly und Mike", kam er grüßend auf die beiden zu und tätschelte Salomon, der sich an seine Seite geheftet hatte, den Kopf.

„Gibt es schon was Neues über den Kerl, der Rand angeschossen hat?", erkundigte sich Mike sofort.

„Nun, wir haben Lobo Smothers befragt", berichtete Lowell. „Er hat ein Alibi. Seine Freundin schwört, er war die ganze Nacht bei ihr. Doch Cliff Nolan konnten wir bis jetzt noch nicht finden. Seine Freunde erzählten uns, er sei auf der Suche nach Loretta und den Kindern."

„Ich hoffe, er wird sie niemals finden", meinte Holly. „Möchten Sie eine Cola, Lowell?"

„Nein, danke." Lowell stützte das Bein auf den abmontierten Reifen, der neben dem Firebird lag. „Aber wir haben den Lieferwagen gefunden", berichtete er. „Auf einer einsamen Landstraße, etwa fünfzehn Meilen von Ihrem Haus entfernt, Holly."

„Und?", hakte sie nach. Sie wollte endlich, dass dieser Albtraum ein Ende hatte und sie wieder normal leben konnte. Und sie wollte sich nicht länger für Peytons Verletzungen schuldig fühlen.

„Der Wagen war gestohlen. Er gehört einem alten Farmer unten in Mississippi." Lowell stützte die Hände in die Hüften, eine Hand auf dem Pistolenhalfter. „Der Revolver war noch in dem Wagen. Wir sind noch dabei, die Waffe zu untersuchen, aber ich nehme an, er war ebenfalls gestohlen. Wahrscheinlich gehört er sogar dem Schweinefarmer."

„Also sind Sie mit den Ermittlungen noch nicht viel weiter als zu Anfang", stellte Holly fest und wischte sich den Schweiß von der Stirn.

„Es gibt immer noch die Möglichkeit, dass derjenige, der

geschossen hat, gar nicht die Absicht besaß, jemanden zu erschießen", meinte Lowell. „Womöglich wollte er Ihnen Angst einjagen und Sie warnen, sich aus seinen Angelegenheiten herauszuhalten."

„Selbst wenn Ihre Theorie stimmen sollte, ändert das nichts an der Tatsache, dass der Kerl ein Verbrechen begangen hat", hielt Holly dagegen. „Selbst wenn ich nichts mehr von ihm zu fürchten habe, muss er trotzdem gefasst und für das, was er Peyton angetan hat, bestraft werden." Sie wandte sich an Mike: „Ich begleite Lowell noch zum Wagen. Ich muss mit ihm unter vier Augen sprechen."

Mike nickte, und Holly kam um den Firebird herum. „Was gibt es denn?", wollte Lowell wissen.

„Haben Sie schon etwas von Peyton gehört?", erkundigte sie sich.

Lowell betrachtete sie mit zusammengekniffenen Augen. „Es geht ihm schon wieder gut genug, um mich herumzukommandieren."

„Das höre ich gern", meinte Holly und versuchte zu lächeln.

„Er kommt heute aus dem Krankenhaus", berichtete Lowell weiter. „Er müsste jetzt bereits entlassen sein. Vermutlich hat Donna Fields ihn nach Hause gefahren. Sie war heute Morgen ebenfalls da, als ich ihn besuchte."

Holly versuchte sich einzureden, dass die Tatsache, dass Donna Fields sich um Peyton kümmerte, sie nicht stören durfte. Doch das tat es. Schlimmer noch, es traf sie sogar zutiefst. „Na schön, sie ist genau das, was er braucht."

„Ja, da haben Sie vermutlich recht", stimmte Lowell zu und öffnete die Tür seines Wagens. „Passen Sie auf sich auf", ermahnte er Holly noch. „Halten Sie sich aus allem Ärger raus, und sollten Sie mich dennoch brauchen, rufen Sie mich sofort an."

„Danke."

Holly sah dem Wagen des Sheriffs hinterher, bis er um die

Ecke bog. Sie ging gerade in die Werkstatt zurück, da hörte sie erneut einen Wagen vorfahren.

„Es scheint, als wäre dies ein Tag für Besucher, nicht für Kunden!", rief Mike.

Sie drehte sich um und sah Peyton, der aus seinem Jaguar stieg. Die Hände zu Fäusten geballt, ging sie auf ihn zu, wobei sie sich einredete, dass sie stark genug war, um ihm entschlossen gegenüberzutreten. „Freut mich, dass du aus dem Krankenhaus entlassen bist", begrüßte sie ihn.

„Ach ja?", spottete Peyton. „Du hast eine merkwürdige Art, Sorge zu zeigen. Ich bekam weder Besuch noch Anrufe von dir."

„Spence und Pattie haben mich über deinen Gesundheitszustand auf dem Laufenden gehalten", verteidigte sie sich. „Und Lowell hat mir eben erst erzählt, dass du heute entlassen wurdest."

„Warum bist du nicht bei Pattie und Spence geblieben?", stellte er sie zur Rede.

„Ich brauche keine Hilfe von den Rands. Nicht mehr." Holly senkte den Blick.

„Du brauchst Schutz, bis der Täter gefasst ist", beharrte Peyton. „Du solltest nicht allein sein."

„Ich habe bei Sheila übernachtet, und Mike ist auch dageblieben."

„Mike? Ist er jetzt so eine Art Bodyguard?"

„Ja, anscheinend. Und ich habe gehört, dass Donna jetzt Krankenschwester spielt." Oh nein, das hatte sie überhaupt nicht sagen wollen. Wie konnte sie ihre Eifersucht nur so leicht verraten? „Ich finde, Donna ist genau die richtige Frau für dich. Ihr beide seid wirklich wie füreinander geschaffen", versuchte sie schnell einzulenken.

Peyton machte einen Schritt auf Holly zu, worauf sie zurückwich. Er packte sie an den Schultern. „Sieh mich an und sag mir, was los ist!"

„Nichts, absolut gar nichts", log sie.

Mit einer Hand hob er ihr Kinn an, mit der anderen zog er sie näher zu sich heran. „Wenn du nicht zu Pattie und Spence nach Marshallton gehst, bis der Schütze gefasst ist, dann muss ich eben hierher nach Crooked Oak kommen."

„Nein, das geht nicht!", rief sie.

„Warum nicht?"

„Hast du den Verstand verloren? Denk doch an die Presse!", erinnerte sie ihn.

„Zum Teufel mit der Presse!"

Holly machte sich von ihm los und starrte sein belustigt lächelndes Gesicht an. Was war mit ihm geschehen? Er benahm sich nicht wie der Peyton Rand, den sie fast ihr ganzes Leben lang kannte. „Ich glaube, man hat dir während der Operation auch das Gehirn entfernt." In einer warnenden Geste streckte sie die Hände aus, als er sie erneut packen wollte, und ging rückwärts zur Werkstattwand. „Merk dir eins, Peyton – du bist frei. Ich bin für immer aus deinem Leben verschwunden. Ich werde dich nicht mehr um Hilfe bitten. Ich bin jetzt erwachsen und kann auf mich selbst aufpassen."

„Wirklich?" Mit ein paar Schritten war er bei ihr und drängte sie gegen die Wand. „Nun, so wie ich es sehe, habe ich dir das Leben gerettet, und dafür verdiene ich einige Privilegien."

„Und was sollen das für Privilegien sein, Rand?" Mike kam aus der Werkstatt und wischte sich die Hände am Overall ab.

„Halten Sie sich da raus. Das geht nur mich und Holly etwas an", stellte Peyton klar.

„Stimmt das?", wandte Mike sich an Holly.

„Mike, hol für uns alle doch bitte was zu trinken", bat Holly. „In der Zwischenzeit werde ich die Unterhaltung mit Peyton beendet haben, und er kann seine Cola mitnehmen."

Mike runzelte die Stirn, ging aber dennoch ins Büro, wo der Getränkeautomat stand.

„Wenn du dich weigerst, bei Pattie und Spence zu bleiben, und ich auch nicht bei dir übernachten darf, sehe ich nur noch eine Möglichkeit", eröffnete Peyton ihr.

„Und die wäre?"

„Ich werde Caleb, Hank und Jake einschalten und ihnen berichten, was passiert ist. Deine drei Brüder sind bestimmt die besten Bodyguards, die man sich vorstellen kann, meinst du nicht?"

„Wage es nicht, mir zu drohen!", erwiderte Holly und tippte ihm auf die Brust. „Du wirst meine Brüder nicht anrufen, damit sie sich in mein Leben einmischen. Hast du mich verstanden?"

„Dein Leben ist in Gefahr, und ich will nicht, dass dir etwas zustößt", versuchte er sie zu überzeugen, griff nach ihrer Hand und hielt sie fest.

„Deine Sorge dreht sich doch nur um Sex, oder?" Holly wusste, dass das nicht stimmte, aber sie musste Peyton aus ihrem Leben vertreiben, auch wenn sie ihm wehtat. Er musste begreifen, dass es klug war zu gehen, solange er noch konnte.

„Wovon sprichst du?", meinte Peyton und zog sie in seine Arme. „Wenn du wissen möchtest, ob ich mit dir schlafen will, dann lautet die Antwort Ja. Aber das weißt du ja inzwischen. Und ich kann mich erinnern, dass du nicht abgeneigt warst."

„Na ja, ich wollte dich wirklich schon lange und habe mich immer gefragt, wie es mit dir sein würde. Männer sind schließlich alle verschieden, und ich habe mich gefragt, ob du ebenso gut bist wie Mike ..."

Peyton packte so fest ihren Arm, dass sie aufschrie. Seine Augen funkelten gefährlich. „Versuch nicht, mir weiszumachen, du würdest mit Hanley schlafen. Das glaube ich dir nicht!"

„Du kannst glauben, was du willst", erwiderte sie. „Das hast du ja immer getan. Du bist genau wie dein Vater. Du walzt jeden nieder, der dir im Weg steht, und du glaubst immer zu wissen, was für jeden das Beste ist." Holly war klar, wie sehr er es hasste, mit seinem Vater verglichen zu werden, aber sie wollte ihn treffen.

Sie hatte den Kuss nicht erwartet, daher erwiderte sie ihn zunächst leidenschaftlich. Die Welt um sie herum schien zu versinken. Dann hörte sie ein Räuspern hinter sich. Es brauchte einige Sekunden, ehe Holly begriff, was geschehen war, schlimmer noch, wozu sie Peyton sogar ermuntert hatte.

„Ich habe Cola für uns alle geholt", sagte Mike.

Peyton ließ Holly los, und sie wich zur Seite. Mike gab Peyton eine Flasche Cola und dann Holly, ehe er den Arm um ihre Taille legte.

Peyton starrte das Paar an, dann die Flasche in seiner Hand. Schließlich wandte er sich an Mike: „Holly hat mir verraten, dass Sie ein Auge auf sie geworfen haben."

„Das stimmt", erklärte Mike. „Von jetzt an werde ich mich um sie kümmern. Sie will es so, nicht wahr, Darling?"

Für einen Moment versagte ihr die Stimme, doch dann sah sie Mike an und lächelte. „Ja, so ist es, Liebling. Jetzt habe ich dich. Peyton ist ab sofort ein freier Mann und muss mich nicht mehr aus irgendwelchen Schwierigkeiten herausholen."

„Bist du sicher, dass du es so willst?", fragte Peyton und sah sie finster an.

Sie wusste, er gab ihr noch eine letzte Chance, ihre Meinung zu ändern. Nach all dieser Zeit bot er ihr eine Liebesbeziehung an, die sie nicht annehmen konnte. Um seinetwillen. Sie liebte ihn viel zu sehr, als dass sie sein Leben ruinieren und seinen Namen in weitere Skandale verwickeln wollte. Seine politische Karriere durfte nicht gefährdet werden.

„Ja", erklärte sie daher. „Ich will es so."

Peyton sagte nichts mehr. Er stellte die Flasche auf einem Fenstervorsprung ab, warf Holly einen letzten kühlen Blick zu und ging zu seinem Wagen. Als sie dem davonrasenden Jaguar nachsah, warf sie sich in Mikes Arme, und Tränen liefen ihr über die Wangen.

„Warum hast du das getan?", wollte Mike wissen. „Du musst diesen Kerl doch sehr lieben."

„Oh Mike, das tue ich! Ich liebe ihn mehr als alles andere!"

6. Kapitel

Peyton saß neben seinem Bruder auf der Couch und versuchte, sich auf das Baseballspiel im Fernsehen zu konzentrieren. Doch während er Caleb Bishop, den Star der Mannschaft, beobachtete, konnte er nur an dessen jüngere Schwester denken – die Frau, die er verzweifelt begehrte, und die er dennoch für immer aus seinem Leben verbannt hatte.

„Wer hätte je gedacht, dass Caleb eines Tages ein Profi mit Millionenverdienst wird?", bemerkte Spence und langte in die Schale mit Popcorn. „Wann hast du ihn das letzte Mal gesehen?"

„Ich glaube, das muss schon zwei oder drei Jahre her sein", überlegte Peyton, leerte sein Bier und zerdrückte die Dose.

„Wann war er denn zuletzt hier in Crooked Oak?", wollte Spence wissen.

„Er ist nur ein- oder zweimal hier gewesen, seit er das College verlassen hat", erzählte Peyton. „Aber er ruft Holly oft an, und ein paarmal im Jahr fliegt sie zu ihm …" Das Klingeln des Telefons unterbrach ihn. Spence langte nach dem drahtlosen Apparat auf dem kleinen Tisch an seiner Seite.

„Hallo?", meldete Spence sich. „Ja, er ist zufällig hier und schaut sich mit mir das Baseballspiel an. Moment, ich gebe ihn dir." Er wandte sich an Peyton: „Es ist Sheila Vance."

Spence übergab Peyton den Apparat. „Sheila? Hier spricht Peyton Rand. Ist etwas passiert? Ist mit Holly alles in Ordnung?"

„Vor dreißig Minuten, als sie und Susan losgefahren sind, war noch alles in Ordnung mit ihr", erwiderte Sheila. „Ich habe lange darüber nachgedacht, was ich tun soll. Außerdem habe ich versucht, es ihnen auszureden, aber sie wollten gar nicht zuhören."

„Was haben Sie versucht, ihnen auszureden?", hakte Peyton nach. „Wohin sind die beiden gefahren?"

„Susan erhielt einen anonymen Anruf von jemandem, der ihr mitteilte, dass Lobo Smothers heute wieder Tierfallen in den Kingsley Woods aufstellt", berichtete Sheila.

„Zum Teufel!" Ohne eine weitere Frage stellen zu müssen, wusste Peyton, was die beiden Frauen vorhatten und in welchen Schwierigkeiten sie steckten, wenn sie Lobo Smothers tatsächlich über den Weg liefen.

„Holly hat ihre Kamera mitgenommen", fuhr Sheila fort. „Sie und Susan sind entschlossen, Lobo beim Fallenstellen zu fotografieren."

„Hat Holly ihren Hund dabei? Ihr Gewehr?", erkundigte Peyton sich.

„Ja, Salomon war im Auto, als sie losfuhren, und ich glaube, das Gewehr hat sie auch mit", meinte Sheila und unterdrückte ein Schluchzen. „Ich habe versucht, Mike zu erreichen, aber er ist mit dem Abschleppwagen bei einem Unfall draußen auf der Old Grady Road. Ich weiß nicht, was ich tun soll, Mr. Rand. In den Wäldern kann den beiden alles Mögliche zustoßen, vor allem mit einem Kerl wie Smothers."

„Seien Sie unbesorgt", beruhigte Peyton sie. „Ich werde mich darum kümmern." Er legte den Hörer auf und schlug mit der Faust auf ein Sofakissen. „Diese verdammte Frau! Sie bringt sich noch um!"

„Was hat Holly denn jetzt schon wieder angestellt?", fragte Spence.

„Sie ist in die Kingsley Woods gefahren und versucht Lobo Smothers dabei zu ertappen, wie er illegale Fallen aufstellt", informierte Peyton seinen Bruder. „Und Susan ist mit ihr gefahren."

„Ich nehme an, du willst ihr folgen und ..."

„Ich werde Lowell Redman benachrichtigen und mich mit ihm am alten Campinggelände am Rande des Waldes treffen", erklärte Peyton, während er bereits die Nummer in den Apparat tippte. Falls Lobo Smothers ihr auch nur ein Haar krümmte, würde er diesen Verbrecher umbringen. Und was wäre, falls Peyton Holly zuerst entdeckte? Würde er versuchen, ihr Vernunft einzubläuen? Eine weitere Möglichkeit kam ihm in den Sinn, die ihm angenehmer erschien – er würde die nächsten vierundzwanzig Stunden mit ihr im Bett verbringen.

Kingsley Woods bestand aus mehreren Quadratkilometern Waldfläche zwischen Marshallton und der Gemeinde Crooked Oaks, nahe der Staatsgrenze zu Mississippi. Solange Holly sich erinnern konnte, waren die Wälder ein Paradies für Jäger und Fischer gewesen. Doch Lobo Smothers, der in einer Hütte tief im Wald lebte, griff in dieses Stück Natur ein, indem er illegal und aus reiner Profitgier jagte und Fallen stellte.

Holly und Susan schlichen durch das dichte Unterholz, während Salomon ihnen brav folgte. Plötzlich blieb Susan wie angewurzelt stehen. „Hör mal!", flüsterte sie.

„Still!", befahl Holly ihrem Hund. Dann gingen sie vorsichtig in die Richtung weiter, aus der das Blätterrascheln und Metallklappern kam. Auf einer kleinen Lichtung duckten Susan und Holly sich hinter einer Reihe von hohen Büschen.

„Er ist es!", raunte Susan.

Auch Holly sah Lobo Smothers, der sich gerade über eine Falle beugte. Schweißflecken hatten sich auf seinem Holzfällerhemd gebildet, und lange Strähnen seines rotbraunen Haars fielen ihm in den Stiernacken. Holly musste sich zusammennehmen, um sich nicht sofort auf ihn zu stürzen. Dieser ungebildete dreckige Kerl tötete nicht nur aus Profitgier, sondern auch aus reiner Freude! Sie nahm die Kamera mit Teleobjektiv und schoss Bild um Bild.

„Was macht er denn jetzt?", flüsterte Susan.

„Smothers ist anscheinend fertig hier. Wir verfolgen ihn und sehen, was er noch vorhat."

„Aber du hast doch die Fotos, wie er die Falle aufstellt, oder?", fragte Susan.

„Ja, aber ich habe das Gefühl, er wird auch noch die bereits aufgestellten Fallen kontrollieren", erklärte Holly, half Susan beim Aufstehen und nahm wieder ihr Gewehr.

Die beiden Frauen schlichen dem Mann in sicherem Abstand hinterher, und schon nach fünf Minuten machte Lobo Smothers erneut halt. Ein kleiner Fuchs, der in eine von Lobos Fallen gegangen war, hatte sich offenbar den Hinterlauf abgenagt, ehe er verendet war. Bei dem Anblick drehte sich Holly der Magen um, und sie schloss die Augen. „Sieh nicht hin", warnte sie Susan.

„Oh nein!", stöhnte Susan, wich zurück und krümmte sich neben einem Baum. Holly beobachtete ihre Freundin. Sie hatte geahnt, dass es ein Fehler war, sie mitzunehmen. Susan ertrug die raue Wirklichkeit einfach nicht.

„Ist alles in Ordnung mit dir?"

„Fotografiere", flüsterte Susan. „Und mach dir um mich keine Sorgen." Schnell wandte sie sich wieder ab, um sich zu übergeben.

Holly kroch näher an Lobo und die Falle heran und schoss weitere Bilder. Wenn das nicht Beweis genug war, um Smothers hinter Gitter zu bringen, dann wusste sie nicht, was. Sie konnte es kaum erwarten, Lowell Redmans Gesicht zu sehen, wenn sie ihm die Bilder präsentierte.

„Ist er fort?", erkundigte sich Susan, als sie an Hollys Seite zurückgekehrt war.

„Ja, ich vermute, er geht von Falle zu Falle", meinte Holly.

„Wollen wir ihn weiter verfolgen?"

„Nur noch ein Stück", erklärte Holly.

„Ich habe nicht aufgepasst, in welche Richtung er gegangen ist", gestand Susan und schaute sich um.

„Er ist nach Osten. Komm."

Es dauerte jedoch nicht lange, bis Holly erkannte, dass sie Lobo Smothers aus den Augen verloren hatten. Oder war es möglich, dass er seine Verfolgerinnen inzwischen bemerkt hatte und in Deckung gegangen war? Lobo mochte zwar ungebildet sein, aber er war nicht dumm, vor allem nicht, wenn es ums Jagen und Fallenstellen ging.

„Was ist los?", wollte Susan wissen, als Holly stehen blieb.

„Er ist verschwunden", gab sie zu. „Er könnte uns gehört oder gesehen haben, oder er hatte einfach das Gefühl, beobachtet zu werden."

„Und was machen wir jetzt?"

„Wir machen uns so schnell wie möglich aus dem Staub, Cowboy", verkündete Holly grinsend, doch sie sah an Susans aschfahlem Gesicht, dass ihr jeder Sinn für Humor abhandengekommen war.

„Meinst du, er wird uns nachkommen?", fragte Susan ängstlich und rieb sich die Hände an ihrer Jeans.

„Das bezweifle ich", log Holly.

Sie brauchten nur wenige Minuten, um zur ersten Falle zurückzugelangen. Beide Frauen waren vom schnellen Laufen außer Atem und mussten eine kurze Pause einlegen. Plötzlich gab Salomon ein Knurren von sich, und als Holly sich umdrehte, sah sie Lobo Smothers mit einem selbstzufriedenen Grinsen unter einem Baum stehen. „Was macht ihr zwei Mädels denn hier draußen im Wald?"

Susan griff nach der Hand ihrer Freundin. „Wir genießen die schöne Gegend", erwiderte Holly.

„Habt ihr Fotos gemacht?", erkundigte Lobo sich und deutete auf die Kamera um Hollys Hals. „Ihr habt nicht rein zufällig Fotos von mir und meinen Fallen gemacht, oder?"

„Ich wusste nicht, dass Sie illegal Fallen aufstellen", meinte Holly unschuldig und legte Salomon eine Hand auf den Nacken. Sie wusste, dass sie der Dogge jeden Augenblick das Zeichen zum Angreifen geben musste. Das Gewehr, das sie bei sich trug, war zwar schussbereit, doch betrachtete sie es als allerletzte Möglichkeit. Es war mit großem Kaliber geladen, und wenn sie damit auf Lobo schoss, würde sie ihn sicher umbringen.

„Gebt mir die Kamera, und dann könnt ihr in Frieden weitergehen", forderte Lobo die Frauen auf und machte einen Schritt auf sie zu.

Holly hatte nicht die Absicht, den ersten echten Beweis gegen diesen Verbrecher herzugeben, doch er würde höchstwahrscheinlich Gewalt anwenden, wenn sie es nicht tat. Andererseits hatte sie Salomon und ein Gewehr bei sich.

Sie begriff zu spät, was passierte. Susan stürmte vor und stürzte sich auf Lobo Smothers. „Lauf, Holly, lauf!", schrie sie. „Lass nicht zu, dass er die Kamera bekommt!"

Jetzt ist alles vorbei, dachte Holly. Was war in Susan gefahren, dass sie sich so dumm benahm?

Lobo packte Susan an den Handgelenken und wirbelte sie herum. „Ja, Holly, lauf nur!", ermunterte er sie mit einem boshaften Grinsen. „Nimm deine Kamera und lass deine kleine Freundin hier. Ich wollte Miss Susan schon immer näher kennenlernen. Bis du Hilfe geholt hast, sind Miss Susan und ich bestimmt schon richtig gute Freunde geworden."

Holly schluckte hart. Lobo hatte sie in der Zange. Sie wusste es, und er wusste es ebenfalls. „Lassen Sie sie gehen, dann händige ich Ihnen die Kamera aus!", kapitulierte Holly.

„Nein!", schrie Susan und wehrte sich verzweifelt.

Lobo hielt ihr den Mund zu, doch sie biss ihn in die Hand,

sodass er sie mit einem Aufschrei losließ. Während Susan sich auf den Boden warf und so weit wie möglich wegrollte, gab Holly Salomon den Befehl zum Angriff.

Mit einem Satz stürzte sich Salomon auf Lobo und brachte ihn zu Fall. Als Holly der Meinung war, Lobo wäre jetzt bereit zuzuhören, rief sie die Dogge zurück, ging zu ihm hin und setzte ihm den Lauf des Gewehres auf die Brust.

„Susan, hol Hilfe. Ich passe solange auf Mr. Smothers auf!"

„Ich kann dich mit diesem Kerl doch nicht allein lassen!", protestierte Susan.

„Hol endlich Hilfe!", befahl Holly.

Diesmal gehorchte Susan und lief davon.

Als Susan aus dem Wald gerannt kam, entdeckte sie auf dem Parkplatz Peyton und Lowell, der seinen Wagen direkt neben Hollys abgestellt hatte. Erleichtert rannte sie direkt in Lowells Arme. Er fing sie auf und hielt sie tröstend fest.

„Wo ist Holly?", wollte Peyton wissen.

„Sie hält Lobo Smothers mit dem Gewehr in Schach", berichtete Susan.

„Zeig uns, wo", verlangte Peyton.

Er und Lowell folgten Susan in den Wald, und Lowell nahm seine Neunmillimeter-Automatik aus dem Pistolenhalfter. Nach einer Weile rief Susan Hollys Namen, und gleich darauf antwortete Holly: „Ich bin hier, Susan! Hast du schon so schnell Hilfe geholt?"

„Lowell und Peyton sind bei mir!", rief Susan zurück. „Sie waren gerade angekommen!" Nach ein paar Metern durch dichtes Unterholz traten sie auf die kleine Lichtung.

Hätte Peyton nicht solche Angst um Holly gehabt, und wäre er darüber nicht wütend gewesen, dass sie etwas so Törichtes getan hatte, dann wäre ihm das Bild, das sich ihm jetzt bot, mindestens so amüsant erschienen wie Sheriff Redman.

Lobo Smothers lag flach auf dem Rücken, Arme und Beine von sich gestreckt. Salomons Pranken ruhten auf seiner Brust, während Holly mit dem Gewehr auf seinen Bauch zielte.

„Woher wusstest du, wo wir waren?", wunderte sich Holly und warf Peyton einen verstohlenen Blick zu.

„Sheila rief an. Sie machte sich Sorgen um dich und Susan", verriet Peyton ihr. Nie zuvor hatten ihn derartig gemischte Gefühle bewegt wie in diesem Moment. Angst, Wut und Leidenschaft waren eine tödliche Kombination.

„Sie hätte euch nicht anzurufen brauchen", erklärte Holly. „Wir können schon auf uns selbst aufpassen." Sie nahm das Gewehr zur Seite und rief ihren Hund zurück. „Ich habe hier ein paar Fotos, die Sie bestimmt interessieren werden", erzählte sie Lowell.

„Na, so was", sagte Lowell und schüttelte den Kopf. „Stehen Sie auf, Lobo. Ich spendiere Ihnen eine kostenlose Fahrt ins Gefängnis. Sie werden mir eine Menge Fragen beantworten müssen."

Lobo protestierte nicht, als Lowell ihn in Handschellen abführte. Peyton packte Holly bei den Schultern. „Was, zum Teufel, hast du dir dabei gedacht, allein mit Susan hierherzukommen? Lobo hätte euch umbringen können!"

„Aber das hat er nicht", erwiderte sie und riss sich los. „Uns ist nichts passiert, nicht wahr, Susan?"

„Ich werde mit Lowell zurück in die Stadt fahren", sagte Susan. „Wenn du mir die Kamera gibst, gebe ich sie an Lowell weiter. Außerdem werde ich seine Fragen beantworten."

„Das brauchst du nicht", wehrte Holly ab. „Wir können zusammen in die Stadt zurückfahren."

„Gib mir die Kamera", forderte Peyton sie auf und nahm den Apparat an sich. „Ich werde dich und Susan in die Stadt fahren, und dann werden wir beide ein längst überfälliges Gespräch führen."

„Worüber?", forschte Holly und händigte Peyton die Kamera aus.

„Über die Gründe, weshalb du dich nicht aus Schwierigkeiten heraushalten kannst und es mir anscheinend nicht gelingt, aus deinem Leben zu verschwinden."

7. Kapitel

Die Sonne ging in einem glutroten Ball am Horizont unter, als Holly in ihre Einfahrt bog. Schnell sprang sie aus ihrem Wagen und knallte die Tür zu. Peyton, der ihr mit seinem Jaguar gefolgt war, hielt direkt hinter ihr an.

Holly stampfte die Verandatreppe hoch, ohne auf Peyton zu warten. Sie war bereits im Haus, während er noch aus seinem Wagen stieg.

„Du brauchst nicht so zu rennen", rief er ihr nach. „Ich gehe trotzdem nicht, bevor wir alles ein für alle Mal geklärt haben."

Holly hängte die Kameratasche an die Garderobe, und auf dem Weg in die Küche entlud sie das Gewehr. Die Patronen legte sie auf den Esstisch.

Peyton holte sie erst ein, als sie an der Spüle stand und sich ein Glas mit Leitungswasser füllte. Er stellte sich direkt hinter sie, berührte sie jedoch nicht.

„Geh weg", forderte sie ihn auf. „Wir haben schon alles geklärt."

„Ja, das dachte ich auch", stimmte er zu. „Aber da habe ich mich offenbar geirrt."

„Nein, du hast dich nicht geirrt!" Holly trank einige Schlucke und stellte das Glas anschließend in das Spülbecken. „Niemand hat dich darum gebeten, mich im Wald zu retten, oder? Zumindest war ich es nicht!"

„Willst du mir etwa weismachen, du hättest nicht damit gerechnet, dass Sheila mich informieren würde, nachdem sie erfahren hatte, wo du warst?", fuhr Peyton sie an.

„Natürlich nicht!", konterte Holly. „Ich ... ach, ich weiß

nicht. Vielleicht doch. Vielleicht war es wirklich der Grund, weshalb ich es ihr erzählt habe. Keine Ahnung. Ich bin völlig durcheinander, wenn es um dich und mich geht."

„So, du bist also durcheinander? Und was ist mit mir?" Peyton schüttelte sie sanft. „Mein ganzes Leben ist ein totales Durcheinander mit dir, aber ohne dich ist es völlig sinnlos."

„Bitte, Peyton, sag nichts, was du morgen bereust. Nichts hat sich zwischen uns geändert. Ich bin immer noch die, die ich war, und du bist auch noch derselbe. Ich möchte ein einfaches unkompliziertes Leben in einer Kleinstadt. Du hingegen willst in Nashville leben und den ganzen Bundesstaat regieren."

„Holly Bishop, du bist die Frau mit dem kompliziertesten Leben, die mir je begegnet ist, Kleinstadt hin oder her."

Holly wusste, dass sie sich aus dem festen Griff seiner Hände befreien sollte, und dass sie vor allem dem leidenschaftlichen Ausdruck in seinen Augen entkommen musste. Irgendwie hatte seine Sorge um ihre Sicherheit und sein Zorn über ihre Impulsivität sich mit seiner seit Langem unterdrückten Begierde vermischt. Wenn sie ihn jetzt nicht aufhielt, würde es zu spät sein.

„Ich will, dass du gehst", beharrte sie.

„Wirklich?"

„Ja."

„Das kann ich nicht", behauptete er.

Sie schob ihn von sich fort, doch er hielt sie an den Handgelenken fest. Holly sah ihm direkt ins Gesicht. „Ich kann auf mich selbst aufpassen", versetzte sie. „Das hast du ja heute gesehen. Es mag sein, dass ich Sheila von unserem Plan erzählt habe, weil ich unbewusst hoffte, du würdest nach mir suchen. Aber fest steht, dass ich auch ohne dich zurechtkomme."

„Bist du sicher?" Er zog sie langsam zu sich heran, bis sie sich berührten. „Nun, ich habe nämlich inzwischen etwas herausgefunden, Holly Bishop. Ich kann ohne dich nicht leben."

Sie starrte ihn an, unfähig zu glauben, was er eben gesagt hatte. „Das meinst du nicht ernst."

„Und ob ich es ernst meine", beharrte er und streichelte ihr Gesicht. „Was uns beide betrifft, so bin ich genauso durcheinander wie du. Ich weiß nicht, ob wir eine Chance haben, dass es gut geht. Ich weiß nur, dass ich es satthabe, gegen mein Verlangen nach dir anzukämpfen."

„Oh, Peyton." Sie wusste ganz genau, was er ihr damit offenbarte. Jetzt kam es darauf an. Falls sie ihn dieses Mal abwies, würde es keine weitere Chance für sie beide geben.

„Ich kann nur noch an dich denken, Liebes, Tag und Nacht", gestand er. Zärtlich strich er mit den Fingerspitzen über ihre Wange. „Ich will dich so sehr, dass es beinahe schmerzt."

Tränen stiegen ihr in die Augen, und ihr Herz schlug schneller. Er hatte ihr weder seine Liebe gestanden noch irgendwelche Versprechen gegeben, die über diesen Moment hinausgingen. Doch Holly wusste, dass er sich selbst und ihr gegenüber so aufrichtig wie nur irgend möglich war.

„Ich habe niemals einen anderen als dich gewollt", gestand sie ihm. „Nur dich." Und dann wehrte sie sich nicht mehr, sondern erlaubte ihm, sie ganz in Besitz zu nehmen.

Er küsste sie voll zärtlicher Leidenschaft, und sie schlang die Arme um ihn und zog ihn an sich. Der Kuss wurde noch wilder und intensiver, als Holly ihre Lippen öffnete. Peytons Hände glitten über ihren Körper, als versuchte er, sich jede einzelne Kurve einzuprägen, während seine Zunge ihren Mund erforschte. Holly stöhnte vor Lust und schmiegte sich sehnsüchtig an ihn. Sie wollte sich endlich dem Mann hingeben, den sie so sehr liebte.

Peyton hob sie auf die Arme, und sie schloss die Augen. Die Tür zum Schlafzimmer stand offen, und auf dem Nachttisch befand sich eine Lampe, die den Raum in ein sanftes gedämpftes Licht tauchte.

„Davon habe ich geträumt", verriet er ihr und setzte sie auf dem Bett ab. „Dich auf das Bett zu legen, dich auszuziehen, jeden Zentimeter deines Körpers zu küssen ..."

Sie berührte mit den Fingern seine Lippen. „Ihr Anwälte redet zu viel", meinte sie mit einem Lächeln. „Du brauchst mich nicht mehr zu überzeugen. Ich gehöre dir."

„Du willst also Taten sehen?" Er ließ sich neben sie auf das Bett sinken und begann ihr das Hemd aufzuknöpfen. „Ich habe keine Ahnung, was du von einem Liebhaber erwartest. Du musst mir schon sagen, was du möchtest. Was immer es ist, ich werde es tun."

„Ich ... ich bin nicht sicher", erwiderte sie. Ahnte er denn nicht, dass sie noch nie mit einem Mann geschlafen hatte?

„Ich verspreche dir, dass es wunderschön für dich sein wird", raunte er ihr zu und zog ihr ein Kleidungsstück nach dem anderen aus. Zuerst ihr Hemd, dann den BH, während seine Hände sie zwischendurch immer wieder liebkosten, seine Lippen sie verwöhnten. Schließlich fiel ihre Jeans zu Boden, gefolgt von ihrem Slip. Sie streckte sich auf dem Bett aus, und er beugte sich über sie, saugte abwechselnd an ihren Brustknosten und presste sich mit den Schenkeln ganz fest an sie, damit sie seine Erregung durch seine Hose hindurch spüren konnte. Das Verlangen pulsierte in ihm; die Sehnsucht, eins mit dieser zauberhaften Frau zu werden, wurde immer stärker.

Doch er wollte nichts überstürzen. Er hatte versprochen, dass es wunderschön für Holly sein würde, und dafür würde er auch sorgen, selbst wenn es ihn fast umbrächte. In seinen Armen sollte sie alle anderen Männer, mit denen sie zusammen gewesen war, vergessen.

Sie zerrte ihm das Hemd aus der Hose, knöpfte es mit zitternden Fingern auf und streifte es ihm von den Schultern. Dann fuhr sie durch die dunklen Haare auf seiner breiten muskulösen Brust. Sie versuchte, seinen Gürtel zu öffnen, was ihr jedoch nicht gelang. Frustriert seufzte sie.

„Noch nicht, Liebes", sagte Peyton und hielt sie zurück.
„Bitte, Peyton ..."
„Du bist noch nicht bereit", besänftigte er sie.
„Doch, das bin ich."
„Nein, du bist noch nicht erregt genug", meinte er und strich über die Innenseite ihrer Schenkel, glitt weiter zu ihrer empfindlichsten Stelle. Als er sie dort berührte, schrie Holly kurz auf und bog sich ihm entgegen.

„Wenn ich dich nehme, wirst du bereit sein", versprach er, hielt ihre Arme fest und drückte sie zu beiden Seiten ihres Kopfes auf das Bett. „Ich wusste, dass du hungrig sein würdest, und dass du so intensiv lieben würdest, wie du alles andere im Leben tust. Ach, Holly, meine süße Holly."

Er küsste sie leidenschaftlich, und sie schlang die Beine um seine Oberschenkel. Überwältigt von seiner eigenen wilden Lust unterbrach Peyton den Kuss. „Das genügt, Liebes. Fühlst du mein Verlangen?"

„Ich begehre dich so sehr", flüsterte sie. Er küsste ihre Brüste, seine Zunge umspielte die hoch aufgerichteten Knospen. „Nein ... bitte ... bitte."

Holly wusste nicht, wie lange er sich ihrem prickelnden Körper widmete. Sie hatte jegliches Gefühl für die Realität verloren. Für sie bestand die Welt nur noch aus Peyton Rand und den köstlichen Empfindungen, die seine Berührungen in ihr weckten.

Immer heißer und verzehrender brannte die Leidenschaft in ihm. Er liebte Holly wie noch nie eine Frau zuvor, mit all der Begierde, die er jahrelang unterdrückt hatte. Noch nie hatte er etwas Derartiges erlebt, und er wusste, dass er nie wieder so etwas erleben würde, zumindest nicht mit einer anderen Frau.

Als er ihre Beine spreizte und ihre Hüften anhob, schrie sie kurz auf, da sie nicht sicher war, was geschehen würde. Doch dann spürte sie seinen Mund und schmolz dahin. Peyton brachte sie an den Rand der Ekstase. Sie krallte sich an seinen Schultern fest. Ihre Nägel gruben sich in seine Muskeln, als er sie schließlich zum Höhepunkt brachte, und sie schluchzte auf und zitterte.

„Nun bist du bereit, Liebling", hauchte er und streifte sich eilig die restliche Kleidung ab. Dann beugte er sich wieder über Holly, und mit einem einzigen heftigen Stoß drang er in sie ein. Ein Aufschrei entfuhr ihr wegen des unerwarteten Schmerzes. Peyton hielt inne, und sein ganzer Körper bebte vor Anstrengung, sich nicht zu bewegen. „Holly?"

Sie wusste, was er sie fragen wollte. Würde er sich zurückziehen, wenn sie ihm die Wahrheit gestand? „Bitte, mach weiter, hör nicht auf!", flehte sie.

„Ich will dir nicht wehtun, Liebes."

„Du würdest mir wehtun, wenn du jetzt aufhörtest!"

Langsam und mit großer Zärtlichkeit drang er tiefer in sie ein. Sie klammerte sich an ihn und ermutigte ihn, indem sie sich ihm entgegenschmiegte. Allmählich wurde der Rhythmus seiner Bewegungen heftiger und schneller. Er verlor die Kontrolle über sich, doch ihr ging es ebenso. Holly nahm alles, was er ihr zu geben hatte, forderte all seine Kraft. Und er gab sich ihr ganz, überwältigt von der Macht, die sie auf ihn ausübte.

Nur wenige Augenblicke nach Peyton erreichte sie ihren zweiten Höhepunkt und wand sich laut stöhnend unter ihm, während sie wieder und wieder erschauerte.

Er glitt von ihr herunter und nahm sie auf eine besitzergreifende Art in den Arm, die er bisher nicht von sich gekannt hatte. Sie war sein. Jetzt und für immer.

„Ich liebe dich", flüsterte sie. Ihr Kopf lag an seiner Schulter, ihre Lippen berührten seinen Hals. „Ich habe nie jemanden außer dir geliebt."

„Ich verdiene dich nicht, Liebes. Du bist viel zu gut für einen Mann wie mich."

Sie schmiegte sich an ihn, legte die Hand auf seine Brust und wickelte sich seine Brusthaare um den Finger. „Oh, ich denke schon, dass du mich verdienst. Ich habe das Gefühl, der liebe Gott hat beschlossen, dass ich genau das bin, was du brauchst. Und deswegen sind wir uns in all den Jahren immer wieder begegnet."

„Wir werden später über die Details dieser Beziehung sprechen", erklärte er. „Jetzt will ich nicht mehr nachdenken, sondern nur noch fühlen."

Holly setzte sich auf ihn und rieb sich auf sinnliche Art an ihm. „Spürst du das?", fragte sie.

Er packte sie bei den Hüften, hob sie an und glitt erneut in sie. „Und du, spürst du das?"

Sie lachte und verlor sich von Neuem im Taumel der Lust.

8. Kapitel

Peyton lag auf dem Rücken, den Kopf auf zwei Kissen gebettet, während er Holly im Arm hielt. Er hatte sie eine Weile beobachtet, erfüllt von Gefühlen, die ihm bisher fremd gewesen waren. Holly war jetzt sein, so wie er ihr gehörte. Es gab kein Zurück, kein Leugnen mehr, dass Holly Bishop ein Teil seines Lebens war. Nein, sie war nicht nur ein Teil seines Lebens, sie war ein Teil von ihm selbst.

Liebte er sie? Er wusste es nicht. Er war nicht einmal sicher, ob er fähig war zu lieben, die Liebe zu geben, die eine Frau wie Holly brauchte und verdiente. Den größten Teil seines Lebens hatte er sich auf das konzentriert, wovon er glaubte, dass man es von ihm erwartete. Er hatte stets versucht, die beste Entscheidung für das Erlangen seiner Ziele zu treffen.

Seit Jahren strebte er eine politische Karriere an, und der Wunsch nach Erfolg war so tief in ihm verwurzelt wie das Verlangen nach Holly. War es möglich, beides zu bekommen? Konnte er seine Affäre mit dieser Frau fortsetzen und trotzdem als Gouverneur kandidieren?

Sie seufzte im Schlaf und kuschelte sich näher an ihn. Instinktiv streckte sie die Hand nach ihm aus.

Eine Affäre, überlegte er. Mit dieser Frau? Sie wollte heiraten und Kinder haben, eine Familie. Vielleicht sollte ich sie heiraten, dachte er. Er würde niemals eine Frau finden, die er mehr begehrte. Doch konnte sie sich seinem Lebensstil anpassen? Durfte er überhaupt erwarten, dass sie seinetwegen ihr ganzes Leben änderte?

Holly schlug die Augen auf und bemerkte, dass er sie beobachtete. Sie hob den Kopf und küsste Peyton.

„Keine Reue?", fragte er.

„Keine Reue", erwiderte sie. „Niemals. Letzte Nacht war …" Sie errötete und schüttelte den Kopf, wobei die kurzen dunklen Locken tanzten. „Es war wundervoll, letzte Nacht und heute Morgen. Es war besser, als ich es mir je erträumt hätte."

„Ich habe nachgedacht", eröffnete er ihr.

„Ein gefährliches Unterfangen für einen Anwalt", meinte sie lachend und küsste ihn auf die Schulter.

„Benimm dich", tadelte er sie. „Wir müssen miteinander reden, und zwar ernsthaft." Er schob sie ein Stück von sich.

„Oh, oh. Vielleicht sollte ich fragen, ob du womöglich etwas bereust", meinte sie. Was wollte er ihr sagen? Dass es großartig gewesen war, aber jetzt vorbei ist? Dass er über seine Zukunft nachgedacht hatte und zu dem Schluss gekommen war, sie passe nicht in seine Pläne?

„Das Einzige, was ich bereue, ist, dass wir so lange gewartet haben", gestand er. Vor Freude wollte sie ihn sofort umarmen, doch er hielt sie zurück. „Zuerst wollen wir uns unterhalten", mahnte er sie.

„Na schön, ich höre", gab sie nach und faltete brav die Hände über der Decke.

„Wir sind uns einig darüber, dass wir nicht im Mindesten zusammenpassen. Daher brauche ich wohl all unsere Unterschiede nicht aufzuzählen."

„Ich finde, wir haben mehr gemeinsam, als wir je ahnten", neckte sie ihn.

„Komm jetzt nicht vom Thema ab", bat er. „Tatsache ist, dass ich ein bekannter Anwalt bin, der Gouverneur werden will. So ist es nun einmal."

„Ich würde nie von dir verlangen, dass du deinen Traum aufgibst", versicherte sie ihm, und Angst beschlich sie.

„Das Problem ist, dass ich ein selbstsüchtiger Mistkerl bin", fuhr er fort. „Das bin ich immer gewesen. Ich will weder meine Pläne noch dich aufgeben."

„Oh." Sie verstand sein Dilemma nur zu gut. Sie und Politik passten zusammen wie Feuer und Wasser.

„Ich mache dir weder Versprechungen noch biete ich dir etwas an. Aber ich glaube, wir sind es uns schuldig, unserer Beziehung eine Chance zu geben."

„Und wie stellst du dir das vor?", forschte sie.

„Ich will, dass wir zusammen ausgehen und man uns als Paar sieht", schlug er vor. In ihrem Gesicht versuchte er eine Reaktion auf diesen Vorschlag zu erkennen, doch ihre Miene war völlig ausdruckslos. „Ich werde eine Verlautbarung veröffentlichen, in der ich bekannt gebe, dass wir ... nun, ein Paar sind."

„Das ist wahrscheinlich keine gute Idee", wandte sie ein. „Die Leute könnten einen falschen Eindruck bekommen."

„Ich weiß, wie sehr du es hasst, so zu tun, als ob, und ..."

„Vor allem zu lügen", ergänzte sie.

„Na schön, nennen wir es so. Sieh mal, Liebes, ich bitte dich nicht, dich zu ändern, damit du es mir leichter machst", versuchte er sie zu überzeugen. „Unsere Probezeit wird nicht funktionieren, wenn nicht jeder er selbst ist. Aber ich will gern Kompromisse schließen, wenn auch du dazu bereit bist."

„Probezeit?", wiederholte Holly und zog die Decke höher, um ihre nackten Brüste zu bedecken.

Peyton zog ihr die Decke weg. „Nun sei nicht gleich so empfindlich. Es ist sowohl für dich als auch für mich eine Probezeit, um herauszufinden, ob wir eine gemeinsame Zukunft haben."

„Ich verstehe." Sie war nicht sicher, ob ihr die Vorstellung gefiel. Schließlich liebte sie Peyton. Sie brauchte die Probezeit nicht, sondern er. Für ihn stand eine ganze Menge mehr auf dem Spiel als für sie. Sie konnte lediglich ihr Herz verlieren.

„Wir fangen gleich Freitagabend damit an", teilte er ihr mit.

„Ich muss zu einer Party, die einer der größten Förderer unserer Partei gibt, und ich möchte, dass du mich begleitest."

„Wie bitte? Das kann ich nicht! Ich verstehe überhaupt nichts von …" Das Telefon klingelte. Holly sprang aus dem Bett, streifte sich Peytons Hemd über und lief aus dem Zimmer.

Peyton erhob sich, zog seine Hose an und folgte Holly ins Wohnzimmer.

„Es ist Spence", informierte sie ihn und reichte ihm den Hörer.

„Was ist los?", erkundigte Peyton sich. „Woher wusstest du, wo ich zu finden bin?"

„Du hast wohl noch nicht die Zeitung gelesen, oder?", erkundigte sich Spence.

„Nein, warum?"

„Falls du sie gelesen hättest, würdest du nicht fragen, woher ich weiß, wo du bist", erklärte Spence.

„Bring es mir schonend bei", bat Peyton und ließ sich auf das Sofa fallen.

„Was ist passiert?", fragte Holly und setzte sich neben ihn.

„Hol bitte die Zeitung von draußen", sagte er.

„Warum?" Doch dann stand sie auf und ging zur Haustür.

„Holly holt gerade die Zeitung", wandte Peyton sich wieder an seinen Bruder. „Wir werden es gleich selbst lesen, also kannst du es ruhig schon erzählen." Er schlug die Beine übereinander und lehnte sich zurück.

„Jemand hat es sich nicht nehmen lassen, das kleine Abenteuer von dir und Holly draußen in den Kingsley Woods einem Reporter der ‚Marshallton News' aufzutischen", berichtete Spence. „Du bist zwar nicht auf der Titelseite, aber an erster Stelle bei den Lokalnachrichten."

Holly kam zurück, die aufgeschlagene Zeitung in der Hand. „‚Will Peyton Rand den Wählern von Tennessee beweisen, dass er ein altmodischer Ritter in schimmernder Rüstung ist, indem er ständig den Retter der jungen und hübschen Werkstattbesitzerin Holly Bishop spielt?'", las Holly laut vor. "‚Obwohl Mr. Rand erklärt, er und Miss Bishop seien lediglich Bekannte …'"

„Genug!", rief Peyton. „Danke für den Anruf", verabschiedete er sich von seinem Bruder. „Wir sprechen uns später."

„Was glaubst du, was sie schreiben werden, wenn du unser Verhältnis bekannt gibst?" Holly ließ die Zeitung sinken.

„Ich habe es mir anders überlegt", eröffnete er ihr. „Ich werde überhaupt nichts bekannt geben."

„Wahrscheinlich war alles nur Wunschdenken …"

„Am Freitag werden Reporter auf der Party sein", unterbrach er sie. „Man wird uns zusammen sehen und Fragen stellen. Wir werden die Fragen beantworten, und zwar aufrichtig." Peyton zog sie zu sich auf den Schoß.

„Aufrichtig?", wiederholte Holly. „Willst du allen erzählen, dass wir ein Liebespaar sind?"

„Wir werden ihnen mitteilen, dass wir eine feste Beziehung haben", erklärte er.

„Eine feste Beziehung?"

„Allerdings!"

„Ja, aber …" Das schrille Klingeln des Telefons unterbrach Holly. „Gütiger Himmel, wer ist das schon wieder?"

„Ich gehe ran", meinte Peyton und wollte nach dem Hörer greifen.

Aber Holly schüttelte den Kopf. „Nein, ich gehe besser an den Apparat. Wie willst du jemandem erklären, was du so früh am Samstagmorgen in meinem Haus machst?"

„Ich werde erzählen, dass wir uns die ganze Nacht leidenschaftlich geliebt haben", verkündete er.

Holly musste lächeln und nahm den Hörer ab. „Hallo?", meldete sie sich.

„Hier spricht Lowell Redman. Ich wollte Ihnen nur sagen, dass Lobo Smothers auf Kaution freigelassen wurde. Ich glaube nicht, dass das ein Grund zur Besorgnis ist, aber Sie sollten es wissen. Wir werden ihn im Auge behalten."

„Danke, dass Sie angerufen haben." Holly wusste, dass Peyton neugierig war, wer am anderen Ende der Leitung sprach.

„Ich habe schon versucht, Peyton zu erreichen", fuhr Sheriff Redman fort. „Aber ich erwischte nur seinen Anrufbeantworter. Falls Sie ihn sehen, richten Sie ihm aus, er möchte mit mir Kontakt aufnehmen."

„Ja, falls ich ihn sehe ... werde ich es ihm ausrichten", versprach Holly.

Peyton griff nach dem Hörer und hielt die Muschel zu. „Wer ist das?", wollte er wissen. „Will mich jemand sprechen?" Sie versuchte, ihm den Hörer wieder aus der Hand zu reißen, doch er hielt ihn fest. „Peyton Rand hier."

„Äh ... ja. Bist du es, Peyton?", stammelte Lowell.

„Gibt es etwas, das ich wissen sollte?", fragte Peyton und beobachtete Holly, die wütend die Hände in die Hüften stemmte.

„Ich habe Holly gerade darüber informiert, dass Lobo Smothers auf Kaution frei ist. Allerdings habe ich ihr verschwiegen, dass er überall herumerzählt, Holly und Susan würde es noch leidtun, dass sie ihm in die Quere gekommen sind. Ich habe ihn gewarnt, er würde sofort wieder im Gefängnis landen, wenn er sich auch nur in ihrer Nähe blicken lässt."

„Dieser Mistkerl!", fluchte Peyton. „Ich will ihn hinter Gittern sehen!"

„Da ist noch etwas", fuhr Lowell fort. „Ich wollte Holly nicht aufregen, aber du solltest es wissen. Cliff Nolan hat sich gestern Abend in der Stadt herumgetrieben. Er war betrunken, hat sein Auto zu Schrott gefahren und die Nacht im Krankenhaus verbracht. Wir können ihn ein paar Tage im Gefängnis behalten, aber das ist auch schon alles."

„Du hast wirklich lauter gute Nachrichten heute Morgen, alter Freund", bemerkte Peyton sarkastisch. „Danke, Lowell. Du tust, was du kannst, und ich kümmere mich hier um alles." Peyton legte auf und wandte sich an Holly. „Pack deine Sachen. Du kommst mit mir nach Jackson."

„Wie bitte?"

„Du hast mich schon verstanden. Du kommst zu mir und bleibst so lange bei mir, bis wir sicher sind, dass keine Gefahr mehr besteht."

„Moment mal!", brauste Holly auf und hob den Zeigefinger. „Ich kann nicht zu dir kommen. Wir haben nur eine Affäre, erinnerst du dich? Ich werde schon mit Lobo Smothers fertig. Salomon ist ein guter Wachhund."

„Schön, wenn du nicht zu mir ziehst, bleibe ich eben hier", konterte er und biss ihr liebevoll in den Finger.

„Nein, das wirst du nicht!", widersprach Holly. „Wir sind gerade dabei, die Chancen für unsere Beziehung auszuloten. Denk an die Öffentlichkeit! Sie ist entscheidend für deine politische Karriere."

„Wenn wir zusammenwohnen, beschleunigen wir die Probezeit unserer Beziehung eben ein bisschen", argumentierte er.

„Nein, ich werde Susan bitten, ein paar Tage zu mir zu ziehen", erklärte sie. „Du hast gestern ja gesehen, wie gut wir mit allem fertigwerden."

„Oh ja, du und Susan gegen den Rest der Welt", stöhnte er.

„Gut, dann werden Susan und ich die nächsten fünf Tage bei Sheila wohnen. Ich nehme mein Gewehr und Salomon mit."

„Drei Frauen allein in einem Haus."

„Ich habe ein Gewehr, und Sheila hat ebenfalls eines", zählte sie auf. „Salomon wird draußen schlafen und aufpassen. Und Mikes Wohnwagen steht nur ein Stück die Straße hinunter." Sie umarmte ihn und rieb die Nasenspitze an seinem Kinn. „Wenn du meinen Bedingungen nachgibst, komme ich auch Freitagabend mit zu dieser langweiligen politischen Veranstaltung."

„Das ist Erpressung, Liebes", beschwerte er sich.

„Wie kannst du so etwas sagen? Ich mache dir lediglich ein Angebot, dem du dich nicht entziehen kannst."

„Ich akzeptiere deine Bedingungen nur, weil ich keine andere Wahl habe", gab er sich geschlagen. Dann küsste er sie. „Ich will, dass du begreifst, wie gefährlich Lobo Smothers und Cliff Nolan sein können."

„Ich werde nichts riskieren, das verspreche ich", sagte sie.

„Ich werde jeden Abend nach dir sehen", kündigte er an. „Wenn du mich schon nicht bei dir übernachten lässt, werde ich eben bei Pattie und Spence bleiben."

„Wenn diese Veranstaltung am Freitag gut verläuft und jeder weiß, dass wir eine ernsthafte Beziehung haben, dann könntest du vielleicht ..."

„Heißt das, ich darf dann wieder über Nacht bleiben?" Er wartete ihre Antwort nicht ab, sondern küsste sie erneut leidenschaftlich. Er wollte diese Frau, und er wollte sie jetzt. Er umfasste sie, drückte sie auf das Sofa und begann sein Hemd, das sie noch immer trug, aufzuknöpfen. „Wenn wir schon die nächsten fünf Tage nicht miteinander schlafen können, sollten wir wenigstens jetzt keine Zeit mehr mit Reden verschwenden."

„Sie haben wirklich schnell begriffen, dass Taten wichtiger sind als Worte, Herr Anwalt", flüsterte Holly verführerisch und öffnete seinen Hosengürtel.

Am Donnerstagnachmittag wartete Holly geduldig im Lehrerzimmer des Marshallton Community Colleges. Sowohl Susan als auch Sheila, mit denen sie die letzten Tage zusammen gewesen war, erklärten sie für verrückt, dass sie Donna Fields um Hilfe bitten wollte.

„Donna ist nicht mein Feind", hatte Holly ihnen erklärt. „Ich will nicht, dass Peyton sich am Freitagabend für mich schämen muss. Donna ist genau die Richtige, um mir Tipps zu geben, wie ich mich anziehen und verhalten soll und was mich erwartet."

Die letzte Woche war die schönste ihres Lebens gewesen. Sie liebte Peyton von ganzem Herzen und brauchte es nicht mehr zu leugnen. Er hatte sie jeden Tag zwei- bis dreimal angerufen und war jeden Abend mit ihr ausgegangen.

Sie hatten nicht mehr miteinander geschlafen, obwohl Peyton dafür überhaupt kein Verständnis aufbrachte. Holly wollte es ebenso wie er, aber wichtiger war ihr herauszufinden, ob ihre Beziehung eine Zukunft hatte. Nach der Veranstaltung am Freitagabend würden sie beide mehr wissen.

„Holly?" Donna Fields betrat freundlich lächelnd das Zimmer.

„Ich bin wirklich sehr dankbar, dass Sie Zeit für mich haben", sagte Holly. „Die meisten Leute würden vermutlich nicht verstehen, weshalb ich ausgerechnet Sie um Rat frage, wenn man bedenkt, dass Sie und Peyton ... nun, eine Zeit lang ein Paar waren."

„Möchten Sie Tee?", erkundigte Donna sich und füllte ihre Tasse mit Wasser.

„Nein, danke."

„Peyton und ich waren und sind noch gute Freunde", erzählte sie, während sie die Tasse in die Mikrowelle stellte. „Aber wir waren nie ein Paar, außer für die Zeitungen."

„Pattie versicherte mir bereits bei dem Spiel, als wir uns kennenlernten, dass Sie nicht in Konkurrenz zu mir stünden", verriet Holly.

„Sie hatte recht." Donna nahm einen Teebeutel aus der Packung auf dem Mikrowellenofen. „Schon bevor wir uns kennenlernten, wusste ich, dass Peyton Sie liebt."

„Aber er hat noch gar nicht ... ich meine ... ich rede zu viel."

Das Lächeln auf Donnas Gesicht unterstrich ihre Schönheit noch. „Geben Sie ihm etwas mehr Zeit, und sobald er es selbst herausgefunden hat, wird er Ihnen sagen, dass er sie liebt. Peyton ist ein sehr kluger Mann, aber von der Liebe hat er keine Ahnung."

„Er ist in einer Familie aufgewachsen, in der andere Dinge wichtiger waren als Liebe", erklärte Holly.

„Dass er Sie mit zu Betty und Harold Glovers Party nimmt, beweist, dass er sich entschieden hat, was für ihn am wichtigsten ist", klärte Donna sie auf. „Harold hat genug Geld und Einfluss, um Peyton die Kandidatur für das Amt des Gouverneurs zu ermöglichen."

„Soll das heißen, wenn ich dort versage, ruiniere ich seine politische Karriere?" Holly wischte sich die feuchten Hände an der Jeans ab.

„Das wollte ich keineswegs damit andeuten", widersprach Donna und ging mit ihrem Tee zu dem kleinen Sofa. „Setzen wir uns. Ich habe die nächste Stunde frei."

„Peyton und ich haben beschlossen, eine Beziehung auf Probe zu führen, um herauszufinden, ob es eine gemeinsame Zukunft für uns gibt", gestand Holly und nahm neben Donna Platz.

„Ich verstehe." Donna nippte an dem Tee und stellte die Tasse dann auf dem kleinen runden Tisch vor ihnen ab. „Und wie soll ich Ihnen helfen?"

„Wenn Freitagabend alles gut verläuft, haben Peyton und ich eine echte Chance", erklärte Holly. „Deswegen brauche ich Ihre Hilfe. Ich weiß, es klingt verrückt, aber was soll ich zum Beispiel anziehen?"

Donna lachte. „Das klingt überhaupt nicht verrückt. Es ist eine typisch weibliche Frage."

„Also?"

„Sie werden etwas sehr Elegantes brauchen", überlegte Donna und betrachtete sie von Kopf bis Fuß. „Erzählen Sie mir, worin Sie sich am wohlsten fühlen, und was zu Ihnen passt."

„Schwarz steht mir", meinte Holly. „Etwas Figurbetontes wäre gut."

„Das klingt ausgezeichnet. Haben Sie ein solches Kleid?"

„Nein, aber ich könnte mir in Jackson eines kaufen."

„Schauen Sie bei ‚Justine's' herein", riet Donna ihr. „Ich werde Ihnen die Adresse geben. Sagen Sie einfach, dass ich Sie geschickt habe. Dort wird man für Sie das richtige Kleid zum richtigen Preis haben. Was müssen wir außerdem noch beachten, damit der morgige Abend ein Erfolg wird?"

„Ich habe die Angewohnheit, erst zu sprechen und dann zu denken", erzählte Holly. „Und ich möchte Peyton nicht blamieren, indem ich etwas Falsches sage oder tue."

„Sie können nicht zu dieser Veranstaltung gehen und so tun, als seien Sie jemand anders", stellte Donna klar. „Sie besitzen ein freundliches, einfühlsames und sensibles Wesen. Ich bin überzeugt, Sie werden Peyton eine große Hilfe sein, wenn er als Gouverneur kandidiert."

„Wie können Sie so etwas sagen? Können Sie sich mich etwa als First Lady von Tennessee vorstellen?"

„Ja, durchaus", versicherte Donna. „Es spricht alles für Peyton. Er ist wohlhabend, hat eine gute Erziehung genossen, besitzt eine erfolgreiche Anwaltskanzlei und die Entschlossenheit, bis zum Sieg zu kämpfen. Doch er lebt in der ständigen Angst, ein Abbild seines Vaters zu werden, ebenso rücksichtslos und selbstherrlich wie er."

„Aber was hat das damit zu tun, dass Sie sich mich als First Lady vorstellen können?", hakte Holly nach.

„Verstehen Sie nicht?" Donna nahm ihre Hand. „Sie mit Ihrer Ehrlichkeit, Ihrer Integrität und Sorge um andere können Peyton wirklich helfen."

„Ich bin nicht sicher, was Sie damit meinen", gab Holly zu.

„Mit Ihnen an seiner Seite braucht er keine Angst zu haben, dass er wie sein Vater wird. Er würde versuchen, Ihren Erwartungen zu entsprechen und die Welt mit Ihren Augen zu sehen. Ihre Liebe zu Peyton ist gut für ihn. Begreifen Sie jetzt? Morgen Abend auf der Party müssen Sie nur ganz Sie selbst sein, um ihm zu helfen."

Holly schluckte hart und versuchte, nicht zu weinen. „Ich hoffe nur, dass er weiß, wie viel Glück er mit so einer Freundin wie Ihnen hat", sagte sie.

„Und ich hoffe, er begreift, wie viel Glück er mit einer Frau wie Ihnen hat, die ihm hilft, sich vor sich selbst zu schützen", erwiderte Donna.

9. Kapitel

Betty und Harold Glover stammten beide aus wohlhabenden alten Familien, deren Vorfahren schon im Bürgerkrieg gekämpft hatten. Jeder wusste, dass Harold einer der reichsten und einflussreichsten Männer des Staates Tennessee war.

Daher ist es kein Wunder, dass ich so nervös bin, dachte Holly, als der Parkplatzwächter die Tür des Jaguar aufhielt und ihr beim Aussteigen behilflich war. Kurz darauf ging sie Seite an Seite mit Peyton die Stufen zum Eingangsportal des Hauses hinauf.

„Bleib gelassen, Liebling", flüsterte Peyton ihr zu. „Es wird alles gut verlaufen."

Holly drückte seinen Arm und holte tief Luft. In ihren Augen hatte Peyton nie besser und kultivierter ausgesehen. Er war ganz der Südstaaten-Gentleman. In dem schwarzen Smoking und dem gefältelten weißen Hemd wirkte er wie ein männliches Model aus einer Modezeitschrift.

„Diese Leute hier sind meine Freunde und Geschäftspartner", beruhigte er sie. „Sie werden nicht über uns herfallen und uns zerreißen, sobald wir den Saal betreten haben."

„Gut", sagte Holly, straffte die Schultern und reckte das Kinn. Als sie in die Menschenmenge traten, die die Elite von Tennessee darstellte, wurden ihre Schritte zögernder. Genug mit dem Unsinn, schalt sie sich. Du bist so gut wie jeder andere hier. Sei ganz du selbst, aber zeig dich von deiner besten Seite.

„Habe ich dir schon gesagt, wie unglaublich gut du heute aussiehst?", raunte Peyton ihr ins Ohr.

„Ja", erwiderte sie, „aber ich bin froh, dass du es mir noch einmal sagst."

Er führte sie vorbei an verschiedenen Leuten, die in kleinen Gruppen zusammenstanden und sich unterhielten, wobei er Hände schüttelte und jedes Mal wieder Holly vorstellte. Die Art, wie die anderen Männer Holly ansahen, schmeichelte seinem männlichen Ego. Sie wirkte elegant und sinnlich in dem langen, eng anliegenden schwarzen Seidenkleid. Es war ärmellos und rückenfrei bis zur Taille. Als Schmuck trug sie lediglich eine Perlenkette, die, so hatte sie Peyton erzählt, einmal ihrer Großmutter gehörte.

Holly schwirrte der Kopf vor Namen und neuen Gesichtern, während sie einem nach dem anderen vorgestellt wurde. Noch nie hatte sie so viele Hände geschüttelt und so oft gelächelt. Der Champagner floss in Strömen, doch sie nippte seit einer Stunde an demselben Glas. Das Essen schmeckte bestimmt köstlich, doch sie war viel zu aufgeregt, um etwas davon genießen zu können.

„Endlich!", begrüßte Donna Fields sie und umarmte sie. „Ich versuche schon seit einer halben Stunde, mir einen Weg zu euch zu bahnen. Holly, Sie sehen umwerfend aus!" Sie wandte sich an Peyton: „Du hast ihr doch hoffentlich gesagt, wie wundervoll sie aussieht?"

„Oh ja, das hat er", versicherte Holly ihr. „Er hat es mir inzwischen so oft gesagt, dass ich ihm glaube."

Donnas freundliches Lächeln half Holly, ihre Nervosität etwas zu überwinden. Nun wusste sie, dass sie zumindest eine Verbündete in diesem Raum hatte.

„Hast du Holly schon Harold und Betty vorgestellt?", erkundigte Donna sich.

„Wir arbeiten uns gerade zu ihnen durch", teilte Peyton ihr mit.

„Bettys Tochter ist ebenfalls hier", informierte Donna ihn und warf ihm einen eigenartigen Blick zu, den Holly als geheimes Zeichen deutete.

„Noreen ist hier?", wunderte er sich, und sein Gesicht wirkte angespannt. „Ich dachte, sie lebt seit ihrer Scheidung in Atlanta."

„Sprecht ihr über Noreen Ellibee?", meldete Holly sich zu Wort. „Ihr benehmt euch so seltsam. Gibt es da etwas, was ich wissen sollte?"

„Noreen ist Betty Glovers Tochter aus erster Ehe", klärte Peyton sie auf. „Sie ist eine verwöhnte selbstsüchtige Hexe. Und ich bin einige Male mit ihr ausgegangen."

„Ich erinnere mich", sagte Holly. „Das war, als du die Universität verlassen hast." Sie bemerkte Donnas besorgte Miene. „Könnte Noreen für Peyton oder mich Ärger bedeuten?"

„Betty hatte gehofft, ihre Tochter würde Peyton heiraten", erklärte Donna. „Noreen wollte Peyton unbedingt und versuchte alles, um ihn zu bekommen."

„Aber es dauerte nicht lange, bis ich herausfand, zu welcher Sorte Frau sie gehört", fügte er hinzu. „Als wir uns trennten, empfand ich bereits nichts weiter als Mitleid mir ihr." Er legte einen Arm um Holly. „Sie hat eine boshafte Zunge, Liebling, also nimm dich vor ihr besser in Acht."

„Wenn man vom Teufel spricht", flüsterte Donna, als eine große, sehr schlanke Blondine mit einem süßlichen Lächeln auf dem markanten Gesicht auf sie zukam.

„Peyton, mein Lämmchen, weshalb versteckst du dich hier drüben?", rief Noreen, wobei sie Donna und Holly völlig ignorierte. Sie fiel ihm um den Hals, presste die Brüste an ihn und gab ihm einen kurzen, aber hingebungsvollen Kuss.

Holly versteifte sich. Sie hatte eine Reihe interessanter Dinge heute Abend erwartet, allerdings nicht, einer früheren Freundin Peytons zu begegnen, die sich auch noch als Streit suchende Raubkatze entpuppte.

Donna zog Noreen von Peyton fort. „Wie nett, dich einmal wiederzusehen", heuchelte sie. „Bist du ganz aus Atlanta zurückgekehrt oder nur zu Besuch?"

Noreens blaue Augen fixierten Donna. „Das kommt darauf an." Dann blickte sie von Holly zu Peyton, ehe sie sich wieder Donna zuwandte. „Du bist wirklich tapfer, dass du dich deiner Nachfolgerin annimmst, obwohl doch jeder weiß, dass dein Herz gebrochen ist." Noch ehe Donna darauf etwas erwidern konnte, drehte Noreen sich zu Holly um: „Und dies muss *Sally* sein, das Mädchen, das mit dem Gewehr Schlagzeilen gemacht hat."

Peyton wusste, dass er auf der Stelle einschreiten musste. Von allen möglichen Problemen hatte er ausgerechnet Noreen nicht erwartet.

Holly streckte ihr die Hand entgegen. „Ich bin Holly Bishop, *Doreen*. Es schmeichelt mir, dass Sie so viel über mich zu wissen scheinen. Halten Sie sich immer über Peytons Bekannte auf dem Laufenden?"

„Nur über die, deren Fotos die Zeitungen füllen und Peyton eine so unvorteilhafte Publicity verschaffen", gab sie mit einem triumphierenden Lächeln zurück.

„Noreen", mahnte Peyton sie.

„Ich bin mir nicht so sicher, dass die Schlagzeilen über Peyton und Holly schlecht für seinen Ruf waren", mischte Donna sich ein. „Genau genommen, bekommen die Leser den Eindruck, dass Peyton durch die Verteidigung Hollys beweist, wie sehr er gegen Gewalt in der Ehe und Kindesmisshandlung ist, und sich eindeutig für Tierschutz, Frauenrechte und Gesetz und Ordnung einsetzt."

„Da stimme ich vollkommen zu", meinte ein kleiner kahlköpfiger Mann in den Siebzigern, der in Begleitung einer großen schlanken Frau war. „Zuerst dachte ich auch, diese Art von Schlagzeilen, die die junge Lady hier Peyton bescherte, sei schlecht für seine Kandidatur zum Gouverneur, aber nun glaube ich, dass Donna recht hat."

„Du willst damit doch wohl nicht sagen, dass du Peytons

Beziehung mit dieser ... dieser Mechanikerin gutheißt, oder?", keifte Noreen, deren eingefallene Wangen sich röteten, nicht nur, weil sie ein Glas zu viel getrunken hatte, sondern auch vor Wut.

„Wo sind deine Manieren?", ermahnte Betty Glover ihre Tochter. „Miss Bishop ist unser Gast!"

Holly erfasste die Situation nicht ganz. Sie wusste nur, dass sie und die kleine Gruppe um sie herum plötzlich im Mittelpunkt standen.

„Ist da mehr als bloße Freundschaft zwischen Ihnen und Miss Bishop?", erkundigte Harold Glover sich bei Peyton.

Jeff Baines, ein junger Reporter, an den Holly sich noch aus der Gerichtsverhandlung erinnerte, bahnte sich den Weg zu ihnen. „Die Antwort auf diese Frage beschäftigt sehr viele Menschen in Tennessee, Mr. Rand", mischte er sich in das Gespräch. „Falls Sie als Gouverneur kandidieren, ist die Frau an Ihrer Seite von großem Interesse."

Noreens schrilles Lachen lenkte jetzt die Aufmerksamkeit aller auf sie. „Aus einem Schweinsohr lässt sich kein seidener Beutel machen! Sie sind verrückt, wenn Sie glauben, die Leute würden sie als First Lady akzeptieren!"

„Noreen, das reicht!", entschied Betty.

„Hören Sie gut zu", sagte Peyton und sah Jeff Baines direkt ins Gesicht. „Holly Bishop ist eindeutig die Frau in meinem Leben."

„Nun, junge Lady, sind Sie bereit dazu?", meinte der und schüttelte Holly die Hand.

„Ich bin mir nicht sicher", gab Holly zu, überwältigt von allem. Peyton hatte öffentlich bekannt gegeben, dass sie die Frau in seinem Leben war. Aber was bedeutete das genau? Dass sie zusammengehörten? Ein Liebespaar waren?

„Ich habe meinen Fotografen dabei, Mr. Rand", erklärte Jeff Baines. „Erlauben Sie mir, ein paar Aufnahmen von Ihnen und Miss Bishop zu machen?"

„Nur ein paar", lenkte Peyton ein. „Aber keine weiteren Fragen."

Der Reporter schüttelte Hollys Hand noch immer herzlich. „Nett, Sie kennengelernt zu haben, junge Lady. Betty und ich freuen uns schon darauf, Sie öfter zu sehen. Betty ist in einigen Organisationen, die Sie interessieren könnten. Organisationen, die sich für den Tierschutz und Erwachsenenbildung einsetzen, und ich habe das Gefühl, Sie wären eine echte Bereicherung."

„Ich rufe Sie nächste Woche einmal an, meine Liebe", versprach Betty. „Dann treffen wir uns zum Lunch."

„Oh … ja, danke, gern", stimmte Holly zu und kam sich fast wie Alice im Wunderland vor.

Kaum hatten sich die Glovers entfernt, umarmte Donna Holly und Peyton. „Alles in allem war dieser Abend wohl doch ein voller Erfolg für das Team Rand und Bishop", verkündete sie, wobei sie Noreen beobachtete, die sich mit einem neuen Glas Champagner bediente.

Als Jeff Baines mit dem Fotografen zurückgekommen war, steuerte die offensichtlich angetrunkene Noreen auf sie zu.

„Lächle und tu so, als wärst du glücklich", forderte Peyton Holly auf und legte ihr einen Arm um die Taille. „Du wirst dich an solche Sachen gewöhnen müssen."

Der Fotograf zielte mit der Kamera. Holly lächelte so freundlich sie konnte, und Peyton zeigte seine übliche Ausstrahlung. Noreen kam langsam auf das Paar zugeschwankt, ein Glas lässig in der Hand. „Sie muss schon verdammt gut im Bett sein!", schrie sie. „Ich kann mir keinen anderen Grund vorstellen, weshalb du sonst ihretwegen alles riskieren würdest!" Wieder schwankte sie.

In dem Moment, wo sie auf die beiden zuzustürzen schien, hob Peyton die Hand, um Holly zu schützen, und traf aus Versehen Noreen am Mund. Vor Schreck verschüttete sie den Inhalt ihres Glases auf Hollys Kleid. Ein kleiner Tropfen Blut zeigte sich an Noreens Lippe, und die ganze Szene wurde vom Blitzlicht des Fotografen gebannt.

Peyton reichte Holly einen Becher Kaffee, den sie ohne aufzusehen entgegennahm. Auf der Fahrt zu seinem Apartment hatte sie kaum gesprochen, und er wusste sehr genau, dass sie mehr als wütend war. „Mein Bademantel ist dir ein bisschen zu groß", stellte er fest und nahm auf dem blauen Ledersofa Platz.

Holly zog den Gürtel fest. „Ich möchte, dass du mich nach Hause fährst, sobald mein Kleid wieder halbwegs trocken ist."

„Es sollte heute unsere Nacht sein", erinnerte er sie. „Ich habe die ganze Woche daran gedacht, dich in den Armen zu halten, mit dir zu schlafen."

Tränen stiegen ihr in die Augen. Auch sie hatte die ganze Zeit daran gedacht. Sie wollte nichts sehnlicher, als von seinen Freunden und Geschäftspartnern akzeptiert zu werden. Und bis zu jenem Zwischenfall schien auch alles gut gelaufen zu sein, trotz Noreens Anwesenheit.

„Hör auf zu grübeln", tadelte er sie. „Was passiert ist, ist passiert." Er legte den Arm um sie und zog sie näher zu sich heran. „In einem Monat wirst du über die ganze Geschichte lachen."

„Das bezweifle ich", erwiderte Holly und versuchte, von ihm wegzurücken.

„Was heute Abend passiert ist, war nicht deine Schuld, sondern Noreens", beharrte Peyton. „Jeder auf der Party weiß, was für eine Hexe sie ist."

„Du kannst dir doch denken, wie es jetzt in der Zeitung dargestellt wird. Man wird den Eindruck gewinnen, du hättest sie geschlagen, weil sie mich beleidigt hat", mutmaßte Holly.

„Falls die Presse auch nur eine derartige Andeutung macht, werde ich eine öffentliche Stellungnahme zu dem Ereignis abgeben und die Zeitungen hinterher wegen Verleumdung verklagen", drohte er.

„Das ist genau die richtige Werbung für deinen Wahlkampf", bemerkte sie sarkastisch.

„Du machst dir wirklich zu viele Sorgen, Liebes", erklärte er und küsste sie auf die Stirn.

„Deine Einstellung hat sich sehr geändert", stellte Holly fest und versuchte vergebens, sich aus seiner Umarmung zu befreien. „Für einen Mann, der stets so besorgt war um seine Karriere, das öffentliche Image und negative Schlagzeilen, scheint es dir sehr gleichgültig zu sein, was morgen in den Zeitungen steht."

„Ich sagte dir ja bereits, dass du überreagierst", entgegnete er und hob sie auf seinen Schoß. „Außerdem ändern sich meine Prioritäten. Ich sehe mein Leben, meine Zukunft, meine Karriere in einem völlig neuen Licht."

„Hast du dich etwa entschieden, doch nicht als Gouverneur zu kandidieren?", wollte sie wissen und spürte deutlich seine körperliche Erregung durch den Stoff seiner Hose.

„Nein, nach dem heutigen Abend bin ich erst recht entschlossen zu kandidieren", eröffnete er ihr.

„Erregt dich der Gedanke an Macht?"

„Der Gedanke daran, was ich mit dir gern tun würde, erregt mich mehr", gestand er ihr und küsste ihren Hals.

„Du und Noreen, ihr wart ein Liebespaar, nicht wahr?", vermutete Holly. „Und sie will dich noch immer."

Peyton setzte sie auf das Sofa, stand auf und ging hinüber zum Kamin. „Na schön, wenn du es unbedingt wissen willst. Noreen und ich waren vor ungefähr zehn Jahren zusammen. Ich liebte sie nicht, und sie liebte mich nicht. Harold und Betty hielten uns für ein perfektes Paar und begannen von Heirat zu sprechen."

„Und da hast du die Beziehung beendet?"

„Du weißt, dass es andere Frauen in meinem Leben gegeben hat. Nicht viele, aber einige", meinte er, rieb sich das Kinn und begann auf und ab zu gehen. „Keine meiner Beziehungen war ernsthaft."

„Du hast immerhin in Erwägung gezogen, Donna Fields einen Heiratsantrag zu machen", erinnerte sie ihn.

„Nur für kurze Zeit", verteidigte er sich. „Donna würde für einen Politiker die perfekte Frau abgeben, und ich mag und bewundere sie als Mensch. Um ganz ehrlich zu sein, einiges an ihr erinnert mich sogar an dich."

„Und was?"

„Sie ist eine liebenswürdige fürsorgliche Frau, aber ich hätte sie niemals heiraten und damit unser beider Leben zerstören können. Wenn ich eines gelernt habe in den letzten Monaten, dann das, dass ich auf keinen Fall so werden will wie mein Vater. Ich werde das Leben anderer nicht aus reinem Egoismus zerstören."

„Wenn du mich heiratest, würde ich dafür sorgen, dass du immer auf dem Pfad der Tugend bleibst. Wenn ich deine Frau wäre, würde dein Leben nie wie das deines Vaters", versicherte sie ihm, ehe ihr schlagartig bewusst wurde, dass sie Peyton gerade einen Heiratsantrag gemacht hatte.

„Heirat, wie?", meinte er. Eine Heirat mit Holly würde mit Sicherheit kein langweiliges Leben bedeuten, und bestimmt würde sie seine unerwünschten Eigenschaften, die er von seinem Vater geerbt hatte, im Zaum halten. Und sie würde jede Nacht in seinen Armen schlafen.

„Wenn das Foto, auf dem du Noreen einen Schlag ins Gesicht verpasst, morgen in der Zeitung erscheint, wäre es vielleicht besser, dass die Leute denken, du hättest nur deine zukünftige Ehefrau verteidigt", überlegte Holly.

„Ich glaube, du könntest mich dazu bringen, dich zu heiraten", erklärte Peyton und breitete die Arme aus. „Komm her und überzeuge mich davon!"

Doch Holly rührte sich nicht vom Sofa. „Ich glaube, du bist ein wenig verwirrt. Du bist derjenige, der mich überzeugen muss. Bis jetzt habe ich in dieser Beziehung alle Kompromisse machen müssen. Ich bin immerhin während der vergangenen Jahre hinter dir her gewesen. Und zu guter Letzt musste ich sogar den Heiratsantrag machen."

„Worauf willst du hinaus?", fragte Peyton misstrauisch.

„Wenn du mich heiratest, solltest du dir vorher ansehen, was du bekommst", riet sie ihm. „Ich bin attraktiv, intelligent und gut im Bett, nicht wahr?"

„Stimmt."

„Ich bin treu, vertrauenswürdig und eine echte Hilfe für dich. Harold Glover meint, meine engagierte Art sei ein Plus für dich, und Donna Fields ist der Ansicht, ich könnte dir deine größte Angst nehmen – die Angst, wie dein Vater zu werden. Habe ich recht?"

„Ja, du hast recht."

„Ich habe dir meine Jungfräulichkeit gegeben", erinnerte sie ihn und hielt einen Moment inne, als sie merkte, dass Peyton sie ungläubig ansah. „Nun, so ist es! Und ich liebe dich. Ich habe nie jemand anderen geliebt."

„Ich gebe zu, du besitzt große Vorzüge. Du bist wie ein seltener und kostbarer Edelstein, und wahrscheinlich verdiene ich dich nicht", meinte er, ging auf sie zu und kniete sich vor sie hin. „Wolltest du das hören?"

„Für den Anfang genügt es", erwiderte Holly großzügig. Sie hatte nicht vor, es ihm leicht zu machen, denn sonst würde es ihrer Beziehung auf lange Sicht schaden. Sie wollte alles oder nichts.

Er nahm ihre Hände in seine und küsste jede Fingerspitze einzeln. „Ich knie vor dir! Ist es das, was du wolltest? Ein Heiratsantrag auf Knien?"

Holly schenkte ihm ein Lächeln, und er erwiderte es. „Das wäre nett", meinte sie.

„Na schön", gab Peyton nach. „Holly Bishop, willst du mir die Ehre erweisen, meine Frau zu werden?"

„Was hast du mir zu bieten?"

Peyton starrte sie ungläubig an. „Was ich dir zu bieten habe?"

„Ganz recht", bestätigte sie, erhob sich und sah hinunter auf ihn. „Ich habe dir gesagt, was ich dir zu bieten habe. Was kannst du mir geben? Deine Jungfräulichkeit wohl kaum, aber ich bin bereit, über diesen Fehler hinwegzusehen, wenn ..."

„Wenn was?", unterbrach er sie, sprang auf und packte sie bei den Schultern.

„Wenn du mir sagst, dass du mich liebst und nie jemanden so geliebt hast wie mich", eröffnete sie ihm und kämpfte gegen die Tränen an.

„Du willst, dass ich dir ..." Er hatte noch nie zuvor jemandem seine Liebe gestanden. Wie konnte er Holly seine Liebe gestehen, wenn er nicht einmal sicher war, was Liebe bedeutete?

„Ist diese Bedingung so schwer zu erfüllen?", fragte sie und wusste nur zu gut, welche inneren Kämpfe er in diesem Augenblick durchzustehen hatte.

„Du weißt, wie ich für dich empfinde", begann er. „Allein in deiner Nähe zu sein macht mich verrückt. Ich kann immer nur an dich denken, daran, dich zu küssen, mit dir Liebe zu machen. Ich habe dich gebeten, mich zu heiraten. Genügt das nicht?"

„Nein, das genügt nicht", erwiderte sie, machte sich von ihm los und ging zur Schlafzimmertür, wo sie sich noch einmal umdrehte. „Ich werde mich wieder anziehen, und dann kannst du mich nach Hause fahren."

„Ich will nicht, dass du gehst", sagte Peyton. „Ich will, dass du hierbleibst."

„Aber ich will nicht bleiben", log sie. Mehr als alles andere wollte sie ihm in die Arme fallen und ihm versichern, er brauche sich nicht zu überwinden, ihr seine Liebe zu gestehen. Doch um seiner und ihrer selbst willen durfte sie es ihm nicht leicht machen.

„Du verlangst also, dass ich dir sage, ich liebe dich?", meinte

Peyton, kam auf sie zu und blieb wenige Zentimeter vor ihr stehen. „Ich bin Anwalt. Der Umgang mit Worten gehört zu meinem Beruf. Ich kann mich aus jeder Situation herausreden. Wenn du diese Worte hören willst, sage ich sie."

„Aber meinst du sie auch?", hakte Holly nach.

„Warum tust du mir das an?"

„Fahr mich nach Hause", bat sie. „Danach kannst du dann über mich und dich, über deine Vergangenheit und unsere Zukunft nachdenken. Ich werde in Crooked Oak sein und warten, bis du herausgefunden hast, dass du mich liebst." Mit diesen Worten drehte sie sich um und ging ins Schlafzimmer, um sich anzuziehen.

10. Kapitel

Am nächsten Morgen, nachdem sie eine unruhige Nacht verbracht hatte, ging Holly zuerst nach draußen und holte die Morgenzeitung herein. Sie erwartete das Foto zu sehen, auf dem Peyton Noreen einen Schlag ins Gesicht versetzte. Doch es gab kein Foto. Peytons und Hollys Name wurde lediglich im Zusammenhang mit ihrem Erscheinen auf der Party genannt. Außerdem war die Rede davon, dass sie ein „Paar" seien.

Holly geriet in Versuchung, Peyton anzurufen, um ihn zu fragen, wie er die Schlagzeilen verhindert habe. Doch das ging nicht. Früher oder später würde er sich bei ihr melden, dann konnte sie ihn immer noch fragen. Aber zweifellos besaß Harry Glover Einfluss auf die Medien.

Nachdem Peyton ihr gegen elf Uhr an diesem Morgen einen riesigen Strauß Rosen und Lilien geschickt hatte, meldete er sich nicht mehr. Auf der Karte am Blumenstrauß stand: „Ich möchte dich heute Abend sehen."

Daraufhin hatte Holly schließlich doch bei ihm angerufen, war jedoch nur auf den Anrufbeantworter gestoßen. Den Rest des Tages verbrachte sie damit, ihr Haus von oben bis unten aufzuräumen, Steaks und eine Flasche teuren Wein einzukaufen. Außerdem kaufte sie sich ein neues Kleid. Es war ein pinkfarbenes Sommerkleid aus Baumwolle mit tiefem Dekolleté. Sie wollte, dass alles perfekt war, gleichgültig, was heute Abend passieren würde.

Als sie von ihrem Einkaufsbummel zurückkam, leuchtete die Signallampe auf ihrem Anrufbeantworter. Peyton hatte auf das Tonband gesprochen, um ihr mitzuteilen, dass er gegen halb acht bei ihr sein würde. Sie sperrte Salomon nach draußen auf die Veranda, wo Sheba, die Katze, bereits auf der Schaukel schlief.

Holly sah zur Uhr auf dem Kaminsims im Wohnzimmer. Es war sieben Uhr, und sie war bereits fertig. Sie hatte ein Schaumbad genommen, sich die Haare gewaschen und ein sündhaft teures Parfüm aufgetragen. Die Steaks waren zum Grillen vorbereitet, die Kartoffeln garten im Ofen, und der Salat war ebenfalls angerichtet. Nun fehlten nur noch Musik und Kerzenlicht. Die Sonne stand bereits tief und tauchte den Himmel in ein glutrotes Licht.

Holly legte ihre Lieblingsplatte auf, stellte zwei Kerzen auf den Tisch und ging zur Haustür, um durch das Fenster nach Peyton Ausschau zu halten. Gleich. Gleich wird er hier sein, sagte sie sich. Und dann wirst du wissen, ob du zu viel riskiert hast.

„Du hast dich ja richtig in Schale geworfen, sexy Lady."

Beim Klang der Stimme hinter ihr erstarrte sie. Langsam drehte sie sich um und stand Eric Miller gegenüber, der in der Hand einen Revolver hielt.

„Überrascht, mich zu sehen?", fragte er. Sein Gesicht war gerötet, die Augen waren blutunterlaufen und die Bartstoppeln mindestens zwei Tage alt. „Scheint, als hättest du dich für den hübschen Jungen zurechtgemacht."

„Wie sind Sie hier hereingekommen?", fuhr sie ihn an, während sie nach dem Türknauf tastete. Salomon, der offenbar Millers Stimme gehört hatte, kratzte draußen an der Tür und knurrte.

„Ich habe mir den Schlüssel zur Hintertür beschafft, als du mit diesem Monster von einem Hund in der Stadt warst", erklärte Miller.

Holly versuchte, die Haustür zu öffnen, doch sofort stieß Miller Holly zur Seite und verriegelte die Tür.

„Sorg dafür, dass dieses Vieh da draußen sich beruhigt, oder ich muss es erschießen!", drohte er und schlang ihr den Arm um die Taille. Er zog sie zu sich heran und drückte ihr die Waffe in den Magen.

„Ruhig, Salomon", befahl sie durch die Tür. „Ganz ruhig."

Durch das Glas sah sie, wie Salomon sich auf die Hinterläufe setzte. Er jaulte noch einen Moment, doch als Holly den Befehl wiederholte, wurde er still und beobachtete lediglich die Tür.

„So, und jetzt werden wir beide auf deine Verabredung warten", kündigte Miller an. Er dirigierte Holly ins Wohnzimmer, stieß sie auf das Sofa und setzte sich neben sie, den Revolver immer noch auf sie gerichtet.

„Woher wussten Sie von meiner Verabredung?", wollte Holly wissen.

„Ich hatte mich in dem Schrank dort drüben versteckt, Süße. Also konnte ich Peytons Nachricht hören, als er anrief."

„Warum sind Sie eingebrochen? Was ... was wollen Sie?"

Er umfasste Hollys Gesicht mit seinen großen verschwitzten Händen und raunte: „Was ich will? Ich will dich. Peyton Rand ist nicht der richtige Mann für dich, sexy Lady. Ich bin es. Ich hab' versucht, ihn aus deinem Leben zu vertreiben. Fast hätte ich es geschafft, aber nein, du musstest dich ja wieder mit ihm einlassen."

„Was meinen Sie damit, Sie haben versucht, ihn aus meinem Leben zu beseitigen?", hakte sie nach, und ihr Magen zog sich zusammen. Sie holte mehrmals tief Luft, um sich zu beruhigen.

„Ich hatte es genau geplant", verriet Miller. „Es sollte so aussehen, als wären der alte Lobo Smothers oder Cliff Nolan hinter dir her." Er umfasste ihren Hals. „Unten in Mississippi hab ich einen alten Lieferwagen gestohlen. Und ich hatte Glück, im Handschuhfach lag eine nagelneue Pistole."

„Sie ... Sie haben auf Peyton geschossen?", fragte sie unsicher.

„Ich bin kein großer Schütze, aber ich dachte, vielleicht könnte ich ihn schwer verwunden oder sogar töten", erzählte er weiter. Seine Hand ließ ihren Hals los, glitt tiefer und ruhte nun knapp über ihren Brüsten. „Ich hatte keine Ahnung, wie schwer es ist, einen Wagen zu fahren und gleichzeitig zu schießen."

„Sie waren betrunken", versuchte Holly, auf ihn einzureden. „Sie wussten nicht, was Sie taten. Das Gericht wird Verständnis dafür haben."

„Niemand wird es erfahren", prophezeite er, und sein Daumen strich zwischen ihren Brüsten entlang. Sie wollte sich befreien, doch Miller hielt sie fest. „Sobald ich Rand heute losgeworden bin, machen wir beide eine kleine romantische Reise."

Holly wusste zwar nicht, wie sie ihm entkommen sollte, aber auf jeden Fall musste sie verhindern, dass er Peyton etwas antat. „Wir ... wir brauchen doch eigentlich nicht auf Peyton zu warten", bot sie ihm an.

„Doch. Ich will nicht, dass jemand zwischen uns beiden steht", erklärte Miller und rieb sein stoppeliges Kinn an ihrer Wange.

„Wir könnten jetzt aufbrechen", schlug Holly vor. „Nur wir beide. Wir müssen nicht warten."

Das leise Geräusch des Jaguarmotors verriet ihnen Peytons Ankunft. Salomon jaulte, blieb jedoch vor der Tür sitzen. Miller zwang Holly aufzustehen, wobei er ihr einen Arm auf den Rücken drehte. „Jetzt werden wir deinen Liebhaber empfangen", kündigte er an und drückte Holly die Waffe auf den Bauch. Er schob Holly vor sich her und postierte sich mit ihr neben der Tür, sodass Peyton sie von draußen nicht durchs Fenster sehen konnte. „Wenn er klopft, bittest du ihn herein", befahl Miller.

Holly blickte hinunter auf die Waffe. Er nahm sie von ihrem Bauch und zielte damit auf die Haustür. Holly nutzte diesen Augenblick. „Lauf weg, Peyton! Verschwinde! Er wird dich erschießen!", schrie sie.

Miller stieß sie zur Seite, riss die Tür auf und stürmte hinaus auf die Veranda. Holly raffte sich auf und stürzte hinterher.

Durch Hollys Schreie war Peyton gewarnt worden, und als Miller aus der Tür kam, streckte er den Fuß aus und brachte ihn zu Fall, wodurch sich Millers Griff um die Waffe lockerte. Peyton trat Miller den Revolver aus der Hand, sodass dieser über den Boden der Veranda schlitterte und irgendwo in den Garten hinunterfiel.

Miller war zwar angeschlagen, aber nicht bewusstlos. Mit geballten Fäusten raffte er sich auf. „Ich bring dich mit meinen bloßen Händen um", drohte er. „Mit der Kanone wäre es schneller gegangen, aber so macht es mehr Spaß."

Aus den Augenwinkeln nahm Peyton Holly wahr, die bestürzt und blass neben Salomon stand. Miller holte aus, doch Peyton war schneller und traf ihn direkt am Kinn. Miller taumelte, versuchte aber erneut, Peyton einen Schlag zu versetzen. Doch schließlich verpasste Peyton ihm einen Treffer, der ihn zu Boden schickte.

Holly gab Salomon den Befehl zum Angriff und lief dann zu der Stelle, wo die Pistole ins Gras gefallen war. Sie fand die Waffe, hob sie auf und richtete sie mit zitternden Fingern auf Miller. Dann rief sie Salomon zurück, der ihn bereits gepackt hatte. Wachsam blieb er über ihm stehen.

„Miller hatte auf dich geschossen!", rief Holly. „Es waren weder Lobo noch Cliff Nolan. Er wollte dich aus dem Weg haben, um mich zu bekommen."

„Du solltest mir lieber die Pistole geben", meinte Peyton und nahm ihr die Waffe ab. „Geh und ruf Lowell Redman an, damit er diesen Affen verhaftet. Ich werde Mr. Miller solange Gesellschaft leisten."

Nachdem Eric Miller mit Handschellen gefesselt auf den Rücksitz eines Streifenwagens verfrachtet worden war, gab Lowell Redman seinen Männern den Befehl, ihn ins Gefängnis zu bringen.

Peyton hielt Holly im Arm und tröstete sie, während sie dem Streifenwagen hinterhersahen.

„Miller hätte ich wohl nie als Schützen verdächtigt", gestand

Lowell und nahm seinen Hut von der Verandaschaukel. „Cliff Nolan ist schon wieder verschwunden. Ich nehme an, er sucht nach Loretta. Und Lobo Smothers wird bald vor Gericht stehen. Er wird für einige Zeit im Gefängnis verschwinden. Es scheint also, als könnten wir aufhören, uns über Hollys Sicherheit Sorgen zu machen."

„Ich werde niemals aufhören, mir um Holly Sorgen zu machen", erwiderte Peyton und streichelte sanft ihre Wange. „Aber wenn sie erst die First Lady von Tennessee ist, wird man sie rund um die Uhr gut beschützen."

Bei diesen Worten sah Holly verblüfft zu Peyton auf.

„So ist das also", meinte Lowell und setzte seinen Hut auf. „Das überrascht mich nicht im Geringsten, und die Leute hier ebenfalls nicht. Jeder wusste seit Jahren, dass ihr beide füreinander bestimmt seid."

„Aber für mich kommt es überraschend", sagte Holly. „Peyton hat mir noch nicht einmal einen Heiratsantrag gemacht, müssen Sie wissen."

„Tja, wenn das so ist, dann breche ich wohl am besten auf, damit er das schnell nachholt", erklärte Lowell. „Ihr könnt morgen früh zu mir ins Büro kommen. Heute Abend ist es nicht mehr nötig." Er ging die Verandastufen herunter. „Falls du für das Amt des Gouverneurs kandidierst, bekommst du alle Stimmen aus diesem Teil von Tennessee. Und wenn erst der Rest des Staates Holly Bishop kennengelernt hat, bekommst du auch alle anderen Stimmen."

Nachdem der Sheriff gegangen war, hob Peyton Holly auf seine Arme. Sheba sprang sofort wieder auf die Verandaschaukel und rollte sich zusammen, während Salomon seinen Platz vor der Tür einnahm. Peyton trug Holly ins Haus und gleich weiter bis ins Wohnzimmer, wo er sie auf dem Sofa absetzte. Dann kniete er sich vor ihr nieder. „Holly Bishop, ich möchte, dass du meine Frau wirst." Mit diesen Worten griff er in die

Innentasche seiner Jacke, holte ein Schmuckkästchen hervor und klappte es auf. Auf dem Samt funkelte ein vierkarätiger Diamant.

„Konntest du keinen größeren für mich bekommen?", neckte sie ihn und berührte den glitzernden Edelstein.

„Ist er dir zu groß, Liebling?", fragte Peyton besorgt und nahm den Ring aus dem Kästchen. „Um ein Haar hätte ich einen wirklich großen gekauft, aber dann dachte ich an deine schlanken Finger."

„Er ist wunderschön", versicherte sie ihm und hielt ihm die Hand hin, damit er ihr den Ring anstecken konnte. „Ja, ich möchte deine Frau werden. Aber vorher muss ich wissen ... du musst mir sagen ..."

„Ich liebe dich", gestand er ihr, streifte ihr den Ring über den Finger und küsste ihre Hand. „Ich habe nie jemanden so geliebt wie ich dich liebe."

„Oh, Peyton, und ich hatte so einen perfekten Abend für uns geplant, mit Steaks und gutem Wein und mit mir."

„Du warst dir meiner ziemlich sicher, wie?", fragte er, von Freude überwältigt. Er verstand nicht, wieso er so lange gebraucht hatte, um seine Gefühle zuzugeben und sich einzugestehen, dass keine Frau auf dieser Welt so gut zu ihm passte wie Holly Bishop. Tief in seinem Herzen hatte er gewusst, dass sie die Richtige war. Mit ihr an seiner Seite brauchte er sich nicht zu fürchten, die Fehler seines Vaters zu wiederholen.

„Ich war mir deiner nicht sicher", erwiderte sie und umfasste sein Gesicht. „Ich wusste nur, wie sehr ich dich liebe, und ich habe mich darauf verlassen, dass du eines Tages schon noch begreifst, dass ich das Beste bin, was dir je passieren konnte." Sie küsste ihn kurz und heftig.

„Mir ist etwas bewusst geworden, was ich dir erklären sollte", meinte er, stand auf und setzte sich zu ihr aufs Sofa. „Du bist mir wichtiger als alles andere auf dieser Welt, und das schließt die politische Karriere mit ein. Ich würde mit dir den Rest meines Lebens verbringen wollen, selbst wenn es bedeutete, dass ich dadurch keine Chance hätte, Gouverneur zu werden."

„So sehr liebst du mich?" Tränen füllten ihre Augen.

„Ja, so sehr liebe ich dich." Er küsste die Tränen auf ihren Wangen fort. „Ich habe nur keine Ahnung, warum es so lange gedauert hat, bis ich zur Vernunft kam."

„Weil du immer Angst vor mir hattest", klärte Holly ihn auf und öffnete die Knöpfe seines Hemdes. „Du willst mich mindestens schon so lange, wie ich dich will, doch du hattest Angst, es dir einzugestehen."

Peyton beugte sich vor, zog seine Jacke aus und lehnte sich dann in die Sofakissen zurück, während Holly ihn weiter auszog. „Manchmal habe ich mich dabei ertappt, wie ich mitten am Tag von dir zu träumen anfing", gestand er.

„Was habe ich in deiner Fantasie getan?", wollte sie wissen und öffnete seinen Gürtel.

„Du hast mich zum Sex mit dir gezwungen", erzählte er grinsend. „Ich protestierte und zählte all die Gründe auf, weswegen wir es nicht tun dürften, aber du wolltest nicht aufhören. Du zogst mich aus und machtest dich über mich her."

„Hm." Holly blickte auf den funkelnden Diamanten an ihrem Finger. „Da du meinen sehnlichsten Wunsch erfüllt hast, indem du mir deine Liebe gestanden und um meine Hand angehalten hast, sollte ich jetzt wohl deine geheimen Fantasien Wirklichkeit werden lassen."

„Das wäre fair", stimmte Peyton ihr zu.

„Sie haben dabei überhaupt nichts zu sagen, Mr. Rand", befahl sie ihm. „Ich werde dich splitterfasernackt ausziehen." Sie zog den Reißverschluss seiner Hose herunter. „Dann werde ich jeden Zentimeter deines herrlichen Körpers küssen und mit der Zunge liebkosen. Ich werde dich verrückt machen, und wenn du meinst, es nicht länger aushalten zu können, werde ich …"

Sie drängte sich an ihn, presste ihre Brüste an seinen Oberkörper und flüsterte ihm ins Ohr, was sie mit ihm vorhatte.

„Holly Bishop, eine Lady sollte derartige Worte nicht kennen", schalt Peyton sie scherzhaft, während er mit der Hand unter ihr Kleid glitt und zunächst ihre Beine liebkoste, dann ihren Po.

„Ich bin keine Lady", widersprach sie. „Das solltest du eigentlich wissen. Ich bin mit drei älteren Brüdern aufgewachsen, die in meiner Gegenwart gewöhnlich nicht darauf achteten, was sie sagten." Sie übersäte seinen Hals mit kleinen heißen Küssen. Dann umspielte sie mit der Zunge seine Brustspitzen und schob ihre Hand in seine Hose.

„Für jemanden, der erst vor einer Woche seine Jungfräulichkeit verloren hat, lernst du schnell", bemerkte er.

„Du weckst in mir den Wunsch, alles zu lernen, was man darüber lernen kann", flüsterte sie und zerrte an seiner Hose, bis er das Becken hob, sodass sie sie abstreifen konnte.

„Was für Worte hast du deinen Brüdern noch abgelauscht?", forschte Peyton.

Holly errötete. „Gefällt es dir, wenn ich dir sage, was ich mit dir gern tun möchte?"

„Es gefällt mir, wenn du mich ansiehst, mich berührst, mich küsst und mit mir schläfst", erwiderte Peyton und küsste sie voller Leidenschaft.

Als der Kuss zu Ende war, lag Holly plötzlich auf Peyton und lauschte dem wilden Pochen seines Herzens. „Ich liebe dich so sehr", gestand sie ihm. „Manchmal so, dass es beinahe schmerzt."

„Ich weiß, was du meinst, Liebling. Ich hätte nie gedacht, dass ich jemanden so lieben könnte wie dich." Er hob ihren Rock, fuhr mit den Fingern unter ihren Slip und zog ihn ihr aus. „Ich weiß, es ist verrückt, aber … ich brauche dich, Holly."

Ihr Kleid landete auf dem Fußboden, dann ihr BH und schließlich folgte sein Slip. Holly hielt ihr Versprechen und erforschte jeden Zentimeter seines harten muskulösen Körpers. Sie verweilte bei der sensibelsten Zone und trieb Peyton an den Rand der Ekstase, als sie ihn mit dem Mund zu verwöhnen begann. Doch schon nach wenigen Augenblicken konnte er die süße Tortur nicht länger ertragen und drehte sich so, dass Holly unter ihm lag. Sie waren inzwischen beide nahe daran, vor Lust den Verstand zu verlieren.

„Willst du es ebenso wie ich?", fragte er und spreizte ihre Beine.

„Nimm mich, bitte, nimm mich! Jetzt!", stöhnte sie und hielt sich an ihm fest, als er in sie hineinstieß. Mit den Beinen umklammerte sie ihn und bog sich ihm verlangend entgegen. Ihre Vereinigung war stürmisch und hitzig, aber gleichzeitig von tiefer Liebe geprägt, die weit über körperliches Begehren hinausging, und sie waren so perfekt aufeinander eingestimmt, dass sie im selben Moment einen unbeschreiblich schönen Höhepunkt erreichten.

Als die Schauer der Erregung verebbten, beugte sich Peyton über Holly und küsste sie. Dann half er ihr hoch.

„Ich bin völlig erschöpft", gestand er ihr. „Aber ich weiß, dass das, was wir eben erlebt haben, noch nicht genug war. Ich werde nie von dir genug bekommen."

„Lass uns ins Bett gehen", lud Holly ihn ein und legte ihm den Arm um die Taille. „Es ist mit Satinbettwäsche bezogen."

„Du Schlimme."

„Wenn es um dich geht, ja", gab sie zu.

„Du darfst dich niemals ändern, Liebes. Ich mag alles an dir genau so, wie es ist", versicherte Peyton ihr.

Sie gingen ins Schlafzimmer und ließen sich auf das Bett fallen. Holly schmiegte sich eng an ihn und fuhr ihm mit den Fingern über die Brust. „Oh, wir beide werden uns ändern, und das wird gut sein für uns. Aber eines wird sich nie ändern."

„Und das wäre?"

„Ich werde dir immer das Leben schwer machen."

Peyton lachte und zog sie auf sich. „Ist das ein Versprechen?"

„Ja, das ist es", sagte sie und lächelte glücklich.

Holly Bishop, strahlend schön und im sechsten Monat schwanger, hielt die Bibel, auf die ihr Mann bei der Vereidigung zum Gouverneur von Tennessee seine Hand legte. Es war ein Augenblick, den sie nie vergessen würde. Peyton und sie hatten alles getan, um ihren Traum zu verwirklichen, und nun war das Ziel erreicht.

Nie zuvor hatten zwei so ungleiche Menschen so gut zueinander gepasst, und beide hatten gelernt, Kompromisse einzugehen.

Als die feierliche Vereidigung vorbei war, die im Fernsehen übertragen wurde, küsste Peyton Holly vor Spence und seiner Familie, ihren Freunden und Geschäftspartnern.

„Willkommen in Nashville, Mrs. Rand", sagte er zärtlich. „Hättest du jemals geglaubt, wir würden es schaffen?"

„Ich habe keinen Moment lang daran gezweifelt, dass du Gouverneur wirst", erwiderte sie. „Es ist deine Bestimmung."

„Ohne dich wäre es völlig bedeutungslos gewesen, Liebling", versicherte er ihr und führte sie durch die Menge der Reporter und Gratulanten.

„Nun, ich bin froh, dass mein großer Bruder so viel Verstand hatte, Holly zu heiraten", erklärte Spence, während er und seine Familie den beiden folgten. „Jetzt brauche ich mir keine Sorgen darum zu machen, er könnte ein weiterer verlogener Politiker werden."

„Solange Holly bei mir ist, brauchst du dir darüber bestimmt keine Sorgen zu machen", pflichtete Peyton ihm leise bei, sodass die Umstehenden es nicht hören konnten. „Diese Lady hält mich, seit ich sie kenne, auf Trab. Du würdest nicht glauben, was sie in meinem ersten vier Amtsjahren alles von mir erwartet."

„Ich habe jedenfalls keinen Zweifel daran, dass du ihre Erwartungen erfüllst", sagte Spence.

„Ich werde es versuchen", versprach Peyton. „Denn solange ich lebe, werde ich Holly nicht im Stich lassen."

Gemeinsam wandten sich Peyton und Holly dann den Fotografen und Reportern zu, lächelten und winkten. Die Abendzeitungen an diesem Tag brachten auf der Titelseite zwei Bilder. Auf dem einen war Holly zu sehen, wie sie ihren Mann bei der Vereidigung beobachtete. Das andere Foto zeigte den neuen Gouverneur und seine Frau in der Menschenmenge. Der Gouverneur hielt seine Frau liebevoll im Arm, während eine Hand beschützend auf ihrem gerundeten Bauch lag.

– ENDE –

Janis Reams Hudson

Widersteh mir, wenn du kannst

Roman

Aus dem Amerikanischen von
Tatjána Lénárt-Seidnitzer

1. Kapitel

Kat Comstock erwartete nicht viel, als sie sich Rangely in Colorado näherte. Zu Hause in Houston hatte ihre Nachbarin und Freundin sie gewarnt, dass es sich nur um eine schmutzige, kleine Ölstadt am Rande des Nichts handelte.

„Wir sind da durchgefahren, als wir im Sommer mit den Kindern im Dinosaurier-Nationalmuseum waren", hatte Reva mit einer Grimasse verkündet.

„Komm schon, so schlimm kann es doch nicht sein", entgegnete Kat.

„Nicht, wenn einen der Geruch von Salbei und Erdöl zum Frühstück nicht stört."

Eigentlich mochte Kat den Geruch von Salbei. Und niemand, der so lange wie sie in Texas gelebt hatte, störte sich an dem Geruch von Erdöl.

„Ich kann es nicht fassen, dass du freiwillig die Stelle an dieser Schule angenommen hast."

„Ich habe dir doch gesagt, dass ich in einer Kleinstadt leben und unterrichten will."

„Nun, dein Wunsch wird erfüllt. Herrje, ich verwette meine Diamantohrringe darauf, dass es nicht mehr als dreitausend Leute in der ganzen Stadt gibt. Und Rangely mag zwar in den Rockies liegen, aber nicht im grünen Teil. Du wirst es dort hassen. Vor allem, nachdem du so lange in Houston gelebt hast."

„Ich habe in Houston nicht so viel Zeit verbracht. Ich bin in meiner Kindheit von Militärbasis zu Militärbasis gezogen."

„Rangely in Colorado ist nicht mit Westdeutschland zu vergleichen, das kannst du mir glauben."

„Ich wette, es ist auch nicht mit West-Texas zu vergleichen."

Reva hatte gegrinst. „Da hast du recht. West-Texas ist flacher."

Kat lachte sie laut auf. Das Ortsschild, das sie gerade passierte, rühmte sich mit einer Einwohnerzahl von zweitausendsechshundert. Sie musste Reva schreiben, dass sie ihre Diamantohrringe behalten konnte.

Als Kat den letzten Hügel hinauffuhr und auf Rangely hinabblickte, sah sie überraschend viel Grün. Die umliegenden Hügel sowie die Berge, durch die sie während der letzten Stunden gefahren war, bestanden aus sonnengebleichtem Fels. Außer Gräsern und Pappeln am Ufer des White River hatten graugrüner Salbei und Pinien den einzigen Bewuchs dargestellt.

Doch das Erste, was sie von der Gegend um Rangely zu sehen bekam, war ein dichter Blätterwald. Der satte grüne Teppich erstreckte sich vom Fuß des Hügels aus mindestens eine Meile lang und wurde nur von dem breiten Asphaltstreifen der Schnellstraße unterbrochen.

Kat fuhr den Hügel hinab und nahm alles in sich auf. Das Rangely Motel zur Rechten war von farbenfrohen Blumen umgeben. Auf der anderen Straßenseite stand ein Zu-Vermieten-Schild vor einem kleinen Apartmentkomplex. Dann passierte Kat ein Lebensmittelgeschäft, eine Sämerei, ein Café, ein Haushaltswarengeschäft, ein Postamt, das nagelneu aussah, die Stadtverwaltung und die Bibliothek. Die ganze Straße entlang blühten farbenprächtige Blumen in hölzernen Kübeln. Über der nächsten Kreuzung hing die einzige Ampel des Ortes. Einen Block weiter sollte sie links abbiegen, um das Escalante Trail Motel zu erreichen, das sich am westlichen Stadtrand befand.

„Du hast dich gründlich geirrt, Reva. Ich liebe diesen Ort jetzt schon", murmelte sie vor sich hin.

So sehr Kat auch darauf brannte, ins Motel zu ziehen und dann auf Ortsbesichtigung zu gehen, bog sie an der Ampel auf die Tankstelle ein. Wenn sie den Tank nicht sofort auffüllte, würde sie es später vergessen und irgendwann ohne Benzin dastehen.

Deputy Sheriff J.D. Ryan trat aus der Tür des Verwaltungsgebäudes und nahm die Sonnenbrille aus der Hemdtasche.

Neben ihm stieß sein Vater einen leisen Pfiff aus. „Sieh dir das an! Wundervoll! Absolut wundervoll!"

Mit der Sonnenbrille in der Hand blieb J.D. stehen und folgte der Blickrichtung seines Vaters zu einer schlanken schwarzen 1978er Trans Am bei der Tankstelle auf der anderen Straßenseite. „Ja, so eine wollte ich schon immer haben."

„Ich auch, mein Sohn, ich auch", sagte Zach. „Zu meinen Zeiten hätten wir das als ‚schnittiges Fahrgestell' bezeichnet."

„Dad, General Motors bezeichnet diesen Wagen in der Werbung immer noch so."

Zach blickte J.D. stirnrunzelnd an. „Wagen? Bist du blind, mein Sohn?" Er schaute erneut über die Straße und seufzte theatralisch. „Ich spreche von der Frau."

Dann sah J.D. sie neben der offenen Wagentür stehen. Nein, sie stand nicht. Sie rekelte sich. Wie eine träge Katze in der warmen Sonne. Die aufreizenden Bewegungen schnürten ihm die Brust zu. Sie war von durchschnittlicher Größe und schien überwiegend aus Beinen zu bestehen. Derart lange, nackte, seidige Beine verstießen gewiss gegen das Gesetz. Bestimmt existierte eine Landesverordnung über illegale Beine. Er musste es nachprüfen.

Und dabei sollte er auch gleich die Legalität dieser Shorts prüfen. Ihre waren weiß und unterstrichen ihre leichte Sonnenbräune deshalb ganz besonders gut.

Ihr langes blondes Haar wehte sanft im Wind, als sie sich langsam umdrehte und in seine Richtung schaute, so als hätte die Intensität seines Blickes sie angezogen. Sie schien ihn unverwandt anzustarren. Einen Augenblick lang wirkte sie verwirrt. Dann lächelte sie ihm zu.

J.D. konnte den Blick nicht von ihr lösen. Er merkte zwar, dass sein Vater etwas zu ihm sagte, aber er war zu sehr mit der Frau beschäftigt, um darauf zu achten.

Aus Verlegenheit über sein Verhalten zerrte er an seiner Hutkrempe. Seine Hand zitterte. Er unterdrückte einen Fluch. Wann hatte der Anblick einer Frau ihn zum letzten Mal derart berührt?

Er konnte sich nicht erinnern. Wahrscheinlich, weil es nie zuvor geschehen war. Nicht so schnell und auch nicht so heftig.

J.D. glaubte nicht an Schicksal oder Vorsehung. Aber irgendetwas geschah mit ihm, als er diese Fremde anstarrte. Etwas Gewaltiges. Etwas Verwirrendes. Etwas Beängstigendes. Sofern sich diese Frau nicht nur auf der Durchreise befand, würde er noch Probleme bekommen. Große Probleme.

Und wer immer sie auch war, aus welchem Grunde sie auch gekommen sein mochte, J.D. ahnte, dass sie sich eben nicht nur auf der Durchreise befand. Und er schwor sich, ihr aus dem Weg zu gehen.

Im Allgemeinen hatte er gar nichts gegen Frauen. Er kannte vermutlich alle weiblichen Wesen in der Umgebung, war mit vielen befreundet und ging sogar gelegentlich mit einigen aus. Doch er war nicht der Typ, der sich auf eine einzige festlegte. Eine ernste Beziehung kam für ihn nicht in Betracht. Mit seinen achtunddreißig Jahren fühlte er sich zu alt dazu, und außerdem war er mit seinem derzeitigen Leben viel zu zufrieden, als dass er es von einer Frau auf den Kopf stellen lassen würde.

Und die Blondine auf der anderen Straßenseite sah so aus, als ob sie liebend gern das Leben anderer auf den Kopf stellte. Sie sah aus, als wäre sie dazu geboren worden.

Ja, er wollte einen großen Bogen um sie machen. Doch er wusste, dass er in dieser Nacht von ihren langen, gebräunten Beinen träumen würde, falls er überhaupt zum Schlafen käme.

Er war der Mann, von dem sie ihr Leben lang geträumt hatte. Kat erkannte es in dem Moment, als sie ihn erblickte. Sein Blick schien sie zu durchbohren und sandte ein Prickeln bis hinab in die Zehenspitzen. Allein dieser Blick über die breite Straße hinweg erweckte Empfindungen in ihr, die so mancher ihrer Liebhaber nicht zu entfachen vermocht hatte.

Nicht, dass sie zahlreiche Liebhaber gehabt hätte. Eigentlich nur zwei, ihren Exmann mitgerechnet. Doch diesmal war sie sich ganz sicher. Der Mann mit den dunkelbraunen Haaren und dem eindringlichen Blick war der Mann, mit dem sie den Rest ihres Lebens verbringen wollte. Falls er bereits verheiratet war, konnte sie gleich ins Kloster gehen.

Kat war nach Rangely gekommen, um zu unterrichten. Doch das Schicksal schien mehr als nur Kreidestaub und Klassenarbeiten für sie vorgesehen zu haben.

Sie musterte die braune Mütze, braune Hose und Stiefel, das beige Hemd mit dem Stern über der linken Brusttasche. Nein, es war nicht die Uniform, die sie anzog, und auch nicht seine Größe. Vielleicht hatten ja die breiten Schultern und schmalen Hüften etwas damit zu tun, dass ihr der Atem stockte.

Aber nein, das wirklich Beeindruckende an ihm waren seine Augen. Aus der Entfernung konnte sie die Farbe nicht erkennen, und es war ihr auch einerlei. Er war der Mann, von dem sie schon immer geträumt hatte. Sie wusste es ebenso sicher, wie sie ihren eigenen Namen kannte.

Am nächsten Morgen kam die Maklerin wie verabredet ins Motel. Gwen Greene war Ende dreißig und einen halben Kopf kleiner als Kat. Sie hatte wilde kupferfarbene Locken, ein kontaktfreudiges Wesen und ein ansteckendes Lächeln.

„Sind Sie bereit, sich das Haus anzusehen?"

Kat mochte sie auf Anhieb. „Ich kann es kaum erwarten."
Sie stieg in ihren Wagen und folgte Gwen das kurze Stück zur

Morrison Street, an deren einem Ende ein Ölbohrturm in den Himmel ragte und am anderen ein Park mit Kinderspielplatz lag.

Gwen hielt vor einem winzigen blauen Haus. Kat parkte hinter ihr.

Das Haus wirkte kleiner als ihre Garage in Houston, doch das störte sie nicht. Das große Anwesen im Tudor-Stil, das nach der Scheidung ihr allein gehörte, war ihr nie zu einem wirklichen Heim geworden. Bill hatte es ausgesucht, so wie jedes Haus, in dem sie gewohnt hatten. „Immobilien sind mein Beruf, Honey", hatte er stets gesagt, wenn sie Einwände gegen ein weiteres schönes, aber charakterloses Bauwerk vorgebracht hatte.

Dieses Haus jedoch besaß immerhin einen gewissen Charme. Eine riesige Ulme beschattete das halbe Gebäude und den halben Vorgarten, der von einem weißen Holzzaun umgeben war.

„Nun, was halten Sie davon?", erkundigte sich Gwen, als sie ausgestiegen waren.

„Ich finde es niedlich." Es war kein Haus, mit dem sie angeben konnte, und sie wollte vermutlich nicht den Rest ihres Lebens darin verbringen, aber es gefiel ihr. Und es gehörte ihr, zumindest für die Dauer des Mietvertrages.

Gwen schloss die Tür auf und drängte Kat hinein. „Wohnzimmer, Küche, zwei Schlafzimmer und ein Badezimmer sind oben. Im Erdgeschoss befindet sich ein Arbeitszimmer, ein weiteres Schlafzimmer und ein Duschbad."

Nach der Hausbesichtigung stellte Gwen sie den Nachbarn vor, Jane Harold auf der Nordseite und Amy Rider auf der Südseite.

Auf der Haube der Trans Am unterzeichnete Kat den Mitvertrag von sechs Monaten und stellte einen Scheck aus.

„Hier ist der Schlüssel für die Garage. Und wenn Sie einen Staubsauger oder Ähnliches brauchen, bevor Ihre Möbel eintreffen, dann sagen Sie es mir."

Kat lächelte. „Soll das ein Witz sein? Das Haus ist makellos sauber."

„Das freut mich, aber sagen Sie das nicht so laut. Meine älteste Tochter hat es geputzt. Wenn sie zu viel Lob hört, verlangt sie einen Bonus von mir."

„Sie hat gute Arbeit geleistet. Wie alt ist sie?"

„Sechzehn, aber schrecklich erwachsen. Sie heißt Jill, und sie kommt vermutlich in Ihre Klasse."

„Ich freue mich darauf, sie kennenzulernen."

„Wenn Sie es schaffen, sie lange genug von den Jungen abzulenken, sodass sie auch etwas lernt, bin ich Ihnen sehr dankbar."

Kat schmunzelte. „Ich werde mein Bestes versuchen."

Als ein Wagen in die Straße einbog, blickte Gwen sich um und zog die Augenbrauen hoch. „Ich frage mich, was der mitten am Tag hier zu suchen hat."

Kat folgte ihrem Blick zu dem weißen Ford Explorer mit der Aufschrift „Sheriff" in schwarzen Lettern. Sie erkannte den Fahrer sofort. Es war wieder *er*. „Wie heißt er?"

„Oh, nein, nicht Sie auch noch!", rief Gwen.

Kat blickte sie erstaunt an. „Was meinen Sie damit?"

„Wenn er in Flaschen füllen und verkaufen würde, was immer es sein mag, das die Frauen auf ihn fliegen lässt, dann wäre er Millionär."

Kat gelang es nicht, ein Lächeln zu unterdrücken. „Sie kennen ihn?"

„Mein Leben lang. J.D. Ryan, Deputy Sheriff, achtunddreißig Jahre alt, ein Meter fünfundachtzig, stahlharte Muskeln, seit zehn Jahren geschieden. Zwei Kinder, die er seit der Scheidung allein erzieht. Der legendäre Frauenheld von Rio Blanco County. Er geht mit jeder ledigen Frau in der Umgebung aus, und alle beten ihn an und stellen ihm nach. Aber seit seine Exfrau Maureen ihn verlassen hat, ist es ihm mit keiner ernst, und er schwört, dass er nie wieder heiraten will. Die letzte Frau, der er nachgestellt hat, war Maureen. Habe ich seine Muskeln schon erwähnt?"

Kat grinste. „Ja, das haben Sie."

„Wenn ich nicht glücklich verheiratet wäre ..." Gwen seufzte theatralisch. „Er ist ein toller Mann."

„Da stimme ich zu. Aber warum wundern Sie sich darüber, dass er hier ist?"

Gwen neigte den Kopf und musterte neugierig den langsam vorbeirollenden Wagen. „Ach, eigentlich nur, weil für den Stadtbezirk nicht der Sheriff, sondern die Stadtpolizei zuständig ist." Sie blickte vom Deputy zu Kat und wieder zurück. „Sind Sie ihm schon begegnet?"

Kat schüttelte den Kopf. „Ich habe ihn nur von Weitem gesehen. Als ich gestern getankt habe, stand er auf der anderen Straßenseite."

„Hat er Sie gesehen?"

„Das hat er."

„Sieh an, sieh an", murmelte Gwen. „Sie sind erst einen Tag in der Stadt, und er fährt im Schneckentempo an Ihrem Haus vorbei und verrenkt sich den Hals nach Ihnen."

Kat straffte die Schultern und schaute über die Straße, gerade als der Deputy ihr einen letzten Blick zuwarf, bevor er um die Ecke bog.

„Äußerst interessant", bemerkte Gwen.

„Du Dummkopf", schalt J.D. sich, als er von der Morrison Street in die White Avenue einbog. Er konnte es kaum fassen, dass er tatsächlich einen Umweg gefahren war, wenn auch nur einen kurzen, um die neue Lehrerin anzugaffen und sich dabei von Gwen beobachten zu lassen.

Er blickte zur Uhr. Elf. Bis Mittag würde die ganze verdammte Stadt wissen, was er getan hatte.

Aber wer konnte es ihm verdenken? Jeder sprach von der

neuen Lehrerin. Niemand kannte ihren Namen genau, aber sie hatte beim Frühstück im Cowboy Corral das heißeste Gesprächsthema geliefert, seitdem das Motel am Highway 64 vor ein paar Jahren abgebrannt war.

Das erklärte aber noch lange nicht, warum J.D. ihr nachstellte. Er fuhr niemals am Haus einer Frau vorbei in der Hoffnung, einen Blick auf sie zu erhaschen. Nicht, seit er das achtzehnte Lebensjahr überschritten und seine Hormone unter Kontrolle hatte. Und er schwor sich, es nicht wieder zu tun.

Doch schon am selben Nachmittag tat er es.

Am selben Nachmittag traf der Möbelwagen mit Kats Besitztümern ein. Ein paar Stunden später stand jedes Möbelstück im richtigen Zimmer, ebenso wie die Kartons, die sie in den folgenden Tagen auspackte.

Das Wochenende über bereitete sie sich auf ihre neue Stelle vor, und ehe sie es sich versah, war es Montagmorgen und an der Zeit, sich in der Rangely High School bei Rektor Bruce Hill einzufinden.

Er war groß, sah aus wie ein Fass mit Beinen und hatte die Angewohnheit, sich über das kahle Haupt zu streichen. Ob es in der Hoffnung geschah, mehr als drei oder vier Haare vorzufinden, oder ob er einfach vergaß, dass keine Haare mehr da waren, in die er die Finger vergraben konnte, vermochte Kat nicht zu sagen. Sein Lächeln verriet ihr, dass er gut mit Menschen zurechtkam und schnell Freundschaften schloss.

„Willkommen an der Rangely High School." Sein Händedruck war warm und herzlich.

Während einer kurzen Besprechung lernte Kat mehrere Lehrer, die Sekretärin und zwei Referendare kennen. Dann nahm sie ihre Aktentasche und suchte ihr Klassenzimmer auf. Der Geruch von Kreide erweckte eine Woge der Nostalgie und Vorfreude. Sie schloss die Augen und inhalierte. Es war so lange her, seit sie ihr eigenes Klassenzimmer gehabt hatte. Wusste sie nach fünf Jahren überhaupt noch, was zu tun war?

Ein Anflug von Panik beschlich sie, aber sie verdrängte das Gefühl rasch. Sie war eine gute Lehrerin gewesen und würde es auch wieder sein. Vorfreude und Eifer verdrängten die Nervosität.

Kat stand in der Tür und musterte die ordentlichen Reihen der Schülerpulte, das größere Pult, das für sie bestimmt war, den gewachsten, auf Hochglanz polierten Fliesenboden, der bereits nach dem ersten Schultag mit schwarzen Streifen von unzähligen Schuhen überzogen sein würde. Sie wusste, dass sie die richtige Entscheidung getroffen hatte. Sie tat genau das, was sie tun wollte, statt zu tun, was ihre Eltern und Bill für richtig hielten. Es war ein wundervolles Gefühl. Endlich bestimmte sie selbst wieder über ihr Leben.

Kat gehörte einfach in ein Klassenzimmer. Die erste Woche bestätigte dieses Wissen mit jeder Schulstunde. Sie liebte es, junge Menschen zu unterrichten und zu ermuntern, für sich selbst zu denken und ihren Horizont zu erweitern. Sie liebte es, die Geschichte Amerikas lebendig werden zu lassen und auf fesselnde Weise darzustellen. Sie liebte es, die Persönlichkeiten ihrer Schüler kennenzulernen.

Gwen Greene hatte ihre Tochter gut durchschaut. Jill war äußerst gesellig und tatsächlich verrückt nach Jungen, und die meisten Jungen schienen auch verrückt nach ihr zu sein.

Die Ryan-Kinder gehörten ebenfalls zu ihren Schülern. Mike war eine jüngere Version seines Vaters, den sie bislang noch nicht kennengelernt hatte. Der Junge besaß das gleiche dunkelbraune Haar und das eckige Kinn, und seine Augen hatten die Farbe von Bitterschokolade. Er war nicht so eindrucksvoll gebaut wie sein Vater, aber er würde sich noch dahin entwickeln. Er war aufgeweckt und beliebt und stets von Mädchen umringt.

Seine Schwester Sandy hatte ebenfalls dunkelbraune Haare, die beinahe so kurz geschnitten waren wie Mikes. Doch ihre

Augen waren von einem leuchtenden Blau. Sie hatte ein jungenhaftes Lächeln, eine kecke Nase und einen scharfen Verstand.

Die Ryan-Kinder gaben Kat ein Rätsel auf. Hatte Deputy Ryan nun braune oder blaue Augen?

Zwei Wochen nach Beginn des Schuljahres stand durch den Tag der Arbeit ein verlängertes Wochenende bevor. Kat konnte die Pause gut gebrauchen. Sie hatte vergessen, wie anstrengend das Unterrichten sein konnte. Abgesehen von der geistigen und emotionellen Anstrengung schmerzten ihre Füße noch lange am Ende eines jeden Arbeitstages. Sie musste sich angewöhnen, mehr zu sitzen und weniger im Raum umherzugehen.

Bislang war sie zu beschäftigt gewesen, um sich einsam zu fühlen. Doch die Vorstellung, dass alle Leute um sie her den Feiertag mit der Familie verbrachten und Picknicks und Ausflüge veranstalteten, erweckte in ihr ein Gefühl der Isolation.

Das war jedoch nichts Neues für sie. In Houston hatte sie zwar viele Bekannte, aber niemanden, mit dem sie die Feiertage hätte verbringen wollen, und das traf auch auf ihre Eltern zu. Sie verübelten ihr immer noch die Scheidung von Bill vor zwei Jahren und hielten es für eine große Dummheit, dass sie ihre Anstellung als Rektorin in Houston aufgegeben hatte, um wieder zu unterrichten.

„Das ist ein Rückschritt", hatte ihre Mutter erklärt. „Unterrichten ist etwas, von dem man aufsteigen sollte, und dann sollte man nicht wieder darauf zurückkommen müssen."

Kats Vater störte weniger, dass sie wieder unterrichten wollte. Ihn störte der Ort. „Wenn du unbedingt unterrichten willst, warum musst du dann so weit weggehen? Was gefällt dir denn an Houston nicht?"

„Es ist zu groß", hatte Kat erklärt. „Ich will in einem Ort wohnen, wo jeder jeden kennt. Ich will ein geruhsameres Leben. Ich will mich auf den Unterricht konzentrieren können, anstatt mich ständig sorgen zu müssen, wie viele meiner Schüler bewaffnet oder drogensüchtig sind."

Ihre Argumente waren auf taube Ohren gestoßen. Es schockierte ihre Eltern, dass sie ihre Wünsche missachtete. Sie verstanden es nicht und billigten es auch nicht.

Nein, Kat störte sich nicht an der Abgeschiedenheit des Ortes. Dennoch konnte es sich als recht lustig erweisen, am Montag zum Septemberfest im Park am Ende der Straße zu gehen.

Und wenn ihr dort nicht endlich Deputy Sheriff J.D. Ryan über den Weg lief, den sie bislang nur flüchtig von Weitem gesehen hatte, dann musste sie es auf anderem Wege zu einer Begegnung kommen lassen.

2. Kapitel

Das Hufeisen segelte ruhig durch die Luft, traf den Pfosten mit einem befriedigenden Klirren und landete mit einem dumpfen Aufprall im Sand, gefolgt von Applaus und gutmütigem Murren der Gegner.

„Zeig ein bisschen mehr Respekt vor uns älteren Leuten, Junge", murrte Zach Ryan. „Ich will dieses Turnier gewinnen."

„Das tust du doch sowieso meistens", beschwerte sich J.D. „Also helfe ich dir nicht auch noch dabei."

„Musst du nicht Viehdiebe oder Drogenschmuggler oder so was suchen gehen?"

„Du weißt genau, dass heute mein freier Tag ist. Und du hast bestimmt wieder darum gewettet, wie hoch du mich schlagen wirst."

Zach errötete schuldbewusst, währen die Umstehenden johlten.

J.D. wandte sich ab, um sein Grinsen vor seinem Vater zu verbergen. Er war ein glücklicher Mann. Die Sonne schien, und die Luft war warm. Er feierte den Tag der Arbeit mit Familie und Freunden im Park, er gewann beim Hufeisenwerfen, und er war völlig genesen von jener seltsamen Verrücktheit, die ihn beim Anblick der neuen Lehrerin befallen hatte. Nachdem er am Tag ihres Einzugs zweimal an ihrem Haus vorbeigefahren war, hatte er sich selbst ins Gebet genommen, und zwar mit Erfolg.

Er war nicht noch einmal in Versuchung geraten, an ihrem Haus vorbeizufahren. Nur mit beiläufigem Interesse hatte er dem Klatsch über sie in der Stadt oder den Schwärmereien seiner beiden Kinder gelauscht. Er warf das nächste Hufeisen und beglückwünschte sich. In seinen Gedanken war sie nicht einmal mehr „die Blondine", sie war nun schlicht und einfach „die neue Lehrerin". Er war kuriert.

Dass er in der nächsten Turnierrunde gegen seinen Vater verlor und ausschied, dämpfte nicht seine Laune. Er schlenderte umher und sah Mike beim Volleyball zu. Danach klapperte er die Stände ab, kostete hier und da die Speisen und unterhielt sich mit Freunden. Wenn er den Blick des Öfteren über die Menge schweifen ließ, so tat er das, um Mike und Sandy im Auge zu behalten.

Paul Elams vierjährige Tochter Sherry lief an ihm vorbei, stolperte und fiel. Sofort erhob sie ein schrilles Wehgeschrei.

„Aber, aber, Darling." J.D. hob sie hoch und hielt sie in die Luft.

Ihr Geschrei verstummte abrupt.

„Hast du dir wehgetan? Ich sehe keine gebrochenen Knochen. Aber deine Gefühle sind verletzt, stimmt's?"

Die Kleine schniefte und nickte. Mit schmutziger Hand rieb sie sich die Augen. J.D. stellte sie auf den Boden und hockte sich vor sie. „Bist du jetzt wieder okay?"

„Ich glaube schon."

„Dann gib mir einen Kuss, Sweetheart."

Die kleine Sherry schlang beide Arme um seinen Hals und kicherte. Dann gab sie ihm einen lauten Schmatzer auf die Wange.

„Deine Frauen werden von Tag zu Tag jünger, J.D. Nimm sofort die Hände von meiner Tochter."

J.D. drückte Sherry und blickte zu Paul auf. „Sie ist furchtbar niedlich, Elam. Ich weiß nicht, ob du sie verdient hast."

„Daddy!", rief Sherry. „Ich bin hingefallen und Deputy Ryan hat mich aufgehoben." Sie kicherte. „Und dann habe ich ihn geküsst."

Paul stöhnte. „Ich spüre jetzt schon, wie meine Haare grau werden."

„Warte ab, bis sie älter ist. Du wirst einen Zaun um sie herum errichten müssen."

Kathy, Pauls Frau, kam hinzu und nahm Sherry bei der Hand. „Komm mit mir, du kleiner Teufel. Du hast genug Schokolade auf dem Gesicht, um daraus einen Kuchen zu backen." Sie bückte sich und gab J.D. einen Kuss auf die andere Wange. „Danke, Deputy. Wirst du Paul helfen, wenn er in ein paar Jahren all die Jungen, die ihr nachstellen, mit einem Gewehr verscheucht?"

J.D. schüttelte den Kopf. „Das ist Pauls Problem. Ich habe selbst eine Tochter."

„Und dein eigenes Gewehr."

J.D. grinste. „Geladen und entsichert."

Die Elams lachten und brachten Sherry zurück zu der Decke, die sie unter einem Baum ausgebreitet hatten.

J.D. schlenderte zum Stand der Baptisten und warf ein paar Münzen auf den Tisch. „Gib mir noch eine Limonade, Rowena."

„Es schmeichelt mir, dass dir meine Limonade so gut schmeckt. Das ist schon der dritte Becher heute Nachmittag."

„Beim Hufeisenwerfen zu verlieren macht durstig."

Rowena lachte und servierte ihm das Getränk. „Dann verlier nur schön weiter. Die Kirche braucht das Geld."

J.D. schmunzelte und spazierte weiter.

„Wow, guck dir bloß die Haare an! Sie hat sie in der Schule nie offen. Ich wollte schon immer wissen, wie lang sie sind. Wow!"

J.D. wandte den Kopf und sah, dass zwei der Gabriel-Jungen zu jemandem hinüberstarrten. Es war ... die neue Lehrerin.

J.D. sah sie zum ersten Mal seit zwei Wochen. Wenn sich sein Puls ein wenig beschleunigte, war es nur natürlich. Sie sah wirklich umwerfend aus in blauen Shorts, die ihre endlos langen Beine freiließen. Und dann diese üppigen Haare, in denen der Wind spielte ... Die Sonne betonte helle Strähnen in den goldenen Locken, die ihr bis zur Taille reichten.

Er lächelte Gwen an, die neben ihr ging. „Tag, Ladies."

„Hi, J.D. Habt ihr beide euch schon kennengelernt?", fragte Gwen die Lehrerin.

Er wusste, dass sie Kathryn Comstock hieß.

„Eigentlich nicht. Wir sind uns noch nicht vorgestellt worden."

J.D. seufzte innerlich. Er hatte schon immer eine Schwäche für Texanisch, und ihres war das sanfteste, reizvollste, das er je gehört hatte. Er begegnete ihrem Blick, während Gwen sie einander vorstellte.

Grüne Augen funkelten ihn an, und genau wie an jenem Tag, als er sie auf der Main Street zum ersten Mal erblickt hatte, wurde ihm ganz anders zumute.

„Es freut mich, Sie kennenzulernen." Sie lächelte und reichte ihm die Hand.

Widerstrebend, allein aus Höflichkeit, nahm er ihre Hand. Die Berührung wirkte wie ein heftiger Stromschlag. Und das Schwinden ihres Lächelns deutete darauf hin, dass es auf Gegenseitigkeit beruhte.

Abrupt zogen sie ihre Hand zurück. Zu seiner Enttäuschung erholte sie sich als Erste.

Ihr Lächeln kehrte zurück. „Es hat mich sehr gefreut, Deputy Ryan."

Und dann geschah etwas Unglaubliches. Etwas, das weder junge noch alte Frauen ihm je antaten. Sie drehte ihm den Rücken zu und ging davon.

Gwen lachte überrascht auf. „Wenn ich es nicht mit eigenen Augen gesehen hätte, könnte ich es nicht glauben. Eine erwachsene, gesunde Frau lässt dich einfach stehen. Und dir fallen fast die Augen aus dem Kopf!" Sie lachte erneut. „Ich glaube, dich hat's erwischt."

J.D. blickte finster drein. „Mach dich nicht lächerlich."

„Würde mir nicht mal im Traum einfallen. Bis später." Sie wandte sich ab und eilte davon. „Wow!", stieß sie hervor, als sie Kat einholte.

Mit klopfendem Herzen ignorierte Kat den Ausruf und täuschte großes Interesse an den Kunstgewerbeständen vor.

Gwen grinste. „Ich hätte meine Autobatterie mit der Elektrizität aufladen können, die ihr beide erzeugt habt."

Zweifellos, dachte Kat und sagte: „Ich weiß gar nicht, was du meinst."

„Ich meine, dass die Atmosphäre zwischen euch förmlich geknistert hat. Sexuell gesehen."

„Gwen, wirklich!"

„Kat, wirklich! Aber schon gut. Du brauchst es nicht zuzugeben. Aber es wird garantiert noch sehr interessant in diesem alten Kaff."

Kat ignorierte die Bemerkung erneut.

Gwen ließ es dabei bewenden und stellte Kat allen Leuten vor, denen sie an den Ständen begegneten. Nach einer guten Stunde ging sie nach ihren Kindern sehen. Kat ging allein zwischen den Buden umher und achtete dabei darauf, sich Deputy Sheriff Ryan fernzuhalten.

Die heftige Hitzewelle, die sein Händedruck in ihr ausgelöst hatte, verwirrte und beängstigte sie. Die Berührung hatte ihr das Gefühl vermittelt, die Kontrolle zu verlieren, und das gefiel ihr ganz und gar nicht. Sie erinnerte sich daran, wie ihr damals an der Tankstelle, als sie ihn zum ersten Mal sah, schlagartig klar geworden war, dass er der Mann ihres Lebens war. Das gefiel ihr noch weniger. Sie war nach Rangely gekommen, um zu unterrichten, nicht um einen Mann zu finden. Sie hatte nicht die Absicht, die Kontrolle wegen eines gut aussehenden Deputy zu verlieren, nur weil er seine Jeans besser ausfüllte als manch anderer Mann.

Die Begegnung hatte jedoch zumindest ein Rätsel für sie gelöst. J.D. Ryan hatte seine Augenfarbe seinem Sohn, nicht seiner Tochter vererbt. Seine Augen waren wie dunkelbraune heiße Schokolade.

Sie war froh, dass sie ihm den Rücken zugekehrt hatte. Denn ihr war aufgefallen, dass in kürzester Zeit nicht weniger als sechs weibliche Wesen – drei Teenager, ein Kleinkind, eine Frau mittleren Alters und eine Großmutter – mit ihm geflirtet hatten. Nach allem, was sie gesehen und gehört hatte, war er es allzu sehr gewohnt, dass Frauen ihn umschwärmten.

Den restlichen Nachmittag über ließ Kat die Eindrücke, die Geräusche und die köstlichen Düfte des Septemberfestes auf sich einwirken. Stände und Buden boten praktisch alles an, von handgestrickten Decken zu bemalten Steinen, von der selbst gebackenen Torte bis zum Glas Bier. Auf einer Wiese fand ein Volleyballspiel statt, und in der Nähe ein Hufeisenturnier.

Fast tausend Stimmen, alt und jung, erfüllten die Luft. Mütter schimpften, Kinder lachten, ein Baby schrie. Männer diskutierten, Teenager kicherten. Und aus dem Pavillon, in dem ein Talentwettbewerb stattfand, drangen die Klänge einer Band.

Kat spazierte hinüber und sah zu. Es wurde vielerlei geboten, von Gesang über Tanz zu Taekwondo.

Es wurde bereits dunkel, als der Wettbewerb endete und sich die Menge auflöste. Kat machte sich auf den Heimweg und schlüpfte durch die Hecke, die zu ihrer Straße führte. Je weiter sie sich von den Ständen entfernte, um so dunkler und stiller wurde es. Der Himmel war tiefblau, und ein Stern erschien nach dem anderen.

Kurz vor ihr löste sich ein Schatten von dem Stamm einer Ulme. „Gehen Sie nach Hause?"

Kat zuckte zusammen und unterdrückte mit Mühe einen Aufschrei. „Deputy, Sie haben mich zu Tode erschreckt."

„Entschuldigung." Er trat in den Lichtkegel einer Straßenlaterne. „Ich wollte Sie nicht erschrecken. Und mein Name lautet J.D."

Ganz in der Nähe begann eine Grille zu zirpen. Kat holte tief Luft, um ihren Herzschlag zu beruhigen.

Der Deputy schob die Hände in die Gesäßtaschen. „Haben Sie sich gut amüsiert?"

„Ganz ausgezeichnet. Ich habe nur zu viel Grillfleisch gegessen."

Er musterte sie im schwachen Lichtschein. „Ach, ich glaube nicht, dass Sie Grund zur Sorge haben."

Kat zog eine Augenbraue hoch. „Aber, aber, Deputy Ryan, flirten Sie etwa mit mir?"

„Nein, Ma'am. Ich stelle nur eine Tatsache fest."

„Tja ... danke", murmelte sie und hatte keine Ahnung, was sie als Nächstes sagen sollte. Sie war zum ersten Mal im Leben sprachlos.

„Ich möchte Ihnen keinen falschen Eindruck von unserer Stadt vermitteln", erklärte der Deputy. „Rangely ist klein und freundlich, und jeder kennt jeden. Wir haben keine hohe Verbrechensrate, trotzdem sollte eine Frau nachts nicht allein herumspazieren, vor allem nicht so nahe am Stadtrand."

„Ich danke Ihnen für die Warnung, Deputy."

„J.D."

„J.D. Ich habe es nicht weit. Ich wohne gleich auf der anderen Seite der Hecke."

„Seien Sie trotzdem vorsichtig."

„Ja. Danke für Ihre Besorgnis. Gute Nacht ... J.D."

J.D. nickte und sah ihr nach, als sie zur Hecke ging.

Dann, obwohl er wusste, dass es nicht nötig war, folgte er ihr zu der Hecke und vergewisserte sich, dass sie heil nach Hause kam. Er wartete, bis sie das kleine blaue Haus betrat. Er wartete, bis das Licht anging. Er wartete, bis das Licht über eine halbe Stunde später ausging. Und er fragte sich, warum er wartete.

Kat war enttäuscht, weil J.D. sich in der ganzen folgenden Woche nicht meldete. Sie hatte fest damit gerechnet, von ihm zu hören, nachdem sie während des Heimweges vom Septemberfest deutlich seinen Blick im Nacken gespürt hatte. Aber er hatte sich nicht einmal von Weitem blicken lassen.

Nachdenklich kaute sie an ihrem Bleistift und ging ihre Einkaufsliste durch. Vielleicht hatte sie sich zu cool gegeben. Er hatte sich nicht gemeldet, weil er nicht wusste, dass sie an ihm interessiert war. Nun, das ließ sich ändern. In einer derart kleinen Stadt durfte es nicht schwer sein, ihn „zufällig" zu treffen.

Sie schrieb Margarine auf die Liste, griff zu Handtasche und Schlüssel und fuhr zum Supermarkt. Vor der Imbissbude „Chism's" sah sie den Mann ihrer Träume aus einem Pick-up steigen und zusammen mit seiner Tochter und einem älteren Mann in das Lokal eilen.

Kat beobachtete ihn und konnte sich nicht entscheiden, was ihr besser gefiel – die Uniform, die er nun trug, oder die enge, verwaschene Jeans mit dem Flanellhemd und der Lederweste, die er im Park getragen hatte.

„Ich glaube, ich habe Hunger", murmelte sie vor sich hin. Da man nicht mit leerem Magen einkaufen gehen sollte, hielt sie es für vernünftig, einen Hamburger zu essen.

Kat parkte ihre Trans Am neben einem Jeep und betrat das Lokal, in der sich unzählige Teenager nach Schulschluss amüsierten. Seit Jahren hatte sie keinen Schnellimbiss mehr besucht. Der Geruch nach Pommes Frites und brutzelnden Hamburgern ließ ihr das Wasser im Munde zusammenlaufen.

„Passt auf, da kommt das Gesetz!", rief jemand, als J.D. an den Tresen trat. Es klang ganz nach Butch, dem Witzbold aus ihrer dritten Stunde. Wie gewöhnlich erntete er Gelächter.

„Es gibt Schlimmeres", konterte J.D. „Hinter mir ist gerade eine Lehrerin hereingekommen."

Unter Gejohle und Gebrülle drehten alle sich zu Kat um. Sie fühlte sich geschmeichelt, weil J.D. sie bemerkt hatte, und lächelte ihn an.

Mit einem Queue in der Hand kam Butch hinter der Trennwand hervor, die den Speisesaal von den Billardtischen und Videospielen trennte. „Herrje, in dieser Stadt sind Jungs nicht mehr sicher."

„Da hast du beinahe recht", erwiderte Kat.

„Beinahe?"

„Ja. In dieser Stadt sind Jungen nicht mehr sicher."

„Ach, Mrs. Comstock, wir sind doch nicht in der Schule. Außerdem unterrichten Sie Geschichte, nicht Englisch."

„Wer redet denn von Unterricht?", entgegnete Kat und bemühte sich, ernst zu bleiben. „Wenn ich nicht irre, verstößt so schlechte Grammatik gegen das Gesetz. Stimmt's, Deputy?"

J.D. hob abwehrend beide Hände. „Lassen Sie mich da raus. Stadtgrammatik fällt nicht in meinen Zuständigkeitsbereich. Aber draußen auf dem Lande …" Er deutete mit dem Zeigefinger auf Butch. „Sei vorsichtig. Da gehörst du mir."

Sandy Ryan verdrehte die Augen. „Dad, wie peinlich!"

Die Bellamy Brothers dröhnten aus der Musikbox. Kat reihte sich hinter der Ryan-Familie in die Schlange am Tresen ein.

J.D. stieß den Mann neben sich an, und beide drehten sich zu Kat um. „Ich glaube, ihr beide kennt euch noch nicht. Mrs. Comstock, das ist mein Vater, Zach Ryan."

Zach Ryan war Mitte bis Ende fünfzig und ebenso groß wie sein Sohn. Er war jedoch schlanker und hatte schelmisch funkelnde blaue Augen wie Sandy. Seine wettergegerbte Haut sprach von jahrelanger Arbeit unter freiem Himmel. Er hatte eine hohe Stirn und eine lange, gerade Nase. Seine großen Hände wirkten stark und geschickt.

Sie mochte ihn auf Anhieb. „Es freut mich, Sie kennenzulernen. Bitte nennen Sie mich Kat."

„Möchten Sie mit uns essen, Mrs. Comstock?", fragte Sandy. „Ich meine, ich muss sowieso schon mit dem Gesetz essen. Da kann zum Ausgleich ruhig eine Lehrerin dazukommen."

J.D. blickte sie tadelnd an. „Junge Dame, das war die unhöflichste Einladung, die ich je gehört habe."

Sandy zuckte die Achseln und grinste. „Mach du es doch besser, wenn du kannst."

„Natürlich kann ich es besser" Er drehte sich zu Kat um, nahm sich die Uniformmütze ab und hielt sie sich vor die Brust. „Mrs. Comstock, meine Tochter muss bereits mit dem Gesetz essen. Würden Sie uns die Ehre erweisen, uns Gesellschaft zu leisten, damit als Ausgleich für sie eine Lehrerin dazukommt?"

Kat lächelte. „Wie könnte ich eine so höfliche Einladung ausschlagen?"

J.D. und sein Vater setzten sich Kat und Sandy gegenüber an den Tisch.

„Ich nehme an, Mike ist beim Footballtraining?", bemerkte Kat.

„Ja", erwiderte Zach. „An diesem Freitag ist das erste Spiel. Er ist ganz aufgeregt, weil er dieses Jahr zum ersten Mal als Quarterback eingesetzt wird."

Während das Gespräch weiterging, konnte J.D. den Blick nicht von Kat lösen. Sie trug Rock und Jacke und hatte all das lange blonde Haar zu einer Art Knoten am Hinterkopf verschlungen. Es war wahrscheinlich ihr Lehrerinnen-Look. Er fand sie darin ebenso sexy wie in Shorts und mit offenem Haaren, das dazu einlud, die Finger darin zu vergraben. Dieser Knoten dagegen lud dazu ein, aufgelöst zu werden.

Nun gut, sie war also hübsch und sexy. Das erklärte noch lange nicht, warum er sie sich nicht aus dem Kopf schlagen konnte. Warum regte es ihn an, sie nur beim Essen zu beobachten? Viele Frauen waren hübsch. Er kannte zumindest ein Dutzend schon sein Leben lang.

War das der springende Punkt? Übte Kat den Reiz des Neuen auf ihn aus? Was immer der Grund sein mochte, seine starke Zuneigung zu ihr störte ihn. Nie zuvor hatte er sich derart heftig zu einer Frau hingezogen gefühlt. Ihr Blick verriet ihm, dass es ihr ebenso erging, und das beunruhigte ihn zutiefst.

Noch schlimmer war, dass es sich nicht nur um eine körperliche Reaktion handelte. Er mochte sie. Sie war klug, freundlich, witzig, offen. Seine Kinder mochten sie. Sogar sein Vater mochte sie – nach der Diskussion zu urteilen, die sie über die kürzliche Reform des Bildungswesens führten. Beide waren derselben Ansicht, aber sie diskutierten trotzdem. Das war Zachs Art, mit Leuten umzugehen, die er mochte.

Gerade als J.D. überlegte, wie sehr er sie mochte und was er dagegen unternehmen sollte, blickte sie ihn an. Einen Moment lang fürchtete er, sie könnte ihn durchschauen. Im selben Augenblick sah er sich im Geiste als alter Mann mit Kat als alter Frau in der Schaukel auf seiner Veranda sitzen.

Abrupt beendete er den Blickkontakt. Die ganze Sache war lächerlich. Seine Fantasie ging einfach mit ihm durch. Verzweifelt suchte er nach einem Grund, sich ihr fernzuhalten. Gewiss hatte sie irgendetwas an sich, das ihm nicht gefiel.

Natürlich! Sie tauchte ihre Pommes frites ausgerechnet in Senf! Welcher vernünftige Mensch tat schon so etwas?

Irgendetwas vor dem Fenster erregte Kats Aufmerksamkeit. Sie spähte über J.D.s Schulter nach draußen und lachte. Er folgte ihrem Blick. Hershel Brady ging gerade mit einem Hirschgeweih vorbei.

„Wo ich herkomme, würden die Leute das äußerst seltsam finden", bemerkte sie belustigt.

„Was?", hakte Zach nach und drehte sich um.

„Dass ein Mann mit Hörnern über die Straße geht. Das sieht man in Houston nicht alle Tage."

„Das kann ich mir denken. Wahrscheinlich will er sie in der Jagdhütte aufhängen."

Kat stellte eine Frage, und Zach antwortete, aber J.D. hörte nicht zu. Das Wort „Houston" spukte ihm im Kopf herum. Das war der springende Punkt. Kein Wunder, dass er sich gegen seine Gefühle für sie wehrte. Unbewusst musste er geahnt haben, dass sich zwischen ihnen nichts entwickeln konnte. Denn er wusste, dass keine Frau, die aus Houston oder irgendeiner anderen Großstadt stammte, es lange in Rangely aushielt.

Momentan mochte sie das Kleinstadtleben für amüsant halten, aber das würde sich sehr bald ändern. Sobald sie etwas sagte oder tat, das nicht die ganze Stadt erfahren sollte, würde ihr klar werden, wie klein Rangely war. Derartige Dinge störten ihn nicht, weil er damit aufgewachsen und daran gewöhnt war. Er fühlte sich, als gehörte er zu einer riesigen Familie. Er konnte sich nicht vorstellen, woanders zu leben. Besonders nicht in einer Großstadt, wo alles so unpersönlich war.

Aber eine Frau, die an die Betriebsamkeit in Houston gewöhnt war, würde es bald leid sein, fünfzig Meilen zum nächsten Kino oder fünfundsiebzig Meilen zum nächsten Einkaufszentrum fahren zu müssen.

J.D. hatte mehr als genug Erfahrung mit Großstadtfrauen, die nach Rangely kamen. Seine Mutter hatte es nicht länger als bis zu seinem fünfzehnten Geburtstag ausgehalten, bevor sie nach San Francisco verschwunden war.

Dann, mit neunzehn, hatte er Maureen kennengelernt. Das hübscheste blauäugige Mädchen, das er sich vorstellen konnte. Ihr Vater war während des letzten Ölbooms von Dallas nach Rangely versetzt worden. Maureen hatte es dort gehasst und J.D. immer gesagt, dass er das Einzige war, das Rangely erträglich machte.

Anscheinend war es ihm nicht gelungen, es erträglich genug zu machen, obwohl sie immerhin neun Jahre bei ihm geblieben war. In den letzten fünf Jahren hatte sie ihn allerdings wiederholt gebeten, mit ihr in eine Großstadt zu ziehen. „Wenn du mich liebst, dann bring mich von hier weg", hatte sie gesagt.

Er hatte sie geliebt, aber offensichtlich nicht genug, um ihr diesen Wunsch zu erfüllen. Sie hatte nie verstanden, wie sehr er in Rangely verwurzelt war und dass er die weiten Hügel nicht gegen die erstickende Enge einer Stadt eintauschen konnte. Maureen hatte ihn deshalb für dumm gehalten und ihn wie die Kinder eines Tages sitzenlassen. Sie war nach Dallas zurückgekehrt, und sie war glücklich dort, vor allem nach ihrer erneuten Heirat vor einigen Jahren.

Seine eigenen Erfahrungen mit Frauen aus der Großstadt waren keine Einzelfälle. Die meisten Frauen, die nach Rangely kamen, blieben nicht lange. Nicht, wenn sie eine Wahl hatten.

Er konnte sich nicht vorstellen, dass Kat da eine Ausnahme bildete, selbst wenn er den harten Winter von Rangely außer Acht ließ. Sobald sie durch meterhohen Schnee fahren musste, würde sie sehr schnell den Rückweg in das sonnige Houston antreten.

Und daher war J.D. der Überzeugung, dass er sich von ihr fernhalten musste. Denn sonst blieb er noch wie der Sänger, dessen Stimme gerade aus der Musikbox tönte, mit einem gebrochenen Herzen zurück.

3. Kapitel

Herbstliche Frische lag in der Luft, als J.D. zwei Häuserblocks von der High School entfernt einen Parkplatz fand. Das Flutlicht erhellte den gesamten Bereich hinter dem Gebäude wie Tageslicht. Er eilte die Straße hinab. Das Gejohle der Menge auf den Tribünen übertönte seine Schritte.

Er hasste es, zu spät zu einem von Mikes Spielen zu kommen. Vor allem zum ersten Spiel der Saison. Mikes letzter Saison.

Der Gedanke veranlasste ihn, den Schritt zu verlangsamen. Es erschien unglaublich, dass sein Erstgeborener die High School in wenigen Monaten verlassen würde. Sein kleiner Junge wurde ein Mann, seine Tochter eine Frau.

J.D. wusste, dass die Kinder, wenn sie ihr Zuhause verließen, eine riesige Lücke in seinem Leben zurücklassen würden. Dass seine Kinder erwachsen wurden, erweckte in ihm nicht das Gefühl, alt zu sein. Er war nicht alt. Er war erst achtunddreißig. Aber der Gedanke an ihr Fortgehen erweckte in ihm ein Gefühl der Einsamkeit. Abgesehen davon, dass er noch seinen Vater und seinen Bruder hatte, war er ohne die Kinder allein. Er stopfte die Hände in die Jackentaschen und runzelte die Stirn.

„He, J.D., wie läuft's denn so?"

„Kann mich nicht beklagen, Fred." J.D. ging weiter.

„Hey, Kumpel, du hast den Anpfiff verpasst!", rief Tom über den Zaun.

J.D. lächelte. Wer konnte sich mit so vielen Freunden schon einsam fühlen? „Ja, leider. Sind schon Tore gefallen?"

„Nein, aber dein Sohn schießt jeden Moment eins."

J.D. eilte zum Eingang und begrüßte dabei weitere Freunde.

Er betrat das Stadion, gerade als Mike zu Boden ging. Von der Gästetribüne erscholl Gejohle. Auf der Gastgeberseite wurden Gemurre und Anfeuerungsrufe laut, während die Cheerleader unten auf dem Weg zwischen den Tribünen und dem Spielfeld ihre Pompons schwenkten.

Heilige Madonna! Es war eine Weile her, seit er auf die Rocklänge der Cheerleader geachtet hatte. Er war sich nicht sicher, ob es ihm gefiel, dass seine Tochter so viel Bein zeigte. „So viel" bedeutete praktisch alles.

Ein scharfer Pfiff von der Tribüne zog J.D.s Aufmerksamkeit auf sich. Ein Dutzend Reihen höher sah er seinen Dad stehen und winken. Er winkte zurück und kaufte sich einen Hotdog und einen Becher Kaffee, bevor er hinaufstieg. Zach war von Freunden umringt, und neben ihm saß Luke.

„He, kleiner Bruder", begrüßte J.D. ihn. „Hast du heute frei?"

Luke hob den Schoß seiner Jacke und enthüllte den Piepser, der an seinem Gürtel steckte. „Vielleicht. Wenn Betty Hanson keine Wehen bekommt und Leo Martins Lungenentzündung sich nicht verschlimmert."

„Ich dachte, der zähe alte Grobian wäre inzwischen wieder gesund."

„Das dachte ich auch", entgegnete Luke grimmig. „Aber lassen wir das. Du hast den Anpfiff verpasst. Was hat dich aufgehalten? Was Aufregendes?"

J.D. knurrte. „Schreibarbeit hat nichts Aufregendes an sich."

„Mensch, Junge", warf Zach ein, „du bist doch nicht Sheriff geworden, um dich mit Schreibkram zu befassen."

„Ich bin nicht freiwillig Sheriff geworden, wie du sehr wohl weißt. Onkel Howard hat mich dazu gezwungen."

„Was hätte er denn tun sollen? Als er zum Sheriff ernannt wurde, wollte er vertrauenswürdige Männer im Büro von Rangely. Jemand muss doch diese verdammten Drogenschmuggler mal schnappen."

„Hör bloß auf von Drogenschmugglern. Die beiden letzten haben mich eine Stunde Schreibarbeit gekostet. Und obendrein sind sie dumm."

„Wie hast du sie geschnappt?"

„Ihr Wagen ist derart alt, dass er drei Meilen vor der Stadt seinen Geist aufgegeben hat. Direkt auf der Schnellstraße."

„Woher wusstest du, dass sie Drogen hatten?"

J.D. grinste. Er mochte sich hin und wieder über seinen Job beklagen, aber es gefiel ihm trotzdem, die bösen Buben einzufangen. „Raumspray."

„Wie bitte?"

„Ich bin zum Wagen gegangen, um zu fragen, ob ich helfen kann. Als der Fahrer das Fenster runtergekurbelt hat, ist mir eine furchtbar starke Wolke Raumspray entgegengeweht. Da habe ich mich gefragt, warum jemand so viel Raumspray in einem Auto braucht."

„Haschisch?", fragte Luke.

„In den Türverkleidungen, den Polstern, sogar im Handschuhfach. Diese Idioten."

„Und du hast es genossen, sie festzunehmen."

J.D. grinste.

„Sei still", sagte Zach zu Luke. „Es steigt ihm nur zu Kopf. Seht euch lieber das Spiel an. Mike versucht diesen Pass gleich noch mal. Wenn er's diesmal nicht schafft, lasse ich ihn morgen den ganzen Tag Mist schaufeln."

Kat lachte laut auf. Nun erst bemerkte J.D. das lange blonde Haar, das von flauschigen roten Ohrenschützern umrahmt wurde.

Ohrenschützer? So kalt war es wiederum nicht.

Kat Comstock drehte sich auf der Bank um. „Mr. Ryan, wie furchtbar, Ihrem Enkelsohn so etwas anzudrohen!"

Zach schnaubte. „Ihm wird's furchtbar ergehen, wenn er sich nicht auf das Spiel statt auf diese Cheerleader konzentriert."

„Himmel, Dad, wer kann es ihm verdenken?", wandte Luke ein. „Ich schwöre, dass diese Röcke von Jahr zu Jahr kürzer werden."

„Ja", murrte J.D. und forschte in der Menge nach jemandem, der seine Tochter anstarren könnte. „Das ist mir auch aufgefallen."

Kat drehte sich zu ihm um. „Oh, das Gesetz ist auch da. Wollen Sie die Cheerleader festnehmen?"

„Das sollte ich vielleicht wirklich tun. Diese Röcke sind genauso unanständig wie die Shorts, die Sie anhatten, als Sie nach Rangely …" Verdammt, das hatte er nicht sagen wollen. Etwa zwölf Worte zu spät steckte er sich den Hotdog in den Mund.

„Aber, Deputy", entgegnete sie mit einem schnurrenden Unterton. „Ich hätte nicht gedacht, dass Ihnen das aufgefallen ist."

Beim Klang dieses weichen, schnurrenden Texanisch lief es J.D. heiß den Rücken hinab. Es klang wie intimes Bettgeflüster. Sie mochte ihn, und sie scheute sich nicht, es zu zeigen.

Er biss erneut in den Hotdog. Er hatte sich vorgenommen, ihr aus dem Weg zu gehen, aber anscheinend war sie nicht zur Mithilfe bereit.

„Achte nicht auf ihn", riet Luke ihr. „J.D. fällt alles Weibliche im ganzen Land auf."

Kat wandte sich an Luke. „Ich bin mir nicht sicher, aber ich glaube, ich bin soeben beleidigt worden."

„Äh … tja", stammelte Luke. „Ich habe nur gesagt, dass ihm alles Weibliche auffällt. Aber wenn ich es mir recht überlege, hat er es bisher nie zugegeben."

J.D. nahm einen Schluck Kaffee, um nicht laut zu stöhnen, und verbrannte sich prompt die Zunge.

Kat nickte bedächtig. „Da hast du dich geschickt aus der Affäre gezogen."

„Das hoffe ich", sagte Luke inbrünstig.

„Offensichtlich kennt ihr beide euch bereits", bemerkte J.D. säuerlich.
„Sicher", bestätigte Luke. „Wir sind alte Freunde. Wir sind uns letzte Woche in der Bibliothek begegnet."
J.D. biss erneut in seinen Hotdog. Er war sich nicht sicher, ob ihm die Art gefiel, wie Luke sie anlächelte und wie sie das Lächeln erwiderte, aber ihm blieb keine Zeit, darüber nachzudenken. Mike holte zu einem Pass aus und warf. Nummer dreiundzwanzig war ungedeckt und fing den Ball auf der Fünfzehn-Yard-Linie auf. Er stürmte vor und erzielte einen Touchdown für die Panthers.
Die Menge sprang auf und jubelte. J.D. ebenfalls.
Kat drehte sich um und zwinkerte Zach zu. „Kein Mistschaufeln morgen, stimmt's?"
„Stimmt."
Während des restlichen Spiels wartete J.D. darauf, dass Kat einen Annäherungsversuch unternahm. Dass sie ihm vielleicht zuzwinkerte oder sich an sein Knie zurücklehnte oder die Hand auf sein Bein legte, während sie mit ihm sprach.
Sie tat nichts dergleichen. Sie feuerte begeistert die Panthers an und verteilte ihr warmherziges Lächeln gleichmäßig an alle Männer, Frauen und Kinder um sie herum. Einschließlich seines Vaters und Bruders.
Hatte er die Signale völlig falsch interpretiert, die sie ausgesendet hatte? Nein, unmöglich. Sie ignorierte ihn gewiss, um ihn zu reizen. Er hatte es bei genügend anderen Frauen erlebt. Ein alter Trick, auf den er nicht hereinfiel.
Verdammt. Er wusste, dass sie ihn mochte. Warum zeigte sie es nicht deutlicher, damit er ihr eine Abfuhr erteilen konnte? Vielleicht gelang es ihm dann, nicht mehr an sie zu denken, nicht mehr von ihr zu träumen. Die Tatsache, dass sie aus der Großstadt Houston kam und daher wahrscheinlich nicht lange bleiben würde, hatte offenbar nicht ausgereicht, um ihn von ihr abzu-

bringen. Er musste sie sich also auf eine andere Weise aus dem Kopf schlagen.

In der Halbzeitpause, als die Spieler das Feld verlassen hatten und die Zuschauer nach einem Gang zur Imbissbude ihre Plätze wieder einnahmen, lauschte J.D. verblüfft dem Gespräch zwischen Zach und Kat.

„Hatten Sie schon Gelegenheit, sich die Umgebung anzusehen, seit Sie hier sind?"

„Ich habe mich in der Stadt umgesehen", erwiderte sie. „Aber von der Umgebung kenne ich nur das Freizeitzentrum und das College."

Zach schob seinen Hut zurück. „Also, das müssen wir ändern. Sind Sie schon mal geritten?"

Ihre grünen Augen funkelten. „Nicht in den letzten Jahren."

„Hätten Sie Lust?"

J.D. bedachte seinen Vater mit einem finsteren Blick, der ignoriert wurde.

„Was haben Sie denn im Sinn?", fragte Kat.

J.D. räusperte sich laut. Er wusste, was kommen würde, und konnte es nicht fassen. Er wollte nicht, dass sein Dad sie auf die Ranch einlud.

„Ich habe im Sinn", erwiderte Zach ungerührt, „dass Sie morgen auf die Ranch kommen und sich von J.D., mir, den Kindern und Luke, falls er Zeit hat, den East Douglas Creek zeigen zu lassen."

J.D. biss die Zähne zusammen. Was zum Teufel führte der alte Mann im Schilde? Sie luden niemals Frauen auf die Ranch ein. Von dem Tage an, als Maureen ihn und die Kinder verlassen hatte, war die Ryan-Ranch ein geheiligtes Junggesellenparadies. Die Kinder bildeten da natürlich eine Ausnahme.

Sicher kamen gelegentlich Frauen auf die Ranch. Mütter holten ihre Kinder ab, die Sandy oder Mike besuchten. Ehepaare kamen an Wochenenden vorbei. Gelegentlich gaben die Ryans sogar eine Party. Aber niemals war eine alleinstehende Frau eingeladen worden. Und warum musste es ausgerechnet diejenige sein, die J.D. begehrte, aber nicht begehren wollte?

„Danke", erwiderte Kat. „Ich komme sehr gern."

Falls J.D. Zweifel an ihren Absichten gehegt hatte, so wurden sie durch ihr Lächeln zerstört. Es wirkte einfach allzu strahlend. Er lehnte sich zurück und überdachte die Situation. Womöglich war ihr Besuch auf der Ranch gar keine schlechte Idee. Vielleicht war es die perfekte Gelegenheit, um klarzustellen, dass er nicht an einer Beziehung zu ihr interessiert war.

Kat verspürte Aufregung, als sie sich am Samstagmorgen für die Fahrt zu den Ryans anzog. Sie schlüpfte in schwarze Stiefel, die fast bis zu den Knien reichten. Waren die Jeans zu eng, als dass sie darin bequem auf einem Pferd sitzen konnte? Sie ging ein paar Mal in die Hocke, spazierte umher, setzte sich rittlings auf einen Stuhl. Nein, die Jeans waren genau richtig.

Sie zog eine schwarze langärmelige Bluse und eine kurze Jeansjacke an. Nachdem sie auch ihre Lederhandschuhe eingesteckt hatte, nahm sie die Wegbeschreibung zur Ranch, die Zach ihr gegeben hatte. Vorsichtshalber, falls der Wind kalt wurde, hängte sie sich die Ohrenschützer an den Riemen der Handtasche.

Auf dem Weg aus der Stadt summte sie fröhlich vor sich hin. Es war schön, sich über den Sieg ihrer Schulmannschaft am vergangenen Abend zu freuen.

Der Himmel war so strahlend blau, dass er wie gemalt aussah. Die wenigen kleinen Wolken wirkten wie kleine Wattebäusche. Kat kurbelte das Fenster herunter und ließ ihr Haar im warmen Wind flattern.

Die Landschaft war durch ihre scharfen Kontraste atemberaubend schön. Der Douglas Creek verlief eine Zeit lang auf beinahe gleicher Höhe mit der Straße. Dann stieg das Land an, und der Bach hatte sich tief in Schiefer und Erde gegraben. Kein einziger Baum war zu sehen. Der steinige Grund war weiß und mit dem Graugrün von kniehohem Salbei besprenkelt. Hier und da tauchte am Ufer eine leuchtend grüne Wiese auf, die einen starken Kontrast zu der Wüste ringsumher bildete. In einer dieser Oasen lief ein Hase durch das kurze Gras, gejagt von einer zornigen Elster.

Ringsumher, manchmal erstickend nahe und manchmal weiter entfernt, erhoben sich weiße Berge mit steilen Klippen und dunkelgrünen Pinien. Es war ein hartes, unerbittliches Land, dessen Schätze an Kohle und Erdöl tief im Innern verborgen waren.

Kat war fasziniert, begeistert, verzückt.

Etwa eine Meile vor der Abzweigung wies ein Schild auf eine Sehenswürdigkeit hin, und sie konnte nicht widerstehen anzuhalten.

Canyon Pintado, bemalter Canyon, stand auf dem Schild. Es kündete von der Felsmalerei der Fremont-Kultur.

Die Fremont-Kultur, dachte Kat staunend. Das bedeutete, dass die roten Felsbilder an der anderen Straßenseite irgendwann zwischen 600 und 1300 nach Christus entstanden waren.

Als Lehrerin und Liebhaberin der Geschichte musste sie es einfach sehen. Eiligen Schrittes überquerte sie die Straße und ging den kurzen Pfad hinab zum Fuß der Felswand. Das Kunstwerk sah aus, als wäre es erst in der vergangenen Woche entstanden.

Sie erkannte Kokopelli, den buckligen Flötenspieler aus der Anasazi-Mythologie. Andere Gemälde waren ebenso faszinierend. Kokopelli wäre offensichtlich beinahe für immer verloren gegangen, denn der Felsblock, auf den er gemalt war, hatte sich gelockert und war daher mit einem Drahtseil an die benachbarten Felsen gebunden worden. Nicht sehr kunstvoll, aber wirkungsvoll.

Wo sich ein Felsbild befand, gab es gewöhnlich mehr. Kat beschloss, einige Nachforschungen zu diesem Thema anzustellen. Später. Momentan hatte sie eine Verabredung mit einem Pferd, einem Deputy und dem Schicksal.

Die Ryan-Ranch lag eine Viertelmeile von der Straße entfernt in einem überraschend grünen Tal inmitten der hohen weißen Felsen.

Das große weiße Fachwerkhaus mit den dunkelgrün gebeizten Balken stand unter einer riesigen Ulme, deren Laub sich gelb zu verfärben begann. Zur Linken beschattete der einzige andere Baum in der Nähe, ebenfalls eine Ulme, eine Scheune. Dahinter breitete sich eine Vielzahl von Gehegen aus, und daneben stand ein langer blassblauer Pferdeanhänger.

Zwischen der Scheune und dem Haus befanden sich zwei Schuppen und eine Garage. Ein Pick-up parkte vor dem Scheunentor, ein zweiter vor der Garage, und ein dritter neben dem Haus. Mitten auf der Einfahrt stand ein alter gelber Traktor, unter dem zwei Paar Beine in Jeans hervorlugten.

Kat stellte ihren Wagen neben dem Pick-up vor dem Haus ab. Als sie ausstieg, kam ein mittelgroßer Hund unbestimmter Abstammung hinter dem Haus hervor und bellte aus Leibeskräften.

Sandy kam aus dem Haus gehumpelt. „Buddy, still! Hi, Mrs. Comstock. Es freut mich, dass Sie sich nicht verfahren haben. Sie kommen gerade richtig."

„Hi. Was ist dir denn passiert?"

„Ich habe mir gestern Abend den Knöchel verstaucht."

„Beim Spiel? Das wusste ich gar nicht."

„Es ist nachher passiert. Aber es ist nicht so schlimm. Ich kann nur nicht mitreiten."

„Schade. Das tut mir leid."

„He, sie ist hier!", rief Sandy zum Traktor.

„Probleme?", fragte Kat und deutete zu den Beinen unter dem Traktor.

„Nur das übliche. Das Ding geht dauernd kaputt. Es ist bestimmt älter als ich." Sandy drehte sich zur Scheune um und legte die Hände um den Mund. „Sie ist hier, Dad!"

J.D. kam mit zwei gesattelten Pferden aus der Scheune. „Erwarten Sie einen Schneesturm?"

„Wie bitte?", fragte Kat.

Er deutete auf ihre Handtasche. „Die Ohrenwärmer. Ich glaube nicht, dass es so kalt wird."

„Für Sie vielleicht nicht, aber meine Ohren sind immer noch an das Wetter in Houston gewöhnt. Sobald es unter zwanzig Grad ist, mucken sie auf."

Sie erwartete, dass er lachte oder zumindest lächelte. Doch er starrte sie nur ausdruckslos an.

Zach und Mike krochen unter dem Traktor hervor und winkten ihr zu. „Sie haben uns also gefunden!", rief Zach.

Kat musste unwillkürlich grinsen. Er war von Kopf bis Fuß ölverschmiert, und Mike ebenso. „Es sieht aus, als hätte ich einen schlechten Zeitpunkt erwischt."

„Nein, eigentlich nicht." Zach deutete mit dem Kopf zum Traktor. „Das alte Mädchen hat nur beschlossen, heute morgen zu streiken. Mike und ich müssen passen. Es tut mir sehr leid, Kathryn, da ich Sie eingeladen habe. Und Sandy hat sich den Knöchel verstaucht. Aber J.D. ist verfügbar, also kümmert ihr beide euch nicht um uns und genießt den Ausritt."

Kat blinzelte. Sie blickte zu J.D., um seine Reaktion auf diesen langen Monolog, den sie für einstudiert hielt, zu ergründen.

J.D. verlagerte das Gewicht auf die Fersen und betrachtete den Himmel. Sie hatte erwartet, dass er diesmal mit Sicherheit ein Grinsen unterdrückte, aber es war nicht der Fall. Der Ausdruck auf seinem Gesicht wirkte entschlossen.

Nun, falls jemand erwartete, dass sie sich weigerte, allein mit Deputy Ryan auszureiten, dann irrte er sich. Sie hätte es selbst nicht besser arrangieren können. Doch sie wollte nicht übereifrig wirken. „Wenn es zu viel Mühe macht, kann ich ja ein andermal wiederkommen."

„Nicht nötig", entgegnete Zach. „Solange der Traktor nicht repariert ist, können wir nicht weiterarbeiten, und mehr als zwei passen nicht drunter, und Mike und ich sind schon schmutzig. Reiten Sie und J.D. nur los. Es wartet eine mächtig schöne Gegend auf Sie."

Mächtig schön, dachte Kat, allerdings. Sie blickte zu den Hügeln und den Bergen und holte tief Luft. Es roch nach Herbst von den welkenden Blättern der Ulmen. Es roch nach Pferd und Alfalfa und Sonnenschein. Sie wandte sich lächelnd an J.D. „Ich bin bereit, wenn Sie es sind."

Ihr Lächeln war atemberaubend. Seine Reaktion auf sie bedeutete Unheil für ihn. Sie würde nicht bleiben, also musste er sie auf Distanz halten. Er hatte geprobt, was er sagen wollte. Er hätte nicht bereit sein sollen, wie sie es ausdrückte. Doch als er den Mund öffnete, kam heraus: „Ich bin bereit."

Verdammt, dachte er. Er konnte sein Vorhaben nicht verwirklichen, wenn er seine Zunge nicht im Zaum hielt.

„Steigen Sie auf Dexter, und dann richte ich Ihre Steigbügel."

Sie hob linkisch ein langes Bein und schob den Stiefel in den Steigbügel. Dabei spannte sich die modisch verwaschene Jeans derart um ihre Schenkel und Hüften, dass sein Blut in Körperteile strömte, in die es eigentlich nicht strömen sollte.

Bleib ruhig, redete er sich ein. Das kleine Gespräch, das er mit ihr zu führen beabsichtigte, sollte zur Folge haben, dass sie ihn für den größten Schuft der Welt hielt. Das war der einzige Weg, um zu verhindern, dass er sich mit ihr einließ. Er wollte sie so wütend machen, dass sie ihn fortan nicht einmal mehr grüßte. Das müsste ihn eigentlich abkühlen. Zumindest hoffte er es.

Er wandte den Blick von ihrem verlockenden Po ab und holte tief Luft. „Ich muss die Steigbügel kürzen." Er griff nach ihrem Knöchel, um den Fuß aus dem Steigbügel zu ziehen. Sogar durch das Leder spürte er ihre Wärme und dieses Prickeln, das er beim Händedruck im Park bereits einmal erlebt hatte.

Mit einem stillen Fluch ließ er ihren Fuß los. Sie zog ihn zurück, während J.D. den Steigbügel richtete. Er ging auf die andere Seite, und zum Glück zog sie den Fuß diesmal zurück, ohne dass er ihn berühren musste.

Während des gesamten Prozesses redete J.D. sich ins Gewissen. Seine Reaktion auf sie war völlig lächerlich.

Er schickte sich an aufzusteigen, als sein Vater zu ihm trat, ihm eine Hand auf die Schulter legte und sagte: „Geh behutsam mit der Lady um, Sohn. Wir wollen schließlich nicht, dass sie morgen so wund ist, dass sie nicht mehr gehen kann."

Eine erschreckend heftige Woge des Verlangens ergriff J.D. Er schwang sich in den Sattel und wagte nicht, Kat anzublicken.

Sie beherrschte sich mühsam, bis sie den Hügel hinter dem Haus erklommen hatten und außer Hörweite waren. Dann lachte sie laut auf. „Sie hätten Ihr Gesicht sehen sollen!"

J.D. starrte stur geradeaus. Er wollte nicht, dass ihm ihr Lachen gefiel, und er wollte nicht zu erkennen geben, dass er die sexuelle Anspielung in den Worten seines Vaters erkannt hatte, indem er ebenfalls lachte. Doch er konnte sich nicht zurückhalten und lachte laut auf. „Es tut mir leid", brachte er einen Moment später hervor.

Kat grinste immer noch. „Vergessen Sie's. Er hat es bestimmt nicht so gemeint, wie es klang."

Er hüstelte. „Bestimmt nicht, aber er hat recht. Wir sollten nicht zu weit reiten. Ich wette, Sie sind nicht daran gewöhnt."

„Das stimmt. Wahrscheinlich werde ich morgen wirklich wund sein."

„Wenn ja, dann rufen Sie mich einfach an. Wir haben eine Menge Pferdesalbe."

Kat zog eine Grimasse. „Oh, vielen Dank. Sie sind äußerst herzlich."

Er verlagerte sein Gewicht. Herzlich? Wohl kaum. Er war äußerst hart, und es war ganz schön unbequem im Sattel. Aber sie hatte ihm soeben einen perfekten Einstieg geliefert. Sofern es ihm gelang, sich von ihren langen Haaren, die in der Sonne glänzten, und ihren Schenkeln, die den Sattel umschmiegten, lange genug abzulenken.

„Ich bin überhaupt nicht herzlich. Das müssen wir klären, bevor sich diese Sache zwischen uns weiterentwickelt."

„Diese Sache zwischen uns? Welche Sache meinen Sie?"

Er zog eine Augenbraue hoch und lächelte amüsiert.

„Oh", sagte sie mit einem Anflug von Belustigung. „Diese Sache meinen Sie. Was müssen wir da klären?"

Er starrte auf die Ohren seines Pferdes. Es war nicht so leicht, wie er es sich gedacht hatte, aber er musste es ihr sagen. Um sich selbst und ihr Kummer zu ersparen. Er räusperte sich. „Wir fühlen uns vielleicht zueinander hingezogen, aber ich werde mich nicht verlieben, und ich werde nie wieder heiraten. Ich dachte, das sollten Sie wissen."

Kat traute ihren Ohren nicht. Sie zerrte heftig an den Zügeln, bis Dexter stehen blieb. „Sie eingebildeter, aufgeblasener, ichbezogener Schuft!"

Hatte sie sich so eindeutig verhalten, oder besaß er ein völlig übersteigertes Ego? Es musste sein Ego sein. Sie wusste, dass sie nichts getan hatte, was auf Heiratsabsichten deutete. Und mit einem so übertriebenen Ego war er nicht der Richtige für sie. Offensichtlich hatte sie ihn völlig falsch eingeschätzt.

Widerstrebend spielte er seine Rolle weiter. „Ich bitte Sie, Kat. Sie verschlingen mich geradezu mit Ihren Blicken, schon seit Sie in die Stadt gekommen sind. Sie haben es auf mich abgesehen, und ich beklage mich nicht. Aber ich halte Sie nicht für den Typ, dem flüchtige Affären liegen. Das bedeutet, dass Sie es nicht nur auf meinen Körper, sondern auch auf meinen Ringfinger abgesehen haben."

„Ich kann es nicht fassen." Kat starrte ihn verblüfft an. Sie wusste nicht, ob sie ihm ins Gesicht lachen oder schlagen sollte. Offensichtlich hatte er den Verstand verloren.

„Ich will ja nicht angeben", fuhr er lässig fort, „aber viele Frauen kommen auf seltsame Ideen. Sie haben sich in den Kopf gesetzt, dass mein Leben ohne eine Frau nicht vollkommen ist. Sie sind nicht die erste, die auf Heirat aus ist."

„Wer hat denn etwas von Heirat gesagt?", stieß sie zwischen zusammengebissenen Zähnen hervor. Wie hatte sie sich derart in ihm täuschen können? Nie wieder wollte sie ihrem Instinkt vertrauen. „Ich würde Sie nicht nehmen, selbst wenn Sie mir auf einem silbernen Tablett serviert würden."

„Tja, ich gebe zu, dass ich nicht sehr taktvoll war, aber sobald Ihr Zorn verraucht ist, wollen Sie mich immer noch. Aus irgendeinem Grund stellen die Frauen mir gern nach. Und ich mag ungestüme Frauen."

„Ich bin doch nicht verrückt!"

J.D. entspannte sich. Er hatte es geschafft. Sie hasste ihn. Es tat weh, aber er hatte es so gewollt, und deshalb ignorierte er den Schmerz. Doch ihre Bemerkung wirkte sehr herausfordernd, und unwillkürlich entgegnete er: „Wollen wir wetten?"

„Abgemacht." Ihre Augen funkelten, und ihre Brust hob und senkte sich heftig vor Zorn.

Verdammt, denk nicht an ihre Brüste, ermahnte er sich, und sieh sie vor allem nicht an.

Sie bedachte ihn mit einem derart eisigen Blick, dass er ernsthaft in Betracht zog, sich ihre Ohrenwärmer auszuleihen.

„Ich setze zehn Dollar, dass ich nie im Leben einen Annäherungsversuch unternehmen werde", höhnte sie. „Und weitere zehn Dollar, dass ich Ihrem sogenannten Charme jederzeit widerstehen kann, falls Sie sich entschließen sollten, mir nachzustellen."

Sie trieb Dexter mit den Hacken an und ritt so rasant zur Ranch zurück, dass J.D. sich an dem aufwirbelnden Sand verschluckte.

4. Kapitel

Kat knallte mit den Türen, trat nach den Möbeln und fluchte die Decke an. Das Leben hatte sie nicht auf den Zorn vorbereitet, den sie auf J.D. verspürte. Das Leben hatte sie nicht auf J.D. vorbereitet. Diese instinktive Gewissheit, dass er der Richtige für sie war, hatte sie zum allerersten Mal bei sich erlebt. Ebenso wie die heftige Sehnsucht, die sie verspürte, sobald sie ihn ansah. Und kein Mann hatte sie je so verletzt wie er, als er die Möglichkeit einer tiefergehenden Beziehung zwischen ihnen völlig ausschloss.

Daher rührte ihr Zorn. Wie konnte er es wagen? Sie hatte ihm keinen Heiratsantrag gemacht. Sie war ihm nicht nachgelaufen, hatte ihn nicht angerufen, hatte nichts unternommen, was ihn zu der Annahme verleiten könnte, dass sie es auf ihn abgesehen hätte.

Kat stöhnte verzweifelt. Wenn sie ehrlich zu sich selbst war ... Doch sie war nicht in der Stimmung dazu. Sie war sauer und wollte um sich schlagen. Nach etwas oder jemandem treten. Da niemand da war, sank sie auf das Sofa und boxte ein Kissen.

Doch ihre angeborene Ehrlichkeit ließ sich nicht unterdrücken. Widerstrebend gestand sie sich ein, dass sie auf sich selbst beinahe so wütend war wie auf J.D. Beinahe, aber nicht ganz. Sie hatte zumindest nicht völlig ichbezogen und ohne Rücksicht auf seine Gefühle gehandelt. Sie hatte nur ...

„Ich habe nur geplant, wie er den Rest seines Lebens verbringen wird – mit mir."

Sie stöhnte erneut und schloss die Augen. Sie hatte sich ebenso ichbezogen benommen und ebenso wenig Rücksicht auf seine Gefühle genommen wie er.

Sie hatte ihn auf den ersten Blick begehrt. Sie hatte ihn auf Anhieb gemocht. Wirklich gemocht. Er war anders als jeder andere, den sie je kennengelernt hatte. In seiner Nähe zu sein, allein an ihn zu denken, das regte sie an.

Konnte sie sich derart in ihm getäuscht haben? War ihr Instinkt so fehlerhaft? War es derselbe Instinkt, der ihr geraten hatte, Bill zu heiraten und ihm zuliebe das Unterrichten aufzugeben?

Nein, dachte sie, das war kein Instinkt. Sie und Bill hatten sich als gute Freunde blendend verstanden. Keiner von beiden hatte Interesse an jemand anderem gehegt, und daher hatte sie seinen Heiratsantrag angenommen. Es war ihr besser erschienen, als allein zu sein.

Und die Entscheidung, in die Verwaltung zu gehen, hatte auch nicht auf ihrem Instinkt beruht. Bill und seine Eltern hatten sie dazu gedrängt. Einzuwilligen war ihr einfacher erschienen, als sich zu widersetzen und sich vorwerfen zu lassen, sie hätte keinen Ehrgeiz.

Beide Entscheidungen waren ihr damals logisch erschienen. Sie hatte die Vor- und Nachteile aufgelistet, und die Vorteile hatten überwogen. Die Nachteile waren rein emotioneller Natur gewesen.

Ihre letzte instinktive Entscheidung war der Kauf der Trans Am. Sie hatte sich auf den ersten Blick in sie verliebt und die Anschaffung bisher nicht bereut.

Das einzige andere Mal, als sie sich von einer plötzliche Eingebung hatte leiten lassen, war die Entscheidung im Alter von sechs Jahren, Lehrerin zu werden.

Verwundert stellte Kat fest, dass ihr Instinkt sie bisher stets gut beraten hatte. Lediglich die Entscheidungen, die auf reine Logik beruhten, hatte sie schließlich bereut. Bisher. Bis sie J.D. Ryan begegnet war.

Das Klingeln des Telefons riss sie aus ihren Überlegungen. Ihr

Instinkt sagte ihr, dass der Anrufer nicht J.D. war, der sich entschuldigen wollte. Bei seinem übersteigerten Ego glaubte er gewiss, dass es nichts zu entschuldigen gab.

Sie behielt recht. Es war Gwen.

„Ich habe mich von den Kindern überreden lassen, sie heute Nachmittag nach Vernal ins Kino zu fahren. Ich will in der Zwischenzeit einkaufen gehen und dachte mir, dass du vielleicht mitkommen möchtest."

Kat erschien alles besser, als zu Hause zu sitzen und über J.D. Ryan zu grübeln. Es war erst Mittag, und sie war erst eine Stunde zuvor von seiner Ranch zurückgekehrt. Das Wochenende streckte sich endlos vor ihr aus, und daher sagte sie schnell zu.

„Das Problem ist nur, dass wir sofort losfahren müssen", verkündete Gwen.

„Wenn ich in Jeans bleiben kann, bin ich bereit."

„Jeans sind okay. Ich habe selbst welche an."

Gwen warf einen Blick auf Kat und zog eine Grimasse. „Ich hätte mir denken können, dass deine Vorstellung von Jeans eine andere ist als meine. Ich sehe aus wie eine Schlampe, und du siehst aus wie ein Model."

„Das ist nicht wahr. Du siehst gut aus", protestierte Kat und musterte Gwens weit geschnittene rote Jeans. „Aber danke für das Kompliment."

Auf den beiden Rückbänken des Kleinbusses saßen einige Teenager. Ganz hinten thronten Jill und ihre beste Freundin Linda, die ebenfalls in Kats Klasse ging. In der Mitte hockten Gwens Töchter Mary und Debbie und deren zwei beste Freundinnen.

Als sie die Stadt hinter sich gelassen hatten, schnupperte Gwen und rümpfte die Nase. Kat fing den Geruch von Erdöl auf und erinnerte sich an Revas Klage über Rangely.

Eine Weile später schnupperte Gwen erneut. Diesmal roch Kat nichts und fragte erstaunt: „Was ist denn?"

Gwen runzelte die Stirn. „Ich glaube, ich werde verrückt. Ich könnte schwören, dass es nach Pferd riecht."

Kat seufzte. „Da hast du wahrscheinlich recht. Ich hätte mich umziehen sollen, aber ich habe nichts gerochen. Ist es sehr schlimm?"

Gwen schmunzelte. „Nein. Ich frage mich nur, woher es kommt."

Widerstrebend erklärte Kat: „Ich war heute morgen bei den Ryans."

„Soll das ein Witz sein?"

„Nein. Warum?"

„Ledige Frauen werden einfach nicht auf die Ranch eingeladen. J.D. muss es schlimm erwischt haben."

„Zach hat mich eingeladen", erklärte Kat. „Er wollte nur freundlich zu der neuen Lehrerin sein."

„Bestimmt nicht. Er wollte euch verkuppeln."

„Du spinnst ja", entgegnete Kat, doch sie dachte an Zachs Rede, die so einstudiert gewirkt hatte. „Warum sollte er uns verkuppeln wollen, wenn sämtliche Frauen in der Stadt hinter J.D. her sind, wie du selbst gesagt hast?"

„Weil J.D. nie versucht, eine einzufangen."

Kat schüttelte entschieden den Kopf.

„Und? Wie ist es gelaufen? Was ist passiert?"

Kat zwang sich zu einem lässigen Achselzucken. So sehr sie Gwen auch mochte, hatte sie nicht die Absicht, ihr den wahren Vorfall anzuvertrauen. Einerseits war es zu peinlich und andererseits zu persönlich. „Nicht viel. Sandy hat sich einen Knöchel verstaucht, und die Männer haben an einem kaputten Trecker gearbeitet. Ich bin ein paar Minuten geblieben und wieder nach Hause gefahren."

„Ist das alles?", hakte Gwen enttäuscht nach.

Kat zuckte nur erneut die Achseln.

Einige Minuten später, als Kat das Thema längst abgeschlossen glaubte, wollte Gwen wissen: „Wenn das alles war, wieso riechst du dann nach Pferd? Du bist ausgeritten, oder?"

„Nur ein paar Minuten."

„Du und J.D.? Allein?"

„Ja und?"

„Sag du's mir. Was ist passiert? Ich weiß, dass er dir gefällt. Wie ist es gelaufen?"

Kat seufzte und blickte bedeutungsvoll nach hinten.

„Du hast recht. Zu viele Ohren. Wir reden später."

Nach einer guten halben Stunde Fahrt erreichten sie Vernal, eine staubige Wüstenstadt, die etwa doppelt so groß wie Rangely war. Sie setzten die Mädchen im Kino ab und beschlossen, ihren Einkaufsbummel mit einem Mittagessen zu beginnen.

Sobald die Kellnerin die Bestellung aufgenommen hatte, drängte Gwen: „Also, schieß los. Du bist mit J.D. ausgeritten, aber du bist nicht lange geblieben. Also muss etwas passiert sein. Erzähl's mir."

Kat nahm einen Schluck Wasser und stellte das Glas behutsam zurück auf den Bierdeckel.

„Ich frage nicht aus krankhafter Neugier, und ich tratsche nicht", versicherte Gwen mit ernster Miene. „Ich mag dich, und ich mag J.D. Zufällig glaube ich, dass ihr beide gut zusammenpasst."

Insgeheim dachte Kat, dass sie ausgezeichnet zusammenpassten, aber das behielt sie lieber für sich. „Keine Chance. Er ist eindeutig nicht interessiert."

„Du spinnst ja. Ich habe gesehen, wie er dich beim Septemberfest im Park angesehen hat. Und beim Spiel am Freitagabend hat er dich auch mit seinen Blicken verschlungen. Er ist eindeutig interessiert."

Kat schüttelte den Kopf. „Er behauptet etwas anderes."

„Er hat das gesagt?"

Kat nahm noch einen Schluck Wasser. „Ja. Und es ist mir recht. Die Frauen von Rangely können ihn haben."

Gwen zog eine Augenbraue hoch. „Klingt da nicht ein bisschen Zorn aus deiner Stimme? Wie ist das Thema überhaupt zur Sprache gekommen?"

„Er hat es zur Sprache gebracht, und zwar sehr abrupt. Es war die furchtbarste, beleidigendste Erfahrung meines Lebens."

Gwen starrte sie sekundenlang mit offenem Munde an. „Ich weiß nicht, was ich dazu sagen soll. Ich kenne J.D. mein Leben lang. Es sieh ihm einfach nicht ähnlich. Ich bin sicher, dass er auf dich steht, seit er dich das erste Mal gesehen hat. Ich kann mir nicht vorstellen, dass er dich bewusst abzuschrecken versucht."

„Tja, es ist ihm aber gelungen. Ich will nichts mehr mit ihm zu tun haben, diesem selbstherrlichen ... Es tut mir leid. Ich weiß, dass ihr befreundet seid, aber für meinen Geschmack ist er einfach zu eingebildet."

Die Kellnerin servierte ihnen das Essen. Kat war erleichtert über die Unterbrechung, die ihr einen Themawechsel ermöglichte.

Nach der Mahlzeit gingen sie zunächst in eine Buchhandlung und anschließend in ein Kaufhaus. Auf dem Weg zur Damenbekleidung blieb Gwen am Parfümstand stehen. „Hier, das ist es, was du brauchst."

„Wozu?"

„Eine Frau fühlt sich einfach besser mit Parfum."

„Und genug davon überdeckt sogar den Pferdegeruch, wie?"

Gwen legte eine Unschuldsmiene auf. „Würde ich je so etwas sagen?"

„Das ist nicht nötig." Kat wählte einen Duft aus, der ihr gefiel, und sprühte damit großzügig die Hosenbeine ein. „So, das müsste reichen."

Gwen kaufte sich ein Kleid und Schuhe, und Kat fand ein Paar fellgefütterte Lederhandschuhe. Sie genoss Gwens Gesellschaft und ihren Sinn für Humor. Die Zeit verging viel zu schnell für ihren Geschmack.

Sobald sie die Mädchen aus dem Kino abgeholt und die Rückfahrt angetreten hatten, rief Jill: „He, Mom, hat eine von euch eine Parfumflasche zerbrochen oder was?"

Kat und Gwen blickten sich an und brachen in Gelächter aus.

Luke grinste J.D. über den Tisch des Restaurants „Last Chance" hinweg an und faltete die Speisekarte im Zeitungsstil zusammen. „Nun, wie ist es am Samstag mit der Lehrerin gelaufen?"

J.D. bemühte sich um Gelassenheit. „Du meinst Mrs. Comstock?"

„Oh. Dann ist es also wahr."

„Was?"

„Es heißt, dass es zwischen euch beiden aus ist."

„Zwischen uns war nie etwas, kleiner Bruder."

„Das mag sein." Lukes Augen funkelten belustigt. „Aber Toni Haag hat gesagt, dass Kat am Fleischstand im Supermarkt an dir vorbeimarschiert ist, als wärst du gar nicht da. Es soll so ausgesehen haben, als hätte sie es mit Absicht getan."

„Vielleicht hat sie mich nicht gesehen."

„Doch, Toni hatte alles im Auge."

J.D. unterdrückte einen Fluch. „Ich meinte die Lehrerin, nicht Toni. Was hast du mit Toni überhaupt über mich zu tratschen?"

Luke hielt abwehrend die Hände hoch. „He, ich kann nichts dafür, wenn du das Stadtgespräch bist. Und wenn J.D. Ryan die umwerfende neue Lehrerin nicht bezirzen kann, dann ist es kein Tratsch, sondern eine Nachricht für die Titelseiten. Es ist nicht meine Schuld, dass du den Ruf eines Frauenhelden hast."

J.D. blickte sich mit finsterer Miene im Restaurant um und suchte nach einer Ablenkung von dem Thema Kat Comstock.

Das „Last Chance" war wie gewöhnlich voll zur Dinnerzeit. Stimmengewirr, Gelächter und das Schreien eines Babys in einer Ecke erklangen. Besteck klapperte gegen Teller. Die Musikbox spielte in beträchtlich geringerer Lautstärke als in der Imbissbude.

J.D. wollte nicht an seinen letzten Besuch in der Imbissbude denken, als er Kat gegenübergesessen und beobachtet hatte, wie sie ihre Pommes in Senf stippte, wie sie redete und lachte.

Er erblickte Gwen und Keith Greene am vorderen Ecktisch und nickte ihnen zu.

„He, J.D.!", rief Keith, während Gwen ihn missmutig anblickte.

„Okay", sagte Luke. „Ich habe den Wink verstanden. Wie geht's Sandys Knöchel?"

Erleichtert über den Themawechsel erwiderte J.D.: „Besser. Sie hat ihn das ganze Wochenende geschont, wie du ihr geraten hast. Was ist mit Leon Martins Lungenentzündung?"

Luke seufzte zufrieden. „Auch besser. Ich schicke ihn morgen nach Hause."

„Das freut mich. Ich weiß, dass du besorgt um ihn warst."

Die Musikbox verstummte. In der plötzlichen Stille klingelte die Glocke über der Eingangstür und zog J.D.s Aufmerksamkeit auf sich.

„Wenn man von der Lehrerin spricht", murmelte Luke.

J.D.s Magen verkrampfte sich. Ihr Haar war wieder zu dem Knoten verschlungen, und sie trug einen Rock.

Über den großen Raum hinweg hielt ihr Blick seinen gefangen. Gewissermaßen. Eigentlich blickte sie eher durch ihn hindurch, so als wäre er gar nicht vorhanden.

„Behaupte bloß nicht, dass Toni übertrieben hat", meinte Luke.

Die Kellnerin trat zu Kat und sagte etwas zu ihr, das er nicht verstand.

In diesem Moment setzte die Musikbox erneut ein. Mit tiefer

Stimme verkündete der Sänger, so als wäre er J.D.s Sprachrohr: „Hallo, Darling."

Kat zuckte zusammen. Während der folgenden Pause im Lied wehte ihre Antwort auf die Frage der Kellnerin laut und deutlich durch den Raum. „Schon gut. Ich habe soeben den Appetit verloren." Sie löste den Blick von J.D. und stolzierte hinaus.

Die Tür hatte sich kaum hinter ihr geschlossen, als Gwen aufsprang und zu J.D. marschierte. „Ich hätte nie gedacht, dass du so ein Schuft bist, J.D."

Er lächelte. „Es freut mich auch, dich zu sehen."

„Du solltest dir gut überlegen, was du tust", sagte sie ihm. „Es sieht dir gar nicht ähnlich, vorsätzlich die Gefühle eines anderen zu verletzen, und schon gar nicht die einer Frau. Und es sieht dir auch nicht ähnlich, etwas vorzutäuschen."

„Was täusche ich denn vor?"

Sie blickte ihn verärgert an. „Dass du Kat nicht magst."

„Ich habe nichts gegen …"

„Dass du dich nicht für sie interessierst, obwohl ein Blinder sieht, dass du sie ständig angaffst."

Er straffte die Schultern. „Ich gaffe nicht."

„Du hast sie gerade eben mit den Augen verschlungen."

„Halt dich gefälligst da raus, Gwen", fauchte er.

Gwens Miene wechselte von Zorn zu Verwunderung. „Du bist verrückt nach ihr, stimmt's?"

Sein Gesicht erglühte. „Halt dich da raus."

Gwen lächelte nachdenklich. Dann nickte sie Luke zu und kehrte an ihren Tisch zurück.

Luke räusperte sich. „Es wird von Minute zu Minute interessanter."

„Halt dich gefälligst da raus, Luke."

Am nächsten Abend rief Kat bei Gwen an, um zu fragen, ob sie gemeinsam den Aerobic-Kurs am Samstagmorgen besuchen wollten. Doch bevor sie ihr Anliegen vorbringen konnte, verkündete Gwen: „Du hast J.D. gestern Abend ganz schön fertiggemacht."

Kat verspürte ein Prickeln in der Magengegend. „Was meinst du damit?"

„Ich meine die Art, wie du durch ihn hindurchgestarrt hast und dann aus dem Restaurant spaziert bist."

Kat schloss die Augen. „Du warst auch da?"

„Ja."

„Es war dumm von mir. Es war kindisch. Es war …"

„Sehr effektiv. Er war danach völlig niedergeschmettert."

Kat zog ihrem Spiegelbild im Fenster einen Grimasse. „Das bezweifle ich."

„Nein, im Ernst. Als ich ihm gesagt habe, wie blöd er sich benimmt …"

„Gwen, das hast du nicht getan."

„Doch, natürlich. Und er hat mir gesagt, dass ich mich gefälligst da raushalten soll. J.D. redet sonst nie so. Glaub mir, du hast ihn aus der Fassung gebracht."

Kat massierte ihre Schläfen, die plötzlich schmerzten. „Hättest du bloß nichts gesagt! Die Sache wird ja immer peinlicher. Versprich mir, dass du tust, was er gesagt hat."

„Was meinst du damit?"

„Ich meine, und ich meine es nett, aber … halt dich gefälligst da raus, Gwen."

Gwen lachte. „Okay. Ich verspreche es. Kein Wort geht mehr über meine Lippen zu dem heißesten Thema überhaupt. Nur weil die ganze Stadt wissen will, was den liebenswerten, aufrechten, freundlichen, gutmütigen J.D. Ryan veranlasst haben könnte, die neue Lehrerin so zornig zu machen …"

„Gwen, ich meine es ernst."

„Okay. Was gibt es sonst Neues?"

Erleichtert brachte Kat ihr Anliegen vor und fügte hinzu:

„Aber wenn du über mein Privatleben redest oder ..."

„Kein Wort mehr. Ich verspreche es. Und ich habe Aerobic wirklich nötig."

Sie unterhielten sich noch eine Weile, und dann, bevor sie sich verabschiedeten, bemerkte Gwen: „Ich möchte noch eines zu dem Tabu-Thema sagen. Dann versiegle ich meine Lippen. Ich schwöre es."

Kat seufzte. „Was ist denn?"

„Ich glaube, er ist verrückt nach dir."

„Ja, sicher."

„Nein, wirklich. Vergiss nicht, dass ich ihn schon ewig kenne. Wenn ich mich nicht irre, ist er das erste Mal seit Maureen ernsthaft an einer Frau interessiert. Ich glaube, er hat Angst."

„Vor mir? Sei nicht albern."

„Nicht vor dir, sondern vor seinen Gefühlen zu dir. Du könntest ihm sein Leben ganz schön kompliziert machen, wenn er nicht aufpasst, und er mag es unkompliziert und bequem."

„Er hat keinen Grund zur Sorge. Ich will nichts mehr mit ihm zu tun haben."

„Wie du meinst. Bis Samstag also."

5. Kapitel

Es war halb elf Uhr abends. J.D. starrte das Telefon neben seinem Bett an. Er griff zum Hörer. Seine Hand zitterte. Er zog sie zurück und wischte die feuchte Innenfläche an seiner Jeans ab. Sein großartiger Plan, sich nicht wegen einer Frau zum Narren zu machen, war gehörig ins Auge gegangen.

Er hatte sich nicht nur zum Narren gemacht, sondern sich zudem wie ein Schuft benommen und somit der Stadt Gesprächsstoff für das ganze nächste Jahr geliefert.

Seit zwei Wochen schnitt Kat ihn öffentlich. Wenn sie ihn sah, wandte sie sich ab. Wenn sein Name erwähnt wurde, überhörte sie es, wie Freunde ihm berichtet hatten.

Ein einziges Mal jedoch, kurz nach dem Fiasko im „Last Chance", hatte sie ihm etwas anderes als Feindseligkeit oder Gleichgültigkeit entgegengebracht. Sie hatte ihn beinahe erwartungsvoll angesehen. Und was hatte er getan? Er hatte es ihr mit gleicher Münze heimgezahlt und durch sie hindurchgestarrt.

Seitdem ignorierte sie ihn, sofern sie ihn nicht völlig meiden konnte. Am Vortag hatte sie im Supermarkt sogar ihren Einkaufswagen umgedreht und in einen anderen Gang geschoben.

Unter normalen Umständen hielt J.D. sich für einen netten Mann. Die Leute sagten, dass sie ihn mochten. Er mochte Menschen, war immer freundlich, ließ seine gelegentlich schlechte Laune nie an anderen aus. Er war, seiner eigenen Einschätzung nach, ein guter Mensch.

Bis Kat seinen Weg gekreuzt hatte. Er hatte beabsichtigt, sie wütend zu machen, damit sie sich von ihm fernhielt und er nicht in Versuchung geriet, sich mit ihr einzulassen. Doch er hatte nicht beabsichtigt, sie zu verletzen. Er hatte nicht gewusst, dass ihr so viel an ihm lag, dass sein törichter Streich sie verletzte.

Und er hatte nicht erwartet, dass er ihr Lächeln so sehr vermissen würde. Oder den verführerischen Klang ihrer Stimme. Er vermisste sogar ihre kühnen, herausfordernden Blicke, die seinen Puls zum Rasen brachten.

Verdammt, ruf sie einfach an und entschuldige dich, sagte er sich. Wahrscheinlich würde sie sofort auflegen, und er konnte es ihr nicht verdenken, aber das sollte ihn nicht davon abhalten. Er war es ihr schuldig.

Allerdings waren seine Motive nicht ganz selbstlos. Wenn er sich mit ihr versöhnte, was ihm am Herzen lag, würden seine Freunde endlich aufhören, ihn damit zu hänseln, dass er keinen Erfolg mehr bei Frauen hatte. Sein Dad würde ihn nicht mehr finster anstarren, sobald die Kinder Kats Namen erwähnten. Und vielleicht konnte er sich selbst wieder im Spiegel in die Augen sehen.

Nichts von alledem würde geschehen, wenn er nicht seinen Stolz hinunterschluckte und sich entschuldigte.

Inzwischen war es beinahe elf Uhr geworden. Er atmete erleichtert auf. Zu spät, um sie anzurufen. Am nächsten oder übernächsten Tag begegnete er ihr gewiss. Eine persönliche Entschuldigung war ohnehin viel besser. Schwerer und peinlicher, aber besser.

In den folgenden Tagen hatte J.D. so viel Arbeit außerhalb der Stadt, dass es nicht zu einer Begegnung mit Kat kam. Den Freitag verbrachte er bis zum Abend mit Schreibarbeit im Büro. Ihm blieb keine Zeit, vor dem Footballspiel nach Hause zu fahren, aber diesmal verpasste er wenigstens nicht den Anpfiff.

Zach war noch nicht eingetroffen, als J.D. das Spielfeld erreichte. Er eilte zu den Tribünen, und da saß Kat, direkt am Gang, mit Gwen und Keith und den Kindern. Wenn sie ein paar

Zentimeter nach links rückte, war gerade eben noch Platz für ihn. Sollte er es wagen?

Er hatte sich ausgemalt, mit ihr allein zu sein, wenn er sich entschuldigte, aber das war praktisch nur in ihrem Haus möglich. Und er bezweifelte, dass sie ihn hineinlassen würde.

Als er die Stufen erklomm, wandte sie demonstrativ den Blick ab. Großartig. Sie war immer noch sauer. Doch er hatte sich entschlossen. Jetzt oder nie. Wie sollte er sich einer Frau mit flauschigen roten Ohrenwärmern auch fernhalten können?

Ohne um Erlaubnis zu bitten, setzte er sich auf das Ende der Bank und drückte gegen ihre Hüfte. „Rücken Sie weiter, ja?"

Kat unterdrückte den Drang, aufzuspringen und davonzulaufen. Was für eine Gemeinheit hat er sich jetzt wieder einfallen lassen? fragte sie sich und starrte stur geradeaus. Der Zorn, der nie völlig verraucht war, drohte wieder aufzulodern. Sie wollte keinen Platz für ihn machen. Sie wollte nicht von der Wärme seines Körpers wegrücken.

Dieser Gedanke ließ sie so abrupt beiseite rutschen, dass sie Debbie, Gwens Zwölfjährige, dabei anstieß. „Oh, entschuldige."

Debbie drehte sich zu ihr um und erblickte J.D. „Rückt alle weiter!", rief sie und erregte damit die Aufmerksamkeit der gesamten Familie. Sie grinste J.D. an und fügte hinzu: „Da hat sich ein Flegel zu uns auf die Bank gequetscht."

J.D. griff an Kat vorbei und zwickte Debbie in die Nase. „Sei vorsichtig, Kind, oder ich verhafte dich."

Kat musste sich weit zurücklehnen, damit sein Arm nicht ihre Brust berührte.

Er zog den Arm zurück und blickte sie an. „Haben Sie kalte Ohren?", fragte er leise.

Kat runzelte die Stirn. „Was wollen Sie?"

Er seufzte. „Mich entschuldigen."

Ihr Puls schlug schneller. Langsam drehte sie sich zu ihm um und nahm die Ohrenwärmer ab. „Wie bitte? Ich habe Sie nicht richtig verstanden."

„Zumindest sehen Sie mich jetzt an. Das ist immerhin ein Fortschritt."

Kat wandte den Kopf ab und beobachtete, wie die Rangely Panthers in ihrer grün-weißen Pracht auf das Spielfeld strömten. Die Menge jubelte. Ihre Hände zitterten. Sie verschränkte sie im Schoß.

Dann, mit ruckhaften Bewegungen, setzte sie sich die Ohrenwärmer wieder auf. „Wenn es Ihnen wirklich leidtut, dass Sie uns so zusammendrängen, dann brauchen Sie nur aufzustehen und zu gehen. Auf der anderen Seite des Ganges ist genügend Platz."

Er seufzte erneut. „Deswegen will ich mich nicht entschuldigen, und das wissen Sie genau."

„Ach ja, weiß ich das?" Sie blickte weiterhin geradeaus und beobachtete, wie die Gastmannschaft einlief. „Wofür wollen Sie sich denn dann entschuldigen?"

„Wenn ich den Mut habe, es zu sagen, dann sollten Sie den Mut haben, mich dabei anzusehen."

Seine Stimme klang rau, steif, bezwingend. Sie schaute ihn an, und er hielt ihren Blick gefangen.

„Ich entschuldige mich dafür, dass ich ein Dummkopf war. Es tut mir leid, wie ich mich verhalten habe."

Etwas flackerte in seinen dunklen Augen auf. Reue? Verlegenheit? Er senkte den Blick, bevor sie sich entscheiden konnte.

„Ich habe Sie wütend gemacht und Ihre Gefühle verletzt."

„Ja, das stimmt. Würden Sie mir verraten, warum Sie das getan haben?"

„Das hier ist eigentlich wirklich nicht der geeignete Ort dazu, aber wahrscheinlich ist kein Ort geeignet. Ich habe nur ... das klingt jetzt bestimmt verdammt ichbezogen ..."

„Das ist mir nichts Neues."

„Sind Sie überhaupt daran interessiert, was ich zu sagen habe, oder verschwende ich meinen Atem?"

„Es tut mir leid. Bitte fahren Sie fort."

„Ich habe vergessen, wo ich stehen geblieben war."

Sie lächelte ein wenig. „Ichbezogen. Und ‚verdammt' haben Sie auch gesagt, glaube ich."

„Danke." Er holte tief Luft und starrte zu Boden. „Frauen kommen manchmal auf seltsame Ideen. Mehr als eine hatte es schon darauf abgesehen, mich zu heiraten. Ich wollte Sie nur wissen lassen, wie ich dazu stehe. Ich habe es vermasselt. Ich wollte Ihnen eigentlich sagen, dass ich Ihnen gehöre, solange Sie nicht auf Heirat oder unsterbliche Liebe aus sind."

„Aus reiner Neugier", warf Kat ein, „würde es mich schon interessieren, wie Sie darauf kommen, dass ich überhaupt was von Ihnen will."

Er zuckte die Achseln und wirkte betreten. „Sie hatten recht, was mein Ego angeht. Ich habe wohl einfach gedacht, dass Sie meinem unwiderstehlichen Charme verfallen wären." Er lachte auf. „Ich habe nicht angenommen, dass Sie sich auf den ersten Blick hoffnungslos in mich verliebt hätten. Ich dachte nur ... Ach, verdammt. Ich habe mich geirrt, okay? Ich kann es nicht rückgängig machen, aber wenn ich es irgendwie wiedergutmachen kann, will ich es versuchen."

Er hob den Kopf und blickte sie an. Sie suchte nach einem Anzeichen, das ihr verriet, ob es sich nur um einen Trick, um einen Scherz handelte. Doch sie fand nur tiefe Aufrichtigkeit.

Ihr Herz, das ihr seit zwei Wochen schwer war, schlug höher. Ihr Zorn verrauchte. Sie glaubte ihm, dass er es wirklich ernst meinte. „Ich würde sagen, das haben Sie soeben getan."

Sein Lächeln wirkte strahlend und atemberaubend. „Ist das Ihr Ernst?"

Sie lächelte vorsichtig zurück. „Sicher. Warum nicht? Ich konnte noch nie nachtragend sein."

J.D. verspürte unendliche Erleichterung. Er reichte ihr die Hand. „Freunde?"

Sie zögerte.

War Freundschaft zu viel verlangt, oder zögerte sie, weil auch sie sich an die Elektrizität erinnerte, die ihr letzter Händedruck ausgelöst hatte? Er wünschte, er hätte früher daran gedacht. Aber vielleicht hatten sie Glück und es geschah nicht wieder.

„Freunde." Sie nahm seine Hand.

Es geschah doch wieder. J.D. schüttelte ihre Hand flüchtig und ließ sie hastig los. Er versuchte zu ignorieren, dass ihm der Atem stockte, dass sie erschrocken die Augen aufriss.

„Tja, das wurde auch höchste Zeit."

J.D. und Kat zuckten zusammen und drehten sich zu Gwen um.

„Habt ihr beide euch endlich ausgesöhnt?"

„Halt dich da gefälligst raus", verlangten J.D. und Kat gleichzeitig.

Das Einzige, was sich in den folgenden Tagen zwischen Kat und J.D. änderte, war die Art der Begrüßung, wenn sie sich in der Stadt begegneten. Anstatt sich zu ignorieren, lächelten und nickten sie sich zu, und wenn sie Zeit hatten, plauderten sie ein paar Minuten über belanglose Dinge.

Doch je mehr sie ihn sah, je mehr sie mit ihm sprach und über ihn erfuhr, um so stärker wurde ihre Gewissheit, dass ihr Instinkt sie nicht getrogen hatte. Er war der Mann, mit dem sie den Rest ihres Lebens verbringen wollte.

Seit er sich entschuldigt hatte, behandelte er sie mit derselben Freundlichkeit wie jeden anderen. Doch sie wollte nicht nur sein Kumpel sein. Sie fragte sich, wie lange es dauern mochte, bis das Interesse wieder in seinen Augen aufleuchtete, wie lange er sich mit Freundschaft zufriedengeben mochte, wie lange sie sich damit begnügen konnte.

Doch diesmal wollte sie vorsichtig und zurückhaltend sein, um ihn nicht wieder zu verschrecken. Diesmal wollte sie abwarten und ihn den ersten Schritt unternehmen lassen. Sofern er es wollte.

Zwei Tage später tat er es. Kat hatte sich gerade eine Portion Hähnchenflügel im „Last Chance" bestellt und nippte an einem Glas Eistee, als J.D. eintrat. Es war erst fünf Uhr nachmittags, und die meisten Tische waren unbesetzt.

Als er sie erblickte, lächelte er und trat zu ihr. „Hast du was dagegen, dass ich mich zu dir setze?"

Ihr Puls raste plötzlich. „Natürlich nicht."

Kaum hatte er Platz genommen, als die Kellnerin mit einem Glas Wasser und der Speisekarte kam.

„Danke, Cheryl, aber ich esse nichts. Ich möchte nur ein Glas Eistee."

„Bist du sicher? In der Küche liegt ein dickes, saftiges Steak mit deinem Namen drauf."

Er lächelte sie an. „Danke, Honey, aber Sandy macht heute Frikadellen. Du willst doch nicht, dass ich ihre Gefühle verletzte, oder?"

„Wer so hart arbeitet wie du, kann ein Steak verdrücken und trotzdem noch Sandys Frikadellen Genüge tun."

„Ich nicht." J.D. klopfte sich auf den Bauch. „Ich achte auf meine Figur."

Cheryl zwinkerte ihm zu. „Ich auch, Darling, und mir gefällt sie."

Kat fiel es schwer, die Augen nicht zu verdrehen. Je mehr sie mit J.D. zu tun hatte, um so bewusster wurde ihr, dass mindestens die Hälfte der Frauen in der Stadt ihn umschwärmten und verwöhnten. Vielleicht hatte er aus seiner Sicht Grund, sich wegen ihrer eigenen Absichten zu sorgen.

„Mir sind deine Reifen aufgefallen, als ich reinkam", sagte er schließlich zu ihr.

Sie blinzelte verwirrt. „Was ist mit meinen Reifen? Sie sind nagelneu."

„Ja, aber der Winter kommt bald. Du brauchst Winterreifen."

„Daran habe ich gar nicht gedacht. Ich bin es nicht gewohnt, an Winterwetter zu denken. Wo bekomme ich diese Reifen?"

„Bei der Tankstelle an der Ampel. Oder in Vernal. Da hast du mehr Auswahl."

„Ich würde sie lieber hier kaufen."

Cheryl kehrte mit dem Eistee für J.D. und den Hähnchenflügeln für Kat zurück und stellte ihm das Glas hin.

„Danke, Püppchen", sagte er. „Wie geht es deinem Mann? Wann kommt der Gips ab?"

„Nächste Woche. Endlich." Sie hob die Stimme. „Ich hätte nie gedacht, dass ein Mann wegen eines gebrochenen Fußes so mürrisch sein kann."

„He, das habe ich gehört!", rief ein Mann mit Gipsverband, der in der hintersten Ecke des Lokals saß.

Kat lächelte.

J.D. grinste. „Das hast du davon, dass du einen feinen Pinkel aus der Stadt geheiratet hast. Du hättest dich an uns Einheimische halten sollen. Wir sind zäher."

„Als ob ich das nicht wüsste! Aber du warst damals schon vergeben. Und Luke auch. Was blieb mir also übrig?"

„Auch das habe ich gehört, meine liebe Frau. Aber gestern Abend, als die Kinder schliefen, hast du dich nicht beklagt."

„Gary, Darling, du weißt doch, dass es nur ein Scherz war." Cheryl zwinkerte J.D. lachend zu und wandte sich an ihren Mann. „Oh." Sie drehte sich um und stellte verlegen Kats Essen auf den Tisch.

Kat wusste nicht, ob sie lachen oder ihr die Augen auskratzen sollte. Sie brachte ein Lächeln für J.D. zustande. „Ich nehme an, ihr seid gut befreundet?"

„Eifersüchtig?"

Kat lächelte höflich und schüttelte den Kopf. „Nur neugierig. Es klingt, als würdet ihr euch gut kennen."

„Ja, sehr gut. Die meisten hier kennen sich sehr gut. Das muss schwer für jemanden sein, der gerade erst hergezogen ist."

„Nein. Zumindest nicht für mich. Ich bin nur gelegentlich ein bisschen neidisch."

Er blickte überrascht und zweifelnd drein. „Neidisch? Auf einen Haufen Kleinstadttölpel?"

„Darauf, Freunde zu haben, die man jeden Tag sieht, die man schon sein Leben lang kennt."

„In einer so großen Stadt wie Houston muss es schwer sein, über die Jahre hinweg miteinander in Kontakt zu bleiben." Er lächelte. „Hier dagegen besteht das Problem darin, einander zu meiden."

„Erzähl mir nicht solchen Unsinn", entgegnete sie. „Ich merke doch, wie viel dir diese Stadt und die Menschen bedeuten. Du würdest Rangely für nichts auf der Welt verlassen."

Seine Miene wurde ernst. „Da hast du recht, Kat. Für nichts und niemanden."

Der traurige Unterton in seiner Stimme rührte sie. Doch bevor sie nachhaken konnte, kamen drei Männer herein und begrüßten ihn. Er stellte sie ihr vor, doch sie achtete nicht darauf und vergaß sogleich, um wen es sich handelte.

„Jedenfalls haben mich deine Reifen an den Winter erinnert, wobei mir wieder einfiel, dass ich dir immer noch einen Ausritt schulde. Wenn du noch interessiert bist, solltest du bald vorbeikommen. Es sei denn, du willst im Schnee reiten."

Kat genoss den Ausritt. Alles war wundervoll, von der Landschaft über die kühle Herbstluft bis hin zur Gesellschaft der gesamten Ryan-Familie. Sogar Luke hatte sich einen Tag vom Krankenhaus freinehmen und mitkommen können.

J.D. wusste, dass Kat Spaß an dem gemeinsamen Ausritt hatte, ebenso wie er. Er mochte ihre Gesellschaft, ihr Lachen, sogar ihre albernen Ohrenwärmer. Und ganz gewiss gefiel ihm, wie sie im Sattel saß. Ihre hautengen Jeans sahen aus wie aufgemalt. Doch er zügelte seine körperliche Reaktion und war fest entschlossen, sich an die vereinbarte Freundschaft zu halten. Mehr wollte er nicht von ihr. Alles andere wäre töricht gewesen.

Mitte der folgenden Woche fuhr er bei ihr vorbei, um den tropfenden Wasserhahn zu reparieren, den sie erwähnt hatte. Am Samstag danach half sie ihm, ein Geburtstagsgeschenk für Sandy zu kaufen. Danach fuhren sie zur Tankstelle, und er half ihr, Winterreifen auszusuchen.

Während all dieser freundschaftlichen Unternehmungen wartete J.D. auf jenes begierige Funkeln in ihren Augen, das ihm anfangs bei ihr aufgefallen war. Es kam nicht. Er wartete darauf, dass sie ihn anrief und zu sich einlud. Sie tat es nicht. Er wartete auf irgendein Zeichen, dass sie mehr als Freundschaft von ihm wollte. Es kam nicht. Und das verwirrte ihn. Hatte er jene Blicke, die sie ihm zu Beginn ihrer Bekanntschaft geschenkt hatte, womöglich falsch gedeutet?

„Was geht eigentlich zwischen dir und der Lehrerin vor?", erkundigte sich Zach eines Abends, als die Kinder im Bett waren.

J.D. versteifte sich. „Wie meinst du das?"

„Du scheinst zu vergessen, dass sie die hübscheste Frau in der Stadt ist. Du behandelst sie wie einen Kumpel."

„Ich behandle sie wie eine Freundin."

Zach grinste. „Sie benimmt sich aber überhaupt nicht wie die anderen Freundinnen, die du hattest."

„Was soll das denn heißen?"

„Keine abendlichen Anrufe, um dich zu bitten, ihr mit irgendwas zu helfen. Nicht mehr als ein freundliches Winken, wenn ich ihr in der Stadt begegne …"

„Du machst mir Vorwürfe, weil sie dich nicht genug beachtet?"

Zachs Grinsen wurde breiter. „Sehr empfindlich, wie? Was ich eigentlich wissen will, ist, warum sie uns noch keinen Kuchen gebacken hat. Bist du nicht nett genug zu ihr?"

J.D.s Ohren erglühten. „Du fängst doch wohl nicht wieder davon an, oder?"

„Mary Jean hat uns mindestens einmal pro Woche Kekse gebacken, bis du es vermasselt hast und sie Tom Soundso aus Vernal geheiratet hat."

„Mary Jean und ich waren nur Freunde."

„Und Buds Schwester – wie heißt sie doch gleich? Susan? Sie hat uns immer diesen Fondant gemacht, der im Munde zerging. Warum hast du mit ihr Schluss gemacht?"

„Dad, ich bitte dich!", rief J.D. warnend.

„Zuerst dachte ich, dass du Kat vielleicht nicht magst. Aber ich habe gesehen, wie du sie anschaust. Du magst sie durchaus. Aber du scheinst bei ihr nicht weiterzukommen. Allmählich frage ich mich, ob du dein Geschick im Umgang mit Frauen verloren hast."

Unter keinen Umständen wollte J. D. eingestehen, dass er sich inzwischen dasselbe fragte. Er runzelte die Stirn. „Bei Kat ist es nicht so."

„Warum denn nicht? Was ist an ihr auszusetzen?"

„Nichts. Aber wenn du Kekse und Fondant willst, dann such dir selbst eine Frau. Ich brauche keine Frau in meinem Leben."

„Du bist wirklich sehr empfindlich. Und starrköpfig. Oder ist es Dummheit? Ich glaube, eine Frau ist genau das, was du in deinem Leben brauchst. Und ich meine nicht eine gute Freundin. Ich meine eine richtige Frau – im wahrsten Sinne des Wortes. Eine Frau wie Kat Comstock."

J.D. lief es kalt und heiß den Rücken hinunter. So ungestüm, dass es selbst ihn überraschte, sprang er auf. „Gute Nacht, Dad."

6. Kapitel

J.D. wollte sich nicht eingestehen, dass er eine Frau in seinem Leben brauchte. Er brauchte keine. Aber er konnte nicht leugnen, dass er Kat wollte. Das Verlangen nach ihr schien sein Urteilsvermögen zu beeinträchtigen. Warum sonst zog er ernsthaft in Erwägung, sie um ein Rendezvous zu bitten?

Die Gelegenheit dazu ergab sich am Samstagnachmittag, als er ihren Wagen vor dem „Chism's" stehen sah. Und plötzlich verspürte er einen quälenden Durst, der unbedingt gestillt werden musste.

Er parkte neben der schwarzen Trans Am und trat ein. Drinnen war es ungewöhnlich still. Keine Musik ertönte. Anscheinend war die Musikbox kaputt.

„Nummer acht ins Mittelloch."

Die Stimme – Kats Stimme – zog ihn zur Trennwand in der Mitte des Raumes. Er spähte über die brusthohe Wand und fand den Grund seines Eintretens über einen der Billardtische gebeugt. Vier Finger ihrer linken Hand ruhten gespreizt auf dem grünen Stoff, während das Queue über ihrem erhobenen Daumen vor- und zurückglitt.

„Das schaffen Sie nicht", verkündete Mike hoffnungsvoll und umklammerte gespannt sein Queue.

„Das wird sich zeigen", erwiderte Kat.

Fasziniert lehnte J.D. sich an die Trennwand und stützte einen Ellbogen auf. Kat stand halb mit dem Rücken zu ihm und bot ihm Gelegenheit, sie unbemerkt zu beobachten. Den angespannten Mienen der Umstehenden nach zu urteilen, wurde er von niemandem bemerkt.

Sie trug das Haar nicht in einem Knoten, aber sie hatte es im Nacken zusammengebunden. Ihre Bluse war weiß und langärmelig und wirkte sehr feminin durch die Rüschen an den Manschetten und um den Hals. Ihr Jeansrock war so lang, dass selbst in dieser vorgebeugten Haltung nur die Kniekehlen über den hohen schwarzen Cowboystiefeln zu sehen waren.

J.D. war froh, dass sie nicht diese hautengen Jeans vom Ausritt trug. Denn sonst hätten alle drei Jungen, Butch Harris, Ronnie Hill und sein eigener Sohn Mike sie angegafft. Und er selbst hätte ein noch heftigeres Verlangen verspürt, als es ohnehin schon der Fall war.

Kat vollführte den Stoß schnell und hart. Die weiße Kugel prallte zwischen dem vollständigen Satz der gegnerischen Kugeln an die Bande und versenkte auf dem Rückweg die schwarze Kugel im Mittelloch.

„Super, Mrs. Comstock!", rief Sandy mit triumphierend funkelnden Augen.

Kat richtete sich auf und grinste die drei verzweifelten Jungen an.

Butch Harris sank auf einen Stuhl an der Wand, drapierte einen Arm um seinen Kopf und stöhnte.

Ronnie Hill, der Sohn des neuen Rektors, in den Sandy verknallt war, lehnte sich matt an den Flipperautomaten, schüttelte den Kopf und murmelte fassungslos: „Sie hat uns geschlagen."

Mike stützte sich mit gesenktem Kopf auf den Billardtisch und murrte: „Sie haben uns reingelegt."

Butch spähte unter seinem Arm hervor und erblickte J.D. „Vorsicht, da ist das Gesetz."

Mike hob den Kopf. „Dad, sie hat uns reingelegt. Verhafte sie."

Nur, wenn ich sie erst filzen darf, dachte er unwillkürlich.

„Das habe ich nicht getan", entgegnete Kat belustigt. „Ich habe euch von Anfang an gesagt, dass ich euch schlagen werde."

„Ja, aber es hat so geklungen, als würden Sie bluffen", beklagte sich Mike.

J.D. ging um die Trennwand herum. „Soll das heißen, dass du dich von einer Frau im Billard besiegen lassen hast?", hakte er mit vorgetäuschter Grimmigkeit nach.

„Nicht nur er", verkündete Sandy mit einem triumphierenden Blick zu Butch und Ronnie, so als hätte sie den Sieg errungen.

J.D. wandte sich an die beiden Jungen. „Ihr etwa auch?"

Beide nickten verlegen.

„Lasst mich das klarstellen. Die drei besten Poolspieler der Rangely High School haben sich gerade von ihrer Geschichtslehrerin schlagen lassen?"

Kat räusperte sich lautstark und verkündete mit hocherhobenem Kinn und zuckenden Mundwinkeln: „Deputy, ich versichere, dass sie mich nicht haben gewinnen lassen."

J.D. nahm bereitwillig die ihm zugedachte Rolle an. „Aber, aber, Ma'am, Sie können nicht erwarten, dass sie es zugeben. Ich meine, sie sind alle zu Gentlemen erzogen worden, und ein Gentleman widerspricht niemals einer Lady."

Kat schürzte die Lippen. „Das werde ich mir merken. Aber in diesem Fall stand genug auf dem Spiel, sodass ihnen wirklich daran gelegen war, mich zu besiegen."

„Auf dem Spiel? Soll das heißen, dass Wetten abgeschlossen wurden? Ich bin sehr enttäuscht, Ma'am, dass Sie diese unschuldigen Jungen in den Ruin führen, indem Sie sie zum Glücksspiel ermutigen."

„Das stimmt, Dad. Sie hat uns zum Glücksspiel ermutigt. Das ist Anstiftung von Minderjährigen zu einer Straftat. Jetzt musst du sie verhaften."

J.D. blickte seinen Sohn streng an. „Wie viel hast du verloren?"

„Etwa zehn Jahre meines Lebens", murrte Mike.

Kat lachte. „So lange dauert es nicht."

Mike blickte sie flehend an. „Wie lange kriege ich denn?"
Kat lächelte ihn an. „Zwei Wochen müssten reichen."
„Zwei Wochen wofür?", erkundige sich J.D.
Mike seufzte übertrieben. „Das hat sie uns noch nicht gesagt."
„Kriegen wir alle zwei Wochen?", wollte Ronnie wissen.
„Ja. Und Deputy Ryan wird uns helfen zu entscheiden, wer was bekommt."
„Moment mal", protestierte J.D. „Ich bin nur hier, um das Gesetz zu hüten und etwas zu trinken."
„Diese drei Gentlemen sind einen mündlichen Vertrag mit mir eingegangen. Deputy, Sie sollen dafür sorgen, dass sie ihr Wort nicht brechen. Ich habe hier drei Zettel." Kat holte sie aus ihrer Rocktasche. „Auf jedem steht der Name eines bedeutenden Dokuments der amerikanischen Geschichte. Jeder dieser Gentleman muss dasjenige auswendig lernen, das er zieht, und dann vor der Klasse vortragen."

J.D. konnte sich nicht länger zurückhalten. Er warf den Kopf zurück und lachte. „Du hast ihnen Hausaufgaben aufgebrummt, und sie sind darauf reingefallen?"

Kat blickte ihn unschuldig an. „Sie haben mir versichert, dass ich unmöglich gewinnen kann."

J.D. bemühte sich um eine ernste Miene. „Also gut, Männer, tretet vor und nehmt eure Strafen in Empfang."

Kat hielt die Zettel hoch. „Wer will anfangen?"

Ronnie meldete sich. „Das wird meinem Dad gefallen", murmelte er kopfschüttelnd.

„Deputy Ryan, würden Sie bitte ziehen?"

„Gewiss, Ma'am." Er zog einen Zettel aus ihrer Hand, und seine Finger berührten ihre Handfläche. Er spürte, wie sie zurückzuckte und dachte dabei, dass sie ihm gegenüber wohl doch nicht so gleichgültig war, wie sie vorgab. Er entfaltete das Papier und las: „Die Unabhängigkeitserklärung."

Ronnie stöhnte. „Das ganze Ding?"

Kat zog eine Augenbraue hoch. „Was meinst du wohl, in welchem Zustand dieses Land heute wäre, wenn der Kongress ebenso reagiert hätte, als ihm die Erklärung präsentiert wurde?"

Ronnie zog eine Grimasse. „Okay, okay. Wo finde ich sie?"

„Das ist dein Problem. Vielleicht in deinem Textbuch, vielleicht auch nicht. Du kannst es ja mal in der Schulbibliothek oder in der öffentlichen Bibliothek versuchen."

J.D. hatte Mühe, ein Lachen zu unterdrücken, als er Ronnies verzweifelte Miene sah. „Okay, wer ist der Nächste?"

„Ich", verlangte Butch. „Ich habe als Zweiter gespielt. Außerdem will ich es hinter mich bringen."

J.D. griff nach einem weiteren Zettel und streifte bewusst Kats Handfläche mit den Fingerspitzen. Diesmal erschauerte sie und wandte den Blick ab. Interessant. Er entfaltete den Zettel und las vor: „Die Zusatzklauseln zu den Grundrechten. Und die Präambel zur Verfassung."

„Zwei? Ich muss zwei auswendig lernen? Das ist nicht fair."

„Im Gegenteil. Du hast Glück gehabt. Sie sind beide kurz."

„Mrs. Comstock, ich weiß nicht mal, was eine Präambel ist", murrte er.

J.D. unterdrückte erneut ein Lachen.

„Also, was muss ich jetzt auswendig lernen?", wollte Mike wissen.

Bevor J.D. nach dem letzten Zettel greifen konnte, hielt Kat ihn mit zwei Fingern hoch und ließ ihn in seine Handfläche fallen. Er hielt ihren Blick einen Moment lang gefangen und entfaltete dann das Papier. „Patrick Henrys Rede auf dem Konvent von Virginia am dreiundzwanzigsten März 1775." J.D. kratzte sich am Kinn. „Ist das die Rede mit ‚Gib mir Freiheit oder gib mir den Tod'?"

„Genau die."

„Großartig", meinte Mike. „Diese Zeile kenne ich schon."

Kat grinste. „Prima. Dann brauchst du nur noch die zwei Seiten davor auswendig zu lernen. Und du musst sie so aufsagen, als ob es dir ernst wäre."

„Wie meinen Sie das?"

„Es ist eine sehr gefühlvolle, leidenschaftliche Rede, die den Lauf der Geschichte verändert hat. Ich will das Feuer und die Leidenschaft in deiner Stimme hören, wenn du sie vorträgst."

J.D. unterdrückte einen Schauer. An Feuer und Leidenschaft in einem Atemzug mit Kat zu denken war äußerst gefährlich.

Sandy kicherte.

Mike stöhnte. „Du hast gut lachen. Du hast uns angestachelt. Eigentlich müsstest du uns beim Lernen helfen."

Mit einem seltsamen Leuchten in den Augen blickte Sandy von Mike zu Ronnie. „Okay, ich helfe euch."

„Mensch, ist das peinlich", murrte Mike.

„Das kannst du laut sagen", pflichtete Butch ihm bei.

Kat lachte. „Ihr werdet es überleben."

„Außerdem habt ihr nichts anderes verdient", meinte J.D. „Dafür, dass ihr gegen eure Lehrerin spielt und verliert."

Kat richtete sich auf. „Du glaubst, dass du mich schlagen kannst?"

„Ja, Dad, du bist der Beste. Du schaffst es."

„Ja", meinte Butch. „Und falls er gewinnt ..."

„Was heißt hier falls?", protestierte J.D.

„Okay. Und wenn Sie gewinnen, brauchen wir die Hausarbeiten nicht zu machen."

„Falsch. Mir gefällt die Idee, dass ihr Spaßvögel die nächsten zwei Wochen eure Nasen in Bücher stecken müsst. Das könnte euch guttun."

„Also, um was wollt ihr wetten?", fragte Sandy.

Mit einem Lächeln entgegnete J.D. „Ach, ich glaube, die Lehrerin und ich haben schon genug Wetten laufen."

Sie blickte ihn erstaunt an.

„Dachtest du, ich hätte es vergessen?"
Sie musterte ihr Queue. „Vielleicht."
Er hätte ihr sagen können, dass er nicht ein einziges ihrer Worte vergessen hatte, aber er wollte sie nicht zu sehr in Verlegenheit bringen. „Ich bin auf einen Drink hergekommen. Wenn ich gewinne, zahlst du. Okay?"
„He!", rief Hazel von der Theke her. „Sie hat die Jungs eine Stunde lang davon abgehalten, Geld auszugeben. Irgend jemand muss mehr als einen Drink bezahlen. Sonst gehe ich pleite."
Kat blickte J.D. an. „Eine ganze Runde?"
Er nickte. „Okay. Bau auf."
„Nein, Dad, lass sie nicht anfangen!", rief Mike. „Dann kommst du nie dran."
„Ist sie so gut?"
„Immerhin hat sie uns alle geschlagen."
„Ja, aber jetzt spielt sie gegen einen Mann."
Kat und Sandy blickten sich bedeutungsvoll an und höhnten. „Oho!"
Kat kreidete die Spitze ihres Queues und schlug vor: „Ich habe den Anstoß, und wenn du nicht drankommst, spielen wir drei Partien und wechseln uns ab."
„Wie du meinst."
„Danke." Sie lächelte. Sie stieß an.
Er erhielt einen guten Blick auf ihren Po, während sie spielte, aber er bemühte sich, es zu ignorieren. Der Zeitpunkt war unangemessen. Das Publikum war unangemessen. Er sollte den jungen Leuten mit gutem Beispiel vorangehen, statt sich dabei ertappen zu lassen, wie er ihre Geschichtslehrerin begaffte.
Was das Spiel anging, so kam er gar nicht zum Zug. Sandy jubelte, Kat wirkte trotz aller Bemühungen zum Gegenteil selbstgefällig, und die Jungen stöhnten niedergeschlagen.
J.D. legte das Dreieck auf den Tisch und holte die Kugeln aus

dem Fach.

„Streng dich an, Dad", sagte Mike. „Die Männer von Rangely zählen auf dich."

„Und die Frauen zählen auf Sie, Mrs. Comstock", warf Sandy ein.

J.D. blickte Kat an. „Ich weiß gar nicht, wie es sich zu einem Kampf der Geschlechter entwickelt hat."

„Ich auch nicht", meinte Kat. „Aber irgendwie bezweifle ich, dass deine Männlichkeit vom Ergebnis unserer Spiele abhängt."

„Da hast du natürlich recht." Er stieß an.

Diesmal kam Kat nicht zum Zuge.

Nachdem die Jungen J.D.s Sieg gehörig bejubelt hatten, meinte Ronnie finster: „Verdammt, sie könnten die ganze Nacht so weitermachen."

„Aber sie tun es nicht", entgegnete Sandy. „Sie haben sich auf drei Spiele geeinigt."

„Aber sie hat ihn ausgetrickst. Der, der Anstoß hat, gewinnt, und sie hat zweimal Anstoß."

„Fühlst du dich ausgetrickst?", wollte Kat von J.D. wissen.

Ihr Blick sagte ihm, dass es ihr um etwas anderes als das Spiel ging. Sein Puls beschleunigte sich. „Glaubst du, dass ich mich von dir austricksen lasse?"

Sie lächelte nur als Antwort, während sie die Kugeln für das letzte Spiel aufbaute. Sie stieß an, und J.D. kam nicht zum Zuge.

Nach dem unvermeidlichen Jubel und Gestöhne setzten sich alle an einen Tisch und tranken eine Runde Limonade auf J.D.s Kosten. Dann entschieden die Kinder, dass es an der Zeit war, durch die Stadt zu ziehen und zu schauen, wer sonst noch unterwegs war.

„Hauptsache, ihr fahrt vorsichtig", warnte J.D.

„Ja, Sir." Lachend und plaudernd stiegen sie in Butchs klapprigen Monte Carlo und fuhren davon.

Die plötzliche Stille, die nur von Hazels Stimme am Ausgabefenster durchbrochen wurde, wirkte überraschend. „Ich glaube, ich erlebe dieses Lokal zum ersten Mal ohne brüllende Musikbox", bemerkte J.D.

Kat lachte. „Der Lärm hat die Konzentrationsfähigkeit der Jungen beeinträchtigt. Sie haben den Stecker rausgezogen."

„Das war ziemlich hinterhältig von dir, um diese Hausaufgaben zu spielen."

Sie grinste ihn an. „Ja. Vor allem, da ich am Montag dieselben Aufgaben an alle anderen Schüler verteilen werde."

J.D. lachte lauthals. „Du bist eine bemerkenswerte Frau, Kat Comstock."

Leise und sanft hakte sie nach: „Weißt du schon, in welcher Hinsicht?"

Ihr Unterton ließ ihn aufhorchen. Er musterte sie aufmerksam. Sie forderte ihn offensichtlich auf, den nächsten Schritt zu unternehmen, und er hatte nicht die Absicht, sich zu weigern. „Zum Beispiel, weil du selbst feurig und leidenschaftlich wirkst, wenn du über Feuer und Leidenschaft sprichst."

Sie begegnete seinem Blick. „Stört dich das?"

Er lehnte sich zurück. „Nur, wenn es um Poolbillard geht."

„Du hast mich in eine verzweifelte Lage gebracht. Nachdem ich mein Mittagessen bezahlt hatte, waren nur noch zwei Dollar übrig. Ich konnte es mir nicht leisten, eine Runde zu verlieren."

J.D. lachte. „Ich kann mich nicht erinnern, wann ich zuletzt so viel gelacht habe wie heute. Du tust mir gut."

„Wozu sind Freunde sonst da?"

„Freunde sind dazu da, um mit einem am Samstagabend zusammen ins Kino zu gehen."

Er macht es absichtlich, entschied Kat, während sie sich für den Kinobesuch umzog. Er wechselte ständig die Richtung, gab im einen Augenblick zweideutige Bemerkungen von sich und behandelte sie im nächsten wie einen Kumpel. Er steckte voller

Überraschungen. Doch es störte sie nicht. Im Gegenteil. Es faszinierte sie, wie er subtil die Regeln ihrer Beziehung veränderte.

Er hatte ihr Freundschaft vorgeschlagen, aber an diesem Nachmittag im „Chism's" mehrere Male die Grenze überschritten, die er selbst gezogen hatte.

J.D. überraschte sie erneut, als er sie in einem silberfarbenen Lincoln abholte. Sie hatte geglaubt, dass er nichts anderes als einen Pick-up fuhr. Er trug Jeans, ein gestärktes Hemd und auf Hochglanz polierte Stiefel.

Er musterte sie ausgiebig von Kopf bis Fuß und lächelte sie so vertraulich und verführerisch an, dass sie ein Dinner bei Kerzenschein erwartete, gefolgt von einem erotischen Film. Stattdessen bot er ihr Pizza und Arnold Schwarzenegger.

Doch diesmal überraschte sie ihn, indem sie den turbulenten Actionfilm gründlich genoss. Sie fragte sich, ob er sie bewusst aus dem Gleichgewicht bringen wollte, und wenn ja, warum. Doch so oder so störte es sie nicht. Was immer er beabsichtigte, es gefiel ihr. Nur bei ihm zu sein, ihn besser kennenzulernen, sich näherzukommen, das allein wirkte schon berauschend.

Während der Rückfahrt lehnte sie den Kopf an die weiche Lederstütze und musterte sein Profil im Schein der Armaturenbrettbeleuchtung. Sie betrachtete seine markanten Züge und fragte sich, ob sie sich möglicherweise in ihn verliebt hatte.

„Du bist furchtbar still", bemerkte er. „Willst du mir deine Gedanken nicht verraten?"

„Ich habe gerade gedacht, wie aufregend ich Schwarzeneggers Filme finde."

Er sagte nichts und lächelte nur.

Eine halbe Stunde später hielt J.D. vor ihrem Haus und stieg aus. Während er sie die Stufen zur Veranda hinaufbegleitete, fragte sie sich ernsthaft, ob er sie küssen würde und ob sie es zulassen sollte.

An der Haustür legte er ihr eine Hand auf die Schulter und

drehte sie zu sich herum. „Danke, dass du mit mir ausgegangen bist." Seine Stimme klang tief und rau und sandte einen heißen Schauer über ihren Rücken. „Es hat mir sehr viel Spaß gemacht."

„Das freut mich." Ihr Mund war plötzlich so trocken, dass sie schlucken musste. „Mir auch." Warum hatte sie die Verandabeleuchtung nicht eingeschaltet? Im schwachen Schein der Straßenlaterne an der Ecke konnte sie sein Gesicht kaum erkennen.

„Geben Freunde sich einen Gute-Nacht-Kuss?"

Ihre Knie zitterten. „Was ist mit unserer Wette?" Ihre Stimme klang atemlos.

„Da ich diese Frage gestellt habe und nicht du, kannst du nicht die erste Wette meinen." Er näherte sich ihr, bis sie seine Körperwärme spürte. „Du musst also die zweite meinen." Er senkte den Kopf, bis sie seinen Atem im Gesicht spürte. „Was ist los, Kat?", flüsterte er dicht an ihren Lippen. „Hast du Probleme, meinem sogenannten Charme, wie du es genannt hast, zu widerstehen?"

Sie schluckte schwer und versuchte zurückzuweichen.

Er schloss die Arme um sie und zog sie an seine Brust. „Keine Sorge", murmelte er. „Dieser Kuss kostet dich keine zehn Dollar, wenn du ihn nicht erwiderst."

Kat schluckte erneut. „J.D. ..."

„Sei still." Sanft, federleicht, strich er mit den Lippen über ihre. „Du brauchst nichts zu tun. Überlass es einfach mir." Er drückte sie fester an sich und bedeckte ihren Mund mit seinem.

Die Berührung seiner geöffneten Lippen, sein Geschmack, seine Wärme raubten ihr förmlich den Atem. Sie schloss die Augen und klammerte sich an seine Wildlederjacke. Plötzlich befürchtete sie, die Beherrschung zu verlieren, sich selbst zu verlieren.

Er schloss die Arme fester um sie und vertiefte den Kuss. Sie durfte ihn nicht gewähren lassen. Sie ließ seine Jacke los und legte die Hände auf seine Brust, um ihn von sich zu schieben. Seine Zunge streichelte ihre, und sie umklammerte aufstöhnend seinen

Jackenaufschlag.

Und dann entfernte er seinen wundervollen, heißen, feuchten Mund.

Kat rang nach Atem. Brennend kalte Nachtluft drang ihr in den Mund und in die Lungen.

„Gute Nacht", sagte er sanft.

Ihre Welt war aus den Angeln geraten, und er wünschte ihr einfach eine gute Nacht?

Er löste die Arme von ihrer Taille und trat zurück. „Wir sehen uns."

Als er sich abwandte und die Stufen hinabging, fiel der Schein der Straßenlaterne auf ihn. Das großspurige Grinsen auf seinem Gesicht erweckte Unsicherheit und Ärger in ihr. „Du spielst nicht fair, J.D."

Er blieb auf der letzten Stufe stehen und drehte sich zu ihr um. „Wer sagt denn, dass ich spiele?"

7. Kapitel

Die Glocke ertönte und beendete die letzte Schulstunde am Freitagnachmittag. Kat hielt sich mühsam auf ihrem Stuhl aufrecht, während die Schüler ihre Ranzen schnappten und aus dem Klassenzimmer strömten.

„Kommen Sie heute Abend zum Footballspiel, Mrs. Comstock?", erkundigte sich Freddy Carter, der zum ersten Mal in dieser Saison aufgestellt worden war.

Die Besorgnis in seinem Blick erinnerte sie an den Druck, den sein Vater angeblich auf ihn ausübte. „Ich hoffe es. Aber für den Fall, dass ich es nicht schaffe, wünsche ich dir jetzt schon viel Glück. Du machst deine Sache bestimmt gut, Freddy."

Er nickte zweifelnd und ging hinaus.

Sie hoffte, dass er gut spielte. Er wünschte sich so sehr, dass sein Vater stolz auf ihn sein konnte. Kats Ansicht nach waren Freddys schulische Leistung Grund genug, stolz auf ihn zu sein. Jack Carter jedoch hatte bei den Rangely Panthers als Quarterback geglänzt, und er legte mehr Wert darauf, dass sein Sohn sich auf dem Footballfeld statt in der Schulklasse hervortat.

Kat seufzte und versuchte zu akzeptieren, dass es immer Eltern wie Mr. Carter geben würde. Sie hatte gehört, dass J.D. ebenfalls ein Footballstar gewesen war, doch soweit sie wusste, setzte er Mike nicht unter Druck, sondern ließ ihn seine eigenen Entscheidungen treffen.

Ihre Gedanken verweilten bei J.D. Als jener Instinkt ihr gesagt hatte, dass er der Mann ihres Lebens war, hatte sie nicht erkannt, was das im Einzelnen bedeutete. Und sie war sich nicht sicher, ob sie es inzwischen wusste.

Hatte sie erwartet, dass J.D. dasselbe lauwarme Interesse an ihr zeigte wie Bill? Hatte sie geglaubt, ihn mit ebenso lauwarmen Gefühlen abspeisen zu können?

Wenn ja, dann lernte sie sehr schnell, wie sehr sie sich geirrt hatte, wie naiv sie gewesen war. J.D. Ryan hatte absolut nichts Lauwarmes an sich. Nicht an seiner Art, sie aus dem Gleichgewicht zu bringen, nicht an der Glut in seinen Augen, dem Feuer in seinem Kuss, der Stärke seiner Arme. Und ihre Reaktion auf ihn war ebenfalls alles andere als lauwarm.

Ein Kuss, ein schlichter oder doch nicht ganz so schlichter Kuss, und sie war ein nervliches Wrack.

Oder vielleicht war es gar nicht der Kuss, der sie veranlasste, bei unerwarteten Geräuschen zusammenzuzucken, Dinge fallen zu lassen, das Essen anbrennen zu lassen. Vielleicht beruhten all diese Dinge nicht auf diesem überwältigenden Kuss auf ihrer Veranda, sondern vielmehr auf der Unsicherheit, wann oder ob der nächste Kuss folgen würde.

Gelegenheit dazu bestand reichlich. Anfang der Woche hatte J. D. sie zu T-Bone-Steak am Donnerstag, Spaghetti am Freitag und zum Dinner mit anschließendem Tanz am Samstag eingeladen.

Sie hatte sämtliche Einladungen angenommen. Während des gesamten Essens am vergangenen Abend hatte sie sich Gedanken um einen möglichen weiteren Gute-Nacht-Kuss vor ihrer Haustür gemacht. Das Wissen, wie gründlich er ihre Abwehr schwächen konnte, hatte Unbehagen hervorgerufen. Doch J.D. hatte sich mit einem harmlosen Küsschen auf die Wange verabschiedet.

Hatte er ihre Ängstlichkeit gespürt und beschlossen, sich zurückzuhalten? Oder spielte er mit ihr wie mit einem Fisch an der Angel?

Kat hatte eingewilligt, sich direkt im Restaurant mit ihm zu treffen, um Zeit zu sparen. Denn sie wusste, dass er zum Footballspiel gehen wollte. Ursprünglich hatte auch sie sich das vorgenommen, aber inzwischen hielt sie es für besser, ein wenig Distanz zwischen ihnen zu schaffen. Da sie innerhalb einer Woche bereits vier Einladungen angenommen hatte, wollte sie nicht den Eindruck erwecken, dass sie nach seiner Pfeife tanzte.

„Wie sind die Spaghetti?"

„Ausgezeichnet", erwiderte Kat zerstreut. Sie sagte sich immer wieder, dass sie es nicht anders wollte. Sie legte Wert auf J.D.s ungeteilte Aufmerksamkeit, doch irgendwie entwickelten sich die Dinge anders, als sie es sich vorgestellt hatte. Sein Blick versprach heiße, köstliche Dinge. Beängstigende Dinge. Die Atmosphäre zwischen ihnen knisterte förmlich vor ... vor Aufregung. Zwiespältigkeit. Spannung. Und einem sexuellen Hunger, der ihr jedesmal, wenn sie seinem Blick begegnete, den Atem raubte.

Am vergangenen Abend hatte er sie wie einen Kumpel behandelt. Nun verhielt er sich wie ein Charmeur gegenüber einer reizvollen Frau.

Wie sollte sie ihr Gleichgewicht und ihre Beherrschung und vor allem ihre Vernunft wahren, wenn er ständig so schnell die Richtung wechselte?

„Du bist ja so still", bemerkte J.D. „Stimmt was nicht?"

Kat tupfte sich die Lippen mit der Serviette ab und beschloss, einen direkten Vorstoß zu wagen. „Was ist eigentlich los?"

Er stützte beide Arme auf die Tischkante. Es zuckte um seine Mundwinkel. „Was meinst du damit?"

„Das weißt du ganz genau. Ich weiß nie, was ich von dir erwarten soll. Du änderst ständig die Regeln."

Er senkte den Blick zu ihren Lippen, ließ sie prickeln, so als hätte er sie berührt. „Was für Regeln denn?"

Mit gesenkter Stimme und einem Anflug von Verzweiflung entgegnete sie: „Du weißt verdammt gut, was für Regeln ich meine."

Er blickte ihr in die Augen und zurück zu ihrem Mund. „Vielleicht solltest du mich lieber daran erinnern."

„Vielleicht, aber nicht hier in der Öffentlichkeit."

Er lehnte sich auf dem Stuhl zurück und schenkte ihr ein Lächeln, das ihre Knie weich werden ließ. „Du hast recht. Wir reden auf dem Weg zum Spiel darüber."

Kat mied seinen Blick, legte die Gabel beiseite und leerte ihr Glas Eistee. „Ich gehe nicht zum Spiel." Nicht mit ihm. Nicht angesichts seiner Stimmung. Sie hatte nicht den Mut dazu.

„Warum denn nicht? Ich habe dich zwar nicht gefragt, aber ich dachte, dass wir zusammen hinfahren. Dann vergeht die lange Fahrt nach Basalt schneller."

Kat war nicht bereit, so viel Zeit mit ihm allein zu verbringen. Sie brauchte Zeit, um nachzudenken.

„Danke, aber ich muss diesmal passen", sagte sie sanft. Sie warf ihm einen verstohlenen Blick zu und erkannte einen Anflug von Enttäuschung in seinen Augen. Bedeutete es, dass er ihre Gesellschaft genoss? Oder tat es ihm nur leid, dass er keine Gelegenheit bekam, sie zu reizen?

Sie hatte sich nie zuvor so verwirrt, so unsicher gefühlt. Und dieses Gefühl gefiel ihr ganz und gar nicht.

Entschieden nahm sie ihre Handtasche vom Stuhl. „Ich lasse dich jetzt lieber fahren. Sonst kommst du zu spät zum Spiel."

Er legte ihr eine Hand auf den Arm. Seine Berührung ließ sie erschauern.

„Gilt unsere Verabredung für morgen Abend noch?", wollte er wissen.

Reichte ein Tag, um ihre Beherrschung zurückzugewinnen, um die Dinge in die richtige Perspektive zu rücken?

Ja, entschied sie. Außerdem wollte sie mit ihm ausgehen. Sie wollte sehen, wie weit er gehen würde. Sie brauchte nur etwas Zeit, um sich darauf vorzubereiten. Um ihn vielleicht zur Abwechslung aus dem Gleichgewicht zu bringen. Und sie konnte gleich damit anfangen.

Sie schenkte ihm ein liebliches, vielversprechendes Lächeln. „Morgen Abend? Ich freue mich darauf."

Als J.D. am Samstagabend eintraf, war Kat auf eine direkte Konfrontation mit ihm vorbereitet. Nach einem duftenden Schaumbad war sie in ein pinkfarbenes Sweater-Kleid geschlüpft, das ihren Körper wie eine zweite Haut umschmiegte und kurz oberhalb der Knie endete. Die dazu passenden Lederpumps mit den sehr hohen Absätzen würden bewirken, dass sich zur Abwechslung sein Kinn und nicht sein Hals in ihrer Blickhöhe befand.

Sie hatte sich etwas stärker geschminkt als gewöhnlich, und nach einem Hauch Parfum war sie bereit.

Zumindest glaubte sie es. Doch als sie J.D. die Tür öffnete, musste sie feststellen, dass sie nicht auf seinen Anblick vorbereitet war.

J.D. in Uniform ließ die meisten Männer im Smoking verblassen. J.D. in alten Jeans und Flanellhemd wirkte beinahe unwiderstehlich. Doch J.D. in Western-Ausgehkleidung ließ das Herz einer Frau stillstehen. Von dem schwarzen Cowboyhut bis hinab zu den schwarzen Stiefeln, die handgearbeitet aussahen, wirkte er einfach umwerfend.

Unter einer schwarzen Wildlederjacke trug er ein weißes, gestärktes Hemd mit Perlmutt-Druckknöpfen. Der steife Kragen wurde geziert von einem dünnen Samtband mit silbernen Enden und einer Spange in Form eines heulenden Coyoten. Seine Jeans waren neuer und enger als diejenigen, die er gewöhnlich trug. Sie umschmiegten seine Schenkel und …

Mit glühenden Wangen löste Kat den Blick von seinem Hosenbund. Wie sollte sie halbwegs intelligent wirken, wenn ihr der bestaussehende, umwerfendste, männlichste Mann gegenüberstand, den sie je gesehen hatte?

Andererseits wollte sie an diesem Abend nicht unbedingt intelligent, sondern vielmehr sexy wirken. Und nach seinem glühenden Blick zu urteilen, hatte sie ihr Ziel erreicht.

„Mein lieber Mann, du siehst fantastisch aus", murmelte er.

Und er sprach nicht von ihrem Gesicht oder ihren Haaren, die sie offen trug, weil sie wusste, dass es ihm so gefiel. Er hatte sie von den Füßen aufwärts betrachtet und den Blick dann auf ihre Brüste geheftet.

Sie konnte sich nicht beklagen. Schließlich trug sie dieses Kleid, weil es ihre Hüften umschmiegte und ihre Brüste betonte. Sie hatte durchaus beabsichtigt, eine andere als eine kumpelhafte Reaktion bei ihm auszulösen. Doch es klappte ein bisschen besser als erwartet.

Sein Blick war so eindringlich, dass sie ihn wie eine Berührung spürte. Ihr Puls flatterte. Voller Verlegenheit wurde ihr bewusst, dass sich ihre Brustknospen aufrichteten und verhärteten. Und sie war sicher, dass es durch den hauchdünnen BH aus Satin und das eng anliegende Strickgewebe deutlich zu sehen war.

Dann plötzlich, so als wäre ihm bewusst geworden, dass er wieder gaffte, hob er den Blick zu ihrem Gesicht. „Hi." Er lächelte verwegen. „Bist du bereit zu gehen?"

Kat schluckte. „Ich muss nur meinen Mantel holen."

Sie wandte sich ab und nahm den imitierten Pelz von der Sofalehne. J.D. half ihr hinein, und dann legte er ihr die Hände auf die Schultern und drückte sie sanft.

Wie konnte sie sich durch eine derart harmlose Berührung beschützt und bedroht zugleich fühlen?

Er ließ die Hände zu ihrem Nacken hinaufgleiten und hob ihr Haar unter dem Mantel hervor. Sie schloss die Augen und genoss die Berührung seiner Finger. Ihre Kopfhaut prickelte, aber es war nicht unangenehm, sondern himmlisch.

Dann waren seine Hände verschwunden, und ebenso die

Wärme, die sie im Rücken gespürt hatte. Sie drehte sich um und sah, dass er ihr die Handtasche reichte.

Kein Mann auf Erden dürfte so wahnsinnig sexy und männlich mit einer pinkfarbenen Tasche in der Hand aussehen, dachte Kat.

Da allein sein Anblick ihr die Fassung raubte, schaute sie während der einstündigen Fahrt zum Restaurant „Sleepy Cat" überwiegend aus dem Fenster. Die untergehende Sonne tauchte die Hügel in einen sanften Schein. Die Pappeln am Flussufer waren beinahe kahl, und das Gras leuchtete golden im Abendlicht.

„Du siehst aus, als läge dir etwas auf der Seele", bemerkte J.D. nach längerem Schweigen.

Das war ihre Chance. Am vergangenen Abend war er ihren Fragen ausgewichen. Nun bot er ihr einen perfekten Einstieg. Doch als sie den Mund öffnete, kam heraus: „Wie viel Schnee werden wir wohl diesen Winter bekommen?"

Er warf ihr einen erstaunten Seitenblick zu. „Willst du wirklich darüber reden?"

Sie holte tief Luft. „Nein. Ich will wissen, was anliegt. Mit uns."

„Da du wahrscheinlich nicht hören willst, dass wir zum Dinner fahren, musst du dich schon ein bisschen genauer ausdrücken."

„Also gut. Ich will wissen, warum du einmal mit mir flirtest und mich küsst und mir ein andermal wie einem Kumpel auf die Schulter klopfst."

Er kniff die Augen zusammen, sodass sich Fältchen in den Winkeln bildeten. Er warf ihr einen flüchtigen Blick zu und konzentrierte sich wieder auf die Straße. Nach längerem Schweigen entgegnete er: „Willst du die Wahrheit hören?"

„Das wäre schön."

„Die Wahrheit ist, dass ich mir nicht sicher bin."

„Du bist dir nicht sicher?"

Er zuckte die Achseln, doch es wirkte eher steif als lässig. „Du wolltest doch die Wahrheit hören."

„Das will ich immer noch. Ich fühle mich, als ob du ein Spiel veranstaltest und ich die Regeln nicht kenne. Was willst du von mir?"

J.D. seufzte tief. „Ich weiß es wirklich nicht. Manchmal glaube ich es zu wissen, aber dann ..." Er schüttelte den Kopf.

„Willst du damit sagen, dass du vielleicht mehr ... etwas anderes als Freundschaft willst?"

„Manchmal glaube ich das. Aber dann fällt mir ein, wie gute Freunde wir geworden sind, wie sehr ich deine Gesellschaft genieße, und das will ich nicht zerstören."

Ein sanftes, warmes Gefühl stieg in ihr auf. Er mochte sie. Er mochte sie wirklich. Sie wandte ihm das Gesicht zu. „Ich möchte unsere Freundschaft auch nicht ruinieren, aber ..."

„Ich habe noch nie eine Frau kennengelernt, mit der ich befreundet und darüber hinaus noch mehr sein konnte."

Dass er ebenso verwirrt zu sein schien wie sie, stärkte ihr Selbstvertrauen gewaltig. Sie lächelte. „Das mag sein, aber du hast mich ja auch bisher nicht gekannt." Als er heftig nach Atem rang, fügte sie mit einem zerknirschten Grinsen hinzu: „Oje, diese Bemerkung könnte als Annäherungsversuch aufgefasst werden."

Er lachte auf. „Möglich."

„Habe ich damit jetzt unsere Wette verloren?"

„Diejenige, dass du mir nicht nachstellen wirst?"

„Genau die."

„Ach, ich lasse es dir diesmal durchgehen."

„Danke", sagte sie lächeln. „Ich verspreche, mich zu benehmen. Ich will dich schließlich nicht nervös machen, indem ich den Eindruck erwecke, dass ich dir einen Ring durch die Nase ziehen will wie alle anderen Frauen, die du kennst."

„Ach, Kat." Er warf ihr einen belustigten Blick zu. „Du bist wie keine andere Frau, die ich kenne."

„Ich würde mich mehr geschmeichelt über so ein Kompliment fühlen, wenn ich nicht den Eindruck hätte, dass du dir das Lachen verkneifst", bemerkte sie, und er lachte lauthals.

„Ich fühle mich beobachtet."

J.D. blickte hinauf zu den ausgestopften Köpfen an den Wänden des „Sleepy Cat" und schmunzelte. „Man gewöhnt sich daran. Außerdem sehen sie nicht viel und sind äußerst diskret."

„Sehr witzig." Kat musterte den riesigen Büffelkopf über ihrem Tisch und unterdrückte einen Schauer. Das Biest sah aus, als würde der Rest seines Körpers jeden Augenblick durch die Wand preschen. Sie ließ den Blick durch den Raum schweifen und betrachtete die Köpfe von Hirschen, Elchen, Bären, Antilopen sowie mehrere Tierhäute mit Unterschriften von Gästen, die von der nächsten Ranch oder gar aus Indien gekommen waren.

J.D. hatte es erneut getan. Sie hatte angenommen – vielleicht sogar gehofft –, dass sie ein geruhsames Mahl an einem rustikalen, abgelegenen Ort einnehmen würden, wo niemand sie kannte, wo eine intime Atmosphäre herrschte.

Sie hätte wissen sollen, dass J.D. nirgendwo in Rio Blanco und Umgebung auftauchen konnte, ohne Freunden zu begegnen. Er hatte ihr bereits mehrere Leute vorgestellt, einschließlich seines Onkels Howard.

Und was ihren Verdacht anging, dass er eine Verführung inszenieren wollte, so hätte sie sich nicht mehr täuschen können. Auch wenn das „Sleepy Cat" durchaus rustikal und abgelegen war und viel Charme besaß.

Das Restaurant war aus Baumstämmen und Glas erbaut und lag knapp hundert Meter vom White River entfernt in einem Tal. Drei Wände bestanden überwiegend aus Glas – abgesehen von den ausgestopften Köpfen darüber und drei Baumstämmen darunter – und boten einen spektakulären Ausblick auf den Fluss. Die vierte Wand wurde von dem größten Kamin eingenommen, den sie je gesehen hatte. Die Schnitzerei einer schlafenden Katze im Kaminsims brachte sie zum Lächeln.

„Nun, was sagst du dazu? Ist es so, wie ich versprochen habe?", erkundigte sich J.D.

Sie musterte die holzgetäfelte Bar, die Deckenbalken, die rotkarierten Tischdecken und die sanfte Beleuchtung an den Wänden. „Oh ja. Sogar noch eindrucksvoller."

Er hatte ihr das Lokal sehr genau beschrieben, und sie hatte den Eindruck bekommen, dass es sich um ein intimes Restaurant handelte. Allerdings hatte er nicht erwähnt, dass es so riesig war, dass die Tanzfläche so groß war, dass die Band so laut spielte und sich die Zahl der Gäste an diesem Samstagabend auf etwa dreihundert belief.

„Heute ist es nicht besonders voll", teilte er ihr lächelnd mit. „Warte ab, bis du es Silvester siehst. Dann sind hier ungefähr fünfhundert Leute."

Silvester. Würde sie in dieser Nacht mit ihm zusammen sein? Würden sie hierherkommen oder eine private Feier in ihrem kleinen blauen Haus veranstalten?

Die Kellnerin kam und servierte beiden die bestellten Rippchen. Das Essen war vorzüglich.

Anschließend stand J.D. auf und reichte Kat die Hand. „Wollen wir tanzen?"

Die Band spielte ein langsames, verträumtes Lied. Der Blick in seinen Augen wirkte glühend. Sie legte die Hand in seine. „Ja."

Er führte sie auf das Parkett, drehte sich zu ihr um und schloss sie in die Arme. Für sie war es der natürlichste Aufenthaltsort der Welt. J.D. war warm und stark, und sie passten perfekt zusammen.

Sie war auch weiterhin entschlossen, ihm nicht nachzustellen, ihn nicht zu bedrängen, um ihn nicht durch ihre Ungeduld zu verschrecken.

Doch die zweite Wette, auf die Kat sich eingelassen hatte, war reine Dummheit. Sie besaß keine Kontrolle über ihre Reaktion auf ihn. Sie reagierte seit dem ersten Augenblick sehr heftig auf ihn. Und falls vorhatte, ihr an diesem Abend einen Gute-Nacht-Kuss zu geben, hatte sie nicht die Absicht, sich zurückzuhalten.

Während sie sich im Takt der Musik wiegten, senkte J.D. den Kopf und rieb die Nase an ihrer Schläfe. „Du riechst wundervoll."

Sein heißer Atem streifte ihre Haut und sandte einen Schauer über ihren Rücken. Sie lehnte den Kopf an seine Schulter, schloss die Augen und inhalierte. „Du auch."

Ein schmerzliches Sehnen erwachte in Kat. Sie hatten sich beide sorgfältig gekleidet und parfümiert. Sie wusste, warum sie selbst es getan hatte, aber was war sein Grund? Wollte er attraktiv für sie sein? Oder hätte er sich für jede andere ebensolche Mühe gegeben?

Sie erschauerte.

J.D. strich ihr über den Rücken. „Kalt?"

Sie hob den Kopf und lächelte. „Nein."

Er musterte sie eindringlich. Dann lächelte auch er und rieb sein Kinn an ihrer Stirn. „Du bist größer durch die hohen Absätze."

Ein anderes Paar prallte gegen seinen Rücken. Der Stoß presste ihn an Kat. Einen Moment lang genoss sie den Druck seines Körpers an ihrem. Dann schickte sie sich an zurückzuweichen.

„Nein." Er hielt sie fest. „Bleib, wo du bist. Es ist wundervoll."

Seine Stimme, seine Hände, die Musik drängten sie, sich an ihn zu schmiegen und nicht an die Zukunft zu denken. Sie gab dem Drang nach, jedoch nicht ohne Konsequenzen.

Sie wurde sich nicht bewusst, dass sie die Hüften an seine presste, bis er eine Hand auf ihr Kreuz legte und leise stöhnte. Er schmiegte seinerseits die Lenden an ihre und ließ sie das Ausmaß seiner Erregung spüren.

„Jetzt hast du es geschafft", flüsterte er ihr ins Ohr.

Sie hob den Kopf von seiner Schulter. Ihre Blicke begegneten sich. In seinen Augen lag so viel Leidenschaft, dass ihr der Atem stockte. Er senkte halb die Lider und schaute hinab zu ihren Lippen.

Dann öffnete er den Mund und senkte langsam den Kopf, bis ihre Lippen sich beinahe berührten. Dann schloss er abrupt die Augen und wich zurück. Als er sie anblickte, lag in seinem Blick ebenso viel Verlangen, wie sie selbst verspürte.

Er beugte sich zu ihrem Ohr und flüsterte: „Lass uns von hier verschwinden."

8. Kapitel

J.D. sog tief die kalte Nachtluft ein, um seinen Kopf zu klären und sein Verlangen abzukühlen. Es half nichts, solange sein Arm auf Kats Schultern ruhte. Doch es war für ihn unvorstellbar, auf die Berührung zu verzichten.

Er versuchte sein Verhalten durch die Gesetze der Logik zu rechtfertigen. Der Kies auf dem Parkplatz, der unter jedem Schritt zum Wagen knirschte, war gefährlich für eine Frau mit hohen Absätzen. Folglich musste er den Arm um sie behalten, um sie zu stützen.

Am Wagen musste er sie loslassen, damit sie einsteigen konnte. Die plötzliche Leere, die er verspürte, wirkte abkühlend. Er eilte zur Fahrertür und stieg ein, als Kat gerade nach dem Sicherheitsgurt griff.

„Nimm diesen hier." Er zog den Gurt des Mittelsitzes hervor und begegnete ihrem Blick. „Ich möchte, dass du neben mir sitzt."

Wortlos rückte sie zu ihm und schnallte sich an.

Er wollte sie küssen. Er wollte sich in ihr verlieren – was vermutlich geschehen würde, wenn er seinem Drang nachgab.

Er redete sich ein, dass er ein vernünftiger, reifer Mann war, der sich zu beherrschen wusste. Doch er fühlte sich wie ein lüsterner Teenager in einem dunklen Wagen mit einer wundervollen Frau, die verführerisch roch und ihn seit Wochen verrückt machte.

Mit einer Mischung aus Verzweiflung, Resignation und Vorfreude öffnete er seinen Gurt und dann ihren. „Komm her", murmelte er, schloss sie in die Arme und zog sie an seine Brust.

Er küsste sie heftig, verzehrend. Sie nahmen und gaben einander alles, was bei einem Kuss möglich war. Beinahe unerträglich starke Gefühle erwachten in ihm, aber er konnte nicht aufhören.

Vage registrierte er Stimmen in der Nähe. Dann glitt ein Scheinwerferstrahl über seine geschlossenen Lider. Mit einem Stöhnen brach er den Kuss ab, lehnte den Kopf an ihre Stirn und rang nach Atem. Die Erkenntnis, dass sie ebenso atemlos war wie er, wirkte tröstend.

Er hob den Kopf, öffnete die Augen. Er stellte fest, dass die Wagenfenster beschlagen waren, und stöhnte.

„Was ist?", fragte Kat und blickte ihn verwundert an.

J.D. lehnte den Kopf zurück, nahm ihre Hand und lachte laut. „Das letzte Mal, als ich die Fenster eines Wagens vernebelt habe, war ich etwa neunzehn Jahre alt."

Kat blickte sich erstaunt um und lachte dann ebenfalls.

J.D. startete den Motor und schaltete das Gebläse ein. Während sie warteten, dass die Scheiben klar wurden, schnallte er Kat an. Es schien sie nicht zu stören, dass seine Hände ungewöhnlich linkisch waren, dass es länger als nötig dauerte und er mehrere Male ihren Bauch streifte.

Als er auf die Landstraße eingebogen war, nahm er ihre Hand und legte sie sich auf den Oberschenkel. Er hielt sie fest, bis er spürte, dass sie die Finger beugte. Die Berührung ließ seinen Puls rasen.

Begierig schob er eine Hand unter ihren Mantel, legte sie auf ihr Bein unterhalb des Rocksaumes und strich mit den Fingern über den Seidenstrumpf.

Sie erschauerte.

Er drückte sanft ihren Schenkel. „Es wird gleich warm im Wagen."

„Mir ist nicht kalt."

Er strich über die Innenseite ihres Schenkels und spürte sie erneut erschauern. „Nein?"

„Nein."

Er lächelte. „Gut." Er war überzeugt, dass sie an diesem Abend zumindest eine der Wetten verlieren würde. Sobald er sie nach Hause gebracht hatte, wollte er sie küssen, bis ihnen beiden Hören und Sehen verging. Er wollte nicht zulassen, dass sie seinem sogenannten Charme widerstehen konnte.

Nie zuvor hatte er eine Frau wie sie kennengelernt, mit der er befreundet sein wollte und die ihn gleichzeitig derart erregte. Er wollte wirklich nicht ihre Freundschaft aufs Spiel setzen, aber er konnte die gegenseitige Anziehungskraft nicht leugnen und wollte es auch nicht unbedingt.

„Mir hat es gefallen", bemerkte Kat.

„Das Lokal?"

Sie nickte. „Dein Onkel hat mir auch gefallen. Zuerst dachte ich, er wäre dein Vater. Sind sie Zwillinge?"

„Nein, aber sie werden oft verwechselt. Onkel Howard behauptet, dass es ihn beleidigt, für einen Schafhirten gehalten zu werden, aber Dad sagt ihm immer, er wäre nur neidisch."

„Er ist der Onkel, der Sheriff ist, oder?"

„Genau der."

„Er hat dich doch nicht wirklich gezwungen, Deputy zu werden, oder?"

„Wieso glaubst du das nicht?"

„Weil dir zu viel an Rangely und der Umgebung liegt, als dass man dich dazu erst zwingen müsste. Ich glaube, du hast den Job angenommen, weil du es wolltest. Und ich halte dich nicht für einen Mann, der sich zu irgend etwas zwingen lässt."

„Soll das heißen, dass du mich magst?"

Sie reckte das Kinn vor. „Darauf antworte ich nicht, bevor du mir erzählst, warum du Deputy werden wolltest."

„Es war nichts weiter als ein Eliminierungsprozess. Es war an der Zeit, die Ranch zu verlassen, und ich wollte etwas Wichtiges tun. Du hast recht damit, dass mir viel an Rangely liegt, und an den Menschen hier. Zum Politiker eigne ich mich nicht. Krankenhäuser mag ich auch nicht. Also blieb nicht viel anderes übrig."

„Warum war es an der Zeit, die Ranch zu verlassen?"

J.D. runzelte die Stirn. Er hatte nicht beabsichtigt, ihr so viel zu verraten, und doch erwiderte er: „Ich hatte gehofft, dass Dad durch mein Fortgehen wieder Interesse daran finden würde. Es hat geklappt."

„Ich kann mir nicht vorstellen, dass dein Vater kein Interesse an der Ranch haben könnte. Er lebt dafür."

„Das dachten wir auch alle, bis meine Mutter ihn verlassen hat. Dadurch hat er das Interesse an allem verloren."

„Oh ... Ich habe mich schon gewundert, warum bisher niemand deine Mutter erwähnt hat."

„Sie war mit ihren Eltern aus San Francisco hierhergezogen. Durch und durch ein Stadtmensch. Sie blieb, bis Luke elf und ich fünfzehn war. Dann konnte sie das Kleinstadtleben nicht mehr ertragen und ging nach San Francisco zurück. Dad hat fast zehn Jahre gebraucht, um es zu verwinden."

„Ich nehme an, für dich und Luke war es auch nicht leicht."

Das Mitgefühl in ihrer Stimme störte ihn. Er wollte nicht ihr Mitgefühl, wollte nicht über Großstadtfrauen reden, die es in einer Kleinstadt nicht aushielten. Er wusste nicht einmal, warum er ihr all das erzählt hatte.

Einen Moment später erhaschte er aus den Augenwinkeln eine Bewegung am Straßenrand. Er trat heftig auf die Bremse und brachte den Wagen gerade noch rechtzeitig zum Stehen, um einen Bock und zwei Rehe über die Straße laufen zu lassen.

Kat rang nach Atem und flüsterte: „Sie waren wundervoll. Die ersten Rehe, die ich gesehen habe, seit ich hier bin."

„Es werden nicht die letzten sein. Sei vorsichtig, wenn du diese Strecke fährst, bei Tag wie bei Nacht. Hätte ich eines getroffen, vor allem den kräftigen Bock, wäre er vermutlich durch die

Windschutzscheibe geprallt. Deine kleine Tran Am hätte da keine Chance."

Sie schluckte schwer. „Ich werde aufpassen."

„Und ich will, dass du von jetzt an bis zum Juni Schneeketten im Kofferraum hast, zusammen mit Decken und warmer Kleidung, einschließlich einer Skimütze."

Es zuckte um ihre Mundwinkel. „Ja, Sir."

„Versprochen?"

„Versprochen."

„Gut." J.D. beugte sich zu ihr und küsste sie auf die Wange. Es kostete ihn beträchtliche Willenskraft, nicht ihre Lippen zu kosten. Doch mitten auf der Schnellstraße war es noch unpassender als zuvor auf dem Parkplatz.

Widerstrebend zog er sich zurück von ihrer Wärme, ihrem Duft, ihren verführerischen Augen. Er richtete den Blick auf die Straße und stellte den Fuß zurück auf das Gaspedal.

Im sanften Schein der Stehlampe neben dem Sofa schloss J.D. Kat in die Arme. Er senkte den Kopf, und sie hob ihren. Ihr Atem mischte sich. Er spürte sein Herz pochen und öffnete die Lippen.

„Warte", flüsterte sie und entwand sich seinen Armen.

Wollte sie sich weigern, ihn zu küssen? Unmöglich. Nicht nach der Art, in der sie sich auf dem Parkett und dann im Wagen an ihn geschmiegt hatte, in der sie während der gesamten Heimfahrt ihre Hand auf seinem Schenkel gehalten hatte.

Sie wandte sich ab und kramte in ihrer Handtasche. „Wenn wir es tun, dann wollen wir es richtig tun", murmelte sie.

„Wie bitte?"

Kat holte tief Luft, wirbelte zu ihm zurück und nahm seine Hand. „Hier."

J.D. blickte hinab auf den Zehn-Dollar-Schein auf seiner Handfläche und grinste. „Oh."

„Der ist dafür, dass ich nicht die Absicht habe, dem Kuss zu widerstehen, den du mir geben willst." Dann legte sie einen zweiten Schein auf den ersten.

Er blickte sie fragend an.

„Für den Fall, dass du mich nicht küssen willst."

„Und das soll heißen?"

Sie schlang die Arme um seinen Nacken. „Es bedeutet, dass alle Wetten abgesagt sind. Wenn du mich nicht küsst, dann küsse ich dich."

Seine Augen glühten. „Nun, dann." Er warf die Geldscheine auf den Boden. „Komm her", murmelte er und zog sie an sich.

Er nahm ihren Mund begierig, so als wäre er ein Verhungernder und sie ein Festmahl. Sie sonnte sich in der Erkenntnis, dass seine Hände vor Verlangen zitterten.

Als der Kuss inniger wurde, fühlte sie sich beinahe überwältigt vor Verlangen. Nie zuvor hatte ein Kuss derart heftige Gefühle in ihr entfacht. Was geschah nur mit ihr?

Panik stieg in ihr auf. Sie wollte nicht, dass sein bloßer Kuss ihr so viel bedeutete. Sie stemmte sich gegen seine Schultern und wandte das Gesicht ab.

Das plötzliche Ende der köstlichen Empfindungen, in denen J.D. sich verloren hatte, brachte ihn abrupt wieder zu Verstand.

Was war nur geschehen? Er hatte Leidenschaft erwartet, aber nicht diesen überwältigenden Zwang, sich für immer in ihren Armen zu verlieren.

Ein Schauer durchlief ihn. Er blickte von ihren feuchten Lippen in ihre Augen und las darin dieselbe Panik, die auch er verspürte.

Der weiche, anschmiegsame Stoff ihres Kleides unter seinen Fingern erweckte in ihm den beunruhigenden Drang, sie zu entkleiden, ihre nackte Haut an seiner zu spüren, mit ihr zu verschmelzen.

Er ließ die Arme sinken und wich zurück. „Ich glaube, ich sollte lieber gehen."

„Ja", flüsterte sie hastig, mit brüchiger Stimme.

Lange Zeit blickten sie einander an. Beide versuchten, ihre Angst zu verbergen. Beiden misslang es.

J.D. wandte sich zur Tür. Er hatte den Raum halb durchquert, als sie seinen Namen flüsterte. Er erstarrte, aber er drehte sich nicht um.

„Gute Nacht", sagte sie.

Seine Verwirrung ließ ihn kein Wort hervorbringen. Er nickte nur, trat hinaus in die kalte Nacht und schloss die Tür. Benommen stieg er in seinen Wagen. Erst auf halbem Wege zur Ranch hörten seine Hände zu zittern auf.

All die Gefühle, die der Kuss entfacht hatte, ließen einen dumpfen Schmerz zurück. Verdammt. Sie hätten nur Freunde sein sollen. Eine gute Freundin zu küssen hätte nicht an sein Herz rühren dürfen. Nicht so sehr, dass er im Geiste Bilder aus der Zukunft sah – aus einer Zukunft, in der sie Arm in Arm, mit ergrauten Haaren, am Bach hinter seiner Ranch spazieren gingen, während jüngere Kinder als Sandy und Mike zu Hause auf sie warteten. Bilder aus einer Zukunft, die ein überwältigendes Glücksgefühl in ihm auslösten.

Du liebe Güte. Er und Kat?

Nein. Er wollte keine, brauchte keine Frau in seinem Leben. Er wollte nicht seine Gewohnheiten, sein Kommen und Gehen ändern, um Raum für eine Frau zu schaffen. Ihm ging es gut ohne Frau. Er war zufrieden. Er war glücklich.

Oder er war es gewesen. Bis zu diesem Abend. Nun fühlte er sich unruhig. Unzufrieden. Rastlos. Sexuell frustriert. Und verängstigt.

Er und Kat?

Nein. Sie würde nicht bleiben. Nicht in Rangely. Nicht bei ihm. Wenn die Abgeschiedenheit sie nicht vertrieb, dann der

Winter. Sie stammte schließlich aus Houston und hatte vermutlich noch nie Schnee geschaufelt, nie Gummistiefel getragen, war nie bei Glatteis Auto gefahren.

Nein, sie würde nicht bleiben. Und falls sie doch blieb, wollte er verhindern, dass es ihm etwas bedeutete. Sie erweckte allzu heftige Gefühle in ihm. Wenn er es zuließ, wenn er sich nicht wehrte, konnte sie ihn vernichten.

9. Kapitel

Es wunderte Kat nicht, dass sie in der nächsten Woche nichts von J.D. hörte. Oder in der übernächsten. Es überraschte sie nicht einmal, dass sie ihn nirgendwo in der Stadt zu Gesicht bekam. Sie war lediglich verwirrt über ihre Reaktion auf seine Abwesenheit.

Sie fühlte sich verletzt und erleichtert zugleich, und dieser Widerspruch machte sie reizbar. Sie war geistesabwesend, und das sah ihr gar nicht ähnlich. Eines Abends vergaß sie, den Wagen in die Garage zu stellen, und am nächsten Morgen musste sie Eis von den Fenstern kratzen und kam beinahe zu spät in die Schule. Sie vergaß, den Müll hinauszubringen. Sie vergaß, ihre Strumpfhosen auszuwaschen und musste sich morgens auf dem Weg zur Arbeit eine neue kaufen.

Und sie hätte beinahe vergessen, dass sie zugesagt hatte, am Freitag drei Cheerleader, nämlich Sandy Ryan, Lavern Enterline und Mary Lou Yeager zum Footballspiel nach Meeker zu fahren – wenn Sandy sie nicht daran erinnert hätte.

„Ich dachte, dein Dad würde euch hinfahren", entgegnete sie unwillkürlich. „Nicht, dass ich es nicht gern tue", fügte sie hastig hinzu. „Im Gegenteil. Ich freue mich darauf. Ich dachte einfach nur ..."

„Einer der anderen Deputys ist krank geworden. Dad hat die ganze Woche Überstunden gemacht."

„Und heute Abend auch?"

„Ja."

Erneut fühlte sie sich enttäuscht und erleichtert zugleich, weil sie J.D. nicht sehen würde. „Bestimmt wäre er lieber beim Spiel", tröstete sie Sandy. „Kommt dein Großvater?"

„Nein, er kann nicht. Aber wenn Sie lieber nicht ..."

„Sei nicht albern. Ich freue mich darauf", entgegnete sie wahrheitsgemäß. Vielleicht vermochten drei Teenager und ein Wagen voller Pompons sie aufzuheitern.

„Ich bin bloß froh, dass es vor morgen nicht schneien soll", sagte Sandy. „Ich hasse es, im Schnee Cheerleader zu sein."

Kat lächelte. „Das kann ich verstehen."

Der erste Schneesturm der Saison erhob sich unerwartet. Nun, eigentlich nicht völlig unerwartet, aber laut Wetterbericht in Radio und Fernsehen zehn Stunden zu früh und viel zu heftig.

Der leichte Nieselregen, der einsetzte, als Kat und die drei Cheerleader direkt hinter dem Bus mit den Spielern die Heimfahrt antraten, verwandelte sich schon bald in kleine Hagelkörner, die sich nach einer Weile mit Schneeflocken mischten.

Mary Lou spähte aus dem rückwärtigen Seitenfenster. „Hoffentlich schneit es nicht zu doll. Ich muss immer den Bürgersteig freischaufeln."

„Ich nicht", entgegnete Lavern. „Beschwer dich bei deinen Eltern, dass du keine Brüder hast."

„Zumindest durchwühlt niemand meine Unterwäsche, wie deine Brüder es bei dir tun", konterte Mary Lou.

„Da hast du recht. Aber Sandys Bruder würde ich jederzeit nehmen."

„Du kannst ihn haben", bot Sandy großzügig an.

„Moment mal", warf Mary Lou ein. „Wenn du ihn weggibst, dann nehme ich ihn."

Kat teilte ihre Aufmerksamkeit zwischen dem Geplapper der Mädchen und der Straße. Ein steifer Nordwind trieb immer dichteren Schnee heran. Die Sicht verschlechterte sich zunehmend. Sie verlangsamte das Tempo und konzentrierte sich auf die Schlusslichter des Busses, der etwa eine halbe Meile vor ihr herfuhr.

Die Mädchen, die nicht ahnten, dass Kat zum ersten Mal unter derartigen Bedingungen fuhr, plapperten unbesorgt weiter. Es hatte keinen Sinn, sie aufzuklären. Es hätte sie nur beunruhigt. Außerdem war Kat überzeugt, dass alles gut gehen würde. Wenn der alte, klapprige Bus es schaffte, dann dürfte ihre niedrige Trans Am keine Probleme haben. Außerdem hatte sie Schneeketten im Kofferraum. Aber nicht die geringste Ahnung, wie man sie aufzog. Sie zog in Erwägung, zurück nach Meeker zu einer Tankstelle zu fahren.

Nein, dachte Kat. Sie hatte ihrer Schätzung nach beinahe die halbe Strecke zurückgelegt, und die Rücklichter des Busses vor ihr wiesen ihr den Weg. Außerdem hatte sie für den Notfall drei Decken im Kofferraum. Sie und die Mädchen waren warm angezogen. Sie hatte Lampen dabei. Der Tank war voll.

Nur weil sie seit Meeker kein anderes Fahrzeug hinter sich erblickt hatte, bestand kein Grund zur Sorge. Die Scheibenwischer funktionierten. Die Heizung blies warme Luft in den Wagen und hielt die Fenster eisfrei. Sie und die Mädchen saßen behaglich im Warmen, was die armen Jungen in dem zugigen alten Schulbus vermutlich nicht sagen konnten.

Die Sicht verringerte sich mit jeder Meile. Der Bus fuhr nur wenige Meter vor Kat, doch die Rücklichter verschwanden immer wieder kurzfristig, während der böige Wind Schneewehen über die Straße trieb. Sie musste sich voll und ganz auf die Straße konzentrieren. Ihre Augen brannten vor Anstrengung. Ihre Schultern und Hände schmerzten, weil sie das Lenkrad zu stark umklammerte, aber sie konnte sich nicht entspannen.

Die Mädchen waren inzwischen verstummt, und aus dem Radio ertönten nur noch atmosphärische Störungen. Kat spürte die Spannung und Furcht im Wagen wachsen. „Schau mal, ob du einen anderen Sender findest", sagte sie zu Sandy, die neben ihr auf dem Beifahrersitz saß.

Doch Sandy fand nur weitere Störungen. Sie gab es auf und

schaltete das Radio aus. „Ich glaube, das war der Briefkasten von Nielsens", verkündete sie, als sie an einer Auffahrt vorbeikamen. „Das heißt, dass es nur noch ein paar Meilen bis Rangely sind."

Ein paar Meilen. Kat umklammerte das Lenkrad. Der Schnee schien jeden Moment dichter zu werden. Ihre Augen brannten heftig. Sie blinzelte. Der große Bus vor ihr schien zu rutschen. Bestimmt war es eine optische Täuschung. Sie beugte sich vor und blinzelte erneut. Der Bus rutschte tatsächlich seitwärts, geradewegs über die Mittellinie, die unter einer Schneedecke von mehreren Zentimetern verborgen war.

Kat nahm den Fuß vom Gaspedal. Im nächsten Moment spürte sie, was den Bus über die Straße gezogen hatte. Plötzlich verlor sie jegliche Bodenhaftung. Der Wind hatte die Straße in der Kurve völlig vom Schnee befreit und nur blankes Glatteis zurückgelassen. Die Trans Am schlitterte langsam durch die Kurve.

Der Bus rutschte völlig von der Straße in den Graben. Ein gedämpftes Knirschen ertönte, als er sich seitwärts neigte und an einer Felswand zum Stillstand kam.

Sandy rang erschrocken nach Atem. Auf dem Rücksitz schrie ein Mädchen auf, und das andere wimmerte. Kat gab keinen Laut von sich. Nach der Kurve befand sich wieder Schnee auf der Straße. Die Reifen griffen wieder. Behutsam trat sie auf die Bremse und hielt an. Sie war sich nicht sicher, aber sie nahm an, dass sie halb auf der Straße und halb auf dem Seitenstreifen stand.

Sie blickte aus dem Fenster zum Bus. Die Tür öffnete sich. Ein kräftiger Mann mit einer Taschenlampe stieg aus und stapfte durch den Schnee zum Heck.

„Ihr bleibt sitzen. Ich bin gleich wieder da." Kat zog sich Handschuhe und Ohrenwärmer an, knöpfte sich den dicken Mantel zu und stieg aus. Der eisige Wind trieb ihr Tränen in die Augen. Ihre handgearbeiteten Ziegenlederstiefel, die sie dreihundert Dollar gekostet hatten, versanken bis zu den Knöcheln im Schnee. Vorsichtig überquerte sie die Straße. Auf halbem Wege zum Bus waren ihre Zehen taub vor Kälte.

Der Mann mit der Taschenlampe war Emil McPhail, der Schulbusfahrer. „Er sitzt fest", schrie er über den heulenden Wind hinweg und leuchtete mit der Lampe zur Hinterachse, die völlig im Schnee steckte. „Wir würden es nie schaffen, ihn freizuschaufeln."

„Sie haben nicht zufällig ein Funkgerät dabei, mit dem wir Hilfe rufen könnten?", fragte Kat hoffnungsvoll.

„Doch, aber es ist bei dem Aufprall auf die Felswand zerbrochen. Sie müssen eben Hilfe schicken, wenn Sie in die Stadt kommen."

Zitternd vor Kälte schüttelte Kat entschieden den Kopf. „Das schaffe ich nie."

„Haben Sie Ketten?"

„Im Kofferraum, aber ..."

„Wir legen sie an, und dann fahren Sie los."

„Nein", protestierte sie. „Ich bin diese Straße erst einmal gefahren, und ich bin noch nie bei Schnee gefahren. Ich habe es nur wegen Ihrer Rücklichter bis hierher geschafft. Ohne sie lande ich selbst im nächsten Straßengraben."

„Verdammt."

„Allerdings", murrte sie und schlug vor: „Sie nehmen einfach meinen Wagen. Ich bleibe solange hier bei den Jungen."

McPhail schüttelte den Kopf. „Sie müssen fahren. Ich kann nicht." Er richtete die Taschenlampe auf sein Gesicht. Das linke Glas seiner Brille wies ein feines Netz aus Sprüngen auf. „Bin auf das Lenkrad gestoßen. Ohne Brille bin ich fast blind, und durch die Risse sehe ich nicht genug. Sie müssen in die Stadt fahren oder hier mit uns warten."

„Was ist mit ... Ach, schon gut. Ich nehme an, mit der Augenbinde von der Operation kann der Coach meinen Wagen auch nicht fahren."

„Allerdings nicht."

„Wie lange wird es dauern, bis man Sie vermisst und jemand nach Ihnen suchen kommt?"

„Eine ganze Weile, schätze ich."

Wie lange ist eine ganze Weile? fragte Kat sich besorgt.

„Ich meine immer noch, dass Sie losfahren sollten."

Kat blickte die Straße entlang in Richtung Rangely und sah nichts als blendendes Weiß. Besorgt musterte sie das vordere Ende des Busses, das mitten in der Kurve auf die Straße hinausragte. Bei der schlechten Sicht konnte ein herannahender Wagen das Hindernis erst sehen, wenn es bereits zu spät war. Ihr blieb keine Wahl. Sie wusste, was sie zu tun hatte.

Mit angehaltenem Atem stemmte J.D. sich gegen den eisigen Wind und stapfte durch den Schnee von seinem Explorer zum Büro.

Er brauchte dringend einen heißen Kaffee, nachdem er sich in den vergangenen Stunden um einen schweren Unfall mit drei beteiligten Fahrzeugen gekümmert hatte. Die Insassen waren zwar zum Teil schwer verletzt, aber zum Glück mit dem Leben davongekommen.

Er betrat das Büro, zog sich mit einem müden Seufzen Mantel und Handschuhe aus und schenkte sich starken, schwarzen Kaffee ein. Noch eine Stunde, dann wurde er abgelöst. Was war das schon, nach den vierundzwanzig Stunden, die er bereits im Dienst war? Wer brauchte schon Schlaf?

Er rieb sich mit beiden Händen das Gesicht, um sich zu beleben, und nahm einen großen Schluck Kaffee. Was für eine Nacht! Bei Nächten wie dieser konnte niemand das Leben in dieser Gegend langweilig nennen.

Wie zur Bestätigung dieses Gedankens rief Maxine, Deputy aus Meeker, in diesem Moment an und eröffnete: „Etwa vier Meilen westlich von dir liegt ein Schulbus mit Footballspielern im Graben."

J.D.s Kehle war wie zugeschnürt. Mike befand sich in diesem Bus. „Verletzte?"

„Nein."

J.D. atmete erleichtert auf. „Wann kam die Meldung?"

„Gerade eben. Keith Greene ist an der Stelle vorbeigekommen. Er hat so viele der Jungen wie möglich mitgenommen. Aber der Bus steckt fest. Ohne einen Schneepflug kommt er da nicht wieder raus."

„Okay, Maxine, danke. Ich kümmere mich darum." J.D. nahm noch einen Schluck Kaffee und rief Keith an. „Wie lange ist es her, dass du an der Unfallstelle warst?"

„Eine knappe Stunde. Wir sind selbst stecken geblieben. Hat eine Weile gedauert, wieder in Gang zu kommen."

J.D. fluchte. „Haben sie eine Heizung? Haben Sie um Hilfe gefunkt?"

„Sie haben es warm genug, aber das Funkgerät ist beim Aufprall kaputtgegangen. Wir haben einige Jungen mitgenommen, und hinter uns kam mindestens noch ein anderes Auto."

„Darauf können wir nicht bauen. Es könnte umgedreht und zurückgefahren sein. Wie sieht die Straße aus?"

„Schlecht. Die Sicht ist praktisch gleich null."

„Dann könnte der andere Wagen vorbeifahren, ohne den Bus zu sehen."

„Unmöglich. Nicht mit Kat Comstock mitten auf der Straße, die eine Fackel schwenkt."

„Sie tut was?"

Keith lachte auf. „Wir hätten die Stelle wahrscheinlich übersehen, wenn sie nicht gewesen wäre."

J.D. verspürte Übelkeit. Abwechselnd sah er Kat erfroren oder von einem Wagen überfahren auf der Straße liegen. „Was zum Teufel wollte sie überhaupt in dem Schulbus? Ich dachte, sie hätte die Cheerleader chauffiert."

„Hat sie auch. Sie und die Mädchen waren hinter dem Bus, als er von der Straße gerutscht ist."

„Wie steht es mit ihrem Wagen?"

„Der ist heil."

„Warum zum Teufel ist sie dann nicht weitergefahren?"

„Das Vorderteil des Busses ragt mitten in der Kurve auf die Straße", erklärte Keith. „Kat hat ihren Wagen mit eingeschalteter Warnblinkanlage davorgestellt, damit niemand in den Bus fährt."

„Wie viele sind noch im Bus?"

„Mal sehen. Wir haben zwei Cheerleader und vier Jungen mitgenommen. Das macht noch sechs Jungen, Kat, Coach Jantzen, Emil McPhail und Sandy."

Zehn Leute. J.D. fluchte. Falls kein anderer Wagen vorbeikam, musste er zehn Leute zu sich in den Explorer quetschen. Da sich der Sturm verschlimmerte, blieb ihm keine Zeit für zwei Fuhren.

„Fährst du hin?"

„Bin schon unterwegs." J.D. legte den Hörer auf. Er füllte die Thermoskanne aus seiner Schublade mit Kaffee, sammelte von den Schreibtischen Schokoriegel, Kartoffelchips und Popcorn ein, zog sich den Mantel an und stürmte aus dem Büro zum Explorer.

Das Wetter hatte sich in den letzten Minuten merklich verschlechtert. Wie lange mochte es noch dauern, bis Kat ins milde Klima des Südens zurückkehrte, da sie nun Bekanntschaft mit dem Winter in Colorado geschlossen hatte? Sie war viel zu verantwortungsbewusst, um vor Ende des Schuljahres zu verschwinden. Aber dann stieg sie gewiss mit ihren tollen langen Beinen in ihren schnittigen schwarzen Wagen und brauste zurück ins sonnige Houston.

Kurz vor der fraglichen Kurve erblickte J.D. die Lichter der Warnblinkanlage. Er parkte den Explorer hinter der Trans Am. Vor dem Wagen steckte eine brennende Fackel im Schnee.

Offensichtlich hatte jemand Kat davon überzeugt, dass Fackeln zu etwas anderem gedacht waren, als in der Hand herumgeschwenkt zu werden.

Er nahm seine Taschenlampe und stieg hinaus in die bitterkalte Nacht. Er wischte den Schnee vom Seitenfenster der Trans Am und spähte hinein. Leer. Vorsichtig stapfte er über das schneebedeckte Eis zum Bus. Einen Meter davor brannte eine weitere Fackel. Er nickte anerkennend und klopfte an die Bustür, die sich sofort öffnete. „Daddy?"

Er stieg ein. „Ja, ich bin's, Baby."

Sandy schlang die Arme um seine Taille. „Ich wusste, dass du kommst."

Die Tür schloss sich. Während er Sandy im Arm hielt, musterte er die Gesichter der anderen Insassen. Er unterdrückte den Drang, zu Kat zu eilen, die zwischen den Sitzen im Gang stand. Ebenso verzichtete er darauf, Mike zu umarmen, dem es vor all den anderen Jungen peinlich gewesen wäre. „Sind alle okay?", erkundigte er sich.

„So weit ja", erwiderte der Fahrer.

„Emil, wie zum Teufel bist du in diesem Graben gelandet?"

Daraufhin berichteten Emil, der Coach und die Jungen alle gleichzeitig von dem Unfallhergang. Danach hieß es nur noch: Mrs. Comstock hat dies getan und das gesagt.

J.D. wusste nicht, ob er sie erwürgen, übers Knie legen oder küssen und nie wieder aus den Augen lassen wollte.

Plötzlich neigte sie horchend den Kopf und verkündete: „Da kommt jemand."

Emil öffnete die Tür. J.D. stieg aus und schwenkte die Taschenlampe. E.W. und Sharon Banta, die auf dem Heimweg vom Spiel waren, hielten an. Wenige Minuten später waren Emil, der Coach und beinahe alle Jungen in deren Lieferwagen verfrachtet. Mike und zwei andere Jungen, die in der Nähe der Ryan-Ranch wohnten, blieben zurück.

J.D. schickte die übrigen zu seinem Wagen. Wahrscheinlich reagierte Kat wütend, sobald ihr bewusst wurde, dass sie soeben die letzte Chance verpasst hatte, nach Hause zu kommen. Aber er hatte nicht die Absicht, sie aus den Augen zu lassen.

Nachdem er den Bus verschlossen hatte, stieg er ebenfalls in seinen Wagen und wandte sich an Kat auf dem Beifahrersitz. „Wenn es dir recht ist, möchte ich deine Warnblinkanlage anlassen. Die Batterie wird zwar morgen leer sein, aber das ist nicht so schlimm."

„Das ist mir recht. Ich möchte verhindern, dass jemand gegen den Bus fährt."

J.D. wendete und fuhr in Richtung Rangely los. „Wahrscheinlich ist heute Nacht niemand außer den Schneepflügen unterwegs, aber wir wollen doch nicht, dass sie deinen Wagen für eine Schneewehe halten und wegräumen. Sie werden bald eintreffen. Die Batterie müsste so lange halten."

„He, Dad, super!", rief Mike vom Rücksitz.

„Du hast das Essen gefunden, wie?"

„Ja. Danke. Ich bin am Verhungern. Wir hatten nur einen Hamburger nach dem Spiel. He, Popcorn!"

„Gib mir was ab, du Geizhals", verlangte Sandy.

Aus den Augenwinkeln sah J.D., dass Kat lächelte. Leise fragte er: „Ist alles okay?"

„Es geht mir gut. Es geht uns allen gut. Und wir sind sehr froh, dass du gekommen bist." Das Lächeln, das sie ihm schenkte, wirkte sanft und heiter.

Er umklammerte das Lenkrad und konzentrierte sich auf die schneeverwehte Straße. Welches Recht hatte sie, heiter und entspannt zu sein, während er in der letzten Stunde aus Sorge um sie und die Kinder Blut und Wasser geschwitzt hatte?

„Ich hätte mit den Bantas fahren sollen. Jetzt musst du den ganzen Weg zu mir nach Hause und dann wieder zurück fahren."

J.D. schürzte die Lippen. „Das hatte ich eigentlich nicht vor."

Sie schwieg lange. Dann fragte sie: „Du bringst mich nicht nach Hause?"

„Nicht heute Abend. Du kannst bei uns bleiben."

Erneut folgte Stille.

„Ist das ein Problem für dich?", fragte er leise.

„Nein."

Er warf ihr einen Blick zu. Sie lächelte. Ein Schauer rann über seinen Rücken. Worauf hatte er sich diesmal mit dieser Frau eingelassen?

10. Kapitel

Nach einer Runde heißer Schokolade sagten Mike, Sandy und Zach gute Nacht und gingen zu Bett. Das seltsame Leuchten in J.D.s Augen beunruhigte Kat. Ein wenig Distanz erschien ihr angebracht. Sie stand vom Küchentisch auf und griff nach der Kakaokanne auf dem Schrank. „Möchtest du noch mehr?"

Als er nicht antwortete, drehte sie sich zu ihm um und musterte ihn. Als er in den Bus gestiegen war, hatte sie sich riesig gefreut. Nicht nur, weil es die Rettung für sie und die anderen bedeutet hatte, sondern weil sie ihn zwei Wochen lang nicht zu Gesicht bekommen hatte.

Sie spürte, dass er zornig war, und er sah müde aus. Die Linien um seine Augen waren tiefer als gewöhnlich. Sein Gesicht war blass vor Erschöpfung. Und er sah unglaublich gut aus. Wie hatte sie nur denken können, dass es sie erleichterte, nichts von ihm gehört zu haben?

„Was ich will", entgegnete er schroff, „sind Antworten."

Bewusst langsam stellte Kat die Kanne ab. Dann lehnte sie sich an den Schrank. „Wenn du sauer bist, weil du mich über Nacht hier unterbringen musst, hast du selbst schuld. Du hättest daran denken sollen, bevor du die Bantas ohne mich nach Hause geschickt hast."

„Wie kommst du darauf, dass ich sauer bin?"

„Vielleicht hängt es damit zusammen, dass du mich seit anderthalb Stunden so finster anstarrst."

„Vielleicht versuche ich nur zu ergründen, wie ein so schlauer Mensch wie du sich so dumm verhalten konnte."

„Dumm?" Kat richtete sich auf und verschränkte die Arme

vor der Brust. „Soweit ich weiß, habe ich in letzter Zeit nichts Dummes getan." Außer mich in dich zu vergucken, dachte sie.

„Wieso bist du ohne Ketten im Schneesturm gefahren? Ich dachte, ich hätte dir erklärt, dass sie im Kofferraum nichts nützen."

„Es hat nicht geschneit, als wir in Meeker losgefahren sind."

„Und warum zum Teufel hast du überhaupt angehalten? Du hättest nach Hause fahren sollen. Es waren zwei erwachsene Männer beim Team. Was wolltest du erreichen? Hast du gedacht, du könntest den Bus mit deinen Ohrenwärmern ausgraben?"

Kat stützte empört die Hände in die Hüften. „Moment mal!"

„Und wo sind deine Ohrenwärmer überhaupt? Und wo ist die Skimütze, die du dir kaufen solltest? Falls du es nicht bemerkt haben solltest, beträgt die Windtemperatur zehn Grad minus!"

„Das habe ich sehr wohl bemerkt, du Idiot!" Sie trat zu ihm an den Tisch. „Wo war denn deine Skimütze?"

„Ich bin an Kälte gewöhnt."

„Das sind die Kinder auch. Und trotzdem war ihnen kalt. Wir haben uns mit der Mütze und den Ohrenwärmern abgewechselt. Mary Lou hat die Mütze mitgenommen und einer der Jungen die Ohrenwärmer. Und was die beiden erwachsenen Männer angeht – Emil hat seine Brille zerbrochen und kann die Hand nicht vor Augen sehen, und der Coach ist seit der Operation vorläufig einäugig, falls du es nicht bemerkt haben solltest. Und da er nicht daran gewöhnt ist, kann er kaum durch einen Schneesturm fahren. Ich habe angehalten, um zu sehen, ob ich helfen kann."

J.D. stand auf und baute sich vor ihr auf. „Verdammt, und als du gemerkt hast, dass du es nicht konntest, warum zum Teufel bist du dann nicht weitergefahren, bevor der Sturm noch schlimmer wurde?"

„Weil ich ohne den Bus vor mir nicht hätte sehen können, wohin zum Teufel ich fahre. Ich kenne diese Straße nicht, und ich bin noch nie in einem Schneesturm gefahren. Ich wäre im nächsten Straßengraben gelandet und hätte drei Cheerleader – von denen eine deine Tochter ist – mit mir genommen. Ich musste anhalten."

„Verdammt, Kat." Er schlug mit der Faust auf den Tisch. „Ich hatte schon genug andere Sorgen, ohne befürchten zu müssen, dass du da draußen erfrierst."

Kats Zorn verflog. „Du hast dir Sorgen um mich gemacht?", fragte sie leise.

„Ja!"

Sie trat zu ihm, legte ihm die Hände auf die Arme und lächelte sanft. „Warum hast du das nicht gleich gesagt?"

„Ach, Kathryn." Er schloss sie in die Arme, drückte sie an sich und legte die Wange an ihre.

Seine Wärme und Stärke hüllten sie ein. Es war schön, in seinen Armen zu sein. „Normalerweise nennt mich niemand Kathryn", flüsterte sie. „Mir gefällt es, wie du es sagst."

Er seufzte. „Was soll ich bloß mit dir tun?"

„Das ist eine gute Frage."

„Tja, jetzt wissen wir, wo du nächstes Jahr um diese Zeit sein wirst."

Hoffentlich in deinen Armen, dachte Kat. „Wo denn?"

Er schob sie von sich und blickte sie betrübt an. „An irgendeinem warmen Ort mit viel befahrenen Straßen, wo du nicht wie heute enden kannst."

„Warum in aller Welt glaubst du das?"

J.D. seufzte. „Mach dir doch nichts vor, Kat. Wenn das Schuljahr im Frühling endet, wirst du nicht mehr lange bleiben. Bis dahin wirst du den Schnee, die Isolation, das Kleinstadtleben so satthaben, dass du nach Houston zurückkehrst."

Sie starrte ihn verblüfft an. „Glaubst du das wirklich?"

„Ja."

„Kannst du dich deswegen nicht entscheiden, wie du zu mir stehst?"

„Zum großen Teil."

„Wegen deiner Mutter?"

„Wegen meiner Mutter, meiner Exfrau, mindestens einem Dutzend anderer Frauen, die ich dir nennen könnte."

Kat erstarrte. „Deine Exfrau?"

Er zuckte nur die Achseln.

„Du kannst nicht einfach so eine Bemerkung einstreuen und es dabei belassen. Was ist mit deiner Exfrau? Was hat sie mit uns zu tun?"

„Nichts."

„Ach so?"

Er sagte nichts.

„Sie war aus einer Großstadt, oder?", vermutete Kat. „Und sie ist gegangen, weil es ihr hier nicht gefallen hat."

„Und?"

„Habe ich recht?"

J.D. seufzte und blickte zur Decke. „Maureen ist mit ihren Eltern hergezogen, als sie siebzehn war. Wir haben gleich nach ihrem Schulabschluss geheiratet." Er blickte Kat an. „Sie blieb, solange sie es aushielt."

Sie legte ihm eine Hand auf den Arm. „Es tut mir leid. Das muss sehr wehgetan haben."

Er schüttelte ihre Hand ab. „Zumindest hatte sie genug Verstand, um einzusehen, dass es für die Kinder hier besser ist als in all den Großstädten, die sie kennenlernen wollte."

Kat hatte ihre eigene Ansicht von einer Frau, die sich mehr für Großstädte als für Ehemann und Kinder interessierte, aber sie behielt es für sich. „Deine Mutter und deine Exfrau sind bestimmt nette Frauen. Sonst hättet du und dein Dad sie nicht geheiratet. Beide sind gegen ihren Willen nach Rangely gekommen, von ihren Eltern gezwungen. Und sie sind nicht bei der erstbesten Gelegenheit verschwunden, weil sich beide in einen Ryan verliebt haben."

Er grinste schief und sagte nichts.

„Es besteht ein großer Unterschied zwischen ihnen und mir, J.D."

„Meinst du damit, dass du dich nicht in einen Ryan verlieben wirst?"

„Ich meine damit, dass ich freiwillig nach Rangely gekommen bin. Gerade das, was ihnen nicht gefallen hat, nämlich das Kleinstadtleben, hat mich angezogen. Ich habe mich bewusst entschieden, hierherzuziehen und die Stelle anzunehmen."

„Du machst Witze."

„Du klingst wie Reva."

„Wer?"

„Eine Freundin aus Houston. Nicht so wichtig. Ich bin während meiner gesamten Kindheit von einer Militärbasis zur nächsten gezogen. Ich hatte nie einen Heimatort. Deswegen bin ich hergekommen. Um mich an einem Ort niederzulassen, den ich mein Zuhause nennen kann."

„Und was ist mit Houston?"

„Meine Eltern haben sich dort niedergelassen, als mein Dad in den Ruhestand getreten ist. Ich bin zufällig dort gelandet, wie deine Mutter und deine Exfrau in Rangely. Und ich habe weniger Bindungen an Houston, als sie an Rangely hatten."

Er schüttelte wortlos den Kopf.

Kat nahm ihn am Arm und drehte ihn zu sich um. „Mir gefällt es hier. Vielleicht ist es nicht sehr malerisch, aber einige Stadtteile sind schön. Und die Umgebung … Als ich das erste Mal zu deiner Ranch gefahren bin und die Berge und Täler gesehen habe … Verglichen mit anderen Orten, an denen ich gewohnt habe, ist es paradiesisch."

Sein Blick verriet, dass er ihr nicht glaubte.

„Aber vor allem die Leute machen Rangely zu etwas Besonderem. Sie sind freundlich und fleißig, und sie setzen sich für ihre Familien und ihre Stadt ein. Das gefällt mir. Mir gefällt, dass ich herzlich aufgenommen worden bin und Freunde gefunden habe. Mir gefällt die Vertrautheit."

„Ach ja? Und wie lange noch?"

„Du glaubst mir nicht."

„Ich glaube dir, dass du es selbst glaubst. Aber ich glaube, dass du die Dinge verherrlichst. Eines Tages wirst du aufwachen und merken, dass du genug hast."

Sie drückte seinen Arm fester. „Ich bin nicht wie deine Mutter und deine Exfrau."

„Das weiß ich."

„Wie kann ich dich dann davon überzeugen, dass ich bleiben werde?"

„Warum ist das so wichtig?"

„Weil es uns trennt."

Er schloss die Augen. „Ach, verdammt." Er zog sie in die Arme. „Reden wir nicht mehr davon. Lass uns einfach das Wochenende genießen und uns später um alles andere kümmern."

Kat nahm sein Gesicht zwischen die Hände. „Du hast recht. Wir reden später darüber. Du bist erschöpft. Zeig mir, wo das Bettzeug für die Couch ist, und dann kannst du schlafen gehen."

„Du schläfst nicht auf der Couch, sondern in meinem Bett."

Sie lächelte. „Irgendwie glaube ich, dass du es nicht so meinst, wie es klingt."

Er schloss die Arme fester um sie. „Und wenn doch?"

Eine Woge der Wärme überkam sie. „Ist es denn so?"

Er grinste. „Du schläfst in meinem Bett, und ich schlafe auf der Couch."

„Oh." Sie schüttelte den Kopf. „Du bist zu müde. Ich vertreibe dich nicht aus deinem Bett. Ich schlafe auf der Couch."

„Kommt nicht infrage. Dad wird im Morgengrauen aufstehen, herumklappern und dich wecken."

„Dich würde er auch wecken, und du hast in letzter Zeit doppelte Schicht gearbeitet."

„Stimmt. Aber ich lege mich dann in sein Bett. Außerdem ist Zach in langer Unterhose kein hübscher Anblick."

Kat lachte wie erwartet, während er sie in sein Schlafzimmer führte. Es war ein großer, holzgetäfelter Raum. Die Pinienmöbel, ein breites Bett mit Bücherbord und eine Kommode, waren mit Schnitzereien verziert. Der Teppichboden war waldgrün. Auf dem Bett lag eine grün-weiße Tagesdecke, und die Gardinen wiesen dieselben Farben auf.

Auf der Kommode lag seine Dienstwaffe. Daneben standen seine Stiefel. Eine Tür in einer Seitenwand führte in ein dazugehöriges Badezimmer.

„Saubere Handtücher sind unter dem Waschbecken." J.D. nahm ein weißes T-Shirt aus einer Schublade. „Darin kannst du schlafen."

„Danke." Sie versuchte, nicht daran zu denken, in seinem T-Shirt, zwischen seinen Laken, in seinem Bett zu liegen. „Soll ich nicht doch auf der Couch schlafen?"

Er legte ihr die Hände auf die Schultern. „Gönne es mir, auf der Couch von dir in meinem Bett zu träumen."

„Werden dich diese Träume nicht die ganze Nacht wach halten?"

Er grinste. „Irgendwie glaube ich nicht, dass du es so meinst, wie es klingt."

Sie errötete und lachte. „Eins zu eins."

„Leider könntest du recht haben."

Kat rang nach Atem und öffnete die Lippen. J.D. nutzte die Gelegenheit zu einem Kuss. Unter leichtem Druck seiner Hände auf ihren Schultern lehnte sie sich an ihn und genoss es, seine Lippen auf ihren zu spüren.

Zwei Wochen. Es war zwei lange Wochen her, seit sie ihn gefühlt, geschmeckt, gerochen hatte. Er fühlte sich warm und stark an. Er schmeckte nach Schokolade und roch nach frischer Luft.

Wie beim letzten Mal, als sie sich geküsst hatten, schien sie in

Empfindungen zu versinken. Ihre Erregung war so heftig wie nie zuvor. Doch diesmal ließ sie es geschehen. Ihre Angst, verschlungen zu werden, war töricht. Was immer auch geschah, sie blieb Kat Comstock, blieb eine eigenständige Person. Sie verdrängte die Angst, die Kontrolle zu verlieren.

J.D. spürte die Heftigkeit ihrer Reaktion. Er ließ die Hände an ihrem Rücken hinabgleiten und presste ihre Hüften an seine. Er konnte sich an keinen einzigen Grund erinnern, aus dem er sich ihr so lange ferngehalten hatte. Sie verkörperte für ihn von Anfang an alles, was er sich wünschte.

Zum Teufel mit seiner Angst. Zumindest dieses Wochenende über wollte er glauben, dass Kat niemals fortgehen würde. Vielleicht machte er sich selbst etwas vor, aber in diesem Moment, da ihr Verlangen, ihr Duft, ihre Weichheit ihn berauschten, war es ihm einerlei.

Er spürte seine Erregung wachsen und drückte Kat hinab auf das Bett. Die Matratze ächzte unter ihrem Gewicht. Er erschauerte, als Kat leise seufzte. Er bettete sich zwischen ihre Schenkel und stöhnte auf.

Er hob eine Hand von ihrer Taille zur Unterseite ihrer Brust. Sie bog sich seinen Fingern entgegen. Er stöhnte erneut. Sie war einfach vollkommen.

Begierig zu sehen und zu kosten, was er nur fühlte, löste er den Mund von ihrem und küsste ihre Kehle. Mit zitternden Fingern öffnete er die Knöpfe ihrer Bluse und ließ die Lippen hinabwandern.

Ihre Haut fühlte sich wie warme Seide an und schmeckte so lieblich wie Zuckerwatte.

Gelobt sei der Erfinder von BHs mit Vorderverschluss, dachte er. Nur ein Mann konnte das verzweifelte Bedürfnis danach verstehen. Im Nu war der Verschluss geöffnet.

J.D. schob den dünnen Stoff beiseite und betrachtete die zarte Haut mit den rosigen Knospen.

„Du bist wundervoll." Er küsste einen Pfad vom Tal zwischen ihren Brüsten bis zu einer Spitze. „So unglaublich süß."

„J.D."

Er hörte seinen Namen und erkannte, dass sie ihn bereits mehrmals gesagt haben musste.

„Hör auf. Bitte, hör auf." Sie drückte seinen Kopf nicht länger an ihre Brust, sondern stemmte die Hände gegen seine Schultern.

Atemlos hob J.D. den Kopf und musterte ihr Gesicht. Es freute ihn, dass sie ebenfalls außer Atem war, doch es verblüffte ihn, Panik in ihrem Blick zu sehen. „Was ist denn, Kat?"

Sie schloss die Augen und rang nach Atem.

Er rollte sich auf die Seite und zog sie mit sich. Dann erst fiel ihm ein, wo sie sich befanden. Er stöhnte. „Oh, nein."

„Genau."

Er schloss die Augen. „Ich kann nicht glauben, dass wir ... Die Kinder sind gleich nebenan."

„Ich weiß." Sie streichelte seine Wange mit ihrer zarten Hand. Das Geräusch rief ihm in Erinnerung, dass er sich nicht rasiert hatte. „Hat mein Bart dich gekratzt?"

„Nein."

Sein Puls normalisierte sich allmählich. „Mein Dad ist am anderen Ende des Flurs."

„Ich weiß."

Er konnte es immer noch nicht fassen. Nie hatte er eine Frau in dieses Haus gebracht, geschweige denn in sein Bett. Seit der Scheidung hatte kein anderes weibliches Wesen als Sandy dieses Zimmer betreten.

Einen flüchtigen Moment lang wünschte er verzweifelt, dass er daran gedacht hätte, die Schlafzimmertür abzuschließen. Doch es war die falsche Zeit und der falsche Ort. Er stöhnte erneut und drückte Kat an sich. „Es tut mir leid. Ich habe nicht nachgedacht."

„Ich auch nicht."

Sie schlüpfte aus seinen Armen und zog sich die Bluse über die Schultern, während sie sich aufsetzte. Ihre Wangen glühten mehr als zuvor vom eisigen Wind.

J.D. setzte sich ebenfalls auf, umschmiegte ihr Kinn und hob ihren Kopf. Er küsste flüchtig ihre Lippen. „Was soll ich sagen? Du machst mich verrückt."

Sie blickte ihn mit geheimnisvoll großen Augen an. „Wirklich?"

Er lächelte schmerzlich. „Das weißt du doch." Er wollte nach ihr greifen, schüttelte dann den Kopf. „Ich sollte lieber gehen, solange ich noch kann." Er wünschte ihr eine gute Nacht, stieg aus dem Bett und durchquerte den Raum.

„J.D.?"

Er blickte über die Schulter zurück und bereute es sogleich. Wusste sie überhaupt, was ihr Anblick mit zerzausten Haaren und geöffneter Bluse mitten auf seinem Bett ihm antat?

„Danke, dass du uns geholt hast."

Sein Puls hämmerte erneut. „Gern geschehen." Er wandte sich zum Gehen.

„J.D.?"

Er blieb erneut stehen, aber diesmal blickte er nicht zurück.

„Gute Nacht", flüsterte sie zärtlich.

Er konnte nur nicken, bevor er auf den Flur trat und die Tür schloss.

Kat hatte recht behalten. J.D. fand nur wenige Stunden Schlaf, in denen er von glutvollen grünen Augen und weichen Brüsten träumte. So glutvoll und weich, dass er voll erregt war, als er im Morgengrauen erwachte.

Eine ausgiebige Dusche kühlte ihn ab. Der eisige Wind auf dem Weg zu den Ställen kühlte ihn noch mehr ab. Trotz der Probleme, die ein derart heftiger Schneesturm mit sich brachte, lächelte J.D. vor sich hin. Es sah ganz so aus, als ob Kat auch an diesem Tag nicht nach Hause fahren konnte. Fröhlich half er seinem Vater bei der morgendlichen Versorgung des Viehs.

„Worüber bist du eigentlich so glücklich?", wollte Zach wissen. „Dieser Sturm lässt so bald nicht nach. Wir sitzen womöglich tagelang hier fest."

J.D.s Lächeln wurde breiter. „Ja, wahrscheinlich."

Zach breitete frisches Stroh in einer Box aus und trat hinaus auf den Gang. „Verdammt, du brauchst gar nicht so zufrieden zu ..." Dann lachte er. „Ach ja. Ich hätte fast unseren Hausgast vergessen. Wenn ich zehn Jahre jünger wäre ..."

„Wenn du wie viel jünger wärst?"

„Na gut, wenn ich zwanzig Jahre jünger wäre, würde ich es mit dir aufnehmen."

„Du und welche Armee?"

„Oho! Reichlich selbstsicher, wie?"

„Kann sein. Ich glaube, sie mag mich."

„Unsinn. Sie ist bestimmt nur dankbar, dass du sie aus dem Schneesturm gerettet hast."

„Eifersüchtig?"

„Verdammt richtig."

Durch die unbeschwerten Witzeleien schienen ihnen die Pflichten schneller von der Hand zu gehen. Dennoch war J.D. froh, als sie in die Wärme des Hauses zurückkehren konnten. Wenn es ihm nun noch gelang, Kat in Gegenwart der Familie gelassen zu begrüßen, dann konnte er stolz auf sich sein. Er hielt es für möglich. Immerhin dachte er seit drei oder vier Minuten nicht mehr an die vergangene Nacht.

Doch als sie kurz darauf zusammen mit Sandy die Küche betrat, raubte ihr Anblick ihm beinahe den Verstand.

„Ich habe Mrs. Comstock Sachen von mir geliehen", verkündete Sandy. „Ich finde es toll, dass wir dieselbe Größe haben."

J.D. schluckte schwer und räusperte sich. Zweimal. „Ja, toll". brachte er mühsam hervor.

Die schwarze Leggins sah aus, als wäre sie nur aufgesprüht. Das grün-weiße Sweatshirt, das ihr bis an die Hüften reichte, betonte ihre vollen Brüste.

Die beiden hatten keineswegs dieselbe Größe. Sandy füllte die Kleider bei Weitem nicht so aus. Andernfalls hätte er sie darin niemals aus dem Haus gelassen.

Im Laufe des Tages legte sich der Wind, und der Schnee fiel stark und dicht und beständig, so als wollte er nie wieder aufhören.

J.D. wischte die Sattelseife von Kats Stiefeln und stellte sie neben seine auf den Fußboden. Zum Glück war der Schnee trocken und hatte das weiche Leder nicht ruiniert.

Er starrte hinab auf ihre Stiefel neben seinen, und dabei kam ihm in den Sinn, wie gut Kat in sein Alltagsleben, in seine Familie passte. Der Gedanke beängstigte ihn zunächst, doch dann gewöhnte er sich langsam daran. Je mehr Zeit er mit ihr verbrachte, umso mehr sehnte er sich nach ihrer Gesellschaft. Und dabei ging es nicht nur um seine Hormone, obgleich sie eine Rolle spielten.

Er hatte sich in Kat verliebt. In ihm wuchs die Sehnsucht, sie zu einem Teil seines Lebens zu machen, einem wichtigen Teil, auf dauerhafter Basis.

Du liebe Güte, denkst du etwa an Heirat? schoss es ihm durch den Kopf. Die Frage erschreckte ihn.

Er beobachtete sie, während sie mit Zach an einem Puzzlespiel arbeitete. Er beobachtete, wie sie lachte und witzelte. Er beobachtete, mit welch aufrichtiger Zuneigung sie Mike und Sandy anblickte, die vor dem Fernseher auf dem Sofa lagen.

Sie schien einfach hineinzupassen. In sein Leben, in seine Arme. Und er wusste, dass sie vollkommen zusammenpassen würden, falls – wenn sie jenen nächsten Schritt wagten, den sie beinahe in der vergangenen Nacht gewagt hätten. Ja, vielleicht dachte er wirklich an Heirat.

11. Kapitel

Besorgt nagte Kat an der Unterlippe. Es war jedoch nicht der Straßenzustand, der sie beunruhigte. Die Schneepflüge hatten irgendwann während der Nacht die Straßen geräumt und etwa einen Meter hohe Schneewände zu beiden Seiten aufgetürmt. Und J.D. bewältigte die Fahrt in die Stadt wie ein Profi.

Nein, ihre Sorge galt nicht den Straßen. Es ging um sie selbst. Das Wochenende mit J.D. und seiner Familie hatte sich als eine Enthüllung erwiesen. Oder vielmehr als eine Bestätigung. Als Einzelkind ohne richtige Wurzeln hatte sie immer vermutet, dass sie Teil einer größeren Familie sein wollte. Sie hatte recht behalten.

Die Ryan-Familie war zwar an sich nicht groß, aber größer als ihre eigene. Und sie wollte mehr davon. Mehr von J.D., seinen Kindern, seinem Vater, ja sogar seinem Bruder, der während des Wochenendes zweimal angerufen hatte.

Sie wollte ein Teil jener Wärme und Verbundenheit sein, der sanften Hänseleien, der gutmütigen Rivalität, der Kameradschaft. Und all diese Dinge würde sie durch den Mann, den sie sich mehr als alles und jeden anderen wünschte, bekommen können.

Aber wie sollte sie mit den Gefühlen klarkommen, die sie jedesmal überwältigten, wenn er sie küsste, sie berührte oder nur auf eine gewisse Weise anblickte? Ganz zu schweigen von dem Vorfall im Schlafzimmer in der vergangenen Nacht. Es war himmlisch gewesen und beängstigend zugleich. Dennoch hatte sie nicht völlig die Kontrolle verloren und erkannt, dass Ort und Zeit falsch gewesen waren.

Trotz ihrer Sorge lächelte sie unwillkürlich, als sie sich vorstellte, dass der Tag kommen würde, an dem Ort und Zeit richtig waren.

„Du musst angenehme Gedanken haben", bemerkte J.D.

„Sehr angenehm."

„Willst du sie mir nicht verraten?"

Sie atmete tief durch. „Ich habe nur gedacht, welch schöner Tag heute ist."

Er blickte zweifelnd zum düsteren Himmel. „Wenn du meinst."

Kat musterte das tief verschneite Tal. Wie war sie nur auf die Idee gekommen, dass sie ihre Identität verlieren würde, wenn sie mit J.D. schlief? Nach all den heißen Küssen und Liebkosungen, die sie sich geschenkt hatten, war sie schließlich immer noch dieselbe. „Ja, das meine ich ganz eindeutig."

Als sie Rangely erreichten, waren die Straßen ebenfalls geräumt. Entlang der Main Street schaufelten Ladenbesitzer die Gehsteige und Eingänge frei, und ein Schneepflug bearbeitete den Parkplatz des Supermarkts. Als J.D. in Kats Straße einbog, befreite ihr Nachbar gerade seine Veranda vom Schnee.

„Jemand hat meinen Wagen hergebracht!", rief sie verwundert, als sie die Trans Am vor ihrem Haus stehen sah.

„Wir haben hier einen höchst wirkungsvollen Abschleppdienst."

„Du hast es veranlasst, stimmt's?"

Er lächelte. „Ist dir das einen Kuss wert?"

„Das lasse ich dich wissen, wenn wir uns den neugierigen Blicken entzogen haben", entgegnete sie und nickte ihrem Nachbarn zu.

„Feigling."

„Ich doch nicht. Ich bin nur ... schüchtern."

„Du warst in deinem ganzen Leben noch nie schüchtern.

Aber ich lasse es dir diesmal durchgehen. Allerdings kostet es dich einen zweiten Kuss."

Kat lächelte. „Wie gesagt, ich werde es dich wissen lassen." Sie stieg aus und versank in vierzig Zentimeter hohem Schnee. „Wie gut, dass Sandy mir ihre alten Gummistiefel gegeben hat."

„Allerdings." J.D. stieg ebenfalls aus und holte eine Schaufel aus dem Kofferraum.

Während er den vorderen Gehweg in Angriff nahm, holte sie ihren Schneeschieber aus der Garage und bearbeitete die Auffahrt. Als J.D. fertig war, löste er sie ab, während sie ins Haus ging und Kaffee aufsetzte.

Einige Minuten später betrat er die Küche. Er zog sich Handschuhe, Mantel und Stiefel aus und rieb die Hände aneinander. Seine Wangen waren gerötet vor Kälte. „Hm, herrlich", murmelte er, als sie ihm einen dampfenden Becher reichte. „Danke."

„Ich danke dir. Ich hätte ewig gebraucht, um alles allein wegzuschaufeln. Und die Gummistiefel waren sehr nützlich. Vergiss nicht, sie mit nach Hause zu nehmen."

Er schüttelte den Kopf. „Sandy hat gesagt, dass du sie behalten kannst. Sie hat neue rote. Schwarz ist ihrer Meinung nach langweilig."

Kat lächelte und lehnte sich zurück an den Unterschrank. „Du hast eine wundervolle Familie."

„Ja." Er trat vor sie und stellte seinen Becher ab. „Weißt du auch, was das Beste an meiner Familie ist?"

Ihr Puls raste, als er sich ihr näherte. „Nein. Was denn?"

Er stützte beide Hände auf den Schrank und hielt sie zwischen seinen Armen gefangen. „Das Beste …" Er stieß mit den Schenkeln an ihre. „… an meiner Familie ist …" Er senkte den Kopf, bis sein Mund ihren berührte. „… dass sie nicht hier ist."

Die zarte Berührung ihrer Lippen verwandelte sich augenblicklich in einen verzweifelten, hungrigen Kuss. J.D. presste sich an sie. Die Erregung kam atemberaubend schnell. Er wollte

Kat verschlingen, sich in ihr verlieren, mit ihr zu einer Einheit verschmelzen.

Sie bewegte die Hüften an seinen, und er konnte ein Stöhnen des Entzückens nicht zurückhalten und umschmiegte ihre Brüste. Kat rang nach Atem.

Wie damals, als er sie zum ersten Mal erblickt hatte, erschütterte sie ihn bis ins Innerste. Der Gedanke hätte ihn verschrecken müssen. Stattdessen presste er sich an sie und steigerte seine Erregung, bis es beinahe schmerzte.

Er strich mit den Daumen über ihre Brustspitzen. Sie reagierte mit einem leisen Stöhnen.

Es geschah viel zu schnell. Sie fühlte sich zu gut an, roch zu lieblich, schmeckte zu köstlich. Außer Atem löste er die Lippen von ihren. „Kat, halt mich zurück. Jetzt sofort."

Sie küsste sein Kinn. „Warum?"

„Weil ich mich gleich nicht mehr selbst zurückhalten kann."

Sie erschauerte. Mit pochendem Herzen und weichen Knien blickte sie ihm in die Augen. „Versprochen?"

Er rang nach Atem. „Ist das dein Ernst?"

„Ja."

„Ich will dich. Ich will dich in meinem Leben und in meinem Bett."

Sie lächelte. „Würdest du dich mit meinem Bett zufriedengeben?"

Er küsste sie hart. „Ich will dich so sehr, dass mir der Küchenboden reichen würde. Es liegt bei dir. Ich will dich einfach."

„Ich will dich auch, und ich bin hier. Aber das Bett ist da drinnen." Sie nahm ihn bei der Hand und führte ihn ins Schlafzimmer.

Die untergehende Sonne tauchte den Raum in einen goldenen, warmen Schein. J.D. hob Kat auf die Arme, trug sie zum Bett und legte sich zu ihr auf die weiche Decke.

Sie schlang die Arme um seinen Nacken und küsste ihn, und

er verlor die quälende Angst, dass sie nicht bleiben würde, dass es ihr einziges Mal sein könnte. Er verlor die Kontrolle, und er verlor sein Herz. „Ich brauche dich", flüsterte er.

„Ich bin bei dir. Liebe mich, J.D. Liebe mich."

Auf ihr Drängen hin rollte er sich zwischen ihre Schenkel. Selbst durch ihre und seine Jeans spürte er ihre Hitze, und sie spürte seine Erregung. Sie hob ihm die Hüften entgegen. Nie zuvor hatte sie sich so entflammt vor Verlangen nach einem Mann gefühlt. Nur nach diesem Mann. Aus Angst, den Bann zu brechen, presste sie die Lippen zusammen, um es ihm nicht zu sagen. Es war nicht der Augenblick für Worte.

Sie nahm alles, was er ihr bot, und gab alles, was sie hatte.

Mit eifrigen Fingern öffnete J.D. ihre Bluse. Ebenso begierig öffnete sie sein Hemd. Als er ihre Brust durch die Spitze des BHs umschmiegte, atmete sie tief ein und reckte sich ihm entgegen.

Verzweifelt entkleideten sie einander. Dann umschmiegte er erneut ihre Brust. Sie war verloren, und er ebenso. Sie fühlte sich so weich, so seidig, so warm und lebendig unter seiner Hand an.

Er löste den Mund von ihren Lippen und ließ ihn an ihrer Kehle hinabwandern, zu ihren vollen Brüsten. Er wollte sich Zeit lassen, wollte die Spitzen liebkosen und beobachten, wie sie sich verhärteten, aber er vermochte es nicht. Genüsslich nahm er eine Knospe in den Mund und saugte.

Kat seufzte vor Entzücken. Er schob eine Hand zwischen ihre Schenkel. „Bitte", flehte sie atemlos. „Bitte."

„Ja", flüsterte er rau und drang langsam in sie ein.

Tränen brannten in ihren Augen. Zum ersten Mal im Leben fühlte sie sich vollständig. Sie umklammerte seine Hüften, wollte mehr.

Ihre heftige Reaktion erregte J.D. unglaublich, raubte ihm den Atem und verdrängte jeglichen Gedanken.

Und plötzlich erreichten sie den Gipfel der Leidenschaft.

Atemlos klammerten sie sich aneinander, stöhnten auf in einer so heftigen, so verzückenden Erlösung, dass es sie beide bis ins Innerste erschütterte.

Erst als sich Kats Atem beruhigte, setzte die Panik ein. In J.D.s Armen hatte sie die Kontrolle über ihren Verstand, ihren Körper, ihre Seele verloren. Ihr Verstand kehrte zurück, und auch ihr Körper würde bald wieder ihr gehören. Aber ihre Seele bekam sie vielleicht nie wieder zurück.

Voller Naivität hatte sie geglaubt, dass sie sich nicht ändern würde, wenn sie mit ihm schlief. Aber sie war nicht mehr sie selbst.

„Tu es nicht."

Sie öffnete die Augen und fand J.D. über sich gebeugt. „Was soll ich nicht tun?"

„Du ziehst dich zurück, schließt mich aus."

Er sah zu viel. Sie senkte den Blick auf seine Brust. „Sei nicht albern."

Er lehnte die Stirn an ihre. „Sprich mit mir. Was ist los?"

Kat schloss die Augen und schluckte schwer. Sie konnte nicht mit ihm sprechen. Sie wusste nicht, was sie sagen sollte.

Als sie nicht antwortete, zog er sich zurück, unterbrach den intimen Kontakt. Sie fühlte sich leer, und die Panik verstärkte sich. Es durfte nicht sein, dass sie sich ohne ihn so leer fühlte. Sie konnte ihm nicht in die Augen sehen, konnte den Schmerz und die Unsicherheit auf seinem Gesicht nicht ertragen. Sie presste die Lippen zusammen, fühlte sich gefangen und hasste sich selbst dafür.

Was zum Teufel ist schiefgegangen?

Diese Frage stellte J.D. sich unablässig, während er nach Hause fuhr. Doch er fand keine Antwort.

Ein Dutzendmal wollte er umdrehen und zu Kat zurückfahren. Er hätte nicht gehen sollen, ohne auf eine Erklärung für ihr seltsames Verhalten zu bestehen. Aber er hatte den leeren Blick ihrer Augen nicht ertragen können.

Er redete sich ein, dass sie vielleicht nur ein bisschen Zeit brauchte, um ein derart überwältigendes Erlebnis zu verkraften.

Ihr Liebesspiel war einfach unglaublich gewesen. Nie zuvor war er so sehr von der glutvollen Leidenschaft einer Frau verzehrt worden. Ihre heftige Reaktion hatte ihn völlig überwältigt.

Sobald er zu Hause eintraf, stürmte er zum Telefon und wählte ihre Nummer. „Warum, Kat?", verlangte er zu wissen, sobald sie sich meldete. „Was zum Teufel ist schiefgegangen?"

Beim Klang seiner tiefen, sanften Stimme geriet sie erneut in Panik. „Es tut mir leid, J.D., aber ich kann momentan nicht reden."

„Sag mir, was passiert ist, Kat", bat er in schmerzlichem Ton. „Warum hast du dich von mir abgewendet?"

Sie schloss die Augen gegen ihren eigenen Schmerz und ihre Angst, die ihr die Kehle zuschnürte. „Ich ... mein Toast verbrennt. Ich muss auflegen", murmelte sie und beendete das Gespräch.

12. Kapitel

Kat ließ das Telefon das ganze Wochenende über klingeln. Doch sie hätte wissen müssen, dass sie J.D. dadurch nicht lange abwehren konnte. Am Dienstagabend, als sie in der Garage gerade Lebensmittel aus ihrem Wagen lud, fuhr er vor ihrem Haus vor.

Bei seinem Anblick stieg eine verräterische Wärme in ihr auf. Doch sie wollte ihn nicht begehren. Sie wollte sich nicht erneut an ihn verlieren. Sie wollte nicht zulassen, dass er ein Gefühl der Vollständigkeit in ihr erweckte. Sie war vollständig, sie ganz allein. Sie brauchte ihn nicht.

Er stieg aus seinem Wagen und näherte sich ihr mit entschlossenem Schritt. Sie presste die Einkaufstüte an sich und versuchte, seine Miene zu deuten. Eine Sonnenbrille verbarg seine Augen. Seine Kieferpartie wirkte jedoch grimmig.

Er griff nach der Tüte in ihren Armen. Aus Angst vor ihrer eignen Reaktion auf seine Berührung wich sie zurück. Das Knistern der steifen Papiertüte wirkte laut in der Stille. „Ich brauche keine Hilfe."

„Ist das die einzige Tüte?"

„Ja."

Er trat beiseite und ließ sie passieren. Sie wollte das Garagentor schließen, doch er kam ihr zuvor.

„J.D., ich bin heute Abend sehr beschäftigt."

„Das mag sein, aber was immer du geplant hast, wird warten müssen. Du und ich werden jetzt reden."

Sie schüttelte den Kopf. „Das glaube ich nicht."

„Ich schon. Das ist eine Situation, über die du ausnahmsweise mal nicht die Kontrolle hast."

„Was soll das denn heißen?"

„Genau das, was ich eben gesagt habe. Ich bin es leid, im einen Moment verführt und im nächsten weggestoßen zu werden."

„Das musst du gerade sagen! Genau das tust du von Anfang an mit mir. Vielleicht will ich ja nicht mehr deine Spielgefährtin sein."

„Wer sagt denn, dass ich spiele?"

„Du hast es selbst gesagt. Du hast mir gleich am Anfang gesagt, dass du keine ernste Beziehung willst."

„Dann habe ich es mir vielleicht anders überlegt. Vielleicht will ich jetzt doch eine ernste Beziehung. Verdammt, viel ernster als letzten Sonntag in deinem Bett kann es wohl kaum werden."

Kat erstarrte. Seine Worte sandten einen Schauer über ihren Rücken, und erotische Bilder schossen ihr durch den Kopf.

„Es ist an der Zeit, die Angel einzuholen oder den Köder zu kappen, Kat. Wenn du mich wirklich willst, gehöre ich dir. Aber lass mich nicht länger zappeln. Wenn du einen Mann willst, den du an die Leine legen kannst und nur freilässt, wenn es dich gerade juckt, dann bin ich nicht der Richtige für dich."

„Das ist nicht fair." Kat blickte ihn entsetzt an. „Das kannst du nicht wirklich glauben."

„Was soll ich denn sonst glauben?"

Sie wirbelte herum und marschierte zur Haustür.

„Du warst genauso heiß auf mich wie ich auf dich. Bis du bekommen hattest, was du wolltest. Danach konntest du mir nicht mal mehr in die Augen sehen", warf er ihr vor.

„So war es nicht, und das weißt du ganz genau." Sie schloss die Tür auf und stürmte hinein.

J.D. folgte ihr in die Küche und stellte die Einkaufstüte recht unsanft auf den Schrank. „Dann sag es mir, verdammt! Was ist passiert?"

Kat schluckte schwer. „Ich ... ich weiß es nicht."

„Komm schon." Er riss sich die Sonnenbrille von der Nase und warf sie auf den Tisch. „Du wolltest mich."

Kat schloss die Augen und ließ den Kopf hängen. „Ich hatte keine Ahnung, was ..."

„Wovon hattest du keine Ahnung? Herrje, du redest, als wärst du noch Jungfrau gewesen!"

Sie rieb sich die Arme. „In Anbetracht der Geschehnisse hätte ich es sein können."

J.D. blickte sie verblüfft an. „Du meinst, du hast nie ... du bist nie ..."

„Nicht so", flüsterte sie.

„Kat ..."

Er griff nach ihr, doch sie wich ihm aus und begann, die Tüte auszupacken und die Lebensmittel auf den Tisch zu stellen. Sie spürte, dass er jede ihrer Bewegungen beobachtete. Ihre Hände zitterten.

„Für mich war es auch so wie nie zuvor", verkündete er sanft. „So ist es nun mal, wenn zwei Menschen sich lieben."

Kat wirbelte zu ihm herum und starrte ihn an. Er stand kaum einen halben Meter entfernt, zum Greifen nahe. Die Dose Bohnen in ihrer Hand entglitt ihr, landete mit einem Knall auf dem Boden und rollte unter den Tisch.

„Ja, ich liebe dich", bestätigte er. „Es überrascht dich nicht mehr als mich selbst. Ich hätte nie gedacht, dass ich mich wieder verlieben könnte, und ich wollte es auch nicht." Er strich mit einem Finger über ihre Wange.

Seine Berührung sandte ein Prickeln bis hinab in ihre Zehenspitzen. Sie wich zurück.

„Meine Gefühle zu dir sind so furchtbar stark", fuhr er fort. „Es war noch nie so für mich. Ich dachte ... du würdest ebenso empfinden."

Kat ballte die Hände zu Fäusten, um ihr Zittern zu unterdrücken. Er klang so ruhig. Wie konnte er so ruhig klingen, wenn seine Worte so heftige Verwirrung, Ungläubigkeit, Hoffnung und Panik in ihr erweckten?

Sie schluckte schwer und betete, ihre Stimme möge nicht verraten, wie nahe sie den Tränen war. „Ich ... ich weiß nicht, was ich sagen soll. Ich brauche Zeit, J.D. Ich muss nachdenken. Du erweckst in mir das Gefühl, dass ich mich selbst verliere. Das kann ich nicht zulassen."

„Ich glaube nicht, dass du befürchtest, dich selbst zu verlieren. Du bist daran gewöhnt, deine Schüler zu beherrschen, ständig das Sagen zu haben. Bei mir kannst du das nicht. Das macht dir angst."

Kat schluckte erneut. Jeglicher Protest blieb ihr in der Kehle stecken. Wie konnte sie die Wahrheit leugnen?

„Ich weiß, dass du nicht lange bleiben wirst, selbst wenn du etwas anderes glaubst. Aber ich erwarte ein bisschen Ehrlichkeit."

Sie schüttelte den Kopf und schlang die Arme um ihren Oberkörper. „Ich weiß nicht, was ich sagen soll."

„Ich schütte dir mein Herz aus, erkläre dir meine Liebe, und du weißt nicht, was du sagen sollst? Nun, das sagt wohl so ziemlich alles, oder?"

Als sie nicht antwortete, legte er einen Finger unter ihr Kinn. Mit sanftem, aber entschiedenem Druck zwang er sie, ihn anzublicken.

„Wenn du mich willst, Kathryn, gehöre ich dir. Aber ich erwarte dasselbe von dir. Keine halben Sachen, keine Verschlossenheit. Ich will dich ganz oder gar nicht. Ich lasse mich nicht auf Distanz halten und komme dann angerannt, wenn du mit den Fingern schnippst, weil du meinst, dass du mich gerade verkraften kannst."

Kat blinzelte gegen die Feuchtigkeit in ihren Augen an. Mit verschleiertem Blick beobachtete sie, wie er sich abwandte und zur Tür hinausging. Der hohle Klang seiner Stiefel auf dem Gehweg sandte eine Träne über ihre Wange, und dann noch eine und noch eine.

Sie sank auf den nächsten Stuhl und ließ den Tränen freien Lauf. Sie hatte ihn verloren. Er liebte sie, aber er verlangte zu viel. Entschieden zu viel.

Kats Tränen waren kaum versiegt, als das Telefon klingelte. „Lass mich in Ruhe", murrte sie und putzte sich die Nase.

Es klingelte immer wieder. Sie wusste, dass es diesmal nicht J.D. sein konnte. Daher griff sie schließlich zum Hörer. Sie war nur wenig erleichtert, als sie die Stimme ihres Exmannes hörte. Ihr war nicht danach zumute, über alte Zeiten zu reden.

„Hi, Püppchen, wie ist das Leben in der Wildnis?"

Elendig, dachte sie. „Prima. Wie steht's in Houston?"

„Auch prima, aber du klingst nicht so gut. Hast du geweint? Geht's dir nicht gut?"

Kat schniefte unwillkürlich. „Doch, es geht mir gut. Ich habe nur irgendeine Allergie."

Bill lachte. „Wahrscheinlich eine negative Reaktion auf all den Schnee, den ihr letztes Wochenende bekommen habt."

Eher eine negative Reaktion auf einen bestimmen Mann, dachte sie. „Wahrscheinlich."

„Hör mal, ich rufe an, um dich zu fragen, ob du am Wochenende herkommen kannst. Ich habe einen Käufer für dein Haus und könnte für Samstag einen Termin ausmachen. Es sei denn, du hast es dir anders überlegt und willst zurückkommen."

„Natürlich habe ich es mir nicht anders überlegt. Ich buche für Freitagabend einen Flug und rufe dich Samstag früh an", erwiderte sie entschieden.

Bill bot ihr wesentlich mehr als die Gelegenheit, ihr Haus zu verkaufen. Er bot ihr die Chance, für ein paar Tage aus Rangely wegzukommen. Weg von den ständigen Erinnerungen an J.D. Weg von der ständigen Gefahr, ihm zu begegnen.

Vielleicht konnte sie in Houston zur Abwechslung einmal klar denken und entscheiden, was sie tun sollte. Dort verlangte niemand etwas von ihr, schon gar nicht die Kontrolle über ihr Leben.

Am Samstag betrat J.D. mit Luke die Eisenwarenhandlung und traf Gwen.

„Hi, Jungs", sagte sie mit einem Grinsen. „Ich wette, du fühlst dich einsam, J.D."

„Warum sollte ich mich einsam fühlen?"

„Na ja, da Kat nach Houston gefahren ist, dachte ich ..."

J.D. fühlte sich, als hätte er einen Schlag in den Magen erhalten. Er hatte geplant, Kat ein paar Tage Zeit zu lassen, um zu überdenken, was er ihr bei ihrer letzten Begegnung gesagt hatte. Er war sich so sicher gewesen, dass sie seine Gefühle erwiderte. Offensichtlich hatte er sich geirrt.

Nur in einem Punkt hatte er recht behalten: dass sie es nicht lange in Rangely aushalten würde. Schon beim ersten Anzeichen von Schwierigkeiten war sie mit fliegenden Fahnen nach Houston zurückgekehrt.

Er holte tief Luft und versuchte, sich zu entspannen. Es hatte keinen Sinn, sich anmerken zu lassen, wie elend er sich plötzlich fühlte. „Ach", entgegnete er mit erzwungener Gelassenheit, „ich glaube, ich werde es überleben."

„Sicher", neckte Gwen, „du bist groß und stark. Und sie ist ja nur übers Wochenende weg."

Dieses Mal, dachte er. Nächstes Mal ein bisschen länger, und eines Tages dann für immer.

Während Luke den neuen Wasserhahn für seine Küche bezahlte, stürmte J.D. zur Tür hinaus. Er brauchte frische Luft.

Der Wind war frisch und kalt und brannte auf seinen Wangen, linderte aber nicht seinen Kummer.

Luke kam aus dem Geschäft. Sie stiegen in seinen Wagen und fuhren zu seinem Haus. „Du hast es nicht gewusst, oder?"

J.D. spähte aus dem Seitenfenster. „Was habe ich nicht gewusst?"

„Dass Kat übers Wochenende nach Houston gefahren ist. Sie hat es dir nicht gesagt, oder?"

„Warum hätte sie es mir sagen sollen? Wenn sie verreisen will, geht es mich nichts an."

„Da habe ich etwas anderes gehört."

„Du hörst zu viel."

„Nach allem, was ich gehört habe", fuhr Luke unbeirrt fort, „läuft zwischen dir und Kat Comstock eine ganz heiße Sache."

Lief, dachte J.D., es lief eine heiße Sache. Zu Luke sagte er: „Warum gehst du nicht jemandem die Temperatur messen und lässt mein Liebesleben in Ruhe?"

„Oho! Wir sind aber empfindlich, wie?"

„Halt dich da gefälligst raus, Luke."

Luke bog in seine Auffahrt ein. „Ja, du weist alle Symptome auf. Du ziehst ein langes Gesicht, bist unbeherrscht und zuckst beim Klang eines bestimmten Namens zusammen."

J.D. öffnete die Wagentür. „Es gibt bestimmt irgendwo ein Dutzend Leute, die hören wollen, was du zu sagen hast. Zufällig gehöre ich nicht dazu."

Luke grinste ihn an. „Aha, das vierte Symptom. Das Thema meiden. Es hat dich wirklich schlimm erwischt. Und da du nicht bereit bist, es zuzugeben, sage ich dir offen meine Diagnose. Du bist verliebt, großer Bruder."

„Und du, kleiner Bruder, hast den Verstand verloren."

„Symptom Nummer fünf." Luke lachte. „Leugnen. Ich fürchte, dein Zustand ist kritisch."

„Und ich fürchte, du musst den blöden Hahn allein einbauen. Ich habe was Besseres zu tun, als mir dein Gewäsch anzuhören." J.D. wandte sich ab und ging zu seinem Wagen am Bürgersteig.

„J.D.?", rief Luke ihm nach. Seine Belustigung war verflogen. „Willst du darüber reden?"

J.D. blieb stehen. Er wusste das Angebot zu schätzen, aber er schüttelte den Kopf. „Sinnlos. Es ist aus und vorbei."

„Mit dir und Kat?"

„Ja."

Luke trat zu ihm. „Was ist passiert? Hast du endlich eine Frau gefunden, die nicht springt, wenn du mit den Fingern schnippst?" Als J.D. nicht antwortete, fuhr er fort: „Was ist los, großer Bruder? Ist Kat nicht ein bisschen Mühe wert?"

„Geh deinen verdammten Hahn reparieren", knurrte J.D. und wandte sich ab.

Luke legte ihm eine Hand auf die Schulter. „He, es tut mir leid. Du kennst mich doch. Ich weiß nie, wann ich aufhören muss. Das Angebot steht noch. Wenn du reden willst, halte ich den Mund und höre zu."

„Danke, aber diesmal nicht. Wie gesagt, es ist aus und vorbei. Sie hat ihre Entscheidung getroffen."

Es war beinahe Mitternacht, als Kat am Freitag in Houston aus dem Flugzeug stieg, doch die Luft war mild. Und sie trug Winterkleidung.

Niemand holte sie ab. Sie hatte vergessen, ihren Eltern ihr Eintreffen mitzuteilen, und nun war es zu spät, sie anzurufen.

Sie mietete sich einen Wagen für das Wochenende und fuhr zu dem Stadtteil, in dem Bills Büro lag, um sich in der Nähe ein Zimmer zu nehmen.

Während der Fahrt schalt sie sich selbst. Sie hatte die Chance beim Schopf ergriffen, ein paar Tage fortzufahren, um nachdenken zu können. Doch sie konnte nicht auf Erkenntnisse hoffen, wenn sie nicht einmal ehrlich zu sich selbst war.

Sie hatte keineswegs vergessen, ihre Eltern anzurufen. Vielmehr scheute sie sich vor einer Begegnung mit ihnen. Denn die dunklen Ringe unter ihren Augen würden Fragen aufwerfen. Fragen, auf die sie keine Antworten hatte.

Doch sie konnte ihren Eltern nicht aus dem Weg gehen. Sie würden von Bill, der die beiden immer noch mindestens einmal im Monat besuchte, erfahren, dass sie in der Stadt war. Daher beschloss sie, nach dem Hausverkauf am nächsten Tag bei ihnen vorbeizufahren.

Als sie am Samstagmorgen zu Bills Büro fuhr, überraschte sie das üppige Grün ringsumher. Im Gegensatz zu Rangely, wo das Land ausgedörrt war und nur durch künstliche Bewässerung Grünflächen entstanden, war es in Houston von Natur aus grün. Überall standen leuchtend grüne Eichen, Pappeln, Pinien und ein Dutzend andere Bäume, die sie nicht benennen konnte. Und in allen Straßen blühten farbenfrohe Blumen. Rangely hingegen war zu dieser Jahreszeit farblos. Das Gras war unter Schneeresten verborgen, und die Pappeln und Ulmen waren kahl. Doch in Houston fühlte Kat sich nicht zu Hause, und diese Erkenntnis überraschte sie nicht einmal.

Sie parkte den Leihwagen neben Bills Mercedes und betrat sein Büro. Nachdem die Papiere für den Hausverkauf unterzeichnet waren, ging sie mit ihm essen. Dann fuhr sie zu ihren Eltern. Anscheinend sagte und tat sie das Richtige, denn niemand warf ihr vor, dass sie sich seltsam benahm, und niemand fragte, was mit ihr nicht stimmte.

Zum Glück, dachte sie, denn sie hatte keine Antwort darauf. Nichts stimmte mehr. Wie konnte sie sich nach einem Mann sehnen und dennoch die Gefühle fürchten, die er in ihr erweckte?

„Okay, Mädchen", sagte sie am Samstagabend in ihrem Hotel zu sich selbst, „es ist an der Zeit, die Angel einzuholen oder den Köder zu kappen, wie besagter Mann es ausdrücken würde."

Sie hatte zwei Möglichkeiten. Entweder sie beendete die Beziehung, oder sie tat es nicht. Allein die Vorstellung, dass er nie wieder in ihrer Nähe sein würde, sie nie wieder anlächelte, nie wieder küsste, war unerträglich.

Dieses Wochenende in Houston rief ihr in Erinnerung, wie gewöhnlich, wie lau, wie langweilig ihr Leben vor J.D. gewesen war. Das Leben mit ihm hingegen war interessant und aufregend. Und beängstigend.

Und selbst wenn sie ihn nicht mehr sah, bedeutete es nicht, dass sie aufhörte, ihn zu lieben. Das war das Schlüsselwort. Das Wort, das sie seit Wochen mied, das er sie aber nicht länger ignorieren ließ. Doch sie brauchte keine Seelenforschung zu betreiben, um zu wissen, dass sie ihn über alle Maßen liebte.

Und weil sie ihn liebte, wollte sie ihre Beziehung nicht beenden. Das bedeutete, dass sie nach Hause fahren und ihm sagen musste, wie sehr sie ihn liebte. Die Frage war nur, wie sie ihre törichte Angst überwinden sollte.

„J.D., was soll ich nur tun?", flüsterte sie vor sich hin. Wenn sie ihm ihre Gefühle erklärte, konnte er ihr vielleicht helfen, eine Lösung zu finden. Sie musste es versuchen.

13. Kapitel

Der Flug von Houston nach Denver schien eine Ewigkeit zu dauern, ebenso wie das Warten auf den Anschlussflug nach Grand Junction. Doch schließlich, am frühen Nachmittag, saß Kat in ihrem Wagen und befand sich auf dem Weg nach Hause. Sie wählte eine Route, die sie dicht an der Ryan-Ranch vorbeiführte. Dennoch blieb abzuwarten, ob sie den Mut aufbringen konnte, J.D. aufzusuchen.

Meile um Meile verlief die Straße schnurgerade und eben. Dann jedoch, in den Gebirgsausläufern, folgten scharfe Kurven und steile Anstiege. Doch zum Glück waren die Straßen frei von Schnee und Eis.

Schließlich erreichte Kat den Douglas-Pass, und die Straße schlängelte sich hinab ins Tal. Meile um Meile überlegte sie, was sie J.D. sagen sollte. Meile um Meile wusste sie nur, dass sie ihm ihre Liebe gestehen musste.

Ihre Handflächen wurden feucht, als sie in die Auffahrt zur Ranch einbog. Was war, wenn er sie nicht sehen wollte? Was war, wenn er ihr noch immer böse war? So, wie sie sich bei ihren letzten zwei Begegnungen verhalten hatte, konnte sie es ihm nicht verdenken.

Es war niemand zu Hause. Sie wusste es, noch bevor sie ausstieg, und ihr Klopfen an der Haustür blieb tatsächlich unbeantwortet.

„Prima", murrte sie vor sich hin und marschierte zu ihrem Wagen zurück. „Seit Stunden rede ich mir Mut zu, und er ist nicht hier."

Sie fuhr nach Hause und verbrachte den Abend damit, alle

halbe Stunde auf der Ranch anzurufen. Um elf Uhr abends gab sie es schließlich auf.

Sie schlief schlecht, und am Montagvormittag in der Schule musste sie sich zwingen, Mike oder Sandy nicht auszufragen, wo sie den Sonntag verbracht hatten oder wie es ihrem Vater ging. Von Anfang an hatte sie es zum Prinzip erhoben, ihre Schüler nicht zu benutzen, um Informationen über J.D. zu erhalten.

Kat wusste, dass J.D.s Dienst gewöhnlich um vier Uhr nachmittags endete. Daher hielt sie sich zu dieser Zeit in der Bibliothek gegenüber der Stadtverwaltung auf. Während sie geistesabwesend in verschiedenen Büchern blätterte, spähte sie durch das Fenster und behielt die Tür im Auge, durch die er kommen musste, um zu seinem Wagen am Straßenrand zu gelangen.

Und dann sah sie ihn. Ihr Puls beschleunigte sich allein bei seinem Anblick.

Jede seiner Bewegungen, jede seiner Gesten war ihr schmerzlich vertraut. Mit großen Schritten eilte er zu seinem Wagen.

Hastig legte sie das Buch in ihrer Hand fort, verabschiedete sich von der Bibliothekarin und stürmte hinaus in den kalten Nordwind. „J.D., warte!", rief sie.

Er blieb am Straßenrand stehen und wirbelte zu ihr herum. Ihre Blicke begegneten sich. Seine Augen leuchteten erleichtert auf. Dann jedoch, als sie sich ihm näherte, sah sie Schmerz in seinen Augen, der sie zutiefst rührte. Sie streckte eine Hand aus, um ihn zu berühren.

Er wich zurück, und sein Blick wurde nichtssagend.

„J.D.?"

„Kathryn." Er nickte ihr zu, tippte an den Schirm seiner Uniformmütze, drehte ihr dann den Rücken zu und stieg in seinen Wagen.

Kat blieb wie angewurzelt stehen. Verblüfft beobachtete sie, wie er den Motor startete und davonfuhr.

Nach dem Unterricht am nächsten Tag musste Kat eine Konferenz mit den Eltern einiger Schüler abhalten, deren Versetzung gefährdet war. Als sie die Schule verlassen konnte, war es beinahe sechs Uhr. Zu spät, um J.D. beim Verlassen seines Büros zu erwischen.

Aber sie hatte die feste Absicht, ihn an diesem Abend zu sprechen, selbst wenn sie ihn auf der Ranch aufsuchen musste. Sie fuhr zum „Chism's", um dort zu Abend zu essen und sich zu überlegen, wie sie J.D. dazu bringen konnte, sie anzuhören.

Der Anblick seines Explorers auf dem Parkplatz ließ ihre Hände zittern. Sie holte tief Luft und trat ein.

Die Imbissstube war überfüllt. J.D. saß an einem Fenstertisch, zusammen mit Zach und Luke. Kat hätte lieber an einem ruhigeren Ort mit ihm gesprochen, aber das konnte sie sich nun nicht aussuchen.

Sie holte erneut tief Luft, nahm ihren ganzen Mut beisammen und trat an den Tisch.

„He, Kat", sagte Luke mit einem Lächeln. „Wie geht's dir? Willst du dich zu uns setzen?"

„Nein, danke." Es fiel ihr schwer zu reden, während Luke und Zach sie anblickten und J.D. sie ignorierte. „Ich ... äh ... ich möchte gern mit J.D. sprechen." Sie wartete, bis er sie endlich anblickte. „Falls du eine Minute Zeit für mich hast."

„Natürlich hat er eine Minute für dich, Kat", warf Zach ein. „Jeder Mann könnte wesentlich mehr Zeit für dich aufbringen als eine Minute."

Sie versuchte zu lächeln, aber sie war sich nicht sicher, ob es gelang.

„Was willst du?", fragte J.D.

Ihre Handflächen wurden feucht. „Könnten wir unter vier Augen reden?"

Er bedachte sie mit einem resignierten Blick. „Sicher." Langsam, beinahe widerwillig, erhob er sich.

Kat blickte sich im Lokal um. Kein einziger Tisch war frei. „Könnten wir einen Moment nach draußen gehen?"

Er nickte und bedeutete ihr vorzugehen.

Auf dem Parkplatz herrschte ein reges Kommen und Gehen. Der einzige Ort, an dem sie ungestört reden konnten, schien ihr Auto zu sein. Sie ging zur Fahrertür, und J.D. begab sich zur anderen Seite.

Als sie eingestiegen waren, wusste Kat zunächst nichts zu sagen. Reiß dich zusammen, ermahnte sie sich. Sie straffte die Schultern und starrte durch die Frontscheibe. „Warum hast du mich gestern einfach stehenlassen?"

„Wahrscheinlich war ich der Meinung, dass es zwischen uns nichts mehr zu sagen gibt."

Kat wirbelte zu ihm herum und starrte ihn fassungslos an. Er konnte es nicht ernst meinen! „Einfach so? Nur weil ich ein bisschen Angst gekriegt und mich wie ein Idiot benommen habe?"

Er holte tief Luft und blickte an ihr vorbei. „Eigentlich hat es nichts damit zu tun."

„Bist du sicher?"

„Es ist inzwischen unwichtig. Du und ich hätten nie versuchen sollen, mehr als Freunde zu sein."

Kat fühlte sich, als würde sie mit einem Fremden reden. „Was soll das denn heißen? Du hast doch gesagt ..."

„Ich weiß, was ich gesagt habe. Du hast auch einige Dinge gesagt, an jenem Abend auf der Ranch. Hast sie mich sogar für eine Weile glauben lassen."

Ihr Herz hämmerte. „Was für Dinge?"

Er blickte sie an, doch im Dämmerlicht konnte sie den Ausdruck seiner Augen nicht erkennen. „Dinge wie zum Beispiel, dass du freiwillig nach Rangely gekommen bist, wie sehr es dir hier gefällt, dass du hier Wurzeln schlagen willst."

„Und ich habe es ernst gemeint."

„Ja, vorübergehend. Dann, beim ersten Anzeichen von Problemen, bist du zurück nach Hause gefahren. Du hast nicht sehr lange gebraucht, um zu vergessen, wie sehr du Rangely magst."

„Darum geht es also? Um meinen Trip nach Houston?" Plötzlich kam Kat sich dumm vor. Sie hätte wissen müssen, dass er es falsch auffassen würde. „Ich bin nach Houston gefahren, um mein Haus zu verkaufen", entgegnete sie in der Gewissheit, dass das Problem durch diese einfache Erklärung gelöst sei.

Seine Augen leuchteten flüchtig auf. Dann schüttelte er den Kopf. „Das ist unwichtig."

„Ich bin nur übers Wochenende gefahren, nicht für immer. Ich bin wieder hier."

„Diesmal."

„So wenig vertraust du mir? Du glaubst wirklich, dass ich nicht bleiben werde?"

„Ich glaube, dass du tun wirst, was du tun musst. Und ich glaube, dass es mich nichts angeht."

„Wie bitte?"

„Mir gefällt mein Leben, wie es ist, oder wie es war, bevor du gekommen bist. Nett und ruhig. Voraussehbar. Eine Beziehung mit dir bringt zu viel Unruhe in mein Leben. Ich will mich nicht bei jedem Wort, das ich zu dir sage, fragen müssen, ob es dir missfällt und dich eventuell vertreiben könnte."

„Verdammt, J.D., ich bin nur nach Houston gefahren, um die Papiere für den Hausverkauf zu unterschreiben."

„Das bedeutet nicht, dass du nicht wieder zurückgehen oder in eine andere Großstadt ziehen wirst."

„Das ist doch dumm."

„Ungefähr so dumm wie dein eiskaltes Verhalten, nachdem wir miteinander geschlafen haben", konterte er. „Du bist nach Houston gefahren, weil du Angst hattest, dich bedroht gefühlt hast. Wenn man sich so fühlt, geht man instinktiv dorthin, wo man sich sicher fühlt. Und du bist nach Houston gegangen."

Kat biss verzweifelt die Zähne zusammen. Er benutzte Houston vorsätzlich als Vorwand für einen Streit. Nun, wenn er Streit suchte, dann sollte er ihn haben. „Wir Normalsterblichen tun hin und wieder Dinge, die überlegene Wesen wie du wohl nicht verstehen können."

„Oh, ich verstehe durchaus. Sogar zu gut. Ich bin nur nicht bereit, mit deiner drohenden Abreise zu leben. Es ist die Mühe nicht wert." Er öffnete die Tür und schwang ein Bein hinaus.

Panik stieg in ihr auf. Er wollte gehen. Sie konnte es nicht fassen. „Ich dachte, du liebst mich", flüsterte sie erstickt.

„Das bedeutet nicht, dass es mir gefallen muss." Mit einem letzten Blick in ihr Gesicht sagte J.D. sanft: „Leb wohl, Kathryn."

Verdammt. Warum musste er ihren Namen so aussprechen? So sanft und leise wie damals in seiner Küche?

„Man sieht sich." Er stieg aus und schloss die Tür.

Kat zwang sich eisern, ihm nicht zu folgen, als er ins „Chism's" zurückkehrte. Ihre Augen brannten. Er wollte nichts mehr mit ihr zu tun haben. Es war vorbei. Und sie war nicht dazu gekommen, ihm zu sagen, dass sie ihn liebte.

14. Kapitel

Das Quietschen von Basketballschuhen und das Prellen des Balles hallten durch die Sporthalle. Begeisterte Rufe, Schiedsrichterpfiffe, verzweifeltes Gestöhne, kindliches Geschrei und Stimmengewirr erfüllten das Gebäude.

Kat hoffte, dass all der Lärm ihren Entschluss und ihr Selbstbewusstsein stärken sowie ihre Nerven beruhigen würde. In der vergangenen Woche hatte sie einiges in die Wege geleitet, um J.D. durch Taten zu beweisen, dass sie in Rangely Wurzeln zu schlagen gedachte. Und an diesem Abend wollte sie ihn zwingen, sie anzuhören, selbst wenn sie dazu lauter schreien musste als jeder Cheerleader.

Von ihrem Platz auf halber Höhe der Tribüne neben Gwen und Keith und deren Kindern musterte sie jeden Nachzügler auf der Suche nach J.D. Er musste einfach kommen. Nur ein äußerster Notfall konnte ihn davon abhalten, sich ein Heimspiel anzusehen.

Als das erste Viertel des Spiels vorüber war, spürte sie Tränen aufsteigen. Offensichtlich kam er doch nicht.

„Du bist ja so still", bemerkte Gwen über Debbies Kopf hinweg.

Kat spähte zu ihr hinüber. „Wir hatten diese Woche Klassenarbeiten. Das Korrigieren hat mich angestrengt."

„Tja, nun", sagte eine tiefe Stimme vom Platz neben Kat, wo einen Moment zuvor nur ihr Mantel gelegen hatte. „Dann scheine ich genau das zu sein, was der Doktor verordnet hat."

J.D., durchfuhr es sie, obwohl sie eigentlich wusste, dass es nicht seine Stimme war. Sie drehte sich um und erblickte Luke.

„Vor allem, wenn man bedenkt, dass ich selbst der Doktor bin", fügte er mit einem Grinsen hinzu. „Hier, halt mal."

Kat nahm den Becher Limonade, den er ihr reichte. Er zog sich den Mantel aus, legte ihn auf ihren und schob beide beiseite, damit er sich neben sie setzen konnte.

Verwundert fragte sie sich, was er vorhaben mochte. Er war nett, und sie mochte ihn, aber er hatte ihr nie zuvor besonders viel Aufmerksamkeit geschenkt.

Doch das schien er jetzt wettmachen zu wollen, indem er ihr einen Moment später den Becher abnahm, ihr einen lauten Kuss auf die Wange gab und sagte: „Danke, Püppchen."

Kat starrte ihn fassungslos an. „Bist du verrückt geworden?"

„Lächle, Sweetheart", entgegnete er grinsend. „Du-weißt-schon-wer beobachtet uns."

„Wo?" Aufgeregt suchte Kat die steile Tribüne ab, und tatsächlich erblickte sie J.D. unter den Zuschauern. Er trug verwaschene Jeans und ein blaues Flanellhemd unter seiner Daunenjacke. Er stand hoch aufgerichtet da, und allein sein Anblick ließ ihr Herz höher schlagen.

Dann sah sie sein Gesicht. Müdigkeit, Kummer und Zorn hatten tiefe Linien um Augen und Mundwinkel gegraben. Seine dunkelbraunen Augen, die sie früher einmal voller Leidenschaft angeblickt hatten, drohten sie nun vor kalter Verachtung erstarren zu lassen.

„Sieh ihn nicht an", flüsterte Luke. „Lächle."

„Ich muss mit ihm reden." Sie erhob sich.

Luke zog sie wieder hinab. „Bleib sitzen."

„Was soll das?"

Er beugte sich näher zu ihr. „Ich nehme die Sache in die Hand. Da ihr beide nicht zusammenfindet, werde ich nachhelfen."

„Das ist lieb von dir, und ich weiß es zu schätzen, aber ich muss mit ihm reden." Sie wollte erneut aufstehen.

Luke schloss eine Hand um ihren Arm und drückte sie hinab.

„Ich weiß nicht, was mit euch los ist. Ich weiß nur, dass er sich elend fühlt, und du siehst auch nicht besonders glücklich aus. Ich bin der Meinung, dass ich euch helfen kann. Schlimmer kann es durch mich kaum werden."

Kat warf einen Blick hinunter. J.D. stand nun mit dem Rücken zur Tribüne. In steifer Haltung umklammerte er das Geländer mit beiden Händen und starrten auf das Spielfeld.

Sie blickte Luke an und schüttelte den Kopf. „Ich weiß es zu schätzen, aber du kannst nichts tun."

„Nun gut. Kommen wir zum Kern. Liebst du meinen Bruder oder nicht?"

„Luke!", rief sie gequält.

„Antworte mir. Liebst du ihn?"

Sie blinzelte, als ihre Augen plötzlich brannten. „Über alles."

„Das dachte ich mir. Aber er scheint zu glauben, dass es zwischen euch aus ist."

„Ich weiß. Deshalb muss ich ja mit ihm reden. Lass mich aufstehen, Luke."

Er schüttelte den Kopf. „Wenn J.D. sich etwas in den Kopf gesetzt hat, nützt reden nichts. Vertrau mir. Ich kenne ihn mein Leben lang."

„Luke, ich muss unbedingt mit ihm sprechen."

„Nein. Du musst ihn dazu bringen, den ersten Schritt zu tun. Du musst ihn glauben lassen, dass es seine Entscheidung ist, wieder mit dir zusammenzukommen."

Kat musterte seine ernste Miene. „Okay. Nehmen wir mal an, dass du recht hast. Aber wie soll ich das Unmögliche erreichen? Er sieht mich ja nicht mal an. Er wird niemals den ersten Schritt tun."

„Oh doch, er wird." Luke rückte näher und legte ihr einen Arm um die Schultern. „Er wird nicht umhin können. Lächle mich an. Er beobachtet dich wieder."

„Du willst doch wohl nicht ... Luke, das ist verrückt. J.D. wird nicht eifersüchtig."

„Das meinst du. Also gut, wenn du nicht freiwillig lächelst, dann machen wir es auf die harte Tour. Wie nennt man einen Bumerang, der nicht zurückkommt?"

Kat blinzelte verwirrt und schüttelte den Kopf.

„Einen Stock."

Sie unterdrückte ein Schmunzeln. „Wenn du mich zum Lachen bringst, wird J.D. auch nicht hierherstürzen."

„Du bist ein schwieriger Fall. Okay, dann werden wir etwas persönlicher." Er beugte sich zu ihr und hielt den Mund dicht an ihr Ohr. Für jeden Zuschauer sah es so aus, als flüsterte er ihr etwas Intimes zu. „Wie nennt man es, wenn eine Blondine sich die Haare brünett färbt?"

Kat stöhnte.

„Künstliche Intelligenz."

Sie konnte nicht anders. Ein lautes Lachen entrang sich ihr, bevor sie beide Hände vor den Mund schlug.

„Das war schon ganz gut." Luke nahm ihre Hände und hielt sie fest. Mit der Nase an ihrem Ohr sagte er: „Zwei Blondinen halten an einer Ampel. Die Fahrerin bittet die andere Blondine, auszusteigen und nachzusehen, ob der Blinker funktioniert. Also steigt die andere aus und geht zum Heck. ‚Funktioniert er?' fragt die Fahrerin. Die andere antwortet: ‚Ja, nein, ja, nein …'"

Kat lachte erneut, und diesmal konnte sie es nicht hinter den Händen verbergen.

„Das war schon besser. Nun wollen wir doch mal sehen …"

Er erzählte einen dummen Witz nach dem anderen. Sie lachte, bis ihr der Bauch wehtat, bis ihr Tränen über die Wangen rannen. Ein paar Minuten lang vergaß sie ihren Schmerz, und dass J.D. dafür nahe genug stand, um zu sehen, dass sie sich an seinen Bruder lehnte, und um ihr Lachen zu hören, das übertrieben heftig angesichts der albernen Witze war.

„Siehst du, was für ein großartiger Doktor ich bin? Es wird schon besser."

Kat schüttelte schmunzelnd den Kopf. „Du bist ein Idiot. Ich glaube nicht, dass es klappen wird, aber ich liebe dich dafür, dass du dir die Mühe machst, es zu versuchen."

„He, hört mal alle her!", rief Luke. „Die Lady sagt, dass sie mich liebt!"

„Luke!", tadelte Kat vorwurfsvoll. Aus den Augenwinkeln sah sie J.D. erstarren. Ohne sie anzublicken, stürmte er davon zum nächsten Ausgang.

„Was geht da drüben vor?", wollte Gwen wissen. „Ich dachte, du hättest nur Augen für den älteren Ryan."

Kat zwang sich zu einem Lächeln und blickte zum Spielfeld hinab. „Ja. Ich habe wirklich eine Schwäche für Zach."

„Oho!", rief Gwen. „Entdecke ich da Ärger im Paradies?"

Paradies? Das war noch lächerlicher als Lukes alberne Witze. Die Liebe war nicht das Paradies, sondern die Hölle.

„Luke, ich halte es nicht für eine gute Idee", protestierte Kat.

„Es ist eine ausgezeichnete Idee. Vertrau mir."

Sie schüttelte den Kopf und vergrub die Hände tiefer in den Manteltaschen, damit ihr endlich wärmer wurde. „Selbst wenn er auftaucht, ändert es nichts. Es kümmert ihn nicht, mit wem ich zusammen bin."

„Machst du Witze? Du hast sein Gesicht nicht gesehen, als ich den Arm um dich gelegt hatte. Mensch, wenn Blicke töten könnten, wäre ich jetzt eine Leiche."

Es war schwer, aus Lukes Worten keine Hoffnung zu schöpfen. Konnte er recht haben? War J.D. wirklich eifersüchtig?

Nein. Er dachte vermutlich nur, dass sie unangenehm auffiel. Vielleicht fürchtete er, dass die Leute ihn hänseln könnten. Die ganze Stadt hatte über ihr häufiges Beisammensein geredet. Seine Freunde würden ihn unweigerlich damit aufziehen, dass sie sich beim Basketballspiel mit Luke amüsiert hatte.

Sie schüttelte den Kopf. „Ich glaube, du irrst dich."

„Das wäre vielleicht möglich. Es ist zwar nicht der Fall, aber wenn du das glauben willst, okay. Trotzdem bin ich der Doktor, und ich verschreibe dir eine weitere Dosis Lachen und Spaß. Nachdem du wochenlang mit J.D. in der ganzen Stadt gesehen worden bist, hast du dich in letzter Zeit verdächtig rar gemacht. Du musst ausgehen."

Insgeheim hoffte Kat, dass J.D. tatsächlich auftauchte und eifersüchtig genug war, um sie zur Rede zu stellen. Falls der Plan nicht aufging, konnte sie J.D. am nächsten Tag immer noch ansprechen.

Luke fuhr zum „Last Chance" und stellte den Wagen am Straßenrand ab, da kein Parkplatz mehr frei war. „Prima", sagte er. „Es ist brechend voll. Genau das, was du brauchst."

Das Restaurant war tatsächlich gut besucht. Er nahm Kat bei der Hand, ging von Tisch zu Tisch und begrüßte alle Leute, die er kannte – was praktisch auf jeden Anwesenden zutraf. Und er sagte nicht nur hallo. Er sprach über das Spiel, erkundigte sich nach Familie und Freunden, lauschte den Antworten. Und er bezog Kat in jedes Gespräch ein, so als wäre es völlig natürlich, dass sie bei ihm war, dass er ihre Hand hielt.

Etwa zwanzig Minuten verstrichen, bis er schließlich den Tisch wählte, an dem Gwen und Keith saßen. Nur ein Platz war noch frei.

Während Kat sich nach einem weiteren leeren Stuhl umblickte, setzte Luke sich und zog sie mit einem Ruck am Handgelenk hinab auf seinen Schoß.

Sie schrie erschrocken auf und protestierte: „Luke, was soll das?"

Er lächelte und schlang die Arme um ihre Taille. „Nimm's leicht, Sweetheart. Das ist nur weitere Medizin für dich. Du brauchst einen Mann, der dich zu schätzen weiß."

Gwen schürzte die Lippen und zog die Augenbrauen beinahe bis zum Haaransatz hoch.

Kat verdrehte die Augen. „Nun, wenn du einen kennst, dann lass es mich wissen."

Er legte die Lippen an ihr Ohr. Sein warmer Atem fühlte sich angenehm auf ihrer Haut an, aber das war auch alles. Kein Schauer rann ihr über den Rücken, keine Woge der Wärme stieg in ihr auf.

„Showtime, Püppchen. Gib dir Mühe. Falls er nicht kommt, wird er zumindest davon hören – von allen."

Kat erstarrte. Würde J.D. kommen? Würde dieser verrückte, kindische Plan tatsächlich aufgehen?

Sie spielten mit ihm. J.D. wusste es, aber er konnte dennoch nicht verhindern, dass er sich vor Eifersucht verzehrte.

Sein Verstand sagte ihm, dass Kat und Luke nicht aneinander interessiert waren. Das traute Gehabe beim Basketballspiel sah ganz nach einem typischen Streich von Luke aus.

J.D. hätte die Ranch verwettet, dass er niemals auf ein derart idiotisches, kindisches Spiel hereinfallen würde. Er konnte unmöglich eifersüchtig wegen etwas sein, das absolut nichts bedeutete. Vor allem, wenn dieses „Nichts" zwischen seinem Bruder – der zudem sein bester Freund war – und einer Frau stattfand, mit der er selbst nichts mehr zu tun haben wollte.

Aber der Klang ihres Lachens während des Ballspiels hatte in ihm derart heftige Empfindungen erweckt, dass seine Hände gezittert hatten. Zum Teufel mit ihr! Warum konnte sie nicht einfach nach Houston zurückkehren und ihn sein eigenes Leben führen lassen?

Aber nein, sie musste in dieser Stadt leben, musste seine Kinder in Geschichte unterrichten, musste mit seinen Freunden befreundet sein. Musste sich mit seinem Bruder amüsieren.

Verbittert lachte er auf und stieg aus dem Explorer. Er war mit Luke auf ein Bier im „Last Chance" verabredet. Und er beabsichtigte ernsthaft, seinem kleinen Bruder zu sagen, dass der kindische

Trick, ihn eifersüchtig zu machen, nicht funktionierte. Nie im Leben hätte er zugegeben, wie gut er funktionierte.

Er hatte Kat gesagt, dass er sich nicht von ihr gängeln lassen wollte. Wem wollte er etwas vormachen? Sie übte mehr Kontrolle über ihn und seine Gefühle aus als er selbst.

Und mit dem ersten Schritt in das Restaurant verlor J.D. in einem Anfall von übermächtigem Zorn den kleinen Rest an Kontrolle, der ihm noch geblieben war.

Verdammt! Zum Teufel mit ihr! Wie konnte sie es wagen, auf dem Schoß seines Bruders zu sitzen und unbeschwert zu lachen, während er selbst sich so elend fühlte?

Bewusst biss er die Zähne zusammen, um nicht laut zu fluchen. Bewusst ballte er die Hände, damit sie nicht zitterten. Unbewusst stürmte er durch den Raum und ignorierte die Begrüßungen von Freunden.

Kat schrie erschrocken auf, als sie grob am Arm gepackt wurde. Sie blickte zornig auf und sah nur den Rücken des Mannes, der sie so heftig von Lukes Schoß zerrte, dass sie beinahe stolperte. Doch das reichte. Ihr Herz pochte heftig. J.D.

Ja, es war J.D. Der Mann, der ihr eine Woche zuvor Lebewohl gesagt hatte, zerrte sie nun unter Gelächter und Pfiffen und verblüfften Blicken durch das überfüllte Restaurant. Es hatte geklappt! Lukes alberner Plan war tatsächlich aufgegangen!

J.D. wirbelte zu ihr herum und raubte ihr dabei das Gleichgewicht. Sie landete an seiner Schulter. „Sag ja kein Wort."

Es war nicht sein Befehl, der sie veranlasste, ihre Zunge zu hüten. Es war vielmehr der wilde Blick in seinen Augen und die Stärke seines Griffes. Sie wusste, dass er ihr niemals bewusst körperlich wehtun würde. Aber die Tatsache, dass er ihren Arm beinahe schmerzhaft festhielt, selbst durch den dicken Mantel, hielt sie davon ab, ihm sofort zu sagen, was sie von seinen Höhlenmensch-Manieren hielt. Wie sehr sie diese Höhlenmensch-Manieren liebte.

„He, J.D.!", rief Luke durch den Raum. „Wo willst du mit meiner Freundin hin?"

Kat zuckte zusammen. J.D. war nicht in der Stimmung, geneckt zu werden. Er war wütend, ja geradezu fuchsteufelswild. Vielleicht hatte Lukes Plan ein bisschen zu gut funktioniert.

J.D. blieb stehen und drehte sich langsam zu Luke um. „Was hast du gesagt?", entgegnete er leise und sanft zwischen zusammengebissenen Zähnen.

Offensichtlich verstand Luke ihn dennoch ausgezeichnet. „He, kein Problem", sagte er. „Wenn du sie willst, kannst du sie haben. Lass es mich nur wissen, wenn du sie leid wirst. Sie passt recht gut auf mein Knie."

Hör auf, Luke, flehte Kat im Stillen.

J.D. spürte, wie er auch noch den letzten Rest an Beherrschung verlor. Ihm blieben nur zwei Möglichkeiten. Er konnte entweder zurückgehen und Luke einen Kinnhaken verpassen oder aber schleunigst verschwinden, bevor er sich vor der halben Stadt noch mehr zum Narren machte.

Er entschied sich für einen Abgang. Er war zur Tür hinaus und auf halbem Wege zu seinem Wagen, als ihm bewusst wurde, dass er Kat noch immer am Arm festhielt. Verdammt, nun brachte sie ihn sogar dazu, sie wie ein Barbar herumzuzerren.

Er öffnete die Wagentür und verfrachtete sie hinein. „Wenn du auch nur ein verdammtes Wort sagst, dann schalte ich die Sirene und das Blaulicht ein und fahre die ganze Strecke zu deinem Haus mit fünf Meilen pro Stunde."

J.D. zuckte innerlich zusammen über seine Drohung. Ihr Haus lag nur etwa sechs Häuserblocks entfernt. Er traute ihr durchaus zu, es darauf ankommen zu lassen.

Doch das Glück schien ihm ausnahmsweise gewogen zu sein. Kat gab während des ganzen Weges keinen Laut von sich.

15. Kapitel

Als J.D. vor ihrem Haus anhielt, wollte Kat sich in seine Arme werfen, ihn küssen und ihm sagen, wie sehr sie ihn liebte. Doch seine verbissene Miene hielt sie davon ab. Vielleicht hatte Lukes Plan tatsächlich zu gut funktioniert.

Sie musste ihn irgendwie dazu bringen, sie ins Haus zu begleiten, aber sie bezweifelte, dass er eine höfliche Einladung annehmen würde. Wenn sie Lukes Philosophie befolgen wollte, musste sie J.D. glauben lassen, dass es seine Idee war, ihr zu folgen.

Sie holte tief Luft und fragte: „Du glaubst doch nicht wirklich, dass zwischen Luke und mir etwas ist, oder?"

Der Ausdruck in seinen Augen ließ sie erstarren. Er glaubte es tatsächlich! Wie konnte er nach allem, was zwischen ihnen vorgefallen war, annehmen, dass sie sich für einen anderen Mann interessierte?

Wütend – auf ihn und sich selbst und Luke – sprang Kat auf die Straße und knallte die Tür so heftig zu, dass der Wagen zitterte. Sie stapfte durch den verharschten Altschnee zum Haus, gefolgt von J.D.s knirschenden Schritten.

Sobald sie das Haus betreten hatten, schaltete sie die nächstbeste Lampe ein, schleuderte Schlüssel und Handtasche auf die Couch und wirbelte zu ihm herum.

Er hielt ihren Blick gefangen, während er die Tür hinter sich schloss. Ein Muskel zuckte an seinem Kiefer. Seine Nasenflügel bebten. Und seine Augen wirkten hart, sehr hart. „Ihr habt euch köstlich amüsiert heute Abend, wie? Du und mein Bruder?"

„Was kümmert dich das? Du hast gesagt, dass es zwischen uns aus ist."

Er trat einen Schritt auf sie zu. „Ich weiß, was ich gesagt habe."
Kat war nach Schreien zumute. Wie konnte er ihr so etwas antun? Wie konnte er derart heftige Gefühle in ihr erwecken und sie dann wegstoßen, so als bedeutete sie ihm gar nichts? Wie konnte er glauben, dass sie ihn mit seinem Bruder betrog? Und wenn er es wirklich glaubte und mit ihr fertig war, warum war er dann so wütend?

„Was willst du eigentlich von mir?", rief sie verzweifelt.

„Nichts!", schrie er zurück. „Alles. Zu viel."

„Zu viel wovon?", hakte sie nach.

„Hiervon." Blitzschnell ergriff er ihre Schultern und zog sie an sich. „Hiervon, verdammt."

Und dann küsste er sie. Sein Mund war hart und zornig, aber sie spürte sein Verlangen. Sie lehnte sich matt an ihn. Ihr eigenes Verlangen erwachte. Die hart erarbeitete Beherrschung entglitt ihr, und sie ließ es zum ersten Mal bewusst geschehen. J.D. brauchte sie. Sie spürte es an der Heftigkeit seiner Umarmung, schmeckte es an seinen Lippen, hörte es an seinem tiefen Stöhnen, fühlte es an dem Pochen seines Herzens.

Er brauchte nicht ihren Stolz oder ihre Beherrschung. Er brauchte sie. Und sie brauchte ihn.

Sie hatte sich selbst und Luke ihre Liebe eingestanden, aber nun erst, in J.D.s Armen, begann sie die Stärke ihrer Gefühle zu begreifen. Tränen brannten in ihren geschlossenen Augen. Mit zitternden Händen berührte sie sein Gesicht. Er gehörte ihr, und sie gehörte ihm. Was immer er brauchte, wollte sie ihm geben.

J.D. spürte die zarte Berührung ihrer zitternden Finger an den Wangen und glaubte zu träumen. Nur in seinen Träumen erzitterte sie von seinem Kuss. Nur in seinen Träumen schmiegte sie sich so vertrauensvoll an ihn.

Aber es war kein Traum. Sie umschmiegte sein Gesicht und erwiderte seinen Kuss voller Zärtlichkeit.

Er hob den Kopf und blickte ihr in die Augen. Was er dort sah, das Vertrauen, die Treue, die Aufrichtigkeit, raubte ihm den Atem. Er sehnte sich danach, diesen Augenblick für immer festzuhalten.

In diesem Moment gehörte sie ihm. Er sah es in ihren Augen, spürte es an ihrer Berührung. Aber für wie lange? Ein Anflug von Angst beschlich ihn.

Wie lange würde es dauern, bis sie erkannte, dass er Dinge von ihr verlangte, die sie zu geben fürchtete, Dinge wie Zweisamkeit und eine feste Bindung?

Er senkte den Kopf und küsste sie erneut. Was immer auch am nächsten Morgen geschehen mochte, er wollte diese Nacht mit ihr, brauchte sie dringend. In dieser Nacht nahm sie alles, was er hatte, und gab sich selbst dafür.

Seine Erregung wuchs, steigerte sich zu dem unbändigen Verlangen, sich in ihr zu verlieren.

Er schob ihr den Mantel von den Schultern und schleuderte ihn blindlings durch den Raum. Er wollte sich die Jacke vom Körper reißen, aber Kat kam ihm zuvor.

Ungeduldig zog er ihre Bluse aus dem Bund der Jeans und schob die Hände unter den Stoff. Ihre nackte Haut unter seinen Fingern erweckte in ihm den heftigen Drang, sie auf der Stelle zu lieben.

Erschauernd brach er den Kuss ab und rang nach Atem.

Sie blinzelte, und aus ihren Augen sprachen heftige Gefühle. Dann lehnte sie die Stirn an seine Schulter. „Ich hatte Angst, J.D."

Er erstarrte. „Wie bitte?"

Sie hob den Kopf. „An dem Tag, als wir uns geliebt haben. Ich hatte Angst."

„Vor mir? Du hattest Angst vor mir? Bitte nicht, Kat. Bitte, hab keine Angst vor mir."

Sie legte sanft die Finger auf seine Lippen. „Nein, nicht vor dir."

„Wovor dann?"

„Ich ... es ist so schwer zu erklären. Ich habe mich nie zuvor so ... überwältigt gefühlt. Die Gefühle, die du in mir erweckt hast, die du jetzt in mir erweckst, sind viel stärker als alles, was ich je erlebt habe. Ich habe vollkommen die Kontrolle verloren. Das ist mir vorher noch nie passiert. Danach habe ich mich gefühlt, als hätte ich einen wichtigen Teil von mir verloren und würde ihn nie zurückkriegen."

J.D. sah die Verwirrung in ihren Augen und wählte seine Worte sehr behutsam. „Dann sind wir jetzt wohl quitt. Du raubst mir auch die Beherrschung, Kat. Und du hast recht. Du hast wirklich einen Teil von dir verloren. Ich habe auch einen Teil von mir verloren. Einen wundervollen Augenblick lang gab es kein Du mehr, kein Ich mehr. Da war nur noch ein einziges Wesen, ein ganz besonderes Wesen, das ‚Wir' heißt. Wir haben dieses Wesen erschaffen, Kat. Du und ich."

Verstand sie ihn? Nahmen seine Worte ihr die Angst, oder verstärkten sie sie nur noch mehr?

„Dieser Teil von dir ist nicht verloren." Er legte sich ihre Hand auf das Herz. „Er ist hier, Kat, und wenn du ihn zurücknimmst, bleibt eine große Leere zurück, die ich nie wieder füllen kann."

Ihre Lippen zitterten. „Du bist ein höchst ... erstaunlicher Mann. Ich liebe dich, J.D. Mehr, als ich es je für möglich gehalten hätte."

Seine Knie wurden weich. Er küsste sie erneut. Er versuchte, sanft und liebevoll zu sein, wollte sie nicht verängstigen. Doch sie schmiegte sich an ihn, auf eine andere Art als je zuvor. Es erschien ihm wie eine völlige Hingabe von Herz, Körper und Seele.

„Glaubst du", murmelte sie an seinen Lippen, „dass wir uns wieder mit diesem ‚Wir' beschäftigen könnten?"

Sein Lachen klang eher wie ein erleichtertes Seufzen. „Ja", flüsterte er. „Natürlich."

Er hob sie hoch und trug sie ins Schlafzimmer. Dort setzte er sich auf das Bett und zog sie auf seinen Schoß.

Sie schlang die Arme um seinen Nacken und küsste ihn leidenschaftlich. Ihr Herz schlug höher. Sie wusste, dass es diesmal keine Angst gab.

Während sie sich innig küssten, rollten sie sich eng umschlungen herum, bis sie auf dem Rücken und er halb über ihr lag.

Mit einem tiefen Stöhnen löste er die Lippen von ihren.

„Was ist?", fragte sie.

Er lehnte die Stirn an ihre. „Meine Stiefel", erwiderte er lächelnd. „Ich muss dich loslassen, um sie auszuziehen, und ich will dich nicht loslassen. Nicht für eine Sekunde."

Kat lachte. Sie wand sich unter ihm hervor und nahm ihn bei der Hand. „Komm mit." Sie führte ihn durch den Raum und deutete auf den Stiefelknecht neben dem Schrank.

Er schlang einen Arm um ihre Taille und entledigte sich hastig der Stiefel, bevor sie zum Bett zurückkehrten. Mit zitternden Händen zog er ihr Bluse und BH aus und warf beides zu Boden.

Kat streifte ihm das Hemd ab und zerrte verzweifelt an seinem T-Shirt. „Zieh es aus", bat sie.

Er riss es sich über den Kopf. Die restliche Kleidung folgte rasch. Dann legte er sich zwischen ihre Schenkel und nahm eine Brustspitze in den Mund.

Er wollte sich Zeit lassen, wollte jede Liebkosung auskosten. Doch die Laute, die Kat ausstieß, machten ihn wild. Eine heftige Erregung drängte ihn, sie schnell zu nehmen. Er unterdrückte den Drang und hauchte zärtliche Küsse auf ihre Brust.

„Habe ich dir eigentlich schon gesagt", flüsterte er, während er eine Hand über ihren Schenkel gleiten ließ, „wie sehr ich deine Beine liebe?"

Aufstöhnend wand sie sich unter ihm.

„Wirklich. Es war Liebe auf den ersten Blick. Noch bevor ich wusste, welche Farbe deine Augen haben." Er streichelte das andere Bein. „Als ich dich das erste Mal sah, auf der anderen Straßenseite, wollte ich dich festnehmen, weil du so aufreizend lange Beine hast." Er küsste ihr Kinn. „Schling diese Beine um mich, Kat. Lass mich … ja, so ist es schön:"

Sie hob ihm die Hüften entgegen.

„Nein, beweg dich noch nicht", flüsterte er an ihren Lippen. „Ich will mir Zeit lassen, es andauern lassen."

Kat bewegte sich heftiger unter ihm. „Lass dir keine Zeit, J.D. Ich liebe dich. Ich will dich. Ich brauche dich."

Aufstöhnend küsste er sie erneut und erfüllte ihren Wunsch.

„Wir", flüsterte sie. „Ich will … dieses Wir."

J.D. erschauerte. „Ja." Aufreizend langsam drang er in sie ein.

Die Arme um seinen Nacken und die langen, wundervollen Beine um seine Hüften geschlungen, trieb sie ihn an. Leidenschaft regierte, und er dachte an nichts anderes mehr als an ein einziges Wort: Wir.

Dann spürte er, wie sie den Gipfel der Erregung erreichte, hörte sie seinen Namen rufen, und in einem Taumel des Entzückens folgte er ihr.

Als sein Herzschlag sich beruhigte, stützte J.D. sich auf die Ellbogen und musterte Kat. Sie sah so wundervoll aus mit den langen Haaren, die zerzaust auf dem Bett lagen.

Er verspürte den heftigen Drang, ihr in die Augen zu sehen, die sie geschlossen hielt. „Kat?"

Sie blickte zu ihm auf und sah die Unsicherheit in seinem Gesicht. Sie schmiegte eine Hand um seinen Nacken und zog seine Lippen hinab auf ihre. „Wir", wisperte sie.

Erleichterung durchströmte ihn. Er vertiefte den Kuss. Sein Puls begann erneut zu rasen. Er löste die Lippen von ihren. Noch wollte er einen klaren Kopf bewahren. Es gab Dinge, die er sagen musste, Fragen, die er stellen musste.

Ihre Augen leuchteten. „Nichts ist mir jemals in meinem

Leben so richtig erschienen, wie mit dir zusammen zu sein. Ich liebe dich, John David Ryan."

J.D. stöhnte und lachte dann. „Wer hat dir das denn verraten?"

„Etwa die halbe Stadt. Ich glaube, Gwen hat es mir als Erste gesagt. Dann Mrs. Long aus der Parfümerie. Dein Dad und Luke haben dafür gesorgt, dass ich es erfahre. Es ist erstaunlich, wie viel man hier in dieser Gegend erfährt, ohne Fragen zu stellen."

„Und hat dir auch jemand gesagt, dass ich dich liebe?"

„Ja." Sie lächelte zärtlich. „Du."

Seine Miene wurde ernst. Wenn er ihr nun, da sie so eng verbunden waren, wie Mann und Frau es nur sein konnten, nicht sagte, was er im Sinn hatte, dann brachte er vielleicht nie wieder den Mut auf.

Kat spürte, wie seine Gelassenheit verschwand. Sie streichelte seine Wange mit den Fingerspitzen. „Was ist?"

Er küsste ihre Handfläche und holte tief Luft. „Erinnerst du dich, dass ich dir gesagt habe, dass ich dich in meinem Leben haben möchte?"

Sie nickte. Ihr Herzschlag wurde plötzlich schneller.

„Ich will, dass alles seine Richtigkeit hat. Ich möchte, dass wir heiraten."

Ihr stockte der Atem. Eine unerwartete Träne rann ihr über die Wange. „Soll das heißen, dass du mir jetzt glaubst, dass ich nicht weggehen werde?"

„Es heißt, dass ich dich so sehr liebe, dass ich den Gedanken nicht ertrage, dass du mich verlassen könntest. Ich nehme so viel Zeit, wie du mir geben kannst. Ich möchte nur, dass du meine Frau wirst."

Eine weitere Träne folgte, und ihre Kehle war wie zugeschnürt. „Du solltest lieber wissen", brachte sie leise hervor, „dass du mich für den Rest deines Lebens am Hals hast, wenn ich jetzt Ja sage."

„Das hoffe ich. Aber falls du es dir später jemals anders überlegst ..."

„J.D., hör mir gut zu. Ich habe mein Haus in Houston verkauft. Ich bin gerade dabei, einen fünfjährigen Lehrauftrag mit der Schule auszuhandeln. Ich bin gebeten worden, einen Sitz im Vorstand des Museums zu übernehmen. Ich bin heute Abend zum Basketballspiel gegangen, weil ich gehofft hatte, dich zu sehen und dir das alles erzählen zu können. Ich hatte gehofft, du würdest dadurch erkennen, dass ich wirklich hierbleiben will. Ich gehe nirgendwo hin, es sei denn, mit dir."

Es zuckte um seine Mundwinkel. „Und ich dachte, du wärst heute Abend zum Spiel gegangen, um mich wahnsinnig vor Eifersucht zu machen."

Sie schlang die Arme um seinen Nacken und grinste. „Hat es geklappt?"

„Darauf kannst du wetten."

„Du weißt doch hoffentlich, dass ich nicht im Geringsten an Luke interessiert bin, und auch an keinem anderen Mann."

„Ich weiß", bestätigte er sanft. Dann lachte er. „Und ich weiß auch, dass die kleine Nummer Lukes Idee war. Er kennt mich einfach zu gut. Sobald ich ihn so dicht neben dir sah, war mir klar, was er im Schilde führt."

„Warum bist du dann darauf reingefallen?"

Er knabberte an ihren Lippen. „Ich konnte nicht anders. Ich wusste, dass es ein Streich war, aber ..." Er küsste sie erneut. „Die Vorstellung, dass du mit einem anderen Mann, selbst mit meinem Bruder, selbst aus Spaß ..., hat mich die Wände hochgetrieben."

Kat vergrub die Finger in seinen Haaren. „Ich liebe dich. Und es tut mir leid, dass wir dir so einen gemeinen Streich gespielt haben. Aber ich war verzweifelt."

„Du treibst mich auch zur Verzweiflung. Du hast meine Frage immer noch nicht beantwortet."

Sie konnte nicht widerstehen, ihn zu necken. „Welche Frage denn?"

Er beugte sich über sie. Seine Miene war sehr ernst. Sein eindringlicher Blick raubte ihr den Atem. „Willst du mich heiraten?"

„Ja. Oh ja, ich will dich heiraten."

Kat besiegelte ihr Versprechen mit einem Kuss, der von Herzen kam. Ihr Instinkt hatte sie nicht getrogen. J.D. war tatsächlich der Mann, mit dem sie den Rest ihres Lebens verbringen würde.

– ENDE –

Informationen zu unserem Verlagsprogramm, Anmeldung zum Newsletter und vieles mehr finden Sie unter:

www.harpercollins.de